RICHARD RUSSO

ROMAN

DIESE GOTTVERDAMMTEN TRÄUME

Aus dem Englischen
von Monika Köpfer

DUMONT

Für Robert Benton

Prolog

Im Vergleich zum Anwesen der Whitings in der Stadt nahm sich das Haus, das Charles Beaumont Whiting ein Jahrzehnt nach seiner Rückkehr nach Maine baute, bescheiden aus. Doch gemessen am ortsüblichen Standard von Empire Falls, wo die gewöhnlichen Einfamilienhäuser in der Regel deutlich unter fünfundsiebzigtausend Dollar kosteten, war es mit seinen fünf Schlafzimmern samt eigenen Bädern und einem separaten Künstleratelier recht luxuriös. C. B. Whiting hatte einige prägende Jahre unten in Mexiko verbracht, und das Haus, das er errichtete, war – allem Anschein zum Trotz – eine im Missionsstil gehaltene Hazienda. Er ließ sogar die Backsteine so anstreichen, dass sie von Farbe und Maserung her wie Lehmziegel aussahen. Nur ein hirnrissiger Idiot konnte sich so ein Haus mitten in Maine hinstellen, meinten die Leute, auch wenn sie es ihm nicht ins Gesicht sagten.

Wie alle Whitings war C. B. ein klein gewachsener Mann, der von dieser Tatsache abzulenken versuchte, und die niedrige spanische Bauweise kam seiner Statur entgegen. Das spärliche Mobiliar erinnerte an jenes von Musterhäusern oder Wohnwagen, wo es darauf ankam, den Eindruck von Geräumigkeit zu erwecken; diese optische Täuschung funktionierte ganz gut, es sei denn, es kamen große Menschen zu Besuch, dann wähnte man sich eher in einem geräumigen Puppenhaus.

Die Hazienda – wie C. B. Whiting sein Haus stets nannte – war auf einem Stück Land errichtet, das schon seit Generationen im Besitz der Familie war. Die ersten Whitings, die im Dexter County siedelten, waren

Holzhändler gewesen und hatten nach und nach den Großteil des Landes zu beiden Seiten des Knox River aufgekauft, um ein Auge darauf zu haben, was auf dem Fluss auf seinen letzten gut achtzig Kilometern bis zum südöstlich gelegenen Meer so dahintrieb. Als C. B. Whiting geboren wurde, verfügte Maine bereits über ein Stromnetz, und der unterhalb von Empire Falls bei Fairhaven gestaute Fluss hatte seine einstige Bedeutung größtenteils eingebüßt. Die Holzindustrie war weiter nord- und westwärts gezogen, und die Whitings hatten sich auf verwandte Geschäftszweige verlegt, wie die Textil-, Papier- und Bekleidungsindustrie.

Mochte der Fluss auch nicht mehr wegen seiner Wasserkraft gebraucht werden, so hatte C. B. Whiting noch immer das diffuse Gefühl, er müsse ein Auge auf ihn haben; und so wählte er, als er die Zeit für den Bau eines eigenen Hauses gekommen sah, ein Grundstück direkt oberhalb der Wasserfälle und jenseits der Iron Bridge von Empire Falls, das damals eine florierende Gemeinde war, deren Bewohner, Männer wie Frauen, in den verschiedenen Mühlen und Fabriken des Whiting-Firmenimperiums arbeiteten. Wenn das Grundstück erst einmal gerodet und das Haus errichtet sein würde, würde C. B. im Winter – der in Maine einen Gutteil des Jahres ausmachte – durch die Bäume hindurch auf seine Hemden- und Textilfabriken blicken können. Seine Papiermühle befand sich zwar ein paar Kilometer stromaufwärts, doch die riesigen Rauchschwaden, die der hochaufragende Schornstein in die Luft pustete, waren von seiner hinteren Veranda aus zu sehen.

Indem er auf die andere Flussseite hinüberzog, bekräftigte C. B. Whiting, dass er der Erste in der Dynastie war, der einen Vorteil darin sah, auf Distanz zu jenen Menschen zu gehen, die den Familienreichtum begründet hatten. Der Familienwohnsitz in Empire Falls, ein riesiges Herrenhaus im georgianischen Stil aus dem frühen vorigen Jahrhundert, hatte in jedem seiner Schlafzimmer einen Kamin aus unbehauenen Feldsteinen und verfügte über ein förmliches Esszimmer, an dessen Eichentisch bis zu dreißig Gäste Platz fanden und an dessen Decke ein halbes Dutzend funkelnder Kronleuchter hing, die mit der Eisenbahn aus Boston *geliefert worden waren.* Das Haus war darauf ausgelegt, den irischen, polnischen und italienischen Immigranten, die von Boston aus nach Norden kamen, und den französischen Kanadiern, die auf der Suche nach Arbeit nach Süden wanderten, Ehrfurcht und ein gewisses Gefühl der Loyalität einzuflößen. Das alte Anwesen der Whitings befand sich genau im Zentrum der Kleinstadt, eine Häuserzeile von der Hemdenmanufaktur und zwei Häuserzeilen von der Textilfabrik entfernt, und war, ob man es nun verstand oder nicht, absichtlich dort errichtet worden, und zwar von Arbeitern der Whitings, die vierzehn Stunden am Tag schufteten: Nachdem sie zum Mittagessen nach Hause gegangen waren, arbeiteten sie in der Fabrik oft bis spät in die Nacht weiter.

Als Junge hatte C. B. gern im Whiting-Herrenhaus gewohnt. Seine Mutter hatte sich hingegen unablässig beklagt, es sei alt, zugig und unvorteilhaft gelegen, wenn man zum Country Club, zum Sommerhaus am See oder zum Highway gelangen wolle, der in südlicher Richtung nach Boston führte, wohin sie gern zum Einkaufen fuhr. Aber für ein Kind war es mit seinem weitläufigen, schattigen Grundstück und den zahlreichen merkwürdig geschnittenen Räumen genau der richtige Ort, um dort aufzuwachsen. Sein Vater, Honus Whiting, liebte ihn ebenfalls, insbesondere, weil er bislang nur von Whitings bewohnt worden war. Honus' Vater, Elijah Whiting, damals bereits Ende achtzig, lebte mit seiner übellaunigen Frau im rückwärtigen Kutschenhaus. Die Whiting-Männer hatten vieles gemeinsam, einschließlich des Umstands, dass sie ausnahmslos Frauen geheiratet hatten, die ihnen das Leben schwer machten. C. B.'s Vater war es in dieser Hinsicht ein bisschen besser ergangen als seinen Vorvätern, wenngleich er es seiner Frau übel nahm, dass sie eine so geringe Meinung von ihm hatte, ebenso wie vom Whiting-Herrenhaus, von Empire Falls und überhaupt von der ganzen Rückständigkeit Maines, in die sie sich, aus Boston stammend, auf grausame Weise verbannt sah. Das hübsche schmiedeeiserne Tor und der Zaun, die den weiten Weg von New York herbeigeschafft worden waren, um das Grundstück zu begrenzen, betrachtete sie als die Mauern ihres Gefängnisses, und wann immer sie dies bekundete, erinnerte Honus sie daran, dass er die Schlüssel dazu habe und sie, wenn sie es wünsche, jederzeit hinausließe. Wenn sie so verdammt gern nach Boston zurückwolle, bitte schön, er würde sie nicht aufhalten. Er sagte dies wohl wissend, dass sie es nicht tun würde, standen die Whiting-Männer doch unter dem besonderen Fluch, dass ihre Frauen aus lauter Gehässigkeit an ihrer Seite ausharrten.

Doch als ihr Sohn geboren wurde, begann Honus Whiting seine Frau zu verstehen und ihre Meinung insgeheim sogar zu teilen, zumindest was Empire Falls betraf. Je mehr sich die Kleinstadt in der zweiten Hälfte des neunzehnten Jahrhunderts ausgebreitet hatte, desto stärker war das Anwesen der Whitings von den Häusern der Fabrikarbeiter umzingelt worden und desto feindseliger schien die Haltung von deren Bewohnern geworden zu sein. Die Whitings hatten seit jeher versucht, ihre Arbeiter im Sommer bei Laune zu halten, indem sie sie zu diversen festlichen Anlässen auf ihrem Anwesen einluden. Doch Honus Whiting hatte das Gefühl, dass sich nicht wenige der Menschen, die diesen Einladungen überhaupt noch folgten, überaus undankbar angesichts der Speisen und Getränke und der Musik zeigten, ja, dass einige das Herrenhaus gar mit finsteren Blicken bedachten, die den Schluss nahelegten, dass es ihnen nicht das Herz brechen würde, sollte es bis auf die Grundmauern abbrennen.

Vielleicht lag es an dieser unausgesprochenen, aber wachsenden Feindseligkeit, dass man C. B. Whiting weggeschickt hatte, zunächst auf eine Privatschule und später dann aufs College. Anschließend verbrachte er fast ein ganzes Jahrzehnt auf Reisen, zunächst mit seiner Mutter in Europa (was deren Geschmack wesentlich mehr entsprach als Maine) und später dann auf eigene Faust in Mexiko (was seinem Geschmack wesentlich mehr entsprach als Europa, wo es ständig etwas zu lernen und zu bestaunen gab). Im Gegensatz zu den europäischen Männern, die ihn zum Großteil überragten, waren die Mexikaner kleiner; und ganz besonders bewunderte C. B. Whiting an ihnen, dass sie Träumer waren, die keinerlei Drang verspürten, ihre Träume in die Tat umzusetzen. Doch eines Ta-

ges beschloss sein Vater, der das Weltenbummeln seines Sohnes bezahlte, dass es für seinen Erben an der Zeit sei, nach Hause zu kommen und seinen Teil zur Mehrung des Familienvermögens beizutragen, anstatt es südlich der Landesgrenze zu verprassen. Charles Beaumont Whiting war mittlerweile Ende zwanzig, und sein Vater musste sich allmählich widerstrebend eingestehen, dass das einzige wirkliche Talent seines Sohnes im Geldausgeben lag, wenngleich der junge Mann behauptete, er male und verfasse auch Gedichte. Wie auch immer, es war höchste Zeit, beidem ein Ende zu setzen, fand jedenfalls der alte Mann. Honus Whiting ging stramm auf die sechzig zu, und auch wenn er dankbar dafür war, in der Lage zu sein, den Müßiggang seines Sohnes all die Jahre über zu finanzieren, wurde ihm jetzt klar, dass er die Zügel schon zu lange hatte schleifen lassen und dass er längst damit hätte beginnen müssen, den Jungen in die Leitung der Familienbetriebe einzuführen, die er eines Tages erben würde. Honus hatte seinerzeit in der Hemdenmanufaktur begonnen, war dann in die Textilfabrik gewechselt, um schließlich, als der alte Elijah eines Tages den Verstand verloren hatte und mit einer Schaufel auf seine Frau losgegangen war, die Leitung der Papiermühle ein Stück weiter oben am Fluss zu übernehmen. Honus wollte, dass sein Sohn vorbereitet wäre, wenn er selbst eines unausweichlichen Tages plemplem würde und Charles' Mutter mit einer Waffe – welche auch immer er gerade zur Hand hätte – angreifen würde. Europa hatte ihre Meinung über ihn, Empire Falls und auch Maine nicht zum Besseren gewandt, obgleich er dies insgeheim gehofft hatte. Aber seine Erfahrung hatte ihn auch gelehrt, dass Menschen nicht glücklicher wurden, wenn sie erfuhren, was ihnen alles entging, und so hatte Europa die ihr angeborene Vergleichssucht, die sie zusehends bitterer werden ließ, nur noch verstärkt.

Charles Beaumont Whiting wiederum, der, als man ihn als Junge weggeschickt hatte, lieber geblieben wäre, hegte nun ebenso wenig den Wunsch, aus Mexiko zurückzukehren, wie seine Mutter den Wunsch gehegt hatte, aus Europa zurückzukehren. Dennoch gehorchte er seufzend, als er nach Hause beordert wurde, so wie er meistens gehorcht hatte.

Schließlich hatte er immer gewusst, dass seine Jugendzeit eines Tages zu Ende sein würde, zusammen mit seinen Reisen, dem Malen und dem Schreiben von Gedichten. Es hatte nie außer Frage gestanden, dass die Whiting and Sons Enterprises eines Tages auf ihn übergehen würden, und wenngleich ihm dämmerte, dass seine Rückkehr nach Empire Falls und sein Eintritt in das Familienunternehmen der Unterjochung seiner Künstlernatur gleichkämen, schien kein Weg daran vorbeizuführen. Als er eines Tages spürte, dass die väterliche Order zur Heimkehr unmittelbar bevorstand, versuchte er in Worten auszudrücken, was seines Erachtens seine wahre Natur war und wie falsch es wäre, diese zu missachten. Er wollte diese seine Gedanken mit seinem Vater teilen, doch was er geschrieben hatte, erinnerte an seine Gedichte, klang sogar in seinen eigenen Ohren vage und wenig überzeugend, sodass er den Brief am Ende wegwarf. Zum einen bezweifelte er, dass sein Vater, ein praktisch veranlagter Mensch, jedem Menschen eine wahre Natur zugestand; und falls doch, dachte er wahrscheinlich, dass man sie eben verleugnen oder beugen müsse, ihr zeigen müsse, wer der Boss sei. Seine letzten in Freiheit verlebten Monate in Mexiko verbrachte C. B. vorwiegend am Strand, wo er im Geiste versuchte, den Standpunkt seines Vaters zu widerlegen; wieder und wieder brachte er seine Argumente vor und zog jedes Mal den Kürzeren. Und als schließlich der Aufruf seines Vaters erfolgte, war er zu erschöpft, um dagegen aufzubegehren. Entschlossen, sein Bestes zu geben, aber mit dem Gefühl, sein wahres Selbst und mit ihm alles, worin er ein gewisses Talent hatte, in Mexiko zurückzulassen, trat er die Heimreise an.

Mit der Zeit entdeckte er, dass die Verleugnung seiner wahren Natur bei Weitem nicht so unangenehm war, wie er es sich vorgestellt hatte. In der Tat schienen die Leute es, wenn er sich in Empire Falls so umblickte, tagtäglich zu tun. Und wenn man schon seine Bestimmung verleugnen musste, war es wirklich nicht verkehrt, wenn man zufällig ein männlicher Whiting war. Zu seiner Überraschung entdeckte er auch, dass es durchaus möglich war, gut in etwas zu sein, das einen im Grunde gar nicht interessierte, ebenso wie es möglich gewesen war, schlecht in etwas zu sein, sei es nun Malen oder Gedichteschreiben, das einem sehr am Herzen lag. Zwar übte die Hemdenmanufaktur keinerlei Reiz auf ihn aus, aber er zeigte dennoch ein gewisses Talent darin, sie zu führen, zu verstehen, warum etwas falsch lief, und instinktiv ein Problem zu lösen. Auch mochte er seinen Vater und bewunderte die Energie dieses kleinen Mannes, sein aufbrausendes Temperament, seine Weigerung, vor irgendjemandem zu kuschen, seine Überzeugung, dass er immer recht hatte, seine Fähigkeit, jede seiner Entscheidungen zu rechtfertigen, welche auch immer er letztendlich traf. Dieser Mann war entweder in völliger Harmonie mit seiner wahren Natur oder aber hatte sie vollständig unterworfen. Charles Beaumont Whiting sollte es nie herausfinden, und wahrscheinlich spielte es auch gar keine Rolle – so oder so war es der alte Mann wert, ihm nachzueifern.

Dennoch war sich C. B. Whiting im Klaren darüber, dass sein Vater und Großvater die besten Zeiten von Whiting and Sons Enterprises erlebt hatten. Weder die Hemden- und Textilfabrik noch die Papiermühle weiter oben am Fluss waren noch so profitabel wie einst. In den letzten beiden Jahrzehnten hatte es immer wieder Versuche gegeben, die Belegschaften in sämtlichen Fabriken im Dexter County gewerkschaftlich zu organisieren, und wenngleich sie allesamt gescheitert waren – das hier war Maine und nicht Massachusetts –, musste selbst Honus Whiting einräumen, dass die Bemühungen, sich die Gewerkschaften vom Leib zu halten, mindestens ebenso kostspielig gewesen waren, wie wenn man sie zugelassen hätte. Die Arbeiter, die sich nur widerwillig eine Niederlage eingestanden, erwiesen sich als träge und unproduktiv, wenn sie an ihren Arbeitsplatz zurückkehrten.

Natürlich war Honus Whiting davon ausgegangen, dass sein Sohn, sobald er geheiratet hätte und der alte Elijah es für angebracht hielte, das Zeitliche zu segnen, in das Whiting-Herrenhaus einziehen würde, doch ein Jahrzehnt nachdem C. B. Whiting Mexiko den Rücken gekehrt hatte, war noch immer keines dieser Ereignisse eingetreten. C. B. Whiting, in den warmen, sonnigen Tagen seiner Jugend den Frauen durchaus zugeneigt, schien im frostigen Maine seinen Sexualtrieb verloren und sich mittlerweile mit seinem unfreiwilligen Junggesellentum abgefunden zu haben, wenngleich er sich bisweilen ausmalte, wie sein besseres Selbst in Yucatán nach wie vor seine fleischliche Lust auslebte.

Vielleicht hatte er auch ganz einfach Angst vor der Ehe, davor, eine Frau zu heiraten, die er eines Tages am liebsten ermorden würde.

Elijah Whiting, der mittlerweile auf die hundert zuging, war es weder gelungen, seine Frau mit der Schaufel umzubringen, noch, die daraus resultierende Enttäuschung zu überwinden. Die beiden wohnten noch immer in der Remise, wo sich der alte Elijah an sein Elend klammerte und seine verbitterte Frau sich an ihn. Er schien, wie der Arzt des alten Mannes bemerkte, von innen heraus zu sterben, was vor allem an seinen Blähungen von beinah biblischem Ausmaß festzumachen war. Seit unzähligen Jahren verpesteten seine Winde mittlerweile die Luft, doch alle Tests zeigten, dass das Herz des alten Fossils nach wie vor stark war, und Honus war sich dessen bewusst, dass noch ein paar Jahre ins Land gehen konnten, bis er seinem Sohn Platz machen und selbst in die Remise ziehen könnte. Und sogar wenn der alte Mann morgen sterben würde, überlegte er, würde es mindestens ein Jahr dauern, bis die Räume hinlänglich gelüftet wären. Darüber hinaus hatte Honus' Gattin klargemacht, dass sie niemals in dieses Kutschenhaus ziehen würde, und der Gedanke, in Maine zu sterben, deprimierte sie in letzter Zeit so sehr, dass er sich gezwungen gesehen hatte, ihr ein kleines Stadthaus im Bostoner Viertel Back Bay zu kaufen, wo sie, wie sie behauptete, aufgewachsen sei, was allerdings nicht stimmte. In Wahrheit hatte Honus sie in South Boston aufgelesen, wo er sie besser gelassen hätte, wäre er bei Verstand gewesen. Wie auch immer, als Charles ihm eines Tages eröffnete, er wolle sich ein eigenes Haus bauen, und zwar jenseits des Flusses, verstand er ihn auf Anhieb und gab ihm sogar seinen Segen. Doch als sich das Haus später als Hazienda entpuppte, fürchtete er, sein Sohn würde womöglich wieder mit dem Gedichteschreiben beginnen.

Diese Sorge war indes unbegründet. Vor nicht allzu langer Zeit hatte jemand auf der Straße C. B. Whiting für seinen Vater gehalten, und als er sich am Abend im Spiegel betrachtete, sah er, warum. Sein Haar wurde allmählich silbrig, und in seinen Augen bemerkte er eine terrierartige Verbissenheit, die ihm völlig neu war. Von dem jungen Mann, der in Mexiko hatte leben und sterben und träumen und malen und Gedichte schreiben wollen, war kaum mehr etwas zu erahnen. Und als sein Vater ihm im vergangenen Frühling vorgeschlagen hatte, ihm neben der Leitung der Hemdenfabrik auch die der Textilfabrik zu übertragen, hatte er sich im Hinblick auf die Unausweichlichkeit seines restlichen Lebens nicht etwa in die Enge getrieben gefühlt, sondern fast eine Art Glücksgefühl verspürt, weil er nun endlich sein Geburtsrecht einlösen konnte. Die Leute hatten begonnen, ihn C. B. zu nennen statt Charles, und er fand, es hörte sich gut an.

Als die Planierraupen den Bauplatz einzuebnen begannen, machte man eine verstörende Entdeckung. Eine erstaunliche Menge an Müll – ganze Berge von Unrat – kam zutage, ein Teil davon verfangen zwischen Baumwurzeln und Zweigen am Flussufer, der Rest über den gesamten Hang verstreut. Allein schon die schiere Menge war bemerkenswert, und zuerst nahm C. B. Whiting an, dass jemand oder besser gesagt sehr viele Jemands die Unverschämtheit besessen hatten, seinen Grund und Boden als illegale Müllhalde zu missbrauchen. Wie viele Jahre dauerte diese abscheuliche Barbarei wohl schon an? Er wurde so wütend, dass er gute Lust gehabt hätte, wahllos jemanden zu erschießen, doch dann sagte einer der Arbeiter, wenn jemand oder viele Jemands das Land der Whitings als Müllkippe benutzt hätten, hätten diese eine Zugangsstraße benötigt, aber die existiere erst, seit C. B. Whiting vor einem Monat eine hatte anlegen lassen. Auch wenn es unwahrscheinlich schien, dass so viel Müll – kaputte Reifenschläuche, Radkappen, Milchkartons, verrostete Konservendosen, Teile von zerbrochenen Möbeln und dergleichen mehr – aufgrund der Strömungen und Strudel an ein und derselben Stelle angeschwemmt worden war, sprachen die Tatsachen doch dafür. Ihnen blieb also nichts anderes übrig, als den Müll wegzukarren, und das geschah noch in jenem Mai, als auch das Fundament des Hauses gegossen wurde. Frühlingsregenfälle, der steigende Flusspegel und eine rekordverdächtige Invasion von Kriebelmücken verzögerten den Bau, doch Ende Juni konnte C. B. Whiting, der von seinem Büro im obersten Stockwerk der Hemdenmanufaktur aus den Fortgang der Arbeiten überwachte, den niedrigen, lang gestreckten Rohbau der Hazienda erkennen. Als am vierten Juli ein trockenes, heißes Wetter einsetzte, das den letzten Mücken den Garaus machte, rümpften die Zimmerleute, die mit ihren nackten, sonnenverbrannten Oberkörpern auf den Dachbalken der Hazienda balancierten, die Nase und warfen einander verwunderte Blicke zu. Was zum Teufel war das für ein Gestank?

C. B. Whiting selbst war es, der schließlich den aufgedunsenen Kadaver eines ausgewachsenen Elchs entdeckte, verfangen im seichten Ufer zwischen den Wurzeln einer Baumgruppe, die die Planierraupen verschont hatten, damit sie Schatten und Schutz vor neugierigen Blicken vom gegenüberliegenden Ufer, der Empire-Falls-Seite des Flusses, spenden konnte. Doch noch erstaunlicher als der Kadaver war ein weiterer Haufen Müll, der, wenngleich kleiner als sein inzwischen weggeschaffter Vorgänger, genau an der Stelle des Grundstücks angeschwemmt worden war, wo eine kleine, in den Fluss ragende Landzunge auf ihrer Leeseite einen seichten moskito- und nun auch von dem Elchkadaver verseuchten Teich bildete.

Beim Anblick und Gestank dieses durchnässten, verfaulenden Unrats beschlich C. B. Whiting der leise Verdacht, dass er einen Feind hatte, und während er am Flussufer kniete, ging er im Geiste all die Männer durch, die sein Vater und sein Großvater im Zuge ihrer Geschäftstätigkeiten in den Ruin getrieben hatten. Die Liste der Kandidaten war keineswegs kurz, doch vorausgesetzt, er hatte niemanden vergessen, schien keiner von ihnen für eine solche Tat infrage zu kommen. Die meisten waren kleine, minderbemittelte Männer, die ihn vielleicht erschießen würden, wenn sich ihnen die Gelegenheit böte – wenn er, zum Beispiel, in ihre Stammkneipe hineinspazieren würde und sie sich ordentlich einen hinter die Binde gegossen und zufällig eine Schusswaffe zur Hand hätten. Wie auch immer, jemand war offenbar der Ansicht, dass der ganze Müll, der im Dexter County anfiel, vor C. B. Whitings Haustür abgeladen gehöre, und musste von seiner Sache dermaßen überzeugt sein, dass er es auf sich nahm, den ganzen Unrat einzusammeln (keine angenehme Aufgabe) und ihn hierher zu transportieren.

Und der Elchkadaver, war das ein Zufall? C. B. wusste nicht, was er davon halten sollte. Das Tier hatte eine Schusswunde am Hals, was unterschiedliche Rückschlüsse zuließ. Vielleicht hatte derjenige, der den Müll hier abgeladen hatte, auch den Elch erschossen und ihn absichtlich hier liegen lassen. Denkbar war jedoch auch, dass der Elch anderswo von einem Wilderer erlegt worden war; ihm fiel ein, dass eine ganze Sippe von Wilderern, die Mintys, in Empire Falls wohnte. Vielleicht hatte das angeschossene Tier versucht, den Fluss zu überqueren, war erschöpft in den Fluten ertrunken und dann unterhalb der Hazienda ans Ufer gespült worden.

Den Rest des Nachmittags brachte C. B. Whiting, auf einem Bein kniend, das andere angewinkelt, nur wenige Meter von dem aufgedunsenen Elch am Ufer zu und versuchte anhand des angeschwemmten Mülls herauszufinden, wer sein Feind war. Kaum hatte er diese Position eingenommen, kam ein Pappbecher angeschwommen und ließ sich häuslich zwischen den Hinterläufen des Elchs nieder. Die nächste Stunde brachte eine Supermarkttüte, eine leere, auf dem Wasser dümpelnde Cola-Flasche, eine verrostete Öldose, das heillose Gewirr einer Angelschnur und, wenn er sich nicht irrte, eine menschliche Plazenta. Alles verhedderte sich an dem stinkenden Elchkadaver. Von der Stelle, wo C. B. Whiting am Boden kniete, konnte er gerade noch einen kleinen Abschnitt der Iron Bridge erkennen, und in der folgenden halben Stunde beobachtete er, wie ein halbes Dutzend Leute beim Überqueren der Brücke, ob aus dem Wagen oder zu Fuß, Sachen in den Fluss warf. Im Geiste zählte er die Brücken, die den Knox weiter oben überspannten (acht), und überschlug die Zahl der Mühlen und Fabriken und zahlreichen kleineren Betriebe, die sich zu beiden Seiten des Flusses angesiedelt hatten (Dutzende). Er wusste aus eigener Erfahrung, wie groß die Versuchung war, nach Sonnenuntergang Abwasser in den Fluss zu leiten. Generationen von Whitings hatten Färbemittel und andere Chemikalien in den Fluss gespült, die das Ufer bis nach Fairhaven hinunter verfärbt hatten, eine Gemeinde, die sich gar nicht beschweren durfte, hatte die örtliche Textilfabrik doch jahrzehntelang ebenso wenig Rücksicht gegenüber ihren Nachbarn weiter unten am Fluss geübt. Beschwerden führten, wie C. B. wusste, unweigerlich zu Anschuldigungen und Anschuldigungen zu öffentlicher Aufmerksamkeit und diese zu Nachforschungen und Nachforschungen zu juristischen Auseinandersetzungen und diese zu Ausgaben und Ausgaben irgendwann ins Armenhaus.

Dennoch konnte er diese besondere Art der Müllentsorgung nicht hinnehmen. Vernünftig, wie er war, gelangte Charles Beaumont Whiting letztendlich zu einem vernünftigen Schluss. Nachdem er zwei Stunden kniend am Flussufer zugebracht hatte, folgerte er, dass er tatsächlich einen Feind hatte, und dieser Feind war niemand Geringeres als Gott höchstpersönlich, der den verdammten Fluss so entworfen hatte – schmal und schnell fließend weiter oben und sich weitend und verlangsamend in Empire Falls –, dass der ganze Dreck der Leute zu Charles Beaumont Whitings Dreck wurde. Schlimmer noch, er begriff, warum Gott diesen Plan ersonnen hatte. Er hatte es vorausschauend getan, um ihn zu gegebener Zeit dafür zu bestrafen, dass er sein wahres Selbst vor all den Jahren in Mexiko zurückgelassen hatte und infolgedessen zu jemandem geworden war, den man leicht mit seinem Vater verwechseln konnte.

Diese Gedanken waren durchaus nicht angenehm. Vielleicht, sinnierte C. B., war es unmöglich, in unmittelbarer Nähe zu einem verwesenden Elch angenehme Gedanken zu hegen. Dennoch verharrte er weiterhin dort kniend; er hatte das Gefühl, das Blubbern des Flusses sei eine für ihn codierte Botschaft und er stehe kurz davor, sie zu entschlüsseln. Tatsächlich wurde er nicht zum ersten Mal von derlei unangenehmen Gedanken heimgesucht. Seit er sich zu dem Bau eines neuen Hauses entschlossen hatte, wurde er von Träumen gepeinigt, die ihn mehrmals in der Nacht hochschrecken ließen, und manchmal ertappte er sich dabei, wie er im Dunkeln am Fenster seines Schlafzimmers stand und auf den Hof des Whiting-Herrenhauses hinausblickte, ohne sich erinnern zu können, dass er aufgewacht war und das Bett verlassen hatte. Dann konnte er sich des Eindrucks nicht erwehren, dass der Traum – an den er keine konkrete Erinnerung hatte – ihn noch immer gefangen hielt, wenngleich ihm die Einzelheiten entglitten waren. Hatte er vielleicht eine eindringliche Unterhaltung mit jemandem geführt? Aber mit wem?

Tagsüber, wenn die mit der Leitung zweier Betriebe verbundenen Pflichten eigentlich seine volle Konzentration erforderten, studierte er oft und geistesabwesend die Grundrisse und Ansichtspläne seiner Hazienda, als könnte er ein paar wesentliche Einzelheiten übersehen haben. Im vergangenen Monat hatte dies einen erheblichen Teil seiner Aufmerksamkeit in Anspruch genommen, sodass er seinen Vater gebeten hatte, seine Geschäfte in der Papiermühle für einen Tag in der Woche ruhen zu lassen und ihn bei der Leitung der Fabriken zu unterstützen, so lange, bis der Hausbau abgeschlossen wäre. Jetzt, unten am Flussufer, begann er, vielleicht aufgrund der verstörenden Nähe des verwesenden Elchs, daran zu zweifeln, dass der Bau eines neuen Hauses eine gute Idee gewesen war. Gewiss rief die Hazienda mit dem angrenzenden Atelier sein früheres Selbst wieder auf den Plan, jenen Charles Beaumont Whiting – Beau, wie seine Freunde ihn seinerzeit genannt hatten –, den er in Mexiko zurückgelassen hatte. Und nun fiel es ihm auch wie Schuppen von den Augen, dass er genau mit diesem Beau in seinen Träumen gesprochen hatte. Mehr noch, er baute diese Hazienda für sein jüngeres, von ihm verratenes Selbst. Die ganze Zeit über hatte er sich eingeredet, das Atelier sei für seinen Sohn, falls er eines Tages das Glück haben sollte, einen zu bekommen. Wenigstens diesen Akt der Rebellion gestattete er sich: Das Atelier wäre ein Geschenk an den Jungen, verbunden mit dem unausgesprochenen Versprechen, dass sein Sohn niemals gezwungen sein würde, aus Familienloyalität seine

Bestimmung zu verleugnen. Aber natürlich war das ein Vorwand, wie ihm jetzt klar wurde. Er wollte das Atelier für sich selbst, oder besser gesagt, für jenen Charles Beaumont Whiting, den er eigentlich tot geglaubt hatte oder nach wie vor unten in Mexiko, wo er sich der Poesie und der Unzucht hingab. Während er hier, in Empire Falls, Maine, sein Leben in aufgezwungener Pflichterfüllung und Keuschheit fristete. Dieser verblüffenden Erkenntnis folgte eine weitere auf dem Fuß. Den ganzen Nachmittag über, während er dort am Ufer kniete, hatte der Fluss ihm seine Botschaft zugewispert, und sie bestand in einem einzigen Wort, einer Einladung: »Komm«, blubberte das Wasser nun klar und deutlich. »Komm … komm … komm …«

An jenem Abend nahm C. B. Whiting seinen Vater und den alten Elijah mit hinaus auf die Baustelle. Bislang hatte er ein ziemliches Geheimnis um das Haus gemacht und selbst nicht so recht gewusst, warum. Jetzt verstand er es. Er und Honus setzten seinen Großvater, der die Remise seit einem Monat nicht mehr verlassen hatte, auf einen Baumstumpf, wo er auf der Stelle in einen tiefen, erholsamen, mit Blähungen einhergehenden Schlaf fiel, dann führte C. B. seinen Vater durch den hölzernen Rohbau mit seinen zahlreichen Rundbögen und über das umliegende Grundstück. Ja, räumte er ein, er habe sich nun mal eine verflixte mexikanische Hazienda in den Kopf gesetzt. Der separate kleinere Gebäudeteil sei als Gästehaus gedacht, und das stimmte tatsächlich, wenngleich er es erst an diesem Nachmittag beschlossen hatte. Die Lockung des Flusses hatte ihm einen gehörigen Schrecken eingejagt. Nach der Hausführung ging C. B. Whiting mit seinem Vater zum Flussufer hinunter und zeigte ihm den seit dem Morgen bereits wieder angewachsenen Müllberg und den inzwischen noch stärker verwesten Elch. Von der Stelle, wo er stand, konnte C. B. den Elch und den alten Elijah sehen, der immer noch schlief, aber dessen eine Pobacke sich hin und wieder von der schieren Kraft seiner Winde anhob, und auch wenn C. B. rein vernunftmäßig weder für das eine noch für das andere verantwortlich sein konnte, spürte er doch etwas in seiner Kehle aufsteigen, das wie Selbstekel schmeckte.

Wie dem auch sei, sagte er sich, ein gelegentlicher Anflug von Selbstvorwürfen war immer noch besser, als das Lebenswerk seines Vaters und Großvaters wegzuwerfen, und eine Anwandlung zärtlicher Zuneigung gegenüber beiden Männern überkam ihn, insbesondere gegenüber seinem Vater, den er immer schon geliebt hatte, und er vertraute darauf, dass dessen solide, praktische, selbstsichere Präsenz ihn von seiner Trübsal erlösen würde.

»So, so, du meinst also, es ist Gott«, sagte Honus, nachdem C. B. ihm seine Theorie bezüglich seines mutmaßlichen Feindes dargelegt hatte. Eine Weile sahen sie gemeinsam zu, wie allerlei Unrat in der Strömung heranschwappte und sich dann im Elch verfing. Der ältere Whiting war ein religiöser Mann, er sah Gott als nützlich an, wenn es um Probleme ging, für die es anderweitig keine Lösungen gab. »Dann solltest du dir auch überlegen, was du seinetwegen unternehmen willst.«

Honus schlug seinem Sohn vor, er solle ein paar Geologen und Ingenieure anheuern, um sich des Problems anzunehmen, und sich Lösungsvorschläge unterbreiten lassen. Dies entpuppte sich als ein äußerst nützlicher Rat, und die Ingenieure, die vorgewarnt worden waren, mit wem sie es womöglich zu tun bekämen, gingen mit höchster Sorgfalt ans Werk. Nicht nur, dass sie mehrmals eine Vor-Ort-Inspektion vornahmen, sie studierten auch die geologischen Karten der gesamten Region und flogen den gesamten Flusslauf entlang, von der kanadischen Grenze bis zu dessen Mündung im Golf von Maine. Es gab solche und solche Flüsse, und wie sich herausstellte, war der Knox von der Sorte, bei der Gott sich nicht allzu sehr ins Zeug gelegt hatte: Er war weit und träge dort, wo er schmal und geschwind hätte sein sollen, und die Ingenieure pflichteten dem Mann bei, der ihnen den Auftrag zu der Studie erteilt hatte, ein großer Planungsfehler Gottes sei verantwortlich dafür, dass jeder Pappbecher, der zwischen der kanadischen Grenze und Empire Falls in den Fluss geschmissen werde, mit großer Wahrscheinlichkeit auf C. B.s zukünftigem Rasen angeschwemmt werden würde. Das sei die schlechte Nachricht.

Die gute Nachricht sei, dass es nicht so bleiben müsse. Seit fast zwei Jahrhunderten nähmen sich Männer mit Visionen der Fehler und Schwächen von Gottes Bauplänen an, und es gebe keinen Grund, warum man diesen speziellen nicht ebenfalls beheben sollte. Wenn das Bauwesen-Hauptkommando der US-Army es fertigbringe, den verdammten Mississippi dorthin fließen zu lassen, wo man ihn haben wolle, dann könne man wohl auch den Lauf eines läppischen Flusses, wie der Knox einer war, nach Belieben ändern. In Nullkommanichts waren sie mit einem Plan bei der Hand.

Ein paar Meilen nördlich und östlich von Empire Falls machte der Fluss aus unerfindlichen Gründen eine scharfe Wendung, ehe er über mehrere träge, gewundene Meilen hinweg in die Richtung zurückmäanderte, aus der er gekommen war, während er einen Großteil seines Volumens in das sumpfige Tiefland nördlich und westlich des Städtchens ergoss, wo in jedem Frühling Legionen von Kriebelmücken brüteten und im Sommer eine ebenso große Anzahl an Moskitos. Erst aus der Luft betrachtet, würde einem die Absurdität des Ganzen klar. Eigentlich strebe Wasser auf dem kürzestmöglichen Weg abwärts, erklärten die Ingenieure. Schlingen bildeten sich nur dort, wo etwas diesem Plan entgegenstehe. Was den Knox daran hindere, sich einen geradlinigen Weg zu suchen, sei ein schmaler Landstreifen – oder besser gesagt ein Felsstreifen –, den die Einheimischen Robideaux Blight nannten, eine hügelige Landzunge aus Felsgeröll, ein Stück Land, das man durchaus pittoresk hätte nennen können – hätte man an seinem Steilufer ein Sommerhaus erbaut, statt es als Farmland zu nutzen, wie dessen Besitzer es seit Generationen stur taten. Doch am Ende bekämen Flüsse bekanntlich ihren Willen und so würde sich der Knox – vielleicht in ein paar Tausend Jahren – einen direkten Weg quer durch die Flussschlinge gekerbt haben.

C. B. Whiting, der nicht so lange warten wollte, fühlte sich ermutigt durch die Ingenieure, die ihm versicherten, dass, wenn es gelinge, das nötige Geld aufzutreiben, um einen Kanal in die Schmalstelle des Robideaux Blight zu sprengen, der Fluss noch in diesem Jahr geradlinig fließen könnte, sodass seine Geschwindigkeit weiter unten an der Whiting'schen Flussbiegung hoch genug wäre, um den Großteil des Unrats (einschließlich des Elchs) weiter flussabwärts abzuladen, und zwar am Damm in Fairhaven, wo er auch hingehöre. In eilig anberaumten Beratungen hinter verschlossenen Türen brachten die von C. B. Whiting angeheuerten Experten ihr Anliegen vor den Vertretern der bundesstaatlichen Behörden vor; sie argumentierten, dass der Knox ein weitaus besserer Fluss sein würde – flinker, hübscher, sauberer –, und zwar für alle Gemeinden entlang seiner Ufer. Mehr noch, wenn weitaus geringere Mengen seines Wassers in die Sumpfgebiete sickerten, würde der Bundesstaat ebenfalls profitieren durch den Zugewinn von Tausenden Morgen Land, das für bessere Zwecke genutzt werden könne, als um Mücken zu züchten. Da es noch etliche Jahrzehnte dauern sollte, bis im Bundesstaat Maine irgendwelche Umweltorganisationen auf den Plan traten, gab es keine nennenswerte Opposition gegen das Vorhaben, wenngleich die Experten einräumten – jetzt mit vertraulich gesenkten Stimmen –, dass ein munterer Fluss hin und wieder allzu munter werden könne. Der Knox neigte, wie die meisten Flüsse in Maine, bereits jetzt zu Überschwemmungen, besonders im Frühling, wenn warme Regengüsse die Schneedecke im Norden zu schnell schmelzen ließen.

C. B. Whiting sah sich indessen noch einem faktischeren Hindernis gegenüber: Als frühere Generationen von Whitings das gesamte Land zu beiden Seiten des Flusses gekauft hatten, mussten sie irgendwie den Robideaux Blight übersehen haben. Diese Parzelle gehörte einer Familie namens Robideaux, deren Eigentumsrechte ins vorige Jahrhundert zurückreichten. Aber auch in dieser Hinsicht war C. B. Whiting das Schicksal wohlgesinnt, denn die Robideauxs entpuppten sich als geldgierig und ignorant – unter den gegebenen Umständen die ideale Kombination. Weltgewandtere Menschen hätten den wahren Wert ihres Besitzes wohl besser einschätzen können, wenn die Anwälte eines reichen Mannes auf sie zugekommen wären, nicht jedoch die Robideauxs. Ihre größte Angst schien zu sein, dass C. B. Whiting das Land womöglich zuvor persönlich inspizieren wolle, um dann festzustellen, wie wertlos es in landwirtschaftlicher

Hinsicht war – die einzige Verwendungsart, die sie sich vorstellen konnten –, und von dem Geschäft Abstand nehmen würde.

Da C. B. nicht diese Absicht hegte, erwarb er ihr Ackerland zu einem in ihren Augen außerordentlich hohen Preis, und sie glaubten noch Jahre danach, einen der reichsten und mächtigsten Männer von ganz Maine über den Tisch gezogen zu haben, der durch den Kauf des Robideaux Blight bewiesen habe, was sie schon immer gewusst hätten – dass reiche Leute nicht so verdammt clever seien, wie man meine. C. B. Whiting, der, nachdem er seine Phase der Schwermut überwunden hatte, wieder er selbst war, kam zu einem nicht minder irrigen Schluss: dass er nicht nur die Robideauxs übertrumpft habe, sondern auch Gott, dessen Fluss er nun optimieren würde.

Die Sprengungen des Robideaux Blight ungefähr elf Kilometer flussaufwärts waren bis nach Empire Falls zu hören, und an dem Augusttag, an dem die Arbeiten abgeschlossen waren, kniete C. B. Whiting abermals am Flussufer vor seinem kürzlich fertiggestellten Haus und beobachtete stolz, wie die nunmehr vor Kraft strotzende Strömung die verbliebenen Elchreste mit sich führte, zusammen mit dem längst wieder angewachsenen Berg von Milchkartons, Plastikflaschen und verrosteten Suppenkonservendosen, lauter Unrat, der nun fröhlich südwärts wippte, in Richtung des ahnungslosen Fairhaven. Das Wispern des Flusses klang nun nicht mehr nach dumpfer Verzweiflung wie noch im Sommer. Mit neuer Energie erfüllt, gluckste er schier vor Vergnügen angesichts der gelungenen Unternehmung. Zufrieden mit dem Ausgang, zündete sich C. B. Whiting eine Zigarre an, sog tief die süße Sommerluft ein und betrachtete wohlgefällig die schlanke Frau an seiner Seite, deren Name – keineswegs zufällig – Francine Robideaux war.

Francine war eine junge, intelligente Frau und hatte erst kürzlich ihren Abschluss am Colby College gemacht. Sie war zehn Jahre jünger als C. B. Whiting und hatte ihn bis zu dem Tag, an dem ihre Familie mit ihrem zukünftigen Gatten den Verkaufsvertrag über den Robideaux Blight unterzeichnet hatte, noch nie gesehen, wohl aber schon von ihm gehört.

C. B. hatte selbst am Colby studiert, genau wie sein Vater und Großvater vor ihm, während Francine die erste Robideaux war, die über die Highschool hinausgekommen war. Als sie, dank eines Stipendiums, erfolgreich vom Colby abging, deutete nichts an ihr mehr darauf hin, dass sie eine Robideaux war, weder ihr Auftreten noch ihre Ausdrucksweise noch ihre Aussprache, und das verwirrte ihre Angehörigen und machte sie wütend, und sie hätten ihr niemals erlaubt, das College zu besuchen, hätten sie gewusst, wie sehr sie nach ihrer Rückkehr auf sie herabblicken würde. Als armes Mädchen unter lauter Reichen hatte Francine Robideaux diese aufmerksam beobachtet und sich ihre Tischmanieren, ihren Modegeschmack, ihre eigentümliche Sprechweise und ihre penible Körperhygiene abgeschaut. Und das Flirten hatte sie ebenfalls am Colby gelernt.

Im sanften Licht des von Büchern gesäumten Büros seiner Anwälte dachte C. B. Whiting, der seit seiner Rückkehr nach Maine keine Frau mehr ernsthaft in Betracht gezogen hatte, dass ihm Francine Robideauxs äußere Erscheinung gefiel. Auch schätzte er an ihr, dass sie eine Colby-Absolventin war, und registrierte voller Bewunderung, dass sie die Prellerei ihrer Eltern durch ihn offenbar durchschaute, ohne sich bemüßigt zu fühlen, einzuschreiten. Mit jedem weiteren Mal, da er sie verstohlen ansah, mit jedem weiteren Mal, da sie das Wort ergriff, war er beeindruckter von ihr, verstand es dieses Mädchen doch, ihm unzweifelhaft zu bedeuten, dass sie ihn ebenfalls aufmerksam beobachtete, wenngleich ihr übriges Verhalten darauf schließen ließ, dass er für sie gar nicht im Raum sei. Vielleicht war er für sie anwesend, vielleicht auch nicht, er vermochte es nicht zu sagen. Um diese Frage, ob er anwesend war oder nicht, zu klären, beschloss er, sie zu heiraten, vorausgesetzt sie wollte ihn.

Nun, wie sich herausstellte, wollte sie. Sie heirateten im September, und von diesem Tag an sollte C. B. Whiting sich fragen, was ihn an Francine Robideauxs Erscheinung im sanften Licht des Anwaltsbüros so gereizt hatte. Im natürlichen Licht sah sie eher verkniffen aus, und wie es oft bei Frauen französisch-kanadischer Herkunft zu beobachten war, hatte sie ein fliehendes Kinn, als hätte jemand sie tatsächlich dort gekniffen. Auch sollte er feststellen, dass die Heirat mit Francine Robideaux keineswegs seine Frage beantwortete, ob er für sie im Raum war oder nicht. Als C. B. Whiting an jenem späten Augustnachmittag zur Feier des Tages eine Zigarre anzündete, musterte er seine zukünftige Gattin eindringlich. Die Whiting-Männer mit ihrem ausgeprägten Geschäftssinn schienen sich ausnahmslos wie die Motten vom Licht zu der jeweils einzigen Frau auf der Welt hingezogen zu fühlen, die es als ihre Lebensaufgabe betrachtete, ihnen das Leben zur Hölle zu machen, eine Frau, die mit der gleichen grimmigen Inbrunst an sie gebunden bliebe wie eine Nonne an den leidenden Christus. Sich dieser Familiengeschichte absolut bewusst, war C. B. bislang verständlicherweise auf der Hut vor einer Ehe gewesen. Wenn sein Vater ihn von Zeit zu Zeit daran erinnert hatte, dass er einen Erben brauche, hatte C. B. ihn und seinen Großvater angesehen und war sich diesbezüglich keineswegs sicher gewesen. Warum sollte er diesem Teufelskreis nicht ein Ende bereiten? Was hatte es für einen Sinn, noch mehr männliche Whitings in die Welt zu setzen, wenn sie ganz offensichtlich zum ehelichen Martyrium verdammt waren?

Während C. B. Whiting jetzt Francine Robideaux aufmerksam betrachtete, versuchte er sich vorzustellen, wann für ihn der Tag käme, da er den dringenden Wunsch verspüren würde, sie mit einer Schaufel ins Jenseits zu befördern. Glücklicherweise fehlte ihm die Fantasie, sich eine solche Szene bildhaft vor Augen zu führen. Allenfalls vermochte er die Möglichkeit in Betracht zu ziehen, dass es unklug gewesen sein könnte, einen Krieg mit Gott anzuzetteln. Wenn er einem einen toten Elch schicken konnte, was sollte ihn dann daran hindern, einem etwas noch viel Schlimmeres zu schicken? Zum Beispiel eine unliebsame Ehefrau. Hätte C. B. diese Frau nicht gewollt, hätte dies ein beunruhigender Gedanke sein können. Aber er wollte sie. Er war sich dessen beinahe sicher.

Seine zukünftige Ehefrau hegte indes andere Gedanken. »Dort wäre ein ausgezeichneter Platz für einen Pavillon, Charlie«, sagte sie und deutete mit ihrem dünnen Zeigefinger zu einer Stelle auf halbem Weg zwischen

Haus und Flussufer. Als Charles Beaumont Whiting nicht sofort antwortete, wiederholte Francine Robideaux ihre Bemerkung, und diesmal meinte ihr zukünftiger Gatte eine leichte Schärfe in ihrer Stimme wahrzunehmen. »Hast du gehört, was ich gerade gesagt habe, Charlie?«

Ja, hatte er. Doch wenngleich er im Allgemeinen nichts gegen Pavillons einzuwenden hatte, vermochte ihn der Gedanke, der Hazienda ein solch spezielles architektonisches Element beizugesellen, nicht so recht zu überzeugen. Dieser ästhetische Vorbehalt war jedoch nicht der Grund für sein Zögern. Nein, der Grund war, dass niemand ihn je Charlie genannt hatte. Seit er ein kleiner Junge gewesen war, hieß er immer nur Charles, und vor allem seine Mutter hatte darauf beharrt, dass der vornehme Name, den sie ihm gegeben hatte, nicht durch einen gewöhnlichen Spitznamen wie Charlie oder, noch schlimmer, Chuck, verunglimpft wurde. Eine kurze Zeit lang hatten seine Freunde auf dem College ihn Beaumont gerufen, und für seine Freunde und Bekannten in Mexiko war er Beau gewesen. In jüngerer Zeit waren seine Geschäftspartner dazu übergegangen, ihn einfach nur C. B. zu nennen, doch taten sie das eher bewundernd und es wäre ihnen nicht im Traum eingefallen, ihn mit Charlie anzusprechen.

Gewiss wäre jetzt der geeignete Zeitpunkt gewesen, die Sache ein für alle Mal richtigzustellen, doch noch während er überlegte, wie er es am besten ausdrücken sollte, dass er Charles gegenüber Charlie den Vorzug gab, wurde ihm klar, dass aus diesem »jetzt« bereits ein »dann« geworden war. Komisch. Hätte ihn jemand anders Charlie genannt, wäre er dieser Person über den Mund gefahren, noch ehe sie das Wort zu Ende hätte sprechen können. Aber bei dieser Frau, die er auf Knien gefragt hatte, ob sie ihn heiraten wolle, hatte er aus irgendeinem Grund diesen Moment verstreichen lassen. Eine geraume Weile verging, bis Charles Beaumont Whiting bewusst wurde, dass ein ganz neues, ungekanntes Gefühl ihn hatte verstummen lassen. Zunächst spürte er nur eine unangenehme Empfindung, doch dann konnte er es identifizieren. Dieses Gefühl war Angst.

»Ich sagte ...«, begann seine zukünftige Frau zum dritten Mal.

»Ja, meine Liebe. Eine ausgezeichnete Idee«, erwiderte Charles Beaumont Whiting und wurde in diesem schicksalhaften Moment zu Charlie Whiting. Später pflegte er bedauernd zu sagen, dass er bei jeder Meinungsverschiedenheit mit seiner Frau das letzte Wort habe, und das sei – oder besser gesagt, diese letzten drei Worte seien: »Ja, meine Liebe.« Hätte er geahnt, wie oft er sie dieser Frau gegenüber noch äußern würde, dass sie zum Mantra ihrer Ehe werden würden, hätte er sich womöglich der Einladung des Flusses entsonnen und sich dessen Strömung hingegeben, um dem Elch auf seinem Weg flussabwärts zu folgen, und sich auf diese Weise einen Haufen Elend erspart, ebenso wie die Kosten für die Handfeuerwaffe, die er dreißig Jahre später kaufen sollte, um seinem Leben ein Ende zu setzen.

»Und würdest du bitte diese abscheuliche Zigarre ausmachen?«, fügte Francine Robideaux hinzu.

ERSTER TEIL

Kapitel 1

Der Empire Grill war ein langer, niedriger Bau mit einer durchgehenden Fensterreihe an der Frontseite, und seit dem Abriss des benachbarten Gebäudes, eines Rexall-Drugstores, konnte man vom Lunchtresen aus die gesamte Empire Avenue hinunterblicken bis zu der alten Textilfabrik und der angrenzenden Hemdenmanufaktur. Zwar waren die Fabriken seit fast zwei Jahrzehnten stillgelegt, doch noch immer zogen die beiden dunklen, bedrohlich wirkenden Schatten am Fuß der sanft ansteigenden Avenue die Blicke auf sich. Natürlich hinderte einen nichts daran, die Empire Avenue hinauf-, in die andere Richtung zu schauen, aber Miles Roby, der Inhaber des Lokals – und eines Tages auch dessen Besitzer, wie er hoffte –, hatte schon vor langer Zeit bemerkt, dass seine Gäste das selten taten.

Nein, wie aus einem natürlichen Impuls heraus blickten sie die Straße hinunter bis zu ihrem sackgassenartigen Ende an der Fabrik und der Manufaktur, den beiden unleugbaren Verkörperungen der Vergangenheit dieser Stadt, und genau diese Anziehungskraft der alten, verlassenen Anlagen bestärkte Miles in seinem Entschluss, den Empire Grill, sobald es ihm gehörte, trotz des vermutlich mageren Erlöses zu verkaufen.

Gleich hinter Fabrik und Manufaktur verlief der Fluss, der vor langer Zeit die Energie erzeugt hatte, um sie zu betreiben, und oft fragte sich Miles, was wäre, wenn man die Fabriken abreißen würde – würde die Stadt sich dann notgedrungen eine Zukunft entwerfen? Wohl kaum. Auf dem Grundstück nebenan zum Beispiel war lediglich ein Maschendrahtzaun hochgezogen worden, dort, wo sich der Drugstore befunden hatte, woraus Miles folgerte, dass, wenn man die Aufmerksamkeit der Leute von der Vergangenheit ablenkte, dies nicht unweigerlich den Aufbruch in eine neue Zukunft bedeutete. Andererseits, überlegte er weiter, würden, wenn man die Vergangenheit niederriss und reinen Tisch machte, weniger Menschen sie mit der Zukunft verwechseln, und das wäre doch schon mal etwas. Solange Fabrik und Manufaktur stehen blieben, würden viele weiterhin wider aller Vernunft glauben, dass sich ein Käufer für eine oder sogar beide finden ließe und dass Empire Falls dann wieder zu seiner wirtschaftlichen Vitalität zurückfände.

An diesem Nachmittag Anfang September waren es jedoch nicht die dunkle Hemdenmanufaktur mit ihren hohen Fenstern, wo seine Mutter den Großteil ihres Erwerbslebens zugebracht hatte, und der dahinter aufragende größere Bau der Textilfabrik, die Miles' Blick wieder einmal die Empire Avenue hinabwandern ließen, sondern die Hoffnung, gleich seine Tochter Tick um die Ecke biegen zu sehen, ehe sie ihren langsamen, einsamen Anstieg die Straße hinauf begann. Wie die meisten ihrer Highschool-Freunde schleppte Tick, eine spindeldürre Zehntklässlerin, all ihre Schulbücher in einem L. L. Bean-Segeltuchrucksack mit sich herum, und so musste sie sich stets nach vorn lehnen, als stemmte sie sich mit aller Macht gegen einen fast übermächtigen Wind. Merkwürdig, dachte Miles in Erinnerung an seine eigene Highschool-Zeit, es war, als seien die damaligen Gepflogenheiten auf den Kopf gestellt worden. Seine Freunde und er hatten ihre Schulbücher einfach auf der Hüfte balanciert, mal auf der einen, mal auf der anderen, sodass sie sich mal nach links und mal nach rechts lehnten. Außerdem hatten sie nur die

Bücher mit nach Hause genommen, die sie für ihre Schulaufgaben brauchten, oder besser gesagt jene, von denen sie *meinten*, dass sie sie bräuchten, während sie alles andere in ihren Schließfächern zurückließen. Heutzutage stopften die Schüler hingegen all ihre Unterlagen in ihre Rucksäcke, die buchstäblich aus allen Nähten zu platzen drohten, und brachten alles mit nach Hause, um, wie Miles vermutete, nicht überlegen zu müssen, auf welche Dinge sie verzichten könnten, und somit nicht die möglichen Konsequenzen ihrer Entscheidung tragen zu müssen. Dumm nur, dass genau dies nun Konsequenzen hatte. Ein Arztbesuch im vergangenen Frühling hatte bei Tick eine beginnende Skoliose zutage gebracht, eine leichte Krümmung ihrer Wirbelsäule, die Miles in verschiedener Hinsicht Sorgen machte. »Sie schleppt einfach zu viel Gewicht mit sich herum«, hatte der Arzt erklärt, ohne sich, soweit Miles es beurteilen konnte, der Doppeldeutigkeit seiner Worte bewusst zu sein. Tick hatte den Großteil des Sommers gebraucht, um ihre normale Haltung zurückzuerlangen, nur um am gestrigen Schultag, dem ersten nach den Ferien, bereits wieder leicht gebeugt daherzukommen.

Doch es war nicht seine Tochter, die er erblickte, den einzigen Menschen, den Miles in diesem Moment um die Ecke biegen sehen wollte. Stattdessen musste er beobachten, wie Walt Comeau, der Mensch, auf den Miles am allerwenigsten erpicht war, auf den Parkplatz vor dem Empire Grill einbog. Walts Transporter war eine einzige Werbeanzeige auf Rädern für seinen Fahrer – auf der Motorhaube, direkt über dem Kühlergrill, prangte in großen Lettern THE SILVER FOX, und sein Kennzeichen lautete FOXY 1. Der Transporter war groß und Walt klein, sodass er vom Trittbrett herunterhüpfen musste, und der jugendliche Elan, mit dem er dies tat und der Miles an jedem einzelnen Tag des vergangenen Jahres sowohl in der Realität als auch in seinen Träumen vor Augen geführt worden war, erweckte in ihm den Wunsch, nach einer Axt zu greifen, den Silver Fox damit am Eingang abzufangen und ihm den Schädel einzuschlagen.

Stattdessen drehte sich Miles zum Grillherd um und wendete Horace Weymouths Burgerfrikadelle, wobei er sich fragte, ob er sie nicht vielleicht schon zu lange briet. Horace mochte seine Burger nämlich blutig.

»So.« Horace faltete den *Boston Globe* zusammen und legte die Zeitung weg – offenbar sagte ihm seine innere Uhr, dass sein Burger fertig war, und Miles fühlte sich in seiner Befürchtung bestätigt. »Warst du schon bei Mrs Whiting draußen?«

»Nein, noch nicht.« Miles gab Tomatenscheiben, ein Salatblatt, einen roten Zwiebelring, eine Essiggurke und das aufgeschnittene Brötchen auf Horace' Teller und drückte mit dem Bratenheber auf das Fleisch, um es nochmals kurz brutzeln zu lassen, ehe er es auf eine Brötchenhälfte schob. »Ich warte in der Regel, bis ich von ihr einbestellt werde.«

»Das würde ich an deiner Stelle nicht«, sagte Horace. »Irgendjemand muss schließlich Empire Falls erben. Warum sollte dieser Jemand nicht Miles Roby sein?«

»Eher gewinne ich im Lotto«, erwiderte Miles, und als er den Teller über den Tresen schob, sprang ihm zum ersten Mal seit Längerem wieder die lila Zyste auf Horace' Stirn ins Auge. War sie größer geworden, oder lag es daran, dass Miles ein paar Tage weg gewesen war, dass sie ihm erst jetzt wieder auffiel? Die Zyste nahm inzwischen die Hälfte von Horace' rechter Augenbraue ein, und die haarlose, glänzende Haut spannte sich über der Geschwulst, von deren dunklem Zentrum sich ein Netz aus Äderchen ausbreitete. Der Vorteil einer Kleinstadt war, wie Miles' Mutter zu sagen pflegte, dass so gut wie jeder seinen Platz darin fand; man wohnte in Nachbarschaft zu den Lahmen und den Missgestalteten, und da man ihnen fast täglich begegnete, bemerkte man mit der Zeit gar nicht mehr, was an ihnen anders war.

Miles konnte sich nicht erinnern, auf Martha's Vineyard, wo er mit seiner Tochter in der vergangenen Woche Urlaub gemacht hatte, Menschen mit körperlichen Defekten gesehen zu haben. Fast jeder auf der Insel schien reich, schlank und schön zu sein. Als er dies seinem Freund Peter gegenüber äußerte, meinte dieser, dann solle er mal eine Zeit lang in L. A. leben. Dort werde Hässlichkeit durch entsprechende Paarungen systematisch herausgezüchtet. »Er meint eigentlich nicht L. A.«, sagte Dawn, Peters Frau, als Miles dies anzweifelte, »sondern Beverly Hills.« – »Und Bel Air«, fügte Peter hinzu. »Und Malibu«, sagte Dawn. Sie führten noch ein gutes Dutzend weiterer Orte auf, wo mangelnde Schönheit allem Anschein nach ausgemerzt worden war. Peter und Dawn gaben gern derlei weltläufige Weisheiten zum Besten, und Miles hörte ihnen gern zu, meistens jedenfalls. Die drei hatten zusammen an einem kleinen katholischen College in der Nähe von Portland studiert, und er bewunderte sie dafür, dass so gar nichts mehr an ihnen an die Studenten von damals erinnerte. Peter und Dawn waren zu vollkommen anderen Menschen geworden, und Miles vermutete, dass es so eigentlich auch sein sollte, nur dass es bei ihm nicht so gekommen war. Falls die beiden der Mangel an persönlicher Entwicklung an ihrem Freund störte, verstanden sie es bestens, ihre Enttäuschung zu verbergen; ganz im Gegenteil behaupteten sie sogar, er habe ihren Glauben an die Menschheit wiederhergestellt, indem er der alte Miles geblieben sei. Da sie es offensichtlich als Kompliment meinten, bemühte sich Miles, dies auch so aufzufassen. Jedenfalls schienen sie sich Jahr für Jahr im August ehrlich zu freuen, ihn wiederzusehen, und wenngleich er jedes Mal fast damit rechnete, seine alten Freunde würden ihre Einladung für den nächsten Sommer nicht erneuern, hatte er sich bislang jedes Mal getäuscht.

Horace pickte mit Zeigefinger und Daumen den dünnen Zwiebelring vom Teller, als wären Zwiebeln in unmittelbarer Nachbarschaft zu etwas, was er essen sollte, eine Beleidigung. »Ich esse keine Zwiebeln, Miles. Ich weiß, du warst ein paar Tage weg, aber ich habe mich nicht verändert. Ich lese den *Globe*, ich schreibe für die *Empire Gazette*, ich verschicke nie Weihnachtskarten und esse keine Zwiebeln.«

Miles nahm den Zwiebelring entgegen und warf ihn in den Abfalleimer. Es stimmte, er war den ganzen Tag schon irgendwie daneben, noch immer träge und dusselig von den zurückliegenden Ferien, und vergaß Dinge, die ihm zur zweiten Natur geworden waren. Eigentlich hatte er vorgehabt, es langsam angehen zu lassen und die ersten paar Tage nur Aufsicht im Diner zu führen. Doch Buster, mit dem er sich die Schichten hinter dem Tresen teilte, hatte sich wie jedes Mal nach Miles' Rückkehr von der Insel aus Rache zu einer Sauftour aufgemacht und so Miles zurück an den Grill gezwungen, obwohl er noch nicht bereit gewesen war.

»Sie ist mehr als nur ein Sechser im Lotto«, sagte Horace und bezog sich damit noch immer auf Mrs Whiting. Die alte Dame verbrachte jedes Jahr weniger Zeit in Maine, da sie den Winter über in Florida verweilte und auch sonst gern »in der Gegend herumscharwenzelte«, wie Miles' längst verstorbene irische Großmutter mütterlicherseits es ausgedrückt hätte, die am liebsten blieb, wo sie war. Offenbar war Mrs Whiting erst vor Kurzem von einer Alaska-Kreuzfahrt zurückgekehrt. »Ich als Familienmitglied, ich würde jeden Tag hinausfahren und ihr in den knochigen Hintern kriechen.«

Miles sah zu, wie Horace seinen Burger montierte, und registrierte erleichtert, dass die Brötchenhälfte sich rötlich verfärbte.

Miles Roby war gewiss kein Familienmitglied von Mrs Whiting. Horace spielte jedoch auf die Tatsache an, dass die alte Frau eine geborene Robideaux war, und manche Stimmen behaupteten, die im Dexter County ansässigen Robys und Robideauxs hätten gemeinsame Wurzeln – man müsse deren Stammbäume nur lange genug zurückverfolgen. Miles' Vater Max war jedenfalls fest davon überzeugt, während er selbst es für reines Wunschdenken hielt. Da es jedoch keine Beweise dafür gab, dass die reichste Frau in Zentral-Maine und er nicht verwandt waren, hatte Max beschlossen, es müsse so sein. Wäre sein Vater der mit dem vielen Geld und jemand mit dem Namen Robideaux würde Anspruch auf nur zehn Cent seines Vermögens erheben, würde er die Sache natürlich anders sehen, dessen war sich Miles sicher.

Das Ganze war ohnehin nur von rhetorischem Interesse. Mrs Whiting war erst durch ihre Heirat mit dem inzwischen verstorbenen C. B. Whiting zu ihrem Vermögen gekommen; dieser hatte die Papiermühle und die Hemdenmanufaktur und die Textilfabrik irgendwann an multinationale Konzerne verkauft, die sie zuerst ausgeplündert und schließlich geschlossen hatten. Den Whitings gehörte noch immer die Hälfte der Immobilien in Empire Falls, einschließlich des Diners, das Miles seit fünfzehn Jahren für Mrs Whiting managte, wobei es abgemacht war, dass es nach ihrem Tod an ihn übergehen würde, ein Ereignis, das Miles herbeisehnte, auch wenn es ihm nicht gelang, es sich vorzustellen. Die Frage, was aus dem Rest des Grund- und Immobilienbesitzes der alten Dame werden würde, bot Anlass zu allerlei Spekulation. Normalerweise würde ihre Tochter alles erben, aber Cindy Whiting hatte mit Unterbrechungen ungefähr die Hälfte ihres bisherigen Erwachsenenlebens in der psychiatrischen Anstalt von Augusta verbracht, daher nahm man an, dass Mrs Whiting ihr nicht mehr Mittel hinterlassen würde, als für ihren Unterhalt erforderlich waren. Aber in Wahrheit wusste niemand im Dexter County Genaues über Mrs Whitings gegenwärtiges Vermögen oder ihre diesbezüglichen Pläne. Nie nahm sie die Dienste von einheimischen Anwälten oder Steuerberatern in Anspruch, sondern ließ ihre vermögenstechnischen Angelegenheiten von einer Bostoner Firma regeln, die schon seit fast einem Jahrhundert für die Whitings tätig war. Weder fühlte sie sich bemüßigt, der Auffassung zu widersprechen, dass sie einen bedeutenden Teil ihres Vermögens der Stadt vererben würde, noch machte sie irgendwelche Zusicherungen. Mrs Whiting war nicht für ihre Philanthropie bekannt. In Krisenzeiten, wie zum Beispiel als der Knox unlängst wieder einmal über die Ufer getreten war, spendete sie gelegentlich einen gewissen Betrag, bestand aber jedes Mal darauf, dass die Stadt ihn um dieselbe Summe aufstockte. Ähnlich verfuhr sie, als es um einen neuen Krankenhausflügel oder die Anschaffung neuer Computer an der Highschool ging. Auch wenn es sich um nicht unerhebliche Summen handelte, waren die Leute überzeugt, dass sie sie quasi aus der Portokasse bezahlte. Wenn die Frau erst einmal unter der Erde war, hofften sie, würde das Geld rascher fließen.

Miles war sich da nicht so sicher. Mrs Whitings Großzügigkeit der Stadt oder auch ihm gegenüber war von irritierender Zweischneidigkeit. Vor ein paar Jahren zum Beispiel hatte sie das allmählich verfallende alte Whiting'sche Herrenhaus, das einen Großteil des Stadtzentrums einnahm, der Stadt geschenkt, allerdings unter der Bedingung, dass sie seinen Erhalt garantierte. Erst nachdem sie die Schenkung angenommen hatten, wurden sich der Bürgermeister und Stadtrat der großen Bürde bewusst, die sie sich aufgehalst hatten. Zum einen konnte man nun keine Grundsteuer mehr auf das Anwesen erheben, das man obendrein nicht einmal für gesellschaftliche Veranstaltungen nutzen durfte, zum anderen entpuppten sich die Unterhaltskosten als erhebliche finanzielle Last. Daher fürchtete Miles, dass, sollte sich Mrs Whiting tatsächlich entschließen, ihm den Diner zu vermachen, das Geschenk zu kostspielig für ihn sein würde, um es anzunehmen.

In der Tat schien es fast, als würde Mrs Whiting, nun, da die Fabriken geschlossen waren, den Markt durch Firmenpleiten beherrschen. Sie besaß den Großteil der Gewerbefläche der Stadt und hieß neu gegründete Firmen in ihren Gewerbeimmobilien willkommen. Doch dann schnellten die Mieten aus irgendwelchen Gründen in die Höhe, und keines dieser jungen Unternehmen schien auf einen grünen Zweig zu kommen, ebenso wenig wie deren Besitzer, wenn sie bei Mrs Whiting vorsprachen, um günstigere Bedingungen auszuhandeln.

»Ich weiß auch nicht, warum, Miles«, sagte Horace, »aber die alte Frau hat offenbar einen Narren an dir gefressen. Meines Erachtens behandelt sie dich anders als andere. Allein die Tatsache, dass sie diesen Laden noch nicht dichtgemacht hat, beweist es. Oder aber sie genießt es, dich am ausgestreckten Arm verhungern zu lassen.«

Miles wusste, diese letzte Bemerkung war witzig gemeint, fragte sich aber dennoch – nicht zum ersten Mal –, ob nicht genau das die nackte Wahrheit war. Objektiv betrachtet, schien Mrs Whiting ihm gegenüber nachsichtiger zu sein, als es sonst ihre Art war, und doch konnte er sich bisweilen des Eindrucks nicht erwehren, dass das nichts mit Zuneigung zu tun hatte. Vielleicht war er deshalb auch jetzt nicht auf eine Begegnung mit ihr erpicht, obwohl er das jährliche Treffen nicht allzu lange aufschieben durfte. Jedes Jahr brach sie ein bisschen früher nach Florida auf als im vergangenen Herbst, und auch wenn ihre »Zur aktuellen Lage des Diners«-Meetings im Grunde nur ein Pro-forma-Ritual waren, legte Mrs Whiting großen Wert darauf; und in all den Jahren hatte er in ihrer Gesellschaft zu spüren gemeint, dass die alte Frau auf ein Zeichen von ihm wartete –

welcher Art, vermochte er jedoch nicht zu sagen. Jedenfalls hatte er noch jedes dieser Treffen mit dem Gefühl verlassen, bei irgendeiner geheimen Prüfung versagt zu haben.

Die Eingangsglocke bimmelte, und Walt Comeau tänzelte herein, die Arme ausgebreitet wie ein aus der Zeit gefallener Schlagersänger, das silbrige Haar nach der Mode der Fifties mit Pomade zurückgestrichen. *»Don't let the stars get in your eyes«*, trällerte er, *»don't let the moon break your heart.«*

Einige der Stammgäste, die wussten, was jetzt von ihnen erwartet wurde, machten auf ihren Barhockern mit ausgestrecktem rechten Arm einen synchronen Schlenker in Richtung Tische, schwenkten zurück und sangen in einer anderen Tonart: »Pa pa pa paya.«

»Ach, Perry Como«, sagte Horace, als er, ohne den Kopf zur Seite zu drehen, registrierte, dass der Platz neben ihm eingenommen wurde. »Kommst ja wie gerufen.«

»Big Boy«, sagte Walt, an Miles gewandt, »hast du's schon gehört?«

»Ach, verschon mich bitte damit.« Miles hatte den ganzen Morgen über von nichts anderem gehört. Am Wochenende hatte ein schwarzes Lincoln Town Car mit einem Massachusetts-Kennzeichen auf dem Parkplatz der Textilfabrik gestanden. Im vergangenen Jahr war es ein BMW gewesen und das Jahr davor eine Cadillac-Limousine. Die Farbe der Fahrzeuge war mal Schwarz und mal Weiß, aber das Kennzeichen war immer aus Massachusetts, was Miles unwillkürlich schmunzeln ließ. Die Touristenhorden, die jeden Sommer von dort nach Maine strömten, wurden von der hiesigen Bevölkerung als *»Massholes«* bezeichnet, und dennoch war jedes Mal, wenn Empire Falls von seiner Errettung träumte, ein Nummernschild aus Massachusetts im Spiel.

»Wie das?«, sagte Walt empört. »Du warst ja gar nicht hier.«
»Lass es dir halt von ihm erzählen«, meinte Horace, »dann haben wir es hinter uns.«

Walt Comeau sah zwischen Miles und Horace hin und her, als wäre er unschlüssig, wer von beiden der größere Trottel sei, und ließ den Blick schließlich auf Horace ruhen, wahrscheinlich weil dieser zuletzt geredet hatte. »Gut, dann erklär du mir, was es deiner Meinung nach zu bedeuten hat. Drei Typen in Achthundert-Dollar-Anzügen fahren an einem Sonntagmorgen den weiten Weg von Boston hier hoch, parken vor der Papiermühle, wandern in ihren schwarzen Lackschuhen zum großen Wasserfall hinunter, wo sie eine geschlagene halbe Stunde herumstehen und immer wieder zur Mühle hinaufdeuten. Und jetzt sag, wer die Typen deiner Ansicht nach sind und was sie vorhaben.«

Horace legte seinen Hamburger auf den Teller und wischte sich mit der Serviette den Mund ab. »Hey, das ist doch glasklar. Sie sind gekommen, um zig Millionen zu investieren. Eine Zeit lang haben sie sich mit dem Gedanken getragen, ihre Kohle in Tech-Aktien zu stecken, aber dann haben sie gedacht, verdammt, nein. Lass uns lieber in Textilien investieren. *Damit* lässt sich das große Geld verdienen. Und dann haben sie beschlossen, die Fabrik nicht in Mexiko oder Thailand zu bauen, wo die Leute für zehn Dollar die Woche arbeiten. Fahren wir hinauf nach Empire Falls in Maine, haben sie stattdessen gedacht, und schauen wir uns diese ausgeschlachtete Fabrikhülle an, die der Fluss letzten Frühling um ein Haar weggespült hätte; kaufen wir neue Maschinen und schaffen Hunderte von Jobs, keinen für unter zwanzig Dollar die Stunde.«

Miles konnte sich ein Lächeln nicht verkneifen. Abzüglich des Sarkasmus, war das genau die Geschichte, die er den ganzen Morgen lang zu hören bekommen hatte. Diese alljährliche

Sichtung des Retters erwuchs, soweit Miles es beurteilen konnte, aus dem gleichen Bedürfnis, das die Menschen auch hin und wieder Elvis in der örtlichen Denny's-Filiale erblicken ließ. Aber warum immer im Herbst?, fragte sich Miles. Diese Jahreszeit schien nicht dazu angetan, einen derart verzweifelten Optimismus hervorzubringen. Vielleicht hatte es damit zu tun, dass die Kinder wieder in die Schule gingen, sodass die Eltern reichlich Zeit hatten, über das Nahen eines weiteren unerbittlichen Winters nachzusinnen und ein Luftschloss zu bauen, das ihnen helfen würde, ihn zu überstehen.

»Hey«, sagte Walt gekränkt. »Ich sag ja nur, dass hier eines Tages auch mal was Nettes passieren *könnte*. Man weiß nie. Mehr sag ich ja nicht, okay?«

Horace hatte sich wieder seinem Hamburger zugewandt, und diesmal machte er sich nicht die Mühe, ihn abermals abzulegen und sich den Mund abzuwischen, ehe er das Wort ergriff. »Etwas Nettes, ach ja«, sagte er. »Glaubst du das wirklich? Dass die Leute, nur weil sie Geld haben, nett sind?«

»Ach, fahrt doch zur Hölle.« Walt machte eine wegwerfende Geste, die sowohl Horace als auch Miles einschloss. »Trotzdem würde ich gern eines von dir wissen, du Klugscheißer. Wie kannst du eigentlich jeden gottverdammten Tag hier herumsitzen und einen fetten Hamburger nach dem anderen in dich hineinstopfen? Weißt du nicht, wie schlecht das Zeug für dich ist?«

Horace legte den letzten Bissen Hamburger auf den Teller und sah seinen Nebenmann an. »Und ich würde gern von dir wissen, warum du mir Tag für Tag meinen Lunch verderben musst. Warum kannst du die Leute nicht in Ruhe lassen?«

»Weil ich mir Sorgen um euch mache«, sagte Walt. »Ich kann mir einfach nicht helfen.«

»Ich wünschte, du könntest es«, sagte Horace und schob seinen Teller von sich weg.

»Nein, kann ich nicht.« Walt schob Horace' Teller noch weiter den Tresen hinunter, brachte dann ein abgegriffenes Kartenspiel aus seiner Jackentasche zum Vorschein und knallte es vor Horace auf den Tresen. »Ich kann nicht zulassen, dass du stirbst, bevor ich herausgefunden hab, wie du es anstellst, mich jedes Mal beim Rommé zu schlagen.«

Horace rieb mit seiner Serviette einen Hamburger-Fettfleck von der Tresenoberfläche, ehe er vom Kartenstapel abhob. »Du solltest so lange leben. Verdammt, *ich* sollte so lange leben«, sagte er und sah zu, wie der andere austeilte, bis ein volles Blatt vor ihm lag, erst dann nahm er seine Karten auf. Wenn man ihm zusah, hätte man meinen können, er hätte schon jedes mögliche Blatt gehabt, als bestünde für ihn das Schwierigste bei jedem Spiel darin, sich nicht anmerken zu lassen, dass er genau wusste, wie es jeweils ausging. Wenn Horace hingegen austeilte, nahm Walt, ohne zu zögern, jede einzelne Karte auf und sah sie sich begierig an, als wäre jedes Blatt eine völlig neue Erfahrung für ihn.

»Nee«, sagte Walt und steckte die Karten um, um sie gleich nochmals neu zu sortieren, unsicher, welches Sortierprinzip – Farbe oder Augen – siegversprechender sei. »Ich bin dein bester Freund, Horace. Du weißt es nur nicht. Und ich sag dir noch was, was du nicht weißt. Du weißt auch nicht, wer dein ärgster Feind ist.«

Horace, der selten mehr als eine oder zwei Karten umsteckte, ehe sein Blatt für ihn Sinn ergab, warf Miles einen vielsagenden Blick zu und verdrehte die Augen. »Wer das wohl ist, Perry?«, fragte Horace wie jemand, der genau wusste, was jetzt kommen würde. Als hätte er nicht nur beim Rommé jedes Blatt schon mal gespielt.

Walt nickte in Richtung Miles. »Dieser Big Boy hier«, sagte er zu niemandes Überraschung. »Wenn du weiterhin seine fettigen

Hamburger isst, wirst du bald genauso aussehen wie er, es sei denn, du bekommst vorher einen Herzinfarkt.«

»Magst du Kaffee, Walt?«, fragte Miles. »Wenn ich dir schon zuhöre, wie du mein Geschäft schlechtmachst, würde ich mich besser fühlen, wenn ich dir vorher ein bisschen Geld abgeknöpft hätte, und seien es nur fünfundachtzig Cent.«

»Du brauchst mehr Kunden wie mich«, sagte Walt und warf einen Zwanzig-Dollar-Schein auf den Tisch. Zu den vielen Dingen, die Miles am Silver Fox nicht mochte, zählte seine Angewohnheit, stets mit großen Scheinen um sich zu werfen; selbst wenn seine Brieftasche voller Kleingeld war, zahlte er seinen Kaffee mit einem Zwanzig- oder Fünfzig-Dollar-Schein. Hin und wieder wollte er Miles sogar dazu bewegen, ihm auf hundert rauszugeben, und genoss es, wenn Miles sein Ansinnen zurückwies. »Eine Tasse Kaffee kostet dich ... wie viel? Zehn Cent? Fünfzehn Cent? Und du nimmst fast einen Dollar dafür, stimmt's? Das ist mal ein ordentlicher Profit. Kein schlechter Schnitt.«

Miles schenkte jedem eine Tasse ein und ging dann mit Walts Zwanziger zur Kasse. Es hatte eigentlich keinen Sinn, den Silver Fox darauf hinzuweisen, dass er eine Milchmädchenrechnung aufgemacht hatte, wusste er es doch selbst. »Und wenn ich vier- oder fünfmal nachschenke, wie viel Profit hab ich dann gemacht?«

Als die Glocke erneut bimmelte, warf Miles einen Blick zur Tür und sah seinen jüngeren Bruder hereinkommen, eine Zeitung unter den versehrten Arm geklemmt. Nachdem er Walt Comeau erblickt hatte, steuerte er einen Hocker am anderen Ende des Tresens an. Während Miles ihm eine Tasse Kaffee einschenkte, fing David seinen Blick auf, ehe er kürz zu Walt Comeau hinübersah, um sich dann wieder in seine Zeitung zu vertiefen. Meist verstanden die Brüder einander bestens, vor allem ihr jeweiliges Schweigen. Diesmal bedeutete Davids Schweigen, dass Miles in seinen Augen keinen Deut klüger aus dem Urlaub zurückgekehrt war.

»Du bist gut gerüstet für heute Abend«, sagte Miles und bezog sich damit auf die geschlossene Veranstaltung an diesem Abend, um die sich David kümmern würde. »Ich habe dir ein paar Einmachgläser von dieser Hummerpaste mitgebracht, aus der du eine schöne Bisque machen kannst.«

David goss mit seiner gesunden Hand Milch in seinen Kaffee. »Sag mal, warum erteilst du diesem Typ eigentlich nicht Lokalverbot?«

»Einem Gast die Tür zu weisen verstößt gegen das Gesetz.«

»Mord auch«, sagte David und nahm seine Zeitung wieder auf. »Aber es wäre trotzdem eine elegante Lösung.«

Miles versuchte es sich vorzustellen. Vorausgesetzt, man kam an eine Handfeuerwaffe, was müsste man für ein Mensch sein, um auf einen anderen Menschen zuzugehen, abzudrücken und ihn ins Jenseits zu befördern? Jedenfalls nicht Miles Roby, beschloss Miles Roby.

»Hey«, sagte sein Bruder, als Miles wieder an seinen Platz in der Mitte des Tresens zurückkehren wollte, »danke für die Hummerpaste. Wie war's auf Vineyard?«

»Ich fürchte, Peter und Dawn werden sich bald trennen«, erwiderte Miles.

David wirkte nicht besonders überrascht und auch nicht interessiert. Der Gedanke an so etwas wie College-Freunde schien ihn zu langweilen, vielleicht weil David nicht über die Highschool hinausgekommen war, wenn man von dem einen Semester am Maine Culinary Institute absah.

»Ich kann mich natürlich auch irren«, fuhr Miles fort. Er hasste die Vorstellung, dass sich Peter und Dawn scheiden lassen könnten, und falls ja, würde er bestimmt lange brauchen, um sich an den Gedanken zu gewöhnen. Er hatte sich ja noch nicht einmal an den Gedanken seiner eigenen Scheidung gewöhnt. »Na ja, war nur so ein Gefühl.«

»Du hast meine Frage noch nicht beantwortet«, sagte David, ohne von seiner Zeitung aufzusehen.

Miles versuchte sich zu erinnern. Was für eine Frage? Noch eine?

»Wie ... war ... es ... auf Vineyard?«

»Ach ja, stimmt.« Miles schmunzelte. Genau darüber hatte sich seine zukünftige Exfrau immer aufgeregt: dass er ihr nie wirklich zuhörte. Zwanzig Jahre lang hatte er versucht, Janine vom Gegenteil zu überzeugen, oder zumindest davon, dass es nicht ganz zutraf. Es war nicht so, dass er ihre Fragen und Aufforderungen nicht verstand. Nur hatte sie meist nicht mit der Art seiner Antwort oder Reaktion gerechnet. »Ich ignoriere dich nicht«, hatte er immer wieder beteuert, worauf sie jedes Mal entgegnete: »Aber es scheint so.«

»Nun?« Sein Bruder sah ihn abwartend an.

»Ach ja. Wie immer«, sagte Miles. Von allen Orten auf der Welt, die er sich nicht leisten konnte, war Vineyard sein liebster.

»Weißt du, was du machen solltest, Big Boy?«, rief Walt vom anderen Ende des Tresens herüber. Jedes Mal, wenn er wieder ein Spiel verloren hatte, gab er einen seiner Verbesserungsvorschläge für den Empire Grill zum Besten.

»Was denn, Walt?« Miles seufzte, während er die Salzstreuer auffüllte.

»Du solltest statt dieser Brühe hier lieber Green Mountain Coffee ausschenken.« Er hielt sich für einen Guru in Sachen Lifestyle und Gesundheit. In seinem Fitnessstudio – nie wurde er müde, Miles eine Mitgliedschaft nahezulegen, indem er ihm einen Waschbrettbauch verhieß – hatte er vor Kurzem Proteinshakes eingeführt und Miles davon zu überzeugen versucht, sie wären sicherlich auch im Empire Grill ein Verkaufsschlager. Miles ignorierte beharrlich sämtliche dieser Vorschläge und bestärkte auf diese Weise Walt in seiner Meinung, er sei ein unverbesserlich rückwärts gerichteter Mensch, dazu verdammt, ein hoffnungslos rückständiges Lokal zu leiten. Diese Ansicht äußerte Walt mehrmals täglich und warf damit die Frage auf, warum ein in jeder Hinsicht so fortschrittlicher Mensch wie er seine Zeit freiwillig in einem derart rückständigen Lokal zubrachte.

»Ich wette, du würdest bei einer Blindverkostung jämmerlich scheitern«, sagte Horace, der sich wie üblich bei derlei Diskussionen auf Miles' Seite schlug, zumal es diesem offenbar widerstrebte, sich gegen die unermüdlichen Angriffe auf seine Lebensphilosophie zur Wehr zu setzen.

»Machst du Witze? Green Mountain Coffee? Das ist ein Unterschied wie Tag und Nacht«, sagte Walt.

Als die Türglocke erneut bimmelte, sah Miles erwartungsvoll zum Eingang, und diesmal war es tatsächlich seine Tochter. Folglich musste sie, es sei denn, jemand hatte sie im Wagen mitgenommen, die ganze Empire Avenue heraufgekommen sein, ohne dass er es bemerkt hatte. Aus irgendeinem Grund irritierte ihn diese Vorstellung. Seit sich Janine und er getrennt hatten, trat auch eine, wenngleich anders geartete, Entfremdung zwischen ihm und Tick zutage, und er versuchte seit Längerem vergeblich den Grund dafür auszumachen. Er hätte es seiner Tochter nachgesehen, wenn sie sich durch seine Einwilligung in die Scheidung durch ihn verraten gefühlt hätte, aber das war offenbar nicht der Fall. Sie hatte von Anfang an begriffen, dass es Janines Idee gewesen war, und war weit härter mit ihrer Mutter ins Gericht gegangen als mit Miles. Aus Gründen der Fairness hatte er sich sogar bemüßigt gefühlt, ihr klarzumachen, dass derjenige, der eine Ehe beenden wolle, nicht notwendigerweise schuld an deren Scheitern sei. Er vermutete, der Grund, warum sich die

Beziehung zwischen Tick und ihm verändert hatte, war eher bei ihm zu suchen als bei seiner Tochter. Seit dem vergangenen Frühling schien er Tick nicht mehr dazu bewegen zu können, lange genug stehen zu bleiben, um sie in Ruhe in Augenschein zu nehmen. Klar, sie reifte heran, begann zu einer jungen Frau zu werden, sie war also kein Kind mehr, und er begriff, dass da Dinge mit ihr passierten, die er nicht verstand, weil er sie gar nicht verstehen sollte. Dennoch setzte es ihm zu, dass sie nicht mehr so auf einer Wellenlinie waren wie früher. Häufig verspürte er das Bedürfnis, sie zu sehen, um sich zu vergewissern, dass es ihr gut ging; doch wenn sie dann auftauchte, schien sie anders zu sein als das Mädchen, nach dem er sich gesehnt und um das er sich Sorgen gemacht hatte. Die gemeinsam auf Vineyard verbrachte Woche war wunderschön gewesen, und gegen Ende hatten er und Tick so gut harmoniert wie zu der Zeit vor der Trennung. Aber seit sie wieder zu Hause waren, war das Gefühl der Abkoppelung mit voller Kraft zurückgekehrt, sodass er bisweilen meinte, sie eine Zeit lang aus den Augen zu verlieren könnte tragische Konsequenzen nach sich ziehen. Selbst jetzt, da sie vor ihm stand, spürte er keine Erleichterung, sondern genau das gegenteilige Szenario tauchte vor seinem geistigen Auge auf – das Quietschen von Reifen weiter unten auf der Straße, Ticks lebloser Körper, der auf der Straße lag, ein davonpreschender Wagen, der ihren riesigen Rucksack ein Stück weit mit sich zerrte. Etwas, was *nicht* stattgefunden hatte, wie er sich in Erinnerung rief, und er schluckte schnell die aufsteigende Panik hinunter.

Wie jeden Nachmittag machte Tick einen großen Bogen um Walt Comeau und tat so, als bemerkte sie dessen nach ihr ausgestreckte Hand nicht. »Hi, Onkel David«, sagte sie, während sie das entferntere Tresenende ansteuerte und ihm dann einen Kuss auf die Wange gab.

»Hallo, meine Hübsche«, sagte David und half ihr, den Rucksack abzunehmen, der so dumpf auf dem Boden aufschlug, dass die Wassergläser und Salz- und Pfefferstreuer auf dem Lunchtresen hüpften. »Gehst du mir heute zur Hand?«

»Was hast du denn in deinem Rucksack, Süße? Steine?«, rief Walt Comeau vom anderen Ende des Tresens herüber.

Ohne seine Anwesenheit auch nur im Geringsten zur Kenntnis zu nehmen, ging Tick um den Tresen herum zu Miles, schmiegte das Gesicht an seine Brust, schlang die Arme um seine Taille und verhakte die Finger hinter seinem Rücken ineinander. »Ich habe noch einen Ohrwurm von ABBA«, sagte sie. »Mach, dass er weggeht.«

»Du Arme«, sagte Miles. Er zog seine Tochter an sich und spürte, wie sein Lächeln breiter wurde – durch ihre Nähe, ihr Vertrauen in seine Fähigkeit, den bösen Zauber eines alten Popsongs zu vertreiben. Nicht, dass sie noch ein Kind gewesen wäre, jedenfalls nicht mehr wirklich. »Hast du sie im Radio gehört?«

»Nein. Es ist *seine* Schuld.« Damit meinte sie Walt. Sie löste sich von ihm und schnappte sich eine Schürze.

Tick machte Walt Comeau deshalb für den Ohrwurm verantwortlich, weil Janine, ihre Mutter, in ihren Anfänger-Aerobic-Kursen, die sie in Walts Fitnessstudio gab, *Mama Mia* und *Dancing Queen* spielte und die Songs zu Hause vor sich hin summte. Nur ihre fortgeschrittenen Stepper schienen Janine reif genug für die schnelleren Rhythmen von Barry Manilows *Copa Cabana* zu sein.

»Dein Dad hat gesagt, ihr hattet eine schöne Zeit auf Vineyard?«, sagte David, als Tick mit einer kleinen Wanne voller schmutzigem Geschirr auf dem Weg in die Küche an ihm vorbeikam.

»Ja, ich würde gern dort wohnen«, sagte sie wie jemand, der

endlich die Gelegenheit hatte, eine Sünde zu beichten, die er schon die ganze Zeit hatte loswerden wollen. »Auf der Strandpromenade gibt es einen Bücherladen, der zum Verkauf steht, aber Daddy will ihn nicht kaufen.« Die Tür schwang hinter ihr zu.

»Wie viel kostet er?«, fragte David und warf die Zeitung auf den Tresen, ehe er sich ebenfalls eine saubere Schürze schnappte und zu seinem Bruder an die Tresenmitte gesellte. Er konnte seine versehrte Hand noch immer eingeschränkt nutzen, wenngleich ohne Kraft und Geschicklichkeit. »Sei so nett, erspar mir eine halbe Stunde Rumfummeln und binde sie mir zu, okay?«

Miles hatte bereits den Salzstreuer abgesetzt, den er gerade auffüllte.

»Also?«, sagte David, als der Knoten festgezogen war.

»Also was?«

»Wie viel soll der Buchladen kosten? Herrgott! Wie kann es denn sein, dass du fünfundzwanzig aufeinanderfolgende Frühstücksbestellungen herunterbeten kannst, aber eine Frage, die ich dir vor zwei Sekunden gestellt habe, schon wieder vergessen hast?«

»Na ja, es ist eher eine Art Antiquariat, würde ich sagen«, erwiderte Miles, denn das war es einmal gewesen. Unten gab es genügend Raum, um Bücher zu verkaufen, und sogar für ein kleines Café, denn die Menschen schienen heutzutage zu glauben, dass ein Café in eine Buchhandlung gehöre. Die obere Etage könnte man ausmisten und sie dann als Verkaufsraum für gebrauchte Bücher nutzen. Es gab sogar ein kleines Cottage auf dem Grundstück. Die Besitzer des Geschäfts, ein Ehepaar, hatten es fast zwanzig Jahre lang geführt, aber jetzt war die Frau krank, und der Mann versuchte sich mit dem Gedanken anzufreunden, es aufzugeben. Ihre Kinder waren irgendwo auf einem College und hatten keinerlei Interesse daran.

»Wie kommt es, dass du all das weißt, nur den Preis nicht?«, fragte David, nachdem Miles seinen Bericht beendet hatte.

»Ich habe das Angebot selbst nicht gesehen. Peter hat mich auf den Laden aufmerksam gemacht. Ich glaube, er weiß auch nicht, wie viel sie dafür wollen. Schließlich hat er nicht vor, einen Buchladen zu eröffnen.«

»Haben sie einen Fitnessclub dort unten, Big Boy?«, wollte Walt wissen.

»Keine Ahnung, Walt«, antwortete Miles und bemühte sich um einen möglichst beiläufigen Ton. Wenn es etwas gab, was ihm die Insel gehörig vermasseln würde, wäre es Walt Comeaus Anwesenheit. Natürlich war es völlig absurd, sich einen Aufschneider wie den Silver Fox an einem anderen Ort als Empire Falls vorzustellen, aber Miles wollte das Schicksal lieber nicht herausfordern. Vor einem Jahr hatte Walt gewitzelt, wenn Miles nicht aufpasse, würde er ihm die Frau ausspannen, und es dann prompt getan.

Walt kratzte sich nachdenklich am Kinn, während er sich überlegte, welche Karte er ausspielen sollte. »Die Sache ist die, dass mein Club recht gut geht. Er ist quasi ein Selbstläufer. Schätze, jetzt wäre der ideale Zeitpunkt, um zu expandieren.« Es hörte sich an, als sei es lediglich noch eine Frage des Terminplans. Der Silver Fox ließ gern durchklingen, dass Geld keine Rolle spiele, als wäre jede Bank im Dexter County darauf erpicht, ihm einen Kredit in jedweder Höhe zu gewähren. Miles bezweifelte dies zwar, hielt es aber nicht für ausgeschlossen. Schließlich hatte er auch daran gezweifelt, dass seine zukünftige Ex zu der Sorte Frauen gehörte, die auf einen Maulhelden wie Walt Comeau hereinfielen, und sich in dieser Hinsicht gründlich geirrt.

»Verschwinde ruhig, wenn du willst«, sagte David zu ihm. »Sonst fordert er dich gleich zum Armdrücken heraus.«

Miles hob gleichmütig die Schultern. »Ich glaube, er kommt nur hierher, um mir zu zeigen, dass er mir nichts übel nimmt.«

Auf diese Bemerkung hin lachte David leise in sich hinein. »Er nimmt dir nicht übel, dass er dir die Frau ausgespannt hat?«

»Manche Sünden rächen sich von selbst«, sagte Miles milde, nachdem er einen verstohlenen Blick in die Küche geworfen hatte, wo Tick den Geräuschen nach das schmutzige Geschirr in die altersschwache Spülmaschine einräumte. Eines der wenigen Dinge, auf die sich Miles und Janine auf Anhieb hatten einigen können, als ihre Ehe auseinanderging, war, dass sie vor ihrer Tochter nie schlecht übereinander reden würden. Was diese Vereinbarung betraf, war er ganz klar im Vorteil, wie Miles wusste, weil er gar nicht das Bedürfnis hatte, schlecht über seine baldige Exfrau zu sprechen, während Janine an ihrer schlechten Meinung über ihn schier zu ersticken drohte. Aber natürlich war alles andere, worauf sie sich schließlich geeinigt hatten – wie zum Beispiel, dass sie in ihrem Haus wohnen bleiben konnte, bis es verkauft wäre, dass sie den besseren Wagen bekam und den Großteil ihrer gemeinsamen Besitztümer –, klar zu Janines Vorteil, sodass Miles nun auf einem Berg von Schulden saß.

»Und Tick hat es wirklich gefallen?«

Miles nickte. »Du hättest sie sehen sollen. Sie war wieder ganz so, wie sie war, bevor der ganze Mist für sie angefangen hat. Sie hat eine ganze Woche lang gelächelt.«

»Das freut mich.«

»Sie hat auch einen Jungen kennengelernt.«

»Das hilft natürlich immer.«

»Aber zieh sie nicht damit auf.«

»Okay«, sagte David, obwohl er wusste, dass es ihm schwerfallen würde, das Versprechen zu halten.

Miles zog die Schürze aus und stopfte sie in den Wäschekorb neben der Tür. »Du solltest dir auch mal 'ne Woche Urlaub gönnen. Irgendwohin fahren.«

Sein Bruder zuckte die Achseln. »Warum weiteres Unglück heraufbeschwören? Ich habe de facto nur noch einen Arm. Wenn ich irgendwohin fahre, wo es Spaß gibt, könnte es sein, dass ich wieder Mist baue, und dann müsste ich deine Burger mit den Zehen wenden.«

Womit er recht hatte. Miles wusste, dass David seit jenem Nachmittag vor drei Jahren keinen Alkohol mehr getrunken hatte, als er nach einem Jagdausflug betrunken am Lenkrad eingeschlafen und mit seinem Pick-up von einer Bergstraße in eine Schlucht gestürzt war. Der Wagen flog durch die Luft und prallte gegen einen Baum, wobei er seinen nicht angeschnallten Fahrer verlor, ehe er gut hundert Meter weiter die Schlucht hinunterschlingerte und außer Sichtweite in einem Walddickicht zum Halten kam. David, der aus dem Führerhaus geschleudert worden war, verfing sich mit seiner Jagdweste in gut fünfzehn Metern Höhe an einem Ast, wo er in einem Zustand zwischen Bewusstlosigkeit und Besinnung, mit mehreren Frakturen am Arm und vier Rippenbrüchen, baumelte, bis er halb erfroren am nächsten Morgen von Jägern gefunden wurde. Einer von ihnen hatte sich nichtsahnend just unter dem Baum postiert, in dem David, unfähig, ein Wort herauszubringen, noch immer hing. Wenn schließlich sein Blasendrang nicht übermächtig geworden wäre, wie David gern witzelte, würde er sich immer noch dort oben in der steifen Brise hin und her drehen, ein Sack aus wetterfesten Outdoor-Sachen voller ausgeblichener Knochen.

Jene einsame, halluzinatorische Nacht hatte sich als wesentlich heilsamer erwiesen als alle Therapien, denen er sich im letzten Jahrzehnt unterzogen hatte, in diversen, auf verschiedene Arten des Drogenmissbrauchs spezialisierten Kliniken. Seine alten Saufkumpane aus Empire Falls, von denen die meisten noch immer in mit Bierdosen vollgeladenen Schneemobilen durch Dexter County dröhnten, besuchten David hin und wieder noch, in der Hoffnung, ihn dazu verführen zu können, erneut zur Flasche zu greifen, indem sie ihm in Erinnerung riefen, wie viel mehr Spaß das Leben mit Alkohol doch machte, aber bislang hatte er ihren Verlockungen widerstanden. Im Vorjahr hatte er ein kleines Flurstück im Wald an der Small Pond Road gekauft, und er sagte, wann immer er das Bedürfnis verspüre, durch das braune Glas einer leeren Bierflasche auf die Welt zu schauen, müsse er nur auf die Veranda hinausgehen, in die Kiefernwipfel emporblicken und dem schaurigen Geräusch lauschen, das der Wind im oberen Geäst der Bäume erzeugte. Miles hoffte, dass sein Bruder die Wahrheit sagte. Der Unfall geschah zu einem Zeitpunkt, als er wenig mit seinem Bruder zu tun gehabt hatte, und er beobachtete David weiterhin argwöhnisch, nicht weil er an dessen Willen zweifelte, sich zu ändern, sondern an seiner Fähigkeit. Miles wusste, dass er hin und wieder Gras rauchte, und vermutete sogar, dass er sich ein kleines Marihuana-Beet draußen im Wald hielt, so wie ungefähr die Hälfte seiner bäuerlichen Nachbarn, aber seit seinem Unfall hatte David keinen Alkohol mehr angerührt, und zur Erinnerung trug er stets die orangefarbene Weste, die ihm das Leben gerettet hatte.

Miles warf einen Blick durch das Lokal, um sich einen Überblick zu verschaffen, was er alles noch nicht erledigt hatte. Eine Woche Tapetenwechsel hatte genügt, dass ihm seine vertraute Umgebung plötzlich ungewohnt vorkam. Den Großteil des Vortags hatte er damit zugebracht, sich in Erinnerung zu rufen, wie die Dinge hier liefen. Nur wenn es im Lokal viel zu tun gab und er keine Zeit zum Überlegen hatte, schien sich sein Körper automatisch daran zu erinnern, wo er sich befand. An diesem Tag war es schon ein kleines bisschen besser gewesen. »Gut«, sagte er. »Fällt dir noch etwas ein, was du brauchst?«

David grinste. »Alles Mögliche. Aber lassen wir das lieber.«

»Okay.«

»Und du solltest mal darüber nachdenken, Miles«, sagte David, der sich auf den Boden gekniet hatte, um die Vorräte unter dem Tresen zu überprüfen.
»Worüber?«
Sein Bruder sah nur wortlos zu ihm hoch.
»Was denn?«
David zuckte nur die Achseln und machte sich wieder unter dem Tresen zu schaffen.
»Erstens kann ich es mir nicht leisten. Jedenfalls nicht, bevor ich diesen Laden verkaufen kann. Zweitens würde es Janine niemals erlauben, dass ich Tick mitnehme, und Tick ist das Einzige, was ich ihr nicht überlassen würde. Und drittens, wer würde sich dann um Dad kümmern?«
Sein Bruder stand auf, eine Jumbopackung Papierservietten unter den versehrten Arm geklemmt, womit er Miles daran erinnerte, dass er vergessen hatte, die Serviettenspender aufzufüllen.
»Erstens weißt du nicht, ob du es dir leisten kannst, weil du dich gar nicht nach dem Preis erkundigt hast. Vielleicht wäre der Besitzer ja flexibel, was die Finanzierung anbelangt, wenn er den Eindruck hätte, den richtigen Käufer gefunden zu haben. Zweitens könntest du das Sorgerecht für Tick gerichtlich erwirken, wenn du gewillt wärst, die Sache auszufechten. Du bist nicht derjenige von euch beiden, der sich Sorgen machen muss, dass man ihn für unfähig hält, seinen elterlichen Pflichten nachzukommen. Und drittens gibt es keinen eigenständigeren Menschen auf der Welt als Max Roby. Er tut nur, als wäre er hilflos. Wenn du also sagst, du kannst nicht, meinst du in Wirklichkeit, dass es nicht leicht wäre, stimmt's?«
»Wenn du meinst, David«, sagte Miles, der keine Lust hatte, das Thema auszuweiten. »Gib mir den Packen.«
Aber als er die Hand nach den Servietten ausstreckte, wich sein Bruder geschickt aus. »Raus mit dir.«

»Gib mir die verdammten Servietten, David!«, sagte Miles. Für jemanden mit zwei gesunden Händen war es ein Kinderspiel, den Spender neu zu bestücken, nicht aber für jemanden, der nur eine Hand gebrauchen konnte, doch Miles wusste, dass genau das der Punkt war. Es war schwierig, aber gerade deshalb wollte sein Bruder es selbst machen. Für jemand, der fünfzehn Meter über dem Boden in einem Baum gehangen hatte und aus eigener Dummheit fast erfroren wäre, war David jedoch merkwürdigerweise ausgesprochen unnachgiebig, wenn es um die Schwächen anderer ging.

»Los, hau endlich ab.«

Miles schüttelte resigniert den Kopf. »Ist er letzte Woche eigentlich mal hier gewesen?«

»Max? Ja, an drei Nachmittagen.«

»Aber du hast ihn hoffentlich nicht in die Nähe der Kasse gelassen?« Man konnte Max nicht vertrauen, wenn es um Geld ging, wobei sich Miles und David seit jeher über die Grenzen der Unehrlichkeit ihres Vaters uneins waren. Miles' Meinung nach gab es keine. David fand, es gebe welche, auch wenn sie sich nicht einfach festmachen ließen. Zum Beispiel traute er Max durchaus zu, dass er seinen Söhnen Geld aus dem Portemonnaie stahl, nicht aber aus der Kasse des Diners.

»Ich habe ihn allerdings schwarz bezahlt.«

»Ich wünschte, du würdest das nicht tun«, erwiderte Miles.

»Das weiß ich, aber wenn er es gern so haben möchte? Was macht es schon für einen Unterschied?«

»Zum einen ist es gesetzeswidrig. Zum anderen würde Mrs Whiting ausrasten, wenn sie wüsste, dass ich irgendwelche Sachen am Fiskus vorbei mache.«

»Wahrscheinlich würde sie es sogar begrüßen, wenn sie merken würde, dass am Ende mehr Gewinn für sie übrig bleibt.«

»Schon möglich. Aber sie könnte auch anfangen, Fragen zu

stellen. Wenn ich Sachen am Finanzamt vorbei regele, könnte sie auf die Idee kommen, dass ich auch sie hintergehe.«

David nickte halbherzig, als gebe er sich mit der Antwort zufrieden, auch wenn sie ihm nicht einleuchtete. »Okay, noch eine Frage«, sagte er und sah Miles direkt an. »Wie kommst du eigentlich auf die Idee, dass diese Frau dir je das Empire vermachen könnte?«

»Weil sie es mir gesagt hat.«

David nickte abermals. »Ich weiß nicht recht, Miles«, sagte er.

Es war nur noch eine Wanne voll schmutzigen Geschirrs übrig, allerdings eine große, also trug Miles sie selbst in die Küche, wo er sie aufs Abtropfbrett hievte und für einen Moment innehielt, um dem Tuckern und Sirren der alten Spülmaschine zu lauschen, aus deren Edelstahlgehäuse Dampf aufstieg. Sie hatten den Geschirrspüler nun schon seit ... wie vielen Jahren genau? Fünfundzwanzig? Er war sich sicher, dass es ihn schon gegeben hatte, als er während seiner Highschool-Zeit bei Roger Sperry gejobbt hatte. Der Geschirrspüler konnte es eigentlich nicht mehr lange machen, und Miles hätte darauf wetten können, dass er an dem Tag den Geist aufgeben würde, da das Lokal in seinen Besitz überging. Er hatte bereits mit Mrs Whiting darüber gesprochen, dass er gern einen neuen kaufen würde, aber eine Spülmaschine war eine teure Anschaffung, und die alte Dame wollte nichts davon hören, solange die alte noch ihren Dienst tat. Wenn Miles gnädig gestimmt war, rief er sich ins Gedächtnis, dass Frauen jenseits der siebzig vermutlich nicht gern zu hören bekamen, dass gewisse Dinge alt und abgenutzt seien und ihre statistische Lebensdauer bereits überschritten hätten. In weniger nachsichtigen Momenten hingegen argwöhnte er, dass seine Arbeitgeberin, bauernschlau, wie sie war, die Funktionsdauer jedes einzelnen Geräts des Diners so einkalkuliert hatte – ob es der Spüler war, der Herd, der Grill oder die Kaffeemaschine –, dass sie mit ihrem eigenen Ableben korrespondierte, um auf diese Weise den Wert ihrer Schenkung an ihn größtmöglich zu minimieren.

Ihre Abmachung, die nun fast zwanzig Jahre zurücklag – fast ein ganzes Leben, wie es Miles erschien – und die sie getroffen hatten, als Roger Sperry erkrankt war, lautete, dass er den Diner führen würde, solange Mrs Whiting am Leben war, und es nach ihrem Tod erben würde. Es war eine heimliche Übereinkunft gewesen, weil seine Mutter dagegen gewesen war, dass er in seinem letzten Jahr vom College abging; hätte sie gewusst, dass er seine ganze Zukunft verpfändet hatte, um während ihrer Krankheit in ihrer Nähe zu sein, wäre sie nicht nur verzweifelt, sondern auch wütend geworden. Mrs Whiting schien sich der Zwangsläufigkeit dieser Tatsache bewusst gewesen zu sein – dass Grace, wenn sie von ihrer Abmachung erführe, Miles von diesem sinnlosen Opfer abzubringen versuchen würde, indem sie ihm erklärte, dass sie so oder so sterben würde und dass, wenn er sich seine Zukunft verbaue, die Opfer, die sie selbst für ihn erbracht habe, sinnlos würden. All das war auch Miles klar gewesen, und so hatte er sich mit Mrs Whiting verschworen, um seiner Mutter gar nicht erst die Gelegenheit zu geben, zu intervenieren.

Abgesehen von der Krankheit seiner Mutter erschien ihm damals die Aussicht, den Empire Grill zu übernehmen, als gar keine schlechte Idee. Miles war inzwischen klar, dass es mit Geschichte als Hauptfach schwierig werden würde, eine Anstellung zu finden, es sei denn, er sattelte einen Master darauf, aber für ein Graduiertenstudium fehlte ihm das Geld. Da er seit der elften Klasse und auch während der College-Semesterferien im Empire Grill gejobbt hatte, waren ihm alle Bereiche des Betriebs vertraut; und wenn der Job auch mit langen Arbeitszeiten verbunden war, war der Lohn (gemessen an weltläufigen Maßstäben zwar karg) im ortsüblichen Vergleich recht ordentlich. Warum also nicht ein paar Jahre lang sein eigener Boss sein und dabei ein paar Dollar beiseitelegen?, hatte er sich gesagt. Das College-Studium könnte er später immer noch abschließen. Mrs Whiting würde das dann schon verstehen.

Allerdings war das vor der Stilllegung der Textilfabrik gewesen und bevor die Bevölkerung von Empire Falls zu schrumpfen begonnen hatte, weil immer mehr Familien auf der Suche nach Beschäftigung weggezogen waren. Auch konnte Miles, weil er noch so jung war, nicht ahnen, dass er die Arbeit nicht so lieben würde, wie Roger Sperry sie geliebt hatte, mehr noch, dass dessen Liebe zu dem Lokal lange Zeit der Motor gewesen war, der das Überleben des Empire Grill garantiert hatte. Trotz seines jugendlichen Alters begriff Miles indes sehr wohl, dass die Menschen nicht wegen des Essens ein Lokal wie den Empire Grill besuchten. Nach nur zwei oder drei Probeschichten war er ein weitaus besserer Grillkoch als sein Mentor. Roger verkündete stolz, er sei ein Naturtalent, womit er sich auf die Tatsache bezog, dass Miles sich die Bestellungen der Gäste merken konnte und ihnen das Gewünschte brachte, etwas, was Roger nur selten gelang. Falls er irgendwelche Unzulänglichkeiten an Miles bemerkt haben sollte, mochte er den Jungen wohl zu gern, um ihm das zu sagen.

Erst als Miles den Diner übernommen hatte, wurde ihm bewusst, dass sich seine Beziehung zu den treuen Stammgästen grundlegend geändert hatte. Davor war er der gescheite Junge gewesen – Grace Robys Sohn –, der weggegangen war, um das College zu besuchen und etwas aus sich zu machen, weswegen er eine Menge sanften, gutmütigen Spott erntete. Die Männer, die am Lunchtresen saßen, stellten ihm alle möglichen Fragen – zum Beispiel, wie man einen Bagger bediente oder welcher Platz sich am besten für eine Klärgrube eignete –, deren Antworten er, wie sie glaubten, auf dem College lernen müsste. Sein völliger Mangel an Wissen und Erfahrung auf diesen Gebieten veranlasste sie dazu, sich laut darüber zu wundern, was zum Teufel die da unten in Portland den jungen Menschen eigentlich beibrachten. Meist sprachen sie Miles nicht direkt darauf an, sondern über einen Umweg in Gestalt von Roger Sperry, als bräuchte man bereits einen Dolmetscher. Nach Rogers Tod verbesserte sich das Essen in dem Maße, wie die Gespräche abnahmen. Die Männer am Tresen sagten es Miles nie ins Gesicht, aber er wusste, was sie dachten: In ihren Augen verbrachte er zu viel Zeit mit dem Rücken zu ihnen und widmete sich lieber ihren brutzelnden Hamburgern als ihren Geschichten, Witzen und Sorgen. Zwar schätzten sie seine gastronomischen Fähigkeiten durchaus, bezweifelten jedoch mit der Zeit, dass er sich für ihre Gespräche interessierte, und, noch wichtiger, dass er glücklich war mit dem, was er tat. Roger Sperry hatte sich immer so ehrlich gefreut, sie zu sehen, dass er prompt ihre Bestellung vermasselte; dass sie ihn ständig damit aufzogen, machte ja die Hälfte des Spaßes aus, den sie im Empire Grill hatten. Und so begann unter Miles' kompetenter Leitung der langsame, aber unaufhaltsame Abstieg des Empire Grill, der noch nie sonderlich profitabel gewesen war, und das Ganze geschah – eine Zeitrafferfotografie hätte es deutlich zutage gebracht – fast unmerklich, bis das Geschäft plötzlich eines Tages wirklich unprofitabel war, und daran hatte sich auch in den folgenden Jahren nichts geändert.

Immer wieder nahm Miles an Mrs Whitings Verhalten eine Art Bedauern wahr, wenn sie sich ihres Versprechens entsann, ihm das Lokal zu vermachen. Bisweilen schien sie ihn verantwortlich für dessen Niedergang zu machen und fragte sich laut, warum sie sich eigentlich mit einem Geschäft belaste, das so wenig abwerfe. Doch bei anderen Gelegenheiten – und es gab einige davon –, bei denen Miles selbst sich mutlos zeigte und das gleiche Argument vorbrachte, vollzog Mrs Whiting schnell eine Kehrtwendung und beschwor ihn, nicht aufzugeben – der Empire Grill sei eine Institution und abgesehen von den Fast-Food-Läden das einzige Lokal in der Stadt, und Empire Falls brauche einen Diner, ob er nun floriere oder nicht, sonst würden seine Einwohner vollends die Hoffnung auf eine Zukunft verlieren.

Noch rätselhafter war für Miles, dass Mrs Whiting ganz und gar nicht erfreut darüber schien, dass sich in jüngster Zeit die Zeichen der Besserung mehrten. Während der letzten neun Monate war dank eines kühnen Vorstoßes von David ein Umschwung zu beobachten, und während des Frühlings hatte das Diner sogar wieder einen kleinen Profit abgeworfen. Als er seinen Optimismus gegenüber Mrs Whiting kundtat, in Erwartung, dass sie sich über diese positive Schicksalswende freuen würde, zeigte sie sich sowohl gegenüber der frohen Botschaft als auch deren Überbringer skeptisch, als bezweifelte sie die ihr präsentierten Zahlen oder fürchtete, dass die Roby-Jungs ihr ein X für ein U vormachen wollten.

Miles wusste, dass Mrs Whitings Testament auch ihr Vermächtnis an ihn enthielt, weil sie ihm seinerzeit den betreffenden Abschnitt in dem Dokument gezeigt hatte. Allerdings wusste er nicht, ob sie diesen, wie David zu bedenken gegeben hatte, seither vielleicht geändert hatte. Das war natürlich möglich, und dennoch verkündete er weiterhin, jedenfalls seinem Bruder gegenüber, dass, wenn Mrs Whiting sage, sie werde ihm das Empire vermachen, sie dies auch tun werde. Doch er musste zugeben, dass es ganz dem Charakter der alten Dame entspräche, dafür zu sorgen, dass das Lokal zu dem Zeitpunkt der Übertragung möglichst wenig wert wäre. Und bis dahin würde es in seiner Verantwortung liegen, den Geschirrspüler irgendwie am Laufen zu halten.

Tick saß am gegenüberliegenden Abtropfbrett und kaute lustlos an einem Müsliriegel, während sie auf das Ende des Spülgangs wartete. »Ich hatte mal wieder ein Empire-Erlebnis auf dem Weg hierher«, sagte sie ohne große Begeisterung. »Na ja, kein besonders aufregendes. Der Blumenladen. ›Strauße zum halben Preis‹ steht an der Tür.«

Seit ungefähr einem Jahr machten sie sich einen Spaß daraus, Beispiele für unfreiwillige Komik zu entdecken, ob schräge Formulierungen in der *Empire Gazette*, falsch geschriebene Wörter in Anzeigen von ortsansässigen Geschäften oder logische Fehler wie die Aufschrift auf der Ziegelsteinmauer, die die alte Hemdenfabrik umgab: ZUTRITT OHNE ERLAUBNIS VERBOTEN. In letzter Zeit legte Tick ein beunruhigendes Geschick im Aufspüren von derlei »Empire-Erlebnissen« an den Tag. Letzten Monat hatte sie in Fairhaven unten ein Schild an der Außenmauer der einzigen wirklich schäbigen Bar der Stadt entdeckt, die im Ruf stand, eine Schwulenkneipe zu sein und deren Eingang gerade renoviert wurde: EINLASS VON HINTEN. Miles war bestürzt gewesen, dass seine sechzehnjährige Tochter die Komik darin erkannt hatte, aber auch stolz. Dennoch fragte er sich, ob Janine womöglich recht hatte. Ihr hatte dieses Spiel von Anfang an missfallen, sah sie darin doch nur eine weitere Gelegenheit, bei der die beiden ihre vermeintliche Überlegenheit gegenüber allen anderen demonstrieren konnten, vor allem ihr gegenüber.

»Gut gesehen!« Miles nickte anerkennend. »Ich werde es mir anschauen.« Eine der Spielregeln bestand darin, dass sie ihre jeweiligen Entdeckungen gegenseitig bestätigen mussten.

»Das kann ich doch machen«, sagte Tick, als sich ihr Vater anschickte, die Essensreste von den Tellern in den Abfalleimer zu schaben, bevor er sie in das Gestell für die nächste Geschirrspülladung räumte.

»Daran zweifle ich keine Sekunde«, erwiderte ihr Vater. »Wie war's in der Schule?«

Sie zuckte die Achseln. »Okay.«

Es gab nur äußerst wenig, was Miles an seiner Tochter gern anders hätte, und dazu zählte, dass seinem Dafürhalten nach zu viele Dinge in Ticks Leben »okay« waren. Sie war ein intelligentes Mädchen und wusste zwischen ausgezeichnet, mittelmäßig und miserabel zu unterscheiden, doch diese Art von Nuancen schienen sie wie die meisten Jugendlichen ihres Alters zu langweilen. Wie war der Kinofilm? Okay. Wie waren die Pommes? Okay. Wie geht's deinem verstauchten Knöchel? Okay. Alles war ganz okay, auch wenn es in Wahrheit miserabel war. Wenn das gesamte emotionale Spektrum, von Verzweiflung bis zu Ekstase, in einem einzigen Wort mit nur vier Buchstaben zusammengefasst werden konnte, wie sollte man als Elternteil damit umgehen? Noch beunruhigender war für ihn, dass dieses »Okay«, wie er vermutete, gezielt eingesetzt wurde, um ein Gespräch zu beenden, in der Hoffnung, dass der Fragende einfach weggehen würde.

Der Trick dabei war, wie Miles gelernt hatte, eben nicht wegzugehen. Es hatte auch keinen Sinn, probehalber weitere Fragen zu stellen, weil sie genauso einsilbig beantwortet werden würden. Der Trick bestand in Schweigen. Wenn es denn einen Trick gab.

»Ich habe eine neue Freundin«, sagte Tick, als der Spüler vibrierend zum Stillstand kam und sie die Tür hochschob, um den Ständer mit dem sauberen Geschirr herauszuheben.

Miles wusch sich die Hände und ging zu Tick hinüber, die die warmen Teller aufeinanderstapelte. Er nahm einen, besah ihn sich näher und stellte erleichtert fest, dass er sauber war. Die Spülmaschine würde also weiter Dienst tun müssen.

»Candace Burke. Sie ist in meinem Kunstkurs. Heute hat sie ein Bastelmesser gestohlen.«

»Wozu?«

Tick hob gleichgültig die Schultern. »Ich nehme an, weil sie keins hatte. Sie beginnt jeden Satz mit ›Oh mein Gott‹. Zum Beispiel: ›Oh mein Gott, mein Mascara ist verschmiert.‹ Oder: ›Oh mein Gott, du bist seit letztem Jahr noch dünner geworden.‹«

Letzteres, vermutete Miles, war kein theoretisches Beispiel. Tick, seit jeher spindeldürr, wurde immer wieder für anorektisch gehalten. Letztes Jahr hatte sie die Schulschwester sogar in ihr Büro beordert und sie über ihre Essgewohnheiten ausgefragt. Miles und Janine waren ebenfalls einbestellt worden. Das war, bevor Janine stark abgenommen hatte, und während sie beide mit ihrer körperlichen Präsenz in dem winzigen Zimmer saßen, schienen sie zu bestätigen, dass Tick unmöglich auf ehrliche Weise zu ihrer gertenschlanken Statur gekommen sein konnte.

Miles versuchte sich zu erinnern, ob er diese Candace Burke kannte. Es gab mehrere Burke-Familien in der Stadt. »Wie sieht sie aus?«

»Fett.«

»Ein bisschen oder sehr?«

»Sie ist so fett, wie ich mager bin.«

»In anderen Worten: nicht besonders fett?«, sagte Miles vorsichtig. Seit sich seine Tochter in der Hochphase ihrer Pubertät befand, war sie heikel, was Komplimente betraf. In seinen Augen war sie ein herzzerreißend hübsches Mädchen, und er versuchte oft, ihr zu erklären, dass es an ihrer Intelligenz, ihrer Gewitztheit lag, wenn sie bei den Jungs nicht so gut ankam. »Zu welchen Burkes sie wohl gehört, weißt du das?«

Tick zuckte die Achseln. »Sie wohnt mit ihrer Mutter und deren neuem Freund unten in der Water Street. Sie findet, wir haben viel gemeinsam. Ich glaube, sie ist in Zack verliebt. Immerzu sagt sie: ›Oh mein Gott, sieht er gut aus. Wie hältst du das bloß aus? Ich meine, zuerst ist er dein Freund und dann plötzlich nicht mehr!'«

»Hast du ihr gesagt, dass sie nicht viel verpasst?« Noch Monate nach der Trennung ließ die bloße Erwähnung von Zack Minty, Ticks ehemaligem Freund, Miles mit den Zähnen knirschen. Er hoffte zutiefst, dass Donny, der Junge, den Tick auf Vineyard kennengelernt hatte, seine Tochter von der Anziehungskraft erlösen würde, die Zack, den man, wie schon seinen Vater und Großvater, mit Vorsicht genießen musste, womöglich immer noch auf sie ausübte.

Das Zögern seiner Tochter beruhigte ihn nicht gerade. »Die Sache ist die«, sagte sie schließlich, »seit ich nicht mehr mit Zack zusammen bin, habe ich keine Freunde mehr.« Im Lauf der letzten sechs Monate waren Ticks zwei beste Freundinnen weggezogen.

»Abgesehen von Candace«, sagte Miles.

»Oh-mein-Gott-oh-mein-Gott!«, quiekte sie mit gespieltem Entsetzen. »Ich habe Candace vergessen zu erwähnen!«

»Und mich im Übrigen auch.«

Tick zuckte die Schultern, nun wieder ernst. »Ja, ich weiß.«

»Und deinen Onkel David.«

Ein Stirnrunzeln, ein Schulterzucken, ein zaghaftes »Ich weiß«.

»Und deine Mutter.«

Der Anflug eines Stirnrunzelns. Als er sie nicht weiter bedrängte, ließ sie es zu, dass er sie in seine Arme zog, und ergab sich schlaff seiner linkischen Liebkosung, wobei er mit den Armen einen großen Bogen beschrieb. Wenn Tick spürte, dass eine dicke Umarmung seitens ihres Vaters drohte, drehte sie sich normalerweise ein wenig zur Seite und schob eine Schulter unter sein Brustbein. Janine hatte ihm erklärt, das liege daran, dass ihr ihre langsam wachsenden Brüste wehtäten; ihre kühle Analyse machte deutlich, dass Janine selbst ebenfalls nicht besonders erpicht auf seine Umarmungen gewesen war. »Ich weiß, wir sind nicht die Art von Freunden, die du gemeint hast«, sagte Miles zu seiner Tochter. »Aber niemand sind wir auch nicht.«

Er hörte, wie sie kurz schniefte, und spürte, wie sie die Nase an seine Brust drückte. »Ich weiß.«

»Wirst du Donny schreiben?«

»Wozu? Ich werde ihn ja sowieso nicht wiedersehen.«

»Wer weiß?«

»Ich.« Sie löste sich von ihm. »Und du auch.«

Er entließ sie Richtung Spüler, und sie fuhr fort, das Geschirr auszuräumen. »Hast du Hausaufgaben zu machen?«

Sie schüttelte den Kopf.

»Möchtest du, dass ich in ein paar Stunden zurückkomme und dich nach Hause fahre?«

»Mom hat gesagt, sie holt mich ab. Wenn sie es vergisst, kann der Blödmann mich ja fahren.«

»Hey«, sagte Miles und wartete, bis sie sich umgedreht hatte und ihn ansah. »Hab ein bisschen Geduld. Er bemüht sich doch. Er weiß nur nicht, wie er ... wie er sich dir gegenüber verhalten soll.«

»Er könnte sich zum Beispiel einfach in Luft auflösen.«

»Tick.«

»Warum gibst du nicht zu, dass du ihn ebenfalls hasst?«

Weil er dann womöglich nicht in der Lage wäre, es dabei zu belassen, dachte Miles, deshalb. Weil, als David Mord als Problemlösung für die täglichen Besuche des Silver Fox vorgeschlagen hatte, er es sich beinahe hätte vorstellen können.

»Hey, Big Boy!«, rief Walt Comeau, als Miles wieder aus der Küche auftauchte. »Komm mal kurz rüber!«

Walt hatte inzwischen sein Oberhemd ausgezogen, wie Miles bemerkte. Darunter trug er wie immer ein weißes T-Shirt mit dem Logo seines Fitnessstudios über der linken Brust, und es war wie immer eine Größe zu klein, sodass jeder sehen konnte, wie sich seine wohldefinierten Bauchmuskeln und der Bizeps unter dem Stoff spannten. David hatte mal wieder recht gehabt. Der Silver Fox pflanzte seinen Ellbogen auf die Resopalplatte des Tresens, um Miles zum Armdrücken herauszufordern.

»Komme gleich!«, rief Miles und drehte sich zu David um, der Horace gerade einen Stapel Papierservietten reichte, um die Spender damit aufzufüllen. »Hast du jemanden, der dir heute Abend hilft?«

»Ja, Charlene kommt«, sagte David. »Ich glaube, sie parkt gerade ein.«

»Möchtest du, dass ich später noch mal vorbeischaue?«

»Nee.«

Miles zuckte die Schultern.

David sah ihn grinsend an. »Du nimmst bestimmt den Hinterausgang.«

»Darauf kannst du wetten.«

Auf dem Parkplatz hinter dem Diner standen gleich beim Müllcontainer Miles' zehn Jahre alter Jetta und auf dem Platz daneben Charlenes noch schrottreiferer Hyundai Excel. Miles bemühte sich, möglichst geräuschvoll auf sie zuzugehen, aber sie hatte das Radio so laut aufgedreht, dass sie dennoch erschrak, als er vor ihrer Tür erschien.

Sie kurbelte die Scheibe herunter. »Menschenskind, Miles«, krächzte sie zwischen zusammengebissenen Zähnen hindurch, und er hätte wetten können, dass sie gerade kiffte. Wie zur Bestätigung waberte süßlicher Rauch zusammen mit den Klängen eines Rolling-Stones-Songs aus dem Wageninneren. »Sag mal, willst du, dass ich einen Herzinfarkt kriege? Ich hab schon gedacht, es wär dieses Arschloch von einem Bullen.« Womit sie Jimmy Minty meinte.

»Tut mir leid«, sagte Miles, obwohl es ihn in Wahrheit amüsierte. Es kam selten vor, dass eine Frau es nicht mitbekam, wenn er sich näherte. Janine hatte ihm diesbezüglich jede Illusion geraubt. »Glaub ja nicht, du hättest mich überrumpelt, Miles, denn das kannst du gar nicht«, hatte sie zu ihm gesagt, als sie seinen Heiratsantrag angenommen hatte. Wobei dieser Heiratsantrag ganz klar ihn überrumpelt hatte, und er hatte daher angenommen, dass auch Janine überrascht wäre, aber das war sie keineswegs. Der »durchschaubarste Mann der Welt«, so hatte sie ihn genannt. »Komm bloß nie auf die Idee, dir deinen Lebensunterhalt als Krimineller verdienen zu wollen«, sagte sie einmal zu ihm. »Wenn du beschließt, eine Bank auszurauben, wissen die Bullen schon vor dir, welche es sein wird.«

»Wie ist es letzte Woche gelaufen?«, fragte er Charlene.

»Es war recht ruhig«, antwortete sie. »Aber die Gäste haben zugenommen.«

»Du meinst, es waren mehr da als sonst?«

»Ja, die College-Studenten trudeln langsam wieder ein.«

Dass sie auch Abendessen anboten, war relativ neu. Bis vor einem Jahr hatte es nur Frühstück und Mittagessen im Empire Grill gegeben, bis David vorgeschlagen hatte, an den Wochenenden auch abends zu öffnen und so zu versuchen, eine andere Klientel anzulocken, ein Vorschlag, dem Mrs Whiting zunächst ablehnend gegenübergestanden hatte, da sie fürchtete, dass sie dann ihre altbewährten Stammgäste verlieren könnten. Irgendwann war es Miles gelungen, sie umzustimmen; er hatte ihr erklärt, dass es die altbewährte Kundschaft längst nicht mehr gab. Zum Schluss hatte sie zähneknirschend zugestimmt, aber erst nachdem er ihr versichert hatte, dass er kein zusätzliches Werbebudget verlangen würde, dass sie keine Veränderungen an der Frühstücks- und Lunchkarte vornehmen und ihr nicht damit in den Ohren liegen würden, dass nun, da man einem eleganteren

Abendpublikum gerecht werden müsse, eine neue, aufwendigere Dekoration benötige.

Auf Davids Vorschlag hin luden sie anfangs Studenten, die bereit waren, eine Gastrokritik für ihre College-Zeitung zu schreiben, auf ein kostenloses Abendessen ein. Das College befand sich im elf Kilometer entfernten Fairhaven, und selbst Miles hatte nicht daran geglaubt, dass viele Studenten den Weg auf sich nehmen würden, zumal ihre Eltern ohnehin schon mehr als fünfundzwanzig Riesen im Jahr für Studiengebühren, Unterbringung und Verpflegung berappen mussten. Aber allem Anschein nach hatten sie durchaus noch Geld übrig. Seit die Studenten den Empire Grill frequentierten, sah man auf dem Parkplatz unter anderem BMWs und Audis. Im Sommer war es wieder ruhig geworden, nachdem diese Luxusflotte nach Massachusetts und Connecticut zurückgekehrt war, aber freitag- und samstagabends kamen immer noch so viele Gäste, dass sich die verlängerte Öffnungszeit lohnte. Auch Davids zweiter Geistesblitz erwies sich als gute Geschäftsidee: Unter der Woche konnte man das Lokal neuerdings auch für geschlossene Feiern buchen.

»Denkst du, David und du schafft es heute Abend allein?«

»Im Schlaf. Ist nur 'ne Generalprobe für ein Hochzeitsessen für zwanzig Personen.«

»Okay«, sagte Miles, dem es nicht ganz gelang, seine Enttäuschung darüber zu verbergen, nicht gebraucht zu werden.

Charlene, die es irgendwie zu spüren schien, wechselte das Thema. »Hattet ihr beide schöne Ferien?«

»Ja, es war großartig. Ich wünschte, ich hätte vorhin nicht so davon geschwärmt. Jetzt erwägt Walt nämlich, ein Fitnessstudio auf der Insel zu eröffnen.«

»Ich habe seinen Wagen auf dem vorderen Parkplatz gesehen«, sagte sie. »Soll ich dafür sorgen, dass sein Schwanz verdorrt?«

»Nur zu«, sagte Miles, wohl wissend, dass sie durchaus in der Lage dazu wäre. Charlene war mit ihren fünfundvierzig Jahren noch immer so attraktiv, dass sie selbst auf die smarten College-Jungs eine erotische Wirkung ausübte. »Ich für meinen Teil mach mich jetzt aus dem Staub.«

»Du solltest dich von ihm nicht in die Flucht schlagen lassen, Miles.«

»Weißt du, eigentlich bin ich dankbar, dass er hier auftaucht. Wenn er nicht wäre, würde ich gar nicht mehr von hier wegkommen.« Seit sich Janine und er getrennt hatten, wohnte Miles im Apartment über dem Diner. Ursprünglich hatte er vorgehabt, es zu renovieren, es wohnlicher zu machen, aber nach sechs Monaten war er noch nicht besonders weit gekommen. Die Hälfte der Wohnfläche war noch immer zugestellt mit Umzugskartons voller gastronomischer Utensilien aus dem Vorratsraum im Keller, die sie wegen des Hochwassers vor einigen Jahren nach oben geschafft hatten. Auch schien die Heizung nicht richtig zu funktionieren, denn bei kaltem Wetter wachte er oft mit Kopfschmerzen auf, fühlte sich wie erschlagen und als hätte er zu wenig Sauerstoff bekommen. Im April hatte er sogar erwogen, Janine zu fragen, ob er eine Zeit lang im Gästezimmer ihres Hauses wohnen könne, bis er die Kopfschmerzen wieder los wäre, aber als er hinübergefahren war, hatte er gesehen, dass der Silver Fox praktisch bei ihr eingezogen war. Lieber wollte er über dem Empire Grill ersticken, hatte er beschlossen.

»Gut, also wenn du ohnehin irgendwohin wolltest, dann tu mir den Gefallen und lass mich jetzt in Ruhe den Joint zu Ende rauchen«, sagte Charlene.

»Nur zu, wer hindert dich daran?«

»Du weißt, dass ich nicht gern kiffe, wenn du dabei bist.«

Miles überlegte kurz, ob er dies als Beleidigung auffassen sollte, und fragte, warum dies so sei.

»Weil du zu den Männern zählst, die nicht verhehlen können, dass sie was dagegen haben.«

Miles seufzte, da war durchaus was dran. Janine hatte das auch immer gesagt. Schon komisch, wie die anderen einen sahen. Miles hatte immer gedacht, er sei der Inbegriff der Toleranz.

Kapitel 2

Als Father Mark am späten Nachmittag von seinen Kranken- und Altenbesuchen zurückkehrte, traf er Miles hinter der Kirche an, wo dieser zum Turm von St. Catherine's hochstarrte. Als Junge war Miles ein Kletterer gewesen, und zwar ein so unerschrockener, dass er seine Mutter fast in den Wahnsinn getrieben hatte. Wenn sie ihn zum Abendessen holen kam und auf Bodenhöhe nach ihm Ausschau hielt, machte er sich immer wieder einen Spaß daraus, ihr etwas aus der Luft zuzurufen, und wenn sie dann hinaufsah und ihn hoch oben im von Himmelsblau durchzogenen Geäst eines Baums entdeckte, schlug sie sich ein ums andere Mal vor Schreck ihre magere Hand vor den Mund. Damals hatte Miles sich gefragt, ob sie unter Gedächtnisschwund litt, denn wie konnte es sein, dass sie ihn stets auf dem Boden suchte, nur um ihn immer wieder von Neuem irgendwo in der Luft zu entdecken? Nun, da er selbst Vater war, wusste er, wie viel Angst sie gehabt haben musste. Sie hatte nicht nach oben geschaut, weil es dort zu viele Äste gab, zu viele Gefahren. Erst wenn sich Miles aus dem Geäst herabschwang und sicher auf seinen Füßen landete, konnte sie sich ein Lächeln abringen, wenngleich sie ihn schalt und ihm das Versprechen abnahm, sie nie wieder so zu erschrecken, ein Versprechen, das er allerdings nicht hatte halten können. »Du bist ein geborener Kletterer«, sagte sie einmal auf dem Heimweg nicht ohne Bewunderung zu ihm. »Was für Höhen wirst du erst erklimmen, wenn du erwachsen bist? Ich will mir es lieber nicht ausmalen.«

Nun war es Miles, der es sich lieber nicht ausmalen wollte. Dass er jetzt dort hinaufklettern sollte. Im Laufe der Zeit hatte er Höhenangst bekommen, und der Gedanke, den Kirchturm zu streichen, ließ seine Knie weich werden.

»Als ich ein kleiner Junge war«, sagte Father Mark, »glaubte ich, dass Gott dort oben wohnt.«

»Wo, im Kirchturm?«, fragte Miles.

Der Pfarrer nickte. »Ich dachte, wenn wir unsere Kirchenlieder sangen, wäre das eine Einladung an ihn, zu uns herunterzukommen. Was ja auch irgendwie stimmte. Aber ich stellte es mir im Wortsinn vor, und das war für mich beruhigend.« Die zwei Männer gaben sich die Hand. Miles hatte seine mit Farbflecken übersäte Malerkluft angezogen, jedoch noch nicht angefangen, sodass bislang keine frischen Flecken darunter waren. Der Himmel hatte sich mittlerweile zugezogen. »Der Gedanke, dass Gott selbst quasi nur ein paar Stockwerke weiter oben wohnt ... so nah.«

»Ich habe mir gerade überlegt, wie *weit* es bis dort hinauf ist«, sagte Miles. »Allerdings im Zusammenhang mit dem Anstreichen des Turms.«

»Stimmt, das ist natürlich ein ganz anderer Blickwinkel«, sagte Father Mark.

»Aber um ehrlich zu sein, habe ich mir weniger Gedanken über das Streichen gemacht als über die Möglichkeit, herunterzufallen.«

Und das war irgendwie interessant, dachte Miles. Für Father Mark war der Gedanke, dass Gott in der Nähe war, als Kind genauso beruhigend gewesen wie für ihn, während die Erwachsenen eher froh zu sein schienen, wenn sie ihn weit weg wussten, vielleicht weil sie häufig nichts Gutes im Schilde führten. Auch wenn er selbst nicht glaubte, dass er zu so einem Erwachsenen geworden war, bevorzugte er die Vorstellung von einem Gott, der alle liebte, gegenüber der von einem, der alles wusste. Ihm gefiel es, sich Gott als jemanden wie seine Mutter auszumalen, jemand, der von einem Übermaß an Verantwortung schier erdrückt wurde, der viel zu erschöpft war, um einen aufgeweckten Jungen von früh bis spät zu beaufsichtigen, und der dennoch, wann immer es seine Zeit zuließ, aus Liebe und Sorge um seine Sicherheit nach ihm sah. War diese Vorstellung so abwegig? Bestimmt hatte Gott noch andere Projekte als den Menschen, genau wie Eltern neben der Kindererziehung noch andere Aufgaben und Pflichten hatten. Miles stellte sich gern vor, wie Gott, wenn er endlich wieder einmal dazu kam, sich um seine Kinder zu kümmern, den Kopf schüttelte und murmelte: »Jesus Christus, was haben sie nur wieder angestellt.« Ein leicht abzulenkender Gott vielleicht, der, wenn er so viele seiner Kinder hoch oben in den Bäumen entdeckte, erschrak, weil die Erinnerung an das letzte Mal, als er nach ihnen gesehen hatte, schon wieder verblasst war. Ein Gott, der sich die Hand vor den Mund schlug in dem Moment, da ihm bewusst wurde, dass sich – großer Gott! – ein Kind verletzen könnte. Ein Gott, der plötzlich von Stolz übermannt wurde – sieh mal einer an, dieser Junge ist ein geborener Kletterer!

Gewiss, das wäre ein müßiges, tagträumerisches göttliches Wesen, wie Miles zugeben musste. In Wirklichkeit musste Gott, wenn er auf seine missratenen Kinder hinabblickte, erkennen, dass sie weit Schlimmeres im Schilde führten, als auf Bäume zu klettern.

Wenn es jedoch einen solchen Gott gab und er je Angst gehabt hatte, dass sich Miles wehtun könnte, brauchte er sich jetzt keine Sorgen mehr zu machen. Seiner frühen Veranlagung zum Trotz hatte Miles nie irgendwelche schwindelerregenden Gipfel erklommen und nun, mit zweiundvierzig, eine solche Höhenangst, dass er sich an die Stahltüren von gläsernen Aufzügen drückte und nur widerstrebend zurücktrat, um Platz für weitere Passagiere zu machen.

»Ich dachte, wir hätten vereinbart, dass du den Kirchturm den anderen überlässt«, sagte Father Mark.

»Ja, anfangs.« Miles hatte ursprünglich überlegt, er könnte der Gemeinde, wenn er den Anstrich der äußeren Kirchenwände selbst übernähme, eine Menge Geld sparen. Doch beide Betriebe, von denen er ein Angebot nur für den Anstrich des Kirchturms eingeholt hatte, wollten dafür fast genauso viel Geld wie für das gesamte Gebäude. Verärgert, weil er vorgeschlagen hatte, den leichten, sicheren Teil selbst zu erledigen, hatten sie ihm zu verstehen gegeben, dass der Teil, den er nicht übernehmen wollte, genau der war, den auch *andere* nur ungern übernahmen, und dass dieser Teil der war, der am meisten kostete. Diese Botschaft war hart, leuchtete aber ein. »Das Blöde ist, jedes Mal, wenn ich da hochschaue, meine ich einen stillen Vorwurf zu spüren.«

»Dann schau einfach nicht hoch.«

»Schöner Rat von einem Geistlichen, das muss ich schon sagen«, sagte Miles und sah nach oben, und in diesem Moment spürte er einen Regentropfen.

Father Mark, der ebenfalls hinaufgesehen hatte, hatte offenbar auch einen abbekommen. »Komm, gehen wir ins *Rektum* und trinken einen Kaffee«, schlug er vor. »Dann kannst du mir von eurem Urlaub erzählen.«

Seit Miles ihm erzählt hatte, wie er als Kind ständig Refektorium und Rektum verwechselt hatte, sagte Father Mark – den dieser Lapsus genauso amüsierte wie Grace Roby –, immer Rektum, wenn er das Pfarrhaus meinte, auch wenn ihm das falsche Wort bisweilen auch bei unpassenden Gelegenheiten herausrutschte. Wie zum Beispiel im Frühsommer, als er am Ende einer Messe die Gemeindemitglieder eingeladen hatte, mit ihm und Father Tom ein Glas Limonade auf dem Rasen hinter dem Rektum zu trinken.

Das Pfarrhaus von St. Cat's war einer von Miles' Lieblingsorten. Es war zu jeder Jahreszeit sonnig und ruhig, warm im Winter, im Sommer luftig, aber wahrscheinlich war dieser Eindruck mehr dem Umstand geschuldet, dass Father Tom – der inzwischen pensioniert war, aber noch immer hier wohnte – nie Kinder im Haus geduldet hatte. Auch Miles' Mutter war im Übrigen nie ins Pfarrhaus eingeladen worden, und daher mochte es durchaus an der früheren Exklusivität liegen, dass dieser Ort so attraktiv für Miles war.

Die Zimmer im Erdgeschoss waren alle sehr geräumig, hatten hohe Decken und hohe Fenster ohne Vorhänge, sodass sie Vorbeikommenden einen Blick in das privilegierte Leben in diesen Räumen gewährten. Das Esszimmer des Pfarrhauses, das in Richtung der Straße lag, hatte einen langen Eichentisch, an dem gut und gern zwanzig Gäste Platz fanden. Doch immer wenn Miles damals mit seiner Mutter samstagnachmittags nach der Beichte dort vorbeigegangen war, hatte nur Father Tom hoheitsvoll an der einen Stirnseite gesessen, während Mrs Dumbrowski, seine Haushälterin, dezent im Hintergrund stand, jederzeit bereit, ihn zu bedienen. Damals hatten zwei, manchmal auch drei Priester dort gewohnt, aber samstags wollte Father Tom früh zu Abend essen und nicht auf die jüngeren Priester warten, die stets bis zum Schluss ausharren und die letzten Beichten abnehmen mussten. Wenn sie am Fenster des Esszimmers vorbeikamen, bemerkte Miles' Mutter immer, wie traurig das sei, während sich Miles, der nichts Schlimmes an dieser Gewohnheit erkennen konnte, wunderte, warum es seine Mutter so aufbrachte. Wenn sie dann nach Hause kamen, hatte sein Vater für gewöhnlich bereits sein Sandwich gegessen und sich zu Fuß in seine Stammkneipe aufgemacht.

Für den kleinen Miles hatte das ihm verbotene Pfarrhaus, das so voller Wärme und Licht und Holz und Bücher schien, etwas Überirdisches gehabt, und er hatte sich vorgestellt, dass ein Priester ein sehr reicher Mann sein musste. Lange Zeit hegte er eine romantische Vorstellung von diesem Beruf. Bis in die ersten Highschool-Jahre hinein hatte er erwogen, selbst die geistlichen Weihen zu empfangen, und noch jetzt fragte er sich bisweilen, ob er womöglich seine Berufung verfehlt hatte. Janine hatte sich dies ebenfalls gefragt. In ihren Augen hätte sich ein Mann mit einem so gering ausgeprägten Sexualtrieb, wie Miles Roby ihn hatte, ebenso gut für das Zölibat entscheiden können, dann wäre ihr eine Enttäuschung erspart geblieben.

Father Mark und Miles tranken nie in dem Esszimmer Kaffee, das diesen als kleinen Jungen so fasziniert hatte, sondern in der gemütlichen Frühstücksecke in der Küche, die den Sitznischen am Fenster im Empire Grill ähnelte. Father Mark stellte einen Teller mit Plätzchen auf den Resopaltisch und schenkte jedem eine Tasse Kaffee ein. Obwohl es erst Anfang September war, lag bereits ein Hauch von Herbst in der Luft, und eine leichte Brise kräuselte die Gardinen am offenen Fenster. Zwar hatte das Nieseln wieder aufgehört, aber der Himmel war noch immer von dunklen Wolken verhüllt. Die Tage wurden jetzt kürzer, sodass Miles mit jedem Tag weniger Zeit für den Anstrich der Kirche blieb. Meistens gelang es ihm, sich um drei Uhr nachmittags freizumachen, aber bis er sich umgezogen und die Leiter aufgestellt hatte, war es mindestens halb vier. An bewölkten Tagen war es um sechs schon so schummrig, dass es dann an der Zeit war aufzuhören. Wobei es nicht so sehr an den kürzer werdenden Tagen lag, dass er mit seiner Arbeit nicht so recht vorankam, als an den langen Kaffeepausen mit Father Mark, der sich jetzt ihm gegenüber auf die Bank setzte. »Scheint, als hätte der Urlaub dir gutgetan«, sagte dieser.

»Ja, stimmt. Übrigens gibt es eine sehr hübsche Kapelle auf Vineyard. Ich bin fast jeden Morgen zur Frühmesse hingefahren. Aber das Schönste war, dass Tick mich begleitet hat.«

Das einzig Gute an der Trennung ihrer Eltern sei, hatte Tick ihm gegenüber erklärt, dass sie jetzt nicht mehr in die Kirche müsse, seit ihre Mutter den katholischen Glauben durch Aerobic ersetzt habe. Tick betrachtete sich tatsächlich als Agnostikerin, eine philosophische Haltung, die ihr einen Vorwand lieferte, am Sonntagmorgen auszuschlafen. Miles hütete sich, sie zum Kirchgang zu zwingen, und hatte auch auf Vineyard nicht darauf bestanden, umso mehr hatte es ihn gefreut, dass sie sich jeden Morgen aus dem Bett gequält hatte, um ihn, noch im Halbschlaf, zu begleiten. Bis die Messe vorbei war, waren ihre Lebensgeister vollständig erwacht, und sie aßen an einem der Straßencafés einen Muffin, ehe sie zu Peter und Dawns Haus auf der anderen Seite der Insel zurückfuhren, um den Rest des Tages am Strand zu faulenzen. Zurück in Maine, fragte er sie, ob sie nun wieder regelmäßig in die Kirche gehen wolle, aber sie erwiderte, wohl eher nicht. In Martha's Vineyard, sagte sie, sei es einfacher, an Gott zu glauben, als in Empire Falls. Miles wusste, was sie damit meinte, verstand die schmerzliche Ironie ihrer Worte. Auf dem Parkplatz der Kapelle auf Vineyard waren die Hälfte der Wagen Luxuslimousinen. Kein Wunder, dass deren Besitzer an einen Gott im Himmel glaubten.

»Und natürlich haben Peter und Dawn sie hoffnungslos verwöhnt.«

»Noch mehr als du?«

»Bei Weitem.« Miles knabberte ein Plätzchen. Merkwürdigerweise hatte er nie so viel Appetit wie am späten Nachmittag in der Pfarrküche von St. Cat's. Im Empire, wo er unzählige Gerichte zubereitete, vergaß er oft zu essen, während er hier, wenn er nicht aufpasste, den ganzen Teller voller Plätzchen wegputzte.

»Oder sagen wir, sie haben sie genauso verwöhnt, wie ich es täte, hätte ich die Mittel dazu. Aber um ehrlich zu sein, haben sie uns beide verwöhnt. Köstliches Essen. Und zu jedem Abendessen eine Flasche Wein für zwanzig Dollar.«

»Es war für dich bestimmt komisch, dass Janine nicht dabei war.«

»Sie war auch eingeladen«, sagte Miles, selbst überrascht von dem abwehrenden Ton in seiner Stimme.

»Das wollte ich damit auch gar nicht sagen, Miles.«

»Aber ich hatte auch ohne sie genug Ablenkung. Peter und Dawns Grundstück befindet sich an einem Privatstrand, und alle anderen haben nackt gebadet. Ich bin sicher, wenn wir nicht da sind, tun Peter und Dawn es auch. Jedenfalls habe ich keinen Bräunungsstreifen an ihr entdecken können.«

»Und Peter?«, fragte Father Mark. »Ist er auch nahtlos braun?«

»Das zu überprüfen hatte ich keine Gelegenheit«, sagte Miles lächelnd.

Father Mark lächelte ebenfalls. »Du bist ein richtiger Doppelmoralist. Morgens besuchst du die Frühmesse und nachmittags forschst du nach dem Bräunungsstreifen der Frau deines Freundes. Spaß beiseite, was machen die beiden noch mal?«

»Sie schreiben Drehbücher für Fernseh-Sitcoms. Ende dieser Woche werden sie das Ferienhaus wieder verriegeln und nach L. A. zurückfliegen. Du solltest es mal sehen, ein Jammer, dass es zehn Monate im Jahr leer steht.«

Father Mark nickte, ohne etwas zu sagen. Da Miles die politischen Ansichten des Priesters kannte, wusste er, dass er nichts von persönlichem Reichtum hielt und noch weniger von übertriebenem Konsum.

»Peter hat übrigens was Merkwürdiges gesagt«, fuhr Miles

fort, obwohl er sich eigentlich vorgenommen hatte, mit niemandem darüber zu reden. »Er hat gesagt, Dawn und er hätten sich gewundert, dass Janine und ich es so lange miteinander ausgehalten hätten, wenn man bedenkt, wie unglücklich wir zusammen gewesen seien. All die Jahre über hätten sie mit Erstaunen verfolgt, wie sehr wir uns bemühten, unsere Probleme in den Griff zu kriegen.«

Father Mark lächelte erneut. »Wobei man wissen muss, dass Leute aus L. A. bekanntlich wenig Ausdauer an den Tag legen, wenn es um die Bewältigung ihrer Eheprobleme geht.«

Miles hob die Schultern. »Aber ich war dennoch verblüfft, dass andere uns so gesehen haben.«

»Dass ihr nicht zueinander gepasst habt, meinst du?«

Miles überlegte kurz. »Nein, das nicht unbedingt. Eher, dass sie meinten, wir seien unglücklich gewesen. Ich war gar nicht so unglücklich ... oder war mir dessen nicht bewusst. Umso merkwürdiger, wenn die eigenen Freunde zu diesem Schluss kommen. Ich meine, wenn ich so unglücklich gewesen wäre, dann hätte ich es doch merken müssen, oder?«

»Nicht unbedingt.«

Miles seufzte. »Janine wusste es, das muss ich ihr lassen. Wenigstens hat sie gemerkt, wie sie sich gefühlt hat.«

Vom Flur her war ein Schlurfen zu hören. Father Mark schloss kurz die Augen, wie jemand, der spürt, dass eine Migräne im Anzug ist. Kurz darauf betrat Father Tom, dessen graues Haar ihm wirr vom Kopf abstand, die Küche und bedachte Miles mit einem ausgesprochen feindseligen Blick.

»Wollen Sie sich zu uns setzen, Tom?«, fragte Father Mark, zweifelsohne in der Absicht, ihn zu beschwichtigen. »Ich mache Ihnen auch gern eine Tasse Kakao, aber nur, wenn Sie versprechen, sich zu benehmen.«

Normalerweise mochte Father Tom heiße Schokolade, vor

allem, wenn er sie nicht selbst zubereiten musste, aber in diesem Moment schien er eher auf Streit aus zu sein. »Was hat dieses miese Arschloch hier zu suchen?«, knurrte er.

Miles hätte auch gern etwas getan, um den greisen Pfarrer zu besänftigen, und machte Anstalten aufzustehen und ihm die Hand zu geben, aber dies erwies sich als ein etwas schwierigeres Manöver, da Tisch und Bank fest am Boden verankert waren.

»Miles ist kein mieses Arschloch, Tom«, sagte Father Mark ruhig. »Sie kennen doch Miles, unser treuestes Gemeindemitglied. Sie haben ihn selbst getauft und seine Eltern getraut.«

»Ich weiß, wer er ist«, sagte Father Tom. »Er ist ein Arschloch, und seine Mutter war eine Hure. Das habe ich ihr auch auf den Kopf zugesagt.«

Miles setzte sich wieder, unverrichteter Dinge. Es war nicht das erste Mal, dass sich der alte Mann – warum, wusste Gott allein – bei Miles' Anblick bemüßigt fühlte, über dessen angeblich verdorbenen Charakter herzuziehen; das Andenken seiner Mutter hatte der alte Priester jedoch noch nie beschmutzt. Natürlich war es das Geschwätz eines dementen alten Mannes, aber zum zweiten Mal an diesem Tag ertappte sich Miles bei dem Gedanken, welche Befriedigung es ihm bereiten würde, einen Menschen ins Jenseits zu befördern. Diesmal handelte es sich gar um einen Priester.

»Schau ihn dir nur an, schau dir diese Visage an. Er weiß genau, dass ich recht habe«, fuhr der Alte fort und musterte Miles' mit Farbflecken übersäten Overall. »Er ist ein dreckiger Bastard, das ist er. Und er beschmutzt mein Haus.«

Father Mark seufzte. »Sie irren in jeder Hinsicht, Tom. Erstens ist es nicht Ihr Haus.«

»Doch, es ist auch mein Haus.«

»Nein, das Haus gehört der Gemeinde, und das wissen Sie ganz genau.«

Es schien, als würde Father Tom kurz über die Ungerechtigkeit dieses Umstands nachsinnen, dann zuckte er die Achseln. »Außerdem ist Miles kein Bastard«, sagte der jüngere Priester. »Er ist nur mit Farbflecken übersät, weil er die Kirche für uns anstreicht, erinnern Sie sich? Und zwar kostenlos.«

Der alte Mann sah zuerst mit zugekniffenen Augen seinen Priesterkollegen und dann Miles an. Zeitlebens äußerst sparsam, hätte Father Tom diese Neuigkeit eigentlich friedlich stimmen müssen, doch er behielt seinen finsteren Blick bei, als wollte er sagen, dass, gleich, welch gutes Werk Miles auch tue, dies nicht seinen verdorbenen Charakter übertünchen könne. »Ich bin vielleicht alt«, sagte er, »aber ein Arschloch erkenne ich, wenn ich einem begegne.«

Mit seiner Geduld am Ende, stand Father Mark auf, schlüpfte aus der Sitznische, legte dem Alten die Hände auf die Schulter und drehte ihn energisch zu sich um. »Tom«, sagte er, »schauen Sie mich an.« Als der andere weiterhin Miles anstarrte, fasste Father Mark den alten Mann unter das stopplige Kinn und drehte dessen Gesicht zu sich. »Schauen Sie mich an, Tom.«

Als er endlich gehorchte, wechselte der Ausdruck seiner Miene augenblicklich von Abscheu zu Scham.

»Tom«, sagte Father Mark, »erinnern Sie sich, worüber wir vorhin gesprochen haben?«

Falls er sich erinnerte, gab er es nicht zu erkennen, sondern betrachtete Father Mark nur mit seinen wässrigen, blutunterlaufenen Augen.

»Es tut mir leid, wenn es Ihnen heute nicht gut geht, aber dieses Verhalten kann ich nicht tolerieren. Sie müssen sich bei Ihrem Freund entschuldigen.«

Miles fand, Father Tom erinnerte an ein ausgeschimpftes Kind, dessen Vater ihm klargemacht hatte, dass es unartig gewesen war, dem es jedoch weiterhin an Einsicht mangelte. Father Tom musterte Miles verstohlen, als wollte er ergründen, ob er tatsächlich einem solchen Mann eine Entschuldigung schuldete, dann erwiderte er erneut Father Marks strengen Blick. Die beiden Männer starrten sich so lange an, dass sich Miles innerlich wand, doch schließlich drehte sich Father Tom zu Miles und sagte: »Verzeih mir bitte.«

Ohne zu zögern, erwiderte Miles: »Natürlich, Father Tom. Mir tut es auch leid.« Und es tat ihm *wirklich* leid. So sehr ihm die Idee auch gefiel, aber wenn es absolut verwerflich war, einen alten Pfarrer um die Ecke zu bringen, dann war der Gedanke daran es auch.

»Gut so«, sagte Father Mark, »so ist es viel besser. Es ist doch viel netter, wenn wir alle Freunde sind, oder?«

Father Tom schien stark daran zu zweifeln; er musterte Miles noch mehrere Sekunden lang, dann schüttelte er den Kopf und verließ schlurfend die Küche. Miles war sich nicht ganz sicher, meinte aber, dass dem Alten draußen auf dem Gang noch mehrmals das Wort »Arschloch« entschlüpfte.

Father Mark sah unverwandt zur Tür, bis sich das schlurfende Geräusch entfernt hatte. Der Gesichtsausdruck des jungen Pfarrers war womöglich nicht ganz so nachsichtig, wie man es von einem Kirchenmann erwartet hätte.

»Ist schon in Ordnung«, sagte Miles. »Father Tom und ich kennen uns schon lange, wie du weißt. Er ist einfach nicht mehr er selbst.«

»Glaubst du?«, fragte Father Mark.

»Er kann nichts dafür, dass ihm diese Schimpfwörter rausrutschen.«

»Stimmt. Aber genau das ist der Punkt. Ich verstehe, dass er das nicht mit Absicht macht, frage mich allerdings, wie dieses Zeug *in* seinen Kopf hineingelangen konnte.«

»Nun ...«

»Ich weiß.« Father Mark grinste. »Eine immerwährende Frage, die bereits in der Genesis beantwortet wurde. Trotzdem bedaure ich, dass er diese Sachen gesagt hat. Wahrscheinlich erinnert er sich nicht einmal an deine Mutter.«

Miles zwang sich, diese Möglichkeit in Betracht zu ziehen. Es stimmte, der alte Mann hatte den Verstand verloren. Das Problem war, dass er ihn nicht völlig verloren hatte, und Father Toms Blick schien, besonders wenn er wütend war, nur so vor Intelligenz und Erinnerungsvermögen zu sprühen. »Komisch, ich muss in letzter Zeit oft an sie denken«, sagte Miles und fügte hinzu: »Keine Ahnung, warum.« Aber er wusste es durchaus. Es lag an seinem Urlaub auf Vineyard, so wie jeden Sommer.

Draußen hatte es wieder zu regnen begonnen, kein Nieseln wie zuvor, sondern ein steter Regen aus dem verhangenen Himmel. Miles schob seine leere Kaffeetasse in Richtung Tischmitte.

»Tja, das mit dem Streichen kann ich dann für heute wohl vergessen«, sagte er und schob sich seitlich aus der Bank heraus. Irgendwie war der Teller leer geworden, und er spürte einen unangenehmen Druck in der Speiseröhre, wo das letzte Plätzchen verweilte.

Die beiden Männer begaben sich gemeinsam auf die Veranda hinaus, wo sie eine Weile stehen blieben und dem Regen lauschten.

»Wie lange wirst du auf der Nordseite wohl noch brauchen?«, fragte Father Mark und betrachtete nachdenklich die Kirche.

»Zwei, drei Tage. Vielleicht schaffe ich es bis übermorgen, falls das Wetter mitmacht.«

»Du solltest es wirklich dabei bewenden lassen«, sagte Father Mark. »Ich habe wieder etwas aus der Diözese läuten hören. Könnte sein, dass es uns bald nicht mehr gibt. Ich vermute, der arme Tom ist der Grund, warum wir bislang verschont geblieben sind.«

Seit einem Jahr hielt sich hartnäckig das Gerücht, dass die Gemeinde St. Catherine mit der von Sacred Heart zusammengelegt werde, die sich am anderen Ende der Stadt befand. Empire Falls, das einmal genug katholische Einwohner gehabt hatte, um beide Gemeinden am Leben zu halten, litt nicht nur an Bevölkerungs-, sondern auch an Glaubensschwund. Bislang war der einzige Grund, warum es zwei Gemeinden geben musste, der gewesen, dass Sacré Cœur, wie die meisten ihrer frankokanadischen Gemeindemitglieder sie noch immer nannten, einen französischsprachigen Pfarrer brauchte. Andernfalls hätte man die beiden Gemeinden schon viel früher zusammengelegt. Father Mark vermutete, dass Sacré Cœur weiterbestehen und man ihn woanders hinschicken würde. Im Gegensatz zu Father Tibideaux war er nicht zweisprachig.

Das Einzige, was der Sache im Weg stand, war, dass man nicht wusste, wohin mit Father Tom. Zwar gab es Heime für alte, pensionierte Pfarrer, vor allem für solche, die geistig nicht mehr auf der Höhe waren, aber im Fall von Father Tom zögerte die Diözese, ihn in Gemeinschaft mit anderen Kirchenmännern unterzubringen, da er mit seiner speziellen Form der Demenz nicht nur mit Schimpfwörtern, sondern auch mit gotteslästerlichen Ausdrücken um sich warf; kurzum, man wollte den wackeren Pfarrern, die der Kirche lange treu gedient hatten, nicht zumuten, dass sie in ihren letzten Lebensjahren von einem senilen Greis behelligt wurden, dessen Lieblingswort »Arschloch« war. Father Mark hingegen wusste den alten Pfarrer zu nehmen, der nunmehr seit vierzig Jahren im Pfarrhaus von St. Catherine's wohnte und sich dort wohlfühlte. In gewissem Sinn war das Pfarrhaus tatsächlich sein Haus, wie er immer behauptete. Außerdem gab es schlimmere Wörter als »Arschloch«, und die Diözese fürchtete, dass der alte Mann, sollte man ihn tatsächlich woandershin verlegen, beginnen würde, sich ihrer zu bedienen. Mittlerweile hatten sich schon einige Mitglieder der katholischen Pfarrgemeinde St. Catherine durch seine Schimpftiraden veranlasst gefühlt, zu konvertieren, ein paar von ihnen zur Episkopalkirche, ein paar wenige gar zum gefürchteten Agnostizismus, und der Bischof wollte nicht riskieren, dass Father Tom womöglich andere, ebenfalls senile Heimbewohner verdarb. Bislang schien die Diözese der Auffassung gewesen zu sein, dass sie das Father-Tom-Problem unter Kontrolle habe, und hatte bis vor Kurzem keine Neigung gezeigt, am Status quo etwas zu ändern.

»Hast du irgendeine Ahnung, wohin sie dich versetzen könnten?«, fragte Miles.

»Nein«, erwiderte Father Mark. »Aber ich nehme nicht an, dass sie mit meiner Bestrafung schon durch sind.« Er hatte in Judaismus promoviert und wäre im Grunde die ideale Besetzung für eine Dozentenstelle an einer katholischen Fakultät eines Colleges oder einer Universität gewesen. Eine solche hatte er in Massachusetts auch innegehabt, bevor er den Fehler begangen hatte, sich einer Gruppe von Demonstranten anzuschließen, die den Zaun einer Militäranlage in New Hampshire erklommen hatten und verhaftet worden waren, weil sie mit Schlosserhämmern gegen die undurchdringliche Wand eines Atom-U-Boots getrommelt hatten – ein in den Augen von Father Mark symbolischer Akt, in denen des Kommandanten der Basis hingegen ein Akt der Sabotage und des Verrats. Doch dieser Protestakt war nicht die einzige Aktion gewesen, mit der Father Mark unangenehm aufgefallen war. Neben seiner Lehrtätigkeit und der Seelsorge am Newman Center der Universität war der junge Geistliche auch bei einer Radioshow am Sonntagabend aufgetreten und hatte dabei den Zorn des Bischofs auf sich gezogen, indem er einem jugendlichen Anrufer zu einer monogamen Beziehung riet, gleich »welch sexuelle Orientierung« er habe, und ferner auf Gottes grenzenloses Verständnis und unendliche Gnade zu vertrauen. Offensichtlich war es also so, dass man junge, überqualifizierte Priester, die obendrein im Ruf standen, homosexuell zu sein, und die sich in den Augen der Diözese in ihrer Campus-Stelle gemütlich eingerichtet hatten, nach Empire Falls verbannte, vermutlich in der Hoffnung, dass dort ihr auf Abwege geratener Sexualtrieb ein für alle Mal verkümmern würde.

»Ich hoffe, sie haben nicht noch einen schlimmeren Posten für dich im Sinn«, sagte Miles und versuchte sich auszumalen, was das sein könnte.

Father Mark zuckte die Achseln und betrachtete die zur Hälfte angestrichene Kirche. »Sie können einem nur wehtun, wenn man es zulässt. Ich bereue es jedenfalls nicht, hierhergeschickt worden zu sein. St. Cat's ist gar nicht so schlecht, bisschen träge vielleicht. Und unsere Freundschaft wollte ich auch nicht missen.«

»Ich auch nicht.« Miles hielt kurz inne, ehe er hinzufügte: »Ich frage mich, was dann aus der Kirche werden wird?«

»Schwer zu sagen. Einige dieser schönen alten Kirchen werden von der Stadt gekauft, um dann in Theater, Kunstzentren oder Ähnliches umgewandelt zu werden.«

»Ich glaube nicht, dass das hier funktionieren würde«, sagte Miles. »Empire Falls hat noch weniger Interesse an Kunst als an Religion.«

»Wie auch immer, du solltest, wenn du mit der Nordfassade fertig bist, es wirklich dabei bewenden lassen. Sonst könnte es durchaus sein, dass du die zukünftige Baptistenkirche von Empire Falls angestrichen hast.«

Das Haus in der Long Street, wo er aufgewachsen war, stand nun schon seit mehr als einem Jahr zum Verkauf. Miles parkte auf der gegenüberliegenden Straßenseite und fragte sich, ob es jemanden gab, der es in seinem gegenwärtigen Zustand kaufen würde. Die Seitenveranda, schon in seiner Kindheit morsch, war abgerissen, aber nicht ersetzt worden; vier hässliche, nicht übermalte Streifen an der Mauer erinnerten daran, wo sie sich einmal befunden hatte. Wenn ein möglicher Interessent das Haus durch die Hintertür verlassen wollte, den einzigen Eingang, den Miles je benutzt hatte, würde er vor einem fast zwei Meter tiefen Abgrund stehen und auf ein weites Feld aus giftig aussehendem Unkraut blicken, das mit rostigen Radkappen übersät war. Das gesamte Gebäude war vollkommen grau vor Alter und Vernachlässigung, und die Vorderveranda neigte sich in alle möglichen Himmelsrichtungen, als wäre das Haus auf einer Erdspalte errichtet worden. Selbst das Verkaufsschild hing schief am Verandageländer.

Seit dem Tod seiner Mutter hatten verschiedene Familien das Haus gemietet, von denen allem Anschein nach keine Interesse daran gehabt hatte, seinen Verfall aufzuhalten, geschweige denn, ihn konsequent zu verhindern. Wobei Miles zugeben musste, dass dieser bereits zu Zeiten, als die Robys es noch bewohnten, begonnen hatte. In einer ehemals ordentlichen, von Mittelschichtfamilien bewohnten Straße waren ihr Haus und das der Mintys nebenan die ersten gewesen, die vom allmählichen Niedergang des Viertels gekündet hatten. Obwohl er sich als Maler verdingte, hatte es Miles' Vater widerstrebt, Malerarbeiten an einem Haus auszuführen, das er selbst bewohnte. Im Sommer arbeitete er an der Küste, und im Oktober verkündete er, er habe für dieses Jahr »ausgemalt«; nur gelegentlich ließ er sich dazu überreden, für eine Woche einen Pinsel in die Hand zu nehmen, wenn der Vermieter – mit dem sie die Vereinbarung getroffen hatten, dass Max gegen eine verminderte Miete das Haus in gutem Zustand halten sollte – sich beschwerte oder gar mit Räumung drohte. Max, der ihm diese enge Auslegung ihrer Abmachung verübelte, rächte sich, indem er das Haus in einem halben Dutzend unterschiedlicher, vollkommen inkompatibler Farben anstrich, welche zumeist halb vollen Dosen entstammten, die er bei seinen diversen Sommerjobs beiseitegeschafft hatte. Im Keller der Robys stapelten sich die Farbkanister mit schief aufgeschraubten Verschlüssen, auf modrigen Regalbrettern türmten sich Weckgläser mit Terpentin, dessen Dämpfe den Winter über bis in die oberen Räume waberten. Als Miles in der vierten Klasse war, fragte einer seiner Freunde ihn, wie es so sei, im »Clownshaus« zu wohnen, eine Bemerkung, von der er seinem Vater nichts erzählte, dem Verantwortlichen für diese bunt gescheckte Harlekin-Höhle, wohl aber seiner Mutter, die zuerst rot wurde, dann aussah, als würde sie gleich in Tränen ausbrechen, schließlich ins Schlafzimmer lief, die Tür hinter sich zuschlug und hemmungslos weinte. Als sie später wieder mit roten Augen heraustrat, erklärte sie Miles, dass es auf das ankomme, was im Inneren eines Hauses sei (vermutlich meinte sie Liebe), und nicht auf die Fassade (die idealerweise einheitlich gestrichen sein sollte), doch nachdem Miles zu Bett gegangen war, hörte er seine Eltern streiten, und von da an malte sein Vater das Haus nie mehr an. Inzwischen war der kunterbunte Anstrich zu einem einförmigen Grau verwittert.

Miles hatte kaum eine Minute lang auf der gegenüberliegenden Straßenseite geparkt und zu dem dunklen, jalousienlosen Fenster des Zimmers emporgesehen, in dem seine Mutter ihren Todeskampf ausgefochten hatte, als ein Polizeiwagen zwei Blocks weiter oben schlingernd in die Long Street einbog und abrupt nur wenige Zentimeter vor der Stoßstange von Miles' Jetta zum Stehen kam. Miles kannte den jungen Polizisten, der am Steuer saß, nicht, und während dieser aus dem Streifenwagen stieg und sich trotz des trüben Himmels eine Sonnenbrille aufsetzte, kurbelte Miles die Scheibe herunter.

»Führerschein und Fahrzeugpapiere«, sagte der junge Polizist.
»Gibt es ein Problem, Officer?«
»Führerschein und Fahrzeugpapiere«, wiederholte der Beamte noch ein wenig schärfer als beim ersten Mal.

Miles angelte die Papiere aus dem Handschuhfach und reichte sie zusammen mit seinem Führerschein durch das Fenster hinaus. Der Polizist befestigte die Dokumente oben auf seinem Klemmbrett und machte sich ein paar Notizen.

»Würde es Ihnen was ausmachen, mir zu verraten, was Sie hier tun, Mr Roby?«

»Ja, durchaus.« Selbst wenn Miles eine einleuchtende Erklärung parat gehabt hätte, hätte es ihm widerstrebt, sie preiszugeben. Dass ein dementer Pfarrer seine Mutter als Hure beschimpft und Miles dadurch indirekt dazu genötigt hatte, das Haus aufzusuchen, in dem er aufgewachsen war, als könnte er dort seine nunmehr seit zwanzig Jahren tote Mutter im Schaukelstuhl auf der Veranda antreffen, schien ihm nicht gerade die Sorte von Geschichte zu sein, die einen Cop zufriedenstellen würde, der das Tragen einer Sonnenbrille an einem düsteren, regnerischen Tag für angebracht hielt.

»Warum, Mr Roby?«

Miles hatte nicht den Eindruck, dass diese Frage ernst gemeint war, und verzichtete auf eine Antwort.

Der junge Polizist kritzelte noch etwas auf sein Formular. »Haben Sie meine Frage vielleicht nicht verstanden, Mr Roby?«, erkundigte er sich schließlich.

»Habe ich etwas Illegales getan?«

Nun war es der Polizist, der sich in Schweigen hüllte. Eine ganze Minute lang ignorierte er Miles geflissentlich, offenbar um ihm zu beweisen, dass er dieses Spielchen ebenfalls beherrsche.

»Wissen Sie, dass Sie einen nicht zugelassenen Wagen fahren, Mr Roby?«

»Ich meine doch, das, was Sie da in der Hand haben, ist der Fahrzeugschein dieses Wagens.«

»Der ist letzten Monat abgelaufen.«

»Dann werde ich mich um die Verlängerung kümmern.«

Der Polizist überhörte diese Bemerkung und deutete auf die Inspektionsaufkleber an der Windschutzscheibe. »Ihre Inspektionsbescheinigung ist ebenfalls abgelaufen.«

»Dann werde ich mich *darum* wohl ebenfalls kümmern müssen.«

Auch darauf ging der Polizist nicht ein. »Also, was machen Sie hier, Mr Roby?«, sagte der Polizist in einem Ton, als fragte er zum ersten Mal.

»Ich habe einmal in diesem Haus gewohnt.« Miles deutete darauf.

»Sie haben einmal dort gewohnt, aber jetzt nicht mehr.«

»Das stimmt.«

Etwas Rotes blitzte im Rückspiegel auf, und als sich Miles umdrehte, erblickte er Jimmy Mintys roten Camaro, der hinter ihm zum Stehen kam. Jimmy, der im Nachbarhaus aufgewachsen war, hatte Miles gerade noch gefehlt. Als Jimmy die Fensterscheibe herunterließ, ging der junge Polizist unverzüglich zu dem Camaro. Miles beobachtete im Rückspiegel, wie sich die beiden Polizisten unterhielten, und lächelte, als der junge Beamte die Sonnenbrille abnahm. In solchen Situationen durfte offenbar nur der hochrangigere Beamte die Sonnenbrille aufbehalten. Kurz darauf beschrieb Jimmy Minty mit seinem Camaro einen U-Turn und fuhr wieder in die Richtung zurück, aus der er gekommen war. Der junge Polizist blickte ihm nach, dann kehrte er mit enttäuschter Miene zu Miles zurück und reichte ihm seine Papiere. »Es wäre gut, wenn Sie sich gleich heute darum kümmern könnten«, sagte er, der streitlustige Ton war aus seiner Stimme verschwunden.

»Sie laden mich also nicht vor?«

»Es sei denn, Sie finden, es wäre angebracht, Mr Roby.«

Miles steckte den Führerschein in seine Brieftasche und verstaute die Fahrzeugpapiere im Handschuhfach.

Nun, da sie plötzlich Kumpel waren, schien der Cop sehr darauf bedacht, dass sie sich im Guten trennten. »Sie haben also in diesem Haus dort gewohnt?«

Miles nickte und legte den Rückwärtsgang ein.

»Puh«, sagte der junge Cop, »sieht irgendwie gespenstisch aus.«

Die Kfz-Zulassungsstelle befand sich im ehemaligen Whiting-Herrenhaus oder besser gesagt im »Cottage«, einem großen Nebengebäude hinter dem Haupthaus, das von einem Wäldchen eingerahmt wurde. Es handelte sich nur um eine temporäre Lösung, so lange, bis die Renovierung des Justizgebäudes abgeschlossen war, dessen Kuppeldach der Eissturm im vergangenen Winter teilweise abgedeckt hatte. Seither waren Justiz und Verwaltung – noch nie besonders zügig in Empire Falls – quasi zum Stillstand gekommen. Bis auf die Bußgeldbescheide wurden die meisten Rechtsangelegenheiten einstweilen von den Behörden in Fairhaven aus geregelt, die so von den durch beide Gemeinden anfallenden Vorgängen – von Baugenehmigungen über Grenzsteinstreitigkeiten bis zu Schadensbegutachtungen – überlastet waren, dass der Rückstau der unbearbeiteten Anträge mehrere Monate betrug. Selbst rein formelle Verfahren wie zum Beispiel Miles' Scheidung steckten fest. Doch da er anfangs ohnehin keine Scheidung gewollt hatte, war es für ihn nicht weiter schlimm. Tatsächlich hatte er im Frühling sogar gehofft, dass dieser Aufschub Janine womöglich dazu bringen könnte, es sich noch einmal zu überlegen. Aber inzwischen war ihm klar, dass sie wild entschlossen war, den Silver Fox zu heiraten, und dass sie für die gegenwärtige Verzögerung, die ihr bei ihren Plänen für eine Sommerhochzeit einen Strich durch die Rechnung gemacht hatte, aus unerfindlichen Gründen Miles die Schuld gab. Da sie so versessen darauf war, Walt Comeau in dem Moment zu heiraten, da ihre Scheidung vollzogen wäre, konnte sich Miles des Verdachts nicht erwehren, dass ein Teil ihres Verstandes – der Miles nach wie vor Rätsel aufgab – ahnte, was für eine große Torheit diese zweite Heirat war, sodass sie sie unverzüglich begehen musste, ehe sie wieder zur Besinnung käme.

Miles stellte seinen Wagen auf dem kleinen Platz zwischen dem Haupthaus, das mittlerweile das Dexter County Museum und die Historical Society beherbergte, und dem Cottage ab, in dem sich, abgesehen von der provisorischen Zulassungsstelle, die Planungs- und Entwicklungskommission von Empire Falls befand. Letztere war während der vergangenen zehn Jahre zum Witz verkommen, da in dieser Zeitspanne niemand in Empire Falls mehr etwas entwickelt hatte noch in absehbarer Zukunft vorhatte, dies zu tun. Mrs Whiting unterhielt jedoch als Vorsitzende dieses Ausschusses noch immer ein Büro hier, und als Miles ihren Lincoln auf dem Parkplatz entdeckte, ging er mit gesenktem Kopf eilig über den Rasen, in der Hoffnung, sie würde ihn vom Fenster ihres Büros aus nicht entdecken. Seit seiner Rückkehr aus dem Urlaub war er dem diesjährigen »Zur aktuellen Lage des Diners«-Meeting aus dem Weg gegangen, und obwohl sich die Geschäfte inzwischen gut entwickelt hatten, widerstrebte es ihm mehr denn je, einen ganzen Nachmittag Quittungen zu sichten und Umsatzprognosen zu erstellen.

Nachdem er sicher ins Gebäude gelangt war, reihte er sich in die kleine Schlange vor einem Schalter mit der Aufschrift »Kfz-Reg.« ein. Ihm fiel auf, dass man den kompletten Mahagoni-Tresen vom Justizgebäude hierhergeschafft hatte, und zweifelsohne würde man ihn zu gegebener Zeit auch wieder dorthin zurückbefördern. Das übrige Mobiliar, einschließlich der Gemälde und Fotografien der männlichen Whitings, die die Wände säumten, gehörte zur Sammlung des Museums. Während er wartete, bis er an der Reihe war, betrachtete Miles die Ahnengalerie. Dafür, dass sie ausnahmslos direkt miteinander verwandt waren, sahen sie sich nicht besonders ähnlich, abgesehen von einem Merkmal, wie ihm auffiel. Bereits als junge Männer schienen sie vorzeitig gealtert oder einfach nur distinguiert, ein Eindruck, der durch das weiße Haar und die Grübelfalten auf der Stirn hervorgerufen wurde. Vielleicht sinnierten sie ja gerade selbstzufrieden darüber, dass die Geschichte von Empire Falls, wenn nicht sogar die des ganzen Dexter Countys, im Grunde die Geschichte ihrer eigenen Familie war.

Nach ein paar Minuten sah er, wie Jimmy Mintys roter Camaro auf den Parkplatz fuhr. Nachdem der Polizeibeamte sich träge aus dem Wagen gehievt hatte, kam er auf das Cottage zu, bog jedoch nach ein paar Metern von dem Gartenweg ab und ging stattdessen quer über den Rasen zur Rückseite des Hauses. Miles blickte ihm nach, bis ihm ein Mann in der Schlange hinter ihm auf die Schulter tippte und ihn darauf aufmerksam machte, dass er an der Reihe war.

Am Schalter stellte er einen Scheck für seine neuen Aufkleber aus und schob ihn durch den Schlitz unter der Glasscheibe. Als die Frau auf der anderen Seite ihm zulächelte und »Hallo, Miles« sagte, erkannte er in ihr eine ehemalige Mitschülerin von der Highschool wieder. Marcia, ihrem Namensschild nach. Komisch, dachte er, dass sie und ich all die Jahre über in derselben Kleinstadt gelebt haben, ohne einander je zu begegnen, während sich meine und Jimmy Mintys Wege an ein und demselben Nachmittag zweimal kreuzen.

»Dein Auto ist ja kaum noch was wert. Wenn du diesen Wagen noch weitere ein oder zwei Jahre fährst, werden wir dir was für die Registrierung bezahlen müssen«, sagte die Schalterbeamtin, als sie die Summe sah, die er auf den Scheck geschrieben hatte.

»Hätte nichts dagegen, Marcia«, sagte Miles und hoffte, sie dächte, er würde sich nach all der Zeit noch an ihren Namen erinnern.

»Hier hast du deine neuen Schilder«, sagte sie und schob ihm einen Satz Nummernschilder mit einem kolorierten Meisenmotiv darauf hinüber.

»Warum ist kein Hummer mehr auf den Schildern?«

»Die Leute aus anderen Bundesstaaten haben sich immer lustig darüber gemacht. Sie meinten, die Hummer würden wie Kakerlaken aussehen.«

Miles musterte die neuen Nummernschilder, fand, dass die alten es ebenso getan hätten, auch wenn die Hummer *tatsächlich* wie Kakerlaken ausgesehen hatten. »Ich hoffe, dass wir jetzt nicht anfangen müssen, Meisen zu essen.«

»Wenn es nicht irgendwann wieder aufwärts geht, vielleicht schon«, erwiderte sie. »Wobei ich gehört habe, dass es vielleicht einen Käufer für die Papiermühle gibt.«

Miles erwog, sie nach ihrer Quelle zu fragen. Immerhin war das Büro der Planungs- und Entwicklungskommission nur ein paar Meter entfernt, sodass es durchaus mehr als nur ein Gerücht sein könnte. Wahrscheinlicher war indes, dass sie es von jemandem in der Schlange vor ihrem Schalter aufgeschnappt hatte, der es wiederum an diesem Morgen im Empire Grill gehört hatte.

Durchs Fenster hindurch konnte Miles jetzt sehen, wie Jimmy Minty vor der Tür der Planungs- und Entwicklungskommission stand und mit jemandem redete; obwohl diese Person aus Miles' Blickwinkel nicht zu sehen war, kam er zu dem Schluss, dass es niemand anders als Mrs Whiting sein konnte. Die Körpersprache des Polizisten ließ keinen Zweifel zu; er hörte seinem Gegenüber mit der gleichen Haltung zu, wie sein jüngerer Kollege eine halbe Stunde zuvor ihm zugehört hatte, und diesmal war es Minty, der seine dunkle Sonnenbrille abnahm. Miles beobachtete, wie er zwei-, dreimal nickte, während er offensichtlich irgendwelche Anweisungen entgegennahm. Bildete es sich Miles nur ein, oder hatte Minty tatsächlich verstohlen in das Kfz-Zulassungsbüro hereingesehen und den Blick gleich wieder abgewandt, weil man ihm gesagt hatte, er solle nicht in diese Richtung schauen?

»Findest du nicht auch?«, sagte Marcia.

»Tut mir leid«, sagte Miles und wandte seine Aufmerksamkeit wieder ihr zu. »Was meine ich nicht auch?«

»Ich habe gesagt, es wird Zeit, dass wir auch mal wieder ein bisschen Glück haben in unserer Gegend.«

»O ja, das stimmt.« Doch genau das war das Problem, dass die Leute glaubten, es hätte mit Glück zu tun. Er war da anderer Ansicht. Das Problem bei der Berechnung einer mathematischen Wahrscheinlichkeit war, dass sie von der Prämisse ausging, der betreffende Gegenstand sei ausschließlich vom Zufall abhängig.

Jimmy Minty nickte abermals, ehe er über den Rasen zu seinem Camaro zurückging und wieder auf die Empire Avenue hinausfuhr. Miles wartete, bis er um die Ecke gebogen war, bevor er seine neuen Nummernschilder unter den Arm klemmte und auf die Tür zueilte. Doch als Marcias Telefon klingelte und sie sagte: »Ja, er ist hier«, und dann seinen Namen rief, wurde sein Fluchtversuch jäh vereitelt. Zuerst erwog er, sich taub zu stellen und einfach hinauszugehen. Doch er besann sich anders.

Mrs Whiting telefonierte, als er anklopfte und den Kopf durch die Tür steckte, aber sie deutete auf einen Stuhl. Statt ihrer Aufforderung zu folgen, sah sich Miles erst einmal im Raum um und hielt nach der Gefährtin der alten Dame Ausschau, einer hinterhältigen schwarzen Katze namens Timmy, ohne die Mrs Whiting nur selten anzutreffen war. Miles war allergisch gegen Katzen, insbesondere gegen die von Mrs Whiting. Nur selten kehrte er von einer ihrer Zusammenkünfte ohne Pusteln und geschwollene Augen zurück.

Mrs Whiting lächelte und legte eine Hand über die Sprechmuschel. »Entspann dich, mein lieber Junge, ich habe Timmy zu Hause gelassen.«

»Sind Sie sicher?«, fragte Miles, noch weit davon entfernt, entspannt zu sein. In seinen Augen besaß die fragliche Katze eine Reihe von Fähigkeiten im Grenzbereich zum Übersinnlichen, darunter das Talent, sich plötzlich aus dem Nichts zu materialisieren.

»Du bist komisch, mein lieber Junge«, erwiderte sie, ehe sie ihre Telefonunterhaltung wieder aufnahm. Ihre nunmehr zwanzigjährige Beziehung konnte man, dachte Miles oft, in diesen fünf Worten zusammenfassen. Von Anfang an, seit Miles und ihre Tochter Cindy zusammen die Highschool besucht hatten, nannte Mrs Whiting ihn »mein lieber Junge«, obgleich Miles bezweifelte, dass sie ihn tatsächlich so lieb hatte. Und egal, was er sagte, ihr Kommentar lautete: »Sehr komisch«, während ihr sonstiges Gebaren keineswegs vermuten ließ, dass sie diese Dinge auch nur im Entferntesten lustig fand.

Das Büro der Planungs- und Entwicklungskommission, das Miles noch nie zuvor betreten hatte, war sehr groß; eine gesamte Längsseite wurde von einem maßstabgetreuen Modell der Innenstadt von Empire Falls eingenommen, das so offensichtlich idealisiert war, dass Miles nicht sofort die Kleinstadt darin erkannte, in der er sein ganzes bisheriges Leben verbracht hatte. Die Straßen waren gesäumt von strahlend grünen Spielzeugbäumen und die Gebäude in hellen, freundlichen Farben gehalten, die Straßen so sauber, dass Miles zuerst dachte, dies sei der Entwurf eines Künstlers von Empire Falls nach einem ehrgeizigen und kostspieligen Revitalisierungsprogramm. Nur eine genauere Betrachtung des Modells offenbarte, dass es nicht die Zukunft, sondern die Vergangenheit der Stadt verkörperte. Dies war, wie Miles erkannte, das Empire Falls seiner Kindheit, und er machte mehrere Geschäfte an der Empire Avenue aus, die in den letzten beiden Jahrzehnten von der Bildfläche verschwunden waren und im wirklichen Leben einem absurden Überschuss an Parkflächen Platz gemacht hatten. Der Empire Grill, im wirklichen Leben vernachlässigt, sah in seiner Miniaturversion aus, als hätte Mrs Whiting Miles jeden einzelnen Penny an Investition gewährt, um den er sie gebeten hatte.

Auf einer kleinen silbernen Plakette am Sockel war zu lesen: »Empire Falls, circa 1959«. Natürlich hatte die Stadt in Wirklichkeit nie so blühend ausgesehen. Auch schon im Jahr 1959 waren die Ziegelsteinmauern der Textilfabrik und Hemdenmanufaktur, auf dem Modell in einem sauberen Rotton gehalten, schmutzig rostbraun gewesen, an manchen Stellen sogar schwarz vor Verwitterung und Ruß. Und der Fluss, an dem die beiden Gebäude standen, war in der Modellversion himmelblau. *Das* war nun wirklich komisch, dachte Miles. Der Knox war in den vergangenen hundert Jahren nur dann blau gewesen, wenn die Textilfabrik wieder einmal blaues Färbemittel in ihn abgeleitet hatte. Noch komischer war, dass sich eine derart nostalgisch verklärte Version der Vergangenheit ausgerechnet im Büro der Planungs- und Entwicklungskommission befand. Demnach war es also das erklärte Ziel der Kommission, die Uhr zurückzudrehen.

Elijah Whiting, dessen strenges Porträt über dem Modell

wachte, schien die Komik des Ganzen völlig zu entgehen. Der alte Elijah hatte die gleiche grimmige Miene und den gleichen weichlichen Zug um den Mund wie die anderen Whitings in den übrigen Räumen. Sie alle erinnerten Miles an jemanden, aber er vermochte nicht zu sagen, an wen.

Als Mrs Whiting auflegte, tat sie es so beiläufig, dass sich Miles unwillkürlich fragte, ob sie tatsächlich telefoniert oder nur so getan hatte, um ihn in Ruhe beobachten zu können. Das Gefühl, eingehend gemustert zu werden, war in ihrer Gegenwart nichts Neues für ihn. Sie drehte sich auf ihrem Stuhl zur Seite, lehnte sich zurück und betrachtete Elijah Whiting. »Sie waren alle übergeschnappt, weißt du. Auf die ein oder andere Weise. Wenn du genau hinschaust, siehst du den Wahnsinn in ihren Augen lauern.«

Miles sah genau hin, konnte jedoch nicht erkennen, was sie meinte. Einen gewissen Übereifer vielleicht oder auch Bigotterie, aber keine Anzeichen geistiger Umnachtung.

»Du hast als Kind wahrscheinlich die Geschichte dieses ehrwürdigen Vorfahren gehört?«

»Ich glaube nicht.«

»Es heißt, er habe seine Frau mit einer Schaufel genau durch dieses Zimmer gejagt, wild entschlossen, ihr den Schädel einzuschlagen.«

»Nun, *hier* ist dergleichen bestimmt nicht passiert«, erwiderte Miles und deutete auf das Modell, bei dem einzig das Whiting'sche Herrenhaus im Vergleich zu seinem Vorbild nicht aufgehübscht worden war. Unvermittelt kam ihm der Gedanke, dass Mrs Whiting selbst es in Auftrag gegeben haben könnte. Indem sie den Rest der Stadt idealisierte, hatte sie erfolgreich die Wahrheit übertüncht – dass Empire Falls' Wohlstand und die einstige wirtschaftliche Vitalität von mehreren Generationen einer einzelnen Familie ausgeblutet worden waren. Möglicherweise eine zynische Interpretation, die jedoch erklären würde, warum das Haus, das C. B. Whiting auf der anderen Flussseite erbaut hatte, in dem Modell gar nicht existierte. Jenseits der Iron Bridge herrschte unberührte Wildnis, nichts als üppiges Grün und sanfte Hügel.

»Wenn ich dich so dastehen sehe, kommt mir eine Idee«, sagte die alte Frau, doch Miles bezweifelte, dass ihre plötzliche Eingebung seiner eigenen ähnelte. »Du solltest Bürgermeister werden.«

»Von diesem Modell?« Miles lächelte. »Das könnte ich mir gerade noch leisten.« Das Bürgermeisteramt von Empire Falls war ein Vollzeitjob mit einem Teilzeitgehalt; allerdings hatten frühere Bürgermeister Gerüchten zufolge Mittel und Wege gefunden, ihr Einkommen aufzubessern.

»Du bist zu bescheiden, mein lieber Junge. Ich habe schon oft gedacht, dass du dich für ein politisches Amt bewerben solltest.«

Miles beschloss, sie nicht daran zu erinnern, dass er bereits zweimal für den Schulbeirat kandidiert hatte und gewählt worden war.

»Soll das heißen, Sie bieten mir diesen Job an?«

»Du überschätzt meinen Einfluss, mein lieber Junge.« Sie lächelte. »In dieser Hinsicht bist du wie deine Mutter. Aber die Menschen neigen ohnehin dazu, Willen mit Macht zu verwechseln, findest du nicht? Und ich habe da auch meine Theorie, warum das so ist – willst du sie hören?«

»Warum ich wie meine Mutter bin, oder warum die Menschen Willen mit Macht verwechseln?«, fragte Miles und nahm schließlich auf dem angebotenen Stuhl Platz.

»Letzteres«, sagte sie. »Dass du deiner Mutter nachschlägst, ist nicht weiter verwunderlich. Dein Vater ist ja nicht gerade jemand, der zur Nachahmung inspiriert. Nein, Menschen verwechseln Macht mit Willen, weil die wenigsten auch nur den blassesten Schimmer davon haben, was sie wirklich wollen. Und ohne dieses Wissen bleibt der Wille allein ohnmächtig. Ein Schlappschwanz gewissermaßen.« Sie sah ihn mit hochgezogenen Augenbrauen an. »Von den wenigen, die wissen, was sie wollen, heißt es, sie hätten Willensstärke.«

»Ist das alles, was man braucht?«

»Nun, sagen wir, es ist die nötige Grundlage.«

Miles suchte eine bequemere Position auf seinem Stuhl und ließ sich reichlich Zeit dabei. Niemand vermochte es besser als Mrs Whiting, ihn in ein Gespräch zu verwickeln, das er gern vermieden hätte. Der Grund für Letzteres war, dass sie jedes Mal zu Schlussfolgerungen gelangte, die seinen diametral entgegengesetzt waren. »Sie finden also, alle Menschen sind dazu bestimmt zu wissen, was sie wollen?«

Mrs Whiting seufzte. »Also dieses Wort ›bestimmt‹ zeigt mir, dass du schon wieder zu deiner alten List greifst, alles in religiösem Licht zu betrachten, mein lieber Junge. Wenn du Bürgermeister werden willst, solltest du das lassen.«

»Ich will nicht«, sagte er. »Jedenfalls nicht von dem Empire Falls von 1959.«

»Aber genau darin irrst du, mein lieber Junge. Die meisten Amerikaner wollen, dass alles wieder ist wie 1959, allerdings mit der Dreingabe von Cappuccino und Kabelfernsehen.«

»Wollen sie das wirklich oder denken sie, dass sie es wollen?« Janine kam ihm dabei in den Sinn. Seine zukünftige Exfrau war sich nie unsicher bezüglich dessen, was sie wollte, um dann recht schnell enttäuscht zu sein von dem jeweiligen Ergebnis. Miles war das beste Beispiel dafür. Der Silver Fox würde ein weiteres sein, auch wenn er es noch nicht wusste.

»Keine besonders hilfreiche Unterscheidung, findest du nicht? Wie soll man etwas wollen, ohne zu denken? Aber lass uns meinetwegen bei deiner Argumentation bleiben und dort beginnen, wo alles angefangen hat. Bei Adam und Eva. Die wussten, was *sie* wollten, oder nicht?«

»Das bezweifle ich«, sagte Miles, um bei seiner Argumentation zu bleiben. »Nicht, solange es nicht verboten war.«

»Ganz genau, mein lieber Junge. Aber als es dann verboten war, hatten sie keinerlei Zweifel mehr, habe ich recht?«

»Nein. Von da an waren sie voller Reue.«

»Glaubst du, sie wären glücklicher gewesen, hätten sie die verbotene Frucht zurückgewiesen? Hätte *das* etwas an ihrem Gefühl der Reue geändert?«

Da war was dran. »Ich fürchte, das werden wir nie erfahren.«

»*Ich* jedenfalls nicht, mein lieber Junge, aber wie unsere Urahnen habe auch ich nicht besonders vielen Versuchungen widerstanden. Du hingegen …« Sie ließ den angefangenen Satz in der Luft hängen. Mrs Whiting hatte noch nie einen Hehl daraus gemacht, dass Miles eine Art Fallstudie für sie war. »Hattest du einen schönen Urlaub?«

»Ja, es war großartig«, sagte Miles. Die alte Frau sollte ruhig wissen, dass auch andere Leute eine schöne Zeit haben konnten.

Mrs Whiting musterte ihn eindringlich, als wollte sie ergründen, ob sein Enthusiasmus vielleicht nur gespielt war. »Du fährst Sommer für Sommer an denselben Ort, stimmt's?«

»Ja, so gut wie.«

»Hast du dich je gefragt, warum das so ist?«

»Nein.« Wenn die alte Frau ihm nicht gerade zu verstehen gab, dass er in ihren Augen vollkommen verklemmt war, ließ sie durchblicken, wie beschränkt seine Ansichten trotz seiner Intelligenz waren, weil er kaum reiste und so wenig von der Welt gesehen hatte. Wie viele reiche Leute schien sie nicht zu begreifen, warum die Armen nicht auf die Idee kamen, auf Capri zu überwintern, wo das Klima milder war. Ebenso wenig kam ihr in den Sinn, wie ungerecht es war, dies jemandem gegenüber zu äußern, der sich seit zwanzig Jahren um einen ihrer Betriebe kümmerte, während sie in der Welt herumreiste. »Freunde von mir haben ein Haus dort«, fuhr er fort und ließ unerwähnt, was Mrs Whiting zweifelsohne wusste – dass selbst ein bescheidener Urlaub ohne gönnerhafte Freunde für ihn nicht möglich wäre.

Dabei war es Miles gewesen, der Peter und Dawn vor vielen Jahren während ihrer College-Zeit mit Vineyard bekannt gemacht hatte. Damals waren sie noch alle arm gewesen, und als sie in jenem Herbst ihre mageren Ersparnisse zusammenwarfen, reichte es kaum für die Fähre. Sie schliefen am Strand, was nicht erlaubt war, unter den Klippen von Gay Head, und vertrauten darauf, dass die Inselpolizei sie schon nicht wegscheuchen würde, die nun, nach dem Labor Day Anfang September, vermutlich nur noch aus einem halben Dutzend Mann bestand. Und während jenes Wochenendes mussten Peter und Dawn sich verliebt haben, wie Miles vermutete, zuerst in die Insel und dann ineinander. Seitdem betrachteten sie ihn sozusagen als Schmied ihres Glücks und waren ihm dankbar dafür. Auch wenn ihre gegenseitige Liebe zu bröckeln begonnen hatte, wie er fürchtete, liebten beide Vineyard noch immer. Er konnte sich nicht vorstellen, dass bei einer möglichen Scheidung einer von ihnen auf das Haus verzichten würde.

»Sicher, ich verstehe«, erwiderte Mrs Whiting, auch wenn ihr Tonfall keineswegs verständnisvoll klang. »Und doch ...«

»Und doch ...?«

Sie schien den Faden verloren zu haben, aber nur für einen Moment. »Und ›so regen wir die Ruder, stemmen uns gegen den großen Strom – und treiben doch stetig zurück, dem Vergangenen zu‹.«

Die alte Frau sah ihn mit einem vielsagenden Lächeln an, und Miles, der die letzte Zeile aus *Der große Gatsby* erkannt hatte, fand, er sei es sich schuldig, weder dies noch die geringste Neugier hinsichtlich dessen zu bekunden, was sie damit meinte.

Als das Telefon klingelte, waren beide sichtlich erleichtert. Mrs Whiting nahm ab und gab Miles in derselben fließenden Handbewegung zu verstehen, dass er gehen könne, ohne ihn auch nur eines Abschiedsgrußes zu würdigen.

Eine schöne Art, jemanden zu behandeln, den man gerade noch ermuntert hat, sich für das Bürgermeisteramt zu bewerben, dachte Miles.

Kapitel 3

Nachdem Janine ihre letzte Aerobic-Stunde beendet hatte, duschte sie rasch und fuhr zum Empire Grill; doch bevor sie einparkte, umrundete sie erst einmal den Block, um sich zu vergewissern, dass Miles nicht da war. Ja, das Scheidungsverfahren schien sich ewig hinzuziehen, aber ihre Trennung war erstaunlich einvernehmlich verlaufen. Tatsächlich war in den ganzen zwanzig Jahren ihrer Ehe ihre Zuneigung zu Miles nie so groß gewesen wie in diesen letzten neun Monaten, seit sie beschlossen hatten, sich scheiden zu lassen. Dennoch hatte sie in diesem Moment nicht das Bedürfnis, ihn zu sehen, schon gar nicht in Gesellschaft ihres Lebensgefährten. Es war schon sehr seltsam, dass Walt in letzter Zeit so oft im Empire Grill herumhing, ein Ort, um den er einen großen Bogen gemacht hatte, als sie angefangen hatten, sich heimlich zu treffen.

Als sie neben Walts Lieferwagen einparkte, bemühte sie sich, den seitlich aufgeklebten Schriftzug zu übersehen, weil sie sich nicht eingestehen wollte, dass er sie zu irritieren begann. THE SILVER FOX. Welche Art von Mann klebte sich so was auf seinen Wagen? Für Janine war diese Frage weder müßig noch rein rhetorisch. Sobald die Scheidung vollzogen war, würde sie Walt Comeau heiraten, daher hätte sie einerseits gern die Antwort auf diese Frage gewusst, ehe sie zur Hälfte Besitzerin dieses Wagens und alleinige Besitzerin von dessen Fahrer sein würde.

Andererseits gab es Fragen, die man am besten unbeantwortet ließ. Sie kannte Walt bereits recht gut, jedenfalls besser, als sie Miles je kennengelernt hatte. Bei ihrer Heirat vor langer Zeit hatte sie ja nicht einmal gewusst, wer *sie* war, auch nicht, wer sie sein wollte. Wenigstens wusste Janine nun, wer Janine war, was Janine wollte, und, ebenso wichtig, was Janine nicht wollte. Miles zum Beispiel wollte sie nicht mehr und auch niemanden, der sie an Miles erinnerte. Auch wollte sie nicht mehr dick sein. Niemals wieder wollte sie das. Und sie wollte ein Sexualleben, das diesen Namen verdiente, und sie wollte zur Abwechslung mal jung sein, etwas, was sie nicht vermocht hatte, als sie wirklich noch jung gewesen war. Sie wollte tanzen und die Blicke der Männer auf sich ziehen. Seit sie all die überzähligen Kilos verloren hatte, fühlte sich ihr Körper so gut an, und, bei Gott, sie mochte es, wenn sie kam. Mit ihren vierzig Jahren waren Orgasmen für Janine ein vollkommen neues Feld, und verdammt, sie verlor fast bei jedem weiteren Mal schier den Verstand, aber auch, wenn sie darüber nachdachte, wie gefährlich nah dran sie gewesen war, ihr ganzes Leben zu vergeuden, ohne diesen einzigartigen, unvergleichlichen, prickelnden, explosiven, bewusstseinsverändernden Kick erlebt zu haben. Der erste hatte sie so vollkommen überrumpelt, dass er sie einer Woge gleich an einen weit entfernten Ort katapultiert hatte, und als sie sich dann schluchzend in Walts Armen wiederfand, hatte sie gedacht, sie würde nie mehr dorthin gelangen, aber er versicherte ihr, dass dies nicht der Fall sein würde, und sorgte dann dafür, dass es so nicht war. Verdammt, hatte sie gedacht. Genau das, verdammt.

Walt Comeau hatte sie mit ihrem Körper und dessen Bedürfnissen vertraut gemacht, wobei ihr allmählich aufging, dass auch Walts Sichtweise diesbezüglich reichlich vereinfacht war. Seiner Meinung nach brauchte ihr Körper einfach nur jede Menge Work-out und reichlich Walt. Janine hingegen fragte sich, ob ihr Körper vielleicht davon profitieren würde, wenn sie ein wenig reiste. Es machte ihr nichts aus, Aerobicstunden in Walts Fitnessstudio zu geben, aber irgendwo hatte sie von einem Spa in der Wüste in der Nähe von Tucson, Arizona, gelesen, wo man sich auf den weiblichen Körper spezialisiert hatte. »Luxuriös« lautete das Wort in der Broschüre, das ihr ins Auge gesprungen war, und nun, da Janine begonnen hatte, ihren Körper als etwas Luxuriöses zu betrachten, fand sie, dass sie ein, zwei Wochen an einem Ort wie diesem verdient hatte. Sicher, es war teuer, aber Walt ließ sich ständig darüber aus, wie viel Geld er hatte, und sie hoffte, ihn überreden zu können, ihre Flitterwochen dort zu verbringen. Und wenn Tick mit der Highschool fertig war, was hielte sie dann noch davon ab, irgendwohin zu ziehen, wo es wärmer war? Nachdem sie ihr ganzes bisheriges Leben in Maine verbracht hatte, wäre es schön, zur Abwechslung irgendwo zu wohnen, wo sich die Sonne nicht nur blicken ließ, sondern auch blieb. Walt redete immer davon, ein neues Fitnessstudio zu eröffnen, warum nicht in Sedona oder Santa Fe? Wenn stimmte, was sie gehört hatte, dann war es in der Wüste im Südwesten so ähnlich wie in Kalifornien. Dort hielten sich die Leute fit und gesund und trugen Bikinis, die im Grunde nicht mehr als symbolische Kleidungsstücke waren. Wenn Walt nicht dafür zu haben war, würde es Janine nichts ausmachen, für eine Woche allein dorthin zu fahren. Die in der Broschüre abgebildeten Latino-Masseure hatten ihr gut gefallen. Was zugegebenermaßen ein wenig undankbar von ihr war. Schließlich war Walt derjenige, der sie aufgeweckt und ihr geholfen hatte, sich selbst zu finden, den Menschen, der sie wirklich war. Und er hatte auch diesen wunderbaren Punkt ausgemacht, ihn auf Anhieb gefunden, von dem Miles nicht einmal geahnt hatte, dass es ihn gab. Und da fiel ihr nichts Besseres ein, als über Latino-Masseure nachzudenken.

Wenn er doch seinen Lieferwagen bloß nicht mit diesem dämlichen Schriftzug beklebt hätte, dachte Janine, während sie aus ihrem Wagen stieg. Wobei »dämlich« vielleicht nicht die richtige Bezeichnung war. »Angeberisch« war vielleicht besser als »dämlich«, beschloss sie und ging auf den Eingang des Empire Grill zu. War es im Übrigen nicht Walts Großspurigkeit gewesen, die sie anfangs am meisten an ihm angezogen hatte? Die Tatsache, dass er so anders war als der bescheidene Miles? Ihre Mutter mochte Miles natürlich noch immer und schlug sich bei jeder Gelegenheit auf seine Seite, während sie Walt als »diesen kleinen, aufgeblasenen Gockel« bezeichnete. »Miles ist aus gutem Grund so bescheiden, glaub mir, Ma«, hatte sie zu ihrer Mutter gesagt. Gemein vielleicht, aber wahr, außerdem war es eine Anspielung auf etwas, worüber sich mit Bea nicht reden ließ, nämlich Sex. Ihre Mutter, da war sich Janine ziemlich sicher, zählte zu diesen Frauen, die etwas schafften, was Janine selbst beinahe auch geschafft hätte. Sie hatte ihr gesamtes Erwachsenenleben ohne einen einzigen Orgasmus zugebracht. Wenn Bea einmal starb, könnte man mit Fug und Recht behaupten: »Sie ging, bevor sie gekommen war.« Ganz anders Janine. Wenn sie zu der Sorte Menschen zählen würde, die irgendetwas auf die Längsseite ihres Lieferwagens klebten, wäre es vielleicht etwas in der Art wie: »Sie ist gekommen, bevor sie ging.« Was vermutlich bedeutete, dass sie und Walt Comeau füreinander geschaffen waren, weswegen sie auch schleunigst aufhören musste, an die starken Hände von Latino-Masseuren zu denken.

»Hey Babe«, sagte sie und kletterte auf den Barhocker neben dem Mann, den sie kommenden Monat heiraten würde, wenn man ihrem idiotischen Anwalt glauben konnte. Es sei denn, das Dach des Justizgebäudes in Fairhaven stürzte auch noch ein, was Janine fast nicht weiter wundern würde, wenn man bedachte, wie sich von Anfang an alles gegen sie verschworen hatte, seit sie den Fehler begangen hatte, diesem alzheimerkranken Pfarrer von sich und Walt zu erzählen, weil sie dachte, er würde sie von ihrer Sünde freisprechen und es sofort wieder vergessen. Es hieß, er könne sich an rein gar nichts mehr erinnern, weswegen man schließlich einen jüngeren Pfarrer hatte einstellen müssen. Dumm nur, dass sich der alte Knabe plötzlich nur allzu gut erinnerte. Er erzählte Miles Wort für Wort, was sie ihm gebeichtet hatte, und, nachdem er vergessen hatte, dass er es ihm bereits erzählt hatte, am nächsten Tag gleich noch mal.

Wie dem auch sei, dachte Janine, jetzt, wo alles mehr oder weniger überstanden war, war es wohl gut so, dass der alte Schwachkopf sie verpfiffen hatte. Damals war sie noch unsicher gewesen, was sie wollte, andernfalls wäre sie ja gar nicht erst zu einem Pfarrer gegangen. Als dann alles herausgekommen war, wurde ihr klar, dass sie Walt wollte und dass sie beide all den Sex wieder wettmachen würden, um den sie betrogen worden war. Wenn das mit sich brachte, dass jeder sie für eine Schlampe hielt, einschließlich ihrer Tochter und ihrer Mutter, dann sollten sie eben denken, was sie wollten. In gewissem Sinn war es gut, dass Walt und sie erwischt worden waren, weil Walt ansonsten, typisch Mann, vermutlich zufrieden damit gewesen wäre, weiter heimlich herumzufummeln. Janine war diese Heimlichtuerei von Anfang an zuwider gewesen, und dass sie erwischt wurden, hatte immerhin den juristischen Ball ins Rollen gebracht. Ihn im Rollen zu halten, hatte indes ihre ganze Energie gefordert, abgesehen von der, die sie sich für Sex und den Stepper aufbewahrte. Diese letzten neun Monate hatten eines glasklar bewiesen: Es gab kein Ankommen gegen die Mühlen der Bürokratie, wenn im selben Jahr das Dach des Verwaltungsgebäudes eingestürzt war.

Walt spielte hochkonzentriert Rommé mit Horace, weswegen er sie noch nicht bemerkt hatte. Das war noch etwas, was Janine an Walt zu beunruhigen begann, dass er jedes Mal, wenn etwas ihn geistig anstrengte, die Stirn krauszog. Was ziemlich oft der Fall war, wie Janine zugeben musste, sodass sie reichlich Gelegenheit hatte, diesen Ausdruck, den sie am wenigsten an ihm mochte, zu betrachten. Zum Beispiel jetzt, als Walt von seinem Blatt aufsah, um seinen Gegner zu mustern, als fände er die Lösung für sein Problem auf Horace' breiter, von einer widerlichen Zyste verunstalteten Stirn. In solchen Momenten, wenn Walt Comeau mit krauser Stirn und zusammengekniffenen Augen seinen Gegner ansah, schien er nicht etwa ergründen zu wollen, wie dieser es schaffte, immer zu gewinnen, sondern, worin seine Schummeltechnik bestand, und Janine fragte sich, ob vielleicht daher sein Spitzname rührte. Jedenfalls hatte sie dann immer große Lust, ihn zur Seite zu nehmen und ihm zu erklären, wie genau es kam, dass er übers Ohr gehauen wurde. »Ganz einfach: Er ist schlauer als du, Walt«, hätte sie ihm gern gesagt. »Er haut dich übers Ohr, indem er sich merkt, welche Karten du ausgespielt hast und welche er ausgespielt hat. Daher weiß er, welche noch auf dem Stapel liegen. Er verfolgt genau, was du tust und was du im Schilde führst. Da ist keine gezinkte Karte im Spiel, und er hat auch keinen Komplizen, und es gibt keinen Spiegel hinter dir, der ihm dein Blatt zeigt. Er ist einfach schlauer als du. Das ist möglicherweise nicht fair, aber so ist es nun mal.«

Obwohl in *anderer* Hinsicht eine Niete, war Miles ein sehr viel besserer Kartenspieler als Walt. Zwar gelang es ihm nie, ein Pokerface aufzusetzen, und so konnte er auch seine Überraschung nicht verbergen, wenn er ein gutes Blatt hatte, oder seine Enttäuschung, wenn es schlecht war, aber er war dem Spiel meist einen Schritt voraus, statt einen Schritt hinterherzuhinken wie der Silver Fox. Für Janine war es eine grausame Ironie des Schicksals, dass Miles, der, wenn sie Hearts spielten, die Pik-Dame oft zwei Stiche im Voraus orten konnte, in den zwanzig Jahren ihrer Ehe nicht in der Lage gewesen war, ihren G-Punkt zu finden.

Janine zählte einundzwanzig, zweiundzwanzig, dreiundzwanzig ... und kam bis einunddreißig, ehe sich Walt endlich entschloss, eine Karte abzuwerfen, ein willkommenes Geschenk für Horace, um einen Handrommé zu machen. Walt, wie immer neugierig, drehte die Karte um, die Horace mit dem Gesicht nach unten abgelegt hatte, und stöhnte, als er sah, was es war. »Du verdammter Glückspilz«, sagte er. »Das war *meine* verdammte Karte.«

»Das wusste ich, Mr Comeau«, sagte Horace und addierte die Augensumme der Karten, auf denen Walt sitzen geblieben war. »Warum, meinst du wohl, habe ich sie dir nicht gegeben?«

Auf diese Weise von seiner Qual erlöst, drehte sich Walt auf seinem Barhocker zur Seite, erblickte die Frau, die bald seine Angetraute sein würde, und setzte ein breites Grinsen auf. *Deshalb* würde sie diesen Mann heiraten, wurde Janine klar. Er mochte vielleicht ein bisschen schwer von Begriff sein – na ja, vielleicht etwas mehr als ein bisschen –, aber, verdammt, er freute sich wenigstens immer, sie zu sehen. Er schien sie jedes Mal mit völlig neuen Augen zu betrachten, und es war ihr im Grunde egal, wenn eine Störung seines Kurzzeitgedächtnisses dafür verantwortlich sein sollte. Sein anerkennender Blick ließ sie innerlich erglühen, sich öffnen und sorgte jedes Mal dafür, dass sich ihr G-Punkt wie eine Blüte entfaltete, sodass selbst Miles ihn gefunden hätte, nicht, dass er je wieder die Gelegenheit dazu haben würde. »Hey, du Hübsche«, sagte Walt. »Gut, dass Big Boy nicht da ist. Er würde glatt Harikari begehen, wenn er sehen würde, wie toll du ausschaust.«

Nachdem er diesen angenehm dunklen Gedanken in Worte gefasst hatte, wendete sich Walt Horace zu, um eine zweite Meinung einzuholen. »Würdest du gern den Rest deines Lebens in dem Wissen zubringen, dass du dir eine so schöne Frau durch die Lappen hast gehen lassen?«

Entweder war Horace noch mit der Addition der Punkte zugange, oder er tat nur so, als müsste er noch etwas Wichtiges auf seinen Notizblock kritzeln, sodass Walt nichts anderes übrig blieb, als sich auf seinem Barhocker wieder zur anderen Seite zu drehen. »Lass mich raten«, sagte er. »Fünfundfünfzig.«

Klar, natürlich, okay. Das war noch so eine Sache, die Janine irritierte, und zwar dass er unentwegt in der Öffentlichkeit eine Schätzung über ihr gegenwärtiges Gewicht abgeben musste. Nicht, dass sie nicht stolz gewesen wäre, fünfzig Pfund abgenommen zu haben. Auch wusste sie, dass Walt das hier tat, weil er stolz auf sie war. Dennoch fühlte sie sich daran erinnert, wie die Mädchen nach der Schule damals in einer Telefonzelle gestanden und das Gewicht der Passanten geschätzt hatten. »Höchstens sechsundfünfzig.« Trotzdem fühlte sie sich ein bisschen geschmeichelt und lächelte ihn an. »Können wir diese Unterhaltung bitte *woanders* führen?«

»Sechsundfünfzig?«, sagte Walt mit dröhnender Stimme. »Ich werd demnächst die Waage in der Frauenumkleidekabine überprüfen lassen.« Wieder drehte er sich auf seinem Hocker um und stupste Horace an. »Und, was sagst du dazu? Sechsundfünfzig. Jetzt rate mal, wie viel sie gewogen hat, als wir uns kennengelernt haben.«

»Pass auf, was du sagst«, sagte Janine zu Horace, der nicht aussah, als bedürfte er einer Warnung.

»Nun sei doch nicht so«, sagte Walt. »Du solltest stolz sein.« Dann, wieder Horace zugewandt: »Um die achtzig.«

»Willst du was trinken, Janine?«, rief ihr David vom Grill aus zu. Ohne sich die Mühe zu machen, sie anzuschauen, klar.

»Nein, danke. Ist Tick so weit?«

»Fast.« Noch immer würdigte er sie keines Blickes, der Scheißkerl.

»Würdest du ihr bitte sagen, dass ich da bin?«

»Das weiß sie.«

Und welchen Schluss sollte sie nun daraus ziehen – dass ihr Kind es riechen konnte, wenn sie hereinkam? Oder dass sich durch ihr Erscheinen die Atmosphäre im Lokal verändert hatte?

»Diese Frau ist doch unglaublich, oder?«, sagte Walt. »Also ich wollte wirklich nicht mit deinem Bruder tauschen, ich meine, zu wissen, dass ich eine so gut aussehende Frau hab laufen lassen.«

»Okay, meinetwegen, sie ist wirklich umwerfend schön«, erwiderte David.

»Hast du das gehört?«, sagte Walt und schnupperte an Janines Hals. »Alle finden das.«

Janine hatte sehr wohl gehört, was ihr Schwager gesagt hatte – und es im Gegensatz zum Silver Fox auch richtig verstanden. Sie wich seiner kalten Nase aus; zu Hause hätte sie seine Zärtlichkeit wahrscheinlich genossen, aber nicht hier, vor allem nicht, wenn die Leute sarkastische Kommentare abgaben. Um David zu zeigen, wer hier der Boss war, stand sie auf, ging um den Tresen herum zur Kasse, drückte die Taste »Ohne Verkauf«, und die Kassenlade flog auf.

»Ich wechsle nur eben einen Fünfziger, David«, erklärte sie. »Du hast doch nichts dagegen? Wo ich doch eine ehemalige Angestellte und jetzt weit und breit die unbestrittene Beauty-Queen bin?«

»Wenn Miles nichts dagegen hat«, erwiderte er. »Ich bin auch nur ein Mitarbeiter.«

Was sie nur noch mehr verärgerte. »Du kannst ja herkommen und zusehen, was ich mache.«

In diesem Moment trat Charlene zu ihr, schnappte sich den Fünfziger, wechselte ihn gegen ein paar kleinere Scheine aus der Kasse und schob die Lade mit Nachdruck wieder zu. »Wie geht's, Janine?«

»Ganz gut, Charl.« Sie rollte die Scheine zusammen, stopfte sie in ihren Geldbeutel und hatte das vage Gefühl, um ihre Genugtuung gebracht worden zu sein. Zunächst einmal brauchte sie gar kein Wechselgeld. Andererseits nahm sie erfreut zur Kenntnis, während sie verfolgte, wie Charlene die Tische für die Privatveranstaltung an diesem Abend vorbereitete, dass man der Kellnerin ihre fünfundvierzig Jahre allmählich anzusehen begann. Seit ihrer Operation wirkte Charlene müde, und die Fältchen um ihre Augenwinkel hatten sich vertieft. Außerdem hatte sie bestimmt fünf Kilo zugenommen, und Janine fragte sich, wie lange ihr baldiger Exmann sie noch anschmachten würde. Nachdem er es sein ganzes Eheleben hindurch getan hatte, würde es ihm bestimmt schwerfallen, mit dieser Angewohnheit zu brechen. In Herzensangelegenheiten war Miles noch durchschaubarer, als wenn es ums Kartenspielen ging. Doch je mehr man versuchte, aus ihm herauszubringen, was er vor einem verbarg, umso hartnäckiger schwieg er.

Als Charlene mit den Tischen fertig war, musste sich Janine ein Lächeln verkneifen. In spätestens zwei Jahren wirst du einen richtig fetten Arsch haben, Süße, dachte sie. Tja, dann heißt es, Decke drüberlegen und Videos gucken. Am vergangenen Wochenende hatte Janine beobachtet, dass die College-Jungs, die aus den Semesterferien zurückgekehrt waren, nicht mehr so mit Charlene flirteten wie früher; sie schienen jetzt mehr an gleichaltrigen Mädchen interessiert zu sein als an Charlenes Ausschnitt. Nächstes Jahr würden selbst die Lieferanten, die Sackkarren voller Konserven durch den Hintereingang bugsierten und der Kellnerin bislang immer scherzhaft zugerufen hatten, sie solle doch für ein paar Minuten mit ihnen in die Kühlkammer kommen, aufhören, in ihr die Idealbesetzung für einen Quickie zu sehen. Und dann würde nur noch Miles sie anhimmeln – und um genau zu sein, nicht mehr sie selbst, sondern die Frau, die sie einmal gewesen war, bevor sie auseinanderging, die Frau, die sie noch immer zu sein glaubte, obwohl ihr Spiegel doch eine ganz andere Sprache sprach.

So, das kommt davon, dachte Janine bei sich, hab ich mir selbst zuzuschreiben, wenn ich jetzt deprimiert bin. Denn in Wahrheit mochte sie Charlene, die vier unsägliche Ehen hinter sich hatte und selbst genau wusste, was Herzschmerz war. Außerdem hatte sie in all den Jahren, in denen Janine und Miles verheiratet gewesen waren, nicht ein einziges Mal irgendetwas getan, um Miles in seiner Schwärmerei für sie zu ermutigen, ebenso wenig wie sie die College-Jungs ermutigt hatte. Sie konnte nichts dafür, dass ihr Körper die Männer anzog. Zwar war der Gedanke wohltuend, dass Janine ihren Kampf gegen ihren Körper ungefähr im selben Maß gewonnen hatte, wie Charlene dabei war, ihren eigenen Kampf zu verlieren, aber Janine war zu clever, um nicht zu wissen, wie es letztlich ausgehen würde, nämlich dass sie beide ihn verlieren würden. Der Wettbewerb um Liebe und Bewunderung von Männern wie Walt und Miles war wie ein Staffellauf, und über kurz oder lang würden sie den Stab weitergeben an eine andere Frau, ach was, an ein junges Mädchen, das sich nie im Leben vorstellen könnte, dass Janine und Charlene auch mal im Rennen gewesen waren. Die verdammte, traurige Wahrheit war, dass man, egal, wer man war, nie das bekam, was einem zustand.

Sich dieser Wahrheit voll bewusst, langte Janine mit der linken Hand unter dem Tresen hindurch und ließ sie in die vordere Hosentasche des Silver Fox gleiten, der verschlagen lächelte, während er langsam einen Ständer bekam. Dass Walt schon fünfzig war, machte ihr ein bisschen Sorgen. Sie war ein Spätzünder in Sachen Orgasmus, und es hätte ihr gerade noch gefehlt, wenn Walt umgekehrt frühzeitig nicht mehr konnte. Jetzt gerade war er noch nicht voll da, aber sie hatte ihn bald so weit.

An einem Tisch am anderen Ende des Lokals saßen lauter junge Frauen von der Friseurakademie von Dexter County, die fast jeden Nachmittag kurz vor Lokalschluss hereinkamen und gleich in der hintersten Nische verschwanden, wo sie schwatzend und lachend Pasteten aßen. Während sie nun diese Mädchen musterte, fragte sie sich, ob eine von ihnen die nächste Charlene sein würde, oder die nächste Janine. Ein paar von ihnen hätte man beinahe als hübsch bezeichnen können, wenn man sie sich ohne die aufgedonnerten Frisuren und die überflüssigen Pfunde vorstellte, die sie schon jetzt, mit Anfang zwanzig, mit sich herumtrugen. Tja, vielleicht waren Janines Tage, wie die von Charlene, gezählt, aber wenigstens drohte keine unmittelbare Konkurrenz, es schien, als würde das Feld für eine Weile noch ihr gehören.

Während Janine noch lächelnd diesem Gedanken nachhing, schwang plötzlich die Küchentür auf, ihre Tochter erschien und verkündete, dass sie jetzt nach Hause gehen könnten.

Walt, der allem Anschein nach vergessen hatte, dass da eine wohlmeinende Hand in seiner Hosentasche war, wäre fast aufgesprungen und hätte um ein Haar Janines Handgelenk verdreht. »Da ist sie ja!«, rief er aus, ohne Rücksicht auf seine zukünftige Frau zu nehmen, die er beinahe in eine missliche Situation gebracht hätte. »Da ist ja unsere kleine Schönheit.«

Kapitel 4

Im Kunstkurs sind die fünf langen, rechteckigen Tische nach unterschiedlichen Farben benannt, und Tick ist Tisch Blau zugewiesen. Mrs Roderigue, die Kunstlehrerin, ist eine korpulente Frau mit einem mächtigen Busen, dessen sie sich aber offenbar kein bisschen bewusst ist. Wenn sie das Klassenzimmer betritt und einer der Jungs etwas sagt wie: »Wow, was für Riesendinger«, scheint sie das nie mit ihrem Äußeren in Verbindung zu bringen. Obwohl Mrs Roderigue ungefähr so alt ist wie Ticks Vater, wirkt sie wesentlich älter, was vielleicht an ihrer unmodischen Frisur liegt.

Als Lehrerin hält sich Mrs Roderigue am meisten auf ihr Organisationstalent zugute. »Eure Klasse besteht aus vierzig Schülern«, sagte sie zu ihnen am ersten Schultag nach den Ferien, nachdem alle Platz genommen hatten, »deshalb ist es absolut erforderlich, dass wir uns strukturieren und gut strukturiert bleiben.« Normalerweise dürfen Klassen nicht so groß sein, aber in Kunst wird eine Ausnahme gemacht – in Ticks Augen das unausgesprochene Eingeständnis, dass niemand Kunst als ernst zu nehmendes Fach betrachtet, wie zum Beispiel Geschichte oder Mathe. Mrs Roderigue hat nicht einmal eine Vollzeitstelle, sondern unterrichtet nur nachmittags an der Highschool und morgens an der Middle School, und egal, welche Schüler sie vor sich hat, ihre Unterrichtsmethode ist stets die gleiche.

Tick findet Mrs Roderigues Idee, die Tische nach Farben zu benennen, reichlich seltsam, sind sie doch allesamt stahlgrau, und als sie am ersten Tag das Klassenzimmer betraten, war die einzige Möglichkeit, den roten vom blauen Tisch zu unterscheiden, sich an den beschrifteten Etiketten zu orientieren, die an jedem der Tische befestigt waren und auf denen sorgfältig mit schwarzer Tinte geschrieben stand: Blau, Grün, Rot, Gelb und Braun. Bereits am zweiten Schultag wurden die Schilder entfernt und in Plastikbeuteln verstaut, damit sie nicht schmutzig werden konnten oder zerknitterten. Kunst, verkündete Mrs Roderigue, sei die Theorie und praktische Anwendung von Ordnung. So etwas wie »schlampige Kunst« gebe es nicht. Künstler, erklärte sie, sollten sich erst einmal klarmachen, wo sie stünden, und in Mrs Roderigues Klasse lernte man als Erstes, ob man zu Blau oder Grün oder einer der anderen Farben gehörte. Wenn man Blau war, musste man sich als Erstes einprägen, wo sich Blau befand, aber *warum* Blau Blau war und nicht einfach durch eine Nummer gekennzeichnet, das blieb Mrs Roderigues Geheimnis.

Wie dem auch sei, Tick sitzt am blauen Tisch neben Candace Burke, die gern modische, mädchenhafte Sachen trägt – Baggy-Jeans, enge Shirts, rosa Adidas-Schuhe. Dazu weißen Lidschatten und dick aufgetragene Mascara. Heute hat sie ein T-Shirt mit einem Einhorn darauf an. Entweder hat sie zwei davon, oder sie wäscht es nach jedem Tragen. Sie hat es nämlich schon am ersten Schultag angehabt und jetzt, am Donnerstag, wieder. »Oh-mein-Gott-oh-mein-Gott!«, ruft sie, während sie Ticks Bild betrachtet. »Du bist ja fast schon fertig. Und ich habe noch nicht einmal angefangen. Hilfst du mir, okay? Was ist mein spannendster Traum?«

»Ich habe keine Ahnung, ich kenne *keinen* deiner Träume«, erwidert Tick.

Candace zuckt die Schultern, als wollte sie sagen: Dann sind wir schon zu zweit, aber das Problem beschäftigt sie nur den

Bruchteil einer Sekunde lang. »Wie kommt es, dass du in dieser Idioten-Klasse gelandet bist?«, will sie stattdessen wissen. Obwohl Candace diese Frage jeden Tag gestellt und auch jedes Mal eine Antwort darauf bekommen hat, vergisst sie es immer wieder oder aber zweifelt die Antwort an. Ihre Hartnäckigkeit lässt Tick an einen Film denken, den sie einmal gesehen hat, von einem Mann, der stundenlang verhört wurde; die Leute, die ihn vernahmen, stellten ihm alle möglichen Fragen, aber eine wiederholten sie wieder und wieder. Seine Antwort war immer dieselbe, aber seine Vernehmer nahmen sie ihm wohl nicht ab, kamen sie doch stets auf diese eine Frage zurück. Zum Schluss töteten sie ihn – offenbar einfach so, aus Frust. Und so fand man nie heraus, ob der Mann die Wahrheit gesagt hatte oder nicht.

Candace benutzt unverhohlen das Bastelmesser, das sie in der ersten Kunststunde geklaut hat, und ritzt damit den Namen ihres Freundes, Bobby, in die Rückseite ihres Holzstuhls, den sie herumgedreht hat, sodass sie nun rittlings darauf sitzt, wie es die älteren Männer manchmal im Empire Grill tun. Dass Candace so gefährlich nah an ihr mit dem Messer herumhantiert, überhaupt, was sie damit veranstaltet, macht Tick mehr als nur ein bisschen nervös, besonders in den Momenten, in denen Candace ihr Tun unterbricht und theatralisch mit dem Messer herumfuchtelt, um ihre Worte zu untermalen. Tick würde es nicht wundern, wenn sie ihr das Messer in den Hals rammen und wütend rufen würde: »Also, sag schon, warum sitzt du *wirklich* bei diesen Idioten hier herum? Wer hat dich geschickt? Sag mir die Wahrheit oder ich ...«

Was Candace nicht einleuchten will, ist die Tatsache, dass Tick, eine A-Kurs-Schülerin, einen von »Gammlern« besuchten Kurs gewählt hat, die in Pflichtfächern wie etwa Biologie grundsätzlich die B-Kurse belegen und dazu Wahlfächer, mit denen man leicht seinen Notendurchschnitt aufpolieren kann, wie zum

Beispiel Kunst. Ein Grund, warum sich Candace mit ihr angefreundet hat, ist, vermutet Tick, dass es ihr Spaß macht, jemand Fremdes in den »Gammler-Kosmos« einzuführen, eine von Schülern bevölkerte Welt, die weder fähig sind, Grammatikregeln zu lernen, noch, Matheaufgaben zu lösen, und auch gar nicht einsehen, wozu das gut sein sollte. Die Mehrheit sind Jungs, denen es gar nichts ausmacht, als »Gammler« bezeichnet zu werden.

Candace mag das Wort »Idioten« lieber. Sie hat Tick erzählt, dass es das Lieblingswort ihrer Mutter ist, die Candace bei jeder Gelegenheit so nennt, zum Beispiel, wenn sie zu ihr sagt: »Was gibt's, Idiotin?«, oder: »Hast du heute was gelernt in der Schule, Idiotin?«, oder: »Hey, Idiotin, hast du schon wieder meinen verdammten Autoschlüssel eingesteckt?«, oder: »Zum Teufel, ich schwör's, du Idiotin, wenn ich dich noch mal erwische, wie du dich an der Hausbar bedienst, schick ich dich nach Mount Calvary zu den verdammten Christen und lass dich 'ne Zeit lang das Blut vom Lamm Gottes trinken, dann werden wir ja sehen, wie dir dieser Scheiß schmeckt, und ich kann dir jetzt schon sagen, dass du es nicht mögen wirst, also lass lieber die Finger von meinem verdammten Wodka.« Soweit Tick es verstanden hat, glaubt Candace daher, »Idiot« sei eine Art Kosename für Kinder wie sie, die, wie alle Welt sich einig zu sein scheint, keine Zukunft haben.

Wobei sich Tick nicht sicher ist, ob sie vielleicht Widerspruch gegen dieses Etikett einlegen sollte, bevor sie erklärt, warum sie sich unter die gemischt hat, die damit versehen sind. Doch da Candace dies nicht von ihr erwartet, beschließt Tick, lieber den Mund zu halten. »Ich mag Kunst, ganz einfach«, sagt sie zaghaft, wie sie es bereits jeden Tag in dieser ersten Schulwoche getan hat, wohl wissend, dass die Wahrheit kein Ersatz für eine gute Antwort ist.

Beinahe hätte Tick gar nicht Kunst gewählt, weil der Kurs eigentlich nicht in ihren Stundenplan passt, da er entweder parallel zu manchen A-Kurs-Pflichtfächern stattfindet, wie zum Beispiel Chemie oder Mathe, oder in die Mittagspause der A-Schüler fällt. Als Tick vorschlug, dass sie, wenn sie den Kunstkurs belegte, dafür während der sechsten Stunde ein mitgebrachtes Sandwich in der Cafeteria essen könnte, machte ihr die Schulleitung zunächst einen Strich durch die Rechnung. Als ihr Vater mit ihr zum Rektor, Mr Meyer, ging, erwiderte der, die Cafeteria schließe nach der fünften Stunde. Aber wenn sich Tick ein Sandwich mitbringen und an der Sodawassermaschine bedienen wolle und es ihr nichts ausmache, ganz allein in der großen, leeren Cafeteria zu sitzen, sei sie dafür verantwortlich, niemanden sonst hereinzulassen, weil es um diese Uhrzeit keine Aufsicht gebe.

Als Mr Meyer Tick fragte, ob sie mit diesen Einschränkungen leben könne, wunderte sie sich mal wieder darüber, wie seltsam sich Erwachsene bisweilen verhielten. Konnte es sein, dass sie unter einer Art kollektiver Amnesie litten? Man musste sich ja nur diesen Mr Meyer anschauen, um zu erkennen, dass er selbst eines dieser dicken Kinder gewesen war, die alle hänselten und für die das Mittagessen die reinste Qual bedeutete. Entweder hatte er ganz automatisch bei den Aussätzigen Platz genommen oder ganz allein an einem Tisch gesessen, der eigentlich für sechzehn Schüler ausgerichtet war und wo er eine ideale Zielscheibe für all jene Kids abgab, die die coolen Tische bevölkerten. Tische, die von jenen als cool markiert wurden, die das Recht hatten, an ihnen zu sitzen, ein Code, der am ersten Tag eines neuen Schuljahrs unausgesprochen festgelegt wurde und keiner farblichen Kennung bedurfte. Obwohl Mr Meyer in seiner Highschool-Zeit bestimmt von allen möglichen werfbaren Speisen am Hinterkopf getroffen worden war, machte er sich nun Sorgen, dass Tick möglicherweise einen wichtigen »Sozialisierungsaspekt« der guten Sekundarstufenerziehung verpassen könnte. Tick beschloss, dass ihn damals in der Cafeteria irgendein verdammt schweres Teil am Hinterkopf getroffen haben musste, weil er sich ganz offensichtlich an gar nichts mehr erinnern konnte. Daher hatte er auch keinen blassen Schimmer, wie sehr Tick die Aussicht freute, ihr Mittagessen allein einzunehmen. Es machte ihr gar nichts aus, bis zur sechsten Stunde zu warten, um dann ganz allein und in Ruhe ihr Sandwich zu essen. Die Schule schnürte ihr ohnehin den Magen zu, und so blieb ihr wenigstens das Gefühl der Erniedrigung erspart, wenn sie nicht wusste, wohin sie sich setzen sollte. Denn genau das würde ihr blühen. Nachdem sie im Sommer mit Zack Minty Schluss gemacht hatte, würde sie an dem Tisch, der von ihm und seiner Clique dominiert wurde, nicht mehr willkommen sein. Und sie würde sich hüten, zu versuchen, zu einer der Cliquen am beliebtesten Mädchentisch zu stoßen. Es war bei Weitem besser, allein in der leeren Cafeteria zu sitzen, dachte Tick, als allein in der vollen.

»Hast du gewusst, dass Craig mir The Beatles Anthology zum Geburtstag kaufen wollte?«, fragt Candace unvermittelt. »Bevor ich mit ihm Schluss gemacht habe, meine ich?«

Tick versucht, ihr keine Beachtung zu schenken, und betrachtet das vor ihr liegende Bild. Die Aufgabe war, seinen spannendsten Traum zu malen – in Ticks Fall der Traum, in dem sie eine Schlange in der Faust hält. Sie findet, es ist ihr so weit ganz gut gelungen. Zuerst sah die Schlange wie ein Aal aus, aber jetzt ist sie nicht mehr so flach, sondern gewundener, auch wenn sie nicht ganz so furchterregend ist wie die Schlange in ihrem Traum, die, egal, wie fest sie sie auch hält, es immer wieder schafft, sich in ihrer Hand heraufzuschrauben, bis sie ihr direkt in die Augen blickt. Im Traum ist Tick so lange relativ sicher, wie sie die Schlange unterhalb des Kopfes festhalten kann, aber zum Schluss gelingt es der Schlange jedes Mal, sich weiter hochzuwinden. Und wenn sie sich dann plötzlich herumdreht und sie ansieht, wacht Tick panisch auf. Sie ist überzeugt, dieser Traum hat sie etwas

Nützliches gelehrt: Wenn dir jemand etwas Böses will, sieht er dir zuerst in die Augen.

»Hörst du mir überhaupt zu?«, will Candace wissen.

»Wer ist Craig?«, fragt Tick und ahnt, dass sie den Namen kennen müsste, dass er jemand ist, den Candace schon einmal oder wahrscheinlich mehr als einmal erwähnt hat. Die gute Nachricht ist, dass es Candace nie was ausmacht, ihre Geschichten zu wiederholen, vor allem, wenn es um ihr Liebesleben geht.

»Du weißt schon, der, wegen dem ich mit Bobby Schluss gemacht habe«, erklärt sie, offenbar froh, dieses Thema ausbreiten zu können, statt mit der nächsten Aufgabe zu beginnen, einer Daumennagelskizze, die sie in einem nächsten Schritt auf die Größe eines Papierbogens übertragen und schließlich ausmalen sollen. Es scheint Candace kein bisschen was auszumachen, dass sie hinter allen anderen in der Klasse herhinkt. Aber noch interessanter ist die Tatsache, dass es auch Mrs Roderigue nicht zu stören scheint. Die ganze Woche schon wartet Tick darauf, dass sie endlich einmal an den blauen Tisch kommt, sieht, dass Candace absolut nichts gemacht hat, und ihr dann die Leviten liest. Aber bislang hat sie sich ferngehalten, als hätte sie bereits beschlossen, dass der blaue Tisch nichts als Ärger bedeutet und man ihn daher am besten gar nicht beachtet.

Tick hat inzwischen gelernt, dass die meisten Lehrer Ärger aus dem Weg gehen. Wenn auf dem Schulgelände zum Beispiel gedealt wird, ist weit und breit keiner von ihnen zu sehen. Auch wäre längst das Geheimnis des nach der ersten Kunststunde verschwundenen Bastelmessers aufgedeckt, dessen Diebstahl in der Pause über den Lautsprecher verkündet wurde, wenn Mrs Roderigue dem blauen Tisch je einen Besuch abgestattet hätte, wo Candace es ganz offen für ihre »Bobby«-Ritzarbeit benutzt. Ob Mrs Roderigue vielleicht genauso viel Angst vor dem Messer hat wie sie selbst?, fragt sich Tick. Sie hofft, dass sie selbst dieser häufig irrationalen Angst, die sie so lähmt, irgendwann entwachsen sein wird. Erwachsene scheinen im Großen und Ganzen frei davon zu sein. Sogar ihr Onkel David, dessen Arm bei seinem Autounfall beinahe am Ellbogen abgetrennt worden wäre, wirkt fast vollkommen angstfrei, wenn er sich hinter das Lenkrad setzt. Obwohl viele Erwachsene auch sind wie ihr Vater, der seine Angst, wenn er je welche hatte, durch eine Art Schwermut ersetzt hat. Und ihre Mutter ist ein Kapitel für sich. Manchmal nimmt Tick in ihrem Gesicht den flüchtigen Ausdruck von Panik wahr, wenn sie sich unbeobachtet fühlt, doch dann schluckt sie schnell und zwingt sich dazu, dieses Gefühl zu verdrängen. Diesen Trick würde Tick auch gern lernen, denn die Furcht ist mehr oder weniger ihr steter Begleiter.

»Also, was meinst du?«, fährt Candace fort. »Soll ich auf meinen Freund warten oder für ein paar Wochen wieder mit Craig gehen?«

Bobby, der, auf den Candace eventuell warten will oder auch nicht, ist im Gefängnis. Er wurde im Fairhaven High verhaftet, allerdings zu Unrecht, wenn man Candace Glauben schenken mag. Warum sie das denkt, ist Tick jedoch nicht ganz klar. Offenbar meint Candace, dass die Cops ihn geschnappt haben, weil er seiner Mutter einen Dollar gestohlen und nur fünfundsiebzig Cent zurückgegeben hat. Voraussichtlich wird er in ein paar Wochen entlassen, rechtzeitig zum Ehemaligenfest im Herbst. Tick weiß nicht, inwieweit sie Candace glauben kann. Sie ist sich nicht einmal sicher, ob der Junge tatsächlich im Gefängnis ist. Oder ob es ihn überhaupt gibt. Oder ob dieser andere Typ, Craig, ihr tatsächlich versprochen hat, ihr The Beatles Anthology zu kaufen. Candace erzählt ständig solche Sachen, weswegen es schwierig ist, ihr irgendeinen Rat zu geben.

Wenn stimmt, was sie sagt, hat Candace ein aufregendes Liebesleben, was Tick nicht weiter stört, nur dass Candace, wenn sie irgendwann genug hat von ihren Ausführungen, wissen will, wie Ticks Liebesleben ist, und das ist alles andere als aufregend. Auf Martha's Vineyard hat Tick einen Jungen aus Indiana kennengelernt, dessen Eltern sich gerade in der Endphase ihrer Scheidung befanden, als er mit seiner Mutter eine befreundete Familie besuchte; wenn Tick ein Bastelmesser gestohlen hätte, um damit einen Jungennamen auf die Rückseite ihrer Stuhllehne zu ritzen, dann würde der Name »Donny« lauten. Als er ihr davon erzählte, dass sein Vater im Begriff sei, nach Kalifornien zu ziehen, hatte er Tränen in den Augen. Der Umzug fand genau in der Woche statt, in der Donny weg war, und er meinte zu Tick, dass sie ihn deswegen nach Martha's Vineyard verfrachtet hätten, damit er nicht zusehen müsse, wie sein Vater aus dem Haus ausziehe. Donny erzählte ihr auch, er würde lieber bei seinem Vater leben, auch wenn die Ehe seinetwegen zerbrochen sei, weil er sich in eine andere verliebt habe.

Daraufhin meinte Tick, dass es bei ihr so ähnlich sei; nachdem sich ihre Eltern getrennt hätten, habe niemand sie gefragt, bei wem sie leben wolle. Sicher, in ihrem Fall zog kein Elternteil nach Kalifornien, und auch wenn sie im Prinzip bei ihrer Mutter wohnte, verbrachte sie fast genauso viel Zeit bei ihrem Vater. Donny konnte es kaum glauben, dass Ticks Mutter und Vater nur wenige Straßen voneinander entfernt wohnten; sein Vater hatte sich seiner Meinung nach absichtlich für San Diego als neuen Wohnort entschieden, um möglichst weit weg von Indianapolis zu sein. Darauf erwiderte Tick, dass ihre Eltern wahrscheinlich ebenfalls auf räumliche Distanz gehen würden, wenn sie die finanziellen Mittel dafür hätten.

Dieses intime Gespräch führten sie an ihrem letzten Abend am Strand, und während sie zusahen, wie die orangefarbene Sonne im Meer versank, nahm Donny ihre Hand. Sie hatten nicht einmal den Mut, sich zu küssen, und als sie sich am nächsten

Morgen Auf Wiedersehen sagten, gaben sie sich vor Ticks Vater und Donnys Mutter wieder nur die Hand, unsicher, ob sie sich vielleicht mehr erlauben durften, und mit vor Enttäuschung und Kummer eiskalten Fingern.

Wie auch immer, jedenfalls gibt die Geschichte nicht genug her, um sie jemandem wie Candace zu erzählen, selbst wenn Tick bereit dazu gewesen wäre. Tick nimmt an, dass sie vor allem ihre unterentwickelte emotionale und romantische Erfahrung unterstreicht, ebenso wie der Umstand, dass sie sich unaufhörlich den Kopf darüber zerbricht, wie schön es war, mit einem Jungen, für den sie etwas empfindet, einfach nur händchenhaltend in der Abenddämmerung im warmen Sand zu sitzen. Natürlich wünscht sie jetzt, sie hätten den Mumm gehabt, sich zu küssen, aber an jenem Abend waren sie zufrieden so. Wie gut sie sich verstanden – mochte es auch daran liegen, dass sie Leidensgenossen waren –, empfand sie zunächst als aufregend, dann als beruhigend, aber sie zweifelt, dass Candace es auch so sehen würde. Sie hat bereits mehrere Andeutungen gemacht, dass sie Bobby einen blasen wird. Tick ist sich fast sicher, dass sie weiß, was »einen blasen« bedeutet, und wenn es das ist, was sie vermutet, wird Candace bestimmt nicht von einem Date beeindruckt sein, dessen Höhepunkt Händchenhalten war.

»Ich meine, Craig ist ja auch nicht schlecht, und er liebt mich und so weiter ... und er hat echt vor, mir *The Beatles Anthology* zu kaufen, was soll ich also machen?«, will Candace von ihr wissen.

Bevor Tick etwas sagen kann, werden sie von einem Jungen namens Justin unterbrochen, der am anderen Ende ihres Tischs sitzt.

»Was sagst du, Candace?«, sagt er und tut so, als hätte sie mit ihm gesprochen. »Du willst mit John rummachen?«

John Voss, der auch am blauen Tisch sitzt, sieht nicht einmal hoch. Für Tick ist er der undurchschaubarste Junge von ganz

Empire Falls und macht ihr sogar ein bisschen Angst. Schuld daran sind gar nicht so sehr seine Secondhandklamotten oder seine komische Frisur mit den kahl rasierten Stellen dazwischen, die aussieht, als hätte er sich selbst die Haare geschnitten. Nein, es liegt an seinem Schweigen. In der ganzen Woche hat er noch kein einziges Wort gesagt. Wenn sich Justin nicht ab und an zu seinem Sprachrohr aufschwingen würde, indem er behauptet, er könne die Gedanken des komatösen Jungen lesen, hätten alle längst vergessen, dass dieser überhaupt da ist. Das Bild, das John Voss gerade malt, sieht aus wie eine Art kunstvoll ausgemaltes Ei, was Tick verwirrt und zugleich ängstigt. Wer träumt denn von Eiern? Wenn sie ihm beim Malen zuschaut, fühlt sie sich an eine dieser Aufgaben in standardisierten Tests erinnert: *John verhält sich zu Justin wie LEERSTELLE zu Candace.* Die geforderte Antwort würde lauten: *Tick.*

»John sagt, du sollst heute nach der Schule zu ihm nach Hause kommen, Candace. Er meint, er möchte dir gern was zeigen.«

»Schnauze, Arschloch!«, schreit Candace so laut, dass Tick erschrickt. Tick weiß, woher die Panik in Candace' Stimme kommt – Justin versucht, sie mit einem Jungen in Verbindung zu bringen, der auf der untersten Stufe der sozialen Leiter der Schule steht. Da Candace selbst ebenfalls nicht weit entfernt ist von der untersten Stufe, muss sie mit allen Mitteln möglichen Missverständnissen vorbeugen. »Tut mir leid, Mrs Roderigue«, sagt sie, als sämtliche Tische, sowohl Rot, Grün, Gelb als auch Braun, zu ihr herüberstarren, »aber Justin versucht ständig, irgendwelche Gerüchte über mich in die Welt zu setzen.«

Mrs Roderigue hat sich zu ihrer vollen Größe aufgerichtet und funkelt zu Blau herüber, als wär der ganze Tisch verantwortlich für Candace' Ausbruch. Ihre Enttäuschung und ihr Unmut scheinen sich auch auf Tick und John Voss zu erstrecken, der nach wie vor kein einziges Mal von seinem Ei aufgesehen hat.

»Ich hoffe«, sagt die Lehrerin, »dass es vom blauen Tisch keine weiteren Störungen mehr geben wird.«

»Ich habe *gesagt*, es tut mir leid«, erwidert Candace hörbar und verdreht die Augen, als wolle sie sagen, dass man es dieser Frau ja wohl nicht recht machen könne.

»Wenn ihr nicht wisst, was gutes Benehmen ist«, fährt Mrs Roderigue fort, als hielte sie das für das eigentliche Problem, »dann nehmt euch ein Beispiel an Grün.«

Der grüne Tisch, bemerkt Tick, ist an diesem Tag durch Abwesenheit reichlich dezimiert. Normalerweise sitzen dort acht Schüler, aber heute fehlen vier; zwei von den Anwesenden brüten über ihren Algebrabüchern und bereiten sich auf den Test in der nächsten Stunde vor, ein anderer schläft mit dem Kopf auf dem Tisch. Am liebsten würde Tick den Finger heben und Mrs Roderigue fragen, was genau am grünen Tisch so nachahmenswert sei, lässt es aber natürlich bleiben. Selbst Candace, die mit einem gestohlenen Bastelmesser den Namen ihres zurzeit im Knast sitzenden Freundes in großen, verzierten Lettern in ihre Stuhllehne ritzt und sich auf diese Weise ihre Zuneigung für einen jugendlichen Rechtsbrecher in Erinnerung ruft, während sie gleichzeitig Schuleigentum beschädigt, wird den Zielen eines Kunstkurses eher gerecht als der grüne Tisch.

»Sag mal, wie kommt es, dass du mit Zack Minty Schluss gemacht hast?«, fragt Candace, nachdem Mrs Roderigue ihre Aufmerksamkeit wieder den kreativen Anstrengungen von Rot, ihrem Lieblingstisch, zugewendet hat.

»Wir haben eigentlich beide Schluss gemacht«, sagt Tick, was auf gewisse Art auch stimmt. Als sie Zack gesagt hat, dass sie nicht mehr mit ihm gehen wolle, sagte er, gut, er wolle auch nicht mehr mit ihr gehen. Als wollte er sagen: Was glaubst du eigentlich, wer du bist? Am nächsten Tag rief er sie an, um ihr mitzuteilen, dass er bereits eine neue Freundin habe, und als er ihren

Namen nannte, wusste Tick, dass es sich um ein Mädchen handelte, das sie allem Anschein nach hasste, auch wenn sie noch nie ein Wort miteinander gewechselt hatten.

»Ich finde, du solltest wieder mit ihm gehen«, sagt Candace, unbeeindruckt von der Tatsache, dass sie rein gar nichts über Ticks ehemalige Beziehung weiß. »Ich meine, er liebt dich noch immer.«

Tick schluckt schwer und versucht sich auf ihre Schlange zu konzentrieren, die ihr plötzlich irgendwie falsch vorkommt, auch wenn Tick nicht sagen kann, warum. Zwar sieht sie jetzt wenigstens nicht mehr wie ein Aal aus, was schon mal gut ist, aber dennoch stimmen die Proportionen irgendwie nicht, als wäre der untere Teil nach einem anderen Maßstab gezeichnet als der obere, einschließlich des Kopfes. Sie wünschte, sie könnte behaupten, es liege an einer beabsichtigten Perspektive. Überhaupt hatte sie den Eindruck, schlechte Kunst werde häufig mit irgendeinem gewollten Effekt gerechtfertigt.

»Oh, das bezweifle ich«, sagt Tick und entscheidet sich diesmal für die ungeschönte, nackte Wahrheit.

Komisch ist, dass sie, bevor sie nach Vineyard fuhr, in Bezug auf Zack keineswegs so sicher war. Es war eine Sache, in den Sommerferien keinen Freund zu haben, aber eine völlig andere, während des Schuljahrs allein dazustehen, wenn man sich ständig wie auf dem Präsentierteller fühlte. Zack zu verlieren war an sich nicht so schlimm. Wenigstens musste sie sich jetzt morgens nicht mehr den Kopf zerbrechen, welche Laune er an diesem Tag haben würde, ob er nett oder gemein zu ihr sein würde, denn sein Verhalten war so unberechenbar wie der Wind. Keinen Freund zu haben machte ihr daher nichts aus, auch wenn sie bezweifelte, dass sie bald einen anderen finden würde. Was ihr mehr Sorgen bereitete, war, dass sie mit Zack auch seine ganzen Freunde, das gesamte Zack-Netzwerk verloren hatte. Als sie zusammen waren, waren seine Freunde auch ihre Freunde, aber kaum hatten sie Schluss gemacht, fiel es ihr wie Schuppen von den Augen: dass sie alle nur seine Freunde waren, jeder einzelne von ihnen. Nicht dass sie sie nicht mochten. Sie vermutete sogar, dass ein paar von ihnen sie mehr mochten als Zack oder sich wenigstens gern neutral verhalten hätten, hätten die Regeln es erlaubt. Aber das taten sie nicht, und niemand wollte Zack als Feind haben. Sofort hatte sie Anrufe von seinen Freunden bekommen, die sie beschworen, wieder zu ihm zurückzugehen, und ihr zu verstehen gaben, dass sie ansonsten in ihrer Clique nicht mehr willkommen wäre. Ein paar der Jungs hörten sich richtiggehend ängstlich an, als könnten sie nicht glauben, wie sie nur einen solchen Leichtsinn an den Tag hatte legen können. Eines der Mädchen ließ durchblicken, dass Zack möglicherweise mit seiner neuen Freundin Schluss machen würde, wenn Tick zu ihm zurückkommen würde, aber nur vielleicht, denn darauf zählen könne man nicht.

Bis zu ihren Ferien auf Martha's Vineyard hatte Tick tatsächlich ernsthaft darüber nachgedacht, aber jetzt war sie sich ziemlich sicher, dass sie es nicht könnte. Nachdem sie kurz mit einem Jungen zusammen war, der sie wirklich mochte, war sie bereit, ohne Freund dazustehen, jedenfalls vorerst. Traurig machte sie, welchen Preis diese neu gewonnene Einsicht hatte. Konnte es sein, dass sie, nachdem sie eine Form der Zuneigung gespürt hatte, die so süß und neu war, und zwar von jemandem, der nicht der eigene Vater oder die eigene Mutter war, von nun an gänzlich auf jede andere Form der Freundschaft würde verzichten müssen?

»Ich meine, ihm ist diese Heather echt total schnuppe«, sagt Candace. »Du solltest mal sehen, wie er sie behandelt.«

»Ich weiß, wie er sie behandelt«, sagt Tick und unterzieht ihr Schlangenbild einer kritischen Betrachtung. Ich hab's, denkt sie, die Zunge fehlt. »Er behandelt sie so, wie er mich behandelt hat.«

»Er hat sich verändert«, sagt Candace und sieht sie an. Sie hat jetzt ihre Ritzereien eingestellt und sammelt in Erwartung des Pausengongs ihre Sachen ein. Ihr plötzliches Interesse an Ticks Gefühlsleben bestätigt deren Befürchtung: dass Candace sich nur mit ihr anfreunden will, weil sie von Zack beauftragt wurde, sie hinsichtlich einer möglichen Aussöhnung auszuhorchen. Tick hat ihn seit dem Beginn des neuen Schuljahrs Gott sei Dank nur selten zu Gesicht bekommen, aber das liegt daran, dass er nachmittags nach dem Unterricht immer sofort zum Football-Training muss. Andernfalls würde er sie garantiert nach Strich und Faden drangsalieren. Zum anderen verdankt sie ihre vorläufige Schonung dem Umstand, dass er, nachdem er das letzte Jahr versiebt hat, aus sämtlichen A-Kursen verbannt wurde. Sonst säße er in Chemie und amerikanischer Literatur direkt hinter ihr, und sie würde den lieben langen Tag seinen wütenden Blick im Rücken spüren.

Nun, da sie sich in Bezug auf Candace' Motive sicher ist, steigt Ärger in ihr auf, und ehe sie sich der Tragweite ihrer Worte bewusst ist, hat sie sie auch schon ausgesprochen: »Ich habe mich auch verändert. Und die größte Veränderung ist die, dass ich ihn nicht mehr mag.«

Candace' Reaktion darauf besteht darin, dass sie den lautesten Schrei loslässt, den Tick je gehört hat. Sogar John Voss am anderen Ende des Tischs schaut von seinem Eibild auf. Etwas Metallisches landet scheppernd auf dem Boden und zwar in gefährlicher Nähe zu Ticks Schuh, und Candace heult »Oh-mein-Gott-oh-mein-Gott« und hält die Hand in die Luft, und man kann sehen, dass aus einer vom Daumennagel bis fast zum Handballen reichenden klaffenden Schnittwunde Blut hervorquillt. Alles ist voller Blut – es läuft ihr den Arm hinunter, es ist in die verschnörkelten Rillen gesickert, die sie in die Rückseite ihres Stuhls geritzt hat, und sogar auf Ticks Schlange sitzt ein winziger rosa

Tropfen. Beim Anblick all des Bluts spürt Tick, wie ihr eigener linker Arm zu pochen beginnt, so wie wenn sich ein Arzt mit einer Spritze nähert oder wenn in einem Horrorfilm jemand aufgeschlitzt wird.

Candace, die noch immer schreit, umfasst den verletzten Daumen mit der anderen Hand und wippt mit dem Oberkörper in einem schnellen Rhythmus vor und zurück wie einer dieser mechanischen Vögel, die an einem unsichtbaren Tümpel nippen. Sogar die Vorderseite ihres Einhorn-T-Shirts ist mit Blut befleckt, und die Feiglinge vom grünen Tisch sind aufgesprungen und drücken sich mit dem Rücken angstvoll an die Wand.

Tick schmerzt der linke Arm jetzt so sehr, dass ihr schwindelig ist und der Raum zur Seite kippt und an den Rändern verschwimmt wie eine Traumsequenz im Fernsehen. Sie beugt sich vor und legt die Stirn auf die kühle Metalltischplatte und lauscht Candace' Kreischen, bis sich eine andere Stimme, wie aus der Ferne, daruntermischt und ein weiteres Paar Füße neben Candace' Füßen in Ticks Blickfeld rückt. Tick identifiziert sie als die von Mrs Roderigue und hört ihre Stimme von ganz weit weg rufen: »Jetzt nimm endlich deine Hand weg, damit ich sehen kann, was passiert ist, Kind.« Und dann: »Wer hat dir das angetan?«

Candace schreit jetzt: »Es-tut-mir-leid-oh-mein-Gott-es-tut-mir-so-leid.« Tick glaubt in ihrer Verwirrung, dass Candace mit ihr redet und sich offenbar dafür entschuldigt, dass sie als Zack Mintys Vermittlerin agiert hat. »Ist schon okay«, sagt Tick oder bildet sich wohl eher ein, es gesagt zu haben, da sie unfähig ist, den Kopf von der Tischplatte zu heben. Wie auch immer, jedenfalls ist es das, was sie gern sagen würde, weil sie jemand ist, der schnell vergibt, der es nicht erträgt, dass jemand vergeblich um Verzeihung bittet, und so klingen die Worte »Ist schon okay«, ob nun ausgesprochen oder nicht, in ihren Ohren nach und vermischen sich mit dem Rauschen ihres Bluts. Als es scheint, der Schmerz in ihrem linken Arm könne nicht noch größer werden, ohne dass der Arm explodiert, verschwimmt alles um sie herum. Tick, die nun schwitzt und zugleich zittert, fürchtet, dass sie erneut durch dieses Tal der Schmerzen muss, wenn sie will, dass sich die Welt um sie herum wieder aufrichtet, aber die Wahrheit ist, dass sie es nicht will. Lieber will sie das Bewusstsein verlieren.

Erst als sie die Augen öffnet, wird ihr klar, dass sie sie eine ganze Weile zugehabt hat. Die Stirn noch immer auf der kühlen Tischkante, blickt sie auf den Boden zu ihren Füßen. Dort, zwischen ihrem rechten Fuß und ihrem Rucksack, liegt das blutverschmierte Bastelmesser. Candace' Kreischen hat jetzt aufgehört, und ihre rosa Adidas-Schuhe sind nirgendwo mehr zu sehen. Mrs Roderigue, die in der Zwischenzeit den Raum verlassen zu haben scheint und wieder hereingekommen ist, fordert Tick auf, den Kopf zu heben, und diesmal ist sie dazu in der Lage. Überrascht stellt sie fest, dass sich das Zimmer geleert hat und sich alle Schüler draußen im Flur zu Grüppchen zusammengeschart haben und neugierig zu ihr hereinspähen. Der Wanduhr nach sind zehn Minuten vergangen. Mrs Roderigue fährt mit dem Daumen über die Metallkante von Candace' Stuhl, als fahnde sie nach einer Oberfläche, die scharf genug ist, dass sich ein Schüler den Daumen daran bis auf den Knochen aufreißen kann. Mr Meyer, der Rektor, bahnt sich einen Weg durch die Schülermenge, betritt den Raum, kommt zu Tick und befühlt ihre Stirn.

»An Ihrer Stelle würde ich ihr nicht zu nahe kommen«, sagt Mrs Roderigue, »sie sieht aus, als würde sie sich jeden Moment übergeben.«

Diese kluge Bemerkung lässt Mr Meyer unwillkürlich einen Schritt zurückweichen, wenngleich Tick nicht sagen kann, ob die Prophezeiung oder die Barschheit der Lehrerin ihn zurückschrecken lässt.

»Ich bin schon wieder okay«, sagt Tick, für den Fall, dass Ersteres den Lehrer beunruhigt. »Was ist passiert?«
»Du bist ohnmächtig geworden, Engelchen«, sagt Mr Meyer, und Tick empfindet zum ersten Mal Zuneigung für ihn. »Der Anblick von dem ganzen …«
Er lässt den Satz unbeendet, weil er vielleicht fürchtet, dass das Wort »Blut« die gleiche Wirkung auf sie haben könnte wie der Anblick von Blut. »Willst du, dass ich deine Mutter und deinen Vater verständige?« Im selben Moment scheint er seine Worte zu bereuen, nachdem ihm eingefallen ist, dass sich ihre Eltern getrennt haben.

Tick bewegt die Finger ihrer linken Hand auf und ab und beteuert nochmals, dass es ihr so weit wieder gut gehe. Die Finger fühlen sich an wie von tausend Nadeln gestochen, aber davon abgesehen hat sie keine Schmerzen mehr, was bedeutet, dass sie offenbar auf der anderen Seite dieses Tunnels der Schmerzen herausgekommen ist und nicht noch mal hindurchmuss, wie sie mit großer Erleichterung registriert.

Nachdem er sie angewiesen hat, kurz zu warten, nimmt Mr Meyer Mrs Roderigue beiseite. Anhand aufgeschnappter Gesprächsfetzen bekommt Tick mit, wie Mrs Roderigue ihm erzählt, Candace behaupte, dass Tick ihr den Daumen aufgeschlitzt habe. Nun ist es Mr Meyer, der die Rückseite von Candace' Stuhl inspiziert; er stellt ihn kurz auf den Kopf, dreht ihn wieder um und fährt mit dem Daumen vorsichtig über die Metalloberflächen, als wäre er sich nicht ganz sicher, ob er dieses Rätsel wirklich lösen will. Tick langt unter ihren Schreibtisch, als wollte sie nur ihren Rucksack holen, packt das Bastelmesser und lässt es schnell in einer Seitentasche verschwinden.

Nachdem sie aufgestanden ist und den Rucksack geschultert hat, nimmt Mr Meyer sie sanft am Ellbogen und führt sie zur Tür. Als sie aus dem Augenwinkel flüchtig einen Blick auf

Zack Minty im Flur erhascht, steigt eine Welle der Übelkeit in ihr hoch, und einen Moment lang bekommt sie weiche Knie, sodass Mr Meyer ihr rasch den Arm um die Taille legt, um sie zu stützen. Tick hasst es eigentlich, wenn jemand sie anfasst, vor allem ein Erwachsener, aber jetzt lässt sie es dankbar über sich ergehen.

»Und jetzt ab mit dir ins Krankenzimmer, junge Dame«, sagt Mr Meyer und geht mit ihr den Korridor entlang. In diesem Moment fällt Tick ein, dass Candace und sie diese Woche mit dem Waschbeckendienst dran sind und sie es noch nicht sauber gemacht haben, wo Mrs Roderigue doch gleich zu Beginn klargestellt hat, dass dies der wichtigste Teil des künstlerischen Arbeitens ist. Als sie kurz über die Schulter durch die Tür des Kunstraums blickt, sieht sie, wie Mrs Roderigue am blauen Tisch steht, als hätte sie beschlossen, dass sie sich erst jetzt, nachdem die Künstler den Raum verlassen haben, sicher Tisch Blau nähern könne. Mit großem Abscheu betrachtet sie Ticks Schlangenbild.

Kapitel 5

Der Donut-Shop in Empire Falls war seit jeher eines der Lieblingslokale von Max Roby, weil man dort in puncto Rauchen nach dem Motto »Mach mal ruhig, wir machen mit« verfuhr. Miles fragte sich, was sein Vater ab kommendem Jahr tun würde, wenn in sämtlichen Lokalen ein gesetzliches Rauchverbot herrschen würde. Noch hing neben der Tür ein Zigarettenautomat, und da der Raum nur über acht Tischnischen und einen Tresen mit einem halben Dutzend Barhockern verfügte, gab es keinen Platz für einen abgetrennten Nichtraucherbereich, und das gefiel dem Alten noch mehr als die Tatsache, dass es hier noch erlaubt war, sich eine Zigarette anzustecken. Max zählte zu den Menschen, die ihr Umfeld gern manipulierten, und Miles hatte den Eindruck, als bereitete es ihm besondere Freude, wenn andere die von ihm verpestete Luft einatmen mussten. Wobei das Rauchen nur eine Ausprägung dieses Phänomens war. Max hatte sich noch nie irgendeine Form der Zurückhaltung auferlegt. Zum Beispiel rückte er gern extrem nah an die Menschen heran, mit denen er sich unterhielt; und wenn er kaute, flogen Essensteilchen durch die Luft. Mit seinen nunmehr siebzig Jahren hatte er neuerdings eine Schwäche für Süßes. Am liebsten würde er die ganze Zeit Schokoriegel essen, doch das erlaubten seine Zähne nicht mehr, weil die eine Hälfte nicht mehr vorhanden und die andere locker war, also hatte er sich auf Donuts verlegt.

Wenn Max in Miles' Beisein einen verspeiste, war auch dessen Hemd oft vorne mit Puderzucker eingestäubt, obwohl er selbst nur Kaffee trank.

Vor vielen Jahren hatte Miles einmal seine Mutter gefragt, was sie an einem Mann mit derlei zahlreichen widerwärtigen Angewohnheiten so anziehend gefunden habe, und sie hatte geantwortet, sein Vater sei nicht immer so gewesen, jedenfalls nicht als junger Mann. Miles, der seine Mutter liebte, hätte ihr gern geglaubt, aber leicht fiel es ihm nicht. Zwar war sie zeitlebens eine Frau gewesen, die, wenn sie einmal jemanden ins Herz geschlossen hatte, über dessen negative Seiten hinwegsah, doch im Fall von Max, vermutete Miles, musste sie gelernt haben, ihn vollständig zu übersehen, um es an seiner Seite auszuhalten. Dennoch war ihm, als er ihr diese Frage stellte, nicht entgangen, wie demütigend ihre eigene Partnerwahl für sie gewesen war. »Wenn man ihn heute so sieht, würde man es nie vermuten«, hatte sie zu ihrem Sohn gesagt, »aber dein Vater hatte ein überaus ansteckendes Lachen.«

Ansteckend, o ja, das konnte sich Miles durchaus vorstellen. Wie alle Kinder hatten Miles und sein Bruder alle möglichen Krankheiten von der Schule mit nach Hause gebracht – Windpocken, Mumps, Masern, jahreszeitbedingte Erkältungen und Grippe. Vor allem David war anfällig für alles, was herumging, und war immer länger krank als Miles, aber ausgesprochen kränklich war keiner von beiden, es sei denn, ihr Vater brachte eine Krankheit mit nach Hause und steckte alle an. Dann wurde die ganze Familie, bis auf Max, für mindestens acht Tage außer Gefecht gesetzt. Gleich, um was für einen Virus es sich handelte, in Max' Atemwegen schien er noch aggressiver zu werden, und sein exzessives Niesen sorgte dafür, dass sich die Krankheit ausbreitete. Sich die Hand vor den Mund zu halten war für Max ein völlig irrationales Betragen. Wenn man ihn darum bat, sah er einen an, als hätte man ihn aufgefordert, sich beim Furzen mit der Hand den Hintern zu bedecken.

Miles sah jetzt zu, wie sich sein Vater an dem noch brennenden Zigarettenstummel eine neue ansteckte, ehe er die Kippe im Aschenbecher ausdrückte, den Max bereits nach zwanzig Minuten beinahe zur Hälfte gefüllt hatte. Während Miles den Mund seines Vaters betrachtete, versuchte er ihn sich mit zwei vollständigen weißen Zahnreihen und ansteckendem Lachen vorzustellen, aber es gelang ihm nicht. Schon vor langer Zeit war er zu dem Schluss gekommen, dass es für ihn für immer eines der großen Geheimnisse der Menschheit bleiben würde, was die Frauen an einem gewissen Typ Mann so attraktiv fanden. Angeblich wollten alle Frauen rund um den Globus Sex mit Mick Jagger oder hatten es zumindest irgendwann einmal gewollt. Es gab sogar welche, die selbst Max Roby nicht von der Bettkante gestoßen hätten. Miles kam nicht umhin, eine gewisse Bewunderung für die Fähigkeit der Frauen zu hegen, ihren Verstand hin und wieder außen vor zu lassen. Falls das eine Erklärung für dieses Phänomen war. Und es nicht vielmehr darin bestand, dass sie manchmal unerklärlicherweise vom Grotesken angezogen wurden.

Wie schon am Vortag nieselte es draußen wieder, kein richtiger Regen, aber feucht genug, um das Anstreichen unmöglich zu machen. Als Miles eine halbe Stunde zuvor auf dem Rückweg zum Diner war, hatte er gesehen, wie sein Vater auf einer Bank vor den Empire Towers, der städtischen Seniorenresidenz, mit einer betagten Frau sprach, die wirkte, als fragte sie sich, was sie verbrochen habe, dass er sich ausgerechnet zu ihr gesellt hatte, und wie sie in Zukunft verhindern könne, diesen Fehler ein zweites Mal zu begehen. »Fahr einfach weiter«, hatte Miles laut zu sich selbst gesagt, obgleich er bereits rechts rangefahren war und kurz gehupt hatte. Keine gute Tat bleibt ungestraft, rief er sich ins Gedächtnis, als Max von der Bank aufsprang und quer über den frisch gesäten Rasen auf ihn zukam.

Was auch für diese Sache hier gilt, fügte Miles nun im Geiste hinzu, während er seinen Vater über den Tisch hinweg betrachtete. »Du hast Krümel in deinen Bartstoppeln, Dad«, sagte er. »Ist dir noch gar nicht aufgefallen, was?« Max rasierte sich nur jeden dritten oder vierten Tag und bügelte auch nie seine Sachen; er stopfte sie nach dem Waschen einfach in einen Trockner und ließ sie darin liegen, bis ein anderer Bewohner der Towers-Anlage sie herausholte und ihm brachte. Es war daher nicht weiter verwunderlich, dass all seine Kleidungsstücke stets hoffnungslos zerknittert waren.

»Na und?«, wollte der alte Mann von ihm wissen und zog den Zigarettenrauch tief in die Lunge ein, ehe er ihn aus Rücksicht auf Miles zur Seite hin ausstieß. Als wäre die Luft nicht ohnehin nikotingeschwängert gewesen. Als hätten David und Miles in ihrer Kindheit nicht täglich die Schadstoffe von einem Päckchen Zigaretten eingeatmet, wenn ihr Vater zu Hause war.

»Na gut, wenn du dich gern zum Gespött der Leute machst«, sagte Miles. »So werden sie dich für ebenso senil halten wie Father Tom.« In Wahrheit würde Father Tom neben seinem Vater geradezu eine gepflegte Erscheinung abgeben.

Max schien diese Möglichkeit kurz in Betracht zu ziehen, verwarf den Gedanken jedoch sogleich wieder und sprang zum nächsten. »Du solltest dir von mir beim Kirchenanstrich helfen lassen«, sagte er, durch Miles' Anspielung auf den senilen Pfarrer an ein altes Ansinnen erinnert. Während Miles das Thema Kirchenanstrich ein für alle Mal für beendet betrachtete, war es für Max längst noch nicht ausdiskutiert. »Ich habe vierzig Jahre lang Häuser angestrichen, wie du weißt. In einem Monat will ich zu den Keys runterfahren. Wie, meinst du, soll das gehen, wenn ich kein Geld hab?«

»Ich glaube nicht, dass es eine gute Idee wäre, mir beim Streichen zu helfen, Dad«, sagte Miles. »Vor ein paar Wochen bist du von einem Barhocker gefallen. Ich will nicht, dass du als Nächstes von einer Leiter fällst.«

»Das ist was anderes«, erwiderte sein Vater. »Da war ich betrunken.«

»Eben. Und genau das wärst du auch, wenn du von einer Leiter fallen würdest.«

Sein Vater nickte einvernehmlich, und hätte Miles ihn nicht so gut gekannt, hätte er schwören können, dass er sich endlich geschlagen gab.

Doch diesmal stieß der alte Mann den Rauch aus, ohne das Gesicht zur Seite zu drehen.

»Wenn ich ein paar Dollar in der Tasche hätte, müsste ich dich nicht ständig anpumpen, weißt du.«

Die Kellnerin trat an ihren Tisch, schenkte ihnen Kaffee nach und war im Nu wieder weg, was den Schluss nahelegte, dass sie es um jeden Preis vermied, sich länger als nötig in Max Robys Nähe aufzuhalten.

»Hast du gehört, was ich gesagt hab?«, fragte sein Vater.

»O ja, hab ich, Dad.« Miles gab Süßstoff in seine Tasse. »Aber du hast schon wieder vergessen, dass ich die Kirche kostenlos anmale.«

Sein Vater zuckte die Achseln. »Das heißt noch lange nicht, dass *du* mich nicht bezahlen müsstest.«

»Doch, tut es, Dad«, entgegnete Miles. »Genau das bedeutet es.«

Seite an Seite mit Max die Kirche anzumalen war so ziemlich das Letzte, was Miles wollte. Wann immer Max Father Mark erblicken würde, würde er ihn damit aufziehen, wie geizig die Katholiken doch seien; weil der Vatikan so reich war, dachte Max, alle Pfarrer könnten, da sie Angestellte des Vatikans waren, Schecks in beliebiger Höhe ausstellen. Wie könne die Kirche so viele Milliarden bunkern und es sich gleichzeitig nicht leisten, zwei arme Anstreicher in Empire Falls, Maine, zu bezahlen? Father Mark solle ihm das bitte schön mal erklären. Natürlich wäre es eine rein rhetorische Frage, da Max Father Mark gar nicht erst zu Wort kommen lassen, sondern ihm selbst erklären würde, dass das, was die Kirche da mache, der reinste Beschiss sei: »Woche für Woche«, würde er argumentieren, »sammelt ihr Geld von Leuten ein, die so blöd sind, es euch zu geben, dann zahlt ihr die ganze Kohle auf ein Konto einer Bank auf einem anderen Kontinent ein, wo niemand aus Empire Falls es je suchen, geschweige denn finden wird. Und wenn je jemand von euch einen Teil davon zurückverlangt – sagen wir, um eure eigene verdammte Kirche anzustreichen –, sagt ihr ihm, das Geld ist weg, dass ihr arm wie Kirchenmäuse seid, dass ihr das Geld dem Bischof gegeben habt und der dem Kardinal, der dem Papst. Ich weiß, wer ich im nächsten Leben sein will«, würde Max abschließend sagen, »der Papst. Und dann werde ich das Gleiche tun wie der jetzige. Ich werde das ganze verdammte Geld für mich behalten.« Miles machte es Spaß, sich solche Szenen auszumalen, und zwar vor allem deshalb, weil es ihm half, sie nicht Wirklichkeit werden zu lassen.

»Wenn du mich für die Arbeit bezahlen würdest«, fuhr Max fort, und Miles fand, dass er sich für einen Mann, der Essensreste in den Bartstoppeln hatte, einer recht ausgefeilten Rhetorik bediente, »würde ich mir nicht so nutzlos vorkommen. Es gibt nämlich kein Gesetz, das besagt, dass sich alte Menschen ständig nutzlos fühlen müssen, weißt du. Wenn du mich bezahlen würdest, hätte ich wenigstens ein bisschen Würde.«

Miles nickte und lächelte süffisant. »Ich glaube, die Würde hat in deinem Fall schon vor langer Zeit ihre Segel gestrichen, Dad.«

Max rührte grinsend in seinem Kaffee, dann nahm er den Löffel heraus und deutete damit auf seinen Sohn, der spürte, wie ein paar verirrte Kaffeetropfen auf der Vorderseite seines Hemds landeten. »Ich weiß schon, du versuchst, meine Gefühle zu verletzen«, sagte sein Vater, »aber das gelingt dir nicht.«

Miles versuchte, mit einer angefeuchteten Papierserviette die Kaffeeflecken wegzutupfen, dann sagte er: »Übrigens kannst du, wann immer dir nach einem Anflug von Würde zumute ist, in den Diner kommen und eine Zeit lang Geschirr spülen, Dad.«

»Das verstehst du unter Würde? Deinen alten Vater stundenlang in dieses fensterlose Kabuff einzusperren und für den Mindestlohn Geschirr schrubben zu lassen? Für einen Hungerlohn, von dem noch dazu der Staat die Hälfte kassiert?«

Etwas, was Max hin und wieder tatsächlich tat, wenn er völlig abgebrannt war. Miles war indes überhaupt nicht darauf erpicht, dass der alte Mann sich häufiger als nötig dazu herabließ, unter anderem, weil er seine Arbeit unzuverlässig und grollend verrichtete. Max' Meinung nach war jedes Geschirrteil, das aus dem Spüler kam, definitionsgemäß sauber, auch wenn noch Eigelbreste daran hafteten. Doch noch mehr, als er dieses »fensterlose Kabuff« hasste, verübelte er Miles dessen Weigerung, ihn schwarz zu beschäftigen. Er fand, wenn man sein ganzes Leben lang in Schwarzarbeit Häuser gestrichen hatte – denn das hatte er –, konnte man ebenso gut ein paar Teller schwarz spülen. In Max' Augen hatte Grace ihre Söhne nur deshalb zu gewissenhaften Staatsbürgern erzogen, um ihn zu ärgern. Hätte er geahnt, wie unflexibel sie in moralischer Hinsicht später einmal sein würden, hätte er sich mehr in ihre Erziehung eingemischt, aber leider hatte er es erst bemerkt, als es zu spät gewesen war. Wobei David, sein jüngerer Sohn, Gott sei Dank etwas mehr nach ihm schlug.

»Ich würde ja öfter bei dir aushelfen, wenn du mich ab und zu am Tresen arbeiten lassen würdest«, sagte Max. »Burger zu wenden, da ist ja nichts dabei. Außerdem rede ich gern mit den Leuten.«

»Aber dann müsste ich dich vorher in die Spülmaschine stecken. Damit sie die Krümel aus deinem Bart wäscht. Du scheinst noch nicht begriffen zu haben, dass die Leute in den Empire Grill kommen, um zu essen, doch bei deinem Anblick würde ihnen der Appetit vergehen.«

»Ich bin vielleicht siebenzig«, sagte sein Vater übergangslos, »aber ich kann noch immer wie ein Affe klettern.«

Wobei wir wieder beim Kirchenanstrich wären, dachte Miles. Stimmt, der alte Mann *war* flink, sowohl zu Fuß als auch mit Worten. Miles hatte die Versuche, ihn in die Ecke zu treiben, schon vor Langem aufgegeben.

Mit Max' Hartnäckigkeit in Bezug auf die Kirche hatte es indes eine kuriose Bewandtnis. Dreißig Jahre zuvor, als Father Tom einen anderen Malerbetrieb mit dem Kirchenanstrich beauftragt hatte, hatte Miles' Vater geschworen, nie mehr wieder einen Fuß auf das Gelände von St. Catherine zu setzen. Natürlich hatte er schon seit einem Jahrzehnt keinen Fuß mehr in die Kirche gesetzt, sondern ließ Frau und Sohn (David war damals noch nicht geboren) allein die Sonntagsmesse besuchen. Doch Max sah es so: Alles, was seine Frau und sein Sohn taten, geschah unter seiner Ägide, und der Maler, den Father Tom beauftragt hatte, war ein verdammter Presbyterianer und hatte nicht das Geringste mit der Gemeinde zu schaffen. Max mochte zwar kein praktizierender Katholik sein, war jedoch mit einer Katholikin verheiratet, die in jeder freien Minute ihren Glauben praktizierte, obwohl sie ihn bereits aus dem Effeff beherrschte. Außerdem hatte er einen kleinen Katholiken gezeugt, und das zählte ja wohl auch.

Wie auch immer, Max hatte seinen Schwur gehalten, umso mehr wunderte sich Miles, dass er jetzt bereit war, ihn zu brechen. War Max' Wunsch, beim Streichen der Kirche zu helfen, ein später und verquerer Akt von Reue? Miles hatte noch nie erlebt, dass sein Vater auf irgendeine Art Reue zeigte, obgleich es ihm wahrlich nicht an Anlässen gemangelt hätte. Schließlich war Max ein lausiger Vater gewesen und ein noch lausigerer Ehemann. In Wahrheit war er nicht einmal ein guter Maler gewesen. Er hielt nichts vom Abkratzen alter Farbe und trug die neue Farbe oft zu dick und nachlässig auf. Lieber saß er in irgendwelchen Bars herum, als Häuser zu streichen, und um rasch zu Ersterem übergehen zu können, hudelte er bei Letzterem, auch wenn die jeweilige Arbeit besondere Sorgfalt erforderte. Fensterrahmen strich er bei geschlossenem Fenster und machte sich auch nicht die Mühe, einen Lappen in die Hand zu nehmen, um Farbreste von den Scheiben zu entfernen, wenn er aus Versehen mit dem Pinsel darübergewischt war.

Bei jedem anderen Mann seines Alters wäre das Ansinnen, beim Kirchenanstrich zu helfen, womöglich dem Wunsch geschuldet gewesen, ein bisschen Zeit mit seinem Sohn zu verbringen, den er all die Jahre über vernachlässigt hatte, aber im Fall von Max bezweifelte Miles dies. Max hatte noch nie besonders viel Wert auf die Gesellschaft eines seiner Söhne gelegt, auch wenn er sich gern von ihnen ein paar Kröten für einen Donut geben ließ, um das Geld für eine Packung Zigaretten zu sparen. Nein, in Miles' Augen war die einzig einleuchtende Schlussfolgerung die, dass das Alter bisweilen die Persönlichkeit eines Menschen auf den Kopf stellte. Father Tom zum Beispiel, der früher die Beichtabnahme immer an die bei ihm hospitierenden angehenden Priester delegiert hatte, bettelte nun, da er senil war, bei Father Mark darum, wenigstens ein paar Beichten abnehmen zu dürfen. Wenn der junge Pfarrer samstagnachmittags nicht aufpasste und irgendwann bemerkte, dass der alte Pfarrer verschwunden war, musste er nur quer über den Rasen zur Kirche hinüberlaufen und konnte sicher sein, dass er ihn in dem dunklen Beichtstuhl antraf, wo er sich geduldig die Geständnisse eines Beichtenden anhörte, begierig, das Gehörte mit anderen zu teilen. Genau auf diesem Weg, nämlich von Father Tom, hatte er erfahren, dass seine Frau es mit Walt Comeau trieb.

»Und ich sag dir noch eins. Wenn ich auf der Leiter stehe, mache ich mir nicht vor Angst in die Hosen.«

»Das, was du vorhin gesagt hast, gilt übrigens auch umgekehrt: Du kannst meine Gefühle auch nicht verletzen, Dad.«

»War auch gar nicht so gemeint«, sagte der alte Mann, um diesen Satz gleich mit dem nächsten Lügen zu strafen, sodass es fast schon wieder etwas Liebenswürdiges hatte. »Seit wann bist du eigentlich ein solches Weichei, wenn es ums Klettern geht? Ich bin siebenzig und klettere immer noch wie ein Affe. Und wie alt bist du?«

»Zweiundvierzig.«

»Zweiundvierzig.« Max drückte seine Zigarette aus, als wäre jetzt wenigstens die Frage nach dem Alter seines Sohnes geklärt. »Zweiundvierzig und hat Angst, eine Leiter hochzuklettern. Ich bin schon mal zwei verdammte Stockwerke tief gefallen und habe trotzdem keine Angst.«

»Trink deinen Kaffee aus, Dad«, sagte Miles. »Ich muss zum Empire zurück.«

»Ich bin von einem Gerüst drüben in der Division Street gestürzt – zwei verdammte Stockwerke tief – und mit dem Arsch mitten in einem Rosenbusch gelandet. Aber das heißt noch lange nicht, dass ich deswegen Angst hab, eine Leiter hochzuklettern.«

Miles bemerkte, wie ein Streifenwagen auf den Parkplatz vor dem Fenster fuhr, und erkannte Jimmy Minty am Steuer. Er konnte spüren, wie die Stoßstange des Wagens gegen die Hausmauer stieß, sodass der Resopaltisch samt Aschenbecher erbebte. Doch Jimmy – heute in Uniform – stieg nicht aus, sondern blieb sitzen, und Miles sah, dass sich seine Lippen bewegten, als unterhielte er sich mit einem unsichtbaren Gesprächspartner. Erst als er sich vorbeugte, um den Hörer einzuhängen, wurde Miles klar, dass er in sein Funkgerät gesprochen hatte. Jetzt kreuzten sich ihre Wege bereits zum dritten Mal innerhalb kürzester Zeit. Zufällig. Nun, *möglich* war es.

»Ich könnte dir helfen, ein Gerüst aufzustellen. Dann hättest du wenigstens das Gefühl, sicheren Boden unter den Füßen zu haben.«

»Ich weiß, wie man ein Gerüst aufstellt, Dad.«

»Das will ich hoffen«, sagte Max. »Schließlich hab ich dir's beigebracht, falls du es vergessen haben solltest.«

»Nein, hab ich nicht.«

»Ich habe *dir* damals erlaubt, mir zu helfen, wenn ich mich richtig entsinne. Hätte deine Mutter davon gewusst, hätte sie der Schlag getroffen, aber ich hab es dir trotzdem erlaubt. Und jetzt, wo ich ein bisschen Reisegeld brauche, sagst du mir, ich soll trampen.«

»Das habe ich nie gesagt ...«

»Ich muss mal pinkeln.« Während sich sein Vater zwischen Tisch und Bank herausschob, setzte eine angewiderte Miene auf, als verdankte er das lästige Bedürfnis, sich zu erleichtern, ihrer Unterhaltung und nicht dem Kaffee.

Die Toilettentür hatte sich kaum hinter Max geschlossen, als Jimmy Minty auf die Bank gegenüber Miles glitt und seine glänzende schwarze Mütze auf den Tisch legte. Sein rotes Haar wurde an den Schläfen allmählich grau, fiel Miles auf.

Die Kellnerin stellte eine Tasse Kaffee vor Minty hin. »Es wäre nett von dir, wenn du nicht jedes Mal beim Einparken die Hauswand rammen würdest, Jimmy«, sagte sie. »Du machst den Leuten Angst. Sie sitzen da und trinken in Ruhe Kaffee und unterhalten sich, und plötzlich stößt du mit der Stoßstange gegen die Mauer und lässt alles erzittern. Es ist ja nicht so, dass die Hauswand unsichtbar wäre. Man muss halt einfach nur bremsen, bevor die Stoßstange sie berührt.«

»Du solltest auf dem Parkplatz Betonbordsteine anbringen lassen.« Minty lächelte. »Ich wette, ich bin nicht der Einzige, der gegen die Mauer stupst, Shirley.«

»Nein. Aber du bist der Einzige, der es jedes Mal tut.«

Als sie sich vom Tisch entfernte, zuckte der Polizist die Schultern. »Hallo, Miles. Dachte ich mir doch, dass das dein Jetta ist, der da draußen steht. Du hättest besser die paar zusätzlichen Dollar für die Unterbodenversiegelung ausgeben sollen. Wie viel hätte es dich gekostet – ein paar Hundert vielleicht?«

Jimmy Minty brauchte nie lange, um auf das Thema Geld zu kommen. Besonderen Gefallen schien er daran zu haben, Miles auf die diversen Unzulänglichkeiten seiner Besitztümer aufmerksam zu machen, wie zum Beispiel die rostende Karosserie seines Jettas und dergleichen mehr. Miles mutmaßte schon lange, dass Minty in ihm eine Art private Messlatte für seinen eigenen finanziellen Wohlstand sah. Doch am bemerkenswertesten war, dass Minty damit nahtlos an ihre gemeinsame Kindheit in der Long Street anknüpfte. Jimmy Minty hatte schon immer aufmerksam Buch über Miles' Sachen geführt, hatte stets wissen wollen, wie viel was gekostet hatte und wo es gekauft worden war. Wenn sie zu Weihnachten ähnliche Dinge geschenkt bekamen, erläuterte Jimmy ihm gern, warum seine besser seien, dass sie Schnäppchen seien, weil sein Vater wisse, wo man was kaufe – auch wenn das fragliche Spielzeug ganz offensichtlich eine billige Markenkopie war. Nachdem er ihm detailliert die Vorzüge seiner Neuerwerbung auseinandergelegt hatte, schlug er vor, die Sachen zu tauschen, nur für eine gewisse Zeit; nicht selten bekam Miles sein Spielzeug beschädigt zurück.

Selbst jetzt, dreißig Jahre später, konnte sich Miles noch daran erinnern, wie erleichtert er gewesen war, als seine Mutter ihn von der staatlichen Grundschule genommen und ihn in Sacred Heart angemeldet hatte, wohin Jimmy – seine Familie war nicht katholisch – ihm nicht folgen konnte. Von da an begannen sich die Wege der beiden Jungen – wenngleich sie Nachbarn blieben – voneinander zu entfernen; als sie sich in der Highschool abermals kreuzten, hatten sich die Nachbarn längst auseinanderentwickelt und verschiedene Freunde. Natürlich waren die von Jimmy besser, wie er Miles erklärte. Nach dem Highschool-Abschluss diente er eine Zeit lang in der Army, während Miles auf dem College war, und als Miles nach Empire Falls zurückkehrte, hatte Jimmy kurz zuvor geheiratet und war nach Fairhaven gezogen. Allerdings sahen sie sich nun wieder häufiger, weil Jimmy regelmäßig seine Eltern besuchte, und nachdem Miles und Janine geheiratet hatten, bemühte er sich, ihre alte Freundschaft wieder aufleben zu lassen, etwas, worauf Miles keinen besonderen Wert legte, weil der erwachsene Jimmy Minty wie schon als Kind die Angewohnheit hatte, unentwegt Vergleiche anzustellen, nur dass er es jetzt in Bezug auf ihre Frauen tat. In den letzten zehn Jahren hatten sie sich nur selten gesehen, zum Beispiel wenn sie gelegentlich im Auto aneinander vorbeifuhren oder wenn Jimmy ein neues Spielzeug hatte, mit dem er im Empire Grill angeben wollte. Bei seinem letzten Besuch vor einem Jahr hatte er ein Steak bestellt und danach so lange kaffeetrinkend am Tresen herumgelungert, bis Miles endlich geruhte, den roten Camaro auf dem Parkplatz vor dem Lokal zu bemerken. Bei solchen Gelegenheiten versäumte es Jimmy nie, Miles zu versichern, wie gut es ihm gehe, auch wenn ihm ein College-Studium verwehrt geblieben sei. Wenn er weiterhin sauber bliebe, sagte er, wüsste er nicht, was ihn daran hindern sollte, der nächste Polizeichef von Empire Falls zu werden. Zack, sein Sohn, werde in jedem Fall einmal ein gemachter Mann sein.

»War das dein Vater, der eben hier gesessen hat?«, fragte Jimmy und nickte in Richtung Männertoilette.

»Du weißt, dass er es war. Du hast ja eben dort draußen in

deinem Wagen gesessen« – Miles nickte seinerseits zu dem Streifenwagen vor dem Fenster – »und zu uns hereingestarrt.«

»Die Scheibe hat so gespiegelt, dass ich nichts erkennen konnte«, sagte Minty. »Es hätte ebenso gut jemand anders sein können.«

»Na, dann hast du eben gut geraten.«

»Tut mir leid wegen dem Vorfall gestern«, sagte Minty, offenbar in Anspielung auf den jungen Polizisten, der Miles in der Long Street kontrolliert hatte. »Der Junge ist neu bei uns, muss noch einiges lernen. Nur gut, dass ich zufällig vorbeigefahren bin. Bist du ihm pampig gekommen oder irgendwas in der Art?«

»Nicht im Entferntesten.«

Minty zuckte die Achseln. »Na ja, irgendwie muss er sich von dir auf den Schlips getreten gefühlt haben. Nur gut, dass ich rechtzeitig aufgetaucht bin.«

Mit dieser abermaligen Anspielung darauf, wie viel Glück Miles damit gehabt hatte, wollte er ihm zum zweiten Mal Gelegenheit geben, sich bei ihm zu bedanken. Dass Miles es versäumte, sie zu ergreifen, war zwar enttäuschend, doch Jimmy schien dennoch entschlossen, darüber hinwegzukommen.

»Bricht einem das Herz, was?«, sagte er. »Was aus unserem alten Viertel geworden ist?«

Miles versuchte das Gespräch in unverfänglichere Bahnen zu lenken. »Die ganze Stadt, würde ich sagen.«

Der überraschte, ja geradezu verletzte Ausdruck, der auf Jimmy Mintys Gesicht erschien, ließ vermuten, dass er dieses Urteil über Empire Falls für extrem übertrieben hielt. »Also mir gefällt's hier noch immer«, sagte er. »Keine Ahnung, aber es ist einfach so. Die Leute sagen, es gibt bessere Orte, aber ich weiß nicht.« Er machte eine Pause, für den Fall, dass Miles ein paar solcher Orte, an denen es angeblich besser war, aufzählen wollte, wozu dieser keine Anstalten machte. »Aber die Long Street, das ist wirklich ein Jammer. Die hat sich echt verändert. Ständig werde ich dahin gerufen. Scheint, als würden nur noch Leute, die ihre Frauen verdreschen, und Drogendealer dort wohnen.«

»Leute, die ihre Frauen verdreschen, gab es auch schon früher dort«, sagte Miles. Jimmys Vater, William, war zum Beispiel bekannt dafür gewesen, dass er eheliche Differenzen auf diese Weise zu lösen pflegte.

Jimmy ging nicht darauf ein. »Verdammt, ich sage dir, dieses Haus, vor dem du geparkt hattest, ist der größte Drogenumschlagplatz der ganzen Stadt.« Er senkte die Stimme. »Wir beobachten schon seit einer ganzen Weile, wer dort ein- und ausgeht. Ich nehme an, Officer Pollard dachte, du wolltest dir Stoff beschaffen.«

Miles konnte sich ein Lächeln nicht verkneifen. »Man sollte ihm vielleicht mal sagen, dass er bessere Chancen hätte, wenn er warten würde, bis jemand herauskommt, wegen der Beweise, meine ich, statt die Leute verhaften zu wollen, bevor sie drinnen waren.«

»Das habe ich ihm auch gesagt. Wobei du zugeben musst, dass dein Jetta wie 'ne typische Drogenkutsche aussieht.«

»Wirklich? Wie kommst du denn darauf?«

Minty zuckte erneut die Schultern. »Nimm mir's nicht übel, aber er gehört zu der Sorte Wagen, deren Besitzer ihnen keine Träne nachweinen, wenn sie beschlagnahmt werden.«

»Ich würde meinem Wagen schon eine Träne nachweinen. Es ist nämlich der einzige, den ich besitze.«

Jimmy Minty machte eine zerknirschte Miene. »Verdammt, jetzt bin ich dir, glaube ich, auf den Schlips getreten.«

»Nein, überhaupt nicht.« Miles lächelte.

Das schien seinen Gesprächspartner wiederum zu verblüffen. Nach einer Weile sagte er: »Soll ich dir ein Geheimnis verraten?«

Die ehrliche Antwort darauf lautete »Nein«, aber Miles behielt sie für sich.

»Das, was du gestern dort gemacht hast: Das Gleiche mache ich auch hin und wieder.«

»Und was soll das sein?«

»Du weißt schon. Einfach hinfahren, im Wagen sitzen bleiben und versuchen, schlau aus allem zu werden.«

»Woraus schlau werden?«

Wieder ein Schulterzucken. »Aus dem Leben, nehme ich an. Wie es so spielt. Zum Beispiel finden es einige ganz schön verrückt, dass aus mir ein Cop geworden ist.«

»Ich nicht, Jimmy.«

Minty musterte ihn aufmerksam, als witterte er eine Beleidigung hinter dieser Bemerkung. »Ich meine, wegen meinem Dad und so. Stimmt schon. Er hat meine Mutter ab und an geschlagen. Darauf hast du vorhin doch angespielt, oder? Und ich würde vermuten, dass das Fleisch in der Kühltruhe in unserem Hintergarten auch nicht von Wild stammte, das in der Jagdsaison erlegt wurde. Solcher Scheiß eben. Aber ich vermisse ihn trotzdem. Man hat nur einen Vater, so sehe ich das, obwohl mir im Rückblick natürlich klar wird, dass mein Alter manches Mal 'ne rote Linie überschritten hat. Wie auch immer, ich bin jedenfalls ein Cop geworden, ob es nun verrückt ist oder nicht. Gott wird wohl seine Hand im Spiel gehabt haben.«

»Schon möglich.«

Jimmy nickte. »Du zum Beispiel. Wenn deine Mutter damals nicht krank geworden wäre, wärst du vermutlich nie hierher zurückgekommen, hab ich recht?«

Auch das sei gut möglich, räumte Miles ein.

»Das meine ich damit. Manchmal fahre ich in unsere alte Straße rüber, stell den Motor ab und bleib eine Weile im Wagen sitzen.« Er unterbrach sich kurz. »Ich muss ständig an deine Mutter denken. Was für ein schrecklicher Tod.«

»Lass uns über was anderes reden, okay?«, sagte Miles.

»Scheiße, natürlich.« Jimmy Minty rekelte sich ausgiebig und schüttelte dann den Kopf. »Ich weiß auch nicht, warum ich davon angefangen hab. Wahrscheinlich, weil ich, als ich dich gestern dort im Auto sitzen gesehen hab, daran dachte, dass wir mal Freunde waren. Wie viel Zeit seither vergangen ist. Wie geht es übrigens deiner süßen kleinen Tochter?«

»Gut«, erwiderte Miles. »So gut wie schon lange nicht mehr.« Um genau zu sein, seit sie nicht mehr mit deinem Sohn geht, sagte Miles *nicht*.

Falls Jimmy Minty diese Anspielung verstanden hatte, ließ er sich nichts anmerken. »Soll ich dir noch ein Geheimnis verraten? Ich glaube, mein Zack ist immer noch ein bisschen in das Mädchen vernarrt«, sagte er und ließ die Worte ein wenig wirken, als wollte er Miles die Gelegenheit geben, sich entweder begeistert oder aber ablehnend zu äußern. »Natürlich kann man sich bei Kindern nie sicher sein. Wie oft hab ich ihm gesagt, er soll netter zu ihr sein. Behandle andere so, wie du von ihnen behandelt werden willst, ist mein Motto. Damit kann man nicht allzu viel falsch machen. Aber Kinder in diesem Alter lassen sich bekanntlich nichts sagen.«

Als er hörte, wie die Tür der Herrentoilette hinter ihm aufging, musste Miles unwillkürlich lächeln. Es geschah nur selten, dass Max Robys Erscheinen eine soziale Interaktion in irgendeiner Form aufwertete, aber dies war eine davon.

»Wie oft habe ich ihm schon gesagt, er soll endlich auf seinen Notendurchschnitt achten, sonst wird ihn kein College haben wollen, aber nein, er ist natürlich schlauer, wie alle in seinem Alter. Im Grunde kann ich es ihm gar nicht verdenken. Er sieht mich an, als wollte er sagen, du kommst doch auch gut ohne ein College-Studium zurecht – verdammt gut sogar –, also denkt er, was soll's.«

Jimmy Minty legte erneut eine Pause ein. »Unsere Kinder wollen einfach nicht verstehen, dass wir uns wünschen, ihnen soll es mal noch besser gehen als uns. Stimmt doch, oder?«

Max' Rückkehr bewahrte Miles glücklicherweise davor, ihm zustimmen zu müssen.

»Jimmy Minty«, sagte Max und schob sich zu ihm auf die schmale Sitzbank, sodass diesem nichts anderes übrig blieb, als dicht ans Fenster zu rutschen. Max sah ihn mit einem Ausdruck gespielter Bestürzung an. »Mein Gott, was warst du für ein dummer Junge.«

»Hey Dad, vorsichtig«, sagte Miles. »Mittlerweile trägt er eine Waffe.«

»Ich hoffe nur, er hat mehr Grips im Kopf als damals«, sagte Max und streckte dem Polizisten seine Pranke hin. »Teufel auch, wie geht's dir, Jimmy?«

Minty sah die ihm dargebotene Hand mit einem Ausdruck an, als fragte er sich, ob der alte Mann sie auf der Toilette gewaschen habe, ehe er sie zögernd ergriff. »Hallo, Mr Roby, wie geht's?«

Während er und Jimmy Minty sich die Hände schüttelten, sah Max Miles an und sagte: »Erinnerst du dich, was für ein dummes Kind er war? Mein Gott, es war wirklich zum Erbarmen. Ich glaub nicht, dass ich ein anderes Kind gekannt hab, das so unbegabt war.«

Minty schien seine Hand gern wieder zurückhaben zu wollen, aber nicht zu wissen, wie er es anstellen sollte, und Miles zuckte nur die Schultern, als wüsste er auch nicht, welcher Teufel seinen Vater ritt.

»Es war echt zum Heulen«, sagte Max und gab endlich Mintys Hand frei.

Dieser schien abzuwägen, ob zu fragen, was er getan habe, das ein so miserables Urteil über ihn rechtfertige, mehr Chancen oder Risiken barg.

»Ich glaube, es sollte uns allen eine Lektion sein«, fuhr Max fort. »Man soll ein Kind nie verloren geben. Denn selbst die, denen man an ihrem Hochzeitstag noch die Schuhe binden muss, können einen überraschen und einen guten Job ergattern.«

Max hatte seine Weisheit mit einem beinahe gütigen Gesichtsausdruck zum Besten gegeben, als sei sie als Kompliment gedacht, sodass der Polizist verwirrt die Stirn runzelte. Minty war sich *fast* sicher, beleidigt worden zu sein, aber nicht ganz.

Miles hatte schon oft miterlebt, wie sein Vater jemanden lächelnd und glucksend und ihm auf den Rücken klopfend so lange beleidigte, bis diesem schließlich die Hand ausrutschte. Aber nur die Cleversten besaßen die Geistesgegenwart, ihm gleich zu Beginn eine zu langen. Denn sobald Max betont hatte, dass alles, was er sagte, nur im Spaß gemeint sei, nahm er seinem Gegenüber meist den Wind aus den Segeln. Auch wusste Miles aus Erfahrung, dass sich der Spott seines Vaters in Sekundenschnelle auf ein anderes Objekt richten konnte, und war keineswegs überrascht, als es auch diesmal der Fall war.

»Mein Sohn zum Beispiel ist das glatte Gegenteil«, sagte Max. »Immer Klassenbester ... von der ersten bis zur letzten Klasse nur Einsen. Ich hätte schwören können, dass er es mal zu was bringt.«

Miles, der sich damit abfand, dass er jetzt derjenige war, der eins auf die Mütze bekam, seufzte. Während Max Jimmy Minty beleidigt hatte, hatte er Miles angesehen. Nun, da sein Sohn an der Reihe war, sprach er natürlich den von ihm zuvor Verhöhnten an.

»Soll einer mal schlau werden aus 'nem Kind«, sagte Max zu Minty, als hätte er sein halbes Leben mit der Lösung dieses Problems zugebracht. »Ich wäre jede Wette eingegangen, dass aus Miles mal ein guter Mensch werden würde. Ich war mir sicher, dass, wenn sein Vater eines Tages am Hungertuch nagt und ihn um einen Job bittet, er ihm, ohne zu zögern, unter die Arme greift. Aber wie man sieht, war das ein riesengroßer Irrtum.«

»Wolltest du nicht gehen, Dad?«

»Nein, ich unterhalte mich mit Jimmy Minty. Aber lass du dich nicht aufhalten.«

Miles bedeutete der Kellnerin, dass er zahlen wolle.

»Unser Jimmy hier war vielleicht nicht so begabt wie du, aber ich wette, er versteht, was ich meine.«

Angesichts dieser erneuten Anspielung auf seine geistige Beschränktheit furchte sich Mintys Stirn noch tiefer, wenngleich Max sicherheitshalber in der Vergangenheitsform gesprochen hatte.

»Weißt du, Jimmy, ich habe meinen Sohn gebeten, sich von mir beim Streichen unserer alten Kirche helfen zu lassen, damit ich mir die Fahrt zu den Keys runter leisten kann, aber aus unerfindlichen Gründen weigert er sich, mich anzuheuern. Wo ich doch wie ein Affe klettern kann.«

Miles legte einen Fünf-Dollar-Schein auf den Tisch und stand auf. »Und du bist sicher, dass ich dich nicht nach Hause bringen soll, Dad? Ich fahre jedenfalls nicht noch mal her, spar dir also einen Anruf im Diner.«

»Ich habe nicht vor, dich anzurufen«, erwiderte sein Vater. »Jimmy ist bestimmt so nett und nimmt mich in seinem Streifenwagen mit.«

»Also das geht nicht, das verstößt gegen die Vorschriften«, sagte Minty. Nun, da Miles' Platz auf der gegenüberliegenden Bank leer war, wirkte er noch eingekeilter als zuvor. Er schien sich des Bildes bewusst zu sein, das er und Max abgaben, zwei Männer zusammengequetscht auf einer schmalen Bank, einer davon ein schmuddeliger Alter mit Krümeln im Bart.

»Klar doch, das verstehe ich«, sagte Max und wedelte mit der Hand in Richtung Miles, damit dieser sich endlich tummelte, während er selbst den Eindruck erweckte, als dächte er noch lange nicht an Aufbruch. »Vorschriften sind Vorschriften. Auch wenn sie noch so bescheuert sind und die Leute, die dich eingestellt haben, damit du dafür sorgst, dass sie befolgt werden, noch bescheuerter, doch was soll man dagegen tun? Gesetz ist Gesetz. Aber es gibt kein Gesetz, das besagt, dass ein Sohn seinem Vater nicht unter die Arme greifen darf, wenn er in Not ist, das ist alles, was ich sagen will. Ein solches Gesetz gibt es nicht.«

Miles stieg in den Wagen und drehte den Schlüssel im Zündschloss, fest entschlossen, das Klopfen an der Fensterscheibe im Innern des Donut-Shops zu ignorieren. Genauso nachdrücklich, wie sein Vater soeben seinen Standpunkt klargemacht hatte, machte er jetzt klar, dass dieser sich geändert hatte, denn in Wahrheit wollte er durchaus irgendwohin mitgenommen werden. Außerdem hatte er Miles noch nicht angepumpt. Während der im Jetta saß und sich redlich Mühe gab, das hektische Klopfen zu überhören, wurde Miles bewusst, dass er die Gedankengänge seines Vaters vermutlich besser verstand als Max selbst. Im Grunde brauchte er nichts anderes zu tun, als den Rückwärtsgang einzulegen, auszuparken und wegzufahren. Dem alten Mann eine Lektion zu erteilen. Aber vielleicht weil er Max insgeheim dankbar dafür war, dass er Jimmy Minty die Hölle heiß gemacht hatte, beschloss er, das Klopfen an die Fensterscheibe nicht länger zu ignorieren. Sogleich wurde sein Entschluss belohnt, denn die Szene, die sich ihm jenseits des Fensters bot, war unbezahlbar. Um an die Scheibe pochen zu können, musste sich Max über Minty hinwegbeugen, sodass sich seine feuchte, gewiss nicht wohlriechende Achselhöhle quasi über das Gesicht des Polizisten wölbte. Miles konnte sich ein Grinsen nicht verkneifen. O ja, er konnte nachvollziehen, was Minty zuvor gesagt hatte – man hat nur einen Vater und Miles war dankbar, dass es seinen noch gab. Seufzend bedeutete er Max mit einem Winken, er solle herauskommen, und Miles wusste, dass er sich reichlich Zeit damit lassen würde.

Die Füße flach neben den Pedalen des Jettas, spürte Miles, dass das Metall unter dem ausgetretenen Fußabstreifer ein wenig nachgab, was bedeutete, dass der Karosserieboden fröhlich vor sich hin rostete. Diesbezüglich hatte Minty recht; an der Unterbodenversiegelung hätte er besser nicht sparen sollen. Während er verfolgte, wie sich die beiden Männer aus der Lücke zwischen Tisch und Bank hervorquetschten, wurde ihm klar, dass Minty in anderer Hinsicht indes nicht die Wahrheit gesagt hatte, als er nämlich behauptet hatte, er habe wegen der spiegelnden Fensterscheibe nicht ins Lokal hineinsehen können. Das Innere des Raums breitete sich glasklar vor seinen Augen aus wie ein Gemälde von Edward Hopper; also hatte Jimmy sehr wohl gesehen, was er angeblich nicht hatte sehen können. Eine ziemlich dumme Lüge. Eine Lüge, die gerade wegen der Nichtigkeit ihres Gegenstands auf eine bestimmte Lebenseinstellung schließen ließ, die wiederum nahelegte – sofern es eines weiteren Grunds bedurft hätte –, dass man alles bezweifeln musste, was dieser Mann sagte. Während Minty an der Kasse bezahlte und Max eine Packung Zigaretten aus dem Automaten zog, spürte Miles etwas Bitteres in der Kehle aufsteigen. Vermutlich zu viel Kaffee, der sich mit Magenflüssigkeit vermischt hatte. Oder aber Wut, vermischt mit Angst. Miles schluckte angestrengt, um den Geschmack, was immer es war, loszuwerden.

Die beiden Männer traten auf den Gehsteig heraus, und Miles bemerkte, dass beide sich einen Zahnstocher geschnappt hatten. »Du bist echt okay, Jimmy«, hörte Miles seinen Vater sagen. »Und jetzt sag ich dir was: Lieber hätte ich einen dummen als einen undankbaren Sohn.«

Anstatt in seinen Streifenwagen zu steigen, kam Minty um den

Jetta herum und bedeutete Miles, das Fenster herunterzukurbeln. »Lass uns ein paar Schritte gehen«, raunte er ihm in verschwörerischem Ton zu.

»Ich muss jetzt wirklich in mein Lokal zurück«, sagte Miles. »Dauert nur eine Minute.«

»Geh ruhig«, sagte Max. »Ich bleib derweil hier sitzen und warte. Du und Jimmy Minty, tauscht ihr inzwischen ruhig eure Geheimnisse aus.«

Miles folgte dem Polizisten zu seinem Streifenwagen. Minty zwirbelte den Zahnstocher in seinem Mundwinkel, als wüsste er nicht, wie er beginnen sollte. »Eigentlich darf ich das nicht, aber wir kennen uns jetzt eine halbe Ewigkeit«, sagte er. »Ich wollte es dir drinnen schon sagen, aber dann ist dein Vater zurückgekommen und ich wollte ihn nicht beunruhigen.«

»Worum geht's, Jimmy?«

»Die Sache ist die«, sagte Minty und machte sich mit dem Zahnstocher in seinem Mund zu schaffen. »Es wird zurzeit 'ne Menge gedealt in unserer Stadt. Sag deinem Bruder, er soll aufpassen.«

Miles spürte, wie sich ihm die Nackenhaare aufstellten, weniger, weil Minty so freundschaftlich tat, als vielmehr wegen der unterschwelligen Anschuldigung. »Und warum sollte mein Bruder aufpassen?«

»Hey. Ich verstehe. Er ist dein Bruder. Ich sag ja bloß.«

»Nein, Jimmy. Was willst du mir sagen?«

»Ich wollte einfach nur ... ach, nichts. Ich wollt's nur gesagt haben. Ist nur ein Ratschlag.«

Noch immer zwirbelte er nachdenklich den Zahnstocher im Mundwinkel herum. Miles hätte große Lust gehabt, das Holzstäbchen zu packen, es ihm in die Unterlippe zu rammen und dort festzuknoten. »Und ich muss immerzu daran denken, wie es deiner Mutter zusetzen würde, wenn sie ...«

Um nicht erst in Versuchung zu kommen, einem bewaffneten Cop mitten am helllichten Tag auf offener Straße einen Kinnhaken zu verpassen, drehte sich Miles auf dem Absatz um und marschierte in langen Schritten zu seinem Jetta zurück. Da sein Vater offenbar nicht mit seiner jähen Rückkehr gerechnet hatte, ertappte er ihn, wie er im Handschuhfach wühlte. Diese Entdeckung wiederum hatte die unbeabsichtigte Wirkung, dass Miles abermals kehrtmachte und wieder zu Jimmy Minty zurückging, der sich nicht von der Stelle gerührt hatte. »Schau«, sagte Miles, »du weißt gar nichts über meine Mutter, also tu mir den Gefallen und erwähne sie nicht mehr.«

»Hey ...«

»Nein. Halt einfach die Klappe und hör mir mal zu, Jimmy«, sagte Miles, der spürte, wie der Zorn in ihm hochstieg – wenigstens wusste er jetzt, was das vorhin für ein Geschmack in seiner Kehle gewesen war, der von reiner Wut, ohne das Aroma von Angst – und wie ihm das Blut in den Adern pochte. »Du ... hast ... sie ... nicht ... gekannt. Sprich mir nach, damit ich weiß, dass du es kapiert hast.«

Jimmy Minty war blass geworden. »Hey, okay. Ich habe deine Mutter nicht wirklich gekannt.«

»Gut«, sagte Miles und registrierte, wie seine Wut abflaute und der Erkenntnis, überreagiert zu haben, Platz machte. »Großartig.«

»Und sag du mir bitte nicht, ich soll die Klappe halten, Miles«, sagte Minty. »Nicht hier in der Öffentlichkeit. Jemandem mit dieser Uniform schuldet man Respekt.«

»Du hast recht.« Miles, dem die Schamesröte ins Gesicht gestiegen war, war dennoch nicht gewillt, seine Wut gänzlich zu unterdrücken. »Du hast recht, und es tut mir leid. Aber du hör auf, so zu tun, als hättest du meine Mutter gekannt.«

»Hey, ich habe sie immer für eine großartige Frau gehalten. Das ist alles, was ich sagen wollte ...« Minty musste bemerkt haben, dass Miles schon wieder der Kamm schwoll, denn er ließ den Satz unbeendet. »Dein Bruder soll vorsichtig sein, mehr wollte ich nicht sagen, okay? Es ist ein offenes Geheimnis, dass er auf seiner Parzelle da draußen Marihuana anbaut und ...«

»Siehst du?«, sagte Miles. »Und genau da irrst du dich. Nicht jeder glaubt das. Ich zum Beispiel glaube das nicht.« Was stimmte. Er wusste es nicht, jedenfalls nicht mit Gewissheit.

»Wieso fährst du eigentlich so aus der Haut, Miles? Ich versuche dir und deinem Bruder doch nur einen Gefallen ...«

Miles fiel ihm ins Wort. »Nein«, sagte er mit einem Mal ganz ruhig. »Das glaube ich nicht. Ich weiß zwar nicht, was du versuchst, Jimmy. Ich weiß auch nicht, warum ich dich in letzter Zeit überall sehe, wann immer ich mich umdrehe. Ebenso wenig weiß ich, was mein Name in einer Unterhaltung zu suchen hat, die du mit Mrs Whiting geführt hast ...«

Minty blinzelte nervös und wich seinem Blick aus.

»Ich weiß nur, dass du nicht um mein Wohlergehen besorgt bist. Dessen bin ich mir sicher. Also würde ich dich bitten, dich von nun an von mir und meiner Familie fernzuhalten. Das gilt auch für deinen Jungen. Es gibt viele Mädchen in Empire Falls. Von mir aus kann er sich irgendeine von ihnen aussuchen. Nur eine kann er nicht haben, und das ist Tick.«

Ein hinterhältiges Lächeln stahl sich in das Gesicht des Polizisten, und Miles musste sich schnell wegdrehen, um nicht dem Impuls nachzugeben, es wegzuwischen.

»Warum magst du mich eigentlich nicht, Miles?«, rief Minty ihm nach. »Das habe ich mich schon immer gefragt.«

Miles antwortete, ohne sich umzudrehen: »Vielleicht aus alter Gewohnheit.«

Nachdem er sich hinters Steuer gesetzt hatte, wartete Miles, bis der Streifenwagen die Empire Avenue hinunter verschwunden war, bevor er den Motor anließ.

»Du lieber Gott, was war das früher für ein preisgekrönter Hornochse«, sagte Max beinahe liebevoll.

»Er war nicht dumm, Dad. Er war hinterhältig und gemein und neidisch und gefährlich. Und ist es immer noch.«

»Lass deine Wut ja nicht an mir aus«, sagte sein Vater. »Du bist wütend auf Jimmy Minty. Ich bin nur ein hilfloser alter Mann.«

Miles legte den Rückwärtsgang ein. »Hast du im Handschuhfach gefunden, wonach du suchtest?«

»Ich habe mir zehn Dollar geborgt«, sagte sein Vater kleinlaut.

»Ich hätte es dir schon gesagt, wenn du mir die Chance dazu gegeben hättest.«

»Ach ja.«

»Doch, ganz bestimmt«, sagte Max und das stimmte vielleicht sogar. Manchmal sagte er die Wahrheit, wenn es seiner Absicht diente. »Hättest du mich angeheuert, wäre ich nicht ständig blank. Wenn ich ein bisschen Geld verdienen könnte, wärst du mich den Winter über los.«

Miles reckte den Kopf zuerst zur einen, dann zur anderen Straßenseite, um sicherzugehen, dass die Straße frei war. Früher, wenn er mit seiner Mutter am Samstagmorgen zu einer Filmmatinee ins Bijou Theater gegangen war, waren die Gehsteige so voller Menschen gewesen und hatten so viele Autos am Straßenrand geparkt, dass sich die Fußgänger oft seitlich aneinander vorbeischieben mussten, um vorwärtszukommen. Beim Überqueren der Straße hatten sie sich zwischen den Autos hindurchgeschlängelt, die sich bei Rot mehrere Blocks weit vor der Ampel zurückgestaut hatten. Jetzt herrschte auf der Empire Avenue gähnende Leere bis hinunter zur Hemdenfabrik (ZUTRITT OHNE ERLAUBNIS VERBOTEN), wo Miles' Mutter gearbeitet hatte, damit sie sich die Miete für das kleine Haus in der Long Street leisten konnten. Dort, in dem dunklen Schlafzimmer im ersten Stock, hatte sie, nachdem der Krebs zum letzten Mal zurückgekehrt war, so laut vor Schmerzen geschrien, dass die Nachbarn sie hören konnten. Natürlich hatte auch Jimmy Minty diese Schreie gehört. Miles hatte sie bis nach Portland hinunter vernommen, in seinem kleinen katholischen College, und deswegen war er nach Hause geeilt, obgleich sie ihn gebeten hatte, es nicht zu tun.

Während er nun die leere Straße hinunterblickte, konnte sich Miles des Gefühls nicht erwehren, dass die ganze Stadt ihre schrecklichen Schreie gehört haben musste. Sein Bruder, damals fast noch ein Kind, hatte Zuflucht beim Alkohol gesucht und sein Vater auf den Florida Keys. Fast hätte man meinen können, ihre Schreie seien schuld an dem Exodus, der seit nunmehr zwei Jahrzehnten andauerte, als hätten die Menschen panisch die Flucht vor ihren Schmerzensschreien ergriffen.

»Du kannst mich bei Callahan's rauslassen«, sagte Max.

Miles blinzelte und sah seinen Vater an. »Du willst also ins Callahan's?«, sagte er und deutete auf das rote Backsteingebäude auf der anderen Straßenseite, in dem sich die von seiner Schwiegermutter betriebene Kneipe befand.

»Genau.«

»Und wegen dieser kurzen Strecke wolltest du mitgenommen werden?«

»Vielleicht wollte ich auch ein bisschen Zeit mit meinem Sohn verbringen. Oder gibt es auch ein Gesetz, das das verbietet?«

Miles seufzte. Der alte Mann kannte wahrlich keine Skrupel.

»Warum hast du da drinnen eine Immobilienbroschüre von Martha's Vineyard?«, fragte sein Vater und deutete auf das Handschuhfach.

»Gibt es ein Gesetz, das das verbietet?«, fragte Miles.

Max ging nicht auf den Scherz ein. »Täte dir ähnlich sehen, wenn du auf irgend so 'ne Insel ziehst und mich hier allein und ohne Job zurücklässt. Und wenn ich dich mal sehen wollte, müsste ich zu dir rüberschwimmen.«

»Ich ziehe nirgendwohin, Dad. Das hast du doch selbst gesagt«, rief Miles ihm ins Gedächtnis. »Ich war nur eine Woche auf Urlaub dort.«

»Du hättest mich mitnehmen können, weißt du. Ich hätte vielleicht auch gern mal Urlaub gemacht. Ist dir das je in den Sinn gekommen?«

Miles lenkte den Wagen auf die andere Straßenseite und bog auf den Parkplatz vor dem Callahan's ein.

Als sein Vater aussteigen wollte, sagte Miles: »Dad, du hast immer noch Krümel im Bart.«

»Na und?«, sagte Max und schloss rasch die Tür, um ja nicht Gefahr zu laufen, einen guten Ratschlag beherzigen zu müssen.

Kapitel 6

»Ich glaube, Mrs Roderigue gefällt meine Schlange nicht«, sagte Tick zu ihrem Vater.

Es war ein Donnerstag Mitte September, und donnerstags aßen sie und Miles immer zusammen zu Abend, weil Janine bis um acht am Empfang des Fitnessstudios arbeitete und Tick auf keinen Fall mit dem Silver Fox allein essen wollte. Im Empire Grill war am Donnerstag neuerdings chinesischer Abend. Als Spezialgericht des Abends hatte David gebratene Nudeln mit Jakobsmuscheln in Hoisin-Sauce zubereitet. Der Erfindungsreichtum seines Bruders in Sachen ausgefallener Gerichte brachte Miles oft zum Schmunzeln, weil er unwillkürlich an Roger Sperry denken musste, dessen Lieblingsspezialgericht aus frittiertem Goldbarschfilet mit Tatarsauce, Kartoffelpüree mit Bratensauce und dazu Apfelmus sowie süße Hefebrötchen bestanden hatte. In puncto Nudeln lautete seine Theorie – die er zum Glück nicht allzu oft in die Praxis umsetzte –, dass man sie so lange im kochenden Wasser ließ, bis man wirklich sicher sein konnte, dass sie durch waren, damit man sie nicht auch noch in der Pfanne anbraten musste. Außerdem war er der festen Überzeugung, dass es wenig Sinn hatte, zuerst erfolgreich in einem Weltkrieg zu kämpfen, um dann nach Hause zu kommen und Gerichte mit *Hoisin*-Sauce – was immer das auch war – zu servieren. Solche Dinge tat man, wenn man einen Krieg verloren hatte. (Roger unterschied nie zwischen den Japanern, gegen die sein Land Krieg geführt hatte, und den Chinesen, mit denen es nicht im Krieg gewesen war.)

Als sein Bruder im Rahmen seines Plans, mehr auswärtige Gäste auf sich aufmerksam zu machen, einen »internationalen Abend« vorgeschlagen hatte, war Miles zunächst skeptisch gewesen, obwohl er wusste, dass sie etwas unternehmen mussten, um das Überleben des Lokals angesichts des wirtschaftlichen Niedergangs der Stadt zu sichern. Eine Zeit lang brachten die Freitag- und Samstagabende keinen Profit, doch David hatte mit seiner Einschätzung recht behalten, dass man mit guten, preiswerten internationalen Gerichten Studenten und angehende Dozenten vom College in Fairhaven anlockte, denen der reichlich mit Patina überzogene und von Zigarettenqualm imprägnierte Tresen des Empire Grill »authentisch« und »retro« oder weiß der Teufel wie vorkam. Dies war nun der zweite chinesische Abend – zusätzlich zu dem bereits eingeführten italienischen Freitag- und mexikanischen Samstagabend –, und Miles nahm zufrieden zur Kenntnis, dass das Diner fast bis auf den letzten Platz gefüllt war. Unter den Gästen waren einige neue Gesichter, die offenbar neugierig auf dieses ominöse chinesische Nudelgericht waren. In einer kurzen Pause zwischen zwei Bestellungen kehrte David seinem Herd den Rücken, stützte sich auf seinen Pfannenheber und suchte Augenkontakt zu Miles. Er hob die Augenbrauen, wie um zu sagen: Und, nicht schlecht, oder? Miles nickte. Nicht schlecht.

Tatsächlich lief es an diesem Abend wesentlich besser als »nicht schlecht«. Klar, die Woche nach seinem Urlaub auf Martha's Vineyard war hart gewesen, aber das war ja nichts Neues. Jedes Jahr kehrte er mit einem Gefühl des persönlichen Scheiterns von der Insel zurück. Flößte ihm die Insel selbst dieses Gefühl ein? Vielleicht. Aber wahrscheinlicher war, dass es mit

Peter und Dawn zu tun hatte, die, ohne es zu wollen, ihn daran erinnerten, wer er einmal hatte sein wollen, als sie noch zusammen aufs College gingen. Es war durchaus möglich, dass die beiden ebenfalls von einem ähnlichen Gefühl des Bedauerns heimgesucht wurden. Peter zum Beispiel hatte im Grundstudium noch davon geträumt, Dramatiker zu werden, und Dawns Traum war es, Schriftstellerin zu werden. Und die Art und Weise, wie sie über ihre heutige Tätigkeit, das Schreiben fürs Fernsehen, redeten, legte nahe, dass sie sich ebenfalls fragten, ob sie nicht ihre ursprünglichen Ziele verraten hatten. Vielleicht hegten sie so wie Miles auch hin und wieder die vage Vorstellung, dass es in einem Paralleluniversum Doppelgänger gab, die frohgemut die Leben führten, die sie sich in ihrer Jugend für sich erträumt hatten.

Aber natürlich war es falsch, deshalb Nachsicht gegenüber sich selbst zu üben. Zum einen war sich Miles nicht einmal mehr sicher, ob er selbst sich dieses andere Leben erträumt hatte oder ob es sich nicht vielmehr um eine Übertragung der Hoffnungen und Wünsche seiner Mutter handelte. Wenn er manchmal als Junge von einem Buch aufgesehen hatte, hatte er sie dabei ertappt, wie sie ihn ruhig betrachtete. »Mein kleiner Gelehrter«, sagte sie dann lächelnd. Später, im College, fühlte er sich von dem aufregenden Leben angezogen, das die Professoren zu führen schienen, die so reich mit Büchern und Ideen ausgestattet waren, über die zu diskutieren sich lohnte, und er dachte, dass seine Mutter womöglich recht hatte, dass ein Leben als Intellektueller seine wahre Bestimmung sei. Eines war jedenfalls sicher. Er hatte nie davon geträumt, sich später einmal seinen Lebensunterhalt damit zu verdienen, irgendwelchen Professoren gebratene chinesische Nudeln zu servieren.

Drüben am Tresen balancierte Charlene mehrere Teller auf dem Unterarm, und aus der Distanz sah sie beinahe aus wie das junge Mädchen, in das er auf der Highschool verliebt gewesen war, ein Mädchen, das mit achtzehn schon so weiblich ausgehen hatte, dass es Miles, damals fünfzehn, sich wie einen elfjährigen Knirps hatte fühlen lassen. Wenn er Charlene nun so ansah, konnte er schwerlich behaupten, er könne nichts für sein vermasseltes Schicksal. Ja, das Leben als Intellektueller hatte ihn angezogen, und zweifelsohne hatte das Bild, das seine Mutter sich von ihm als erwachsenem Mann gemacht hatte, sein Selbstbild beeinflusst, aber als sie krank geworden war und er sein Studium abgebrochen hatte, um nach Empire Falls zurückzukehren und Mrs Whitings Angebot anzunehmen, den Empire Grill zu führen, hatte er dies nicht nur aus altruistischen Gründen getan. Sicher, er hatte in der Nähe seiner Mutter sein wollen; und ja, sein Bruder drohte bereits auf die schiefe Bahn zu geraten. Aber er sah im Geiste auch Charlene vor sich und hoffte insgeheim, dass die drei Jahre Altersunterschied nicht mehr ins Gewicht fielen, wenn man einundzwanzig, respektive vierundzwanzig war. Obgleich er Mrs Whiting sagte, er wolle sich ihr Angebot durch den Kopf gehen lassen, stand sein Entschluss bereits fest, als er den Telefonhörer auflegte. In jenem Sommer hatte Charlenes erster Mann sie sitzen lassen, und Miles dachte, vielleicht... nun, wer weiß. Was er zu diesem Zeitpunkt nicht wusste, war, dass Charlene bereits mit ihrem zukünftigen Ehemann Nummer zwei angebandelt hatte.

Nein, er hatte sich ganz gewiss nicht unfreiwillig seinem Schicksal ergeben. Und mehr noch, hätte er die Gelegenheit, das Drehbuch seines Lebens neu zu schreiben, wäre er nicht einmal erpicht darauf. Jedenfalls nicht an diesem Abend in diesem Diner, der eines Tages sein eigener sein würde, während er mit seiner Tochter an einem Tisch saß, deren Schicksal es ganz sicher *nicht* war, in Empire Falls hängen zu bleiben – jedenfalls nicht, solange er ein Wörtchen mitzureden hatte. Dass seine Mutter das Gleiche in Bezug auf sein Schicksal gedacht hatte, war ein wenig beunruhigend, und dennoch war er an diesem Abend glücklich. Zum ersten Mal in zehn Jahren ging es geschäftlich bergauf. David schien seinen schlimmsten Dämon gebannt zu haben. Tick würde allem Anschein nach die Scheidung ihrer Eltern ohne größere Blessuren überstehen. Es gab einige Gründe, dankbar zu sein, und auch wenn die allgemeine Lage nach wie vor prekär war und wenig Anlass zu Hoffnung gab, schien sein Leben an Abenden wie diesem beinahe ... zufriedenstellend zu sein.

»Aber weißt du, die Sache ist die«, sagte Tick und unterstrich ihr Argument in Bezug auf ihre Kunstlehrerin, indem sie mit der Gabel herumfuchtelte. Während Miles die Bewegungen der Gabel verfolgte, war er froh, dass Tick, anders als ihr Großvater, sie zu benutzen wusste, ohne Essensteilchen durch die Luft zu schleudern. »Was, wenn sie ihr gefallen würde? Das wäre noch schlimmer. Weil, wenn sie das Bild mögen würde, ich mich fragen müsste, was damit nicht stimmt.«

Miles bemühte sich vergeblich, ein Lächeln zu unterdrücken. Die Fähigkeit seiner Tochter, die Handlungs- und Denkweise Erwachsener zu durchschauen, verblüffte ihn immer wieder aufs Neue. In diesem Fall hatte sie auf Anhieb erfasst, dass das Lob seitens eines ignoranten Schwachkopfs nichts wert war. Miles war mit Doris Roderigue in der Highschool gewesen – Doris Flynn hieß sie damals noch – und wusste daher, dass sich ihr Geist während der katholischen Grundschulzeit eingekapselt haben musste. Seit ihrem zwölften Lebensjahr vermochte nichts mehr an den Überzeugungen zu rütteln, zu denen sie damals schon gekommen war. Das Schulamt hatte sie angewiesen, regelmäßig die Sommerschule in Farmington zu besuchen, um auf dem Laufenden zu bleiben, doch auch diese Erfahrung konnte den borniert Vorstellungen dieser Frau nichts anhaben, die, wie sie stolz verkündete, auch die Universität unbeschadet überstanden hatten.

In Bill Roderigue, einem örtlichen Versicherungsvertreter, hatte sie ihren idealen Partner gefunden, einen Kerl mit einer Engelsgeduld, der es still ertrug, dass sie stets eine Haltung der vermeintlich verkannten Überlegenheit an den Tag legte. Miles, der schon seit einigen Jahren im Schulbeirat saß, kannte den Großteil von Ticks Lehrern, und auch wenn er es sich zum Prinzip gemacht hatte, nie schlecht über sie zu reden, gleich, wie unfähig und engstirnig sie sein mochten, war er bei Doris Roderigue oft versucht, eine Ausnahme zu machen. Während der letzten fünf Jahre war er bei diversen Gelegenheiten mit ihr aneinandergeraten – es ging dabei um Lehrpläne, um die Bücher, die in die Bibliothek aufgenommen werden sollten, um Personalfragen –, doch seit dem Tag, an dem er sie öffentlich aufgefordert hatte, wenigstens einen Punkt zu nennen, in dem sich Andrew Wyeth und Jackson Pollock künstlerisch unterschieden, und dann ihr bestürztes Schweigen als Grund genannt hatte, warum sie niemals Kunstgeschichte in ihren Unterricht einbezog, machte sie einen großen Bogen um ihn. Tick zufolge machte sie auch einen großen Bogen um sie, nachdem sie sie an einen Tisch platziert hatte, an dem die unmotiviertesten Schüler versammelt waren, die sie allesamt wie Luft behandelte.

»Denke immer daran«, rief Miles ihr ins Gedächtnis, »nicht dir gilt ihre Ablehnung, sondern mir. Wahrscheinlich glaubt sie, ich versuche ihre Entlassung zu betreiben.«

»Tust du das?«

»Lehrer können nicht gefeuert werden, es sei denn, sie haben Schüler sexuell belästigt. Und das hat Doris nicht getan, oder?«

Aber Tick war bereits wieder mit dem Essen auf ihrem Teller beschäftigt; sie schob es sorgfältig hin und her, als versuchte sie zu ergründen, ob es nicht vielleicht eine bessere, künstlerischere Art der Essensverwertung gebe.

»Hat sie dein Schlangenbild denn irgendwie kritisiert?«

»Nein, genau das ist ja der Punkt«, erwiderte Tick fröhlich und schwang ihre Gabel erneut wie einen Dirigentenstab. In letzter Zeit begann sie ihre Sätze oft mit »Das ist der Punkt« in unterschiedlichen Variationen. »Ich glaube, was sie an *meiner* Schlange stört, ist, dass sie sie an *richtige* Schlangen erinnert.«

»Das ist eine Möglichkeit«, sagte Miles. Die andere, die ihm in den Sinn kam, ging eher in Richtung Freud, aber er fand, dass sich seine pubertierende Tochter nicht schon Gedanken über die Unterdrückung des Sexualtriebs zu machen brauchte.

»Was interessant ist«, fuhr Tick fort, »weil es bedeutet, umso besser ich mein Schlangenbild male, desto mehr wird sie sich an das, was sie hasst, erinnert fühlen, und desto schlechter ist die Note, die ich bekomme. Folglich ...« – noch so ein Wort aus Ticks neustem rhetorischem Instrumentarium – »muss ich, wenn ich eine gute Note will, die Schlange möglichst schlecht malen.«

»Oder erst gar keine Schlange malen.« Ein Ratschlag, den Miles sich nicht verkneifen konnte.

»Es sei denn, unsere Aufgabe lautet, wir sollen unseren spannendsten Traum malen, und das ist nun mal mein spannendster.«

»Ich verstehe«, sagte Miles. »Aber du misstraust doch dem Urteil deiner Lehrerin bezüglich der künstlerischen Qualität deines Schlangenbilds?«

»Stimmt.«

»Folglich ...« – Miles grinste – »könntest du auch der Aufgabe als solcher misstrauen, stimmt's? Mal ihr halt einen Engel. Mrs Roderigue wäre entzückt, wenn sie dächte, du träumst von Engeln.« Das war im Übrigen ebenfalls keine Vermutung. Doris

Roderigue, die noch nie etwas von der Trennung von Religion und Staat gehalten hatte, ermunterte ihre Schüler dazu, mit religiösen Motiven zu arbeiten.

»Aber ich träume von Schlangen.«

»Wovon du träumst, geht sie rein gar nichts an«, sagte Miles und wunderte sich selbst über die in ihm aufsteigende Wut bei der Vorstellung, die schulische Erziehung seiner Tochter oder irgendeines anderen cleveren Kinds einer Person wie Doris Roderigue anvertrauen zu müssen.

»Weißt du, was dein eigentliches Problem ist?«, sagte Charlene, die während der Unterhaltung von Vater und Tochter mehrmals an ihrem Tisch vorbeigekommen war und offenbar genug mitbekommen hatte, um sich befähigt zu fühlen, einen Kommentar abzugeben. Charlene hatte nicht umsonst ihr ganzes bisheriges Erwachsenenleben lang als Kellnerin in einer Kleinstadt zugebracht. Sie mischte sich selbstbewusst und mit dem Gefühl, dazu berechtigt zu sein, in die jeweiligen Gespräche an den Tischen ein. Im vergangenen Frühling hatten David und Miles ihr zu bedenken gegeben, dass dies bei ihrer neuen Kundschaft womöglich nicht so gut ankommen könnte, besonders bei den Dozenten und Professoren, die es wahrscheinlich nicht gewohnt waren, dass ihre Ansichten von Kellnerinnen geradegerückt wurden. Und folglich wenig geneigt wären, jemandem Trinkgeld zu geben, der ihre Logik angezweifelt hatte. Charlene hatte kurz über diesen Rat nachgedacht, ihn dann jedoch zurückgewiesen. Erstens, sagte sie, sei sie, nachdem sie die Gespräche mancher Professoren aufgeschnappt habe, zum Schluss gekommen, dass es ihnen nicht schade, wenn jemand ein bisschen Klarheit in ihre Gedanken bringe. Zweitens sei sie sich sicher, dass College-Professoren trotz ihrer sorgfältig getrimmten Bärte und ihrer gebügelten Chinohosen und Tweedjacketts nach den gleichen Kriterien Trinkgeld gäben wie andere Männer auch – nämlich vor allem nach Körbchengröße. Sie könne sich in Sachen Trinkgeld nicht beklagen, sei ihnen aber trotzdem dankbar für den Ratschlag. »Dein eigentliches Problem«, sagte sie jetzt zu Tick, »ist, dass du träumst, statt zu essen. Sollen wir deinen Vater in dein Geheimnis einweihen?«

»Der Punkt ist ...«, begann Tick und deutete mit ihrer Gabel auf Charlene, die sie zur Verblüffung von Vater und Tochter packte, um damit auf Tick zu zeigen, die mit gespieltem Entsetzen zurückwich.

»Und verschon mich bitte mit ›Der Punkt ist ...‹«

»Was für ein Geheimnis?«, fragte Miles.

Charlene gab Tick die Gabel zurück, dann stemmte sie die Hände in die Hüften und sah Miles an wie einen Hund, den man ins Herz geschlossen hatte, auch wenn man schon intelligentere Vertreter seiner Spezies besaß. »Deine Tochter hat dich in diese Unterhaltung verwickelt, um von der offensichtlichen Tatsache abzulenken, dass sie ihr Abendessen verschmäht. Wie so oft.« Abgesehen davon, dass sich Charlene, eine Vollblutkellnerin, die Freiheit herausnahm, sich nach Belieben in die Gespräche ihrer Gäste einzumischen, schreckte sie auch nie davor zurück, sie daran zu erinnern, dass es unverzeihlich war, gutes Essen zu verschwenden, wo doch so viele Menschen hungerten. Besonders auf Tick hatte sie ein wachsames Auge, bei der ein ärztlicher Check-up im vergangenen Jahr die Diagnose Untergewicht erbracht hatte. Nicht dass Tick die Einzige gewesen wäre, deren Essgewohnheiten Charlene kommentierte. Auch Miles hatte sie seit einigen Jahren im Visier und wurde nicht müde, ihn aufzufordern, er solle nicht ständig lustlos in allem Möglichen herumstochern, sondern wenigstens einmal am Tag eine ordentliche Mahlzeit zu sich nehmen, und zwar im Sitzen. Über die Jahre hinweg habe er die allen Gastronomen gemeinsame Gewohnheit entwickelt, seine eigenen Fehler auszubaden, indem er sie vertilgte – die überschüssige Portion Pommes, den einen oder anderen zu kurz oder zu lang gebratenen Burger –, und zwar nicht nur, wenn er hungrig sei, sondern wann immer ihm die Fehler unterliefen. Heute Abend zum Beispiel habe er sich diese Schüssel von Davids köstlicher Bisque einverleibt, bloß um den Topf leer zu machen. In ihren Augen würde Miles kein Gramm mehr auf die Waage bringen als sein dünner, sehniger Bruder, wenn er es fertigbrächte, jedes Pommesstäbchen wegzuwerfen, das aus Versehen auf dem Tresen landete.

»Es ist nicht nett, die Geheimnisse von jemandem zu verraten, Charlene.« Tick sah sie finster an. »Ich geh ja auch nicht herum und erzähl den Leuten deine Geheimnisse.«

»Du bist halt ein cleveres Mädchen«, erwiderte Charlene.

»Heute hat sie doch ganz gut was weggeschafft«, sagte Miles kleinlaut und deutete auf Ticks Teller. Sicher, sie hatte das Essen schön auf dem Teller verteilt und in der Mitte eine kunstvolle Lücke gelassen, um den Eindruck zu erwecken, dass sich dort zuvor weiteres Essen befunden habe, was allerdings nicht stimmte. Dennoch, schätzte Miles, hatte sie ungefähr ein Drittel der Portion, die David ihr aufgeladen hatte, gegessen.

»Nein, Miles«, sagte Charlene. »Du hast ganz gut was weggeschafft. Du hast deine Bisque gegessen und seit fünfzehn Minuten naschst du an Ticks Essen herum. Du brauchst das jetzt gar nicht abzustreiten, weil ich dich beobachtet habe.«

Nun ja, Miles *hatte* ein bisschen vom Teller seiner Tochter genascht und war wie so oft überrascht, wie lecker Davids Spezialgericht war.

»Ich kann doch auch nichts dafür, wenn ich keinen Hunger habe, Charlene«, sagte Tick und schob ihren Teller nun, da es keinen Grund mehr gab, das Täuschungsmanöver fortzusetzen, von sich weg.

Charlene schob den Teller wieder vor Tick hin. »Doch, kannst du«, sagte sie. »Wer soll sonst was dafür können? Kein Hahn kräht mehr nach Kate Moss, Kind. Iss jetzt.«

Nachdem Charlene weggegangen war, spießte Tick eine mit Hoisin-Sauce beträufelte Jakobsmuschel auf die Gabel und biss die Hälfte ab, während sie ihren Vater ein wenig schuldbewusst angrinste.

»Charlene hat Geheimnisse?«, fragte Miles hoffnungsvoll. Es gefiel ihm, dass sie ihn beobachtet hatte, was womöglich darauf hindeutete – jedenfalls war es nicht gänzlich ausgeschlossen –, dass sie eine Zuneigung für ihn hegte, die über ihre langjährige Freundschaft hinausreichte. Sie hatte schon seit geraumer Zeit keinen Freund, und Miles' Scheidung würde über kurz oder lang über die Bühne gebracht sein, also wer weiß?, dachte er. Außerdem behauptete sie seit Jahren, dass Miles zu der Sorte von Mann gehöre, in die man sich als Frau verlieben müsse, wenn man auch nur ein Fünkchen Verstand habe – ein guter, geradliniger und ehrlicher Mann, der einen, mit ein klein wenig Ermunterung, bis zum Ende seiner Tage lieben würde. Also, wer weiß?

Leider hatte Charlene aber auch zugegeben, dass sie, selbst nach vier gescheiterten Ehen, nach wie vor eine hartnäckige Vorliebe für schlechte Männer mit einem heillos verworrenen und verknoteten Innenleben hege, die, kaum würden die Dinge etwas komplizierter, das Weite suchten. Sie besäßen schnelle Wagen und rasten damit wild durch die Gegend, doch genau das möge sie an ihnen. Niemand könne sagen, was passieren würde, wenn sie sich je in einen Mann wie Miles verlieben sollte, aber sie vermutete, dass sie irgendwann gemein zu so jemandem sein würde, wahrscheinlich sogar noch gemeiner, als Janine es Miles gegenüber gewesen war, und das wäre eine echte Leistung. »Ich glaube, dass ich nicht mit deiner Geschwindigkeit durchs Leben gehen könnte, Miles«, hatte sie einmal gesagt. »Willst du nicht auch manchmal das Pedal bis zum Anschlag durchdrücken, nur um herauszufinden, wie es sich anfühlt?« Gut, dann wohl eher nicht.

»Jeder hat Geheimnisse, nur du nicht, Daddy«, sagte Tick.

Miles dachte kurz darüber nach und sagte dann: »Wie kommst du darauf, dass ich nicht auch welche habe?«

Seine Tochter antwortete nicht sofort. »Na ja, es ist nicht so, dass du gar keine hast«, erklärte sie dann, und diesmal ließ sie ihre Gabel in Ruhe. »Aber jeder kann sie erraten.«

»Ich glaube, du wiederholst einfach nur, was deine Mutter über mich sagt.«

»Ich wiederhole, was *alle* über dich sagen. Weil es stimmt. Ich bin mehr wie Mom«, fügte sie düster hinzu, als wäre das etwas, worauf sie nicht besonders stolz sei. Seit er und Janine die Scheidung eingereicht hatten, katalogisierte Tick die Merkmale, die sie mit dem jeweiligen Elternteil gemeinsam hatte, und jene, in denen sie sich von ihm unterschied, wahrscheinlich weil sie hoffte, diese genetische Landkarte würde es einfacher machen, sich in ihrem eigenen Leben zurechtzufinden. »Ich werde bestimmt gut darin sein, Geheimnisse zu bewahren. Wenn ich mal meinen Mann betrügen sollte, würde es bestimmt niemand erfahren.«

Miles öffnete den Mund und schloss ihn wieder. Wie so oft fragte er sich, ob es irgendwo auf der Welt noch so eine Sechzehnjährige gab. »Tick«, sagte er schließlich.

»Ich habe ja nicht gesagt, dass ich fremdgehen werde«, fügte sie hinzu. »Ich habe nur gesagt, dass ich ein Geheimnis für mich behalten kann.«

Gerade als Miles zu einer Antwort ansetzte, ertönte die Türglocke, und Janine trat ein, wie durch die Erwähnung ihrer Tochter herbeizitiert. Ohne auch nur einen Moment lang zu zögern, steuerte sie zielstrebig durch das Gedränge des Lokals auf ihren Tisch zu. Tick schien, obwohl sie mit dem Rücken zum Eingang saß, instinktiv das Erscheinen ihrer Mutter gespürt zu haben, denn sie rutschte automatisch näher zum Fenster, um ihr Platz zu machen.

»Wir haben eigentlich erst in ungefähr einer Stunde mit dir gerechnet«, sagte Miles, während sich Janine zu ihrer Tochter auf die Bank setzte und ihr Sweatshirt auszog, unter dem ein nagelneues knallrosa Fitnessshirt zum Vorschein kam.

»Nun, jetzt bin ich eben da«, sagte sie. »Und glotz bitte nicht meine Brüste an, Miles. Wir waren zwanzig Jahre verheiratet, und sie haben dich in all dieser Zeit nicht die Bohne interessiert.«

Miles spürte, wie er rot wurde, weil er tatsächlich ihre Brüste angestarrt hatte. »Das stimmt nicht«, sagte er wenig überzeugend. Wobei sie ihn auch jetzt nicht wirklich interessierten, abgesehen von der Tatsache, dass sie unter dem engen Shirt so zur Schau gestellt waren, dass man gar nicht umhin kam, hinzusehen – doch war dies kein Thema, das er im Beisein seiner Tochter erörtern wollte.

»Ich komme direkt vom Fitnessstudio«, erklärte Janine, »und bin verschwitzt und brauche dringend eine Dusche.« Sie sah ihre Tochter an. »Bist du so weit, dass wir nach Hause fahren können?«

»Ich glaub schon«, antwortete Tick.

»Du glaubst«, sagte Janine. »Ist hier vielleicht jemand, der es sicher weiß? Jemand, von dem wir eine konkrete Antwort kriegen könnten?«

»Ich muss nur noch meinen Rucksack holen«, erwiderte Tick. »Musst du eigentlich ständig an mir herummeckern?«

»Ja, muss ich, meine Kleine«, sagte Janine und rutschte aus der Bank, um Tick vorbeizulassen. »Wenn du erst mal vierzig bist, wirst du es schon verstehen.«

»Du bist einundvierzig«, sagte Tick. »Und wirst im Januar zweiundvierzig.«

Während Miles seiner Tochter nachsah, bis sie in dem hinter dem Gastraum gelegenen Zimmer verschwunden war, empfand er wie so oft in letzter Zeit eine Mischung widerstreitender Gefühle – Scham wegen seiner gescheiterten Ehe, Wut auf Janine wegen der Rolle, die sie bei deren Scheitern gespielt hatte, Wut auf sich selbst wegen seiner eigenen Rolle und Dankbarkeit dafür, dass sie es fertiggebracht hatten, lange genug an einer schlechten Idee festzuhalten, um dieses Kind zu zeugen. Er hätte gern gewusst, ob Janine ebenso empfand oder ob es ihr tatsächlich gelang, ihr Gefühlsleben so zu vereinfachen, dass sie nur noch das Gefühl des Bedauerns zuließ. Als er den Blick wieder Janine zuwandte, ertappte er sie dabei, wie sie eine Jakobsmuschel von Ticks Teller stibitzte.

»Verdammt«, sagte sie, »das schmeckt wirklich verdammt gut.«

»Wenn du willst, bestelle ich eine Portion für dich, Janine«, sagte Miles. »Es würde dich nicht umbringen, wenn du ein bisschen was zu dir nähmst.«

»Genau darin irrst du, Miles. Denn genau das würde es. Ich werde *nicht* wieder dick werden, nie mehr wieder.«

In diesem Moment kam Charlene vorbei, und Janine hielt ihr den Teller hin. »Tu mir den Gefallen und nimm den bitte mit, ja?«, sagte sie und drehte sich wieder zu Miles um. »Es gibt übrigens eine Bezeichnung für Leute wie dich: Beihelfer.«

Für Leute wie Janine gab es auch eine Bezeichnung, dachte Miles, und ihre eigene Tochter hatte sie schon einmal in den Mund genommen.

»Die Zeiten, als du mich mit Essen vollgestopft hast, sind vorbei, mein Lieber. Inzwischen habe ich meinen Körper unter Kontrolle.«

»Gut«, sagte Miles, »das freut mich für dich.«

Sollte Janine den Sarkasmus in seinen Worten bemerkt haben, hatte sie offenbar beschlossen, nicht darauf einzugehen. Tatsächlich schien ihre Wut ein wenig abgeflaut zu sein, und als Tick mit ihrem Rucksack zurückkam, sagte Janine: »Macht es dir was aus, im Wagen auf mich zu warten? Wenn ich schon mal hier bin, würde ich gern kurz mit deinem Vater reden.«

Tick beugte sich zu Miles hinab, um ihm einen Kuss zu geben. »Bis morgen, Daddy. Meinst du, du hast Zeit, einen Aufsatz von mir zu lesen?«

»Ich werde mir die Zeit nehmen«, sagte Miles. »Aber dass du mir vorhin vorgegaukelt hast, du hättest deinen Teller halb leer gegessen, finde ich nicht besonders nett von dir.«

»Ich weiß«, erwiderte sie ohne das geringste Anzeichen von Reue. »Es ist halt so einfach, dir was vorzumachen.«

Nachdem sie hinausgegangen war, wandte sich Miles Janine zu. »Du bist in letzter Zeit wirklich streng mit ihr.« Noch ehe er zu Ende gesprochen hatte, wusste er, dass es ein Fehler war. Für Miles bestand eines der Mysterien der Ehe darin, dass man Dinge tatsächlich aussprechen musste, bevor einem klar wurde, dass es ein Fehler war. Weil er so viele Jahre lang die falschen Sachen zu Janine gesagt hatte, war er so vorsichtig geworden, dass er angefangen hatte, seine Bemerkungen im Geiste einem Probelauf zu unterziehen, bevor er sie tatsächlich aussprach, aber auch das hatte ihn nicht vor Fehlern bewahrt. Es bestand durchaus die Möglichkeit, dass er nicht das Richtige sagen konnte, dass er nicht die Wahl hatte zwischen richtig und falsch, sondern nur zwischen falsch, noch falscher und falscher geht's nicht. Zwischen völlig falsch, teilweise falsch, inhaltlich falsch oder falsch aufgrund der Tatsache, dass er es gesagt hatte.

»Nun, jemand muss es ja sein«, sagte Janine, deren Nackenhaare jetzt genauso aufgestellt waren wie ihre Brustwarzen. »Denn in den Augen ihres Onkels und Vaters macht sie ja nie etwas falsch.«

Miles wollte zu einer Entgegnung ansetzen, aber seine Frau – welch Überraschung – war noch nicht fertig.

»Walt ist im Übrigen auch nicht besser. Je mieser sie ihn behandelt, desto mehr schmeichelt er ihr.«

»Sie ist doch noch ein Kind, Janine.« Unseres.

Janine nahm einen unbenutzten Löffel, hielt ihn sich wie eine Waffe an die Schläfe und tat, als würde sie abdrücken. »Miles. Da liegst du falsch. Erstens ist sie kein Kind mehr. Wenn du mir nicht glaubst, schau sie dir an. Versuch, sie mit fremden Augen zu sehen. Zweitens, selbst wenn? Ich durfte nie Kind sein und du auch nicht. Sobald ich dazu in der Lage war, habe ich Windeln gewechselt. Tick hingegen ist behütet aufgewachsen, und das weißt du auch.«

»War das nicht unsere Absicht?«, fragte Miles. »Ich dachte, wir hätten uns bewusst dafür entschieden.«

»Aber nicht bis in alle Ewigkeit, Miles.«

Miles stellte sich vor, ihre Tochter könnte jetzt sehen, wie sie dasaßen und die Köpfe über dem Tisch zusammensteckten, um leise reden und einander dennoch anfauchen zu können. Nein, in diesem letzten Jahr war das Leben ihrer Tochter alles andere als geborgen gewesen, und die Jahre davor waren womöglich auch nicht so berauschend gewesen. »Janine«, sagte er und fühlte sich mit einem Mal erschöpft, »lass uns bitte nicht streiten, ja?«

»Nein. Denn genau darum ging es in diesen letzten zwanzig Jahren, falls du es nicht gemerkt hast. Außerdem ruft die verdammte Schule *mich* an und nicht dich, wenn es wieder einmal ein Problem gibt. Ich muss dann früher von der Arbeit weg, um mich darum zu kümmern, und nicht du.«

»Das ist jetzt wirklich nicht fair von dir«, sagte Miles. »Ich *wünschte*, sie würden mich anrufen. Wenn du mir das Hauptsorgerecht überlassen würdest ...«

»Ach so. Und wo würde sie dann wohnen? Hier, in diesem Kabuff über dem Diner? Würdest du die Paletten Frittierfett, die

dort oben lagern, in den Keller räumen, um Platz für sie zu schaffen?«
»Da ist was dran, Janine«, sagte Miles und bemühte sich, nicht bitter zu klingen. »*Ich* bin derjenige, der ohne Haus dasteht. Da wir schon mal beim Thema sind.«
»Tu das nicht.« Janine deutete mit dem Löffel auf ihn. »Fang nicht wieder davon an.«
»Okay«, sagte er, wohl wissend, dass dieses Thema unvermeidlich war, und Janine wusste es ebenso.
Janine hatte versprochen, mit Walt wegen des Hauses zu reden. Sie stimmte Miles zu, es wäre nur recht und billig, wenn Walt Miles seinen Anteil abkaufen würde – oder was sein Anteil wäre, wenn er noch einen gehabt hätte. Bei Inkrafttreten der Scheidungsvereinbarung würde Janine das Haus zugesprochen werden und Miles müsste weiterhin die Hälfte der monatlichen Kreditrate bezahlen, so lange, bis die Immobilie verkauft würde oder sie wieder heiratete. Inoffiziell waren Janine und er übereingekommen, dass sie, falls sich das Haus verkaufen ließe, den Erlös teilen würden. Zwar stammte das Geld für den Eigenanteil bei der Finanzierung des Hauses von Miles, aber es war eine eher geringe Summe gewesen, sodass er beschlossen hatte, kein großes Thema oder etwas in der Art daraus zu machen. Seine Anweisung an den Anwalt hatte ganz einfach gelautet: Soll sie bekommen, was sie haben will. In Wahrheit gab es ohnehin beschämend wenig, worüber man sich hätte in die Haare kriegen können, und selbst wenn er Janine gegenüber gern kleinlich gewesen wäre, konnte er es nicht, ohne gleichzeitig kleinlich gegenüber Tick zu sein. Und das war weiß Gott keine Option.

Doch nun, da die Scheidung bald vollzogen werden würde, sodass Janine endlich ihre immer wieder verschobene Hochzeit abhalten konnte, fragte sich Miles allmählich, ob er besser auf den Rat seines Anwalts hätte hören sollen. Genau wie der Anwalt vorausgesagt hatte, hatte Walt Comeau sein eigenes Haus vermietet und war zu Janine gezogen. »Wollen Sie das wirklich? Dass der Mann, der Ihnen Ihre Frau weggenommen hat, mit ihr in *Ihrem* Haus lebt und in *Ihrem* Bett schläft, noch dazu mietfrei?« Natürlich hatte Miles das nicht gewollt, aber damals schien diese Vorstellung so weit hergeholt. Welcher Mann würde sich so verhalten? Aber ebenso wenig hätte es Miles für möglich gehalten, dass Walt Comeau Stammgast in seinem Lokal werden und Nachmittag für Nachmittag hereinschneien würde, um Kaffee zu trinken, mit Horace Rommé zu spielen und Miles großzügig Tipps zu geben, wie er seinen Betrieb führen sollte. Wie zum Beispiel auch an diesem Tag, als er angeregt hatte, Miles möge dem »Grill« ein »e« hinzufügen, weil das stilvoller klinge. Jedes Mal, wenn Walt einen Ratschlag zum Besten gab, rief Miles sich zweierlei in den Sinn: Erstens war es, so erstaunlich es auch sein mochte, *nicht* Walts Absicht, Miles bis aufs sprichwörtliche Blut zu reizen. Nein, Walt Comeau hielt seine Ratschläge tatsächlich für wertvoll. Und zweitens dachte er offenbar, sie wären ein Ersatz für die nicht geleistete Miete. Die meisten Leute, so Miles' Erfahrung, verhielten sich im Grunde recht logisch, ihren jeweiligen Denkmustern gemäß. Kein Gericht hatte Walt dazu verpflichtet, Miles Miete für dessen Haus zu bezahlen, also würde er es auch nicht tun. Trotz alledem hatte er Mitleid mit dem Mann, dem er die Frau weggenommen hatte – in Walts Augen in einem fairen, anständigen Wettbewerb, bei dem der Überlegenere den Sieg davongetragen hatte –, und würde daher, auch wenn er nicht dazu verpflichtet war, jede Gelegenheit zur Wiedergutmachung nutzen. In der Tat schien er zusehends entschlossener zu sein, Miles auf jede erdenkliche Weise unter die Arme zu greifen. Zweifelsohne dachte er, seine Ratschläge seien Tausende von Dollar wert, doch leider weigerte sich Miles dickköpfig, auch nur einen zu befolgen. Tja, da war nun mal nichts zu machen – man konnte niemanden zu seinem Glück zwingen. Wenn Miles heute Nacht im Schlaf sterben würde, würde Walt herumerzählen, er habe alles in seiner Macht Stehende versucht, um aus dem Empire Grill ein profitables Lokal zu machen. Miles sei wirklich ein prima Kerl gewesen, würde er abschließend sagen, habe aber leider keinerlei Geschäftssinn besessen. Dass irgendetwas Anrüchiges an seinem Verhalten sein könnte, käme dem Silver Fox gar nicht in den Sinn

»Ich *habe* mit ihm darüber gesprochen«, sagte Janine nach längerem Schweigen und betrachtete ihr Spiegelbild im Fenster. »Er hat gesagt ...« Wieder unterbrach sie sich, als könnte sie selbst kaum glauben, was sie zu berichten hatte. »Er hat gesagt, er ist sich nicht sicher, ob die Investition in eine Immobilie hier in Empire Falls zurzeit eine gute Idee ist.«

»Im Ernst?«, fragte Miles. »Zu diesem Schluss ist er tatsächlich gelangt?«

»Er sagt, er will sein Geld nicht langfristig anlegen, bevor er sich über seine nächsten Ziele im Klaren ist.«

»Und wann wird das sein?«

»Das weiß ich auch nicht, Miles. Wirklich, ich habe keine Ahnung«, sagte sie kleinlaut und hörte unvermittelt auf, die Wütende zu spielen. »Ist dir schon mal aufgefallen, wie er sich beim Kartenspielen am Kinn kratzt? Wenn er zu erraten versucht, welche Karten Horace in der Hand hat? Es ist fast, als würde die Zeit stillstehen. Als würde man ein Stillleben betrachten.«

»Janine ...«

»Ich meine, wer weiß? In einem Moment redet er davon, das Fitnessstudio zu erweitern und mehr Hallentennisplätze zu bauen, im nächsten davon, ein neues Studio am See zu eröffnen. Dort gibt es offenbar ein zweitausend Quadratmeter großes Ufergrundstück, das er ins Auge gefasst hat, aber wenn ich ihn frage, wo genau es sich befindet, tut er geheimnisvoll, als wüsste ich nichts

Besseres, als es schnurstracks jemandem weiterzusagen, der es ihm dann vor der Nase wegschnappt. Jedes Mal, wenn ich ihn auf etwas festlegen will, schleicht sich dieser listige Ausdruck in sein Gesicht, du weißt schon, was ich meine, oder? Der gleiche, den er bekommt, kurz bevor Horace ein Rommé macht.«

»Janine.«

Sie betrachtete noch immer ihr Spiegelbild in der Fensterscheibe, als liefe es, wenn sie seinem Blick begegnete, auf ein schreckliches Geständnis hinaus. Als sie ihn schließlich doch ansah, hatte sie Tränen in den Augen, und Miles fragte sich, ob sie noch etwas auf dem Herzen hatte, das sie ihm vorenthielt. Weil sie sich dessen selbst nicht sicher war.

»Was, Miles?«

»Bist du etwa dabei, es dir anders zu überlegen?«

Sie tupfte sich mit dem Träger ihres Shirts die Augenwinkel trocken und nahm erneut ihre Trotzhaltung ein, und Miles fragte sich – wie so oft in den zwanzig Jahren ihrer Ehe –, warum Janine diese kämpferische Pose so gerne mochte.

»Nein, keine Sorge«, sagte sie. »Ich werde es durchziehen. Versprochen. In spätestens einem Monat musst du nur noch Unterhalt für Tick zahlen.«

»Ich habe nie von dir verlangt, du sollst irgendwas durchziehen«, erwiderte Miles und empfand plötzlich jene Art von Zärtlichkeit für seine baldige Exfrau, die ihn hin und wieder überkam, wenn er nicht auf der Hut war.

»Nicht die Geschichte zwischen Walt und mir beunruhigt mich. Das, was ich immer noch nicht kapiere, ist die zwischen uns.«

»Du meinst, wie wir es fertigbringen konnten, es so zu verbocken?«

Janine schnitt eine Grimasse. »Verdammt, nein, Miles, das ist ja wohl mehr als klar. Wir haben es verbockt, weil wir uns nicht geliebt haben. Was ich gern wissen möchte, ist, warum. Ich meine, ich habe dir gesagt, warum ich dich nicht geliebt habe. All das, womit du mich in den letzten zwanzig Jahren auf die Palme gebracht hast, habe ich dir gesagt.«

Miles konnte sich eines Lächelns nicht erwehren. Stimmt, dachte er, Janines Liste seiner Unzulänglichkeiten war lang, umfassend und wurde fortwährend überarbeitet.

»Und jetzt sitzen wir kurz vor unserer Scheidung hier zusammen, und ich werde demnächst einen anderen heiraten, und du hast mir immer noch nicht verraten, warum du mich nicht geliebt hast. Findest du das fair? Ich meine, solltest du je wieder heiraten – was ich dir nicht empfehle –, würdest du wenigstens wissen, was du anders machen solltest, oder etwa nicht? Weil ich ehrlich zu dir war.«

»Was willst du von mir, Janine? Eine Liste ehelicher Klagen? Ich bin dir nicht untreu gewesen, du hast was mit Walt Comeau angefangen, Herrgott noch mal.«

»Klar, das musstest du mir ja wieder unter die Nase reiben.«

Nun betrachtete Miles seinerseits sein Spiegelbild im Fenster. Der Mann, der seinen Blick erwiderte, wirkte entnervt.

»Das ist nicht fair, und das weißt du auch«, fuhr sie fort. »Okay, ich habe was mit Walt angefangen, in dieser Hinsicht schieb mir ruhig den Schwarzen Peter zu. Aber ich hab was mit Walt angefangen, weil du mich nicht geliebt hast. Ich weiß, es hat dich verletzt, dass ich mich in ihn verliebt hab, aber hör du auf, so zu tun, als hättest du mich geliebt, denn wir wissen beide, dass das nicht stimmt.«

»Welche Rolle hast du mir eigentlich in dieser Unterhaltung zugedacht? Wenn du für uns beide das Wort führst, dann ...«

»Willst du etwa behaupten, dass du mich geliebt hast, Miles? Wenn es das ist, was du mir sagen willst, dann sag es, und ich halte den Mund.« Als er schweigend auf seine Hände hinabsah, seufzte sie. »Das dachte ich mir.«

Sicher, sie hatte recht. Er hatte sie nicht uneingeschränkt geliebt. Nicht so, wie er es gern getan hätte. Nicht so, wie er es vor Gott und seiner Familie und seinen Freunden geschworen hatte, und diese einfache Wahrheit beschämte ihn zu sehr, um sich an eine Analyse zu wagen. Nein, er hatte sie nicht geliebt, und er wusste nicht, warum. Ebenso wenig wusste er dieses Gefühl zu benennen, das ihn daran gehindert hätte, ihr das zu sagen, wenn er sich dessen bewusst gewesen wäre. Wenn man es nicht Liebe nannte, wie nannte man dann diese Art der Zuneigung, die einen dazu veranlasste, den anderen vor Verletzungen beschützen zu wollen? Wie hieß das Gefühl, das ihn jetzt zu überwältigen drohte und den Wunsch in ihm wachrief, sie in die Arme zu schließen und ihr zu sagen, dass alles gut würde. Wenn nicht Liebe, wie dann?

Und doch hatte sie recht. Denn was immer er für diese Frau empfand, deren Leben all diese Jahre über mit seinem verbunden gewesen war, was immer dieses Gefühl war, mit Begierde und Sehnsucht oder gar sexuellem Verlangen war es jedenfalls nicht zu verwechseln. Darin war sich Miles sicher, wenn auch nur, weil er tatsächlich versucht hatte, sie gleichzusetzen.

»Warum quälst du dich so, Janine?«, sagte er. »Wenn Walt dich glücklich macht, spielt doch alles andere keine Rolle mehr, oder?«

Sie musterte ihn eine Minute lang, dann seufzte sie. »Keine Ahnung, selbst wenn du mich krankenhausreif prügelst, kann ich es dir nicht sagen. Wahrscheinlich würde ich gern aus deinem Mund hören, dass ich kein schrecklicher Mensch bin.«

»Ich habe nie gesagt, dass du ...«

»Genau das versuche ich dir ja klarzumachen, Miles«, sagte sie und stand auf. »Du hast nie etwas gesagt.«

»Jeder zweite Satz von ihm ist, dass er klettern kann wie ein Affe«, sagte Miles zu seinem Bruder. Es war fast elf Uhr, und sie waren in seinem Apartment über dem Empire. Miles, seit jeher von Schlaflosigkeit geplagt, würde in jedem Fall um fünf Uhr aufwachen, aber sollte ihm tatsächlich einmal ein längerer Schlaf vergönnt sein, dachte er nicht ohne Groll, würde er vom Wecker geweckt werden, weil er das Lokal aufschließen musste. David, der sich ein Sodawasser aus dem Minikühlschrank genommen hatte, stellte die Dose auf dem Boden ab und schob eine Jumbopackung Toilettenpapier auf dem Sofa zur Seite, um Platz zu schaffen. Das Spiel der Sox lief im Fernsehen, eine späte Life-Übertragung von einem Baseballmatch an der Westküste.

Janine hatte natürlich recht. Unter den jetzigen Umständen gab es hier keinen Platz für Tick, wenngleich Miles an diesem Abend mit dem Gedanken geliebäugelt hatte, es irgendwie möglich zu machen. Er könnte, hatte er überlegt, sämtliche Gastro-Utensilien wieder nach unten in den Keller verfrachten, so lange, bis der Fluss wieder einmal über die Ufer treten und das Untergeschoss erneut überfluten würde. Wenn er das ganze Zeug wegräumte, wäre genügend Platz für sie beide vorhanden, allerdings brauchte ein Mädchen in Ticks Alter mehr als nur Platz. Sie brauchte ein eigenes Zimmer mit einer Tür, die sie zumachen und wenn nötig auch zuschlagen konnte. Miles' Apartment, das seit Roger Sperrys Tod nicht mehr bewohnt gewesen war, bestand im Grunde nur aus einem großen Zimmer. Abgesehen von der Eingangstür gab es nur eine weitere Tür, die zum Bad, und selbst die schloss nicht richtig. Nein, Tick hatte etwas Besseres verdient. Klar, wenn man ein bisschen Arbeit und Geld hineinsteckte, konnte man das Apartment wohnlicher gestalten, aber es würde dennoch eine schäbige Wohnung über einem Diner bleiben.

Und trotzdem wusste er, dass seine Tochter lieber heute als morgen bei ihm einziehen würde, nur um nicht länger im Haus ihrer Mutter wohnen zu müssen. Sie hasste es, mit Walt Comeau unter einem Dach zu leben. Auch wenn das kleine Cottage hinter der Buchhandlung von Martha's Vineyard nicht wesentlich größer war, böte es ausreichend Platz für sie beide – tja, wenn er nur wüsste, wo er das Geld dafür hernehmen sollte.

»Er klettert nicht nur wie ein Affe«, sagte David, der es sich auf dem Sofa bequem gemacht hatte, »sondern verhält sich auch sonst wie ein Affe.« Was ihren Vater anging, war David völlig unsentimental. »Du tust gut daran, ihn auf keine Leiter steigen zu lassen. Und pass bloß auf, dass du nicht auf seine Mitleidstour hereinfällst.«

»Ich versuche es. Aber er weiß genau, wie er es bei mir anstellen muss. Vermutlich habe ich Angst davor, im Alter auch einmal zum alten Eisen gezählt zu werden«, sagte Miles, der sich bemühte, dieses törichte Gefühl zu erklären. Denn Mitleid mit Max Roby zu haben war genau das.

»Ist ziemlich gut gelaufen heute Abend.« David schüttelte seine langen Haare. Wenn er acht Stunden lang ein Haarnetz getragen hatte und es dann abnahm, sah es immer noch so aus, als hätte er eins auf.

»›Ziemlich‹ ist untertrieben«, sagte Miles, der die Kassenabrechnung gemacht hatte. »Der Donnerstagabend scheint ein richtiger Renner zu werden.«

»Ich bin mir nur nicht sicher, ob unsere Kosten wirklich gedeckt sind.«

»Ich denke, wir sind nicht weit davon entfernt.«

»Du weißt, was der nächste logische Schritt wäre, nicht wahr?«

»Ja«, sagte Miles. Dies war eine regelmäßig wiederkehrende Diskussion zwischen ihnen. Eine sinnlose noch dazu, wie die meisten Gespräche mit seinem Bruder, die unweigerlich in der Zeit mündeten, als ihre Mutter noch gelebt hatte. Komisch. David und er waren sich seit dem Unfall, der seinen Bruder zum

Invaliden gemacht hatte, näher als je zuvor. Früher hatten beide so unerbittlich ihren Standpunkt verfochten, bis ihre Worte lange zurückreichende Ressentiments entfachten und alte Wunden aufrissen. Sie waren fast zehn Jahre auseinander und verfügten über eine völlig unterschiedliche Lebenserfahrung. Miles war in der Pubertät gewesen, bevor seine Mutter krank geworden war, David danach. Auch hätten sie, nicht minder wichtig, von ihrem Temperament her nicht unterschiedlicher sein können: Miles vorsichtig und besonnen – wie ihre Mutter; David impulsiv und ruhelos – wie Max. Doch seit dem Unfall schien all das nicht mehr eine so große Rolle zu spielen, wenngleich es Miles beunruhigte, dass ihre neu gewonnene Vertrautheit darauf zu beruhen schien, dass sie sich im Grunde recht wenig zu sagen hatten. Ihr Schichtwechsel im Diner erfolgte mit so wenig Aufwand und Worten wie die Übergabe eines Staffelstabs. Ihre Kommunikation hatte oft etwas Ritualisiertes. Zum Beispiel berichtete David Miles jedes Mal, dass er die Türen abgeschlossen habe, weil er begriffen hatte, dass Miles, auch wenn er es bereits wusste, einer verbalen Bestätigung bedurfte, ja geradezu darauf zu warten schien, als könnte er andernfalls den Tag nicht beschließen.

»Es müsste ja nicht eine volle Alkohollizenz sein«, sagte David. »Eine für Bier und Wein würde genügen.«

»Du weißt, dass Mrs Whiting sich querstellen würde.«

»Du meinst, sie verzichtet lieber auf zusätzliche Einnahmen?«

So seltsam es sein mochte, aber Miles hatte das untrügliche Gefühl, dass dem so war. Auch wenn es sämtlichen Gesetzen der Logik zuwiderlief. Warum sollte man sich mit einer winzigen Marge zufriedengeben, wenn man die Möglichkeit hatte, einen wesentlich höheren Gewinn einzufahren? Mrs Whiting war eine praktisch denkende und skrupellose Geschäftsfrau, die jedes Mal den idealen Zeitpunkt ausgemacht hatte, als es um den Verkauf der drei Whiting-Fabriken ging, und die noch nie zuvor die geringste Langmut geübt hatte, wenn einer ihrer Betriebe unprofitabel war. Und doch schien sie seit mehr als einem Jahrzehnt zufrieden damit, den Empire Grill langsam seinem endgültigen Ruin entgegentreiben zu lassen. In Ermangelung einer anderen rationalen Erklärung war Miles nahe dem Schluss gewesen, dass es mit Zuneigung zu tun haben musste. Aber für wen? Für Miles selbst? Vollkommen abwegig war das nicht. Jedenfalls war Horace, der wahrscheinlich klügste und zynischste Beobachter im ganzen Ort, überzeugt davon. Und wenn nicht aus Zuneigung für Miles, dann vielleicht für den Empire Grill? Eher unwahrscheinlich, hatte die alte Frau doch seit zwanzig Jahren keinen Fuß mehr in ihr heruntergekommenes Lokal gesetzt. Ein anderer möglicher Beweggrund, den Miles immer wieder in Betracht zog, war die Sympathie, die die alte Frau für Miles' Mutter gehegt hatte – Grace Roby hatte bis zu ihrer Erkrankung für Mrs Whiting gearbeitet. Aber auch diese Option war mit einem großen Fragezeichen versehen.

»Versuch sie zu überzeugen«, sagte David. »Sag ihr, dass die Leute zu den scharfen mexikanischen und asiatischen Gerichten gern ein Bier trinken möchten. Und zum italienischen Essen ein Glas Wein.«

»Das werde ich«, sagte Miles. »Mach dir jedoch keine allzu großen Hoffnungen. Sie ist alles andere als dumm, aber sie mag keine Veränderungen. Vielleicht ist es eine Frage des Alters. Vielleicht will sie einfach nur ihre Ruhe haben. Wie auch immer, der Laden gehört ihr.«

Während David über dieser offensichtlichen Tatsache brütete, verfolgte er auf dem Bildschirm, wie ein Batter der Red Sox einen hohen Flyball schlug und dieser auf dem Warning Track gefangen wurde. David betrachtete kurz seine leere Sodadose, als fragte er sich, warum zum Teufel ein Mann wie er Sodawasser statt Bier trank, und sagte: »Noch ein Vorschlag gefällig?«

Die ehrliche Antwort lautete Nein. Es war ein langer Tag gewesen, und Miles war müde und frustriert von seinem Gespräch mit Janine. »Klar«, sagte er. »Und der wäre?«

»Geh und sprich mit deiner Schwiegermutter.«

»Mit Bea? Warum?«

»Denk darüber nach, Miles. Es liegt auf der Hand.«

»Okay, mach ich«, sagte Miles. Janines Mutter betrieb nicht nur das Callahan's, eine Kneipe, die von der Pleite bedroht war, sondern besaß auch das dazugehörige Gebäude, was bedeutete, dass es, sollte sich Mrs Whiting hintergangen fühlen und nachtragend reagieren, auch noch eine andere Möglichkeit gäbe. Miles hatte begriffen, worauf David hinauswollte: Wenn Mrs Whiting nicht bereit wäre, ihm eine Alkohollizenz zu verschaffen und ihnen eine bessere Geschäftsgrundlage zu ermöglichen, bitte schön, dann zöge man eben mit Sack und Pack auf die andere Seite der Stadt. Bei Bea war außerdem mehr Platz, sodass man das Lokal gegebenenfalls auch vergrößern könnte.

»Du würdest Bea einen Gefallen tun. Ihr geht langsam, aber sicher die Luft aus. Du könntest ihr und dir auf einen Schlag aus der Patsche helfen.«

»Ich habe nicht das Geld, um ihr das Lokal abzukaufen, David.«

»Biete ihr eine Geschäftspartnerschaft an. Sie hat die Alkohollizenz, und du kümmerst dich um die Speisen.«

»Und was mache ich, wenn du weggehst?«

»Wohin soll ich denn gehen?«

»Na ja.«

»Verschon mich mit deinem Na ja, Miles.«

»Dir wird es irgendwann langweilig. Und dann haust du ab. Ich sage das nicht, um dich zu kritisieren. Es gibt keinen Grund, warum du es nicht tun solltest. Du hast keine Familie. Aber ich habe diese Entscheidungsfreiheit nicht, das ist alles.«

»Willst du damit sagen, ich bin der Grund, warum du Beas Lokal nicht in Betracht ziehst?«

»Ich sage ja gar nicht, dass ich es nicht in Betracht ziehe. Immerhin ist es eine Idee.«

»Ich wünschte, du würdest es nicht in diesem Ton sagen, Miles. Das hört sich an, als wäre sie für dich bereits gestorben.«

Miles antwortete nicht sofort, sondern wartete ab, bis er sprechen konnte, ohne sich seine Irritation anmerken zu lassen. Während der letzte Batter der Red Sox zusammen mit den Männern am ersten und dritten Base »out« gemacht wurde, sagte Miles: »Ich bin es ihr schuldig, David.«

»Wem bist du was schuldig?«

»Mrs Whiting. Von ihr hatten wir doch geredet, oder nicht? Schon möglich, dass Janine und Tick und ich nicht gerade ein wohlhabendes Leben geführt haben, aber schlecht ist es uns all die Jahre über auch nicht gegangen. Sicher, der Diner hat vor sich hin gedümpelt, aber wir haben uns trotzdem über Wasser gehalten, und das ist mehr, als man von den meisten Leuten in unserer Stadt behaupten kann. Mrs Whiting hätte schon vor einigen Jahren den Laden dichtmachen können, und was wäre dann aus uns geworden? Du willst, dass ich ihr eine lange Nase drehe? Da ist übrigens noch etwas, was mich zögern lässt. Wann immer ich in den drei Jahren, die ich auf dem College war, Geld brauchte, hat Mom mir welches geschickt. Wo, glaubst du, hat sie die fünfhundert Dollar aufgetrieben, die ich jedes Semester für Bücher und Studiengebühren benötigte?«

David dachte eine Weile nach. »Glaubst du, sie hatte es von Mrs Whiting?«

»Von Max jedenfalls nicht. Von wem hätte sie es sonst bekommen sollen?«

»Keine Ahnung, aber immerhin reden wir jetzt über die richtige Person.«

»Wie meinst du das?«

»Als du gesagt hast, dass du es ihr schuldig bist, da dachte ich, du meinst sie. Mom. Wenn du sagen würdest, du bist es ihr schuldig, würde es in meinen Augen Sinn ergeben.«

»Ich muss dir doch nicht erst sagen, wie viel ich Mom verdanke, David.«

»Nein? Nun, es gibt nur eine Möglichkeit, diese Schuld abzutragen, großer Bruder. Und tut mir leid, aber manchmal musst du daran erinnert werden, wie die Dinge wirklich waren. Mom hat nie gewollt, dass du zurückkehrst. Sie hat es als ihr Lebenswerk betrachtet, dafür zu sorgen, dass du von hier wegkommst. Das weißt du besser als ich. Wenn sie sich Geld von Mrs Whiting geliehen hat, dann wette ich, dass sie es ihr bis auf den letzten Cent zurückgezahlt hat. Es abgearbeitet hat. Im Grunde hat sie die Tochter dieser Frau großgezogen. Und wenn Mom wüsste, dass du es mit zweiundvierzig gerade einmal zum Chef des Empire Grill gebracht hast, würde sie sich im Grab umdrehen.«

Miles, der spürte, dass Kopfschmerzen im Anzug waren, massierte sich mit den Daumen die Schläfen. »Klar wäre sie enttäuscht, da gebe ich dir recht.« Er wusste, dass »enttäuscht« ein viel zu mildes Wort war. »Untröstlich« würde es besser treffen. »Ich bestreite gar nicht, dass ich ihr Schande gemacht habe. Das weiß ich selbst, glaub mir. Aber etwas müsste ich Grace Roby bestimmt nicht erklären, nämlich dass ein Kind an erster Stelle kommt. Vielleicht war es ein Fehler zurückzukehren, aber ich habe nun einmal Tick und darf ihre Zukunft nicht aufs Spiel setzen.«

»Glaubst du, dass ich das tun würde? Oder dass ich dich dazu verleiten will?«

»Aber tust du das nicht? Letzte Woche hast du mir mit dieser Buchhandlung in Martha's Vineyard in den Ohren gelegen, die ich mir nicht leisten kann. Jetzt willst du, dass ich mir Mrs Whiting zur Feindin mache, indem ich mich geschäftlich mit Bea zusammentue. Hast du je einen Blick in die Küche des Callahan's geworfen? Hast du eine Vorstellung, wie viel Geld man da hineinstecken müsste?«

»Wenn wir beide uns zusammentun ...«

Miles konnte ihm nicht länger zuhören. »David, wenn du bei Bea einsteigen willst, dann tu es. Meinen Segen hast du.«

Sein Bruder nickte bedächtig, als hätte diese Unterhaltung schon etliche Male stattgefunden und als hätte er lediglich ein, zwei kleinere Details sich einzuprägen vergessen. »Gut«, sagte er schließlich. »Da ich dir schon mächtig auf die Nerven gegangen bin, nehme ich einen letzten Anlauf, bevor ich es aufgebe. Ich weiß, dass du eine Tochter hast, Miles. Und ich weiß, dass du in der Klemme sitzt. Tatsächlich mache ich mir mehr Sorgen über die Art von Klemme, in der du sitzt, als über die Tatsache an sich, weil sie nämlich noch übler ist, als du denkst. Was ich dir zu sagen versuche, ist, dass es nicht besser werden wird. Diese Frau sorgt dafür, dass du im Hamsterrad gefangen bleibst, Miles. Du läufst und läufst, um nicht aus dem Tritt zu kommen, und vor lauter Laufen merkst du es gar nicht. Genau das hat Mom befürchtet. Sie wusste, dass das passieren würde, wenn du ...«

Miles unterbrach ihn. »Warum hasst du Mrs Whiting eigentlich so sehr?«

»Schau«, sagte David, »mit Hass hat es nichts zu tun. Du glaubst, sie vermacht dir das Lokal, wie sie es dir versprochen hat, und dass du es dann verkaufen wirst und endlich von hier wegkommst, stimmt's?« Als Miles nichts erwiderte, fuhr er fort: »Aber Mrs Whiting stirbt nicht so bald, Miles. Weißt du, was sie stattdessen tut? Sie lebt fröhlich weiter. Zum Beispiel in Italien, wohin sie für einen Monat reist, wann immer es ihr gefällt. Oder in Florida, wo sie überwintert. Oder im Frühling in Santa Fe. Du bist derjenige, der stirbt, Miles, Tag um Tag. Hast du eine Ahnung, wie alt Mrs Whitings Mutter war, als sie starb?«

»Nein.«
»Das kannst du auch gar nicht wissen, weil sie nämlich immer noch lebt«, erwiderte David. »In einem Altersheim in Fairhaven, und sie ist weit über neunzig. Wenn Mrs Whiting auch so alt wird, bist du fünfundsechzig, wenn du den Empire Grill endlich erbst. *Falls* sie ihn dir vermacht. Und das ist nicht einmal das Schlimmste an der Sache, Miles. Du behauptest, du harrst hier wegen Tick aus, aber weißt du, was aus dem Mädel einmal werden wird, wenn du nicht aufpasst? Die nächste Geschäftsführerin vom Empire Grill.«

»Nur über meine Leiche«, sagte Miles.

Sein Bruder stand auf und lächelte, als hätte er diese Antwort vorausgeahnt. »Womit sich der Kreis schließt. Genau das Gleiche hat Mom immer gesagt, wenn es um deine Zukunft ging.«

David warf die leere Sodawasserdose in den Abfalleimer neben der Tür. »Tut mir leid, wenn ich dir zu nahe getreten bin. Ich hätte besser nach Hause gehen sollen. Ich weiß schon, wie das ausgeht.«

Einen Moment lang dachte Miles, er meine ihre Diskussion, doch dann wurde ihm klar, dass sich David auf das Baseballspiel bezog. Die Sox führten mit einem knappen Vorsprung von einem Run im siebten Inning, aber die Erfahrungen der jüngeren wie auch weniger jungen Geschichte legten die Vermutung nahe, dass sie ihn nicht würden halten können. Der September war ein schlechter Monat für Baseballfans aus New England. Man konnte einen Großteil davon mit dem vergeblichen Versuch zubringen, herauszufinden, warum man im April noch so optimistisch gewesen war. Erst im nächsten April würde man sich wieder daran erinnern.

»Hast du eigentlich eine Ahnung, wann Buster zurückkommt?«, fragte David. Buster, der zweite Koch des Empire Grill, hatte sich, seit er am Tag von Miles' Rückkehr aus Martha's Vineyard zu einer großen Sauftour aufgebrochen war, nicht mehr blicken lassen.

Miles bezweifelte, dass sich sein Bruder wirklich für Buster interessierte. David wollte nicht, dass sie im Bösen auseinandergingen. Seine Frage diente lediglich dazu, die gewohnte einvernehmliche Stimmung zwischen ihnen wiederherzustellen. »Mal sehen, ob ich ihn morgen irgendwo aufgabeln kann.«

»Wir brauchen über kurz oder lang auch eine zweite Kellnerin und eine Abräumhilfe.«

»Ich weiß. Ich kümmere mich darum.«

»Okay«, sagte David und wandte sich zum Gehen. Die Hand auf dem Türknauf, drehte er sich nochmals um. »Warum war Janine heute Abend eigentlich so aufgebracht?«

»Ich weiß auch nicht.« Miles erwiderte den Blick seines Bruders. Er wusste es wirklich nicht. »Vielleicht hat sie kalte Füße bekommen.«

David nickte. »Das hoffe ich. Wenn man bedenkt, was für einen Kerl sie im Begriff ist zu heiraten, wäre ein Kälteschock die angenehmere Option. Schon komisch irgendwie«, sagte er, während noch immer zwischen Tür und Angel stand.

Miles sah ihn forschend an und hätte schwören können, dass das, was er als Nächstes sagen würde, alles andere als komisch sein würde.

»Wie ihr zwei heute Abend in dieser Tischnische gesessen habt, habt ihr mehr nach einem Liebespaar ausgesehen als in der ganzen Zeit eurer Ehe.«

»Das ist wirklich komisch«, sagte Miles.

Das war Mrs Whitings refrainartiger Kommentar, wie ihm bewusst wurde.

David war bereits die Treppe hinuntergegangen, als Miles noch etwas einfiel und hinter ihm herlief. Sein Bruder steuerte den Pick-up gerade rückwärts aus der Parklücke hinter dem Empire, ein recht schwieriges Manöver für jemanden, der mit nur einer Hand zurechtkommen musste, als Miles an die Fensterscheibe klopfte.

»Hör zu«, sagte Miles, »sag ruhig, ich soll mich gefälligst um meinen eigenen Kram kümmern, aber ...«

»Okay, das werde ich«, erwiderte David.

»Stimmt es, dass du da draußen auf deiner Parzelle am See Marihuana anbaust?«

Sein Bruder gab ein belustigtes Schnauben von sich. »Warum fragst du, Miles? Willst du welches?«

Miles fand diese Bemerkung alles andere als lustig, ging aber darüber hinweg. »Jimmy Minty glaubt das nämlich.«

»Jimmy Minty *glaubt* es?«

»Offenbar.«

»Und warum sagt er dir das?«

»Er hat so getan, als wäre es eine freundschaftliche Warnung, weil wir angeblich alte Freunde sind. Ich habe ihm mehr oder weniger zu verstehen gegeben, dass er mich kreuzweise kann. Und hab ihm gesagt, dass ich es nicht glaube.«

David nickte. »Wenn du ihn das nächste Mal triffst, sag ihm Danke für den Tipp.«

Als sein Bruder die Fensterscheibe wieder hochkurbeln wollte, klopfte Miles erneut daran. »Du hast meine Frage nicht beantwortet. *Baust* du da draußen Marihuana an?«

David lächelte. »Kümmere dich gefälligst um deinen eigenen Kram.«

»Wenn du von Mom redest, tust du immer so, als hätte sie nur für mich große Pläne gehabt. Aber das stimmt nicht, und das weißt du auch.«

David nickte. »Ich weiß genau, was sie sich für mich gewünscht hat, weil sie es mir gesagt hat, bevor sie starb.«

Miles spürte instinktiv, dass es eine Art Falle war, aber da sein Bruder sie ausgelegt hatte, beschloss er, hineinzutreten. »Und was war es?«

»Kümmere dich um deinen Bruder«, sagte David und fuhr rückwärts auf die Straße.

Kapitel 7

»Wer ist gerade hereingekommen?«, wollte Max Roby wissen und reckte neugierig den Kopf. Er saß am hinteren Ende des Tresens und hatte gehört, wie die Eingangstür dumpf ins Schloss gefallen war. Wer immer es war, hatte am Zigarettenautomaten Halt gemacht, ein vielversprechendes Zeichen. Max bog auf seinem Barhocker den Oberkörper zurück und spähte blinzelnd durch den düsteren Raum, um zu erkennen, wer der Neuankömmling war. Ungefähr seitdem er siebzig war, ließ seine Sehstärke immer deutlicher nach. Zum Glück konnte er immer noch klettern wie ein Affe.

»Es ist Horace Weymouth«, sagte Bea Majeski, die hinter dem Tresen stand. »Lass ihn gefälligst in Ruhe.«

Gerade hatte Bea noch überlegt, ob sie das Callahan's für heute schließen sollte. Es ging auf Mitternacht zu, und ihr einziger Gast war Max Roby, den man nicht wirklich als Gast bezeichnen konnte, weil er ständig an seinem Kreditlimit von einhundert Dollar herumkrebste. Wobei das in Wahrheit auf die meisten ihrer Gäste zutraf. Am Nachmittag leisteten sie eine Anzahlung für ihre Gesamtzeche von zehn oder zwanzig Dollar, um sie dann bis Kneipenschluss wieder auf hundert Dollar ansteigen zu lassen. Wenn Bea nicht das Glück hatte, dass einer von ihnen ihr zwanzig Dollar gab und auf der Stelle tot vom Barhocker kippte, würde jeder Einzelne dieser gottverdammten Taugenichtse mit hundert Dollar bei ihr in der Kreide stehen, wenn er das Zeitliche segnete. Selbst der Typ, der ihr die zwanzig Dollar gegeben hätte, würde ihr noch immer achtzig schulden. Lediglich mit den Bewohnern der Empire Towers, der staatlich geförderten Seniorenresidenz ein paar Straßen weiter, machte das Callahan's noch ein Geschäft. Am Ersten des Monats, nachdem sie ihren Pensionsscheck erhalten hatten, rannten ihr die alten Knacker die Bude ein. Ein paar Tage lang bestellten sie Old-Fashioneds und Sidecars, aber spätestens am Zehnten war ihr Budget für Drinks erschöpft, und Bea sah sie erst am Ersten des folgenden Monats wieder. Mit Ausnahme von Max Roby. Er wohnte zwar auch im Towers drüben, kreuzte aber trotzdem ständig auf. Wenigstens zettelten die alten Knacker keine Schlägerei an, sagte sie sich. Wiederum mit Ausnahme von Max Roby.

»Um genau zu sein«, sagte Bea, die befürchtete, dass ihre erste Aufforderung allzu eng aufgefasst werden würde, »lass bitte schön alle in Ruhe.«

»Sag ihm, er soll sich zu mir setzen«, erwiderte Max. »Und mir ein bisschen Gesellschaft leisten.«

Bea funkelte ihn an. »Was habe ich *gerade* gesagt?«

»Wer redet denn von Belästigen? Ich mag Horace.«

»Ich auch«, sagte Bea und beobachtete, wie dieser sich über den Zigarettenautomaten in der Diele beugte und hektisch an den Knöpfen herumdrückte. Offenbar war er inzwischen bereit, von seiner Lieblingsmarke abzurücken, Hauptsache, die Maschine spuckte überhaupt eine Packung aus. »Und genau deswegen habe ich dich gebeten, ihn in Ruhe zu lassen. Die Gäste sollen die Möglichkeit haben, das Lokal zu betreten, ohne von dir um Zigaretten und Bier angeschnorrt zu werden.«

Draußen in der Diele war der Automat endlich so gnädig, eine Packung herauszurücken, und Horace bückte sich, um sie aus dem Ausgabefach zu fischen. Als er sich aufrichtete und sich in

Richtung Tresen wandte, erblickte er Max, den einzigen Gast, den Bea wie immer ans hintere Ende platziert hatte, weil er ranzig roch und überhaupt eine Nervensäge war. Dieser Anblick ließ Horace kurz in seiner beherzten Bewegung innehalten, ein kaum merkliches Zögern, als drohte er es sich anders zu überlegen. Zum Beispiel wieder zu gehen. Er wäre nicht der Erste, der angesichts von Max' Anwesenheit auf dem Absatz kehrtgemacht hätte, doch Horace war seit jeher Opfer seiner guten Manieren. Seit dreißig Jahren Reporter für die *Empire Gazette*, war ihm nichts Menschliches fremd. Die meisten Menschen, war er zum Schluss gekommen, waren egoistisch, gierig, prinzipienlos, käuflich und von einer unverbesserlichen Selbstgefälligkeit, doch hatte er auch die Erfahrung gemacht, dass genau dieselben Menschen sehr empfindlich auf Kritik reagierten. Max Roby war darin eine Ausnahme, aber Horace brachte es dennoch nicht über sich, die Gefühle des alten Mannes zu verletzen. Was bedeutete, dass er sich jetzt nicht einfach ans entgegengesetzte Ende des Tresens setzen konnte. Diese Strategie würde ohnehin nicht aufgehen, weil Max ihn so oder so in eine Unterhaltung verwickelte, mit dem Unterschied, dass er auf die Entfernung hin schreien würde.

»Was hat er diesmal ausgespuckt?«, fragte Max mit beiläufiger Neugier, während Horace auf dem zweitnächsten Barhocker Platz nahm. Er ließ vorsorglich einen Stuhl als Puffer zwischen ihnen frei, so zwecklos es auch sein mochte. Horace versuchte sich eine Situation vorzustellen, in der jemand hereinkäme und die Lücke zwischen ihnen füllen würde. Wenn, dann müsste es ein Fremder sein. Ein blinder Fremder. Der noch dazu seinen Geruchssinn eingebüßt hatte.

»Chesterfields«, sagte Horace, der die Packung musterte, ehe er sie neben einen Zwanzig-Dollar-Schein auf den Tresen legte. Bea zapfte ihm ein Bier und schob einen Aschenbecher vor ihn hin; den Geldschein ließ sie vorerst liegen. »Willst du eine, Max?«

»Sicher«, sagte der und beugte sich hinüber, um sich die Packung zu angeln. Dann zupfte er geschickt das schmale Bändchen herunter, schob mit dem Daumen den Klappverschluss nach oben, entfernte die Plastikfolie und nahm zwei Zigaretten heraus.

Horace war nicht entgangen, dass Max gleich zwei genommen hatte, sagte aber nichts, so wie es Max natürlich erwartet hatte. »Lass ruhig auch eins für unseren Freund hier raus«, sagte Horace zu Bea. »Er sieht ziemlich durstig aus.«

Bea hielt nichts von Horace' Großzügigkeit, kam seinem Wunsch aber dennoch nach. »Und, hast du bis jetzt gearbeitet?«, fragte sie.

Horace nickte. Der Abend war zum Heulen gewesen. Als Erstes hatte er zu einer Schulbeiratssitzung in Fairhaven fahren müssen, eine seiner leidigsten Aufgaben; war die Stimmung anfangs noch zivilisiert gewesen, war sie schnell ins Unzivilisierte, dann ins Wütende umgeschlagen und mündete schließlich in offenen Beleidigungen; es hatte wenig gefehlt, und das Ganze wäre in Handgreiflichkeiten ausgeartet. Dann hatte sein Wagen auf dem Nachhauseweg auf einer wenig befahrenen Nebenstraße in der Nähe der alten Müllkippe den Geist aufgegeben. Im Radius von einer Meile gab es nur ein einziges Haus, und Horace war in der Hoffnung, dort das Telefon benutzen und den Abschleppdienst anrufen zu können, die Schotterstraße entlanggegangen, um dann hinter dem dunklen alten Haus Zeuge von etwas zu werden, was ihn bis ins Mark getroffen hatte, etwas, was bei Weitem über das egoistische, gierige, prinzipienlose, korrupte und überhebliche menschliche Verhalten hinausging, das er gewohnt war, und was dafür sorgte, dass er abrupt kehrtmachte und den ganzen Weg zurücklief, als wär er selbst und nicht dieser arme, erbarmungswürdige Junge der Schuldige. Während er die fast fünf Kilometer bis in die Stadt zu Fuß zurücklegte, begleitete ihn die Erinnerung an das, was er gesehen hatte, Schritt für Schritt, sodass er nun froh war über die Gesellschaft zweier Menschen, wenngleich einer der beiden Max Roby war.

»Du solltest dieses Ding da wegmachen lassen«, sagte Max und besah sich die wuchernde Zyste auf Horace' Stirn.

»Was für ein Ding?«, fragte Horace, seine Standardantwort auf derlei Kommentare, die er häufiger zu hören bekam, als man sich vorstellte.

»Wenn ich mit dir rede, hab ich immer Angst, es könnte explodieren«, sagte Max und kippte sein Bier zur Hälfte herunter. Max hatte eigentlich nicht so schnell trinken wollen, aber nachdem er schon eine halbe Ewigkeit auf dem Trockenen gesessen hatte, war er verdammt durstig. Wenn man pleite war, konnte sich ein Bartresen in eine Wüste verwandeln und die Zapfhähne wurden zu einer Fata Morgana. Und wenn sich dann zu guter Letzt eine Oase auftat, konnte man sich noch so fest vornehmen, langsam zu trinken, ein vom Wüstensand ausgetrockneter Körper hatte seine eigenen Bedürfnisse, ein Eigenleben, und Max war froh, dass sein Körper nicht gleich das ganze Glas hatte haben wollen, das Horace ihm spendiert hatte. Nun ging es darum, geduldig zu sein und sich dem Rhythmus dieses Mannes anzupassen, von dem er hoffte, dass er noch eine Weile mit ihm trinken würde. Wenn er versuchte, Horace zu drängen, indem er sein Glas zu schnell leerte, würde sich dieser unter Druck gesetzt fühlen und gehen, und Max würde sich erneut mitten in der Wüste wiederfinden. Horace hatte ein Auto und konnte mir nichts dir nichts aufstehen und zum Lamplighter fahren, einem Lokal, in dem Max nicht willkommen war – selbst wenn er eine Möglichkeit hätte, dort hinzugelangen, was nicht der Fall war, es sei denn, er ginge zu Fuß oder trampte. Ersteres weigerte er sich zu tun, bei Letzterem hatte er nie viel Glück, und das war, mochte man seinem Sohn Miles glauben, seiner äußeren Erscheinung geschuldet.

Diese eingeschränkte Mobilität machte Max allmählich fertig. Vor drei Jahren hatten sie ihm den Führerschein abgenommen, als er den Hund der Tochter des Bürgermeisters überfahren hatte – ein Ereignis, das ihn nur noch in seiner Überzeugung bestärkt hatte, dass das Schicksal eines Menschen von nichts als Glück und Politik bestimmt wurde. In einer Kleinstadt, in der es von räudigen Kötern wimmelte, brauchte es schon sehr viel Unglück, um einen rassenreinen Foxterrier zu überfahren, der noch dazu dem achtjährigen Gör des Bürgermeisters gehörte. Kein anderes Opfer hätte über die politische Macht verfügt, Max den Führerschein entziehen und ihn zur Gefahr für die öffentliche Sicherheit abstempeln zu lassen. Jemand mit mehr Glück hätte einen streunenden Köter überfahren und wäre als öffentlicher Wohltäter gefeiert worden – wahrscheinlich hätten sie ihm einen Job bei der Humane Society gegeben, wo man die eingefangenen Tiere, wenn niemand innerhalb von ein, spätestens zwei Wochen Anspruch auf sie erhob, einschläferte.

Nein, in Sachen Glück kannte sich Max aus. Zum Beispiel wusste er, was immer auf ein Unglück folgte. Noch schlimmeres Unglück. Keinen Monat, nachdem sie ihm den Führerschein abgenommen hatten, verließ er das Callahan's bei Kneipenschluss und fuhr, nachdem er am Steuer kurz eingenickt war, in einen Graben, wobei die Achse brach, sodass ihm nichts anderes übrig blieb, als zum Callahan's zurückzulaufen und den Wagen als gestohlen zu melden. Was ihm genau die Lage eingebrockt hatte, in der er sich jetzt befand – nicht nur ohne Führerschein dazustehen, was schon lästig genug war, sondern auch ohne Wagen, sodass seine Misere komplett war. Ein alter Mann ohne fahrbaren Untersatz war erbärmlich. Die Leute standen einfach wortlos auf und gingen, und man war nicht in der Lage, hinter ihnen herzurennen, und da sie das genau wussten, war es umso wahrscheinlicher, dass sie es taten. Und jetzt war auch noch der Winter im Anmarsch. Es war höchste Zeit, dass er nach Key West runterkam, wo man sich nicht den Arsch abfror und man keinen Wagen brauchte, weil es dort eine Bar neben der anderen gab und sowieso fast jeder zu Fuß ging oder Rad fuhr.

Max seufzte und sinnierte, während er in sein leeres Glas schaute, über die Ungerechtigkeit von all dem nach. »Was würde es einen wohl kosten, wenn man es entfernen lassen würde?«, fragte er sich laut und berührte seine Stirn dort, wo sich seine eigene Zyste, wenn er eine gehabt hätte, befinden würde. Horace saß da und schonte sein Bier, was Max noch reizbarer machte. »Ein paar Hundert Dollar?«

Horace zuckte die Schultern und tauschte einen Blick mit Bea, die kurz davor war, Max rauszuschmeißen, das spürte Max ganz genau. »Schwer zu sagen.«

Max stieß ein unterdrücktes Lachen aus. »Warum? Hast du dich etwa noch nie erkundigt?«

»Nein, noch nie.«

»Ich an deiner Stelle hätte das längst getan«, sagte Max. »Wenn dieses Scheißding mitten auf *meiner* Stirn gewachsen wär, hätte ich mich erkundigt, aber ratzfatz.«

»Weißt du, es könnte die Quelle meiner Intelligenz sein«, erwiderte Horace und zwinkerte Bea zu. »Was, wenn ich es wegschneiden lasse, und es stellt sich heraus, dass all meine Ideen darin entstanden sind?«

»Nun, darüber müsste sich Max keine Sorgen machen«, warf Bea ein, »in seinem Kopf passiert sowieso nicht viel.«

Max reagierte auf diese Beleidigung, wie er auf alle Beleidigungen reagierte, indem er das Glas in die Tresenmitte schob, als Zeichen, dass er es aufgefüllt haben wollte. Seine Erfahrung hatte ihn gelehrt, dass sich die Leute, nachdem sie einen beleidigt hatten, schuldig fühlten. Dann fragten sie sich, ob sie einen womöglich schlechter gemacht hatten, als man war. Und überlegten, wie sie es wiedergutmachen konnten. Dieser Moment dauerte allerdings nie lange, daher musste man ihn sich, ohne zu zögern, zunutze machen. Max hatte Bea den ganzen Abend über reihenweise Gelegenheiten gegeben, ihn zu beleidigen, die sie jedoch bis jetzt ungenutzt hatte verstreichen lassen, und weil sie ihm nichts schuldete, war sein Glas leer geblieben. Jetzt hatte sie indes keine andere Wahl, als es aufzufüllen und ihm das volle Glas zähneknirschend hinzuschieben. Diesmal leerte er es nur zu einem Drittel, sodass er gleichauf mit Horace war, genau da, wo er hingewollt hatte.

»Warst du schon mal in Florida?«, fragte Max.

»Ja, ein Mal«, erwiderte Horace, »als ich noch verheiratet war.«

»Und wetten, bevor dir dieses Ding da auf der Stirn gewachsen ist?« Max rutschte von seinem Barhocker. »Muss mal pinkeln.«

Als die Tür der Herrentoilette hinter ihm ins Schloss gefallen war, seufzte Bea. »Soll ich dafür sorgen, dass er seinen lahmen Hintern hier rausbewegt?« Der einzige Grund, warum sie ihn nicht schon längst ein für alle Mal rausgeschmissen hatte, war, dass sie seinen Sohn Miles so mochte, der der netteste und traurigste Mann in ganz Empire Falls war, ein so guter Kerl, dass nicht einmal die Ehe mit ihrer Tochter Janine ihn hatte verderben können. Was in Janine gefahren war, dass sie Miles gegen diesen aufgeblasenen Gockel Walt Comeau hatte eintauschen können, entzog sich jeder Vorstellungskraft. Zumindest Beas. Es stimmte, Miles war nicht sexy, war es nie gewesen – es sei denn, man fand Freundlichkeit sexy, und das tat Bea. Sicher, es gab Männer, mit denen man gern ins Bett gehen würde, weil sie einen scharfmachten, während man mit anderen, wie Miles, einfach nur etwas Nettes machen wollte, weil sie anständig waren und es verdienten, und man wusste, dass sie es schätzen und es einem nicht verübeln würden, wenn man nicht gerade eine Schönheitskönigin war. Bea hatte einmal versucht, das ihrer Tochter zu erklären, aber es war völlig danebengegangen und Janine hatte sie komplett missverstanden. »Vögeln aus Mitleid nennt man das«, hatte sie gesagt, woraufhin Bea es aufgegeben hatte, mit ihr zu diskutieren, weil sich ihre Tochter neuerdings als Expertin in allen sexuellen Angelegenheiten betrachtete. Bea hingegen war dieses Thema leid, umso mehr, als sie froh war, diesen Teil ihres Lebens endlich hinter sich gebracht zu haben. Sich vom Sex zu verabschieden war, wie aus einem tropischen Fieberdelirium zu erwachen und sich in einer kühlen, kanadischen Brise wiederzufinden. Froh, das Fieber endlich los zu sein.

Miles hingegen gehörte zu der Sorte Männer, die man lieben konnte, ohne völlig seine Selbstachtung zu verlieren, was man von den meisten anderen nicht behaupten konnte, und ganz gewiss nicht von Walt Comeau.

»Ach was, lass ihn doch«, sagte Horace. »Max sagt freiheraus, was ihm gerade so in den Sinn kommt. Die Leute, die genau abwägen, was sie sagen, mit denen habe ich mehr Probleme.«

»Er ist ein Arschloch, da gibt es gar nichts zu beschönigen.«

»Nun, na ja«, räumte Horace ein, als die Tür der Herrentoilette auch schon wieder aufging und Max' Erscheinen ankündigte. Dass ein Mann sich so schnell erleichtern konnte, erschien ihm fast unmöglich, und sowohl Horace als auch Bea sahen ihn neugierig an, während er wieder auf seinen Barhocker kletterte. Und tatsächlich, die Vorderseite seiner Hose zeigte Spuren seiner urinalen Hast.

»Igitt«, sagte Bea und schüttelte angewidert den Kopf. »Was bist du nur für ein widerlicher, vulgärer alter Knacker. Kannst du ihn nicht wenigstens abschütteln, wenn du fertig bist?«

»Warst du schon mal auf den Keys?«, fragte Max Horace, indem er Beas Kommentar überging.

»Nein, noch nie.«

»Wo in Florida warst du denn?«

»In Orlando.«

»Key West würde dir gefallen«, sagte Max. »Hemingway hat 'ne Zeit lang dort gelebt.«

Horace nahm einen kräftigen Zug Bier und beobachtete, wie Max es ihm gleichtat. Den Namen Hemingway aus dem Mund dieses speziellen alten Mannes zu hören, hatte etwas Bemerkenswertes.

»Hemingway.«

»Genau«, sagte Max, froh, den richtigen Köder ausgeworfen zu haben. Horace, das wusste er, schrieb für die Zeitung und fühlte sich womöglich genauso zu einem anderen Schriftsteller hingezogen wie ein normaler Mensch zu Bier und warmem Wetter. »Klasse Typ.«

»Bist du ihm schon mal begegnet?«

»Alles ist nach ihm benannt. Hemingway dies und Papa das. Seine Freunde haben ihn Papa genannt, weißt du.«

»Du hast meine Frage nicht beantwortet: Bist du ihm schon mal begegnet?«

»Wer weiß?«

Horace lachte in sich hinein. »Wie meinst du das?«

»Ich meine, woher zum Teufel soll ich das wissen? Ich habe da unten über die Jahre 'ne Menge Bier getrunken. Er hätte an einem dieser vielen Abende auf dem Barhocker neben mir sitzen können. Aber wie hätte ich das merken sollen?«

»Ich wette, es war mindestens ein Hocker zwischen euch frei«, sagte Bea.

»Wann bist du denn zum ersten Mal dort gewesen?«, fragte Horace.

»Im Winter neunundsechzig.«

»Dann hast du nie neben Hemingway gesessen«, sagte Horace. »Er hat sich nämlich einundsechzig umgebracht.«

Max versuchte sich zu erinnern, ob er je davon gehört hatte. Er war sich ziemlich sicher, von Hemingways Tod gewusst zu haben. Einmal hatte er sich unter eine Touristengruppe geschmuggelt und war so in das Haus des Schriftstellers gelangt – wann war das noch mal gewesen? Vor zwanzig Jahren oder so? –, und er erinnerte sich vage, dass dabei auch von Hemingways Tod die Rede gewesen war. Wie auch immer, der Schriftsteller war jedenfalls nicht zu Hause gewesen. Was Max am meisten beeindruckt hatte an diesem Haus, waren die vielen Katzen gewesen, von denen die meisten eine zusätzliche Zehe an den Vorderpfoten hatten, eine Art Daumen. Er fand einen Daumen an einer Katzenpfote nicht besonders attraktiv, wobei die Pfoten dieser alten Kater aussahen, als könnten sie damit genau wie Menschen ein Glas Bier halten, so wie sie ihre verdammten Daumen einrollen konnten. Dem Fremdenführer zufolge wurden die Katzen des berühmten Schriftstellers sehr verehrt; jedenfalls durften sie sich in diesem Haus nach Lust und Laune bewegen. Und genau das mochte Max an den Keys, dass man dort so gut wie alles tolerierte, einschließlich seiner selbst samt seiner lotterigen Erscheinung, die man, im Norden Hohn und Spott ausgesetzt, dort unten als den natürlichen, ja mehr noch: den unvermeidlichen Zustand eines Mannes ansah. In Key West hielten die Leute Max oft für einen Einheimischen, einen *Conch*, weswegen einfältige Touristen ihn gern auf einen Drink einluden. Hemingway hingegen, der berühmt war, musste seine Drinks wahrscheinlich nie selber bezahlen. Was eine interessante Frage aufwarf.

»Sich umgebracht? Warum hat er das getan?«

»Wahrscheinlich ist er eines Morgens aufgewacht und hat die Vergeblichkeit von allem erkannt«, mutmaßte Horace.

»Vergeblichkeit von was?«

Horace musterte seinen Gesprächspartner. »Nun, es soll Menschen geben, die bezüglich ihres eigenen Lebens zu dieser Schlussfolgerung gelangen. Vor gar nicht mal so langer Zeit hat sich der reichste Mann von ganz Maine just hier in Empire Falls eine Kugel in den Kopf gejagt.«

Er meinte C. B. Whiting. Charles Beaumont. Charlie. »Im März waren es dreiundzwanzig Jahre«, sagte Max und bemerkte, kaum hatte er diese Worte ausgesprochen, wie Bea und Horace ihn anstarrten.

»Woher zum Teufel weißt du das so genau?«, fragte Bea.

Max zuckte die Schultern, als wollte er sagen, dass jeder Mensch wohl wissen dürfe, was ihm beliebe, schließlich lebten sie in einem freien Land. Wie auch immer, nicht die Tatsache selbst, dass sich C. B. Whiting umgebracht hatte, war für Max das Merkwürdige, und er hatte in diesen letzten gut zwanzig Jahren reichlich darüber nachgedacht. Nein, das Merkwürdige war, dass sich Whiting die Mühe gemacht hatte, in das weit entfernte Empire Falls zurückzukommen, wo er sich doch ebenso gut in Mexiko hätte erschießen können, wo er damals lebte. Andererseits, räumte Max in Gedanken ein, während er sein Bier austrank, konnte jemand, der beschlossen hatte, sich in den Kopf zu schießen, wahrscheinlich nicht mehr klar denken.

Nun, da sein Glas erneut leer war, warf Max einen Blick auf Horace' Glas, das noch halb voll war. Max hätte jetzt seines wieder in Beas Richtung schieben können, wusste jedoch, dass das zu nichts Gutem führen würde. Mehr als ein Beleidigungs-Bier pro Abend war bei Bea nicht drin, die einen dann anschließend kostenlos beleidigte. So viel zu Vergeblichkeit.

»Du und ich sollten mal gemeinsam zu den Keys runterfahren«, schlug er Horace vor. »Die Frauen laufen dort halb nackt herum. Und haben nichts dagegen, wenn man sie anschaut. Es gibt dort eine Bar, wo die Mädels ihre BHs und Schlüpfer ausziehen und an die Decke hängen. Das musst du gesehen haben. Ich bin flexibel, du brauchst mir nur zu sagen, wann du fahren willst.«

»Wohl eher nicht«, sagte Horace und schob Bea den Zwanzig-Dollar-Schein hin, womit er Max signalisierte, dass es bei dem einen Bier an diesem Abend bleiben würde. »Ich könnte dort unten depressiv werden. Und mir ebenfalls 'ne Kugel in den Kopf jagen.«

Während Max verfolgte, wie Horace bezahlte, war er zutiefst enttäuscht. Und angefressen. »Aber dann versuch wenigstens, nicht das Ding auf deiner Stirn zu treffen«, riet er ihm. »Stell dir mal die Sauerei vor, die das geben würde.«

Nachdem Horace gegangen war, trank Max den winzigen Rest Bier aus, der sich noch in dessen Glas befand, und brütete, sauer auf sich selbst, weil er so morbide Gedanken zugelassen hatte, darüber nach, wer sich vielleicht von ihm verleiten lassen würde, ihn Richtung Süden zu begleiten. Der ideale Kandidat müsste ein Auto besitzen und dürfte von Max keine nennenswerte Fahrtkostenbeteiligung erwarten. Wenn er erst mal in Florida wäre, würde alles einfacher sein. Hatte er eine Übernachtungsmöglichkeit aufgetan, müsste er nur noch jemanden von den Empire Towers bitten, ihm am Ersten jedes Monats seinen Sozialhilfescheck nachzusenden. Allerdings beunruhigte es Max ein bisschen, wie schnell das Geld einem auf den Keys durch die Finger rann. Die Sonne, mutmaßte Max, ließ einen, weil sie die ganze Zeit schien, schwitzen und machte extrem durstig. Das Bier war in Florida zwar teurer, aber Max mochte die Art, wie sie es servierten, nämlich mit einem frischen Limettenschnitz, den sie direkt in die Öffnung der ebenfalls schwitzenden Flaschen steckten. Wenn man nicht aufpasste, ging der verdammte Sozialhilfescheck bereits zur Monatsmitte hin für Drinks drauf, danach musste man sie sich auf Teufel komm raus ergaunern.

Nach wem Max als Reisebegleiter unbedingt Ausschau halten musste, war einer dieser grundanständigen Typen – jemand mit ein bisschen Kohle, der sich einfach nur amüsieren wollte, aber nicht wusste, wie er es anstellen sollte. Horace, dem Max diese Rolle zunächst zugedacht hatte, war nicht der Richtige – zu diesem Schluss kam er umso mehr, je länger er darüber nachdachte. Abgesehen davon, dass sich Horace nicht für die Idee hatte erwärmen können. Außerdem konnte sich Max nicht vorstellen, wie er diese verdammte Geschwulst auf der Stirn des Mannes hätte erklären sollen, egal, wo er mit ihm aufgekreuzt wäre. Besonders Frauen würden wissen wollen, was es mit diesem lila, von Adern durchzogenen garstigen Ding auf sich hatte, jedenfalls so viel, um sich nicht Sorgen machen zu müssen, dass es womöglich ansteckend war.

Bis vor zehn Jahren hätte Max unter den Leuten wählen können, die sich gern von ihm zu einem Trip nach Florida hätten überreden lassen, aber die vergangenen Jahre hatten ihren Tribut verlangt. Viele von Max' Freunden waren tot, andere waren in Pflegeheimen, und wieder andere waren geistig dermaßen gealtert, dass es Max schlichtweg nicht verstehen konnte; er war vor Kurzem siebzig geworden und fühlte sich wie fünfzehn, so wie sein ganzes Erwachsenenleben schon.

Eine Frau gäbe eine interessante Reisebegleitung ab, und auch in dieser Hinsicht hätte er bis vor zehn Jahren nicht lange suchen müssen. In einer Kleinstadt wie Empire Falls fanden sich immer irgendwelche Ehefrauen, die willig und bereit waren, sich aus dem Staub zu machen, wenn man sie nur richtig anzusprechen verstand, und Max fragte sich, was aus all diesen guten Frauen geworden war. Die meisten der älteren waren inzwischen religiös, und die jüngeren kriegten jemand Besseren als Max Roby ab, und das gaben sie ihm auch klipp und klar zu verstehen, für den Fall, dass er sich irgendwelche Illusionen machte. Aber das war vermutlich gut so. Frauen hatten im Allgemeinen jede Menge Bedürfnisse. Sie hatten das Bedürfnis, in hübschen Hotels zu übernachten und pinkeln gehen zu müssen, wann immer man sich im Bett zu ihnen umdrehte, und sie hatten das Bedürfnis, einen unentwegt auf dem Laufenden zu halten über das, was ihnen gerade so in den Sinn kam. Aber Geldbedürfnisse, die verstanden sie nicht. Dass einem die Kröten zum Beispiel ausgehen konnten. Außerdem konnte man das Ganze auch philosophisch betrachten und sich fragen, warum man überhaupt eine Frau an einen Ort mitnehmen sollte, wo es schon jede Menge von ihnen gab. Eulen nach Athen tragen war das im Grunde. Max mochte die Frauen auf den Keys. Das Leben hatte sie offenbar realistisch werden lassen und nicht zu Träumerinnen. Außerdem verstanden sie instinktiv, warum Männer wie Max zu Männern wie Max hatten werden können, statt es ihnen zum Vorwurf zu machen.

»Aufwachen, Max!«, sagte Bea, die ihn unsanft aus seinen Träumereien riss, und Max fragte sich einen Moment lang, ob sie wohl seinen Gedanken gelauscht hatte. Er war überrascht, als er auf dem Fernseher über dem Tresen sah, dass das Baseballmatch aus und von dem üblichen Gequatsche nach einem Spiel abgelöst worden war. Die Sox hatten schon wieder verloren. »Geh nach Hause«, sagte Bea.

»Wie spät ist es?«, fragte Max und spähte angestrengt zu der Uhr in der Tresenmitte. Wenn er eines hasste, dann war es eine Bar, die früh schloss.

»Ein Uhr«, antwortete Bea. »Du hast etwa eine Stunde lang geschlafen.«

»Ich hab nicht geschlafen, ich habe nachgedacht«, sagte Max.

»Ach ja? Dann bist du der einzige Mann, den ich kenne, der beim Nachdenken schnarcht.« Sie schaltete den Fernseher aus und ließ gerade noch so viel Licht brennen, dass Max den Weg zum Ausgang fände. »Du hast die letzten beiden Bier zu schnell getrunken, alter Mann. Die haben dir den Rest gegeben.«

»Ich habe sie genau richtig getrunken«, sagte er. In Max' Augen gab es nur eine falsche Art, ein Bier zu trinken – es warm werden und einen Rest im Glas zu lassen. Der einzige Ort, wo Max Bier zurückließ, war das Urinal. »Ich muss pinkeln«, sagte er und steuerte die Herrentoilette an.

»Mach das bei dir zu Hause«, erwiderte Bea und scheuchte ihn, hart und unbarmherzig, wie sie war, Richtung Eingangstür. »Du wohnst ja nur eine Straße weiter.«

Das mochte stimmen, aber eine Straße weiter war zu weit. Die Empire Towers lagen ein ziemliches Stück abseits der Straße, Max' Einzimmerapartment befand sich im sechsten Stock, und der Aufzug bewegte sich im Schneckentempo. Er wusste aus Erfahrung, dass er manchmal, wenn er dringend musste, den Schlüssel nicht mehr rechtzeitig ins Schloss brachte, ohne sich einzunässen.

Glücklicherweise war die kleine Durchfahrt neben dem Callahan's verwaist, und Max machte sich für sein Bedürfnis die Ziegelsteinmauer der Kneipe zunutze. Als er fertig war, fühlte er sich energiegeladen und hatte plötzlich keine Lust, schon nach Hause zu gehen. Ein feiner, fast nebliger Dunst hing in der Luft, und Max beschloss, dass es eine gute Nacht war, um einen Spaziergang zu machen, und er ging quer durch Empire Falls, das längst zu schlafen schien, so ruhig war es. Auf dem Weg zum Friedhof begegnete ihm kein einziger Wagen und kein einziger Fußgänger, und als er dort ankam, machte er trotz der Finsternis mühelos das Grab seiner Frau aus. Eine halbe Ewigkeit blieb er reglos davor stehen, sodass – wenn jemand jenseits des schmiedeeisernen Zauns vorbeigekommen wäre – dieser Passant ihn auch für eine Statue hätte halten können. Allmählich ging der Dunst in Regen über, und noch immer harrte der alte Mann ohne Hut vor dem Grabstein mit der Inschrift »Grace Roby« aus, den seine Söhne nach ihrem Tod dort aufgestellt hatten, während Max auf den Florida Keys war und sich mit einer ganz anderen Art Frau tröstete, einer von der Sorte, wie er sie sich von Anfang an hätte suchen sollen. Seltsam, dass er sich in Grace' Gesellschaft nun so zufrieden und friedvoll fühlte, wie er sich zu ihren Lebzeiten nie gefühlt hatte, auch nicht, als sie noch so voller Hoffnungen und Träume war, dass es einem wehtat, sie anzuschauen. Max döste noch ein Weilchen stehend vor sich hin, und als er aufwachte, fühlte er sich erfrischt, obwohl er bis auf die Haut nass war. Außerdem musste er schon wieder pinkeln, was er seiner Frau und den anderen still Schlafenden laut verkündete. Einer davon war Charles Beaumont Whiting, der wie der große Hemingway (wenn man Horace glauben konnte) eines Morgens aufgewacht war und sich der Vergeblichkeit seiner Existenz bewusst geworden sein musste – Max bezweifelte, dass er dieses Gefühl je begreifen würde. Das Leben, das waren alle möglichen Dinge, klar, hin und wieder auch Enttäuschungen, aber trotzdem.

Auf die letzte Ruhestätte von C. B. Whiting hatte dessen Witwe ein Grabmal errichten lassen, um sicherzustellen, dass er blieb, wo er war. Max ging die paar Schritte hinüber und stellte sich davor, zog den Reißverschluss seiner Hose auf und sann darüber nach, dass ein langer, gebogener, die Seele reinigender Urinstrahl etwas war, zu dem viele seiner Altersgenossen nicht mehr fähig waren. Kaum hatten sie die siebzig erreicht, wurden sie quasi zu leckenden, unentwegt tröpfelnden Wasserhähnen. Nicht so Max, dessen Prostata eigentlich der Wissenschaft vermacht gehörte. »Hoffe, du bist schön brav und hast ordentlich Durst«, sagte er zu dem alten Charlie und erleichterte sich.

Erst als er fertig war und aufsah, bemerkte er ganz oben auf dem Grabmal eine steinerne Katze. Komisch, dass er die bei einer seiner früheren zahlreichen Huldigungen an C. B. Whiting noch nie wahrgenommen hatte. Das Tier wirkte so lebendig, dass es Max ein wenig Angst einjagte, die jedoch weitaus größer gewesen wäre, hätte er näher hingesehen und bemerkt, dass sie atmete.

Kapitel 8

Im Sommer, in dem Miles neun wurde, war er Second Baseman bei den Empire Paper Giants. Als einer der jüngeren Spieler des Teams saß er den Großteil der Saison auf der Bank und sah den älteren Jungen zu, die unerschrocken jeden Ground Ball abfingen, egal, wie hart sie getroffen wurden. LaSalle, ihr Trainer, wechselte Miles immer erst in einem der letzten Innings ein, wenn sie das Spiel entweder schon gewonnen oder verloren hatten – und Miles war dankbar dafür, weil er eine Heidenangst hatte, sie könnten seinetwegen verlieren. Wenn er schließlich das Spielfeld betreten hatte und ihn die Jungs der gegnerischen Mannschaft mit seinem viel zu großen Handschuh ängstlich an der Second Base herumstehen sahen, drehten sie sich um und schmetterten mit der Linken einen Ball in seine Richtung, wohl wissend, dass ein Ground Ball auf ihn eine genauso sichere Sache war wie ein Hit.

Doch das änderte sich schlagartig in der letzten Juliwoche, als Miles einen wundersamen Catch machte. In Wirklichkeit träumte er auf seiner Position vor sich hin, als er das Krachen eines Schlägers hörte und der Ball so schnell auf ihn zugeflogen kam, dass er gar keine Zeit zum Ausweichen hatte, wie es sonst seine Gewohnheit war. Der Ball traf so hart auf seinen geöffneten Handschuh, dass er sich im Webbing verfing und Miles herumwirbelte und schließlich auf dem Hosenboden landete. Dennoch blieb der Handschuh auf seiner Hand stecken und der Ball im Handschuh. »Schaut, was Miles gefunden hat«, sagte Trainer LaSalle, während er angetrabt kam, allerdings keineswegs in gehässigem Tonfall, sondern vielmehr freudig-scherzend, und Miles' Kameraden, die ihm beherzt auf den Rücken klopften und ihm gratulierten, machten Miles Mut. Obwohl es bis zu diesem Zeitpunkt eine einzige Quelle der Demütigung für ihn gewesen war, liebte er Baseball, und noch mehr liebte er die Vorstellung, er wäre für die Mannschaft ein Aktivposten statt einer Belastung. Nachdem er per Zufall einen Ball gefangen hatte, sah er keinen Grund, warum er nicht damit beginnen sollte, andere absichtlich zu fangen.

Als seine Mutter verkündete, sie würden für eine Woche in den Urlaub fahren, erklärte sich Miles nur unter der Bedingung dazu bereit, seinen Handschuh mitnehmen zu dürfen. Grace versicherte ihm, dass es auf Martha's Vineyard keinen Ort gebe, wo er üben könne, aber er war dennoch fest entschlossen, jeden Tag zu trainieren, und sei es nur, indem er sich selbst am Strand Pop Flies zuspielte. Im Übrigen hatte seine Mutter ja eingeräumt, dass sie selbst auch noch nie auf der Insel gewesen war, sodass Miles die Hoffnung auf einen geeigneten Platz nicht aufgab. Wenn es stimmte, was sie behauptete, dass die Insel vor lauter reichen Leuten wimmelte, dachte er, so müsste es doch eigentlich an jeder Ecke ein Baseballfeld geben, jedenfalls mehr als genügend für alle, die gern spielen wollten. Wahrscheinlich gab es sogar Vereine für Jungs wie ihn, die gegen ihren Willen und zum unpassendsten Zeitpunkt in hastig beschlossene Ferien mitgezerrt worden waren.

Seine Mutter sollte indes recht behalten, wie Miles bereits auf dem Deck des Fährschiffs erkannte, während sie in Vineyard Haven einliefen. Und ihm wurde klar, dass seine Mutter genauso wenig gewusst hatte, was sie erwartete, wie er, denn als sie anlegten und Grace einen näheren Blick auf die unzähligen gut gekleideten Menschen werfen konnte, die mit ihren teuren Autos gekommen waren, um dem Eintreffen der Fähre beizuwohnen, sah Miles, wie sie sich verstohlen die Hand vor den Mund schlug, so wie sie es immer tat, wenn sie Angst hatte oder sich eines Irrtums bewusst wurde. In der Tat erweckte sie den Eindruck, als erwöge sie, an Deck des Fährschiffs zu bleiben und postwendend nach Hause zurückzukehren. Miles war es, der schließlich den Mann unten auf dem

Kai ausmachte, der entweder ihnen oder jemandem in ihrer unmittelbaren Nähe zuwinkte. Miles hatte ihn noch nie gesehen, aber als er auf ihn deutete, winkte seine Mutter ihm ebenfalls zu. »Wie haben Sie uns erkannt?«, fragte sie den Mann, der sich als Mr Miller vorstellte, als er sie am Fuß der Rampe begrüßte.

»Nun, Ihr Junge hat mir den entscheidenden Hinweis gegeben«, sagte Mr Miller und lächelte ihn an. »Baseballspieler, was?«

Miles staunte nicht schlecht angesichts der an Hellseherei grenzenden Intuition des Mannes – bis ihm einfiel, dass er ja seinen Baseballhandschuh trug, dessen Leder von der weichen Seeluft und der salzigen Gischt bereits weicher geworden zu sein schien. Zum ersten Mal, seit sein Vater ihn ihm geschenkt hatte, konnte er ihn mit einer Hand schließen.

»Wir sind Ihnen sehr dankbar, dass Sie eine Ausnahme machen«, sagte seine Mutter zu Mr Miller, der ihre Koffer aus der langen Reihe von Gepäckstücken herauspickte, die von der Fähre geladen wurden. Ohne sich zu erkundigen, schien er zu wissen, welche ihre waren, und Miles fragte sich, ob es daran lag, dass ihre schäbiger waren als die anderen. »Ich weiß, dass Sie normalerweise keine Familien mit Kindern aufnehmen.«

»Nun«, sagte Mr Miller, während er das Gepäck in den Kofferraum des Kombis lud, dessen Motor er laufen gelassen hatte, »Sie haben offensichtlich einen Freund an hoher Stelle.« Dann fügte er schnell hinzu: »Im Übrigen ist unser Kumpel hier sowieso fast erwachsen, stimmt's?«

Wie sich herausstellte, befand sich ihr Quartier auf der anderen Seite der Insel, in der Nähe eines Fischerdorfs, und als Mr Miller den Kombi in die lange, schmale Auffahrt lenkte, die zum Summer House führte, das auf einer Klippe über dem Meer thronte, nahm Miles erneut die Angst in den Augen seiner Mutter wahr, wie schon zuvor auf dem Schiff, und er fragte sich, ob sie Mr Miller anweisen würde, sie wieder zum Kai zurückzufahren.

Abgesehen von dem Haupthaus verfügte die Hotelanlage über ungefähr ein Dutzend Cottages, die, wie Mr Miller ihnen erzählte, hin und wieder von Künstlern oder Filmstars gemietet wurden. Das, in dem Miles und seine Mutter wohnen würden, befand sich ein wenig abseits. Ein Rankgitter mit Rosen schmückte eine Hauswand. Miles gefiel es von allen Cottages am besten, weil es am nächsten an dem Weg gelegen war, der die Klippe hinab- und durch die Dünen zum Strand führte. Sie wurden gewarnt, den Pfad wegen des Giftefeus nicht zu verlassen.

Grace wiederum gefiel an dem Cottage am besten, dass sie in den frühen Morgenstunden, wenn der Wind drehte, beim Aufwachen die Meeresbrandung hörten. Miles wusste, wie weit entfernt das Wasser war, aber die Wellen krachten mit einer solchen Wucht gegen die Felsen, dass er jeden Morgen zum vorderen Fenster lief, um sich davon zu überzeugen, dass sich die Klippe über Nacht nicht geneigt hatte. Halb rechnete er jedes Mal damit, dass die Wellen bis zu den Verandastufen hinaufschäumen würden.

Um das Restaurant des Hotels machten sie einen Bogen, weil Grace beim Einchecken einen Blick in den Gastraum erhascht hatte, der genügte, um sich davon zu überzeugen, dass es zu teuer für sie war und sie vermutlich nichts Passendes zum Anziehen hatte. Die Kochnische in dem Cottage verfügte über einen kleinen Kühlschrank, und Grace kaufte im Dorf eine Packung Haferflocken und Milch für ihr Frühstück. Um zehn Uhr morgens erschien jemand vom Hotel mit einem Korb voller Sandwiches, Obst und Getränke als Strandproviant. Und nur dort, zwischen den Dünen, schien seine Mutter richtig zu entspannen und den Urlaub in vollen Zügen zu genießen.

Mit ihren dreißig Jahren war Grace eine attraktive Frau, und obwohl sie ihren neunjährigen Sohn dabeihatte, erntete sie von etlichen männlichen Feriengästen bewundernde Blicke, die auch deren Frauen nicht entgingen. Einer trat sogar vor sie hin und stellte sich ihnen vor, fragte, warum man sie nie beim Abendessen im Restaurant sehe, und lud Grace sogar zu einem Cocktail am späten Nachmittag ein, falls sich ihr junger Begleiter für eine Weile die Zeit alleine vertreiben könne. Grace stützte das Kinn auf die Fingerknöchel ihrer linken Hand und tat, als ließe sie sich die Einladung durch den Kopf gehen, während ihr Ehering in der Sonne funkelte, bis der Mann schließlich mit einem Schulterzucken sagte: »Nun, man kann es uns Männern nicht verübeln, dass wir es versuchen.« Sie behielt ihre Meinung, ob man das konnte oder nicht, für sich.

Am Abend, ihre Haut noch warm von der Sonne, die sie tagsüber getankt hatten, duschten sie im Cottage und wuschen sich Sand und Salz herunter, zogen Shorts und Shirts und Sandalen an und schlenderten die unbefestigte Straße hinunter ins Dorf, um im preiswertesten Restaurant des Ortes zu Abend zu essen, einem Lokal namens Thirsty Whale, das auf Takeaways spezialisiert war, wo man aber sein Essen auch auf einer kleinen, mit Strandschirmen geschützten Veranda einnehmen konnte. Die Kellnerin, eine College-Studentin, schloss Miles in ihr Herz und zeigte ihm, wie man Steamer Clams aß, die in einem Drahtkorb, mit zwei Schüsseln und einer Flüssigkeit serviert wurden. In der ersten befand sich die heiße Brühe, über der die Muscheln gedämpft worden waren, und die Kellnerin erklärte, dass diese nur dazu da sei, den restlichen Sand herauszuspülen. Die zweite Schüssel enthielt geschmolzene Butter. Als Beilage zu den Muscheln gab es eine große Schüssel Oyster Crackers. Die Muscheln waren zwar teuer, aber Grace meinte, das gehe in Ordnung, sodass Miles sie jeden Abend bestellte und sich gierig durch den großen Drahtkorb arbeitete.

Wenn sie sich an einem Tisch niederließen, war die frühabendliche Sonne meist noch recht intensiv, aber bis sie fertig gegessen hatten, setzte eine kühle Brise ein, die den Sonnenschirm flattern ließ. Dann wurde Miles, der Bauch mit köstlichen Steamer Clams gefüllt, von einer angenehmen Schläfrigkeit übermannt, und der Rückweg zum Summer House kam ihm unglaublich lang vor. Die wenigen Geschäfte im Ort hatten bis spätabends geöffnet, und eines Tages blieb Grace vor einem Schaufenster stehen und betrachtete ein Sommerkleid. Während sie dasselbe Modell in ihrer Größe anprobierte und dann beschloss, es zu kaufen, schlief Miles in dem Sessel neben der Tür ein. Auf ihrem Rückweg zum Cottage in der pechschwarzen Nacht stellte Miles seiner Mutter eine Frage, die ihm womöglich während seines Nickerchens aus den Tiefen seines Unterbewusstseins eingegeben worden war. »Mom«, sagte er, »warten wir eigentlich auf jemanden?«

Er spürte, wie seine Mutter stehen blieb und ihn in der Dunkelheit ansah. »Wie kommst du darauf?«

Wahrscheinlich weil sonst niemand infrage kam, dachte Miles, dass die fragliche Person sein Vater sei, obgleich seine Mutter und Max in der Woche, bevor sie verkündete, sie würde nach Martha's Vineyard fahren, einen heftigen Streit gehabt hatten. Miles hatte seinen Vater bis zu ihrer Abreise von Empire Falls nicht mehr zu Gesicht bekommen, aber das war nicht weiter ungewöhnlich. Max verschwand oft nach solchen Auseinandersetzungen ohne ein Wort, wahrscheinlich dachte er, seine Abwesenheit würde Grace eine Lehre sein. Manchmal, allerdings eher im Winter als im Sommer, fuhr er für mehrere Monate auf die Keys unten im Süden, wo es wärmer war und er Arbeit als Fassadenmaler fand oder auf einem der Schoner anheuern konnte, die für Touristen Segelausflüge bei Sonnenuntergang anboten. Weder schickte er Geld nach Hause, noch hatte er das Gefühl, Frau und Kind im Stich zu lassen. Im Gegenteil war Max der Auffassung, dass Grace auf diese Weise ein Maul weniger zu stopfen hatte und, noch wichtiger, nicht auch noch aufgelaufene Kneipenrechnungen von ihrem Gehalt aus der Empire Shirt Factory abknapsen musste. Also von wegen Frau und Kind im Stich lassen, erwiderte er voller Überzeugung, wann immer sie ihm vorhielt, dass er sie ausnutze, im Gegenteil, sie solle es als finanziellen Glücksfall betrachten, wenn er nicht da sei.

Und im Sommer verschwand Max sowieso. Die besten Aussichten auf Jobs hatten Anstreicher an der Küste in Orten wie Camden und Blue Hill und Castine, wo reiche Leute aus Massachusetts Sommerhäuser und genügend Geld besaßen, um den Fassadenanstrich beim ersten Anzeichen von abblätternder Farbe erneuern zu lassen. Noch besser, diese Menschen, die in der Regel ortsfremd waren, wussten meist nichts von

Max' Abneigung gegen das Abkratzen alter, loser Farbreste – oder besser gesagt gegen alle aufwendigeren Aspekte jeglicher Art von Arbeit. Auch bemerkten sie mit hoher Wahrscheinlichkeit erst, wenn er längst über alle Berge war, dass er die Fensterrahmen bei geschlossenem Fenster gestrichen hatte. Bis jemand in Boothbay das Resultat seiner lausigen Arbeit entdeckte, hatte er schon auf dieselbe Art die Fenster von jemand anderem in Bar Harbor gestrichen. An der Küste von Maine einen unzuverlässigen Maler zu feuern, barg ein hohes Risiko für einen Malerbetrieb, denn die Wahrscheinlichkeit, ihn durch einen noch schlampigeren zu ersetzen, war ziemlich groß. Im Juli und August waren die armen Bewohner von Maine entschieden besser dran als die Reichen, weswegen Max Roby diese beiden Monate ganz besonders mochte.

Da Max also am Tag nach dem letzten großen Streit mit seiner Frau verschwunden war, nahm Miles an, dass er per Anhalter gen Süden gefahren sei. Er würde ein bisschen Geld verdienen, dafür sorgen, dass er zu gegebener Zeit gefeuert wurde, und dann für die letzten Urlaubstage hier auf der Insel zu ihnen stoßen. Sie hatten noch nie ohne Max Urlaub gemacht, deswegen rechnete Miles damit, dass sein Vater auch diesmal auftauchen würde. Seine Mutter ging zweimal zum Haupthaus hinauf, bestimmt um zu telefonieren. Beide Male kam sie geknickt zurück, woraus Miles schloss, sein Vater habe entweder zu viel zu tun oder sei noch immer sauer. Miles war hingegen erleichtert. Seine Mutter hatte instinktiv begriffen, dass sie nicht richtig in die vornehme Umgebung passten, sein Vater wähnte sich jedoch überall willkommen, auch wenn ihm offene Ablehnung entgegenschlug. Wenn Max doch noch käme, würde er seine Zelte am hinteren Ende des Tresens aufschlagen und sich über die männlichen Gäste in ihren goldgeknöpften blauen Blazern und ihre korpulenten, nach Flieder duftenden Gattinnen lustig machen, bis man ihn schließlich hinauswürfe. Und es wäre ihm durchaus zuzutrauen, dass er auf dem Weg hinaus die Hose herunterließe und dem ganzen Saal seinen Hintern zeigte.

An einem Spätnachmittag, zwei Tage bevor Miles und seine Mutter abreisen sollten, warf sich Miles immer wieder großspurig in die Brandung und ignorierte die Bitten seiner Mutter, endlich herauszukommen, damit sie sich fürs Abendessen zurechtmachen konnten, als er plötzlich bemerkte, dass sie ihm gar keine Beachtung mehr schenkte, auch nicht, als er nach ihr rief. In diesen letzten Tagen hatte er ihren erschrockenen Gesichtsausdruck genossen, wenn eine besonders mächtige Welle ihn erfasste und ihn mit voller Wucht an den Strand spülte. Seit ihrer Ankunft auf der Insel war sie in der Tat ein dankbares Publikum für seine tollkühnen Späße gewesen, aber jetzt stand sie mit dem Rücken zu ihm und beschattete mit der Hand die Augen, und als er ihrem Blick folgte, entdeckte er eine einzelne Gestalt oben auf der Klippe, die von hinten von der spätnachmittäglichen Sonne angestrahlt wurde und zum Strand hinunterblickte. Fast alle hatten mittlerweile ihre Sachen zusammengepackt und gingen den gewundenen Sandweg hinauf, und als der Mann auf der Klippe zu winken schien und Miles sich umblickte, konnte er niemanden entdecken, der gemeint sein könnte. Gerade als er wieder seine Mutter ansah, ließ sie die Hand sinken, mit der sie die Augen abgeschirmt hatte. Hatte sie dem Mann zurückgewinkt? Wohl kaum, beschloss er, als sie sich wieder zu ihm umdrehte und ihm erneut zurief, er solle endlich herauskommen.

»Wer war das?«, fragte er, während seine Mutter ihn mit dem Handtuch abrubbelte.

»Wer war was?«

Zurück im Cottage, bestand sie darauf, dass er duschte, bevor sie zum Abendessen gingen, und als er in Shorts und einem T-Shirt aus seinem Zimmer kam, sagte sie ihm, er solle ein hübsches Hemd und eine lange Hose und statt der Turnschuhe richtige Schuhe anziehen. An diesem Abend würden sie im großen Speisesaal des Summer House essen. Sie selbst würde das neue weiße Kleid tragen, das sie im Dorf gekauft habe.

Auf der Speisekarte des Surf Club suchte Miles vergeblich nach Steamer Clams. Überhaupt entdeckte er kein einziges Gericht, das er kannte, ganz zu schweigen von der fremden Sprache, in der einige der Gerichte geschrieben waren – Französisch, wie seine Mutter ihm erklärte. All das verhieß für Miles nichts Gutes. Er konnte keinen Vorteil darin erkennen, lange Hosen und ein steifes Hemd und Schuhe zu tragen, um in einem geschlossenen Raum an einem weiß gedeckten Tisch zu speisen, wenn sie doch in bequemen Sachen vor dem Thirsty Whale unter einem der bunten Schirme Steamer Clams, auf Englisch geschrieben, hätten essen können. Vor allem die lange Hose ärgerte ihn, weil es ihn an Waden und Schenkeln juckte. Am Vortag hatte er auf dem Weg vom Strand herauf einen Pop Fly geschlagen und sich, um ihn zu erwischen, ins Dickicht geworfen; doch die rauen, geröteten Stellen auf seiner Haut hatte er erst vorhin unter der Dusche entdeckt. Anschließend hatte er sie so fest mit einem der weißen Handtücher, die jeden Tag frisch ins Cottage geliefert wurden, gerubbelt, bis das Wonnegefühl in ein schmerzendes Brennen überging. Und jetzt juckten diese Stellen erneut, aber er kam nicht an sie heran. Schlimmer noch, seine Mutter hatte ihm eine lange Liste von Verhaltensregeln mit auf den Weg gegeben und ihn ermahnt, dass außer ihm nur Erwachsene an diesem Dinner teilnähmen. Es würde nicht besonders lange dauern, versicherte sie ihm, was wiederum eine gute Nachricht war. Er solle also bitte schön nicht herumzappeln oder sich kratzen. Nicht einmal seinen Baseballhandschuh hatte er mitnehmen dürfen.

Miles musste zugeben, dass seine Mutter noch nie schöner ausgesehen hatte als an diesem Abend. Ihre Haut war nach einer Woche am Strand von der Sonne gebräunt, aber sie hatte aufgepasst, dass sie sich keinen Sonnenbrand holte, und ihr weißes Kleid bildete einen hübschen Kontrast zu ihrem Teint. Da sie Parfüm aufgelegt hatte, fragte er sich, ob sein Vater doch noch zu ihnen stoßen würde, auch wenn das keinen Sinn ergäbe, da sie ja nur noch einen Tag lang auf der Insel bleiben würden.

Der Speisesaal war fast bis auf den letzten Platz belegt, und dennoch war es merkwürdig still. Miles konnte sich nicht erinnern, jemals so viele Menschen in einem Raum erlebt zu haben, die so wenige Geräusche machten. Von irgendwoher kam Klaviermusik, so leise, dass man sie kaum wahrnahm, in die sich das gedämpfte Klirren von Besteck mischte. Als Miles zu seiner Mutter sagte, er habe keine Steamer Clams auf der Karte gefunden, beugte sich Grace vor und ermahnte ihn flüsternd, er möge bitte leise reden. Am Nachbartisch saß ein Mann mit weißem Haar und traurigen Augen und studierte, immer wieder an seinem Cocktail nippend, die Karte. Wie gut die Hälfte der anwesenden Männer trug auch er einen marineblauen Blazer mit Goldknöpfen, und er hatte Miles und seiner Mutter zugelächelt, als sie an ihrem Tisch Platz genommen hatten. Genau genommen hatte sich jeder einzelne Mann im Raum nach Grace umgedreht, wobei die meisten gleich so taten, als hätte etwas anderes ihre Aufmerksamkeit erregt. Als der weißhaarige Mann Miles' Bemerkung über die fehlenden Muscheln auf der Karte mitbekam, ließ er seine Karte sinken und beugte sich zu ihnen hinüber. »Bitte verzeihen Sie, wenn ich mich einmische«, sagte er, »aber Ihr reizender Begleiter würde bestimmt die Clams Casino mögen. Sie sind hier ausgezeichnet.«

Miles musterte den Mann, während er sprach, und versuchte, sein Alter zu schätzen. Wegen seines feinen weißen Haars hatte Miles zunächst gedacht, er müsse recht alt sein, aber sein Gesicht war nahezu faltenlos, und je länger Miles ihn ansah, desto jünger erschien er ihm. Natürlich war er älter als Grace, aber Miles konnte schwer sagen, um wie viel älter. Die Tatsache, dass seine Mutter sein Lächeln erwiderte, ließ außerdem vermuten, dass er nicht irgendein älterer Herr war. »Was meinst du, Miles?«, fragte sie. »Vertraust du diesem Herrn?«

Miles wägte seine Antwort sorgfältig ab. Sie hätte eigentlich einfach sein sollen, aber irgendwie war sie es doch nicht, und bevor er sich entschied, winkte der Mann einen vorbeieilenden Kellner heran und bestellte ein halbes Dutzend Clams Casino, um Grace sogleich zu beschwichtigen: »Keine Sorge. Wenn sie ihm nicht schmecken, nehme ich sie.«

Zu Miles' Überraschung begann seine Mutter ein Gespräch mit dem Fremden; sie erklärte ihm, dass Muscheln jedweder Art eine neue Erfahrung für ihren Sohn seien und dass er, seit er sie entdeckt habe, nichts anderes mehr essen wolle.

Der Mann lächelte. »Hört sich an, als würde er eines Tages Geschmack an den guten Dingen des Lebens finden.«

»Wir sind hier übrigens im Urlaub«, sagte Grace, ehe sie sich und Miles vorstellte, um dann zögernd hinzuzufügen: »Darf ich mir die Frage erlauben, ob Sie allein speisen?«

»Leider ja.«

»Wollen Sie sich vielleicht zu uns setzen?«

»Oh, es wäre mir ein Vergnügen«, sagte der Mann, »wobei mir scheint, dass mein Tisch größer ist. Wie wäre es, wenn Sie und Mr Miles an meinem Platz nähmen?«

Kaum war dieser Vorschlag ausgesprochen, erschienen auch schon zwei Kellner, um den Plan in die Tat umzusetzen. Zunächst war Miles nicht begeistert von dieser Idee, bis sich der Mann nach seinem Lieblingssport erkundigte. Vom ersten Tag an war sich Miles sehr wohl bewusst, dass es etliche Männer gab, die gern mit seiner Mutter in Kontakt getreten wären, sich jedoch durch seine Anwesenheit hatten entmutigen lassen. Dieser Mann hingegen schien anders zu sein, daher sagte Miles, ohne zu zögern, sein Lieblingssport sei Baseball, um dann, ohne einer weiteren Ermunterung zu bedürfen, von seinem famosen Catch in der Woche zuvor zu sprechen. Als er geendet hatte, erzählte er alles gleich noch einmal, für den Fall, dass dem Mann irgendeine Einzelheit entgangen war. Er fand, dass er mit seiner Geschichte für eine recht nette Unterhaltung während ihrer Vorspeise sorgte. Wie von dem Mann vorausgesagt, mochte Miles diese neue Sorte von Muscheln sehr, wenngleich er enttäuscht war, dass er nicht einen ganzen Korb voll bekommen hatte, so wie im Thirsty Whale.

Der Name des Mannes war Charlie Mayne, und er buchstabierte den Nachnamen, um klarzustellen, dass er anders geschrieben wurde als der

Bundesstaat, aus dem Miles und seine Mutter kamen. Aus irgendeinem Grund stutzte Grace, als er diesen Namen nannte, doch Miles fand, dass er gut zu ihm passte. Während Miles seine Muscheln verschlang, beobachtete er, wie der Mann gekonnt mit einer kleinen Gabel irgendwelche Dinger, die aussahen wie große Radiergummis, aus kunstvoll geschwungenen Gehäusen herausfischte, die Miles an etwas erinnerten, was ihm jedoch nicht einfiel. Während der vergangenen Woche hatte er Stunden damit zugebracht, den Strand nach Muscheln abzukämmen, aber keine gefunden, die wie diese aussahen.

»Möchtest du eine probieren?«, fragte der Mann, als er Miles' neugierigen Blick bemerkte.

Die Radiergummis sahen nicht besonders appetitlich aus, aber im Grunde auch nicht ekliger als die Clams mit ihren kleinen schwarzen penisartigen Ausstülpungen, also probierte Miles einen. Wie sich herausstellte, schmeckte das Ding ziemlich genau so, wie er es erwartet hatte – weich und ein bisschen zäh, aber teuflisch gut –, und als er ein weiteres angeboten bekam, nahm er es, ohne zu zögern, an, auch wenn Grace protestierte, eine sei mehr als genug. »Nein, wirklich nicht«, sagte Charlie Mayne. »Mir macht es genauso viel Spaß wie ihm. Sollen wir ihm verraten, was er da isst?«

Er sah Miles' Mutter schmunzelnd an, und Miles bemerkte, dass seine Augen noch immer traurig blickten, auch wenn er lächelte, und als seine Mutter sein trauriges Lächeln mit ihrem eigenen traurigen Lächeln erwiderte, stellte Miles fest, dass die beiden auf eine ganz merkwürdige Weise ein gutes Paar abgaben, anders als Grace und sein Vater.

»Manche Geheimnisse behält man besser für sich, Mr Mayne«, sagte seine Mutter. »Zumindest für eine Weile.«

Doch Miles, der instinktiv gespürt hatte, dass Charlie Mayne einem Kreuzverhör nicht lange standhalten würde, bettelte, er solle ihm doch verraten, was diese komischen Radiergummis seien, bis Charlie schließlich nachgab und ihm sagte, das, was er da gegessen habe, seien Schnecken. Diese Enthüllung fand Miles so enttäuschend, dass er vermutete, man habe ihm eine Lüge aufgetischt, und mehr noch, dass seine Mutter bei dem Spiel mitmache. Natürlich würden sie sich nur einen Spaß machen wollen, aber dennoch beunruhigte ihn die Vorstellung, seine Mutter habe sich mit Charlie Mayne zusammengetan, um ihn auf den Arm zu nehmen. Es war jedoch keine Lüge, wie sich schließlich herausstellte; als der Kellner ihnen erneut die Speisekarten reichte, um eine Hauptspeise zu wählen, entdeckte Miles das fragliche Gericht unter den Vorspeisen: Escargot à la maison, mit Knoblauchbutter und im Gehäuse serviert. Und plötzlich kam ihm in den Sinn, dass Charlie Mayne recht gehabt hatte, als er in Miles gleich zu Beginn einen Jungen erkannt hatte, der Geschmack an den feinen Dinge des Lebens finden werde.

Als sie ihr Abendessen beendet hatten, nahm Charlie Mayne die Rechnung diskret an sich, ohne dass Geld von Hand zu Hand wanderte. Dann erkundigte er sich, ob sie auch den Rest der Insel schon erkundet hätten. Grace erklärte, sie hätten das Gelände von Summer House abgesehen von ihren Spaziergängen ins Dorf nicht verlassen, und Charlie (wie Miles ihn in Gedanken inzwischen nannte) warf einen Blick auf seine Uhr und verkündete, wenn sie sich beeilten, sei es noch nicht zu spät. Als sie fragten, was er damit meine, lächelte er einfach nur und sagte, das würden sie dann schon sehen.

Und sie beeilten sich. Oder besser gesagt: Charlie beeilte sich. Er fuhr einen kleinen, leuchtend gelben Sportwagen, der gerade genug Platz für sich selbst und Miles' Mutter auf den beiden Vordersitzen bot, während sich Miles in den schmalen Spalt hinter ihnen quetschen musste. Sie flogen nur so über die Insel, und Charlie nahm mit atemberaubender Geschwindigkeit die Kurven. Bei offenem Verdeck wehte sein recht langes Haar wie eine wilde weiße Mähne im Wind. Er hatte Grace einen Segeltuchhut gegeben, den sie die ganze Zeit mit einer Hand festhalten musste, damit er nicht davonflog. Miles rechnete damit, dass sie Charlie gleich bitten würde, langsamer zu fahren. Wann immer Max zu schnell fuhr, bekam sie Angstzustände, aber aus unerfindlichen Gründen sagte sie jetzt nichts. Jedenfalls vermutete Miles es. Der Wind toste so laut, dass er nicht hörte, was vorn gesprochen wurde. Es fühlte sich an, als würden seine Augenwinkel durch die hohe Geschwindigkeit nach hinten gezogen werden, und er fragte sich, ob er, wenn sie endlich an ihrem geheimnisvollen Ziel ankamen, irgendwie chinesisch aussehen würde.

Irgendwann endete die Asphaltstraße, und Charlie Mayne steuerte den kleinen Wagen auf einen unbefestigten Weg, der ein paar Hundert Meter weiter in einer sandigen Parzelle mündete, wo er ihn vor einem Zaun aus rohen Baumstämmen parkte, hinter dem ein abschüssiger Strand begann. Die Sonne, unglaublich groß und orangefarben, befand sich nur wenige Zentimeter über dem ruhig daliegenden Vineyard Sound, und als der Motor erstarb, hörte Miles seine Mutter sagen: »Oh, Charlie, schau mal dort!« Und als Miles fragte, weswegen sie eigentlich so schnell hierhergebraust seien, lachten sowohl sie als auch Charlie, sodass er sich wie ein Trottel vorkam, wenngleich er bemerkte, dass er nicht der Einzige war, der nicht seine volle Aufmerksamkeit auf den Sonnenuntergang richtete. Ein halbes Dutzend weiterer Wagen parkte auf dem sandigen Platz, und Miles konnte sehen, wie sich in dem, der am nächsten stand, ein Paar küsste. Als er seine Mutter fragte, ob er zum Strand hinuntergehen dürfe, sagte sie zu seiner Überraschung Ja, unter der Bedingung, dass er Schuhe und Socken auszog und die Hosenbeine hochrollte und verspreche, sich nicht zu weit ins Wasser zu begeben. »Und nicht länger als zehn Minuten«, fügte sie warnend hinzu. »Es wird nämlich schnell dunkel.«

Und das stimmte auch, und Miles war froh darüber. Denn die rauen, geröteten Hautstellen, an denen er sich in der Dusche so heftig gekratzt hatte, brannten und pulsierten jetzt, und er hatte so eingequetscht auf der Rückbank gesessen, dass er nicht an sie herangekommen war. Sobald er außer Sichtweite seiner Mutter wäre, würde er sich wieder ganz fest kratzen, nahm er sich vor. Daher war er, nachdem er die Dünen hochgeklettert war, zugleich überrascht und enttäuscht, als er sah, dass der Strand zu seinen Füßen keineswegs verwaist war, wie er es erwartet hatte. So weit das Auge reichte, reihten sich in gleichmäßigen Abständen

Angler aneinander und warfen ihre Leinen in die sanften Wellen aus, nur um sie hastig wieder einzuziehen und erneut auszuwerfen. Miles sah ihnen ein paar Minuten lang zu und versuchte schlau aus ihrem Tun zu werden. Max hatte ihn einmal zum Angeln auf dem See mitgenommen, aber dort ließ man einfach nur die Angelschnur neben dem Boot ins Wasser gleiten und wartete, bis irgendwas daran zerrte. Diese Männer hingegen schienen sich fast im Wettkampf miteinander zu befinden, als ginge es darum, wer die Schnur am weitesten auswerfen könne, und da sie mit keinem Wurf zufrieden schienen, zogen sie sie immer wieder ein und warfen sie erneut aus. Der Mann, der am nächsten bei Miles stand, stieß einen Warnruf aus, und eine Sekunde später wurde Miles klar, warum: Der Mann schwenkte seine lange Angel zuerst in hohem Bogen zurück und dann wieder vor, wobei etwas Silbriges zischend durch die Luft und weit in die Wellen hinausflog.

In sicherer Distanz zu den Werfern stapfte Miles am Strand entlang, bis er eine zwischen Dünen und hohem Strandgras gelegene uneinsehbare kleine Senke fand. Dort zog er die Hose bis zu den Knöcheln hinunter und kratzte sich ausgiebig. Es war zu dunkel, um Einzelheiten erkennen zu können, aber die rauen, geröteten Stellen schienen, seit er geduscht hatte, doppelt so groß geworden zu sein. Das Gefühl, das er spürte, als er die Fingernägel tief in die Haut grub und sich kratzte, lag irgendwo zwischen Wonne und Schmerz, und er hätte sich vermutlich blutig gekratzt, hätte er nicht in der Nähe ein Geräusch gehört und gleich darauf gedämpfte Stimmen. Schnell zog er die Hose hoch und rannte weg.

Wieder am Strand, hörte er ein anderes Geräusch, das sich wie ein Flattern ausnahm, und als er zu Boden sah, wand sich ein großer silbriger Fisch mit blutigen Kiemen im Sand zu seinen Füßen. »Vorsicht«, sagte ein Mann, der ein paar Meter entfernt in der Hocke saß und einen silbrigen Lockköder an der Angelschnur befestigte. »Die haben Zähne.«

Es war fast dunkel, als er zum Parkplatz zurückkam, wo er Charlie Maynes kleinen Wagen nur aufgrund seiner Form und Größe ausmachen konnte. Er machte sich darauf gefasst, dass seine Mutter ihn ausschimpfen würde, weil er zu lange am Strand geblieben war, aber er irrte sich. Trotz des spärlichen Lichts hatte er durch das Beifahrerfenster erkennen können, wie seine Mutter den Kopf auf Charlies Schulter lehnte und sich dann rasch aufrichtete, als sie Miles kommen hörte.

Am nächsten Morgen, unter dem Eindruck eines langen, lebhaften Traums, wachte Miles auf und hörte, wie sich seine Mutter in die Toilette des winzigen Badezimmers ihres Cottages erbrach. Dies war nun schon der zweite oder dritte Morgen, dass er dieses Geräusch hörte, und an diesem Morgen war er wütend auf sie, obwohl er sich nicht erinnern konnte, dass er auch schon am Abend zuvor wütend gewesen war. Es schien damit zu tun zu haben, dass er die zwei am Vorabend im Wagen irgendwie ertappt hatte, aber mehr noch hatte er das Gefühl, als wäre ihm im Schlaf so manches klar geworden. Dass seine Mutter einen Fremden fragte, ob er sich an ihren Tisch setzen wolle, bedeutete, dass ihr Miles' Gegenwart offenbar nicht genügte. Nicht, dass er Charlie nicht gemocht hätte – er mochte ihn durchaus. Aber dennoch ertappte sich Miles dabei, dass er auch auf ihn wütend war. War Charlie während des Abendessens noch sehr aufmerksam ihm gegenüber gewesen, schien er nicht mehr besonders interessiert daran zu sein, die Geschichte von dem herumzappelnden silbernen Fisch zu hören, den Miles am Strand entdeckt hatte, und als er bei der Schilderung der Gefahr, in der er geschwebt hatte, ein wenig übertrieb – er erzählte ihnen, dass ihn beinahe der durch die Luft sausende Köder eines Brandungsfischers getroffen hätte –, zeigte sich weder seine Mutter noch Charlie so besorgt um ihn, wie er es sich gewünscht hätte. Hinzu kam, dass ihm bei der Erinnerung daran, dass er am Abend zuvor Schnecken gegessen hatte, beinahe übel wurde.

Allerdings entdeckte er auch, dass man jemandem, den man liebte, schwerlich böse sein konnte, wenn sich dieser im Bad nebenan übergab. Und um sich das befriedigende Gefühl seiner berechtigten Wut zu bewahren, schnappte er sich Baseballhandschuh und Ball und ging nach draußen, um sich Pop Flies zuzuwerfen und darauf zu warten, dass jemand vom Haupthaus ihren Picknickkorb brachte. Als der Korb eintraf, war er schwerer als sonst, und er schleppte ihn nach drinnen und hievte ihn auf den Frühstückstisch, wo seine Mutter, noch im Nachthemd und den Kopf in die Hände gestützt, inzwischen saß. Als sie zu ihm hochsah, blass und mutlos und ganz offensichtlich erschöpft, war die Wut, die er sich gern bewahrt hätte, wie weggewischt.

»Bist du krank?«, fragte er und hatte plötzlich Angst.

»Ich wünschte, ich wäre es«, sagte sie mit einem reumütigen Lächeln. »Dann könnte ich mich darauf freuen, dass es mir bald wieder besser geht.«

Er beobachtete, wie sie sich träge an einer geröteten Stelle auf dem Unterarm kratzte.

»Mach dir keine Sorgen«, sagte sie. »Ich sterbe schon nicht.«

Miles, der unverzüglich ihre Aufforderung, sich nicht zu sorgen, beherzigte, besah sich neugierig den Inhalt des Picknickkorbs. »Da ist viel mehr drin als sonst«, sagte er und hielt ein Glas mit merkwürdigen winzigen tintenblauen Kügelchen hoch.

Diese Nachricht schien sie aufzumuntern. Grace stand auf, zog energisch die Vorhänge vor dem Küchenfenster zurück und blieb im hereinflutenden Sonnenlicht stehen. Sie verharrte eine Weile so, die Augen geschlossen, und genoss die Sonnenstrahlen, während sich, wie ihm schien, ihre Lippen zu einem Lächeln formten. Für eine Frau, die die letzte Stunde auf allen vieren vor der Toilettenschüssel verbracht hatte, sah sie wunderschön aus, fand Miles und beschloss, ihr wegen der vergangenen Nacht zu verzeihen.

Schließlich war es ihr letzter Tag auf der Insel.

Doch kaum waren sie eine halbe Stunde am Strand, tauchte Charlie Mayne auf. Mit Genugtuung stellte Miles fest, dass er dürre, weiße, nahezu unbehaarte Beine hatte, und als er sein Sweatshirt auszog, erblickte Miles eine blasse Hühnerbrust mit ein paar vereinzelten schwarzen Haaren um die Brustwarzen herum. Wenngleich seine Mutter nicht besonders groß war, bemerkte Miles nun, da sie nebeneinanderstanden, dass sie Charlie ein gutes Stück überragte. Am Vorabend, besonders im Sportwagen, hatte Charlie normal groß auf ihn gewirkt, aber als er sich jetzt auf einer Ecke ihrer Stranddecke niederließ, sah er regelrecht mickrig aus. Bestimmt, dachte Miles, würde seine Mutter dies ebenfalls bemerken und ihn in die Wüste schicken.

»Haben sie dir keinen Picknickkorb mitgegeben?«, fragte Grace.

»Leider nein«, sagte Charlie, der jedoch kein bisschen geknickt wirkte.

»Dann teilen wir unseren mit dir«, sagte Grace. Wenn man sie jetzt so sah, hätte man niemals vermutet, dass sie sich erst vor einer guten halben Stunde übergeben hatte. Auch schien sie keineswegs geneigt, Charlie Mayne in die Wüste zu schicken.

»Aber bestimmt freut es dich zu hören, dass ich nicht mit völlig leeren Händen gekommen bin.« Und er zog aus der Tasche seiner Badehose eine lange weiße Tube heraus, zeigte sie Grace und warf sie dann Miles zu, der sie mit seinem Handschuh auffing.

Grace klatschte vor Vergnügen in die Hände. »O Charlie, du rettest uns das Leben!«

»Ja, so bin ich nun mal.«

»Im Haupthaus hat man mir gesagt, sie hätten keine mehr«, sagte sie und bedeutete Miles, ihr die Wundsalbe zu geben.

»Ich bin heute früh nach Edgartown gefahren«, erklärte Charlie, während Grace ein paar Kleckse der Creme, offenbar ein Mittel gegen Hautausschlag, auf Miles' Beinen und Bauch verteilte, ehe sie welche auf ihre Unterarme und eine ebenfalls gerötete Stelle auf ihrem Oberschenkel gab, die Miles noch gar nicht aufgefallen war. »Ich habe übrigens die letzte Tube in der Apotheke ergattert. Wie es scheint, ist dies ein gutes Jahr für Giftefeu auf der Insel.«

Charlie Mayne verfolgte, wie sie Salbe auf ihren Oberschenkel rieb, bis er Miles' Blick bemerkte, der ihn noch nicht einmal begrüßt hatte, sondern ihn nur eindringlich ansah, sodass der Mann sich rasch dem Picknickkorb zuwandte. Als er das Glas mit den tintenblauen Kügelchen entdeckte, hielt er es hoch, um es ihm zu zeigen. »Hast du schon mal Kaviar probiert, großer Junge?«

Miles schüttelte den Kopf; nach den Schnecken vom vorigen Abend hatte er noch immer das Gefühl, in Sachen Delikatessen hereingelegt worden zu sein. Er nahm sich vor, den Kaviar auszuschlagen, sollte man ihm davon anbieten, nicht, weil er ihm wahrscheinlich nicht schmecken würde, sondern weil Charlie Mayne derjenige wäre, der ihm davon anböte. Am gestrigen Abend hatte sich Miles geschmeichelt gefühlt, als jemand erkannt worden zu sein, der die feineren Dinge des Lebens zu schätzen wusste. Aber an diesem Morgen war alles anders. Er wünschte sogar, er hätte die Heilsalbe zurückgewiesen, obwohl er bereits die kühlende Wirkung auf den betroffenen Hautstellen spürte, und redete sich eigensinnig ein, lieber würde er das Jucken und Brennen ertragen.

»Ich habe auch ein großartiges Restaurant für unser heutiges Abendessen ausfindig gemacht«, sagte Charlie zu seiner Mutter. »Aber du musst mir versprechen, dass du dieses weiße Kleid wieder trägst.«

Seine Mutter hatte sich die Sonnenbrille aufgesetzt und legte sich mit dem Rücken auf die Decke. »Es ist das einzige Kleid, das ich besitze.« Sie lachte, und Miles spürte, wie erneut Wut in ihm hochstieg. Ohne ihn vorher gefragt zu haben, erlaubte sie es, dass Charlie Mayne mit ihnen zu Abend aß.

»Ich möchte heute Abend in den Thirsty Whale gehen«, sagte Miles und stupste sie mit der Zehenspitze am Fuß an. »Ich möchte Steamer Clams essen.«

Seine Mutter seufzte wohlig. »Ach, herrlich, diese Sonne«, sagte sie.

Miles stupste sie abermals an. »Hast du gehört, was ich gesagt habe?« Trotz ihrer Sonnenbrille wusste er, dass sie die Augen geschlossen hatte.

Sie ließ sie auch zu, als sie ihm endlich antwortete. »Nein, habe ich nicht. Und wenn du weiterhin so bockig bist, werde ich auch weiterhin nicht hören, was du sagst.«

Charlie Mayne schien nicht begriffen zu haben, dass sie sich stritten.

»Du möchtest also Steamer Clams essen?«, sagte er fröhlich und streckte sich auf dem Bauch aus. Auf seinem Rücken befanden sich ebenfalls ein paar vereinzelte geringelte Haare. Vielleicht ein Dutzend, mehr nicht. Lächerlich. »Schau dir doch mal seinen Rücken an«, hätte Miles am liebsten zu seiner Mutter gesagt. Ihr Problem war, da war er sich sicher, dass sie nicht genau hinsah.

»Dann sollst du Steamer Clams bekommen«, sagte Charlie abschließend.

Als Grace am späten Nachmittag aus dem Bad kam, frisch geduscht und im Bademantel, verkündete Miles, er wolle nicht zum Abendessen mitkommen, wenn Charlie auch dabei sei. Er wolle, dass sie beide allein essen gingen. Bevor Charlie Mayne aufgetaucht sei, hätten sie Spaß gehabt.

»Ach ja?«, meinte Grace, mit einem Mal so wütend, dass es Miles Angst machte, als hätte sie nur auf eine solche Bemerkung von ihm gewartet. »Nun, ich für meinen Teil habe Spaß, seit er aufgetaucht ist. Was sagst du dazu?«

Miles zögerte mit seiner Antwort. »Dad würde es auch nicht gefallen«, sagte er schließlich und sah sie herausfordernd an.

»Sein Pech.«

»Ich sag's ihm.«

»Von mir aus«, sagte sie und überraschte ihn erneut, während sie ihn gleichzeitig in dem Gefühl bestärkte, das er den ganzen Tag über schon gehabt hatte, nämlich dass alles schiefzugehen drohte. Sie hatte erneut die Tube zur Hand genommen und massierte Salbe in ihre Haut. »Dann sag es ihm doch.«

»Das werde ich«, sagte er, obwohl er wusste, dass es ein Fehler war.

»Du wirst allerdings warten müssen, bis er aus dem Gefängnis entlassen wird«, sagte sie, und plötzlich bekam sie einen so harten Ausdruck in den Augen, wie er ihn noch nie an ihr gesehen hatte. Sie hatte die Worte gesprochen, als hätte sie sie aus ihrem Käfig freigelassen, und nun sah sie Miles an, als wäre sie neugierig, welche Wirkung sie auf ihn hatten. Falls nötig, hätte sie noch ein paar auf Lager, die ihr entwischen könnten. »Das hast du nicht gewusst, stimmt's? Dass dein Vater im Gefängnis ist.«

Sie stellte einen Fuß auf den Küchenstuhl, um Salbe auf den Oberschenkel aufzutragen, und als sie ihn wieder herunternahm und den anderen hochstellte, klaffte ihr Bademantel ein wenig auseinander, und Miles konnte einen flüchtigen Blick auf etwas Dunkles erhaschen, das er eigentlich nicht hätte sehen dürfen und im Grunde auch gar nicht gesehen hatte, weil ihm Tränen in den Augen standen.

»Möchtest du wissen, warum, Miles? Letzte Woche wurde er festgenommen wegen Erregung öffentlichen Ärgernisses, darum sitzt er hinter Gittern. Im Übrigen nicht zum ersten Mal. Er macht sich hin und wieder zum öffentlichen Ärgernis, wenn es ihm nicht reicht, ein privates Ärgernis zu sein. Und ich sage dir noch was. Glaubst du, Max Roby würde es was ausmachen, wenn du ihm von Charlie Mayne erzählst? Denk mal darüber nach. Deinem Vater geht es nur um sich selbst. Ich wünschte, es wäre nicht so, aber so ist es nun mal, und du bist jetzt alt genug, um es zu erfahren. Je früher du es verstehst, desto besser wirst du damit zurechtkommen.«

Als sie mit dem Auftragen der Salbe fertig war, richtete sie sich auf und sah ihn an. »Und wenn ich schon einmal dabei bin, sage ich dir noch eine Kleinigkeit. Wenn wir wieder zu Hause sind, wird alles anders, nur, damit du dich auch darauf vorbereiten kannst.«

Um Grace zu bestrafen, huschte Miles, statt zu duschen, wie sie ihn angewiesen hatte, während sie im Schlafzimmer ihr weißes Kleid anzog, durch die Hintertür hinaus und kehrte zu dem mittlerweile verlassenen Strand am Fuß der Klippe zurück, wo er so hohe Pop Flies warf, wie er konnte, bis er sich bei einem besonders wütenden Wurf völlig verschätzte und der Ball in den Wellen landete. Danach saß er im Sand und stieß immer wieder mit der Faust in den Ballen seiner behandschuhten Hand und wünschte, sie wären nie nach Martha's Vineyard gekommen. Plötzlich hatte er das Gefühl, dass ihm Ground Balls keine Angst mehr machen würden, und er beschloss, jeden aufzufangen, gleich wie hart er geschlagen wurde. Und wenn er mit voller Wucht getroffen wurde, na und? Jetzt verstand er, was Mr LaSalle ihm den ganzen Sommer über beizubringen versucht hatte. Es machte nichts, wenn man getroffen wurde. Es machte nichts, wenn es wehtat.

Nach einer Weile hörte er, wie jemand den Pfad hinter ihm herunterkam. Als er sich umdrehte, erwartete er seine Mutter zu erblicken, die ihn wutentbrannt holen wollte, aber es war Charlie Mayne, der jetzt in glänzenden schwarzen Schuhen über den Sand zu ihm kam. Miles war überrascht, als er sich in seiner eleganten Hose zu ihm in den Sand setzte.

»Was ist mit dem Ball passiert?«

Miles deutete auf die Wellen.

Charlie Mayne nickte. »Deine Mutter und du, ihr habt euch gestritten?«

Miles sagte nichts.

»Sie ist ein schrecklich netter Mensch, weißt du«, sagte Charlie nach einer Weile.

»Das weiß ich selbst«, erwiderte Miles wütend, der nicht wollte, dass man ihm etwas sagte, was er bereits wusste, das galt besonders für jemanden, der seine Mutter erst seit wenigen Tagen kannte.

»Sie liebt dich.«

»Ich weiß.«

»Sie hat mich gebeten, dir zu sagen, dass es ihr leidtut, was sie über deinen Vater gesagt hat. Das war nicht so schön von ihr.«

Miles zuckte die Schultern.

»Die Sache ist die«, fuhr der Mann fort, »jeder hat eine Chance verdient, glücklich zu sein, weißt du?«

»Sie ist glücklich.«

»Und auch bei dir wird irgendwann einmal das Glück an die Tür klopfen, und du wirst erkennen, dass du, wenn du die Gelegenheit nicht beim Schopf packst, vielleicht nie wieder eine zweite Chance bekommen wirst.«

»Sie ist glücklich«, wiederholte Miles hartnäckig.

»Um ehrlich zu sein, habe ich von mir geredet. Deine Mutter ist eine Frau, die … nun, sie ist wie die Sonne, die plötzlich hinter den Wolken hervorkommt.«

Daraufhin sagte Miles nichts, aber er fühlte sich daran erinnert, wie sie an diesem Morgen die Vorhänge vor dem Küchenfenster aufgezogen hatte.

»Mit ihr ist es, als würde alles irgendwie neu aussehen.« Als Miles immer noch nichts sagte, fügte Charlie hinzu: »Wie auch immer, es würde mich glücklich machen, wenn ich euch beiden heute Abend beim Abendessen Gesellschaft leisten dürfte, aber natürlich liegt die Entscheidung bei dir.«

Miles zuckte die Schultern.

Charlie Mayne nickte und sah ihn abwartend an. Schließlich sagte er: »Was bedeutet das? Dein Schulterzucken?«

Ein weiteres Schulterzucken.

»Gut«, sagte er, »dann will ich mal annehmen, dass es für dich okay ist, wenn ich mit euch komme. Oder aber dir ist es lieber, wenn ich nicht dabei bin. Oder aber du wünschtest, die ganze Welt wäre anders, als sie ist, hab ich recht?«

Schulterzucken.

Wieder nickte Charlie Mayne. »Gut«, sagte er. »Verstanden.«

Sie aßen in einem Restaurant namens Cock of the Walk, und wie am Vorabend schenkte der Mann Miles mehr Aufmerksamkeit als seiner Mutter. Obwohl es auf der Speisekarte keine Steamer Clams gab, meinte Charlie, Miles solle sie trotzdem bestellen, und gab dann dem Kellner ein Zeichen. Als seine Muscheln kamen, entpuppten sie sich als eine so große Portion, dass nicht einmal drei Erwachsene sie hätten bewältigen können, aber Charlie schien es Vergnügen zu bereiten zuzusehen, wie Miles es versuchte. »Schau nur, wie er zulangt«, sagte er zu Grace, die sich bemühte, Miles nicht mehr böse zu sein. Als sie lächelnd zu ihm sagte, er solle aufpassen, dass ihm nicht übel werde, meinte er, keine

Sorge, außerdem sei nicht er derjenige, dem jeden Morgen schlecht sei. Bei diesen Worten wurde Charlie blass, und ein paar Minuten lang war nur das raschelnde Geräusch zu hören, mit dem die leeren Muschelschalen in der Schüssel landeten, die der Kellner eigens neben Miles' Teller gestellt hatte.

Ein paar Mal musste Miles daran denken, dass sie es sich in einem teuren Restaurant gut gehen ließen, mit einem Mann, der einen schnittigen Sportwagen fuhr, während sein Vater in einer Zelle im Gefängnis von Empire Falls saß, aber dieser Gedanke war nur vorübergehend beunruhigend. Wann immer er beschloss, für seinen Vater Partei zu ergreifen, rief er sich ins Gedächtnis, was Charlie Mayne über das Glück gesagt hatte – dass jeder es verdient habe, seine Chance zu ergreifen, wenn sie sich ihm biete, und er kam zu dem Schluss, dass das vermutlich stimmte. Auch verstand er, warum seine Mutter womöglich, zumindest für einen oder zwei Tage, die Gesellschaft eines Mannes, der schöne Dinge geschehen ließ – und Charlie Mayne schien dies nach Belieben tun zu können –, gegenüber der Gesellschaft eines Mannes vorzog, der als öffentliches Ärgernis verurteilt worden war. Zuerst hatte die Nachricht von der Inhaftierung seines Vaters ihn beschämt und gedemütigt; aber je mehr er darüber nachdachte, umso tröstender fand er sie. Schon vor diesem Nachmittag hatte er gewusst, dass sein Vater zu einer anderen Sorte Väter gehörte als die Väter anderer Jungen, hatte diese Andersartigkeit jedoch nicht in Worte fassen können. Jetzt schon. Max Roby war ein öffentliches Ärgernis. Über diese zwei Worte zu verfügen, um ihn zu beschreiben, war besser, als anzunehmen, sein Vater sei so anders und unnormal, dass bislang noch niemand eine zutreffende Bezeichnung für ihn erfunden hatte.

Erst spät in dieser Nacht – oder besser gesagt: kurz vor der Morgendämmerung – überkam ihn die Traurigkeit all dessen mit solcher Wucht, dass er voller Angst aufwachte, ohne dass er Gründe dafür hätte benennen können. Er schien von seinem Vater geträumt zu haben, auch wenn er sich an keine Einzelheiten erinnern konnte, und fühlte sich nun, da er allein im Bett lag, schuldig. Bestimmt verdiente sein Vater eine andere Bezeichnung als »öffentliches Ärgernis«. Er fragte sich, ob Max wütend sein würde, wenn er aus dem Gefängnis kam und entdeckte, dass sie weg waren, ja, ob Max vielleicht sogar schon entlassen worden war und irgendwie herausgefunden hatte, wo sie waren. Vielleicht war er in diesem Moment schon auf dem Weg hierher, um Frau und Sohn zurückzuholen, sie an den Handgelenken zu packen und sie nach Empire Falls zurückzubugsieren, wo sie hingehörten, und ihnen zu befehlen, sich in Zukunft zu benehmen und das Essen von Schnecken gefälligst sein zu lassen. Gerade als sich Miles richtiggehend in diese Vorstellung hineinsteigerte, hörte er in der vollkommenen nächtlichen Stille vor dem Schlafzimmerfenster ein Knirschen.

Ein vom Meer aufziehender milchiger, feiner Nebel dämpfte die Geräusche, einschließlich des Klirrens einer Boje in der Ferne. Miles schob den Vorhang einen Spaltbreit zur Seite und spähte in den Nebel hinaus, bis er sich sicher war, sich das Ganze eingebildet zu haben, doch dann hörte er es wieder, Schritte auf dem Kiesweg, und aus dem Nebel schälte sich ein dunkler Umriss heraus, der auf ihn zukam und schließlich zu seiner Mutter wurde, die sich, die Schuhe in der Hand, vorsichtig am graswachsenen Saum des schmalen Pfads entlangtastete, den Blick zu Boden gerichtet. Miles erschrak heftig, und bevor er die Tatsache gedanklich verarbeiten konnte, dass seine Mutter da draußen war, statt im Zimmer nebenan zu schlafen, sah sie hoch und schaute ihn direkt an, und er ließ den Vorhang wieder zurückfallen.

Charlie Mayne fuhr sie schweigend zur Fähre und half ihnen, ihre Koffer auf den Kofferkuli zu hieven. Dann überzeugte er den Mann an der Gangway, ihn auch ohne Ticket an Bord zu lassen, um Miles und seine Mutter hinauf aufs Deck zu begleiten. Und genau das war es, was Miles am meisten an Charlie erstaunte und woran er sich am besten erinnern sollte: dass er die unmöglichsten Dinge geschehen lassen konnte und Menschen dazu brachte, etwas für sie zu tun, was sie für andere niemals getan hätten. Wenn man zufällig mit Charlie Mayne unterwegs war, bekam man Steamer Clams in einem Restaurant, das diese gar nicht auf der Speisekarte hatte.

Doch trotz dieser erstaunlichen Begabung waren offensichtlich auch seiner Macht Grenzen gesetzt, und während Charlie Mayne auf dem Oberdeck der Vineyard-Fähre stand, schien er keine Worte finden zu können für das, was er Grace gern gesagt hätte. Miles beobachtete, wie er mit sich rang, ohne sich bewusst zu sein, dass zum Teil seine eigene Anwesenheit Charlie verstummen ließ und zum Teil die Tatsache, dass er nicht ausdrücken konnte, was er gerne gesagt hätte. Seine Mutter, am Vorabend im Kerzenschein eine so strahlende Erscheinung in ihrem weißen Kleid, sah nun, im unerbittlichen morgendlichen Sonnenlicht, blass und zerbrechlich aus, und Charlie wirkte hager und unsicher, und zum ersten Mal schien seine sonst so tadellose Kleidung nicht über seine unbeholfene, hohlbrüstige Gestalt hinwegtäuschen zu können. Jetzt sah er, dachte Miles, eindeutig alt aus. Was irgendwie merkwürdig war, denn genau das war zwei Abende zuvor sein allererster Eindruck gewesen, bevor er ihn näher in Augenschein genommen hatte.

Unten gingen die letzten Passagiere hintereinander die Gangway hinauf, und das letzte Auto wurde in den Bauch des Schiffes verladen. Gleich würde, dachte Miles, die Rampe entfernt werden und sich die Fähre vom Fährsteg lösen. Schließlich nahm Charlie Grace' Hand und sagte: »Schau, die Sache ist die, dass es eine Weile dauern wird.«

»Ich weiß«, sagte sie und wandte den Blick von ihm ab in Richtung Vineyard Haven.

»Denke über Puerto Vallarta nach.«

»Das werde ich.«

»Versprich, dass du nicht den Mut verlieren wirst.«

»Du musst jetzt gehen«, sagte sie und deutete auf die Dockarbeiter unter ihnen, die sich an der Gangway zu schaffen machten.

Er sah es ebenfalls, nahm sich aber dennoch die Zeit, das Wort an Miles zu richten. »Vielleicht sehen wir uns wieder«, sagte er und streckte dem Jungen die Hand hin, und als Miles sie nahm, bemerkte er eine große gerötete Stelle auf seinem Unterarm, wo er sich an Giftefeu verbrannt hatte.

»Charlie«, sagte Grace. Die Gangway wurde hochgezogen.

Sie sahen einander an. »Grace.«

»Ich weiß«, sagte sie. »Ich weiß. Geh jetzt.«

Und plötzlich war er weg und stieg rasch aufs Unterdeck hinab, während er die Dockarbeiter mit Winken und Rufen auf sich aufmerksam machte. Ohne zu protestieren, ließen sie die Gangway mit der Seilwinde wieder hinab, und als er sicher an Land war, schüttelte Charlie jedem einzelnen von ihnen die Hand, als hätten sie alle zusammen eine großartige und wundervolle Meisterleistung vollbracht. Als dann der Pfiff ertönte und sich die Fähre rückwärts vom Fährsteg entfernte, blieb Charlie Mayne am Stegrand stehen und winkte ihnen zu. Er winkte auch noch, als er schon ganz klein war, und unterbrach sich nur kurz, um sich, wie Miles hätte schwören können, am Unterarm zu kratzen. Miles konnte sich eines Anflugs von Mitgefühl nicht erwehren, weil Charlie nun ohne Heilsalbe auf der Insel zurückblieb, ohne etwas, das ihm Erleichterung hätte verschaffen können. Irgendwann bemerkte Miles, dass seine Mutter nicht mehr neben ihm stand.

Die Insel war nicht mehr zu sehen, und die Küstenlinie von Cape Cod wurde am Horizont sichtbar, als Grace wieder aufs Oberdeck zurückkehrte. Miles war sich sicher, dass sie sich wieder übergeben hatte, und als sie auf ihn zukam, unsicher und schwankend, sah sie kein bisschen mehr wie die Gestalt aus, die sich an diesem Morgen aus dem Nebel gelöst hatte, und er fragte sich, ob er es womöglich geträumt hatte. Für den Fall, dass es kein Traum gewesen war, sagte er zu ihr, während sie sich neben ihn setzte: »Ich werde Dad nichts sagen, versprochen.«

Er wusste, dass sie es gehört hatte, aber sie sagte nichts. Sie nahm wortlos seine Hand, und keiner von ihnen sprach, bis die Fähre im Hafen von Woods Hole einlief und unsanft gegen den Rand des Stegs stieß, bevor sie zum Stehen kam.

Sie standen an der Reling, die Grace so fest umklammerte, dass ihre Fingerknöchel weiß hervortraten, bis sie schließlich tief einatmete und sagte: »Ich habe mich geirrt.«

Er wollte etwas sagen, aber sie schüttelte den Kopf und kam ihm zuvor. »Ich habe mich geirrt, als ich gesagt habe, dass alles anders werden wird, sobald wir wieder zu Hause sind. Nichts wird anders werden. Rein gar nichts.«

Er hoffte, dass sie recht hatte, und fürchtete es zugleich. Auf dem Dock unten stand ein Mann mit einer Red-Sox-Kappe, und plötzlich fiel Miles ein, dass er seinen Handschuh auf der Insel vergessen hatte. Im Geiste sah er ihn auf dem Nachttisch neben seinem Bett im Cottage. Dort, wo er ihn liegen gelassen hatte.

ZWEITER TEIL

Kapitel 9

Schon bevor Miles auf seiner Fahrt zu Mrs Whiting die Iron Bridge passierte, war er nicht bester Laune. In den letzten Tagen war es grau und nieselig gewesen, viel zu feucht, um die Kirche anzustreichen. Dieser Morgen indes hatte mit strahlendem Wetter aufgewartet und einen langen, hellen Nachmittag unter einem wolkenlos blauen Himmel versprochen. Ein Tag, der wie dafür gemacht war, dachte Miles, dass ein Mann mit Höhenangst sich selbst überraschte und den Mut fand, zum Kirchturm hinaufzuklettern. Oder das wäre er zumindest gewesen, hätte ihn nicht ein Anruf seiner Arbeitgeberin erreicht, die ihm sagte, sie habe eine Überraschung für ihn und ob es ihm etwas ausmache, am Nachmittag bei ihr vorbeizuschauen. Während Miles zwischen den beiden Steinsäulen in die geschwungene Auffahrt einbog, erwog er kurz die Möglichkeit, dass es sich die alte Frau in Bezug auf die Alkohollizenz anders überlegt haben könnte, obwohl er wusste, dass er sich besser keine Hoffnung machen sollte. Oder aber sie war immer noch der Meinung, dass er Bürgermeister werden sollte, und wollte ihm mitteilen, dass sie bereit sei, seinen Wahlkampf zu sponsern.

Aber kaum hatte er vor dem Haupthaus geparkt, war aus seinem Jetta gestiegen und wollte auf die Haustür zugehen, wurde ihm klar, was genau Mrs Whitings Überraschung war. Die Erkenntnis ließ Miles jäh innehalten. Das hintere Tor der zweiteiligen Garage, das normalerweise geschlossen war, stand jetzt weit offen, und drinnen war der alte beige Lincoln mit dem Rollstuhlsymbol auf dem Nummernschild zu sehen. Bei dessen Anblick musste Miles Roby, ein gestandener Mann, seinen ganzen Mut zusammennehmen, um die Eingangsstufen zu erklimmen und die Klingel zu betätigen, anstatt wieder in seinen Wagen zu steigen und mit quietschenden Reifen davonzubrausen. Genau so wäre Max dieser Situation begegnet, und während Miles pflichtgetreu vor der Haustür stand, fragte er sich, wie schon so oft als Erwachsener, woher diese Seite seines Charakters rührte, die ihn daran hinderte, sich angesichts von Unannehmlichkeiten mit vorausschauender Feigheit aus dem Staub zu machen wie sein Vater. Max hatte keinerlei Bedürfnis, sich irgendeiner Art von Unannehmlichkeit auszusetzen, und noch ein geringeres, die Unannehmlichkeiten anderer zu teilen. Seiner Philosophie zufolge bedurfte diese Nachsichtigkeit gegen sich selbst weder einer Entschuldigung noch Erklärung. Die Menschen, die gern litten, waren es, die ihr Tun hinterfragen sollten.

Bevor Miles dazu kam, sich zu fragen, warum er rein gar nichts von diesem ausgeprägten Selbsterhaltungstrieb seines Vaters abbekommen hatte, ging die Tür ächzend auf, und vor ihm stand Cindy Whiting, die sich bemühte, ihren Körper, der ihr seit ihrer Kindheit so zusetzte, dazu zu bringen, ihrem Willen zu gehorchen. Auf Anhieb bemerkte Miles, dass sie die Krücken, die sie bei ihrem letzten Wiedersehen noch benutzt hatte – wann genau war das gewesen, vielleicht vor fünf Jahren? –, gegen eine stabile vierbeinige Aluminiumgehhilfe eingetauscht hatte. Dieser Wechsel musste erst kürzlich vonstattengegangen sein, denn sie beherrschte diese neue Vorrichtung offenbar noch nicht. Oder aber es war besonders schwer, sich auf diese Gehhilfe zu stützen und gleichzeitig eine Tür zu öffnen, und es bedurfte der lebenslangen Übung, um dieser Aufgabe Herr zu werden. Um den

Knauf zu erreichen, musste man die Gehhilfe wahrscheinlich direkt an der Tür platzieren, doch dann wäre sie wiederum beim Öffnen im Weg, es sei denn, man tat dieses in kleinen, unbeholfenen, demütigenden Etappen, indem man die Gehhilfe anhob, wieder abstellte, anhob und wieder abstellte.

»Cindy«, sagte Miles durch die halb geöffnete Tür und heuchelte Überraschung und Freude. »Ich hatte ja keine Ahnung, dass du zu Hause bist.«

Schon hatte sie Tränen in den Augen. »O Miles!«, rief sie aus und bedeckte sich, von Emotionen überwältigt, mit der freien Hand den Mund. »Ich wollte dich so gern überraschen. Und, ist es mir gelungen?«

»Du siehst wundervoll aus«, sagte Miles – eine Übertreibung, wenngleich sie tatsächlich erstaunlich gesund aussah. Sie musste ungefähr zehn Pfund zugenommen haben, was ihr einen rosigeren Teint verlieh. Cindy Whiting würde niemals schön sein, aber sie hätte durchaus attraktiv sein können – mit der entsprechenden Beratung und wenn sie sich nicht so nachlässig gekleidet und keine Frisur getragen hätte, die mindestens seit zehn Jahren außer Mode war. Schon mit zwanzig hatte sie wie eine alte Jungfer auszusehen begonnen. Mit dreißig hatte sie sich in dieser Rolle eingerichtet. Jetzt, mit zweiundvierzig – Miles wusste, wie alt sie war, weil sie beide am selben Tag im Krankenhaus von Empire Falls zur Welt gekommen waren –, schien sie so etwas wie Weiblichkeit oder gar vergessene Mädchenhaftigkeit für sich entdeckt zu haben.

»Komm herein«, sagte sie, »und lass mich dich ansehen.« Doch als er einen Schritt vortrat, stieß er mit der Schuhspitze gegen die Gehhilfe, sodass sich Cindy erneut mit beiden Händen darauf stützen musste.

»Wie du siehst, bin ich noch immer die Anmut in Person«, sagte sie und untermauerte ihre Worte, indem sie so tat, als drohe sie das Gleichgewicht zu verlieren, und Miles, der ihr gegenüber schon seit jeher eine dem Selbstschutz geschuldete Hartherzigkeit an den Tag legte, fühlte, dass diese sich etwas löste. Seit Cindy ein Teenager gewesen war, versuchte sie, ihre tragische Körperbehinderung durch Selbstironie zu überspielen, meist durch vorgetäuschte Missgeschicke, die sich keineswegs als Scherz eigneten, dessen sie sich jedoch offenkundig nicht bewusst war. Erstens waren diese vorgespielten krampfartigen Anfälle nicht von den echten zu unterscheiden und brachten die Menschen unweigerlich dazu, herbeizueilen und sie auffangen zu wollen. Zweitens, schlimmer noch, führten ihre gespielten Beinahe-Ausrutscher manchmal zu echten, sodass sie noch schlimmer stürzte, als wenn sie auf natürliche Weise erfolgt wären. Ihre Handgelenke steckten, wie Miles wusste, voller chirurgischer Nägel, doch offenbar war ihr Drang, sich selbst zu verspotten, größer als ihre Angst, sich die Knochen zu brechen.

In einer vergleichbaren Situation mit einer anderen Frau hätte Miles diese umarmt, weil fast jede andere Frau verstanden hätte, dass man wieder loslassen musste, dass diese Umarmung nicht mehr als »Hallo, lange nicht gesehen« bedeutete. Diese Frau hingegen würde die Gelegenheit nutzen, sich wie eine Ertrinkende an ihn zu klammern und zu schluchzen, und ihr zerlaufenes Make-up würde Flecken auf seinem Hemd hinterlassen. »O Miles, oh lieber, lieber Miles.« Bei ihrem letzten Wiedersehen hatte sie ihre Krücken wie ein Gehandikapter in einer dieser vom Fernsehen übertragenen evangelikalen Erweckungsveranstaltungen in die Höhe gerissen und sich in seine Arme gestürzt und ihn auf diese Weise genötigt, sie fast genauso fest zu umarmen wie sie ihn, um zu verhindern, dass sie an seinem Körper herab zu Boden rutschte. Weswegen er dankbar war – Gott möge ihm vergeben, dachte er, aber das war er – für diese neue Aluminiumgehhilfe, die es ihm erlaubte, sich lediglich vorzubeugen und ihr einen flüchtigen Kuss auf die Wange zu geben. In seinen Augen eine mehr als ausreichende Begrüßung für jemanden, der seit der Grundschule in ihn verliebt war und zum Beweis dafür schon zweimal einen Selbstmordversuch unternommen und als Grund explizit Miles angegeben hatte.

»So«, sagte er, gefangen in einem rhetorischen Dilemma, in dem sich, wie er vermutete, noch nicht viele Menschen befunden hatten: Was sollte man zu einer Frau sagen, die versucht hatte, sich seinetwegen das Leben zu nehmen? »Wie geht es dir, Cindy?«

»Nun, Miles«, erwiderte sie. »Mir geht es sehr, sehr gut. Die Ärzte sind erstaunt«, um dann hinzuzufügen, als wäre sie sich soeben der Unglaubwürdigkeit des Gesagten bewusst geworden: »Sie sagen, es grenzt an ein Wunder. Es ist, als hätte meine Psyche plötzlich beschlossen, gesund zu werden. Mein letzter Rückfall liegt ...«

Sie unterbrach sich, allem Anschein nach, um die vergangene Zeit im Kopf zu überschlagen, wobei Miles keine Ahnung hatte, was für Zahlen sie da addierte oder subtrahierte, ob sie groß oder klein waren, ob sie Tage, Wochen, Monate oder Jahre darstellten. Während sie rechnete, nahm Miles die weitläufige Diele und das Wohnzimmer des Whiting'schen Hauses in Augenschein und fühlte sich wie immer, wenn er hier war, unwohl. Die Räume waren zwar groß, hatten aber niedrige Decken und lösten bei Miles, der ebenfalls groß war, weniger Platzangst als vielmehr das Gefühl eines großen Gewichts, das auf ihn einwirkte, aus. Mrs Whiting war eine leidenschaftliche Sammlerin, und die Wände waren mit teuren Gemälden bestückt, doch die meisten waren seinem Empfinden nach nicht vorteilhaft platziert. Die größeren Exemplare erdrückten schier die Wände, an denen sie hingen. Selbst seine Lieblingsstücke, einige kleinere Bilder von John Marin, wirkten fehl am Platz, als hätte man die

Freiluftszenen von Maine gegen ihren Willen im Inneren eines Hauses eingesperrt. Auffällig war das völlige Fehlen von Familienfotos – Mrs Whiting hatte alle dem alten Whiting-Herrenhaus in der Innenstadt vermacht. Weder von den Whitings noch von den Robideauxs waren irgendwelche Zeugnisse zu sehen.

»Wie auch immer«, sagte Cindy Whiting, die ihre Berechnung offenbar aufgegeben hatte, »jedenfalls scheint es, als würde ich noch einmal zu leben beginnen wie ein normaler Mensch, mit neununddreißig Jahren. Du kannst mir gratulieren.«

»Das sind wirklich wundervolle Neuigkeiten, Cindy«, sagte Miles und schluckte schwer angesichts dieser ungeheuerlichen Lüge. Miles, der am selben Tag wie sie geboren war, war der letzte Mensch auf Erden, der ihr wahres Alter hätte vergessen können. Andererseits konnte ihr Wunsch, neununddreißig und nicht zweiundvierzig zu sein, darauf hindeuten, dass sie zuvor tatsächlich die Wahrheit gesagt hatte, dass ihre Psyche auf dem Weg der Heilung sei. Außerdem neigten normale Frauen bekanntlich dazu, sich ein paar Jährchen jünger zu machen. Vielleicht hatte Cindy gelernt, ihre großen Lebenslügen – zum Beispiel, dass Miles Roby in sie verliebt war oder es eines Tages sein würde –, die ihre Gesundheit beeinträchtigt hatten, durch kleinere, harmlosere und optimistischere zu ersetzen. Solche von der Sorte wie die, dass man eines sonnigen Tages aufwachen und in der Lage sein würde, eine Leiter hochzuklettern und einen in den blauen Himmel ragenden Kirchturm anzustreichen. Möglich war es schon.

»Und wo wirst du wohnen?«

Kaum war die Frage ausgesprochen, wurde Miles bewusst, wie schmerzlich sie für Cindy sein musste, und er bereute sie auch schon wieder.

»Nun, na ja, hier natürlich. Wo sonst?«

»Ja, natürlich. Aber das hatte ich eigentlich nicht gemeint«,

sagte er schnell, abermals eine Lüge. »Meine Frage zielte eher darauf ab, ob du bei deiner Mutter wohnen wirst oder ...«
»Nur so lange, bis ich etwas eigenes gefunden habe«, sagte sie und lächelte bei dieser Vorstellung. »Eine erwachsene Frau sollte doch nach Belieben kommen und gehen dürfen, findest du nicht auch? Und Besucher empfangen, wie es ihr gefällt?«
Ehe Miles dazu kam, seine diesbezügliche Meinung kundzutun, ertönte hinter ihm ein Fauchen, und er musste sich gar nicht erst umdrehen, um zu wissen, dass seine Nemesis zu ihnen gestoßen war. Die Katze wurde ihrer tatsächlichen Geschlechtszugehörigkeit zum Trotz, seit sie ganz klein gewesen war, Timmy genannt, denn damals hatte man sie aufgrund ihrer aggressiven Boshaftigkeit noch für einen Kater gehalten. Das winzige Tier – das stumpfe Fell völlig durchnässt, der Blick aus ihren gelben Augen wirr vor Angst und rasender Wut – war eines Morgens auf dem Rasen der Whitings aufgetaucht und hatte so erbärmlich geheult, dass Cindy Whiting, die gerade auf Heimaturlaub von der psychiatrischen Anstalt in Augusta zu Hause war, sie mit hineingenommen und aufgepäppelt hatte. Offenbar hatte jemand das Kätzchen weiter oben in den Fluss geworfen, in der Annahme, es würde ertrinken oder an den Felsen des Wasserfalls den Tod finden. Ein Jutefetzen hatte sich an einer ihrer Pfote verfangen, sodass klar war, dass Timmy ihre Flussreise vermutlich in einem Sack begonnen hatte – höchstwahrscheinlich, der Schwere ihrer Psychose nach zu urteilen, in Gesellschaft ihrer Geschwister. Wie auch immer, kaum hatte sich Timmy von ihren Strapazen erholt, entpuppte sie sich als kleine zornige Kreatur, deren einziges Lebensziel darin zu bestehen schien, ihre Umgebung zu zerfetzen. Daher fasste man eine Kastration als Lösung des Problems ins Auge, was sich jedoch als impraktikabel erwies, nachdem der Tierarzt, zu dem man sie brachte, ihr eigentliches Geschlecht festgestellt hatte.

Für Miles war nicht so sehr die Frage von Timmys Geschlechtszugehörigkeit interessant als vielmehr ihre metaphysische Natur, die in seinen Augen weniger katzen- als vielmehr dämonenhaft war. Horace Weymouth, der in seiner Eigenschaft als Reporter der *Empire Gazette* Mrs Whiting schon mehrmals in ihrem Haus am Fluss interviewt hatte, behauptete felsenfest, Timmy sei die Vertraute der alten Dame, und Miles, dem aufgefallen war, dass die Katze oft just in dem Moment auftauchte, da Mrs Whitings Name fiel oder kurz bevor sie selbst erschien, war geneigt, ihm recht zu geben.

Da Timmy keine Hoden hatte, die man hätte entfernen können, wurde sie heil wieder nach Hause gebracht und gemeinsam mit ihrem Katzenklo und einer einwöchigen Futterration in den Keller verfrachtet, um zu sehen, ob die Haft im Dunkeln sie zur Besinnung und zu der Einsicht bringen würde, dass die grausame Behandlung, die ihr widerfahren war, nicht ihren neuen Besitzern angelastet werden konnte. Das tat sie nicht. Im Gegenteil, das Tier ertrug die Gefangenschaft gar nicht gut, was wohl nicht zuletzt daran lag, dass es sich an seine Gefangenschaft im Jutesack erinnert fühlte. Zwischen der unteren Türkante und der obersten Stufe der Kellertreppe gab es einen schmalen Spalt, durch den Timmy mit der Pfote hindurchlangen konnte, um dann so laut an der schlecht in ihren Angeln sitzenden Tür zu rattern, als machte sich ein erwachsener Mensch daran zu schaffen. Zuerst wollte niemand glauben, dass eine solch kleine, wütende Katze einen derartigen Lärm veranstalten konnte, doch Timmy rüttelte jede Nacht so laut an der Tür, bis man sie schließlich herausließ; doch dann machte sie sich zur Feier ihrer Freilassung daran, die Sitzpolster der Esszimmerstühle zu zerfetzen. Gegen Ende der Woche wies Mrs Whiting die Haushälterin an, zur Apotheke zu fahren und für sich selbst, Cindy und sie Ohrstöpsel zu kaufen. Und zwar die besten, die erhältlich waren.

Auch in der folgenden Nacht konnten sie Timmy trotz Ohrstöpsel an der Tür rütteln und schreien hören, doch als die Geräusche irgendwann nach Mitternacht verstummten, machten die drei das Kreuzzeichen, in der Annahme, dass das Tier endlich bezähmt sei. Als die Haushälterin am nächsten Morgen in die Küche kam, um das – wie sie dachte, endlich zahme und einsichtige – Tier herauszulassen, bekam sie einen mächtigen Schock. Ja, sie traute ihren Augen nicht. Der Kopf des Tiers, Maul und Zähne blutig, lag umgekehrt auf dem gefliesten Boden direkt unter der Kellertür, und es schien, als wären die beiden Vorderpfoten in den gefliesten Boden genagelt worden, als die Tür heruntergesaust kam. Jedenfalls kam die arme Haushälterin bei dem Anblick, der sich ihr bot, zu diesem Schluss. Natürlich wusste sie, dass die Tür *nicht* hatte heruntersausen können. Wie jede normale Tür schwang auch diese in ihren kupfernen Angeln vor und zurück. Doch als sie den blutigen Kopf und die Pfoten der Katze reglos darunter erblickte, schien es, als hätte sich die Tür wie ein Garagentor herabgesenkt. Es sah aus, als wäre sie wie eine Guillotine heruntergekracht, als Timmy versucht hatte, über die Schwelle zu huschen. Diese optische Täuschung war so stark, dass der Verstand der Frau erst dann in der Lage war, sie als solche zu begreifen, als sich Timmy bewegte. Doch der Anblick des sich nun windenden, blutenden, scheinbar körperlosen, untoten Katzenkopfes ließ die Frau erst recht schreiend aus dem Haus stürzen.

Wie man sich hinterher zusammenreimte, hatte die arme Haushälterin offenbar Timmys Fluchtversuch unterbrochen. Die Katze hatte sich seit Mitternacht ungeachtet ihres blutenden Mauls systematisch durch die untere Türkante genagt. Die Haushälterin hatte die Küche genau in dem Moment betreten, als das Loch groß genug war, dass Timmy, sich auf dem Rücken vorwärtswindend, ihren grässlichen Kopf und die Schultern hatte durchschieben können. Und als plötzlich die Haushälterin erschienen war, musste sie vor Schreck erstarrt sein.

Zweifelsohne war es ein gruseliger Anblick gewesen, doch der, der sich in diesem Moment Miles bot, war kaum weniger gruselig. Zwar war Timmys Maul jetzt nicht blutig vom Nagen an einer Kellertür, aber sie hatte die Lefzen so weit hochgezogen, dass Miles jeden einzelnen ihrer messerscharfen Zähne sehen konnte. Dazu sträubte sie das Fell und machte einen Buckel, wie eine Katze in einem schlechten Film, wenn ein Geist, den nur Haustiere, nicht aber die Menschen sehen können, den Raum betreten hat. Miles, der kein Geist war, wich instinktiv zurück.

»Ach, Timmy«, sagte Cindy Whiting und riskierte, ihr labiles Gleichgewicht zu verlieren, indem sie sich hinabbeugte und das Biest streichelte. »Lass das. Siehst du denn nicht, dass es nur Miles ist?«

Bei diesen Worten fauchte Timmy nur noch nachdrücklicher. Während sich Miles, der aus Erfahrung wusste, dass die Besitzer ungezähmter Haustiere einen selten vor ihnen beschützen konnten, nach einer geeigneten Waffe umblickte, hörte er das Läuten einer Glocke. Als er sich wieder umwandte, war die Katze verschwunden.

»Das ist Mutter«, sagte Cindy mit einem Nicken in die Richtung, aus der das Klingelgeräusch gekommen war. »Bestimmt hat sie deinen Wagen gehört und wird allmählich ungeduldig.«

Miles suchte mit den Augen nach Timmy der Katze.

»Sie wartet draußen im Gartenpavillon auf dich«, sagte Cindy. »Ich musste ihr versprechen, dass ich dich *auf der Stelle* zu ihr bringe, also geh ruhig schon mal vor.« Sie drehte sich langsam und umständlich mit ihrer Gehhilfe um. »Du weißt ja, ich kann nicht so schnell.«

»Das macht doch nichts«, erwiderte Miles, nicht nur von der Katze selbst, sondern auch durch seine peinliche Furcht vor ihr aus der Fassung gebracht, und fasste sie am Ellbogen. Während sie langsam durch den Flur gingen, bimmelte die Glocke unerbittlich weiter, und als sie an der Terrassentür ankamen, sah Miles, dass die Katze ungefähr auf halber Höhe an der Moskitonetzschiebetür hing, die Krallen in das Stoffgitter versenkt, und wohlig schnurrte. Das Netzgewebe war an verschiedenen Stellen zerrissen, was die Vermutung nahelegte, dass Timmy nicht zum ersten Mal dieses akrobatische Kunststück zum Besten gab.

»Sie liebt einfach das Geräusch von Mutters Glocke«, sagte Cindy sanft.

Miles' Blick schweifte in den Garten hinaus, wo er die alte Dame im Pavillon sitzen sah, mit dem Gesicht zum Fluss und dem Rücken zu ihnen und fortwährend die Glocke betätigend, als könnte sie die Fische im Wasser dazu bringen, auf ihren Befehl zu springen. Alle anderen taten es zweifelsohne. Warum nicht auch die Fische? Grace Roby hatte behauptet, sie höre die Glocke ihrer Arbeitgeberin sogar im Schlaf. Miles spürte, wie ihm weich ums Herz wurde, als ihm wieder einmal die traurige Wahrheit von Cindy Whitings Existenz bewusst wurde: Sie hatte die Wahl, entweder zu Hause zu leben und dieser Glocke Folge zu leisten oder in der staatlichen Psychiatrie in Augusta.

Miles nahm einen tiefen Atemzug und drehte sich nochmals zu ihr um, bevor er in den Garten ging. »Cindy«, sagte er sanft.

Ein Fehler. Während sie mit der Linken die Gehhilfe umklammerte, fasste sie mit der Rechten seinen Hemdärmel und hielt ihn mit erstaunlicher Kraft fest. »Ich habe gehört, dass Janine und du euch scheiden lasst«, sagte sie. »Das tut mir *so* leid, Miles.«

Er entschied sich für die nackte Wahrheit. »Mir auch.«

Aber Cindy überging seine Bemerkung.

»Du hast sie nie geliebt, Miles«, fuhr sie fort. »Das weiß ich.«

»Das behauptet sie auch«, sagte er betrübt, weil zwei so unterschiedliche Frauen wie Janine und Cindy zum selben deprimierenden Schluss gekommen waren.

Nachdem sie seinen Ärmel losgelassen hatte, umklammerte sie nun seine Hand mit ihrem schraubstockartigen Griff. »Ich habe gelogen, Miles«, sagte sie zu ihm, und die Tränen begannen zu strömen. »Es tut mir *nicht* leid wegen deiner Scheidung. Das gibt mir wieder einen winzigen Hoffnungsschimmer ...«

»Cindy ...«, sagte er und versuchte sich behutsam von ihr zu lösen, ohne ihre fragile Balance zu gefährden. Das Glockengeräusch aus dem Garten wurde wieder stärker.

»Ich liebe dich noch immer, Miles. Das weißt du, nicht wahr? Es ist das Einzige, dem das Lithium nichts anhaben kann. Wusstest du das? Die Medikamente wirken sich auf das Gehirn aus und helfen einem, alles besser zu ertragen, aber das Herz berühren sie nicht! Sie können das, was dort ist, nicht verändern, Miles.«

Sie umklammerte seine Hand und führte sie an ihre Brust, um Miles spüren zu lassen, dass sie die Wahrheit sagte. Mrs Whitings Glocke hörte sich mit einem Mal so an, als läutete sie wie durch ein Megafon verstärkt in seinem Kopf. Er versuchte noch immer, seine Hand zurückzuziehen, vermochte es jedoch nicht, ohne Cindy aus dem Gleichgewicht zu bringen. »Ich muss jetzt gehen ...«

»Nein, bleib noch, Miles.«

»Cindy«, sagte er erneut, barscher als beabsichtigt, als er sich endlich aus ihrer Umklammerung befreit hatte und sie sich wieder mit beiden Händen auf ihre Gehhilfe stützte. »Cindy, bitte.«

Als die Gehhilfe gefährlich ins Schwanken geriet, griff er schnell ihr Handgelenk, dasselbe, das sie zwanzig Jahre zuvor aufgeschlitzt hatte. »Es ist okay«, sagte sie, sichtlich um Haltung bemüht. »Geh jetzt.«

Es kann keinen Gott geben, dachte Miles. Unmöglich. »Cindy«, sagte er nochmals.

»Nein, geh.« Sie entfernte sich langsam, indem sie die Gehhilfe Schritt für Schritt vor sich her wuchtete. »Ich komm schon zurecht, keine Angst.«

Miles nahm erneut einen tiefen Atemzug und hörte sich sagen: »Wie wär's, wenn ich dich irgendwann diese Woche anrufe?«

Auf seinen Vorschlag hin erstrahlte ihr Gesicht so schnell, dass Miles kurz das Gefühl hatte, hereingelegt worden zu sein. »Wirklich, Miles? Du wirst mich wirklich anrufen?«

Nun galt es, sich seinen Verdruss nicht anmerken zu lassen. »Warum nicht?«, fragte er, obwohl mehr Gründe dagegen sprachen, als er aufzählen konnte.

»O Miles.« Wieder wanderte ihre Hand zum Mund. »Lieber, lieber Miles.«

Lieber, lieber Gott.

Er kam gerade bis zur Terrassenschiebetür, als sie ihn abermals rief. Ihr Gesicht hatte jetzt den gleichen düsteren Ausdruck angenommen, an den sich Miles noch aus früherer Zeit erinnern konnte, einen Ausdruck, der eine schreckliche Erkenntnis widerspiegelte. »Miles?«

»Ja, Cindy?«

»Vorhin, als du draußen aus dem Wagen gestiegen bist, da hast du innegehalten und eine Minute lang nur dagestanden. Es hat ausgesehen, als ... als wolltest du wegrennen.«

Miles ließ sich rasch eine passende Lüge einfallen. »Ich habe bemerkt, dass ich ein paar Unterlagen vergessen habe, die ich deiner Mutter geben muss. Du weißt ja, wie sie ist – Quittungen für sämtliche Ausgaben.«

Sie sah ihn lange prüfend an. »Mir ist dieser furchtbare Gedanke gekommen«, sagte sie gedehnt, »dass du vielleicht meinen Wagen gesehen und dir gedacht hast, dass ich zu Hause bin.«

»Cindy ...«

»Ich kann es ertragen, dass du mich nicht liebst, Miles. Ich ertrage es schon mein ganzes Leben lang. Aber wenn ich denken müsste, dass du vor mir wegrennen könntest ...«

»Wir sind alte Freunde«, sagte er beschwichtigend, »warum sollte ich vor dir weglaufen?«

Sie schenkte ihm ein Lächeln, in dem sich Hoffnung und Wissen einen gnadenlosen Kampf lieferten, zwei auf ewig ebenbürtige Gegner. Nein, dachte Miles, es gab doch einen Gott, während er sich zum Gehen wandte. Dieses Elend ist sein Plan für uns.

Statt über Gott nachzudenken, hätte er besser auf Timmy die Katze achten sollen, denn im selben Moment, als er die Hand ausstreckte, um die Schiebetür aufzuziehen, ließ Mrs Whiting von ihrer Glocke ab und riss Timmy so aus ihrer Trance. Augenblicklich erstarb ihr tiefes, kehliges Schnurren, sie zielte mit der Pfote nach Miles' Hand, und ihre Krallen hinterließen einen blutigen Striemen auf seinem Handrücken.

»O Timmy«, sagte Cindy Whiting, als sie sah, was die Katze angerichtet hatte, »was bist du nur für ein Quälgeist!«

»Ist dir je in den Sinn gekommen, dass das Leben ein Fluss ist, mein lieber Junge?«, sagte Mrs Whiting, während Miles auf dem Stuhl ihr gegenüber Platz nahm. Die alte Dame ließ mit ihrem Tonfall durchblicken – wie übrigens bei all ihren Fragen –, dass sie keine erhellende Antwort erwartete. Während einige Menschen einem mit ihrer Haltung zu verstehen gaben, dass sie vielleicht etwas wussten, was man nicht wusste, vermittelte Mrs Whiting einem stets, dass sie wirklich *alles* wusste, was man nicht wusste. Nur sie wusste Bescheid, sodass es ihre Pflicht war, einen wenigstens ein bisschen aufzuklären.

Ihre Garderobe war, vor allem für einen Gartenpavillon, überaus elegant. Während Cindy bereits wie eine nachlässig gekleidete Frau in mittleren Jahren aussah, wirkte Mrs Whiting – das Haar modisch frisiert, ihr Tweedjackett und ihre sportlich elegante Hose perfekt geschnitten, die Handgelenke von Schmuck umschmeichelt, statt von Narben entstellt – wie eine Frau, die keine Spielverderberin hatte sein wollen und es mit dem Altern versucht hatte, ehe sie dann doch der Jugend den Vorzug gegeben hatte. Irgendwie war es ihr gelungen, sie zur Rückkehr zu bewegen, nicht auf einmal natürlich, sondern schrittweise, als hätte sie die Zeiger der Uhr dazu gebracht, sich rückwärts zu bewegen, Minute um Minute, Stunde um Stunde, Tag für Tag, bis sie mit der Position der Zeiger zufrieden war. Noch unheimlicher war die Tatsache, dass Mrs Whiting – Miles war es rätselhaft, wie das sein konnte – eine vitale und prickelnde Erotik ausstrahlte. Ihr wissendes Lächeln ließ vermuten, dass ihr letzter Sex nicht so lange zurücklag wie bei Miles und dass sie dies auch wusste. Als hätte sie ihn sogar flüchtig als Sexpartner in Betracht gezogen, den Gedanken aber schnell wieder verworfen.

Sie hatte sich genau so platziert, dass sie in dem einzigen von der milden Septembersonne beschienenen Flecken saß, während Miles mit dem kalten Stuhl im Schatten vorlieb nehmen musste. In Anbetracht dieses vorsorglichen Arrangements kam ihm die Bemerkung seines Bruders in den Sinn, dass Mrs Whiting, weit davon entfernt, in absehbarer Zeit das Zeitliche zu segnen, lebte, während die Menschen in ihrer Umgebung in eine Art Vorhölle verbannt worden seien. Miles, der mit dem Rücken zum Fluss saß, blickte auf den abfallenden Rasen und den mit weißen Ziegelsteinen eingefassten Kiesweg, der sich zum Haus hinaufschlängelte. Mrs Whiting hätte den Weg ohne Weiteres verbreitern, ja sogar asphaltieren lassen können, um ihrer gehbehinderten Tochter den Zugang zum Pavillon zu ermöglichen.

Schließlich war er der idyllischste Platz auf dem ganzen

Anwesen, vor allem an einem sonnigen Nachmittag, wenngleich Miles jetzt einen fauligen Geruch in der Luft wahrzunehmen meinte.

»Ich nehme an, jedem, der je einen Fluss gesehen hat, ist schon mal dieser Gedanke gekommen, Mrs Whiting«, sagte er. Nach seiner Unterhaltung mit Cindy war Miles nicht in der Stimmung für abstrakte philosophische Erörterungen. Auf dem Tisch zwischen ihnen ruhte die silberne Glocke, und Miles musste den Impuls unterdrücken, sie zu packen und in den Fluss zu schleudern. Der nicht gerade der Fluss des Lebens war. Die alte Frau musste seine Gedanken erraten haben, jedenfalls nahm sie die Glocke und platzierte sie außerhalb seiner Reichweite neben sich auf den Tisch.

»Mein verstorbener Mann ...«, begann Mrs Whiting und unterbrach sich wieder. »Bist du ihm eigentlich je begegnet?«

»Ich glaube nicht.« Miles war bereits auf dem College gewesen, als sich C. B. Whiting eine Kugel in den Kopf jagte. Und zwar genau hier, in diesem Pavillon, hieß es. Jedes Mal, wenn er Mrs Whiting dort besuchte, musste er sich bemühen, nicht nach Spuren des tödlichen Schusses zu suchen, sei es ein fehlendes Stück im Gitterwerk oder ein von der Kugel durchschlagener Dachsparren.

Die alte Dame musterte ihn einen Augenblick lang und zuckte dann die Schultern. Es erstaunte ihn jedes Mal aufs Neue, mit welcher Leichtigkeit sie auf einen Mann zu sprechen kam, der sich das Leben genommen hatte – ihren eigenen Ehemann, Himmelherrgott! Fast schien es, als erwartete sie, dass *andere* peinlich berührt sein müssten, wenn sie die Erinnerung an ihn heraufbeschwor, und nicht sie selbst. »Wahrscheinlich bist du ihm begegnet, ohne dir dessen bewusst zu sein. Er gehörte zu der Sorte Menschen, die man erst bemerkt, wenn man weiß, dass sie reich sind.«

»Nun, Sie haben ihn offenbar bemerkt.« Diese Bemerkung konnte sich Miles nicht verkneifen.

»Stimmt« – sie lachte leise in sich hinein –, »und ich werde dir auch erklären, warum. Nun, er war wohl auch nicht närrischer als die meisten Männer, und doch wirst du nie erraten, was er sich in den Kopf gesetzt hatte, als ich ihn kennenlernte. Er war wild entschlossen, den Lauf eben dieses Flusses zu verändern. Er gab ein kleines Vermögen dafür aus, ein neues Flussbett in die Landschaft zu sprengen und künstliche Ufermauern und Dämme weiter flussaufwärts errichten zu lassen, ganz zu schweigen von den Summen, mit denen er die Zuständigen in den Behörden schmierte, damit sie ihm die Erlaubnis erteilten, und das alles, damit kein Müll an unserem Ufer angeschwemmt wurde. Er ist im Glauben, dieses Ziel erreicht zu haben, gestorben. Also, wenn das keine Torheit ist?!«

Miles zuckte die Achseln. Er ärgerte sich viel zu sehr über die alte Dame, um angesichts dieses Beispiels der Arroganz der Reichen Interesse zu heucheln.

»Aber nun hat der Fluss wieder angefangen zu tun, was ihm beliebt, das heißt, Tierkadaver und allen möglichen Müll auf meinen schönen Rasen zu spülen. Daher rührt auch der angenehme Geruch, den du vorhin beim Eintreten wahrgenommen hast. Und darauf wollte ich hinaus: Leben sind Flüsse. Wir bilden uns ein, wir könnten ihren Lauf bestimmen, aber am Ende gibt es nur ein Reiseziel und wir bleiben uns treu, und zwar aus dem einzigen Grund, weil uns nichts anderes übrig bleibt. Die Leute reden von Selbstsucht, aber das ist eine weitere Torheit, denn es gibt sie nicht. Das habe ich deiner lieben Mutter vergeblich begreiflich zu machen versucht. In gewisser Hinsicht war sie wie mein verstorbener Mann, mit dem Unterschied, dass sie immer versucht hat, menschliche Flüsse umzuleiten.«

Miles tat, als untersuche er die Schramme, die Timmy auf seinem Handrücken hinterlassen hatte, ein ausgefranster Riss, der bereits angeschwollen war und gleichzeitig brannte und juckte. Vermutlich stimmte es, dass sich Grace Roby geirrt hatte, wenn sie meinte, sie könne das Leben anderer verändern. Zweifelsohne hatte sie Max mit diesem Hintergedanken geheiratet. Allerdings gab es einen Unterschied zu C. B. Whitings Unterfangen: Ihr Ziel war es nie, den Lauf eines Flusses zu verändern, damit kein Müll mehr an seinem Ufer angespült wurde. Er erwog, dies Mrs Whiting zu erklären, besann sich jedoch anders. »Sie hätten ruhig erwähnen können, dass Cindy zu Hause ist«, sagte er stattdessen.

»Sie wollte dich überraschen«, erwiderte die alte Frau und beugte sich hinab unter den runden Tisch, um etwas vom Boden hochzuheben. Zu Miles' Erstaunen war es Timmy die Katze. Hin und wieder kam es ihm vor, als gäbe es zwei Exemplare von dem kleinen Biest, weil es plötzlich wie aus dem Nichts auftauchte, ohne dass man sah, wie es von A nach B gelangt war. Das Moskitogitter der Verandatür war, wie Miles bemerkte, noch immer zu, denn er hatte es im Hinausgehen hinter sich geschlossen. Wie war sie hinausgelangt und hatte den weitläufigen, penibel gestutzten Rasen überquert, ohne dass er es bemerkt hatte?

Während Miles mit seinem Taschentuch die Blutstropfen auf seinem Handrücken wegtupfte, beäugte er Timmy argwöhnisch und fragte sich wie immer in ihrer Gegenwart, wie man ein solch gemeingefährliches Tier behalten konnte, wenn man einen perfekt geeigneten Fluss hinter dem Haus hatte, um es darin loszuwerden. Timmys früherer Besitzer hatte in vernünftiger Absicht gehandelt. Doch in diesem Moment sah Timmy nicht im Entferntesten gemeingefährlich aus. Sie schmiegte sich unter den Busen ihrer Herrin und schnurrte laut, während sie Miles mit katzenhafter Gleichgültigkeit betrachtete und langsam die Lider schloss, als sei sie schläfrig, um sie im nächsten Moment wieder zu öffnen und ihre uringelben Pupillen zu zeigen. »Wer von beiden hat dich gekratzt, meine Tochter oder die hier?«

»Ich wünschte, Sie würden sie einschläfern lassen«, sagte er. Tatsächlich hatte er Mrs Whiting bereits bei zahllosen Gelegenheiten angeboten, diese Aufgabe für sie zu übernehmen.

»Mein lieber Junge« – sie sah ihn lächelnd an –, »wenn du wütend bist, bist du nachlässig im Gebrauch von Pronomen, was zu Missverständnissen führen kann. Ich nehme an, du meinst die Katze.«

Miles seufzte. »Ich fürchte, ich habe sie aufgeregt. Das wollte ich nicht ...«

»Armer Miles«, sagte Mrs Whiting. »Du hast ein überentwickeltes Verantwortungsgefühl. Du weißt doch bestimmt, dass du nicht verantwortlich bist für das traurige Leben meiner Tochter. Du warst noch ein kleiner Junge, als sie den Unfall hatte.«

Tatsächlich waren mit diesem schrecklichen Ereignis seine frühesten und lebhaftesten Erinnerungen verbunden. Miles hatte zwar nicht gesehen, wie Cindy angefahren wurde, aber die Leute hatten noch wochenlang darüber geredet, sodass er es sich lebhaft ausmalen konnte und ihm die entsetzlichen Bilder noch lange im Kopf herumspukten. Der Wagen hatte die Kleine ergriffen und ein Stück weit mitgerissen, wobei ihre Beine zerquetscht und ihr Becken gebrochen wurde. Außerdem hatte sie ein schweres Schädeltrauma erlitten, war kurz nach ihrer Einlieferung ins Krankenhaus ins Koma gefallen und hatte mehrere Wochen lang in Lebensgefahr geschwebt.

Die Polizei suchte fieberhaft nach dem hellgrünen Pontiac, der Zeugenberichten zufolge in hohem Tempo vom Unfallort weggefahren war. Miles erinnerte sich noch gut, dass jeder in Empire Falls, der einen grünen Pontiac besaß, zum Kreis der Verdächtigen gezählt worden war. Zuerst nahm man an, dass der Fahrer wohl ein Einheimischer gewesen sei, weil sich der Unfall jenseits der Iron Bridge ereignet hatte, auf der Whiting'schen Uferseite. Damals war diese Seite des Flusses abgesehen vom Haus der Whitings und dem Country Club kaum besiedelt gewesen. Jimmy Mintys Vater besaß zu jener Zeit einen alten zerbeulten roten Pontiac und parkte ihn immer in der Hofeinfahrt, die sich die Mintys mit den Robys teilten, als wollte er sie daran erinnern, dass er einen Wagen besaß und sie meistens nicht. Max kaufte zwar immer wieder ein Auto, aber da er es nie bezahlte, wurde es ihm stets wieder weggenommen. Als Junge dachte Miles, diese Zwangsenteignungen seien der Grund für das häufige Verschwinden seines Vaters, und als er seine Mutter fragte, ob Max zusammen mit dem Wagen zwangsenteignet worden sei, musste sie herzlich lachen und er kam sich reichlich dumm vor, weil er einen Scherz gemacht hatte, den er nicht verstand.

Vom Fenster seines Zimmers im ersten Stock blickte Miles auf den roten Pontiac der Mintys hinab und war sich sicher, dass er trotz der falschen Farbe derjenige war, der das Mädchen der Whitings überfahren hatte. Mr Minty war ein großer, übellauniger Mann und in Miles' Augen genau der Typ, dem es zuzutrauen war, dass er die kleine Tochter einer reichen Familie überfuhr. Häufig kam er an ihre Hintertür – allerdings nie, wenn Max zu Hause war – und bot ihnen Fleisch aus seiner gut gefüllten Tiefkühltruhe an. Grace, die Besucher normalerweise ins Haus bat, lud Mr Minty nie ein hereinzukommen, und die Art und Weise, wie er seine Mutter ansah, war Miles unbehaglich. Mehr noch, seine Mutter achtete immer darauf, dass das Fliegengitter geschlossen war, wenn sie ihn kommen sah. Und nun stand dieses mörderische Fahrzeug direkt vor ihrem Haus und wartete vermutlich darauf, dass Miles nichtsahnend hinter ihm vorbeiging. Obgleich noch ein kleiner Junge, verstand Miles instinktiv, dass sein Unfall, sollte er überfahren werden, bei Weitem nicht für eine solche Sensation sorgen würde wie im Falle Cindy Whitings.

Die Tatsache, dass es sich um das Mädchen der Whitings handelte, erregte natürlich die Gemüter im gesamten Dexter County. Dass eine solche Tragödie ausgerechnet eine Familie traf, die über Generationen hinweg von Unglück verschont gewesen war, zog allerlei philosophische Betrachtungen nach sich, insbesondere unter den Familien der Fabrikarbeiter. Es zeige, sagten die Leute, dass Gott die Reichen eben nicht verschone. In Wirklichkeit liebe er sie nicht mehr als die Armen, und es habe eine solche Tragödie gebraucht, um ihnen diese oft angezweifelte Wahrheit vor Augen zu führen.

Grace hielt nichts von dieser Art von Gerede, was Miles erstaunte, weil sie ihm immer gesagt hatte, dass Gottes Wirken sich in allem zeige. Allerdings beharrte sie darauf, dass es nicht Gott gewesen sei, der hinter dem Lenkrad des Pontiac gesessen habe, und Miles fragte sich, ob sie vielleicht deshalb für Gott Partei ergreife, damit er sich beim nächsten Mal, wenn er beschloss, noch ein bisschen mehr Unglück über die Welt kommen zu lassen, daran erinnern würde, wer diejenigen waren, die zu ihm standen.

Mochte Mrs Whiting auch recht damit haben, dass Miles' Verantwortungsgefühl gegenüber Cindy übertrieben war, konnte er sich sehr wohl erklären, wie er es entwickelt hatte. Der Unfall hatte seine Mutter völlig aus dem Gleichgewicht gebracht, als hätte er ihre lang gehegte Ansicht, dass überall in der Welt Gefahren lauerten, bestätigt. Von da an instrumentalisierte sie das Unglück, um Miles Angst vor seinen waghalsigen Baumbesteigungen zu machen, indem sie ihm beschrieb, was passieren würde, wenn er herunterfiele, und ihn fragte, ob er vielleicht für den Rest seines Lebens zum Krüppel werden wolle wie die kleine Cindy Whiting. Natürlich entbehrte dieses Argument in Miles' Augen jeglicher Logik, schließlich war doch, wenn er hoch oben in einem Baum saß, das Risiko, von einem Auto überfahren zu werden, gleich null. Aber Grace war in diesem Punkt fest entschlossen und unbeugsam. Weil sie und Mrs Whiting am selben Tag im selben Krankenhaus ein Kind bekommen hatten, machte dies Cindy Whiting und ihn zu einer Art geistigen Zwillingen, jedenfalls schien es ihm so. Von Anfang an schickte Grace dem kleinen Mädchen Geburtstags- und Weihnachtskarten, die Mrs Whiting seines Wissens nie erwiderte. Nach dem Unfall stellte Grace klar, dass sie gegenüber dem beeinträchtigten Kind eine besondere Pflicht hätten. Zu Miles' Geburtstagsfeiern musste Cindy Whiting selbstverständlich eingeladen werden. Wenn sie sie mit ihrer Mutter in der Stadt sahen, wurde Miles angewiesen, zu ihr zu gehen und ihr Hallo zu sagen. Cindy Whiting, wurde Grace nie müde ihn zu erinnern, sei ein tapferes kleines Mädchen, das eine Operation nach der anderen erduldet habe. Mit anderen Worten: Ihr war etwas Schreckliches widerfahren, also hatten andere die Pflicht, ihr etwas Nettes widerfahren zu lassen. In Grace' Augen war dies die Pflicht eines jeden Menschen auf der Welt, denn Gott wolle schließlich – so sei es in der Bibel dargelegt, damit das Leben ein bisschen gerechter vonstattengehe –, dass den Hungrigen zu essen gegeben werde, den Frierenden etwas Warmes zum Anziehen und den Durstigen etwas zu trinken. (Letzteres bekräftigte Max stets, wenn er sich auf den Weg zu seiner Stammkneipe machte.) Und, am wichtigsten, es war eines jeden Pflicht, jenen Liebe zu geben, die ihrer bedurften. (Wenn Grace bei diesem in ihren Augen wichtigsten Punkt anlangte, war Max meist schon gegangen.) In Grace' Augen brauchten die Menschen Liebe – noch mehr als Nahrung und eine Zuflucht und wärmende Kleidung –, und das Beste daran war, dass Liebe nichts kostete. Selbst arme Leute konnten es sich leisten, dies den Reichen zu schenken.

Auch wenn seine Mutter es ihm nie erzählt hatte, vermutete er, dass im Krankenhaus etwas oder mehrere Dinge passiert sein mussten, als sie und Francine Whiting ihre Kinder bekamen, etwas, was seine Mutter in dem Glauben einer geistigen Verbundenheit ihrer beider Neugeborenen bestärkte. Es war nicht besonders schwer, sich ihre Gedankengänge zusammenzureimen. Zwei Kinder, die binnen weniger Stunden in derart unterschiedliche Verhältnisse hineingeboren wurden, das eine reich, das andere arm. Gewiss hatte das Krankenhauspersonal Grace auf unzählige verschiedene Arten zu verstehen gegeben, welches Baby das wichtigere sei, und eine solch stille, nachdenkliche Frau wie Grace konnte nicht anders, als darüber nachzugrübeln, welche unterschiedlichen Schicksale ihrem Kind und dem dieser Frau mit dem Nachnamen Whiting beschieden waren, selbst wenn diese bis vor Kurzem noch Robideaux geheißen hatte. Vielleicht haderte sie sogar mit der Ungerechtigkeit dieser Tatsache und fragte sich, ob Babys manchmal aus Versehen in ihren Körbchen vertauscht wurden, sodass dem Schicksal durch menschliche Nachlässigkeit ein Strich durch die Rechnung gemacht wurde. Nicht, dass ein solcher versehentlicher Tausch in diesem Fall möglich gewesen wäre, da das eine ein Junge und das andere ein Mädchen war, aber trotzdem. Mussten einer Frau in Grace' Lage nicht derlei Fragen durch den Kopf gehen?

Und doch wollte diese Erklärung Miles nie so recht einleuchten. Einerseits schien Grace ihr Kind, wenn die Erinnerung ihn nicht trog, auch schon *vor* Cindy Whitings Unfall als das glücklichere anzusehen, als das von Gott gesegnete. Warum? Miles hatte keine Ahnung. Er wusste nicht, ob seine Mutter Francine Robideaux schon gekannt hatte, ehe diese den reichsten Mann in Zentral-Maine heiratete, aber er bezweifelte es, sodass Grace nicht geahnt haben konnte, dass Francine eine schlechte Mutter sein würde. Alles, was sie über diese Frau wusste, musste ihrer Bekanntschaft im Krankenhaus entsprungen sein. Allerdings war Grace eine hervorragende Beobachterin und hatte vielleicht bemerkt, wie sich das Baby an der mageren Brust seiner Mutter abmühte, und für die Kleine eine entbehrungsreiche Zukunft vorausgesehen. Was immer ihre Gründe gewesen sein mochten, Grace hatte von Anfang an klargestellt, dass das kleine Whiting-Mädchen etwas Besonderes sei, ein Mensch, zu dem man besonders nett sein müsse. Der Unfall war nicht der Auslöser für diese Verbindung, sondern hatte sie nur noch gefestigt. Und als der Highschool-Abschlussball nahte und Cindy Whiting keinen Tanzpartner hatte, war klar, dass Miles ihren Begleiter würde geben müssen – obwohl er zu diesem Zeitpunkt in die drei Jahre ältere Charlene Gardiner verliebt war, die im Empire Grill als Kellnerin arbeitete, wo Miles neben der Schule einen Aushilfsjob als Abräumhilfe und Spüljunge hatte, ein Mädchen, dem seine Schwärmerei nicht entgangen war, das stets nett und liebenswürdig ihm gegenüber war und ihre zahlreichen Verehrer in die Schranken wies, wenn sie sich in seiner Hörweite über ihn lustig machten, und das ihn sogar für voll zu nehmen schien.

Doch leider war es, wenn es nach Grace ging, nicht seine moralische Pflicht, das Gardiner-Mädchen zu lieben. Sicher, räumte Grace ein, Charlene war eines der hübschesten Mädchen, die man in Empire Falls finden konnte. Und doch, bemühte sie sich ihm vorsichtig zu erklären, gebe es da eine Sache, die zu verstehen er noch zu jung sei, aber eines Tages würde er wissen, was sie meine. »Charlene Gardiner ist nicht wirklich ein Mädchen«, sagte sie, und Miles klappte der Kiefer herunter. »Ich weiß, sie ist nicht wesentlich älter als du, aber sie ist bereits eine *Frau*, und du bist noch ein Junge.«

Bezüglich Letzterem mochte Grace ja recht haben, aber sie irrte gewaltig, wenn sie meinte, er habe noch nicht begriffen, dass Charlene eine Frau war. Denn genau das mochte er ja am meisten an ihr, und er malte sich in seinen Fantasien aus, wie sie ihn zum Mann machen würde. Während Cindy Whiting, wie er vermutete, nichts anderes machen würde, als ihm das Leben zu vermiesen, eine Vorahnung, die sich in den kommenden dreißig Jahren bestätigen sollte, bis zu eben diesem Moment.

Als Timmy die Katze den Kopf hob, kam Mrs Whiting der unmissverständlichen Aufforderung nach und kraulte ihr den Hals. »Vermutlich sollte ich dich tatsächlich einschläfern lassen«, sagte sie. »Du bist wirklich ein abscheuliches kleines Biest. Aber man kommt nicht umhin, die Intensität deiner Gefühle zu bewundern.«

»Ich schon«, sagte Miles. »Jedes Mal, wenn ich hier bin, beißt oder kratzt sie mich.«

»Oh, nicht nur dich, mein lieber Junge. Sie behandelt jeden, der nicht zur Familie gehört, mit ausgesuchter Bösartigkeit. Vergangene Woche hat sie dem Bürgermeister den Unterarm blutig gekratzt – stimmt's, Süße?«

»Sie sollten eine Tombola veranstalten«, schlug Miles vor. »Zehn Dollar pro Los, und der Gewinner darf sie mit einem Baseballschläger ins Jenseits befördern. Mit dem Erlös könnten wir den neuen Krankenhausflügel fertig bauen.«

Die alte Frau klatschte vor Vergnügen in die Hände. »Ich weiß auch nicht, warum du mich jedes Mals aufs Neue mit deinem Humor überraschst, mein lieber Junge.«

»Habe ich was Lustiges gesagt?«, fragte Miles.

»Siehst du? Noch eine Kostprobe deines Witzes. Bestimmt hast du ihn von deinem Nichtsnutz von einem Vater. Als du im Urlaub warst, hat er mich übrigens wieder angerufen. Mir blieb nichts anderes übrig, als ihm mit der Polizei zu drohen.«

»Ich rede mit ihm.«

»Ob er weiß, was für ein komischer Kauz er ist?«

»Ich glaube nicht. Aber er ist mir sowieso ein Rätsel.«

»Das war er für deine Mutter auch, die Gute. Die arme Grace

war leider nicht mit einem Sinn für den Aberwitz des Lebens gesegnet.« In diesem Moment schüttelte Timmy wie ein Automat den Kopf und sah ihre Herrin an, als folgte sie mit großem Interesse der Unterhaltung.

»Das sehe ich anders – meine Mutter hatte Sinn für Humor.« Miles hasste es fast ebenso sehr, mit Mrs Whiting über seine Mutter zu reden, wie mit Jimmy Minty. »Das Leben mag ein einziger großer Witz sein, wie Sie sagen, nur wenn man selbst immer der Leidtragende ist, fällt es einem nicht immer ganz so leicht, den Witz zu würdigen.«

»Ja, ja, ich begreife durchaus, dass das Leben für manche schwerer ist als für andere«, erwiderte Mrs Whiting, als hätte sie diese Ansicht schon einmal gehört und finde, dass durchaus etwas dran sein könnte. »Und doch bin ich seit jeher überzeugt, dass die Menschen größtenteils selbst ihres Glückes Schmied sind. Du brauchst jetzt gar nicht so zu grinsen, Miles Roby.« Mit einem Mal klang sie fast ernst. »Du magst glauben, ich hätte mein Glück geheiratet, aber diese Ansicht ist weder besonders nett noch scharfsinnig und wirft kein gutes Licht auf dich. Den richtigen Menschen zu heiraten erfordert nämlich sehr viel Geschick und Timing. Insbesondere, wenn das fragliche Mädchen aus der Familie Robideaux Blight stammt.«

»Ja, über den Umweg des Colby Colleges«, konnte sich Miles nicht verkneifen zu sagen, da er wusste, dass es sie ärgern würde. Menschen, die überzeugt waren, es aus eigener Kraft geschafft zu haben, mochten es nicht, wenn man ihren Aufstieg unter die Lupe nahm.

»Du meine Güte, ja«, sagte Mrs Whiting nach kaum merklichem Zögern. »Nicht zu vergessen Colby, sicher, und die befreiende Wirkung der höheren Bildung. Wobei sie nicht jeden zu befreien vermag, nicht wahr?«

Womit sie auf ihn anspielte, wie Miles klar war. Eins von Mrs

Whitings großen Talenten bestand darin, sich nicht aus dem Tritt bringen zu lassen. Wann immer sie einen Schlag eingesteckt hatte, richtete sie sich auf und schwang erneut die Fäuste. Miles machte sich auf eine Abreibung gefasst.

»Und doch ist eine kluge Heirat eine Seltenheit, findest du nicht auch?«, fragte sie. »Die meisten Menschen vermasseln es gründlich. Sie heiraten aus den falschen Gründen den falschen Partner. Aus so absurden Gründen, dass sie sie schon wenige Monate nach ihrem Treuegelübde wieder vergessen haben. Und so bleibt es für diese unglücklich Verheirateten ein lebenslanges Geheimnis, was damals in sie gefahren ist, während ihre Gründe für Außenstehende oft völlig offensichtlich sind. Ich wette, du zum Beispiel hast nicht den blassesten Schimmer, warum du geheiratet hast.«

Miles nickte. »Sie meinen, Sie würden wetten, wenn Sie jemanden fänden, der mit Ihnen eine Wette eingehen würde.«

»Also gibst du zu, dass du keinen blassen Schimmer hast!«, rief sie aus. »Herrlich. Nun, soll ich sie dir verraten?«

»Nein danke.«

»Ach komm schon, mein lieber Junge, interessiert es dich nicht wenigstens ein bisschen?«

In Wahrheit interessierte es ihn durchaus. Oder hätte es, wenn er geglaubt hätte, Mrs Whiting verfüge tatsächlich über einen echten Einblick. Aber er war sich sicher, dass sie ihm wieder einmal eine Kostprobe ihrer Boshaftigkeit geben wollte. »Okay, warum habe ich geheiratet, Mrs Whiting?«

»Na gut«, sagte sie. »Ich dachte schon, du wolltest ein Spielverderber sein. Du hast aus Angst geheiratet, lieber Junge.« Wieder schüttelte Timmy heftig den Kopf, als wäre sie nicht sicher, ob sie richtig gehört habe. »Soll ich fortfahren?«

»Ich dachte, Angst sei der Grund, aus dem Männer *nicht* heiraten.«

»Sei nicht albern. Nur weil Menschen immer wieder die gleichen dummen Sachen sagen, werden sie nicht wahrer.«

»Also, wovor hatte ich Angst?«, hörte sich Miles fragen.

»Weißt du es wirklich nicht?« Sie lächelte. Timmy gähnte ausgiebig, als wollte sie ihm zu verstehen geben, dass selbst sie in der Lage wäre, diese Frage zu beantworten. »Ach herrje. Du weißt es wirklich nicht? Nun gut. Das gibt uns die Möglichkeit, die Sinnhaftigkeit des alten Sprichworts ›Wahrheit ist gleich Freiheit‹ zu überprüfen. Ich persönlich habe noch nie daran geglaubt, aber ...«

»Mrs Whiting ...«

Sie beugte sich zu ihm vor und senkte verschwörerisch die Stimme. »Du hast geheiratet, mein lieber Junge, um dich vor einem noch schlimmeren Schicksal zu bewahren. Ich nehme an, dir ist das peinlich, aber das braucht es dir nicht zu sein. Gut möglich, dass es dir bislang noch gar nicht bewusst war, doch was ich dir jetzt über dich enthülle, stimmt wirklich, das kann ich dir versichern. Du suchst von Natur aus immer einen Mittelweg, einen Weg zwischen gefährlicher Leidenschaft und die Seele zerstörender Gleichgültigkeit. Dein ganzes Erwachsenenleben eignet sich als Paradebeispiel für besonnenes Navigieren, und ich will dir nicht verhehlen, dass ich lange bewundert habe, wie du deinen Kurs bestimmt hast. Du kasteist dich selbst – du brauchst das jetzt gar nicht zu leugnen, denn ich glaube dir sowieso nicht –, weil du eine so armselige Ehe eingegangen bist, aber das ist natürlich blanker Unsinn. Du hast es nur zu deiner eigenen Rettung getan, und dieser Selbsterhaltungstrieb ist uns allen gemeinsam. Bravo, kann ich da nur sagen.«

»Wovor soll ich mich denn gerettet haben, Mrs Whiting?«

»Oh, gewiss ahnst du es längst, zumal du erst vor Kurzem daran erinnert wurdest. Denk ein bisschen nach, mein lieber Junge. Versuche, dich zu erinnern. Du bist sehenden Auges eine schlechte Ehe eingegangen, um dich vor einer noch schlechteren zu bewahren. Du fürchtetest, wenn du nicht schleunigst heiratest, dich mit meiner Tochter vor dem Altar wiederzufinden, weil du wusstest, dass deine Mutter es so wünschte. Aber immerhin hast du so viel von deinem Vater abbekommen, um für dich die bestmögliche Lösung zu finden, ohne die elegantere wählen zu müssen, nämlich wegzurennen. Vor zwanzig Jahren gab es noch einen Greyhound-Terminal in Empire Falls, aber Flucht wäre für den Sohn von Grace Roby niemals infrage gekommen. Die unzähligen Katechismusstunden haben dich zu der Überzeugung gelangen lassen, dass niemand ungeschoren davonkommt. Also hast du dich schnell auf diesen Mittelweg begeben. Du mochtest vielleicht nicht bekommen, was du wirklich wolltest, nämlich dieses Mädchen mit den großen Brüsten, das auch heute noch für dich im Diner arbeitet – stimmt's? –, aber immerhin warst du klug genug, zu vermeiden, was du am meisten fürchtetest, nämlich die Ehe mit einer armen, verkrüppelten jungen Frau, die so sehr in dich verliebt war, dass sie deinetwegen Selbstmord begehen wollte, und die mit ihrer bedauernswerten Anhänglichkeit aus deinem Leben eine einzige lange höllische Übung in Sachen Moral und Tugendhaftigkeit gemacht hätte.«

Mrs Whiting bürstete sich mit der Hand den Schoß ab, nachdem Timmy offensichtlich hinuntergesprungen war, ohne dass Miles es bemerkt hatte.

»Und deswegen läufst du immer mit einer Jammermiene herum und tust in täglicher Selbstkasteiung deine Pflicht, anstatt dass du etwas mit deiner Begabung anfängst, wie jeder vernünftige Mensch es getan hätte. Und ich *wünschte*, du würdest etwas sagen, statt stumm dazusitzen, als hätte es dir die Sprache verschlagen. Ob du es nun glaubst oder nicht, wenn ich deine Gefühle verletzt habe, so war es nicht meine Absicht.«

»Was *war* Ihre Absicht?«

»Dir eine dringend notwendige Warnung zu erteilen, mein lieber Junge. Dir klarzumachen, dass du trotz deiner beachtlichen Navigationsbegabung erneut in der Klemme sitzt. Du bist im Begriff, wieder Junggeselle zu werden, oder nicht? Bestimmt bist du dir nicht im Klaren darüber, dass die Tatsache, dass dieser ... Umstand mit der Rückkehr meiner Tochter nach Empire Falls zusammenfällt, nicht dem Zufall geschuldet ist?«

Nein, war er nicht.

»Um ehrlich zu sein, bin ich in der Tat mehr als nur ein bisschen neugierig, wie du dich beim zweiten Mal aus der Affäre ziehen wirst.«

»Neugierig.«

Sie sah ihn über den Brillenrand hinweg an. »Ach verschon mich bitte mit diesem Tonfall, der mir deine moralische Überlegenheit signalisieren soll. Den hast du von deiner Mutter. Offen gestanden war das der einzige unangenehme Zug an dieser ansonsten liebenswerten Frau. Da sie es nicht über sich brachte, direkt Kritik zu üben, hat sie sich immer genau um diesen Tonfall bemüht. Gewiss hat sie deine fehlgeleitete Auffassung geteilt, ich sei kalt und gefühllos, dabei verfüge ich einfach nur über einen lebendigen Geist. Ja, ein lebendiger, unabhängiger Geist, an Männern so sehr bewundert, wird an einer Frau nur selten toleriert – oder irre ich mich?«

»Irre *ich* mich – oder ist die Frau, über die wir reden, Ihre Tochter?«

»Eigentlich dachte ich, wir reden über dich. Ich habe durchaus Mitgefühl für die missliche Lage meiner Tochter, mein lieber Junge, und zwar schon mein Leben lang. Auch das kannst du glauben oder nicht. Aber verzeih mir meine Offenheit in diesem Punkt, wenn ich dich darauf hinweise, dass ihre Zwangslage, so schmerzlich sie auch sein mag, im Vergleich zu deiner nicht besonders interessant ist. Bei ihr hat das Schicksal in jungen Jahren zugeschlagen, und seit ihrem Unfall wurde das Leben meiner Tochter vorwiegend von Einflüssen bestimmt, die sich ihrer Kontrolle und ihrem Verständnis entzogen haben. In ihrem Fall sind Mitleid und Angst, wenn ich mich recht entsinne, die entsprechenden emotionalen und moralischen Reaktionen. Aber wenn das Schicksal die Zügel übernimmt und der freie Wille aus dem Sattel gestoßen wird, dann ist eigentlich alles gesagt, oder nicht? Du hingegen bist ein Schauspieler, wenngleich ein widerspenstiger, auf der Bühne des Lebens. Nicht jeder hat die Chance, wählen zu können, wie du damals. Und nun bekommst du sie erneut. Sag mir nicht, dass du das nicht auch außergewöhnlich findest. Ich beneide dich nicht gerade, aber ich bin neugierig. Wirst du dich wieder für den gleichen Weg entscheiden oder für einen anderen? Die meisten deiner damaligen Optionen bestehen auch heute noch. Du könntest erneut heiraten – zum Beispiel diese Frau mit den riesigen Brüsten. Denn da ist diese leise Stimme in deinem Kopf, die du hartnäckig zu überhören versuchst und die dich unentwegt fragt: ›Habe ich nicht ein bisschen Glück verdient? War ich nicht lange genug ein braver Junge?‹ Aber es gibt auch diese andere Stimme, die deine Mutter so entscheidend geprägt hat – die dich der Selbstsucht bezichtigt, dir vorwirft, nicht genügend an andere zu denken ... zum Beispiel an die arme, verkrüppelte Cindy Whiting. Verdient sie nicht auch ein bisschen Glück? Und diesmal könntest du vielleicht auf diese Stimme hören, weil das, was sie sagt, sich richtig anfühlt, wenn sie nicht sofort diese quälenden Skrupel wachrufen würde, dass du es womöglich auch aus Eigennutz tun würdest – denn natürlich würde eine solche Heirat ein hübsches Vermögen mit sich bringen, und du bist es müde, dich so anstrengen zu müssen, um über die Runden zu kommen. Wer wäre es nicht? Und sollten deine Skrupel allzu groß werden, könntest du dir bestimmt einreden, du tätest es für deine Tochter, die in wenigen Jahren aufs College gehen wird, und sie ist es doch, um die es letztlich geht, oder nicht? Du meine Güte, es ist wirklich kompliziert. Kein Wunder, dass die Menschen immer nach einem einfachen Leben trachten. Wie lautet noch mal die Frage, die sich unsere bibeltreuen Mitbürger immer stellen? ›Was würde Jesus tun?‹ Genau, was würde er tun?«

Der Wind hatte sich wieder gedreht, und Miles stieg erneut ein fauliger Geruch vom Fluss her in die Nase; ob er vom diesseitigen oder dem Ufer, das zu Empire Falls gehörte, kam, vermochte Miles nicht zu sagen.

»Irgendetwas sagt mir, Sie haben einen Ratschlag für mich.«

Sie seufzte. »Ich fürchte, nein, mein lieber Junge. Abgesehen davon, dir dein Dilemma vor Augen zu führen, kann ich dir leider keine Hilfe anbieten. Bedauerlicherweise gibt es nur eine Sache, die ich sicher weiß.«

»Und die wäre?«

»Meine Tochter wird dir vielleicht erzählt haben, dass ihre Ärzte sie auf dem Weg der Genesung sehen?«

Miles nickte.

Mrs Whiting schüttelte, die Augenbrauen hochgezogen, den Kopf.

Es war fast drei Uhr nachmittags, als Miles über die Iron Bridge nach Empire Falls zurückfuhr. Als er endlich auf den Parkplatz hinter dem *Rektum* einbog, war der Himmel wieder zugezogen und Regenwolken hüllten den anklagenden Kirchturm ein. Doch das war nicht das Schlimmste. Auf den Verandastufen saßen, in eine augenscheinlich angeregte Unterhaltung vertieft, Father Tom und Max Roby, der seinen Sohn grinsend ansah, als dieser den Motor des Jettas abstellte. Als Miles nach einigen Minuten immer noch keine Anstalten gemacht hatte auszusteigen, kam Max angeschlurft und bedeutete ihm, die Fensterscheibe auf der Beifahrerseite herunterzulassen. Offensichtlich fühlte sich Max wohler, wenn der gesamte Wagen als Sicherheitspuffer zwischen ihnen war.

»Was machst du hier, Dad?«, fragte Miles und rieb sich mit den Fingerspitzen die Schläfen.

»Auf dich warten.«

»Wieso?«

»Ich warte schon seit zwei Stunden auf dich.«

Der alte Father Tom saß noch immer auf den Stufen und fixierte Miles jetzt mit seinem unheilvollen Blick. Der alte Mann bewegte die Lippen, war jedoch zu weit entfernt, als dass Miles verstehen konnte, ob eines der Wörter, die sie formten, vielleicht »Arschloch« war.

»Lass uns loslegen«, sagte Max.

»Es regnet gleich.« Miles deutete zum Himmel.

»Vielleicht auch nicht.«

»Doch, es wird regnen.«

»Du hättest halt früher kommen müssen«, sagte Max. »Als die Sonne noch geschienen hat.«

»Ich weiß.«

»Aber du brauchst mich für die zwei Stunden, die ich gewartet hab, nicht zu bezahlen.«

»Ich muss dich für gar nichts bezahlen.«

Max grübelte über die Ungerechtigkeit dieser Aussage nach und musterte dann das Wageninnere. »Was ist mit deinem Wagen passiert?«

»Geht dich nichts an«, sagte Miles, der keine Lust hatte, es ihm zu erklären. Als er zu seinem Wagen gegangen war, den er in der Auffahrt der Whitings geparkt hatte, und eine pfeilschnelle Bewegung wahrgenommen hatte, war ihm siedend heiß eingefallen, dass er das Beifahrerfenster halb aufgelassen hatte. Nun war das Wageninnere voller herumfliegender Schaumpartikel, die vom Beifahrersitz aufstiegen.

»Schau mich nicht so vorwurfsvoll an«, sagte Max. »Ich war das nicht.«

»Das weiß ich.«

»Für die Wolken kann ich auch nichts. Ich hab gar nix gemacht. Ich bin ja nur ein nutzloser alter Mann.«

Miles betrachtete seinen Vater, dessen Bartstoppeln merkwürdig orangefarben glänzten. »Du hast mal wieder Essensreste im Bart. Lass mich raten – Cheetos?«

»Na und?«

Da war was dran, und Mrs Whiting hatte, wie Miles traurig sinnierte, wahrscheinlich ebenfalls recht. Die Menschen waren nun mal, wie sie waren, mochten sie sich auch noch so bemühen, anders zu sein. Max war eben darauf programmiert, Max zu sein, und das hieß, dass er Krümel im Bart hatte. Aus einem anderen Blickwinkel betrachtet, war es vermutlich bewundernswert, dass sein Vater nie seine eigene Natur bekämpfte, nie mehr von sich erwartete, als seiner Erfahrung nach klug war, und sich auf diese Weise gegen Enttäuschungen und mögliche Selbstvorwürfe feite. Es war in der Tat eine vernünftige Art zu leben, weit vernünftiger als Miles' Art, sein Leben zu meistern, der oft mit sich selbst haderte, zum Beispiel aufgrund seines Unvermögens, Leitern hochzusteigen, oder sich die Schuld für die Untreue seiner Frau gab und sich immer wieder Situationen aussetzte, die Ärger, wenn nicht gar Kummer und Leid nach sich zogen. Vielleicht war tatsächlich der Katechismus daran schuld, wie die alte Frau gemeint hatte, das anstudierte Beharren darauf, dass man sich Gott unterzuordnen habe, das ihm in unzähligen Unterrichtsstunden von eben jenem Pfarrer eingebläut worden war, der jetzt nur ein paar Meter entfernt auf den Stufen saß und ihn böse anguckte. Was, um alles in der Welt, hatten diese beiden alten Geißböcke bloß miteinander ausgeheckt?, fragte sich Miles.

»Mrs Whiting hat mir erzählt, du hättest sie wieder angerufen?«, sagte Miles.

Max zuckte die Schultern. »Na und?«

»Du hast doch gesagt, dass du es nicht mehr tun würdest.«

»Nein, hab ich nicht«, erwiderte er mit entwaffnender Unaufrichtigkeit. Max glaubte fest an ein gesetzlich festgelegtes Ablaufdatum für Versprechen. »Sie und ich sind verwandt, das weißt du. Die Robys und Robideauxs sind quasi eine Familie.«

»Das weißt du doch überhaupt nicht«, sagte Miles. »Du wünschst es. Aber abgesehen davon gibt es dir nicht das Recht, sie spätabends anzurufen und um Geld anzubetteln.«

»Sie geht tagsüber nie ans Telefon«, erklärte Max. »Sie hat immer den Anrufbeantworter eingeschaltet.«

»Leute wie du sind schuld daran, dass sich die Leute Anrufbeantworter anschaffen. Überhaupt ist ein Großteil dieser modernen Technologien nur wegen Menschen wie dir vonnöten.«

»Das Einzige, was ich von ihr wollte, war ein bisschen Geld, um zu den Keys runterfahren zu können. Wenn du's ausspucken würdest, müsste ich sie nicht darum bitten. Du bist näher mit mir verwandt als sie, falls du's vergessen hast.«

»Sie hat gesagt, wenn du sie noch mal anrufst, hetzt sie dir die Bullen auf den Hals.«

Max nickte nachdenklich. »Wahrscheinlich schicken sie dann diesen Jimmy Minty. Mein *Gott*, was war der für ein dummes Kind.«

Nicht so dumm wie deins, hätte Miles am liebsten erwidert. Er beugte sich auf die Beifahrerseite hinüber, um das Fenster hochzukurbeln, und stellte somit klar, dass die Unterhaltung für ihn beendet war. Dann stieg er aus. Wenigstens flogen draußen keine Schaumflocken durch die Luft. Miles ging um den Wagen herum, öffnete die Beifahrertür und nahm den zerfledderten Sitz in Augenschein. Dann drehte er sich um und kehrte dem Schlamassel den Rücken. Im Übrigen war der zerstörte Sitz nicht das größte Übel dieses Nachmittags. Denn beim Verlassen des Whiting'schen Anwesens hatte er etwas so Verdrehtes getan, dass es ihm selbst jetzt noch, nach fünfzehn Minuten, schier den Atem verschlug. Was, fragte er, hatte er sich nur dabei gedacht?

Was er getan hatte, war Folgendes: Ehe er zum Wagen zurückkehrte, war er nochmals ins Haus gegangen und hatte Cindy Whiting eingeladen, ihn zum Highschool-Footballmatch am kommenden Wochenende zu begleiten. Das anlässlich des jährlichen Ehemaligentreffens stattfand. Oh Gott, dachte er jetzt, während er zum Kirchturm hochstarrte, an dem die Farbe sichtlich abgeblättert war. Warum stieg er nicht kurzerhand die Leiter bis zur letzten Sprosse hinauf, machte einen Schritt in die Luft und machte mit allem Schluss? Der Punkt war der, dass Mrs Whitings zynische Analyse seines Charakters ihn ordentlich aus dem Konzept gebracht hatte. Sicher, die alte Dame wusste zwar nicht alles über ihn, aber sie wusste genug – was in ihm den Drang ausgelöst hatte, ihr zu beweisen, dass sie irrte, nicht nur bezüglich der menschlichen Natur als solcher, sondern vor allem auch seiner. Er wollte ihr beweisen, dass es möglich war, selbstlos zu handeln, und dass seine Mutter recht gehabt hatte in ihrer Überzeugung, dass man Opfer bringen musste. Wenn ihn nur jetzt nicht die Vermutung beschlichen hätte, dass er, indem er Cindy zu etwas einlud, was in ihren Augen zweifellos ein Date war, genau das bestätigte, was er hatte widerlegen wollen. Den Mittelweg. Er hatte sich von seinem Schuldgefühl zu einer schwächlichen, heuchlerischen Geste verleiten lassen, obwohl er nicht bereit war, sie in allerletzter Konsequenz auszuführen. Zwanzig Jahre zuvor hatte er Cindy auf Drängen seiner Mutter zum Abschlussball eingeladen, und nun hatte er fast das Gleiche wieder getan und konnte sich bildlich vorstellen, wie Mrs Whiting in ihrem Gartenpavillon jenseits des Flusses saß und auf seine Kosten in sich hineinlachte. Wieder einmal hatte sie ihn nach ihrer Geige tanzen lassen.

Und das Thema Bier- und Weinlizenz, das anzusprechen er seinem Bruder versprochen hatte, war wieder einmal außen vor geblieben.

Kapitel 10

Drei Wochen nach dem Herbstsemesterbeginn sitzt Tick in der Cafeteria und hebt den Kopf, als die Tür aufgeht und Mr Meyer, der Rektor, hereinkommt, den nahezu komatösen John Voss im Schlepptau. Wie immer in einem viel zu großen schwarzen T-Shirt mit ausgeleiertem Kragen, einer Secondhand-Golfhose aus Polyester und Tennisschuhen mit gerissenen Schuhbändern, trägt der Junge mit beiden Händen eine volle, zerknitterte Papiertüte vor sich her, aus der Tick folgert, dass sie ihr Mittagessen in Gesellschaft wird einnehmen müssen. Sofern man bei einem Jungen, den Tick noch nie auch nur ein Wort hat sagen hören, von »Gesellschaft« reden kann. Hätte Justin bei seinen unermüdlichen Hänseleien von Candace John Voss nicht eine tragende Rolle zugedacht, hätte Tick nicht einmal seinen Namen gekannt. Die Jungs vom Footballteam, denen es ganz besonderen Spaß zu machen scheint, ihn zu quälen, nennen ihn einfach nur Schwachkopf. Seit er – wie lange ist es nun her, zwei Jahre? – wie aus dem Nichts in ihrer Mitte aufgetaucht ist, ist er für sie noch immer ein Rätsel. Tick hat keine Ahnung, wo er wohnt, warum er stumm ist, warum er sich anzieht, wie er sich anzieht, warum er nicht im Geringsten auf äußere Reize reagiert. Allem Anschein nach hat er keinen einzigen Freund, was ihm ein Alleinstellungsmerkmal verleiht, haben sich die anderen bedauernswerten sozialen Außenseiter doch zu einer losen Gruppe zusammengeschlossen. Im Grunde ist die Person, mit der John Voss am meisten Gemeinsamkeiten hat, sie selbst. Jedenfalls seit sie nicht mehr Teil von Zack Mintys Clique ist. Wenn Candace nicht wäre, die ihr während des Kunstunterrichts ständig Informationen zu entlocken versucht, würde Tick in der Schule vermutlich auch kein einziges Wort mit jemandem wechseln. Sie ahnt, dass sie in den Augen der anderen Schüler genauso erbärmlich wirkt wie der stille Junge, der nun vor ihr steht.

Der starrt jetzt zu Boden und wartet auf eine Anweisung von Mr Meyer, der, weil ihm offenbar keine einfällt, den Jungen betrachtet, wie man einen uniformierten Wachmann in einem Wachsfigurenkabinett anschauen würde, während man darauf wartet, dass er sich bewegt, um sich davon zu überzeugen, dass er nicht ein Ausstellungsstück ist. Kann ein Junge weniger natürliche Anmut besitzen als dieser hier?, fragt sich Tick. Er sieht aus, als hätte er die menschlichen Bewegungsabläufe bei einem Disney-Roboter gelernt. Als Mr Meyer ihm sagt, er solle sich einfach irgendwohin setzen, schlurft John Voss zur anderen Seite der Cafeteria, setzt sich an einen Tisch und starrt übertrieben lang seine braune Papiertüte an, ehe er sie aufmacht und hineinspäht. Was immer darin ist, veranlasst ihn zunächst nicht zu einer weiteren Handlung.

Mr Meyer beobachtet ihn noch ungefähr eine Minute lang und sieht recht ratlos aus, insbesondere für einen Highschool-Rektor. Er wirkt wie ein Fallschirmjäger, der mitten auf einem Schlachtfeld gelandet ist, mit der Anweisung, Waffen herzustellen aus was immer gerade zur Hand ist. Als er Tick bedeutet, ihm auf den Flur hinaus zu folgen, kommt sie seiner Aufforderung widerwillig nach.

»Wie du siehst, habe ich jemanden gefunden, mit dem du dein Mittagessen einnehmen kannst«, sagt Mr Meyer, nachdem die Tür ins Schloss gefallen ist. Tick starrt ihn ungläubig an. Die grundsätzliche Unehrlichkeit der Erwachsenen erstaunt sie immer wieder aufs Neue – ihre Annahme, man würde ihnen glauben, nur weil sie erwachsen sind und man selbst noch ein Kind ist. Als hätte man sich in der Geschichte der Beziehungen zwischen Erwachsenen und Heranwachsenden nichts als die Wahrheit erzählt. Als hätte nicht jedes Kind mindestens einen triftigen Grund, um jedem über fünfundzwanzig zu misstrauen. Jetzt zum Beispiel will Mr Meyer Tick offensichtlich weismachen, dass er in den zwei Wochen, seit er ihr die Erlaubnis zu ihrer einsamen Mittagspause erteilt hat, nichts anders getan habe, als für sie jemanden zu suchen, der ihr Gesellschaft leistet. Tick hingegen glaubt, dass sie ihm erst wieder in den Sinn gekommen ist, als er vor dem wesentlich größeren Problem stand, was man mit diesem erbärmlichen Jungen anfangen soll. Der, weil er keine Freunde, Worte und Ausstrahlung hat, zur allgemeinen Zielscheibe der einschlägigen Mittagspausenrowdys geworden ist, die es sich zum Sport gemacht haben, mit leeren Milchkartons, abgebrochenen Bleistiften, Gummibandzwillen und anderen wurfgeschosstauglichen Gegenständen auf seinen Hinterkopf zu zielen, und zwar am besten quer durch den Raum, der maximalen Wirkung wegen.

Ticks Strategie gegenüber Erwachsenen, die Lügen erzählen, besteht darin, gar nichts zu sagen und stattdessen abzuwarten und zu beobachten, wie die Lügen in ihren Kehlen anschwellen und sie zuschnüren. Wenn das passiert, verselbstständigt sich die Lüge und muss entweder ausgestoßen oder heruntergeschluckt werden. Die meisten Erwachsenen ziehen es vor, Unwahrheiten auszuspucken, indem sie sich hinter vorgehaltener Hand räuspern oder hüsteln, während andere leise ein bisschen glucksen oder schnauben oder blaffen. Als sie sieht, wie Mr Meyers Adamsapfel einmal auf und ab hüpft, weiß sie, dass er ein Schlucker ist und dass diese Lüge von seiner Kehle in den Magen hinabgewandert ist. Ihrem Vater zufolge, der ein alter Freund von Mr Meyer ist, leidet er an blutenden Magengeschwüren. Tick weiß nun, warum. Sie stellt sich all die Lügen vor, die ein Mann in seiner Position sagen muss, wie sie in seinen Eingeweiden liegen wie Stücke unverdaulichen Essens, die darauf warten, ausgeschieden zu werden. Lügen, denkt Tick, wollen von Natur aus ins Freie. Sie wollen nicht an dunklen, überfüllten Orten eingesperrt werden. Trotzdem ist ihr Mr Meyer nun, da sie weiß, dass er ein Schlucker ist, sympathischer. Ihr Vater, der weder oft noch gut lügt, jedenfalls im Vergleich zu anderen Erwachsenen, ist ebenfalls ein Schlucker, und sie findet es gut, dass es ihm so viel Mühe bereitet, seine Lügen herunterzuschlucken. Die Schnauber, wie Mrs Roderigue zum Beispiel, und die Schreihälse, wie Walt Comeau, sind die Schlimmsten.

»John hat wegen des Kunstunterrichts das gleiche Stundenplanproblem wie du«, fährt Mr Meyer fort und beobachtet sie, um zu ergründen, wie sich diese zweite Lüge macht, während sein Adamsapfel erneut hüpft. John Voss hat kein Stundenplanproblem wie sie, das weiß Tick. Abgesehen von Informatik, ein Fach, in dem er dem Hörensagen nach genial ist, ist er in allen anderen Fächern in den B-Kursen, und Kunst passt in seinen Stundenplan wie angegossen.

Als Tick noch immer schweigt, bricht Mr Meyer vor Nervosität der Schweiß aus. Er scheint sich zu fragen, ob er es hier mit zwei komatösen Schülern zu tun hat. Wenn es nicht gegen Ticks Grundsatz verstoßen würde, niemals einem mit sich ringenden Lügner zu Hilfe zu eilen, hätte sie ihm jetzt einen Rettungsring zugeworfen. Sie hat ihm sein freundliches Verhalten ihr gegenüber an dem Nachmittag, als Candace sich mit dem Bastelmesser in den Daumen geschnitten hat, nicht vergessen, ebenso wenig wie sie vergessen hat, wie sie ihm seine Freundlichkeit und Besorgnis gelohnt hat, nämlich, indem sie das Messer heimlich in ihrem Rucksack verschwinden ließ, wo es bis zum heutigen Tag liegt.

»Aber eigentlich wollte ich dich um einen Gefallen bitten, Christina«, fährt Mr Meyer fort, und da sein Adamsapfel jetzt ruht, ist dieser Teil seiner Rede offensichtlich wahr. Er deutet mit einem Nicken in Richtung Tür. »John Voss ist ein sehr unglücklicher Junge. Viel unglücklicher, als irgendjemand ahnt, fürchte ich.«

Er hat seine Stimme noch weiter gesenkt, vielleicht weil er fürchtet, der unglückliche Junge könnte von seinem Unglück erfahren und vielleicht noch ein bisschen unglücklicher werden. »Es gibt an dieser Schule ein gewisses *Element*, das in diesem unglücklichen jungen Mann offenbar eine ausgezeichnete Zielscheibe für Hohn und Spott und noch schlimmere Formen der Grausamkeit sieht.«

An dieser Stelle unterbricht er sich, um Tick anzusehen, womöglich in der Hoffnung, dass sie ihm widerspricht und beteuert, dass es ein solches Element hier nicht gebe. In dieser Hinsicht würde er sich liebend gern irren. »Dies ist eine *gute Schule*«, fügt er rasch hinzu, als fürchte er, mit seiner Kritik zu weit gegangen zu sein. »Aber nicht alle sind …« Während seine Stimme erstirbt, beginnt sein Adamsapfel wieder zu hüpfen, und Tick fühlt sich in ihrer Überzeugung bestätigt, dass auch Auslassungen Lügen sein können, vielleicht sogar die gefährlichsten.

»Was John Voss braucht«, sagt Mr Meyer und legt ihr eine Hand auf die Schulter, »ist ein Freund oder eine Freundin.«

Gegen ihren Willen macht Tick automatisch einen Schritt rückwärts. Sie mag es nicht, von Erwachsenen angefasst zu werden. Der Silver Fox, der nicht an ihr vorbeigehen kann, ohne ihr mit seiner Pranke über den Kopf zu streichen, hat keine Ahnung, dass diese Geste in ihr das dringende Bedürfnis weckt, zu duschen und sich die Haare zu waschen.

Mr Meyer bemerkt diesen Reflex und zieht rasch seine Hand zurück. »Ich wollte nicht ...«

Tick wartet geduldig darauf, dass er ihr erklärt, was er nicht wollte.

»Nicht, dass ihr beste Freunde werden müsst oder so etwas«, sagt er und tupft sich mit einem Stofftaschentuch die Schweißperlen von der Stirn. »Ich dachte einfach, wie ... nett es für den Jungen wäre, wenn es jemand Gleichaltrigen gäbe, der ihn nicht ...«

... als eine Art Ungeziefer betrachtet, denkt Tick, denn es ist wahrlich nicht schwer, den Satz zu beenden. Es gibt noch zahlreiche andere Wörter, die ihr hierzu einfallen, zum Beispiel Stinker, Idiot, Aussätziger etc., denkt sie, während Mr Meyer das Problem der Schikanen unter seinen pubertierenden Schülern sichtlich bewegt.

»Du hast vielleicht davon gehört, dass ihn gestern ein paar Jungen in der Cafeteria attackiert haben«, sagt er in kompletter Abkehr von der Lüge, endlich einen passenden Lunch-Partner für Tick gefunden zu haben. Als Tick kaum merklich nickt, fährt er fort: »Es war der zweite Vorfall in den letzten ...«

Nun scheinen ihm selbst unverfängliche Wörter, einfache Zeitangaben – Tage? Wochen? Monate? – entfallen zu sein. Mr Meyer sieht hoffnungsvoll Tick an, als könnte sie ihm die benötigte Information geben. Oder aber er wartet darauf, dass sie ihm verspricht, dem offenbar universalen Impuls zu widerstehen, den Jungen zu vermöbeln, damit er ihr ihn auch wirklich anvertrauen kann.

Eine andere Möglichkeit ist, dass sich der Rektor dessen bewusst ist, um was für einen großen Gefallen er sie bittet. Er hat versucht, ihn als kleine Nettigkeit darzustellen, aber er weiß ebenso gut wie sie, dass es sehr viel mehr ist. Er bittet jemanden, der selbst auf einer der niedrigsten Stufen der sozialen

Highschool-Hierarchie steht – eine Schülerin, die fast genauso ohne Freunde dasteht wie der Junge, mit dem sie sich anfreunden soll –, sich auf die allerletzte Stufe hinabzubegeben, in die klamme Finsternis, wo sich jene Hoffnungslosen tummeln, denen nichts anderes übrig bleibt, als geduldig darauf zu warten, zu guter Letzt doch noch errettet zu werden, durch den Highschool-Abschluss (falls sie es schaffen), die Aufnahme an einem College (dito), einen Job (in Empire Falls?), eine Heirat (unwahrscheinlich) oder den Tod (endlich).

»Vielleicht könntest du ja ein, zwei deiner Freunde um Unterstützung bitten?«, schlägt Mr Meyer vor, als wäre ihm unvermittelt klar geworden, dass dieser Job zu schwierig ist für eine magere, mittlerweile ebenfalls unbeliebte Schülerin allein. »Zum Beispiel dieses Mädchen aus Mrs Roderigues Kunstkurs? Die sich mit dem Messer verletzt hat?«

Tick ruft sich in Erinnerung, wie entsetzt Candace war, als sie mit John Voss gehänselt wurde, und kann sich ein Lächeln nicht verkneifen. »Candace?«

»Ja, Candace«, sagt Mr Meyer schnell, erfreut, dass Tick sofort das Mädchen identifiziert hat, das er meint, oder einfach nur erleichtert, dass Tick endlich etwas von sich gegeben hat. »Oder jemand anders«, fügt er ebenso schnell hinzu, um ja nicht den Eindruck zu erwecken, er wolle ihr sagen, wie sie ihren Job zu erledigen habe.

»Okay, ich werde es versuchen«, hört sich Tick sagen und spürt, wie ihr das Herz in die Hose rutscht. Es muntert sie auch keineswegs auf, beinahe zusehen zu können, wie die Bürde der moralischen Verantwortung von Mr Meyers kräftigen auf ihre mageren, knochigen Schultern wandert. Schon scheint der Mann aufrechter dazustehen, nachdem es ihm gelungen ist, die Verantwortung abzulegen, und es würde sie kein bisschen wundern, wenn er jetzt pfeifend den Flur entlangschlitterte. Doch dann verdüstert sich seine Miene erneut, und Tick vermutet, dass sie ihn falsch eingeschätzt hat. »Dieser Minty-Junge ...«, beginnt er.

»Zack?«, sagt Tick. Es gibt nur einen Minty an der Schule.

»Ist er ein Freund von dir?«

»Das war er einmal.«

Mr Meyer nickt nachdenklich und schaut dann verstohlen zur Cafeteria. »Der Junge leidet wirklich ... Ich behaupte nicht, dass Zachary Minty direkt an den Aktionen beteiligt war, aber ich glaube nicht, dass es ohne seine Ermunterung passiert wäre. Aber vielleicht ist diese Mutmaßung auch unfair von mir.«

»In dieser Hinsicht würde ich mir keine Sorgen machen.« Kaum hat sie diese Worte ausgesprochen, bereut Tick sie auch schon wieder, implizieren sie doch eine unausgesprochene Allianz oder, schlimmer noch, eine geteilte Weltsicht zwischen ihr und dem Rektor. Auch spürt sie, dass, wenn sie Seite an Seite mit Mr Meyer in die Schlacht zöge, sie ebenso gut für sich allein kämpfen könnte.

Wie auch immer, ganz offensichtlich hat sie mit ihrer Bemerkung den Mann glücklich gemacht. »Und wie kommt du und Doris in letzter Zeit zurecht?«, fragt er, indem er Mrs Roderigues Vornamen benutzt, eine vertrauliche Geste, um ihre geheime Abmachung zu besiegeln.

»Großartig«, sagt Tick und schluckt schwer, da sie nicht erkennen kann, welchen Vorteil es brächte, die Wahrheit zu sagen: dass sie fast wünsche, diese Frau wäre tot.

Wieder zurück in der Cafeteria, beschließt Tick, dass die attraktivste Option ist, so zu tun, als hätte ihr Gespräch mit Mr Meyer nie stattgefunden. Zum einen wird der Rektor ohnehin bald vergessen haben, dass er sie um diesen Gefallen gebeten hat, falls nicht schon geschehen. Wahrscheinlich wird er sich nur an ihre Abmachung erinnern, wenn er ihr in den nächsten ein, zwei Tagen über den Weg läuft, und sie vertraut auf ihre Fähigkeit, sich in dem Gedränge auf den Fluren der Empire High unsichtbar zu machen. Sofern sich ihre Blicke nicht direkt begegnen, wird er sie nicht zur Kenntnis nehmen; *sollten* sie sich begegnen, ist das Schlimmste, was passieren kann, dass er sich erinnert und sie fragt, welche Fortschritte sie gemacht habe. Und Tick weiß, wie leicht man Erwachsene mit vagen Andeutungen zufriedenstellen kann. Ein Schulterzucken und dazu die Bemerkung: »Nicht schlecht, glaube ich«, genügen in der Regel.

Fast genauso verlockend wie dieses Szenario ist ein anderes, das kaum ein Risiko birgt und noch weniger Aufwand erfordert. Sie geht einfach zu dem Jungen und sagt: »So, so, du willst mit mir deinen Lunch einnehmen?« Dabei kann sie mit ihrem Tonfall dem Jungen zu verstehen geben, dass Mr Meyer sie dazu angehalten hat und sie nur ein Versprechen einlösen will, das ihr abgenötigt wurde. Diese zweite Option hat den zusätzlichen Vorteil, dass sie der Wahrheit entspricht, mal angenommen, das ist ein Vorteil. Die Sache ist die, dass der Junge bestimmt kein Objekt ihrer Wohltätigkeit sein will, und damit wäre die Sache gegessen. Schließlich hat er sich an einen Tisch auf der anderen Seite der Cafeteria gesetzt, und zwar, für den Fall, dass diese Geste nicht klar genug ist, auf einen Stuhl, auf dem er mit dem Rücken zu ihr sitzt. Aller Wahrscheinlichkeit nach will er genauso wenig mit ihr zu tun haben wie sie mit ihm.

Die bei Weitem am wenigsten verlockende Möglichkeit ist, sich ehrlich zu bemühen, und zuerst glaubt Tick, dass sie es nicht tun wird, dass es einfach zu viel von ihr verlangt wäre. Das einzige Problem ist, dass, während John Voss sich absichtlich von ihr abwendet, sie von ihrem Platz aus direkt auf ihn schaut. Und die Vorstellung, den Rest ihrer Mittagspause auf den anklagenden Rücken eines Opfers starren zu müssen, ist auch nicht gerade verlockend. Zwar wollte sie das Hähnchensalat-Sandwich, das ihr Vater ihr an diesem Morgen zubereitet und das sie zur Hälfte aufgegessen hat, sowieso nicht zu Ende essen. Aber sie hatte vorgehabt, sich noch ein Kapitel ihres Buches über Picasso zu genehmigen, das sie letzte Woche zwar ausgelesen, sie jedoch so fasziniert hat, dass sie es sofort noch einmal von vorne begonnen hat. Sie stellt sich vor, wie zufrieden der Künstler gewesen sein muss, weil er so anders war, seinen eigenen Weg ging und nur auf sich selbst vertraute, so wie Emerson es in diesem Essay beschrieb, den sie in der ersten Woche im Englischunterricht lasen. Es scheint sich um einen echt guten Trick zu handeln, und Tick würde gern wissen, wie er funktioniert, wenngleich sie weiß, dass das Buch dieses Geheimnis nicht preisgibt, jedenfalls nicht bei der ersten Lektüre. Aber allein schon die Gewissheit, dass ein solches Selbstvertrauen möglich ist, gibt ihr Hoffnung, und wenn sie noch ein paar Seiten lesen könnte, würde ihr das helfen, gut durch den Nachmittag zu kommen.

Aber um sich konzentrieren zu können, müsste sie aufstehen und sich auf einen anderen Stuhl setzen, sodass sie ihren Rücken John Voss' Rücken zukehren würde. Als sie aufsteht, um genau das zu tun, ist sie selbst erstaunt darüber, dass sie ihren Rucksack schultert, ihr restliches Sandwich nimmt und auf die andere Seite der Cafeteria hinübergeht. Und als sie am Tisch des Jungen ankommt und den Rucksack auf einen der Plastikstühle plumpsen lässt, schaut er ein Stück nach oben, ungefähr bis zur Höhe ihres Kinns, um sich dann schnell wieder auf seinen Lunch zu konzentrieren. Er scheint Thunfisch aus einem Plastikbehälter zu essen, jedenfalls riecht es ziemlich streng. Für Tick, die auf bestem Weg ist, Vegetarierin zu werden, haben Fleisch und Fisch meist einen ranzigen Geruch.

»Dein Ei hat mir gut gefallen«, sagt sie, eine recht eigenwillige Gesprächseröffnung, wie sie sich bewusst ist.

»Du musst nicht mit mir reden«, sagt der Junge schnell und so barsch, dass sich Tick kurz überlegt, ob sie sich dadurch von ihrer moralischen Pflicht enthoben betrachten kann. Was er sich von seinem ablehnenden Verhalten ihr gegenüber erhofft, weiß sie nicht. Kein Wunder, dass er jeden zweiten Tag vermöbelt wird. Doch statt wieder zu gehen, zieht sie sich einen Plastikstuhl heran, setzt sich und schaut ihn an, bis er endlich wieder aufsieht, wenn auch nicht ganz, und ihrem Blick begegnet. Ein bisschen was hat sie schon erreicht: Der Junge hat etwas gesagt, er ist also nicht stumm.

»Vielleicht möchte ich es aber«, sagt sie und schluckt die Lüge schnell nach Art von Mr Meyer herunter; nur einen Hauch von Barschheit in ihrem Tonfall gestattet sie sich. »Vielleicht ist mir danach, dir zu sagen, dass mir dein Ei gefällt.«

»Nee, nee!«, antwortet er, und Tick stellt sich kurz vor, wie es sein muss, einen Jungen zu küssen, nachdem er so etwas Widerliches gegessen hat. »Er hat dir gesagt, dass du es tun sollst.« Der Junge lässt das Pronomen nachklingen, sodass es noch ein bisschen in der Luft zu schweben scheint. Es ist, als wäre, zumindest was John Voss anbelangt, Mr Meyer noch mit ihnen in der Cafeteria. Gruselig irgendwie. Und jedes Mal, wenn der Junge zu ihr hochsieht, verweilt sein Blick für den Bruchteil einer Sekunde auf Ticks Sandwich, ehe er ihn wieder auf seinen eigenen grässlichen Imbiss richtet.

»Und wie kommt es, dass du von Eiern träumst?«, fragt sie nach längerem Zögern.

»Ich träume nicht von Eiern.« Was wäre denn das für ein doofer Traum, scheint sein Tonfall ihr bekunden zu wollen. Jedes Mal, wenn er etwas sagt, erschrickt sie, weil es so ungewohnt ist, seine Stimme zu hören. Obgleich es eine völlig normale, wenn auch wütend klingende Stimme ist; und abgesehen davon, dass sie nie zuvor mitbekommen hat, wie er sich ihrer bedient, ist nichts

Ungewöhnliches an ihr. Seine Stimme, kommt Tick in den Sinn, ist das einzig Normale an diesem verqueren Jungen.

»Na ja, die Aufgabe war ja, unseren spannendsten Traum zu malen«, erwidert sie.

»Ich träume nie«, sagt er. »Deswegen konnte ich mit dieser Aufgabenstellung auch nichts anfangen.«

»Jeder träumt.«

Zum ersten Mal weicht er ihrem Blick nicht sofort wieder aus, womit er sie an etwas erinnert, aber es fällt ihr nicht ein. »Du bist nicht jeder, du bist nur eine einzige Person«, sagt er, als wollte er sagen, es sei gut so, dass es dich nicht zweimal gibt.

»Stimmt. Und?«

»Wie kannst du wissen, was jeder andere tut oder nicht tut?«

Tick, die die gleiche Unterhaltung schon mal mit ihrem Vater geführt hat, fühlt sich auf diesem intellektuellen Terrain ziemlich sicher. »Nun, man nennt es Schlussfolgerung«, sagt sie. Wenn sie doch nur mit der gleichen Selbstsicherheit vor der Klasse reden könnte, wäre sie nicht so ruhig im Unterricht. »Ich folgere, dass es nicht zwei völlig identische Schneeflocken gibt. Dazu muss ich nicht jede einzelne untersuchen.«

Der Junge zögert keine Sekunde mit seiner Antwort. »Das ist kein besonders gutes Beispiel«, sagt er so schnell, als hätte er ebenfalls schon die gleiche Unterhaltung geführt. »Wenn du sagst, dass ich träumen muss, weil du es tust, folgerst du, dass niemand *anders* sein kann als du, und nicht, dass alle ähnlich sein müssen.« Sein Blick bleibt auf dem Picasso-Buch haften. »War er zum Beispiel nicht ganz anders als andere?«

Das hätte sie eigentlich bedenken müssen. »Bis zu einem gewissen Grad schon«, sagt sie und stellt erfreut fest, dass sie das auch wirklich glaubt und nicht nur sagt, um nicht klein beigeben zu müssen. Noch erfreuter ist sie, als sie sieht, dass ihr Gegenüber die Schultern zuckt, als sei es ihm egal. Tick hat schon oft genug die Schultern gezuckt, um zu wissen, dass man es gerade dann tut, wenn es einem *nicht* egal ist. Oder, um genauer zu sein, *folgert* sie, bedeutet sein Schulterzucken mehr oder weniger das Gleiche wie ihrs. »Gut, aber wie kommt es, dass du dir Gedanken über Eier machst?«

Wieder zuckt er die Schultern, sodass Tick besonders aufmerksam zuhört, als er antwortet. »Ach, es hat mit dem zu tun, was meine Mutter mal gesagt hat. Wenn Hühner einen Schimmer davon hätten, was ihnen bevorsteht, würden sie in ihrem Ei bleiben.«

Aha, ein philosophisches Gedankenexperiment also.

»Sie hat dabei übrigens Eier gebraten«, fährt der Junge fort. »Ich glaube, sie wusste nicht, dass diese Eier niemals Küken hervorgebracht hätten. Meine Mutter war nicht besonders schlau – jedenfalls meiner Großmutter zufolge.«

Tick zögert, ehe sie beschließt, die Frage doch zu stellen. »Ist deine Mutter tot?«

»Das ist eine Möglichkeit«, sagt er, als wäre die Angelegenheit nur von naturwissenschaftlichem Interesse.

Tick versucht, der Sache auf den Grund zu gehen. Sie möchte gern alles verstehen, hasst es, zugeben zu müssen, wenn sie es nicht tut, vor allem wenn sie das Gefühl hat, dass es eigentlich auf der Hand liegt. Doch da sie mit einer weiteren Suggestivfrage Gefahr laufen würde, sich lächerlich zu machen, wartet sie, bis klar ist, dass John Voss alles zu diesem Thema gesagt hat, was er zu sagen beabsichtigt. »Das habe ich nicht verstanden«, sagt sie dann entwaffnend ehrlich.

»Du hast es nicht verstanden?« Er schnaubt abfällig, auf die Art, die einen davon abhalten soll, nachzubohren.

Tick, die jetzt langsam sauer wird, lässt jetzt erst recht nicht locker und sagt: »Nein, ich verstehe es *nicht*.«

Nach längerem Schweigen sagt der Junge: »Zuerst ist mein Vater abgehauen. Dann hat meine Mutter wieder geheiratet und ist mit dem Neuen weggegangen. Und ich bin hierhergezogen zu meiner Großmutter. Verstehst du es *jetzt?*«

Mittlerweile hat er seinen Lunch aufgegessen, dessen Geruch noch immer in der Luft hängt. Als sein Blick erneut auf Ticks zur Hälfte gegessenem Sandwich haften bleibt, sagt sie: »Ich schaffe das nicht. Wenn du noch hungrig bist, kannst du es gern haben.«

»Ich bin satt«, sagt er, obschon er alles andere als satt aussieht, weswegen Tick schaut, ob sein Adamsapfel hüpft. Der Junge hat einen langen, dünnen Hals, und sein Adamsapfel zeichnet sich unter seiner blassen Haut wie ein spitzer, gezackter Fremdkörper ab. Der Rötung seiner Haut nach zu urteilen, hat er sich vor Kurzem zu rasieren begonnen, den Dreh jedoch noch nicht richtig raus. Den schmalen Bereich zwischen Oberlippe und Nase sowie das Kinn hat er einigermaßen im Griff, nicht aber die weniger gleichmäßige Topografie seines pickeligen Halses, wo die Barthaare robuster sind und in unregelmäßigen Winkeln abstehen. Ein paar einzelne Haare hat er offenbar schon seit einigen Wochen nicht erwischt, da sie sich bereits kringeln.

Als der Blick des Jungen, der über ihre Schultern hinwegschaut, plötzlich zu flackern beginnt, sieht Tick zur Cafeteriatür, wo Zack Mintys Gesicht sich in einem der kleinen rechteckigen Sprossenfenster reglos abzeichnet. Fast weicht sie vor Schreck zurück, denn die Unbeweglichkeit des Gesichts in dem kleinen Fenster legt die Vermutung nahe, dass Zack schon eine geraume Weile dort steht und sie beobachtet. Gerade als sie dem Jungen sagen will, er brauche sich keine Sorgen zu machen, da die Cafeteria nach der fünften Stunde immer abgeschlossen wird, fliegt die Tür plötzlich auf und Zack schlendert herein. Einigen Leuten sollte man besser keine Schlüssel anvertrauen, denkt Tick, zum Beispiel Mr Meyer. Er hat die Tür aufgeschlossen, um John hereinzulassen, und muss wohl vergessen haben, sie wieder abzuschließen, nachdem Tick wieder hineingegangen ist, und das, obwohl er ihr doch am Anfang ihres Mittagessen-Arrangements eingeschärft hat, dass die Tür immer verriegelt sein müsse und dass sie niemand anders hereinlassen dürfe.

Als die Tür scheppernd ins Schloss fällt, hält Zack Minty theatralisch inne, als wollte er seiner ehemaligen Freundin und der Hauptzielscheibe seines Spotts ausreichend Zeit geben, sich über die Absurdität der Annahme klar zu werden, dass man ausgerechnet ihn davon abhalten könne, nach Belieben einen Raum zu betreten. Augenscheinlich hat er es nicht eilig, zu ihnen zu stoßen, denn er schlendert zunächst zu den Verkaufsautomaten hinüber, wo er mit dem Handballen jeden einzelnen Knopf drückt und darauf wartet, dass etwas herauskommt. Als nichts passiert, platziert er beide Hände seitlich an die Maschine und stützt sich darauf, als wären die vergeblichen Versuche, ihr etwas zu entlocken, und die Enttäuschung darüber einfach zu viel für ihn. Einen ausgedehnten Moment lang legt er die Stirn auf die glatte Oberfläche, ehe er am Getränkeautomaten rüttelt, bis er an die Wand kracht und das Geräusch von zerbrechendem Glas darin zu hören ist. Er lässt ihn wieder an seinen Platz zurückgleiten und wartet. Es passiert immer noch nichts.

Tick beobachtet die Aufführung eher mit Faszination als mit Angst. Inzwischen scheint John Voss wieder in seinen komatösen Zustand gefallen zu sein. Als Zack endlich von der Maschine ablässt, herüberkommt und den Stuhl neben Tick heranzieht, kramt sie drei Fünfundzwanzig-Cent-Münzen aus ihrer Tasche und schiebt sie vor ihn hin. Zack hat sie bislang noch nicht angeschaut, sondern starrt John Voss an, als suchte er vergeblich nach einem Grund für die Existenz dieses Jungen. Schließlich bequemt er sich, die Münzen zur Kenntnis zu nehmen, doch auch sie scheinen für ihn keinen Sinn zu ergeben.

»Was ist das?«

»Ich dachte, du wolltest was trinken«, antwortet Tick.

»Nee!«, sagt er und langt nach einer der Münzen, um sie über seine Fingerknöchel wandern zu lassen. Einmal hat er versucht, Tick diesen Trick beizubringen, daher weiß sie, wie stolz er darauf ist. Nun, da er neben ihr sitzt, kann sie sehen, dass er im vergangenen Sommer ein paar Zentimeter gewachsen und, mehr noch, sehr viel muskulöser geworden ist, und Tick fragt sich, ob er vielleicht Steroide zu sich nimmt. Bescheuert wie er ist, wäre es ihm zuzutrauen, auch wenn er ihr im vergangenen Frühling geschworen hat, es nicht zu tun, doch durch ihre Trennung fühlt er sich vermutlich von diesem Versprechen entbunden.

Dennoch sieht er immer noch gut aus, und sie fragt sich wieder einmal, wie schon das ganze vergangene Jahr über, was er an einem Mädchen wie ihr findet. Candace ist nicht die Einzige, die ihn anhimmelt.

»Ich wollte nichts trinken«, sagt er. »Ich wollte ...«

Die Münze hüpft noch immer über seine Fingerknöchel.

»... umsonst was trinken.«

Und in diesem Moment schießt die Münze, nachdem sie kurz zwischen Zacks Daumen und Zeigefinger zur Ruhe gekommen ist, durch die Luft und trifft John Voss hart an der Stirn, genau über der linken Augenbraue. Der Junge verzieht kaum eine Miene, obwohl es bestimmt wehtut. Als Zack nach einer weiteren Münze langt, beugt sich Tick blitzschnell vor und wischt beide Geldstücke in eine Seitentasche ihres Rucksacks, dieselbe, in der sich dem klickenden Geräusch nach das Bastelmesser befindet, was sie wieder einmal daran erinnert, dass sie es bei passender Gelegenheit endlich in den Schrank im Kunstraum zurücklegen muss.

»Und«, sagt Zack, »wer ist das hier? Dein neuer Freund?«

»Nein«, sagt Tick, vielleicht ein bisschen zu schnell, denkt sie, als sie Zacks Grienen bemerkt. »Wir unterhalten uns nur. Und du hast nicht die Erlaubnis, dich hier aufzuhalten.«

Zack hebt gleichgültig die Schultern und starrt erneut John Voss an. Ein rotes Mal prangt an der Stelle, wo die Münze ihn getroffen hat, und vermutlich fragt sich Zack so wie Tick, wie der Junge es aushält, sich dort nicht zu reiben.

»Die Tür war nicht abgeschlossen«, sagt Zack. »Außerdem habe ich die schriftliche Erlaubnis, den Hausaufgabenraum zu verlassen.« Er zeigt ihr den Wisch, und er ist von Mrs Roderigue unterschrieben, was umso bemerkenswerter ist, weil er gar keinen Unterricht bei ihr hat. Andererseits bekommt Zack immer, was er will. Tatsächlich ist das eines der erstaunlichsten Dinge an ihm, und Tick ist überrascht, dass sie das den Sommer über vergessen zu haben scheint. Wann immer sie im vergangenen Jahr ins Kino gehen wollten, hatte er zwei Karten parat, ohne sich die Mühe gemacht zu haben, zum Schalter zu gehen. Und wenn zufällig einer seiner Freunde auftauchte, zauberte er eine dritte hervor. Oder vierte. Stets hüllte er sich lächelnd in Schweigen, wenn man ihn fragte, wie er in ihren Besitz gekommen sei. Allem Anschein nach versuchte er den Eindruck erwecken, dass er keinen von denen, die ihm gegenüber loyal waren, im Regen stehen ließ.

Während er den Ausweis wieder in die Hosentasche steckt, wendet er sich erneut John Voss zu. »Warum haust du nicht endlich ab?«

John Voss reagiert, als sei dies die beste Idee aller Zeiten, springt auf und sammelt rasch seine Sachen ein.

»Meine Exfreundin will mir nämlich erklären, warum sie mich nicht mehr mag.«

Das Merkwürdigste an dieser Erklärung ist, dass sie ernst gemeint zu sein scheint. Wenn sie Zack richtig verstanden hat, will er damit sagen, dass auch große, dumme, grausame Jungs Gefühle haben, und sie hat seine verletzt.

Tick schaut zu, wie John Voss zur weitest entfernten Ecke der Cafeteria latscht und sich mit dem Rücken zu ihnen auf einen Stuhl setzt. Sie hat nicht erwartet, dass er den tapferen Ritter gibt, aber dennoch überrascht sie diese unverfrorene Feigheit. Offenbar hat er sich damit abgefunden, dass gedemütigt zu werden sein Schicksal ist, ja mehr noch, sich gar damit angefreundet.

»Billy Wolff hat sich beim Training den Knöchel verstaucht«, sagt Zack. »Das bedeutet, dass ich dieses Wochenende zum ersten Mal als Outside Linebacker aufgestellt bin. Kommst du zu dem Spiel?«

»Ich weiß nicht.« Der Geruch von John Voss' Lunch hat sich zusammen mit ihm mehr oder weniger verzogen, auch wenn der Plastikbehälter mit dem Deckel darauf immer noch auf dem Tisch steht. Der Fischgeruch wird jetzt durch Zacks Eau de Cologne überlagert, und Tick bemerkt, dass auch er den Sommer über angefangen haben muss, sich zu rasieren. Entweder ist sein Bartwuchs weniger hartnäckig, oder er beherrscht im Gegensatz zu John Voss die Technik. »Die ganze Truppe macht hinterher noch einen drauf«, sagt er. »Möchtest du auch mitkommen?«

Tick wünschte, es wäre anders, aber in Wahrheit will sie durchaus. Obgleich das Herbstsemester erst vor drei Wochen angefangen hat, ist sie es schon leid, ganz ohne Freunde dazustehen. Sie vermisst ihre Freunde, sofern man sie als solche bezeichnen kann, jedenfalls vermisst sie es, Teil von etwas zu sein. Vielleicht wird sie eines Tages genauso autark sein wie Picasso, aber noch ist sie nicht so weit. Nachdem sie auf Martha's Vineyard Donny begegnet ist, hat sie geschworen, sich nie wieder mit Zack Minty einzulassen, weil es die Sache nicht wert war. Außerdem macht sie sich nichts vor. Sie weiß, dass es nicht lange dauern würde, ehe er wieder anfinge, sie kleinzumachen, ihr ohnehin schmächtiges Selbstbewusstsein zu untergraben und sich über die Dinge, die ihr am Herzen liegen, lustig zu machen, zum Beispiel zu sagen, dass Picasso eine Schwuchtel gewesen sei. Schlimmer noch, er würde versuchen, sie eifersüchtig zu machen, indem er mit hübscheren Mädchen flirtet. Tick kennt sich gut genug, um zu wissen, dass sie anfällig für Eifersucht ist. Diese Seite an sich mag sie nicht und würde sie gern ändern, wenn sie könnte, aber sie weiß nicht, wie. Zack würde sich nicht lange damit zufriedengeben, sie herabzusetzen und eifersüchtig zu machen. Er würde wieder anfangen, sie wie Dreck zu behandeln, und dann wäre ohnehin nichts mehr zu machen, weil sie dann angefangen hätte, die Dinge, die er über sie sagte, zu glauben. Und auch das wäre noch nicht das Schlimmste. Tick verdrängt rasch den Gedanken an das Schlimmste, obwohl Zack ihr letzten Frühling, kurz bevor sie sich getrennt haben, versprochen hat, dass es nicht mehr passieren würde.

»Candace geht auch hin«, sagt Zack, als könnte dieses Argument – wer weiß – der ausschlaggebende Anreiz sein.

»Ich weiß nicht«, sagt sie erneut. »Vielleicht.«

»Vielleicht«, wiederholt er, nachdem er tief ein- und ausgeatmet hat, als müsste dieses »Vielleicht« gründlich mit Sauerstoff vermischt werden, ehe man es schlucken könnte. Er hebt das Plastikbehältnis hoch und schnippt mit dem Daumen den Deckel auf, sodass sich sofort wieder dieser ranzige Geruch ausbreitet. »Ich habe mich seit letztem Frühling sehr geändert, musst du wissen.«

»Das hat Candace mir schon gesagt«, erwidert sie, für den Fall, dass er sich fragt, ob seine Botschaft angekommen ist. Der Geruch verursacht ihr Brechreiz, während Zack ihn nicht wahrzunehmen scheint.

»Es macht mich einfach wütend, dass du mir nicht wenigstens noch mal eine Chance gibst«, bricht es aus ihm heraus. Natürlich haben sie all das schon einmal durchgekaut. Zack ist ein glühender und hingebungsvoller Verfechter der These, dass man eine zweite Chance verdient hat. Oder auch eine dritte oder vierte. Tick vermutet, dass das von seiner Sportbegeisterung herrührt, wo weder ständige Niederlagen noch ein noch so abartiges Verhalten einen davon abhalten, erneut zu spielen. Man kann für ein, zwei Spiele gesperrt werden, aber eine lebenslange Sperre gibt es nicht. Seiner Sichtweise nach hat er seine Spielsperre abgesessen, und sie ist im Irrtum, wenn sie versucht, ihm eine härtere Strafe aufzubrummen, als die Liga berechtigt ist, zu verhängen. Wenn er sagt, dass es ihn wütend mache, ist das kein Scherz. Sie weiß das. Ebenso wenig dämmert es ihm, dass diese Wut ihn noch mehr disqualifiziert. Wer in seiner Situation wäre nicht wütend, würde er gern wissen. Denn es ist doch irgendwie unfair. Wenn ein Kerl einem das antäte, würde man ihm die Fresse polieren, und wenn er wieder aufstünde, gleich noch mal. Später würde man sich die Hände schütteln, und die Sache wäre vergessen. Bei Mädchen kommt man nicht weiter, weil die Dinge nie wirklich geregelt werden. Sie sagen »Vielleicht«, was genauso gut heißen kann: »Verpiss dich.«

Jetzt ist er frustriert und wünschte, er hätte John Voss nicht weggeschickt – Tick könnte darauf wetten. »Ich habe 'ne Idee«, sagt er. »Fragen wir doch deinen neuen Freund, ob er auch mitkommen will. Hey, Schwachkopf!«

Der Junge antwortet nicht.

»Ist er taub?«, sagt Zack fast nachdenklich. »Oder meint er, es sind zwei Schwachköpfe in diesem Raum?«

Ja, es sind zwei hier, ist Tick versucht zu sagen. Aber sie sagt: »Hör auf, Zack. Lass ihn in Ruhe.«

»Hey, Schwachkopf!«, ruft Zack erneut. »Du weißt genau, dass ich mit dir rede. Dreh dich mal um.«

Der Junge dreht sich auf dem Stuhl zu ihnen um, ohne sie anzusehen. Wie immer schaut er zu Boden.

»So ist es besser«, sagt Zack.

»Zack« – Tick wünschte, ihr Tonfall würde sich nicht so flehend anhören –, »sei nicht so gemein.«

»Was ist denn gemein daran, ihn zu fragen, ob er nach dem Footballspiel mit uns rumhängen will? Ist das etwa gemein?«

»Aber das tust du nicht.«

»Ach nein?«, sagt er. »Willst du mir sagen, was ich tue? Weißt du vielleicht besser als ich, was ich tue?«

»Du sollst ihn einfach in Ruhe lassen.«

»Hör zu, Schwachkopf«, sagt Zack. »Schwamm drüber, okay? Wie heißt du eigentlich?«

Der Junge sieht flüchtig auf und senkt den Blick sogleich wieder.

»Sein Name ist John Voss«, sagt Tick vorsichtig.

»Hey, John Voss! Willst du nach dem Spiel mit uns rumhängen?«

Hat der Junge etwas gesagt? Tick ist sich nicht sicher. Zack Minty offenbar auch nicht, denn er sieht zuerst sie an und dann wieder den Jungen. »Hey, John Voss. War das ein Ja oder was?«

Dieses Mal hören ihn beide sagen: »Okay.«

»Hast du das gehört?«, fragt Zack Tick. »Für John Voss ist es okay.«

»Wenn du ihn in Ruhe lässt, komme ich auch, okay?«, sagt Tick.

Zack ist im Begriff, dem Jungen noch etwas zuzurufen, doch als er Ticks Worte vernimmt, bricht er ab und sieht sie mit dieser Art von Lächeln an, die sie beinahe ihr ungutes Gefühl vergessen lässt. Ein Lächeln voller ... ja, was? Etwas, was sie braucht. Gern würde sie glauben, dass es Liebe ist, und vielleicht ist auch ein bisschen Liebe dabei, wobei sie argwöhnt, dass es nicht der

Hauptbestandteil ist. Was ist es dann? Dankbarkeit? Erleichterung darüber, dass es zu guter Letzt doch noch klappt?
»Hey, Schwachkopf – ähm, ich meine: John Voss!«, ruft er. »Hast du das gehört? Tick kommt auch mit! Wir werden 'ne Menge Spaß haben, stimmt's, John?«
Keine Reaktion.
»Du bist mir doch nicht böse, oder? Wegen diesem Fünfundzwanzig-Cent-Stück? Das war echt scheiße von mir, ich geb's zu, John. Aber lass uns trotzdem Freunde sein, okay?«
Immer noch keine Reaktion.
»Wenn wir trotzdem Freunde sind, nick einfach, okay, John Voss?«
Er nickt.
Zack sieht es nicht, weil er sich erneut Tick zugewandt hat. Er nimmt ihre Hand, und sie lässt es geschehen. »Das ist großartig, John!«, ruft er, während er unverwandt Tick ansieht. »Danke für die zweite Chance, John. Und das meine ich wirklich so.«
»Lass uns gehen, okay?«, sagt Tick im Flüsterton. Sie will jetzt nicht zu dem anderen Jungen hinübersehen. Auch kann sie, wenn sie jetzt aufsteht, unauffällig ihre Hand zurückziehen. Und wie um sie darin zu bestärken, ertönt der Pausengong und verkündet das Ende der sechsten Stunde.
»Gut, John!«, ruft Zack und nimmt den Plastikbehälter vom Tisch. »Dann bis Samstag.«
Gemeinsam steuern er und Tick auf die Doppeltür der Cafeteria zu. Um ihn davon abzuhalten, an Johns Tisch stehen zu bleiben, zupft sie ihn am Ärmel, aber er schüttelt ihre Hand ab.
»Nur noch eine Frage, okay?«, sagt Zack und schleudert den Plastikbehälter vor den Jungen auf den Tisch. »Was zum Teufel hast du da eigentlich gegessen?« Und plötzlich lacht er so sehr, dass er sich kaum auf den Beinen halten kann. »Hey, das Zeug riecht, als hätte es vor dir schon mal jemand gegessen, Kumpel«,

stößt er glucksend hervor. »Ich würde in Zukunft die Finger von so was lassen, John Voss. Kein vorgekautes Essen, okay? Das ist mein Rat an dich.«

Draußen im Flur, wo bereits ein heilloses Gedränge herrscht, lässt sich Zack mit dem Rücken gegen die Wand plumpsen. Er hält sich den Bauch vor Lachen, und Tränen rollen ihm über die Wangen. Ein paar Schüler werden auf ihn aufmerksam und lachen ebenfalls, auch wenn sie keinen Schimmer haben, warum. Tick, die keine Miene verzieht, ist mal wieder in der Minderheit. Doch da sie schon häufig eine dieser manischen Anwandlungen von Zack miterlebt hat, weiß sie, dass die eigentliche Gefahr vorüber ist. Zacks Lachkrampf wird noch eine Weile anhalten, was ihr die Gelegenheit gibt, ihre Frage zu stellen, ohne Angst haben zu müssen.

»Warum musst du eigentlich immer so ein Arschloch sein?«, sagt sie.

Was Zack offenbar extrem lustig findet. Er krümmt sich vor Lachen und bekommt kaum ein Wort heraus. »*Keine Ahnung*«, keucht er, legt den Arm um sie, und sofort verschmelzen sie mit dem Strom der vorbeiziehenden Schüler. Sie wünschte, es wäre nicht so, aber es fühlt sich gut an, diesen vielen Schülern so nahe zu sein, die alle in dieselbe Richtung drängen. Sie weiß, es ist ein Fehler, einen Blick über die Schulter zu werfen zu den kleinen rechteckigen Scheiben der Cafeteriatür, aber sie tut es dennoch und bereut es augenblicklich und wünschte, sie hätte nicht gesehen, wie John hungrig in ihr halb aufgegessenes Sandwich beißt.

Kapitel 11

Janine Roby saß am Ende des Tresens im Callahan's, trank Selterswasser mit einem Limettenschnitz darin und übte auf einem Stapel kleiner Cocktailservietten, mit ihrem neuen Namen zu unterschreiben – *Janine Louise Comeau* –, während ihre Mutter das leere Bierfass gegen ein volles austauschte. Falls das verdammte Justizgebäude in Fairhaven nicht einstürzte, was durchaus möglich war, und sei es nur, um ihr einen Strich durch die Rechnung zu machen, würden Janine und der Silver Fox bald heiraten, und sie wollte, dass sie ihre Unterschrift aus dem Effeff beherrschte, wenn es so weit war, anstatt dass es ihr so ging wie zu Beginn eines neuen Jahrs, wenn alle Welt bis lange in den Januar hinein die alte Jahreszahl auf die Schecks schrieb. Oder, wenn man so war wie ihr Mann Miles – Korrektur: ihr baldiger Exmann Miles –, bis in den März hinein. Ein Gewohnheitstier, wie es im Buche steht, verlief sein Leben stets im selben Trott – er fuhr von zu Hause in den Diner, vom Diner zur verdammten Kirche, von der Kirche wieder in den Diner und vom Diner wieder nach Hause (*als* es noch sein Zuhause gewesen war). Eines Nachts, ein paar Wochen nachdem sie sich getrennt hatten und Miles in die Wohnung über dem Lokal gezogen war, war er plötzlich in ihrem Schlafzimmer aufgetaucht. Es hatte ihr einen gehörigen Schrecken eingejagt, als sie urplötzlich aufwachte und ihn in der Dunkelheit am Fuße des Bettes stehen sah, in dem sie mit Walt lag, und ihr erster

Gedanke war gewesen, Miles sei gekommen, um sie umzubringen. Dann sah sie, wie er das Hemd auszog und es auf den Wäschekorb warf, und ihr wurde klar, dass er, nachdem er den Diner abgeschlossen hatte, erschöpft, wie er war, aus alter Gewohnheit zu seinem früheren Zuhause gefahren sein musste. Erst als Janine die Nachttischlampe anknipste, bemerkte er, wo er war, er griff erschrocken nach dem Hemd und huschte wie ein Einbrecher davon. Ein anderer Mann hätte sich womöglich seinen Irrtum zunutze gemacht und ihnen aus dem Affekt heraus die Kehlen durchgeschnitten, aber der Ausdruck in Miles' Gesicht sagte Janine, dass die einzige Kehle, die Miles durchgeschnitten hätte, seine eigene gewesen wäre, hätte er ein Messer zur Hand gehabt.

Miles erinnerte sie an die Plastikfiguren des Eishockeyspiels, das ihr Bruder als kleiner Junge bekommen hatte. Das Brett stellte die imaginäre Eisfläche dar und war von Rillen durchzogen, von denen jede mit einer schlägerschwingenden Plastikfigur bestückt war, die sich in ihr vorwärts- und zurückbewegen konnte. Das Spiel war nicht gerade ein Volltreffer gewesen. Ihre Eltern nahmen an, dass Billy vielleicht noch nicht alt genug dafür sei, denn das Erste, was er tat, war, die Figuren aus ihren Laufrillen zu reißen, weil er wahrscheinlich fand, das Spiel sei lustiger, wenn sie sich wie richtige Eishockeyspieler bewegen konnten, wohin sie wollten. Wie sollte der Junge auch ahnen, dass sie auf dicken, plumpen Scheiben befestigt waren, die in den Rillen liefen, um den Plastikmännern Stabilität zu verleihen? Sobald sie befreit waren, sahen sie lächerlich aus, wie ein Miniaturtrupp klumpfüßiger Soldaten, die aus unerfindlichem Grund mit Hockeyschlägern bewaffnet worden waren. Schlimmer noch, man konnte sie einfach nicht dazu bringen, aufrecht zu stehen. Janine hatte schon lange begriffen, dass, sollte es irgendwie gelingen, ihren baldigen Exmann aus seinen Laufrillen zu lösen, um ihm die Freiheit zu schenken, das Ergebnis das Gleiche wäre.

»Diese Cocktailservietten kosten übrigens was, weißt du«, sagte Bea, nachdem Janine fast den halben Stapel für ihre Schreibübungen verbraucht hatte. Ungefähr drei *Janine Louise Comeau* passten auf die Rückseite jeder Serviette, während auf die Vorderseite wegen des Logos des Callahan's – ein Leprechaun – nur zwei passten. »Was, zum Teufel, ist eigentlich mit dir los?«

Janine nahm eine frische Serviette und schrieb ihren neuen Namen unter den kleinen, grünen irischen Kobold. »Ich habe gerade an Billy gedacht«, erwiderte sie. »Erinnerst du dich noch an dieses Eishockeyspiel, das du und Daddy ihm mal zu Weihnachten geschenkt habt?«

»Ja, sicher.« Bea überließ ihrer Tochter ungefähr ein halbes Dutzend Servietten und brachte die restlichen in Sicherheit. »Ich erinnere mich an jedes Spielzeug, das dieses Kind kaputt gemacht hat, das heißt an jedes einzelne, das ihm zwischen die Finger gekommen ist. Er hat keine ganze Minute gebraucht, um diese kleinen Plastikkerle aus ihren Rillen zu reißen. Dann hat er geplärrt, bis wir ihm versprachen, ihm ein neues Spiel zu kaufen.«

Janine schaltete ab, wie fast immer, wenn sich ihre Mutter ihren nostalgischen Erinnerungen überließ. Ihr kleiner Bruder war mit neunzehn ums Leben gekommen, als der Wagen, den er aufgebockt hatte, auf ihn heruntergekracht war. Sie hatte keineswegs vorgehabt, an Billy zu denken. Nein, sie hatte gerade fröhlich über die Unzulänglichkeiten ihres Mannes – Korrektur: baldigen Exmannes, des Gewohnheitstiers – nachgedacht, als sich Billy in ihre Gedanken geschoben hatte. Und da die Erinnerung an ihren Bruder sie traurig gestimmt und deprimiert hatte, ließ sie ihre Gedanken wieder zu Miles zurückwandern, was sie glücklich machte und deprimierte. Deprimierte, weil Miles immer Miles bleiben würde, und glücklich, weil sie bald mit ihm fertig wäre.

Als sie die restlichen Cocktailservietten mit ihrem Autogramm versehen hatte, sah Janine auf ihre Uhr. In nicht ganz einer halben Stunde begann ihre Nachmittags-Aerobic-Stunde, und sie hoffte, bis dahin durchzuhalten. Der späte Nachmittag war für Janine immer die schlimmste Zeit, der zäheste Teil des Tages, den sie nicht allein schaffte, und das war auch der einzige Grund, aus dem sie ihre Mutter besuchte, obwohl sie sie jedes Mal auf die Palme brachte. Sie wusste aus Erfahrung, dass sie sich, sobald sie wieder im Fitnessstudio wäre und ABBA aus den großen Lautsprechern dröhnten (»Mamma Mia! How can I resist him!«), wieder besser fühlen würde. Es gab keinen besseren Appetitzügler als ein anstrengendes Work-out, und wenn sie um vier mit der High-Impact-Aerobic-Stunde fertig wäre und um fünf dann mit der Low-Impact-Stunde, würde sie ihren inneren Schweinehund wieder sicher an der Leine haben. Dann wäre sie in der Lage, mit Walt ein vernünftiges Abendessen einzunehmen, der ihr beigebracht hatte, die Gabel hinzulegen, wenn sie sich satt zu fühlen begann, anstatt weiter Essen in sich hineinzuschaufeln, bis sie pappsatt wäre. Nach einem vernünftigen Abendessen wäre sie bis zur Schlafenszeit hinlänglich satt, dann würde ihr innerer Schweinehund erneut zu bellen anfangen, doch bis dahin würde sie ihn – erschöpft von ihrem Work-out – bezwingen können. Und wie Walt ihr immer wieder in Erinnerung rief: Erschöpfung ist stärker als Hunger. Außerdem würden sie Sex haben, auch das eine hervorragende Ablenkung.

Aber im Moment war sie so hungrig, dass sie glatt den durchweichten Limettenschnitz in ihrem Sodawasser hätte verspeisen können. Selbst die widerlichen eingelegten Schweinefüße in dem Fünfliterkrug in der Mitte des Tresens, die in Pökellauge schwammen, sahen jetzt verlockend aus, und Janine malte sich aus, wie sie am Boden kauerte und an einem Knochen nagte wie ein Hund, ihn mit den Backenzähnen zermalmte und das Mark aussaugte.

Ihre Mutter, die ihre Not erahnte, stellte eine Schüssel Erdnüsse vor sie hin und kaute selbst geräuschvoll eine Handvoll, um zu demonstrieren, wie köstlich sie waren. »Mhmmm«, machte sie. Wenn man Janine in diesem Moment nach den wichtigsten drei menschlichen Trieben gefragt hätte, hätte sie Essen, Vögeln und den dringenden Wunsch, diese Nervensäge von Mutter zu erwürgen, genannt. Sie wusste nicht, welcher am stärksten war, nur, dass der letzte der gefährlichste war, weil sie nichts hatte, was sie ihm hätte entgegensetzen können. »Weißt du was, Beatrice?«, sagte Janine. Sie benutzte den vollen Namen nur, wenn sie ihr signalisieren wollte, dass sie am Rande des Muttermords stand. »Du bist neidisch.« Auf ihren Gewichtsverlust und die relative Jugend und sexuelle Aktivität, aber das verstand sich von selbst.

Janine rutschte von ihrem Hocker, nahm die Schüssel Erdnüsse und stellte sie weiter unten auf den Tresen, und zwar vor zwei griesgrämig dreinblickende arbeitslose Fabrikarbeiter, die sparsam an ihrem billigen Fassbier nippten, während sie geduldig auf die Happy Hour warteten. Auf dem Rückweg schnappte sie sich einen weiteren kleinen Stapel Cocktailservietten.

»Ja, das bin ich«, sagte ihre Mutter. »Ich wünschte, ich könnte ebenfalls blind und selbstsüchtig durchs Leben gehen. Ist dir eigentlich schon mal aufgefallen, dass ich sechzig bin? Dass ich vielleicht jemanden bräuchte, der mir hilft, diese verdammten Fässer auszuwechseln?«

Janine Louise Comeau, schrieb Janine Louise Roby auf die Rückseite einer neuen Serviette. Und das Gleiche darunter noch zwei Mal. »Du willst mir nach all den Jahren doch nicht erzählen, dass du dich nicht gern wie ein Maulesel abrackerst.«

»Nein, ich mag es wirklich«, sagte Bea, und das stimmte auch. Bis vor Kurzem hatte sie die verdammten Fässer noch *hochgehoben*. Jetzt ruckelte sie vorsichtig ein volles Fass auf die Sackkarre im Hinterhof, fuhr es herein, rollte das leere darauf und fuhr es wieder hinaus. »Nolan Ryan wirft auch immer noch gern Fastballs, weißt du.«

In ihren vierzig Jahren als Kneipenwirtin hatte Bea mehrere Tausend Ballspiele angeschaut, die sie nicht interessierten, um nach all dieser Zeit festzustellen, dass sie inzwischen so viel von Baseball verstand, um Gefallen an dem Spiel zu finden. Außerdem hatte sie eine gewisse Parallele zum Leben entdeckt: Man konnte fast alles irgendwann mögen, wenn man sich nur lange genug Zeit ließ. »Sogar einen Mann«, schloss Bea immer. Und meinte damit Miles, wie Janine klar war. Ihre Mutter hatte kein Verständnis, was ihre neue Beziehung anging. »Wenn ich deinen Vater lieben lernen konnte«, wurde Bea nie müde ihrer Tochter zu erzählen, »dann kannst du auch einen so herzensguten Mann wie Miles lieben lernen.« Was eine verdammte Lüge war, wie Janine wusste. Bea hatte ihren Vater von Anfang an geliebt, und das war bis zu seinem Tod so geblieben. Die Tatsache, dass ihr Vater ein Nichtsnutz gewesen war, tat nichts zur Sache.

»Glaubst du, Nolan Ryan wirft gern Ibuprofen ein, nachdem er Fastballs geworfen hat?«, wollte Bea wissen.

Janine Louise Comeau, schrieb Janine über einen weiteren Leprechaun. Ihrer Uhr zufolge waren anderthalb Minuten vergangen. »Keine Ahnung, Mutter. Ich weiß nicht mal, wer Nolan Ryan ist.«

»Was ich sagen will, ist, dass ich ab und zu Hilfe gebrauchen könnte«, sagte Bea. »Wenn du mit deinem Aerobic nicht ausgelastet bist, hätte ich da eine Idee.«

Janine wusste natürlich, wohin diese Unterhaltung führen würde. Bea versuchte wieder einmal, sie zur Mitarbeit in der Kneipe zu überreden, was ihr nicht gelingen würde. Ihre Mutter spielte in jüngster Zeit mit dem Gedanken, wieder Lunchgerichte anzubieten. Als Janines Vater noch lebte, gab es im Callahan's zur Lunchzeit Sandwiches, was einen ordentlichen Profit abwarf.

Und nun schwebte Bea vor, dass Janine dieses Geschäft wiederbelebte. In all diesen vertanen Jahren im Empire Grill hatte Janine genug gastronomische Erfahrung gesammelt – aber genau der Umstand, dass sie ständig von so viel Essen umgeben gewesen war, hatte sie fünfzig überflüssige Pfunde ansetzen lassen. Walt war gerade noch rechtzeitig auf den Plan getreten und hatte sie überredet, in seinem Fitnessstudio zu arbeiten. Noch ein, zwei Jahre im Empire Grill, und sie hätte genau wie ihre Mutter ausgesehen, deren Figur einem Daumen ähnelte, mit dem Unterschied, dass sie in der Mitte nicht so biegsam war. Janine war indes schleierhaft, warum ihre Mutter so erpicht darauf war, dass sie in ihrer Kneipe arbeitete. Denn sie würden die ganze Zeit streiten wie Hund und Katz und grundsätzlich uneins sein.

»Gib es auf, Beatrice«, sagte Janine. Laut ihrer Uhr musste sie nur noch zweiundzwanzig Minuten überstehen. »Ich habe einen Job in einem der wenigen profitablen Betriebe im ganzen Dexter County. Ich habe fast fünfzig Pfund abgenommen und fühle mich zum ersten Mal in meinem verdammten Leben wohl in meiner Haut. Du wirst es nicht schaffen, mich wieder herunterzuziehen, also versuch es erst gar nicht, okay?«

Nachdem die beiden Trübsalbläser am anderen Ende des Tresens aufgehört hatten, so zu tun, als würden sie nicht lauschen, zappte Bea im Fernsehen zu einer Talkshow und drehte die Lautstärke so weit auf, dass sie und ihre Tochter sich privat unterhalten konnten. Die Männer waren sichtlich enttäuscht. »Wenn wir schon dem Geschwafel einer fetten Frau zuhören müssen, kann es dann nicht wenigstens diese Weiße sein?«, beschwerte sich einer von ihnen.

Bea kam seiner Aufforderung widerwillig nach, wobei sie insgeheim der Auffassung war, dass die beiden Typen mehr von Oprah profitieren würden als von Rosie. »Oprah ist cleverer als fünf weiße Männer zusammen, egal, welche du mir nennst, Otis.«

»Wenn sie so clever ist, warum ist sie dann nicht weiß geboren worden?«, konterte er und löste bei seinem Kumpel ein herzhaftes Glucksen aus.

Bea wollte mit ihrer Tochter diskutieren, nicht mit diesen beiden Nichtsnutzen, aber sie konnte unmöglich zulassen, dass Otis das letzte Wort hatte. Aufgrund der Tatsache, dass sie alle Menschen kritisch beäugte, ungeachtet ihrer Rassen- oder Geschlechtszugehörigkeit, betrachtete sie sich als einen der wenigen unvoreingenommenen Menschen von Empire Falls. »Im Gegensatz zu manch anderem«, sagte sie, »fühlt sich Oprah wohl in ihrer Haut.«

»Ich fühl mich auch wohl in meiner Haut«, sagte Otis, der nicht begriff, dass Beas Bemerkung eigentlich an die Adresse ihrer Tochter gerichtet war.

»O je, da würde ich mir an deiner Stelle aber Sorgen machen«, erwiderte Bea und wandte sich schnell wieder ihrer Tochter zu. »Und ich versuche bestimmt nicht, dich runterzuziehen, mein kleines Mädchen. Du wirfst das den Leuten immerzu vor, als hätten sie nur eine Sache im Sinn, und zwar dich. Eine Mutter hat die Pflicht, ihrer Tochter ins Gewissen zu reden, wenn sie sich noch dümmer verhält als sonst, und nichts anderes tue ich.«

Janine drückte beim »u« in *Comeau* ein wenig zu heftig auf, sodass die Serviette zerriss. »Können wir das Thema endlich beenden, Ma?«, sagte sie und knüllte die Serviette zusammen. »Es hat keinen Sinn, über etwas zu diskutieren, das dich ohnehin nichts angeht. Wenn du nicht verstehen kannst, warum ich etwas Besseres vom Leben erwarte, als fett und unglücklich zu sein, ist es traurig genug. Vielleicht gebe ich eines Tages ja auch auf – wie du –, aber noch ist es nicht so weit, okay? Die Menschen können sich ändern, und ich bin dabei, mich zu ändern.«

»Du bist nicht dabei, dich zu ändern, Janine«, sagte ihre Mutter. »Du verlierst einfach nur Gewicht. Das ist ein Unterschied.

Wenn du eines Morgens aufwachen und zur Abwechslung an jemand anders als dich selbst denken würdest, *das* wäre eine Veränderung. Und wenn du nur zwei Sekunden lang darüber nachdächtest, wie sich deine Dummheit auf deine Tochter auswirkt, wäre das eine weitere.«

»Wie gesagt, Ma« – Janine schnappte sich die restlichen Servietten –, »du bist einfach nur neidisch, also lassen wir es, bevor eine von uns etwas sagt, was sie später bereut, okay?«

»Die Gefahr, dass ich etwas sage, was ich bereuen könnte, ist gleich null«, sagte Bea. »Aber ich würde es bereuen, wenn ich den Mund halten würde.«

»Wie kannst du das wissen? Du hast es ja nie versucht.«

Otis weiter unten am Tresen gab ein belustigtes Schnauben von sich. Was bedeutete, dass die Lautstärke des Fernsehers nicht weit genug aufgedreht war. Bea schuf augenblicklich Abhilfe.

»Was ich dir zu sagen versuche«, fuhr sie fort, »ist, dass du gegen Windmühlen ankämpfst. Ein Mensch ist, wie er ist.«

Janine war drauf und dran, ihrer Mutter von den Orgasmen zu erzählen, in deren Genuss sie neuerdings kam, dass Walt den Punkt gefunden habe, von dessen Existenz Miles nicht einmal etwas geahnt habe, wie *gut* es sich anfühle, endlich begehrt zu werden. Aber was für einen Sinn sollte es haben, einer Frau etwas von Orgasmen zu erzählen, die nicht einmal wissen würde, dass es so was gab, wenn Oprah ihr nicht davon erzählt hätte?

»Du musst mir nicht sagen, wer ich bin, Beatrice. Zum ersten Mal in meinem Leben habe ich eine sehr gute Vorstellung davon.«

»Ach ja?« Ihre Mutter hatte ihr überhebliches Grinsen aufgesetzt.

»Ja, ob du's glaubst oder nicht.« Janine versah die letzte Serviette mit ihrem Autogramm. Es hatte sowieso keinen Sinn, wütend zu werden. Der Streit hatte genau das bewirkt, was sie gehofft hatte – er hatte sie von ihrem Hunger abgelenkt. Wenn diese Uhr auf der Registrierkasse richtig ging, war es jetzt zehn vor vier und damit an der Zeit, zum Fitnessstudio zurückzufahren.

»Nun, das nehme ich dir nicht ab«, sagte ihre Mutter. »Im Gegenteil, ich kann sogar beweisen, dass du keinen blassen Dunst hast.«

Janine rutschte von ihrem Barhocker, hängte sich ihre Sporttasche um und schob das leere Glas mit dem durchweichten Limettenschnitz darin ihrer Mutter zu. »Ach, was soll's, mich interessiert dein Beweis nicht, Beatrice. Ich geh jetzt arbeiten.«

»Wer geht arbeiten?«, sagte Bea und deckte die Serviette mit ihrer rauen Hand zu. »Die Frau, deren Name auf dieser Serviette steht?«

»Ganz genau, Ma«, sagte Janine und steuerte auf die Tür zu.

Das Glucksen ihrer Mutter ließ sie innehalten.

»Lies es und weine, kleines Mädchen«, sagte Bea und hielt die Serviette zwischen Daumen und Zeigefinger demonstrativ hoch.

Angesichts des triumphierenden Blicks ihrer Mutter schwante Janine, dass sie es tatsächlich geschafft hatte, sich selbst zu verraten, und wäre am liebsten gegangen, ohne es zu lesen. Aber sie konnte nicht anders. Und dort stand es, schwarz auf weiß, dreifach in ihrer eigenen krakeligen Handschrift.

Janine Louise Roby.
Janine Louise Roby.
Janine Louise Roby.

Kapitel 12

»Es gab Zeiten«, vertraute Father Mark ihm an, »da befürchtete ich, Gott wäre wie meine Großmutter mütterlicherseits.« Es war später Nachmittag, und er und Miles saßen in der Essecke der Pfarrhausküche und tranken Kaffee. Miles hatte ihm gerade von seinen Zweifeln daran, dass Gott schon wisse, was er tue, erzählt, die ihn mal wieder befallen hatten. Am frühen Nachmittag hatte er auf Anregung seiner Tochter einen Jungen als Aushilfe angeheuert. Sie brauchten tatsächlich jemanden, so weit also schön und gut, und in Sachen Personal ließ Mrs Whiting ihm freie Hand, worüber er in diesem speziellen Fall besonders froh war, weil er sich nicht vorstellen konnte, wie er die heutige Neueinstellung gegenüber seiner Arbeitgeberin hätte rechtfertigen sollen. Er wusste ja nicht einmal, wie er sie gegenüber David und Charlene rechtfertigen sollte, die ihn angesehen hatten, als hätte er den Verstand verloren, als er ihnen John Voss vorstellte. Wie bitte?, hatten sie ihn mit ihren Blicken gefragt – als sich zeigte, dass der Junge weder in der Lage war, einen Satz herauszubringen, noch, ihnen in die Augen zu sehen –, du hast einen Stummen eingestellt? Miles konnte an der Körpersprache seines Bruders ablesen, was dieser dachte: dass Miles damit seinem bizarren Verhalten seit seiner Rückkehr von Martha's Vineyard die Krone aufsetzte. Auch wenn David Miles nach seinem Treffen mit Mrs Whiting nicht auf das Thema Alkohollizenz angesprochen hatte, wusste Miles, dass es für ihn keineswegs erledigt war. Ebenso wenig wie die Tatsache, dass sie einen Ersatz für Buster finden mussten, der spurlos verschwunden war. Zwar brauchten sie auch eine Abräum- und Spülhilfe, aber die Einstellung eines zweiten Grillkochs war sehr viel dringender, es sei denn, Miles hatte vor, weiterhin selbst an jedem einzelnen Tag der Woche in aller Frühe das Lokal aufzuschließen, was er seit fast einem Monat tat. Im Moment durfte er nicht riskieren, krank zu werden, denn David arbeitete nur an den Abenden und stand selten vor Mittag auf. Als sein Bruder daher John Voss erblickte, schüttelte er ungläubig den Kopf.

»Unsere Familie war sehr groß«, erzählte Father Mark, »und an Weihnachten verteilte meine Großmutter Geldgeschenke in unterschiedlicher Höhe. Sie sagte, sie belohne ihre Enkel je nach Zuneigung und Liebe, die sie ihr entgegenbrächten. Sie schwor, sie könne direkt in unsere Herzen blicken. Und so kam es, dass ein Kind eine druckfrische Fünfzig-Dollar-Note und ein anderes einen zerknitterten Dollarschein erhielt. Nie verteilte sie zwei gleich hohe Geldscheine.«

Miles nickte. »Nun, vielleicht gibt es die Hölle tatsächlich.«

Father Mark lächelte. »Es ist jedenfalls eine reizvolle Vorstellung. Natürlich hatte diese Geschenkpolitik nichts mit ihren Enkeln zu tun. Sie bestrafte und belohnte damit ihre eigenen Kinder gemäß ihrem boshaften Gerechtigkeitsempfinden. Jene, die unter der Woche bei ihr vorbeischauten, die nach ihrer Pfeife tanzten und sie hofierten, wurden belohnt. Die, die es nicht taten, hatten das Nachsehen. Meine Tante Jane war einer ihrer Lieblinge, bis ihr Mann eine neue Stelle in Illinois fand. Meine Großmutter warnte sie davor umzuziehen, und als sie es trotzdem taten, strich sie Janes Namen aus ihrem Testament.«

Miles nickte. Wie kommt es nur, dass die Welt von machtbesessenen alten Frauen regiert wird?, fragte er sich.

»Und dass Janey für die Weihnachtsfeiertage den weiten Weg nach New Jersey auf sich nahm, trug ihr auch keine Pluspunkte ein. Wenn man bei meiner Großmutter in Ungnade gefallen war, war man für sie praktisch gestorben und an einem unbekannten Ort begraben wie Moses im Alten Testament. Aber am heftigsten bekamen es Janeys Kinder zu spüren. Noch heute sehe ich das Gesicht meiner Cousine Phyllis vor mir, als sie die Weihnachtskarte öffnete und den zerknitterten Dollarschein darin erblickte. Ich denke nicht, dass es ihr um das Geld ging, sondern sie glaubte tatsächlich, was meine Großmutter gesagt hatte, dass sie in das Herz der Menschen blicken könne. Meine Güte, wie hat sie geweint.«

Miles, von Natur aus neugierig, fragte: »Und wie hast du in jenem Jahr abgeschnitten?«

»Ich?« Father Mark lächelte. »Oh, ich habe die frische Fünfzig-Dollar-Note bekommen. Fast konnte man noch die Druckerschwärze riechen.«

»Und, hast du das Geld mit deinen Cousins und Cousinen geteilt, die nicht so viel Glück hatten wie du?«

»Nein, weil das Teilen natürlich strengstens verboten war. Aber ich habe ihnen die Wahrheit gesagt.«

»Und die lautete?«

»Dass ich meine Großmutter inbrünstig hasste, was ihre Behauptung, sie könne in die Herzen der Menschen blicken, als Lüge entlarvte. Ich sagte der kleinen Phyllis, dass, wenn Grandma je in mein Herz geblickt hätte, die alte Schachtel hätte wissen müssen, dass ich mir nichts sehnlicher wünschte als ihren Tod.« Als Miles nichts darauf erwiderte, lächelte Father Mark verlegen. »Jetzt, wo ich dir diese Geschichte erzähle, wird mir klar, dass ich ihr nie vergeben habe.«

»Ich bin mir nicht sicher, ob sich die Geschichte als Stoff für eine Moralpredigt eignet, es sei denn, du nimmst ein paar

Änderungen vor«, sagte Miles. Dabei hatte er seinem Freund das Stichwort geliefert, als er zu erklären versuchte, warum er die neue Aushilfe eingestellt hatte. Laut Tick war der Junge als kleines Kind von seinen Eltern verlassen worden, zuerst vom Vater, dann von der Mutter, und war nun die bevorzugte Zielscheibe für die Schikanen der Cafeteriarowdys in der Schule. Was Miles zu der Frage nach Gottes Kompetenz veranlasst hatte – ob er die Dinge so arrangiere, dass manche Kinder viel zu schwere Bürden auf ihren schwachen Schultern tragen müssten.

Während sein »Date« mit Cindy Whiting näher rückte, dachte Miles wieder häufiger über die Ungerechtigkeiten auf der Welt nach und darüber, dass seine Mutter dazu geneigt hatte, sie sich zu Herzen zu nehmen und getreu ihrer Überzeugung zu handeln, dass alle Menschen dazu geboren seien, dafür zu sorgen, dass die Welt ein bisschen gerechter würde. Zwar hatte Tick ihn gebeten, diesen erbärmlichen, schmuddeligen Jungen einzustellen, aber es war zweifelsohne seine Mutter, die ihm ins Ohr geflüstert hatte, Tick diesen Wunsch zu erfüllen, trotz heftigen Protests seines Instinkts.

»Es ist eine gute Geschichte mit einer schlechten moralischen Botschaft«, räumte Father Mark ein. »Vielleicht werde ich sie umarbeiten. Weißt du, dass ich die Ideen für meine besten Predigten unseren Nachmittagsplaudereien verdanke? Wenn wir uns unterhalten haben, plagt mich hinterher immer ein schlechtes Gewissen, als sei ich dir etwas schuldig, zum Beispiel ein Rezept für deinen Diner. Übrigens denke ich natürlich nicht, dass Gott so ähnlich wie meine Großmutter ist, frage mich aber dennoch, ob die Geschichte nicht doch irgendwie lehrreich ist, vom Standpunkt des Kindes aus betrachtet. Ich meine, was, wenn wir uns eine bestimmte Vorstellung von unserer Beziehung zu Gott machen, sie aber in Wirklichkeit ganz anders ist? Was, wenn wir in unserer Gleichung eine ganz wichtige Variable auslassen? Vielleicht neigen wir wie Kinder dazu, uns für den Mittelpunkt der Welt zu halten, dabei sind wir es gar nicht. Möglicherweise geht es gar nicht um die Ungleichheit, die uns hier auf Erden so zusetzt.«

»Also ist es nicht wichtig, die Hungrigen zu speisen?«

»Das meine ich damit nicht. Wichtig vielleicht schon, aber nicht auf die Weise, wie wir glauben. Vielleicht ist es für Gott wichtig, wie wir dieses unergründliche Etwas, das ›höher ist als alle Vernunft‹, zum Ausdruck bringen. Etwas, was wir mit unserem Verstand gar nicht begreifen sollen.«

»Unsinn.« Miles grinste. »Ich verstehe deine Großmutter sehr wohl, genau wie du. Du versuchst, der Selbstsucht etwas Geheimnisvolles anzudichten.«

Father Mark lachte in sich hinein. »Ja, da könntest du recht haben. Sie war ein gemeiner, selbstsüchtiger alter Drachen. Dennoch fühlen wir uns von dem, was uns Rätsel aufgibt, angezogen. Eine Erklärung, mag sie noch so schlüssig sein, ist nie wirklich befriedigend. Die zwei da zum Beispiel.« Er deutete zum Fenster hinaus auf Max und Father Tom, die in der einsetzenden Dämmerung unter einer großen Trauerweide saßen. Für Miles sahen sie aus wie zwei Landstreicher, die unschlüssig waren, ob sie schnell noch versuchen sollten, den Nachtzug Richtung Süden zu erwischen, oder lieber den Frühzug abwarten sollten. Mit jedem Windstoß trudelten ein paar der länglichen braunen Blätter der Trauerweide auf sie herab, von denen sich einige in ihren Haaren verfingen. Keiner der beiden schien es zu bemerken. »Einerseits wüsste ich gern, worüber um alles in der Welt die beiden reden, wobei ich andrerseits bezweifle, dass ich mir klüger vorkäme, wenn ich es wüsste.«

Seit Max Anfang der Woche begonnen hatte, Miles beim Kirchenanstrich zu helfen, hatte er völlig überraschend Freundschaft mit dem alten Pfarrer geknüpft. Zuerst dachte Miles, dass Father

Tom, der zusehends dementer wurde, nicht mehr wüsste, dass er Max seit Urzeiten kannte und stets herzlich verachtet hatte, aber das war offenbar nicht der Fall. Wenn man ihn danach fragte, erinnerte er sich sehr wohl, dass er immer eine äußerst geringe Meinung von Max Roby gehabt und ihn als Gotteslästerer, ziellosen Schwerenöter, Trinker und in jeder Hinsicht Tunichtgut betrachtet hatte. Weniger im Klaren schien er sich hingegen über die Gründe zu sein, warum er von seiner Meinung abgekommen war. Weder Miles noch Father Mark wollten den beiden alten Käuzen ihre neu geschlossene Freundschaft madig machen, waren sich aber einig, dass man sie im Auge behalten musste.

Und auf Miles' Anraten hin wurde Max auch weiterhin der Zugang zum Pfarrhaus verwehrt, da der alte Mann ein notorischer Langfinger war. Wenn Father Mark die wertvollen Kirchenbestände nicht im örtlichen Pfandhaus wiederfinden wolle, solle er Max besser nicht hereinlassen, hatte Miles gemeint.

»Das würde er tun – Gott bestehlen?«, hatte Father Mark gefragt, sein Tonfall von der ihm eigenen Ironie gefärbt.

»Nun, er ist ziemlich furchtlos, was Gott betrifft«, antwortete Miles. »Wobei ich mir im Unklaren bin, ob er ein waschechter Atheist ist oder an einen Gott glaubt, dem der Überblick über die Details abhandengekommen ist.«

»Du meinst also einen Gott, den man verscheißern kann?«

»Genau«, sagte Miles mit einem Achselzucken. Gott zu verscheißern sei, vereinfacht gesagt, Max' Absicht. Miles konnte sich sogar genau ausmalen, mit welchem Spruch Max vor ihn hintreten würde. Er würde zu Gott sagen, dass er, wenn er bessere Ergebnisse von ihm erwartet habe, ihn eben mit einem besseren Charakter hätte ausstatten müssen, anstatt ihn so schlecht gerüstet ins Feld zu schicken.

Wie auch immer, gestand sich Miles widerwillig ein, das Anstreichen der Kirche *ging* sehr viel schneller, seit Max ihm half.

Wahrscheinlich war das nicht zuletzt der Tatsache geschuldet, dass sie sich jeden Nachmittag sofort an die Arbeit machten, anstatt dass Miles zunächst eine Stunde vergeudete, indem er mit Father Mark Kaffee trank. Und es stimmte auch, dass Max sogar noch mit »siebenzig« wie ein Affe klettern konnte. Außerdem konnte er ebenso gut von der Leiter wie vom Gerüst aus malen, und auch sechs Meter über dem Grund fühlte er sich pudelwohl, während Miles argwöhnisch auf seine Tritte achtete und sich nicht traute, sich zur Seite zu lehnen.

Max' Furchtlosigkeit hatte ihn zu Beginn beunruhigt, aber Tatsache war, dass der alte Mann nur dann Gefahr lief, herunterzufallen, wenn er betrunken war. Deswegen roch Miles auch immer zuerst an seinem Atem, bevor er ihn die Leiter erklimmen ließ. Infolgedessen und dank einiger zusammenhängender schöner, sonniger Spätseptembertage war die Westfassade der Kirche fast fertig. Gewiss wäre es am klügsten, wenn Max und er es dabei bewenden ließen, um im nächsten Frühling mit der Arbeit fortzufahren, vorausgesetzt, dass St. Cat's bis dahin nicht in eine Kunstgalerie oder einen Konzertsaal umfunktioniert wäre.

Eines stand für Miles inzwischen fest: Den Kirchturm würde er nicht in Angriff nehmen und es auch seinem Vater nicht erlauben, obgleich der alte Mann zu jeder Schandtat bereit war. Miles hatte so gehofft, dass er schließlich doch den Mut fände, es selbst zu tun – er müsste es einfach ganz langsam angehen lassen, hatte er sich eingeredet. Er hatte sogar Anfang dieser Woche, nachdem er Max nach Hause geschickt hatte, den Schlüssel bei Father Tom geholt und war die schmale Wendeltreppe hinauf in den Glockenstuhl gestiegen. Schon beim Erklimmen der Stufen spürte er, wie die Angst in ihm hochkroch, aber solange er in einem geschlossenen, fensterlosen Raum war, konnte er sich noch beherrschen. Doch kaum hatte er die Falltür hochgedrückt und versucht, sich im Glockenstuhl aufzurichten, wusste er, dass das Streichen des

Kirchturms für ihn nicht infrage kam. Nie im Leben würde er in der Lage sein, eine Leiter bis zu dieser Höhe hinaufzusteigen oder hier oben auf einem Gerüstbrett zu balancieren – jedenfalls nicht, ohne sich mit beiden Händen an etwas festhalten zu können. Tatsächlich fühlte er sich im Glockenstuhl lediglich imstande, sich auf den Knien aufzurichten, weil er wusste, dass er im Stehen über das hüfthohe Geländer stürzen könnte. Als er von dieser Büßerposition aus einen flüchtigen Blick auf die umliegende Landschaft riskierte, die sich jenseits des Flusses und des Hauses von Mrs Whiting ausbreitete, fragte er sich unvermittelt, ob es Cindy Whiting, wenn sie jetzt sehen könnte, wie ängstlich er mit beiden Händen das Geländer umklammerte, endlich gelänge, sich von ihrer lebenslangen Leidenschaft zu befreien. Er brauchte eine halbe Stunde, um seinen ganzen Mut zusammenzunehmen, rückwärts in das dunkle Loch zurückzusteigen und die Falltür über seinem Kopf zuzuziehen.

»Max bestreitet fast die ganze Unterhaltung allein«, sagte Miles als Antwort auf die Frage seines Freundes, was die beiden Alten bloß zu bereden hätten.

»Vielleicht beichtet er ihm seine Sünden, was meinst du?«

Diese Möglichkeit hatte Miles bislang noch nicht in Betracht gezogen, sie klang für ihn jedoch auf Anhieb plausibel. Max war ein unverbesserlicher Maulheld, und der alte Pfarrer haderte zutiefst mit seiner Verbannung aus dem Beichtstuhl. Der eine erwiese sich als unerschöpflicher Quell von genau jener Art von Geschichten, nach denen der andere dürstete. Max' Geständnisse wären lebendig, dramatisch, abwechslungs- und lehrreich, kurzum, es mangelte ihnen an nichts außer an Reue, aber, fragte sich Miles, waren demente Pfarrer eigentlich noch bevollmächtigt, einem die Absolution zu erteilen? Max war seit jeher mit der erstaunlichen Fähigkeit gesegnet, durchs Leben zu gehen, ohne je die Folgen seiner Missetaten zu tragen, und es würde ihm ähnlich sehen, wenn er jetzt eine Hintertür in Gestalt eines Pfarrers gefunden hätte, der gewillt wäre, ihm seine unzähligen Sünden zu vergeben, ohne von ihm Buße zu verlangen.

»Da könnte was dran sein«, sagte Miles und beobachtete die beiden alten Männer jetzt aufmerksamer. Max führte heftig gestikulierend das Wort, der alte Pfarrer nickte vehement.

»Ach, ich würde mir keine Sorgen machen. Ich nehme an, dein Vater ist vom Himmel gesandt. Genau das, was Tom braucht.«

»Max Roby? In Gottes Mission unterwegs?«

»Denk mal nach. Tom war ein Pfarrer der alten Schule. Diesen Kerlen ging es immer um die Vermeidung von Sünden.«

»Und das soll altmodisch sein?«

Father Mark zuckte die Schultern. »Nun, insofern, als man sich nie mit seiner unzulänglichen menschlichen Natur auseinandersetzen muss. Welche Weisheit könnte uns ein unbescholtener Mann denn vermitteln? Welchen Trost könnte er uns bieten?«

»Irgendwie habe ich das Gefühl, dass du im Moment nicht gerade einen romhörigen, linientreuen Katholizismus verfichst.«

»Kommt drauf an, wer die Linie vorgibt. Aber du hast verstanden, worauf ich hinauswill. Tom war nie ein warmherziger, verständnisvoller Orientierungspunkt für seine Herde. Wie viele von der alten Schule hat er sich als Vollstrecker verstanden, Dirty Harry in einer Soutane. Auf die Knie, Dreckskerl. Fünfzig Vaterunser und Ave-Maria – und wehe, du *denkst* auch nur daran, es noch mal zu tun, dann werde ich wirklich rabiat.«

»Die Leute mochten das«, warf Miles ein. Auch ihm hatte als Junge die Vorstellung gefallen, dass da jemand war, der über allem stand, der wusste, was richtig war, und dessen Job es war, dafür zu sorgen, dass man es ebenfalls wusste.

»Vielleicht«, erwiderte Father Mark. »Worauf ich hinauswill, ist, dass Tom durchaus eine Unterweisung in Sachen Allzumenschliches vertragen könnte.«

»In diesem Fall«, sagte Miles, »unterhält er sich mit genau dem Richtigen.«

»So ein Geizkragen«, sagte Max, während er die Scheine zählte, die Father Mark ihm gegeben hatte, und stopfte sie dann in die Tasche seiner mit Farbspritzern übersäten Hose. Dank Max' Weigerung, sich nach der Arbeit saubere Sachen anzuziehen, waren sowohl der Beifahrersitz als auch der Fußraum des Jettas mit Farbflecken übersät. Da der alte Mann nicht zwischen Arbeitskluft und Alltagskleidung unterschied, waren seine Hemden, Hosen und Schuhe, seit er Miles beim Kirchenanstrich half, allesamt mit Farbe verschmiert. Wenn jemand ihn darauf ansprach, konterte er mit seiner Standardantwort: »Na und?« Es gab nur wenige Menschen, sinnierte Miles, die es sich innerhalb der eng gesteckten Grenzen ihrer Zwei-Wort-Philosophie so gemütlich eingerichtet hatten.

»Hast du eigentlich Danke gesagt?«, fragte Miles, während er den Wagen aus der Auffahrt lenkte.

»Warum hätt' ich das tun sollen?«, sagte Max. »Schließlich hab ich dafür gearbeitet, oder nicht?«

»Ich hatte dir gesagt, dass wir umsonst arbeiten, und du warst damit einverstanden.«

»Das heißt noch lange nicht, dass er mir kein Geld geben darf, wenn ihm danach ist. Wenn du so blöd bist, keins zu nehmen, ist es dein Problem.«

Miles bog in Richtung Empire ab. Tick hatte an diesem Abend Küchendienst, und er wollte ihr zur Hand gehen. Außerdem wollte er sehen, wie sich John Voss machte. Er nahm sich fest vor, den Jungen nicht zu feuern, mochte er sich auch noch so linkisch anstellen.

»Aber ich verstehe natürlich, warum es dir peinlich wäre, Geld anzunehmen«, fuhr Max fort. »Du kletterst ganze zwei Sprossen auf einer verdammten Leiter hoch und klammerst dich fest, als würde dein Leben davon abhängen.«

»Soll ich dich irgendwo rauslassen, Dad?«

»Er ist schwul, oder? Dieser junge Pfarrer, meine ich.«

»Wie kommst du denn darauf, Dad?«

»Das hat mir der alte Knacker erzählt«, erwiderte Max schnell. »Ich selbst hätt's bestimmt nicht gemerkt.«

»Father Tom ist senil, Dad. Falls dir das noch nicht aufgefallen ist.«

»Na klar, das weiß ich. So mag ich ihn lieber. Aber so wie ich dich kenne, findest du es sogar gut.«

Miles sah seinen Vater stirnrunzelnd an. »Was? Dass er senil ist?«

»Nein, dass es Schwule gibt«, stellte Max klar. »Wir haben doch über Schwule geredet.«

»Nein, *du* hast gesagt, du glaubst, dass Father Mark homosexuell ist, und *ich* habe gesagt, du hast keine Ahnung, wovon du redest. Wie üblich.«

»›Schwul‹ hab ich gesagt, nicht ›homosexuell‹. Du bist nur sauer, weil du keinen Lohn gekriegt hast, ich aber schon.«

»Nein, Dad, das bin ich nicht. Im Gegenteil, ich finde es toll. Vielleicht schaffst du es mit dem Geld ja übers Wochenende, ohne mich anzuschnorren.«

»Jeder Mensch hat Bedürfnisse.« Max beugte sich vor und fingerte am Handschuhfachverschluss herum. »Nur weil ich siebenzig bin, heißt das noch lang nicht, dass ich zu essen aufgehört hab, verstehst du.«

»Du solltest besser schon am Monatsanfang, wenn du ein Bier nach dem anderen runterkippst, an deine Monatsend-Bedürfnisse denken«, sagte Miles. »Wärst du so freundlich, mir zu sagen, was du da tust?«

»Dein Handschuhfach lässt sich nicht öffnen.«

»Ja, und weißt du, warum, Dad? Weil es abgeschlossen ist.«
»Abgeschlossen?« Max sah ihn entgeistert an. Ein Blick, der besagte: Gestern war es noch *nicht* abgeschlossen, als ich darin gekramt und den Zehn-Dollar-Schein rausgenommen habe, der mir bis zum Zahltag über die Runden geholfen hat. Ganz offensichtlich sah Max in dem plötzlich abgeschlossenen Handschuhfach eine enttäuschende Entwicklung. Es war, wie wenn man bei jemandem zum Abendessen auftauchte, in der Annahme, dass man willkommen sei, um herauszufinden, dass das Gedeck für einen fehlte.

»Es ist abgeschlossen, um Leute, die unbefugt darin herumschnüffeln wollen, fernzuhalten«, erklärte Miles.

Falls sich Max durch diese Schlussfolgerung beleidigt fühlte, so ließ er es sich nicht anmerken. Stattdessen beugte er sich abermals vor und befühlte die Unterseite des Armaturenbretts. »Dieses fadenscheinige Schloss hält bestimmt niemanden ab«, sagte er. Zur Bekräftigung schlug er mit dem Handballen auf eine bestimmte Stelle an der Unterseite, und das Handschuhfach sprang auf. »Das hat mir ein Typ unten auf den Keys gezeigt«, sagte er und freute sich sichtlich, dass er ein so gelehriger Schüler war. »Wenn du möchtest, zeig ich dir's auch.«

Miles lenkte den Wagen an den Randstein, nahm den Gang heraus, beugte sich über seinen Vater und kramte im Handschuhfach nach dem Zwanzig-Dollar-Schein, den er an diesem Morgen als Notreserve hineingetan hatte. Nachdem der Schein sicher in seiner Hemdtasche verstaut war, fuhr er weiter.

Max betrachtete einen Moment lang das Hemd seines Sohnes, als wollte er sich für zukünftige Gelegenheiten die genaue Position der Brusttasche einprägen. »Dass du nie von den vielen Dingen profitieren willst, die ich im Lauf meines Lebens gelernt habe«, sagte er kopfschüttelnd. »Man wird nicht siebzig, ohne das ein oder andere gelernt zu haben, weißt du.« Als Miles nicht zu antworten geruhte, fügte er hinzu: »Aber vielleicht meinst du ja, du weißt schon alles.«

»Ich weiß jedenfalls, dass du diesen Zwanzig-Dollar-Schein nicht in die Finger kriegst«, erwiderte Miles und sah ihn kurz von der Seite an. Max zuckte die Achseln, wie um zu sagen, dass die Zeit es zeigen werde.

Er erinnerte Miles ein bisschen an Harpo Marx, der die Besitzrechte an einem Geldschein gar nicht erst diskutieren würde, weil er etwas wusste, was man selbst nicht wusste, nämlich dass der Schein an einem unsichtbaren Faden befestigt gewesen war, als man ihn in die Brusttasche steckte. Tatsächlich war in diesem Moment die Ähnlichkeit zwischen seinem Vater und dem Schauspieler so verblüffend, dass Miles seine Brusttasche befühlte, um sicherzugehen, dass sich der Schein noch dort befand. »Du hättest ihn glatt mitgehen lassen, stimmt's? Obwohl du vor fünf Minuten deinen Lohn bekommen hast, ist dein erster Gedanke, was es wohl Neues in meinem Handschuhfach gibt.«

Max ging nicht darauf ein. Er hatte erneut die Immobilienbroschüre herausgenommen und blätterte wie ein potenzieller Käufer durch die Seiten mit den Millionen-Dollar-Villen auf Vineyard. »Hast du mir nicht gerade einen Vortrag darüber gehalten, dass ich an meine zukünftigen Bedürfnisse denken soll?«

An der nächsten roten Ampel hielt Miles an, packte die Broschüre, stopfte sie ins Handschuhfach zurück und schlug die Abdeckung wieder zu. Er hatte nicht den leisesten Zweifel. Max würde selbst Gott verscheißern können. Miles fragte sich, ob Gott überhaupt wissen würde, mit wem er es zu tun hatte. Wenn die Zeit gekommen wäre, würde er sich hoffentlich gleich frühmorgens dieser Angelegenheit annehmen, denn am Ende eines langen Tages wäre Max ganz klar der haushohe Favorit.

»Wenn ich du wäre«, sagte Max, »würde ich diesem verkrüppelten Whiting-Mädchen den Hof machen.«

»Und da wunderst du dich, warum ich dich nie um Rat frage«, sagte Miles. Er hatte nicht die geringste Absicht, ihm zu verraten, dass er am morgigen Tag mit Cindy Whiting zum Footballspiel gehen würde. Vielleicht würde Max nicht dran denken und nicht hingehen. Vielleicht würde niemand aus Max' Bekanntenkreis sie beide dort sehen, der es ihm brühwarm berichten würde. Vielleicht fielen Ostern und Pfingsten auf einen Tag.

Max sagte nichts, bis Miles vergeblich versuchte, einem Schlagloch auszuweichen, und das Handschuhfach abermals aufsprang. »Wenn alles, was ich tun müsste, um an zehn Millionen Dollar zu kommen, wäre, eine verkrüppelte Frau zu heiraten, würd ich's tun.«

»Das ist mir völlig klar, Dad. Um sie dann prompt wieder zu verlassen.«

»Nein, würde ich nicht.« Max fummelte an dem Verschluss herum. »Allerdings würde ich mir hin und wieder einen Urlaub gönnen, wenn mir danach wäre.« Er drückte das Fach zu, aber es ging erneut auf.

Miles sah ihn wortlos an, bis die Ampel auf Grün schaltete.

»Wenn du einen Schraubenzieher da drin hättest, könnte ich es wahrscheinlich reparieren.«

»Ja, nachdem du es eben kaputt gemacht hast, Dad.« Miles fuhr über die Kreuzung und beschleunigte. Er rief sich ins Gedächtnis, dass selbst Mrs Whiting ihn darauf hingewiesen hatte, wie viel einfacher das Leben für ihn wäre, wenn er Cindy heiratete. »Tu mir bitte den Gefallen und repariere nichts mehr von meinen Sachen, okay?«

Max schlug die Beine übereinander und sah, die Abdeckung des Handschuhfachs auf den Knien, aus dem Fenster. Ungefähr eine Minute lang begnügte er sich damit, ehe er erneut die Immobilienbroschüre herausnahm. »Wenn du den Krüppel heiraten würdest, könntest du dir das Haus kaufen, das du so gern hättest.«

»Dad?«, sagte Miles. »Würdest du bitte nicht auf diese Weise von ihr sprechen?«

»Auf welche Weise?«

»Indem du sie ›Krüppel‹ nennst. Würdest du das bitte lassen?«

»Wie soll ich sie denn sonst nennen?«

»Wie wär's, wenn du gar nicht von ihr sprichst? In der Tat fällt mir kein einziger Grund ein, warum du über sie reden solltest. Sie geht keinen von uns beiden irgendetwas an.«

Max überlegte kurz. »Doch, wir sind verwandt. Die Robys und die Robideauxs.«

»Fang nicht wieder davon an«, sagte Miles. »Deine Chance, an ihr Geld zu gelangen, ist noch kleiner als die, den Zwanziger in meiner Tasche in die Finger zu bekommen.«

Als Max nichts darauf erwiderte, überprüfte Miles erneut verstohlen seine Brusttasche, um sich zu vergewissern, dass der alte Mann ihn nicht bereits hatte. Der Geldschein gab ein beruhigendes Knistern von sich.

»Ich hab unten auf den Keys mal 'n Kerl gekannt, der sich selbst immer nur als Krüppel bezeichnet hat«, sagte sein Vater. »›Max‹, hat er gesagt, ›pass auf, dass du nie zum Krüppel wirst.‹«

»Du liebe Güte.«

»Wie gesagt, du brauchst gar nicht sauer auf mich zu sein«, sagte sein Vater, »ich hab sie nicht überfahren.«

»Nein«, erwiderte Miles, »du hattest Glück. Du hast nur den Hund vom Bürgermeister überfahren.«

»Pech, wolltest du wohl sagen. Außerdem war's der von seiner Tochter, nicht seiner. Ist mir direkt vor die Räder gelaufen – hätte auch nichts genützt, wenn ich nüchtern gewesen wär. Dort drüben ist es passiert.« Max deutete auf eine ruhige, von Bäumen gesäumte Straße mit ehemals eleganten Häusern, von denen einige schon bessere Zeiten gesehen hatten. Vor einem, dem von Walt Comeau, war ein »Zu verkaufen«-Schild angebracht.

»Nein, ich meinte Glück«, beharrte Miles. »*Wenn* es ein Kind gewesen wäre, hättest du es auch nicht verhindern können. Du bist also noch mal glimpflich davongekommen.«

»Es gibt einige Kinder, bei denen es nicht so 'n Wirbel gegeben hätte«, sagte Max. »Man hätte echt meinen können, ich *hätte* ein Kind überfahren, bei dem vielen Tamtam, das alle drum gemacht haben.«

»Ich habe nicht ...«

»Wenn deine Mutter noch leben würde, würde sie dir zureden, dieses verkrüppelte Mädel zu heiraten. Und wenn *sie* dir dazu raten würde ...«

Miles konnte sich ein Lächeln nicht verkneifen. Mrs Whiting hatte genau die gleiche Taktik angewandt.

»... würdest du es tun. Dann hätten wir zehn Millionen, die wir unter uns aufteilen könnten.«

»Ja, das glaubst du wohl«, sagte Miles. »Wenn Mom noch lebte, hätten sie und ich zehn Millionen. Und du hättest Pech gehabt.«

Max dachte über diese Hypothese nach. »Weißt du, wenn du mich so wenig magst, frage ich mich, warum du mir kein Geld gibst, damit ich abhaue. Ich würd's tun, glaub mir. Hätt' ich fünfhundert Dollar in der Tasche, würde ich mich auf der Stelle auf den Weg zu den Keys machen. Mehr brauche ich nicht.«

»Wie kommt es dann, dass du mich ständig anrufst und um Geld anschnorrst, wenn du dort unten bist?«

»Du bist mein Sohn. Es ist deine Pflicht, mir hin und wieder unter die Arme zu greifen.«

Wieder konnte sich Miles eines Lächelns nicht erwehren. »Ist dir je in den Sinn gekommen, dass du da was durcheinanderbringst, Dad? Sind nicht Eltern diejenigen, die ihre Kinder unterstützen sollten?«

»Gilt für beide Seiten«, sagte Max.

»Offenbar nicht in unserer Familie. In unserer Familie gilt es nur für eine Seite, und wir wissen beide, welche es ist.«

Max schaffte es, ganze zehn Sekunden am Stück zu schweigen. »Fünfhundert brauche ich, mehr nicht«, sagte er schließlich. »Wenn ich erst mal unten bin, komm ich irgendwie klar. Die Touristen halten mich für 'n Conch. Weißt du, was'n Conch ist?«

»Ja. So nennen die dort unten einen Penner, der nicht gern ein Bad nimmt, stimmt's? Ein alter Halunke mit Essensresten im Bart, der fremde Menschen anschnorrt und alles, was er kriegen kann, aufsaugt wie ein Schwamm.«

Diesmal schwieg Max mindestens zwanzig Sekunden lang und veranlasste Miles, den Kopf zur Seite zu drehen und ihn anzusehen. Aus Erfahrung wusste er, dass es unmöglich war, die Gefühle seines Vaters zu verletzen, aber manchmal fürchtete er doch, dass er eines Tages zu weit gehen könnte.

Schließlich gluckste sein Vater belustigt. »Das ist ja witzig, dass du das mit dem Schwamm sagst. Genau so hat man früher die Schwammtaucher genannt. Conchs. Die meisten von ihnen waren Griechen. Ich könnte es vielleicht auch mit vierhundert hinkriegen.«

Miles musste zugeben, dass die Aussicht, seinen Vater für vierhundert Dollar einen ganzen Maine-Winter lang loszuwerden, äußerst verlockend war – ganz abgesehen davon, dass es auch auf finanzieller Seite ein gutes Geschäft für ihn wäre. Doch erstens hatte Miles das Geld nicht; zweitens kannte er Max. Man konnte ihm Geld geben, damit er wegging, aber das hieß noch lange nicht, dass er auch *weg*bliebe. Nein, Max Geld zu geben, damit er wegging, hieße, einem Erpresser Geld zu geben; sobald er herausgefunden hatte, dass man bereit und in der Lage war, Lösegeld zu bezahlen, würde er immer wieder neue Forderungen stellen. Schließlich stünde man vor der Wahl, ihn umzubringen oder Bankrott anzumelden.

»Buchladen und Café mit angrenzendem Dreizimmer-Cottage. Idyllisch gelegen. In Fahrradnähe zum Ort und zu den Stränden«, las Max die Anzeige vor, die Miles umkringelt hatte.

»I-dyl-lisch«, sagte Miles langsam, um die Aussprache seines Vaters zu korrigieren. Nachdem er anfangs des Monats von seiner Unterredung mit Mrs Whiting zurückgekehrt war, hatte er, seinen Riesenfehler, Cindy zu einem Ausflug einzuladen, noch in frischer Erinnerung, zwei weitere begangen, den ersten aus Angst, den zweiten aus Unachtsamkeit. Er hatte den Makler angerufen, um sich nach dem Preis der Immobilie zu erkundigen, und die Summe dann unter die Anzeige geschrieben. Genau gesagt, hatte er nur die ersten drei Ziffern notiert, was nun der Grund für die Irritation seines Vaters sein mochte. Natürlich hatte er nicht vorgehabt, irgendetwas aufzuschreiben, aber die Zahl, die der Makler ihm genannt hatte, war so atemberaubend hoch, dass er die ersten drei Ziffern hingekritzelt hatte, um sich davon zu überzeugen, dass die Summe wirklich real war. Noch bevor er mit dem Schreiben fertig war, blickte er den Tatsachen ins Auge: Selbst wenn Mrs Whiting ihm den Diner vermachen würde und es ihm gelänge, den Empire Grill zu verkaufen, und Janine das gemeinsame Haus gewinnbringend veräußern könnte, würde der Erlös aus beiden Verkäufen nicht einmal den erforderlichen Eigenbetrag für die Vineyard-Immobilie ergeben. Und selbst wenn er diese Summe irgendwie zusammenkratzen könnte, würde er die Hypothek, die er sich aufhalste, mit dem Verkauf von Büchern und Espresso niemals stemmen können. Der Makler hatte angeboten, den Kontakt mit den jetzigen Besitzern herzustellen, um sich von ihnen die Rentabilität des Buchladens erläutern zu lassen, aber Miles hatte dankend abgelehnt und aufgelegt, noch immer wie betäubt von diesen drei Ziffern.

Unglücklicherweise war Miles Roby in dieser Hinsicht nicht wie Walt Comeau, der sich ungetrübt einer solchen Fantasie hingeben konnte. In den letzten Wochen hatte Walt die Idee, auf Martha's Vineyard einen Fitnessclub zu eröffnen, tatsächlich weiter fortgesponnen und sah, je länger er darüber nachdachte, offenbar immer weniger Gründe, warum er es nicht tun sollte. Wenn der neue Club genügend Geld abwürfe, würde er vielleicht einen weiteren auf dieser anderen Insel, Nantucket, oder wo auch immer, eröffnen. Miles konnte nicht anders, als Walts Fähigkeit zu bewundern, seine Luftschlösser weiterzubauen, auch wenn sie jeglicher Plausibilität entbehrten. Walt schien sich davor zu hüten, einen Rentabilitätsplan zu erstellen und die Chancen und Risiken abzuwägen; derlei Dinge belasteten einen nur unnötig.

»Was heißt'n das? Idyllisch?«

»Das heißt, dass es weit und breit keinen Conch gibt«, erwiderte Miles. »Tu mir den Gefallen und leg das weg.«

Zu Miles' Überraschung kam Max seiner Aufforderung widerspruchslos nach und brachte das Handschuhfach sogar irgendwie dazu, geschlossen zu bleiben. Wenn Miles es nicht besser gewusst hätte, hätte er geschworen, sein Vater habe intuitiv erahnt, welche Bedeutung dieser Immobilieneintrag und die drei Ziffern darunter für seinen Sohn hatten.

Doch dann begann Max zu pfeifen. Miles brauchte eine Minute, um die beschwingte Melodie zu erkennen, die er seit seiner Kindheit nicht mehr gehört hatte. Als Max beim Refrain ankam, hörte er auf zu pfeifen und ging stattdessen zum Singen über, und zwar gerade laut genug, dass Miles die Worte verstand, und jeder, der Max Roby nicht kannte, hätte geschworen, dass dieser in Gedanken ganz woanders sei:

Git along home, Cindy, Cindy,
Git along home, Cindy, Cindy
Git along home, Cindy, Cindy
I'll marry you someday.

Da vor dem Empire Grill alle Parkplätze belegt waren, stellte Miles den Wagen im Hinterhof beim Müllcontainer neben Charlenes Hyundai ab. Als sie am Eingang vorbeifuhren, sah Miles, dass einige Gäste auf einen freien Tisch warteten, also war das Lokal brechend voll. Freitag – mexikanischer Abend. Shrimp-Tortillas als Aktionsgericht.

»Ich glaube, die können ein bisschen Unterstützung brauchen«, sagte Miles zu seinem Vater und rechnete fest damit, dass sich dieser aus dem Staub machen würde. Der alte Mann hatte Geld in der Tasche und es vermutlich eilig, ins Callahan's oder in den Olde Mill Pub zu kommen. »Heute Abend ist unsere neue Aushilfe zum ersten Mal im Einsatz, und der Junge wird es bei diesem Andrang bestimmt nicht allein schaffen.«

»Ich könnt' die Extraknete gebrauchen«, erwiderte Max wie aufs Stichwort, und Miles nahm sich vor, ihn an diesem Abend im Auge zu behalten. Sein Vater hasste Arbeit, liebte jedoch Menschenansammlungen, wahrscheinlich weil Chaos sehr viel mehr Gelegenheiten schuf als Ordnung.

»Aber zieh dir ein frisches Hemd an, bevor du dich im Lokal blicken lässt«, sagte Miles.

»Ich hab hier schon mal gearbeitet, weißt du.«

»Und eine Schürze. Und wasch dir die Hände.«

»Die Hände waschen, um schmutziges Geschirr abzuräumen?«

In der Spülküche stand der Dampf, und Tick stapelte gerade Teller aufeinander, als ihr Vater und Großvater hereinkamen.

»Wie geht es, Schatz?«, fragte Miles.

»Okay. Der Spüler spinnt mal wieder.«

Miles lächelte und sog, während er ihr einen Kuss auf den Scheitel gab, ihren Geruch ein, den Geruch eines Kindes, obwohl sie kein Kind mehr war. Alles an seiner Tochter war genau richtig, selbst ihre Marotte, zwei aufeinanderfolgende Dinge zu sagen, die sich widersprachen. Es lief okay. Bloß dass es nicht okay lief.

»Rede ihm gut zu, ich schau ihn mir später an. Wie macht sich dein Freund John?«

»Okay. Ein bisschen langsam. War nicht so 'ne gute Idee, ihn an einem Freitagabend anfangen zu lassen.«

»Dein Großvater geht ihm zur Hand«, sagte Miles, während Max vom Lagerraum hereingeschlurft kam und sich ein gestärktes weißes Hemd zuknöpfte, das ihm zwei Nummern zu groß war. Er trat hinter Tick, schlang die Arme um ihre schmale Taille und zog sie an sich. Tick mochte ihren Großvater, wie Miles wusste, nicht jedoch dessen Umarmungen, aber sie hatte keine Ahnung, wie sie ihm das sagen sollte, ohne seine Gefühle zu verletzen. Miles hatte versucht, ihr verständlich zu machen, dass Max möglicherweise keine Gefühle im konventionellen Sinn hatte, aber sie konnte das nicht akzeptieren und zog es vor, zu glauben, er würde sie einfach nur gut verbergen. Und wer weiß?, räumte Miles in Gedanken ein. Wenn Max tatsächlich Gefühle für jemanden hegte, dann für seine Enkelin.

»Wie geht es meinem Mädchen?«, fragte Max.

»Dein Bart kratzt, Opa. Außerdem riechst du.«

»Du auch«, sagte Max. »Mit dem Unterschied, dass du jung bist und gut riechst. Als ich in deinem Alter war, sagten alle Mädels zu mir, ich würde riechen wie ein reifer Apfel.«

»Reif, das glaub ich gern.« Miles reichte seinem Vater eine Geschirrwanne aus Plastik. »Nur das Geschirr. Wenn Charlene dich erwischt, wie du ihr das Trinkgeld klaust, zieht sie dir das Fell über die Ohren.«

Max folgte ihm durch die Schwingtür hinaus. »Auf den Keys teilen die Kellnerinnen das Trinkgeld mit den Abräumjungs.«

»Schlag es ihr halt vor.« Miles grinste, wohl wissend, dass Max weder so mutig noch so dumm war.

»Gut«, sagte David, als er ihre Stimmen hörte. »Die Kavallerie ist eingetroffen.«

»Wo brennt's am meisten?«, fragte Miles.

»Hilf Charlene«, schlug David vor. »Sie muss gleichzeitig die Gäste empfangen und kellnern.«

In der winzigen Diele warteten vier Gruppen auf einen freien Tisch, drei davon vermutlich vom College in Fairhaven. Miles führte eine Gästeschar an einen soeben frei gewordenen Tisch und stellte dann eine Warteliste zusammen. Eine Warteliste im Empire Grill? Wenn es so weiterginge, würde er dem »Grill« doch noch dieses verdammte »e« hinzufügen müssen, mit dem Walt Comeau ihm nach wie vor in den Ohren lag. Als an drei Tischen gleichzeitig die Gäste aufstanden und zahlen wollten, kassierte Miles ab und kümmerte sich dann um Charlenes Getränkebestellungen. Als er merkte, wie David ihn beobachtete, konnte er dessen Gedanken lesen: Wie viele dieser Cokes und Eistees könnten Gläser Wein zu vier oder fünf Dollar sein, wenn sie eine Lizenz hätten?

»Wenn dein Alter auch nur zehn Cent von einem meiner Tische klaut, schneid ich ihm die Eier ab«, sagte Charlene anstelle einer Begrüßung.

»Ich habe ihn schon gewarnt«, entgegnete Miles belustigt, weil Charlenes Drohung der von ihm geweissagten recht ähnlich war. Sie sah zwar müde aus, aber noch durchaus in der Lage, ihre Drohung wahr zu machen, und in Miles' Augen noch genauso hübsch wie das Mädchen, das bereits einige Jahre im Empire Grill gekellnert hatte, als er mit fünfzehn dort anfing.

»Bist keine Minute zu früh gekommen. Wann hat der Laden zuletzt so gebrummt?«

»Das ist Davids Verdienst«, erwiderte Miles. »Wer hätte gedacht, dass die Leute im Dexter County auf Tortillas stehen würden?«

Charlene schulterte ein voll mit Tellern beladenes silbernes Tablett. »Wir brauchen diese Ecknische, Miles«, sagte sie. »Die, an der Ticks Freunde sitzen.«

Miles war zu beschäftigt gewesen, um die sieben Schüler zu bemerken, die die Nische in Beschlag genommen hatten, wo nachmittags meist die Mädchen von der Friseurakademie saßen, und seine Miene verdüsterte sich, als er sah, dass einer von ihnen Zack Minty war. Mit einem Mal fiel ihm wieder ein, dass er in den vergangenen Tagen das Gefühl gehabt hatte, als wolle Tick ihm etwas sagen.

»Wie geht's, Mr Roby?«, fragte der Minty-Sprössling in der ihm eigenen gedehnten Sprechweise, als Miles an den Tisch trat. Miles kannte auch einige der anderen Jugendlichen und mochte sie ganz gern. Unter ihnen saß ein leicht übergewichtiges Mädchen in einem T-Shirt mit einem Einhorn darauf und stachligem Haar von einer Farbe, die man in der Natur vergeblich suchte: Das musste Candace aus Ticks Kunstkurs sein, folgerte Miles. »Schön, Sie zu sehen, Sir«, fuhr Zack Minty fort. »Brauchen Sie diesen Tisch?«

Warum, fragte sich Miles, legten Erwachsene bloß so viel Wert darauf, dass Kinder höflich waren? Dabei schienen die, die am höflichsten waren, immer am wenigsten vertrauenswürdig zu sein. Die anderen am Tisch waren schüchtern und wirkten unbeholfen, unfähig, einem in die Augen zu sehen. Der junge Minty hingegen pflegte die Erwachsenen auf eine Weise anzusehen, dass sie meistens als Erste den Blick abwendeten.

»Das wäre nett. Ich denke, wenn ihr den Tisch freimacht, ist drüben am Tresen eine Freirunde für euch drin.«

»Kein Problem, Mr Roby. Mein Dad hat gesagt, dass der Diner jetzt wieder besser läuft.« Der Junge schob sich aus der Tischnische heraus. Als er sich aufrichtete, war er fast so groß wie Miles und schien sich dessen durchaus bewusst. Miles fragte sich zweierlei. Nahm der Junge Steroide ein? Und woher wusste sein Vater, der nur selten in den Empire Grill kam, dass der Diner neuerdings gut lief? Okay, ein allzu großes Geheimnis war es wohl nicht. Wahrscheinlich war er vorbeigefahren und hatte gesehen, dass auf dem Parkplatz mehr Autos standen als früher. Oder jemand hatte es ihm gesagt. Mrs Whiting zum Beispiel. Miles konnte sich noch immer nicht des Gedankens erwehren, dass die beiden, als er sie Anfang des Monats vor dem Büro der Planungs- und Entwicklungskommission stehen sah, über ihn geredet hatten. Ein abwegiger Gedanke vielleicht, aber er konnte ihn einfach nicht abschütteln.

»Kommen Sie morgen auch zu dem Spiel, Mr Roby?«

Miles nickte. »Wir machen nach dem Mittagsgeschäft zu.«

»Gut möglich, dass die Jungs aus Fairhaven von uns diesmal eins auf die Mütze kriegen«, sagte Zack, und die anderen Jugendlichen am Tisch grinsten zustimmend angesichts dieser optimistischen Prognose. »Und wir Empire Falls stolz machen.«

»Zack ist morgen zum ersten Mal Runningback«, sagte das Mädchen, von dem Miles vermutete, dass es Candace war.

»Als Linebacker«, erklärte Zack, ohne sie eines Blickes zu würdigen und mit einem leicht verächtlichen Ton, der gewiss an die Adresse des Mädchens gerichtet war. »Na ja, jedenfalls eine gute Chance, um mich zu beweisen.« Wieder sah er Miles direkt in die Augen.

»Dann viel Glück«, erwiderte Miles, der sich bemühte, seine Stimme möglichst neutral klingen zu lassen.

»Vielen Dank, Mr Roby. Wir wissen, dass die ganze Stadt hinter uns steht.« Dann, als sich Miles daranmachte, mit einem Lappen den inzwischen freigewordenen Tisch sauber zu wischen: »Wie ich sehe, haben Sie eine neue Aushilfe eingestellt.« Zack deutete mit einem Nicken auf John Voss, der gerade durch die Schwingtür in die Spülküche ging, und Miles kam wieder in den Sinn, dass sich Zack Minty im vergangenen Frühling ebenfalls um einen Job bei ihm beworben hatte. »Ein guter Junge, dieser John.«

Miles nickte zustimmend, obgleich er keinen Schimmer hatte, ob diese Aussage zutraf oder nicht.

»Denken Sie, Tick wird rechtzeitig fertig sein, um mit uns in die Vorstellung um halb zehn zu gehen?«, fragte das Mädchen.

»Mal sehen, was ich tun kann«, antwortete Miles und war überrascht, als diese beiläufige Zusage ein gemessen an der Situation völlig überzogenes Lächeln im Gesicht des Mädchens hervorrief. Das Lächeln erinnerte ihn an das, mit dem Cindy Whiting als junges Mädchen auf jede noch so geringe Nettigkeit reagiert hatte. Die Art von Lächeln, die von einem freudlosen Leben zeugte.

»Schade, dass John nicht mitkommen kann, was, Candace?«, sagte ein dünner Junge, den Miles vage wiedererkannte.

»*Lass den Quatsch!*«, rief das Mädchen so laut, dass das ganze Lokal es hören konnte und alle hersahen.

»Hey«, sagte Miles und wollte hinzufügen, dass in seinem Lokal nicht geschrien werde, doch dann sah er, dass dem Mädchen bereits Tränen in den Augen standen. Mein Gott, dachte er, was war das bloß für ein unglückseliges Alter, wenn die Emotionen ständig unter der Oberfläche brodelten und aus geringstem Anlass überkochen konnten. Und genau das machte das Erwachsensein aus – dass man die Fähigkeit erlangte, die Dinge, die einen berührten, tiefer in sich zu verbergen. Außer Sichtweite und, wann immer möglich, aus den Gedanken verbannt.

»Okay, Mr Roby«, sagte Zack Minty. »Sagen Sie Tick bitte, sie wird uns bestimmt nicht verpassen, wir schauen auf dem Rückweg noch mal vorbei. Und vielen Dank für Ihr Angebot mit den Freigetränken.«

Als sie weg waren, deckte Miles den Tisch für fünf und platzierte die einzige Gruppe dieser Größe, die im Vorraum wartete, in der Ecknische, ehe er drei neu hinzugekommene Grüppchen in die Warteliste aufnahm. Noch eine Stunde, dann würde es ruhiger werden und er konnte sich in die Spülküche zurückziehen.

»Deine Freunde haben gesagt, sie kommen nachher noch mal vorbei«, sagte er zu seiner Tochter.

Er sah gerade noch, wie Ticks Blick ein wenig flackerte, ehe sie sich schnell zur Spülmaschine umdrehte und ein Gestell mit dampfenden Gläsern herausholte. »Okay.«

Miles gesellte sich zu ihr ans Abtropfbrett, wo er wahllos ein paar Gläser herausgriff und gegen das Licht hielt. Das Ergebnis war nicht so schlimm wie befürchtet, aber hier und da klebten winzige Kalk- und Seifeklümpchen an der Außenseite, die er mit dem Fingernagel wegschnippte.

Er zog das Oberhemd aus, hängte es an den Kleiderhaken an der Schwingtür und nahm den Eispickel vom Spüler, wo er immer bereit lag, weil das launige alte Ding in mehr oder weniger regelmäßigen Abständen eines kleinen Eingriffs bedurfte. Wann immer die Sprühdüsen verstopft waren – das konstanteste der regelmäßig auftretenden Probleme –, wurden die Gläser nicht klar gespült, und um die Düsen freizukriegen, eignete sich der Eispickel ebenso gut wie irgendein anderes Werkzeug.

»Ich dachte, du hättest Zack Minty im Frühling den Laufpass gegeben«, sagte Miles mit dem Kopf in der Spülmaschine, weswegen seine Stimme hohl klang.

Als Tick nicht antwortete, zog er den Kopf heraus und sah, wie sie die Schultern zuckte. »Was bedeutet das?«

»Was?«

»Dein Schulterzucken.« Er wusste es natürlich sehr wohl. Es bedeutete, dass es ihn nichts anging.

»Nichts«, sagte sie. Zur Bekräftigung, falls nötig.

Miles streckte den Kopf wieder in die Spülmaschine. Wie vermutet, waren einige der Düsen verstopft, und er brauchte ungefähr fünf Minuten, um sie notdürftig frei zu kriegen, damit sie bis zum morgigen Tag über die Runden kamen, denn dann wollte er die Maschine einer gründlicheren Inspektion unterziehen.

Als er ein Gestell mit schmutzigem Geschirr in die Spülmaschine geschoben hatte und sich wieder aufrichtete, sah er, dass Tick Tränen in den Augen standen und sie den Kopf hängen ließ, als würde er durch ein unsichtbares Gewicht hinabgezogen.

»Ach, mein Liebling«, sagte er und zog sie so nah, wie sie es zuließ, an sich. »Ist schon okay.«

»Ich weiß, dass du ihn hasst«, sagte sie und schniefte an seiner Brust.

»Das stimmt nicht. Er ist ja noch ein Junge. Was ich hasse, ist der Gedanke, dass du Angst hast, mir gewisse Dinge zu erzählen.«

»Da gibt es nichts zu erzählen.« Sie löste sich von ihm, sich noch immer beharrlich weigernd, ihm in die Augen zu sehen, und mit missmutiger Miene. »Wir hängen doch einfach nur rum. Mit der ganzen Clique. Nicht nur ich und Zack.«

»Das eine Mädchen vorhin, das war Candace, stimmt's?«

»Hatte sie ein Einhorn-T-Shirt an?«

Miles bestätigte es. »Ich glaube, sie ist auch in Zack verliebt.«

»Was meinst du mit *auch*? Ich bin nicht in ihn verliebt.«

»Okay«, sagte Miles, dem immer noch unwohl bei dieser neusten Entwicklung war, der aber Tick nicht weiter ausfragen wollte. »Du musst es selbst wissen. Du bist schließlich kein Kind mehr.« Doch, war sie. Okay, nicht mehr ganz ein Kind, vielleicht. Ein Kind mit der Intelligenz eines Erwachsenen, klüger und vertrauenswürdiger und mit einem größeren Verantwortungsgefühl und erwachsener als die meisten Gleichaltrigen, aber immer noch ein Kind, wie Miles wusste. Er musste sie ja nur in diesem Moment anschauen. Und nicht nur irgendein Kind – nein, *sein* Kind. Seines, und zwar weit mehr als Janines, gleich, wie das Gericht geurteilt hatte. Sein Kind, das er noch eine ganze Weile würde lieben und beschützen können.

»Wenn ich wenigstens einen Brief bekommen hätte ...«

Miles war verwirrt, bis ihm dämmerte, dass sie von diesem Jungen sprach, den sie auf Martha's Vineyard kennengelernt hatte. »Es ist ja noch nicht so lange her«, sagte er, obwohl es bereits einen Monat her war. In Ticks Alter eine Ewigkeit. »Außerdem hast du ihm ja auch nicht geschrieben, hab ich recht?«
Noch ein verzweifeltes Schulterzucken. »Wozu?«
Nein, in Wahrheit war sie sowohl noch ein Kind als auch kein Kind mehr. Mit ihren sechzehn Jahren wusste seine Tochter bereits, dass jemand, der den ersten Schritt machte, Gefahr lief, der große Verlierer zu sein. Wenn sie dem Jungen schriebe und er ihr nicht antwortete, wäre es noch schlimmer. Sie war im Begriff, die Dinge zu akzeptieren, wie sie waren, weil sie wusste, sie konnte es ertragen, so wie es war, aber vielleicht nicht, wenn es schlimmer käme. Und er erinnerte sich, dass David ihn in der vergangenen Woche gewarnt hatte, er müsse aufpassen, dass Tick nicht in seine Fußstapfen im Empire Grill trete.

Gerade als er etwas sagen wollte, bemerkte er, dass sich die Atmosphäre im Raum verändert hatte, und sah, als er sich umdrehte, dass John Voss bewegungslos und schweigend mit einer Wanne voll schmutzigen Geschirrs in der Türöffnung stand. Er schien sich genau dort materialisiert zu haben, wobei es wahrscheinlicher war, dass er hereingekommen war, als Miles mit dem Kopf in der Spülmaschine gesteckt hatte. Wenn dem so war, wie lange stand er schon so da, die Lippen einen Spalt geöffnet, sodass seine langen, spitzen Zähne ein wenig entblößt waren, wie ein Hund, der damit rechnete, jederzeit einen Tritt abzubekommen? Nein, dachte Miles, nicht wie ein Hund. Der Junge ähnelte eher einem Androiden mit leerem Akku in einem Science-Fiction-Film. Er sah nicht einmal in ihre Richtung, sondern von ihnen weg, den Kopf schief gelegt, als könne er trotz seines leeren Akkus noch immer hören. Was war an dieser Hilflosigkeit, das einen zu Grausamkeiten animierte? Miles musste den Impuls unterdrücken, den Jungen anzuschreien, er solle verdammt noch mal verschwinden. Was dachte er nur dabei, einfach so dazustehen und die Unterhaltung eines Mannes mit seiner Tochter zu belauschen? War es möglich, dass ein Junge seines Alters so wenig Sozialkompetenz besaß? Nicht wusste, dass er sich nur räuspern und eine Entschuldigung murmeln oder, falls beides keine Wirkung zeigte, einfach die verdammte Plastikschüssel irgendwohin stellen und hinausgehen musste?

»Stell das bitte auf das Abtropfbrett«, sagte Miles und setzte so den Jungen wieder in Betrieb – sein Akku war offenbar doch nicht leer.

Als die Tür hinter ihm zuschwang, schien der Moment, Tick noch etwas zu sagen, vorbei zu sein und Miles hatte das Gefühl, durch das Eindringen des Jungen einer Gelegenheit beraubt worden zu sein – welcher, wusste er nicht –, die sich ihnen nie wieder bieten würde. Jedenfalls war Miles im Begriff gewesen, ihr etwas aus tiefstem Herzen zu sagen, im Sinne von: sie solle aufpassen, nicht wieder in eine Falle zu geraten, wobei das nicht alles gewesen sein konnte. Wie auch immer, dieser Moment war nun vorbei.

Als er auf die Uhr sah, bemerkte er, dass es fast neun war und dass die einzige Weisheit, die er sich ihr mitzuteilen in der Lage sah, die Spülmaschine betraf. »Lass diese Gläser noch mal ohne Spülmittel durchlaufen«, sagte er zu ihr, weil das die unteren Düsen zusätzlich freimachen würde. »Dann kannst du aufräumen und gehen, okay? Deine Freunde haben gemeint, sie kommen nachher auf dem Weg ins Kino noch mal vorbei, um dich abzuholen.«

Das ließ ihre Augen ein wenig aufleuchten. »Bist du sicher? Es ist doch noch ziemlich viel los, oder?«

»Das schaffen dein Großvater und ich mit links. Geh und amüsier dich.«

Doch offenbar hatte er dieses Bild, wie John Voss reglos in der Türöffnung stand, noch nicht vollends aus seinen Gedanken verbannt, denn er hörte sich zu seiner eigenen Überraschung sagen: »Soll ich John ebenfalls freigeben, damit er mit euch kommen kann?«

Ohne eine Sekunde zu überlegen, antwortete sie: »Nein.« Mit einem eindringlichen, fast ängstlichen Gesichtsausdruck.

»Okay«, sagte er fast ebenso schnell, überrascht, wie instinktiv er begriffen hatte, dass das keine gute Idee gewesen war.

David lehnte am Kühlschrank und trank Cola light, während er den Boden des Diners musterte, derweil band sich Miles eine Schürze um und gesellte sich zu ihm hinter den Tresen. Es war noch immer heiß hinter dem achtflammigen Herd, und David wischte sich mit dem Hemdärmel über die Stirn.

»Der Laden hat ja richtig gebrummt heute Abend«, sagte Miles anerkennend zu seinem Bruder. Noch immer war jeder Tisch belegt, aber niemand wartete mehr darauf, platziert zu werden, und alle Bestellungen waren serviert.

»Ja, das hat es«, erwiderte sein Bruder, jedoch nicht mit der von Miles erwarteten Begeisterung, und er fragte sich, ob David ausgerechnet jetzt, das sich all die Mühen auszuzahlen begannen, die Lust verlor. Wobei das allerdings typisch für ihn wäre. Schon als Junge war David einer Sache überdrüssig geworden, kaum dass er sie zu meistern begonnen hatte. »Du bist genau im richtigen Moment aufgetaucht. Ich weiß nicht, was wir ohne dich gemacht hätten.«

»Ja, war schlecht von mir geplant«, räumte Miles ein, wobei er ohnehin vorgehabt hatte, rechtzeitig aufzutauchen, für den Fall, dass sie im Diner ins Schlingern gerieten. »Ich werde noch diese Woche jemanden für Buster einstellen, versprochen, aber wie es aussieht, brauchen wir an den Wochenenden eine zusätzliche Hilfe. Es sei denn, heute Abend war eine kuriose Ausnahme.«

»Morgen Abend nach dem Spiel könnte sogar noch mehr Andrang herrschen«, sagte David. »Habe ich richtig gehört, dass du früher schließen willst?«

Miles nickte. »Ich dachte, ich mache nach dem Frühstücksgeschäft, so ungefähr um elf, zu und um sechs zum Abendessen wieder auf.«

»Klingt einleuchtend.« David nickte. »Ich würde mir die erste Halbzeit vielleicht auch anschauen.«

»Wo ist Dad eigentlich abgeblieben?«, fiel Miles plötzlich ein, da Max nirgendwo zu sehen war.

»Draußen, eine rauchen. Ich habe ihm gesagt, er kann um neun gehen. Ist das in deinem Sinn?«

»Ja, perfekt.« Sah dem alten Mann wieder mal ähnlich, dass er zehn Minuten vor Arbeitsschluss Zigarettenpause machte. Andererseits hatte sein Vater ihnen tatsächlich aus der Klemme geholfen. Und das war wiederum untypisch für ihn. »Hat er sich einigermaßen benommen hier vorn?«

»Soweit ich weiß, schon. Charlene hat ihm nichts angetan, also gehe ich davon aus.«

Miles nickte. »Ich lasse Tick ebenfalls gehen. Sie will mit ihren Freunden ins Kino.«

»Mit dem jungen Minty?«

»Ja, ich weiß«, sagte Miles, »ich bin auch nicht gerade begeistert.«

»Ich habe nichts gesagt.«

»War gar nicht nötig.«

Wie aufs Stichwort kam Tick aus der Spülküche und zog sich im Gehen ein Sweatshirt über – ein Bild von einem energiegeladenen jungen Mädchen. Fünf Minuten zuvor war sie, die Haare strähnig von ihrer fünfstündigen Arbeit im Dampf des Geschirrspülers, beinahe in Tränen ausgebrochen wegen dieses Jungen auf Martha's Vineyard. Nun sah sie nicht nur erholt, sondern geradezu strahlend aus und, in Miles' Augen, herzzerreißend schön. »Kannst du mir ein bisschen Geld geben?«

Wie es aussah, war Miles nicht der einzige Bewunderer des Mädchens, da David in Nullkommanichts einen Zehn-Dollar-Schein in der Hand hatte. Miles meinte, er solle ihn wegstecken. »In der Brusttasche meines Hemds ist ein Zwanziger«, sagte er zu Tick. »Es hängt am Haken hinter der Tür.« Doch noch während er die Worte aussprach, hatte er ein komisches Gefühl.

Kurz darauf war sie wieder zurück. »Da ist kein Geldschein in deiner Hemdtasche, Daddy.«

Was nur einen Schluss zuließ: Max, der jetzt so unschuldig draußen stand, hatte ihn wieder einmal reingelegt, genau wie Miles es im Wagen hatte kommen sehen. Denn zu seinem Vater zu sagen, er würde diese zwanzig Dollar nie im Leben in die Finger bekommen, war ein Riesenfehler gewesen. Sicher, die Summe war kaum mehr als die, die sich Max ohnehin verdient hatte, aber darum ging es nicht. Es ging darum, dass der alte Mann sich wieder einmal durchgesetzt hatte. Er half ihm nicht nur beim Anstrich der Kirche, obwohl Miles die ganze Zeit gesagt hatte, das sei unmöglich: Jetzt hatte Miles ihn tatsächlich unfreiwillig auch noch schwarz entlohnt.

Als David Tick erneut die zehn Dollar anbot, ließ Miles ihn gewähren.

»Glaubst du, er hat irgendeine Art von Gewissen?«, fragte er, nachdem seine Tochter weg war.

»Sicher«, sagte David und stellte sein leeres Glas umgekehrt in einen Spülmaschineneinsatz. Dann fügte er nach kurzem Nachdenken hinzu: »Aber sklavisch ergeben ist er ihm nicht gerade, stimmt's?«

Kapitel 13

»Was im Himmel ist nur in dich gefahren, als du diese Schlafmütze von Jungen angeheuert hast?«, wollte Charlene von Miles wissen, als er neben sie auf die Bank rutschte. Miles hatte vorgeschlagen, dass sie drei – er und David und Charlene – den erfolgreichen Abend mit einem Drink beschlossen. Als er die Kassenabrechnung gemacht hatte, war er erstaunt gewesen, wie gut der Abend tatsächlich gelaufen war.

Neben Charlenes Scotch stand ein halb volles Glas Selters mit Zitrone, also nahm Miles an, dass sein Bruder schon da sein musste. Und wenn er sich nicht täuschte, saß ganz am hinteren Ende des Tresens Horace Weymouth. Es war fast schon halb zwölf gewesen, als sie das Empire endlich schließen konnten, und das Lamplighter war das einzige Lokal im Dexter County, bei dem sie ziemlich sicher sein konnten, Max nicht anzutreffen. Und wenn Miles nicht alles täuschte, war genau dies auch der Grund für Horace' Anwesenheit.

Die Atmosphäre war es bestimmt nicht. Das Foyer des Lamplighter erinnerte Miles an das eines x-beliebigen Holiday Inn im Mittleren Westen. Auf der anderen Seite des düsteren Raums improvisierte eine kleine Frau mit wilder Haarmähne eine Melodie auf dem Klavier, die ihm vage bekannt vorkam. Von ihrer halbmondförmigen Tischnische aus war nur das Haar der Frau zu erkennen, und ihre angestrengte Art des Phrasierens ließ vermuten, dass sie wild entschlossen war, den Song fehlerlos zu Ende zu spielen. Ist sie vielleicht mit Doris Roderigue verwandt?, fragte sich Miles.

Er war als Letzter angekommen, weil er John Voss nach Hause gefahren hatte. Der Junge hatte sich, nachdem er den ganzen Abend kein Wort mit irgendjemandem gewechselt hatte, zum Schluss durch einen Berg von Töpfen und Pfannen gearbeitet. Sein missmutiges Schweigen hatte Charlene völlig aus dem Konzept gebracht. Für Charlene, die viel und gern redete, war nichts unnatürlicher und perverser, als wenn jemand den Mund nicht aufmachte. Ihr Erfolgsgeheimnis als Kellnerin war ihre Fähigkeit, die Menschen zu entwaffnen und sie zum Reden zu bringen, ungeachtet ihrer Person und sozialen Herkunft: ob Schulkinder, die Mädchen von der Friseurakademie, Fernfahrer oder College-Professoren. Nur bei John Voss hatte sie absolut nichts erreicht.

»Der letzte Mann, der mir genauso wenig zu sagen hatte, war der Typ, der mich auf dem Parkplatz vergewaltigen wollte, falls du dich daran erinnerst.«

Und ob sich Miles an diesen Vorfall erinnerte, auch wenn er nunmehr gute zwanzig Jahre zurücklag. Noch einige Jahre lang hatte er auf verstörende Weise Miles' pubertäre Fantasien genährt. In ihnen kam er, damals noch Aushilfe im Empire, mit einem vollen Müllbeutel heraus, um ihn im Container zu entsorgen, vereitelte die versuchte Vergewaltigung und schlug Charlenes mit einem Messer herumfuchtelnden Angreifer heldenhaft in die Flucht. In Wirklichkeit hatte der Angreifer mit keinerlei Waffe herumgefuchtelt, aber Miles hatte ihn der Dramatik halber mit einem Messer ausgestattet. Trotz des moralischen Anstrichs seiner Fantasien und seiner heldenhaften Entschlossenheit darin wusste Miles auch damals schon, dass sie weder unschuldig noch angemessen waren. Was seine Entdeckung des miteinander ringenden Paars betraf, war seine Vorstellungskraft stets überaus präzise. Immer kam er erst dann hinzu, wenn Charlenes Angreifer in seinem Vorhaben bereits recht weit fortgeschritten war, jedenfalls so weit, dass Charlenes milchig weiße Brüste entblößt waren. Wäre Miles tatsächlich im Hinterhof des Empire Grill bei einem solchen Vorfall dazugekommen, hätte er auf dem stockdunklen Parkplatz natürlich nichts sehen können, doch in seiner Fantasie war die Szene für seine Zwecke ausreichend beleuchtet. Als er sich diese Szene zum ersten Mal ausmalte, erhaschte er lediglich einen flüchtigen Blick auf Charlenes nackten Oberkörper, doch bei jeder späteren Neuinszenierung verweilte er ein bisschen länger bei diesem Anblick, bis er schließlich angewidert von diesem Szenarium abließ, nachdem ihm bewusst geworden war, dass er sich trotz der sich selbst zugedachten Heldenrolle im Endeffekt mit Charlenes Angreifer identifizierte, indem er dessen Misere und Wissen teilte, dass sich ihm ein solch schönes Mädchen niemals freiwillig hingeben würde.

Nicht nur, dass der neue Abräumjunge kein verdammtes Wort herausgebracht habe, fuhr Charlene fort, sondern er sehe sie nicht einmal an, wenn *sie* mit ihm spreche. »Ich wette, ich könnte splitterfasernackt vor dem Kerl stehen«, sagte sie, »und er würde auf den Boden starren.«

Was zweifelsohne stimmte, doch Miles musste erneut an Zack Minty und seine routinierten Umgangsformen denken. Er kam zum selben Schluss wie schon zuvor – dass auch dieser Junge in keiner Weise vertrauenswürdig war. Schon möglich, dass John Voss eine Menge zu lernen hatte, aber der Minty-Sprössling hatte mindestens ebenso viel zu *verlernen*. Beide waren, sinnierte Miles, ziemlich aussichtslose Fälle.

»Ich hätte ihn vermutlich nicht einstellen sollen«, sagte Miles, und das hätte er auch nicht getan, hätte Tick ihn nicht darum gebeten. Seiner Tochter zufolge wohnte der Junge bei seiner alleinstehenden Großmutter und war, seinen schlecht sitzenden

Secondhand-Klamotten nach zu urteilen, bettelarm. Sein von zu Hause mitgebrachtes Mittagessen roch wie Katzenfutter, und die ganze Woche über hatte sie Miles um ein zusätzliches Pausen-Sandwich gebeten. An diesem Abend wollte John zunächst nicht von ihm nach Hause gefahren werden, doch da es schon spät war, hatte Miles darauf bestanden. Das baufällige Haus, zu dem John ihn dann dirigierte, lag außerhalb der Stadt, unweit der alten Mülldeponie und eine gute Viertelmeile vom nächsten Nachbarn entfernt. Als sie in die nicht geteerte Auffahrt einbogen, war es stockfinster, und jeder, der vorbeigefahren wäre, hätte vermutet, dass es, sofern er das weit abseits der Straße gelegene Haus überhaupt bemerkt hätte, abgesehen von Schädlingen unter den Bodendielen und Vögeln im Gebälk unbewohnt sei. Kein Wagen war zu sehen, und der Junge meinte, seine Großmutter müsse früh zu Bett gegangen sein und vergessen haben, ein Licht brennen zu lassen.

»Immerhin war er sehr fleißig«, sagte Miles.

Charlene stimmte ihm zu. »Ich muss ihn einfach dazu bringen, dass er mal an einem Nachmittag vor der Arbeit einen Joint mit mir raucht. Das würde ihn ein bisschen auflockern.«

In diesem Moment rutschte David gegenüber Charlene in die Nische. »An deiner Stelle würde ich aufpassen, wenn du unsere Stadtjugend zum Grasrauchen verführst, Charlene.« Er nahm einen Schluck von seinem Selters. »Wie es aussieht, hat dich Officer Minty auf dem Kieker.«

Charlene schnaubte abfällig. »Du meinst wohl eher dich.«

Miles sah zuerst seinen Bruder an, dann die Frau, in die er seit nunmehr fünfundzwanzig Jahren mehr oder weniger verknallt war. Ihr kurzer, lässiger Wortwechsel ließ vermuten, dass ihm womöglich etwas entgangen war. So ähnlich fühlte er sich oft auf Martha's Vineyard in Gegenwart von Peter und Dawn, die, wie die meisten Ehepaare, eine Art verbales Steno entwickelt hatten, ein System dahingeworfener Anspielungen, die keiner Ausführung bedurften. Noch so eine Sache, dachte Miles, die in seiner Ehe nicht funktioniert hatte. Er und Janine hatten sich seit jeher schwergetan, sich einander verständlich zu machen, selbst wenn sie in ganzen Sätzen sprachen. Janine vertrat den Standpunkt, sie hätten sich die ganze Scheidungsprozedur sparen können, hätten sie nicht die paar wenigen Male miteinander gevögelt. Denn dann hätten sie sich von einem Geistlichen die Bestätigung holen können, dass es in den zwanzig Jahren ihrer Ehe zu keinem nennenswerten Austausch, ob sexueller oder verbaler Natur, gekommen sei, und die Ehe annullieren lassen können.

Miles wandte sich seinem Bruder zu und fragte: »Warum sollte Jimmy Minty euch beide auf dem Kieker haben?«

»Ach, wusstest du das nicht?« David grinste. »Die liebe Charlene vertickt für mich.«

»Das verstehe ich nicht. Warum sollte Jimmy Minty das denken? Und wenn es stimmt, wär's nicht lustig.«

»Das ist längst noch nicht alles. Laut Jimmy bin ich ein Großanbauer. Ich decke den verdammten Marihuana-Markt in Zentral-Maine ab. Gestern habe ich ihn dabei ertappt, wie er durch den Wald hinter meiner Parzelle getrampelt ist, auf der Suche nach meinem Beet.«

Auch das war nicht lustig, wenngleich David es offenbar lustig fand. »Was hast du gemacht?«

»Ich habe ihm geraten, nächstes Mal eine orangefarbene Weste zu tragen, schließlich haben wir Elchsaison.«

»Miles hat recht, David. Du solltest ihm nicht blöd kommen«, sagte Charlene, wenngleich ihre Miene verriet, dass sie durchaus Verständnis dafür hatte. »Er ist ein Bulle. Und diese Jungs haben keinen Humor.«

David zuckte die Schultern. »Ach was, wir haben uns ganz gut vertragen. Ich hab ihn auf 'ne Tasse Kaffee eingeladen, damit er mir erzählt, was er im Wald gesucht hat. Und wie sich herausgestellt hat, meint es der liebe Minty gut mit uns Robys, wo unsere Familien doch so lange Nachbarn waren und so fort. Und dann ist sein Junge ja auch noch in Miles' Mädel verknallt.«

David war so gut darin, Jimmy Mintys schmeichlerische Stimme und kriecherisches Getue nachzuäffen, dass erneut Wut in Miles hochstieg. Der Polizist hatte seine Warnung, sich aus seinen Familienangelegenheiten rauszuhalten, ganz offenbar in den Wind geschlagen. Schlimmer noch, er betrachtete sie, nach Davids Schilderung zu urteilen, sogar als Herausforderung.

»Hey, das Letzte, was er will, ist Ärger«, sagte David. »Und deswegen ist er auch in meinen Wald gekommen. Um Ärger vorzubeugen. Wisst ihr, wie er die Sache darstellt? Als wäre es in erster Linie seine Pflicht, ein guter Nachbar zu sein, und erst in zweiter Linie, ein guter Polizist zu sein.«

Charlene lachte schallend. »Und was hast du darauf gesagt?«

»Vielleicht habe ich ihm gesagt, dass er in erster und letzter Linie ein Arschloch ist, und in der dazwischen sowieso. Auch auf die Gefahr hin, dass ich seine Gefühle verletzt haben könnte.«

»Hey Leute, das ist wirklich überhaupt nicht lustig«, sagte Miles ernst.

»Ich vermute also, du hast heute Abend seinen Wagen nicht auf der anderen Straßenseite gegenüber dem Diner parken sehen?« David erwiderte den Blick seines Bruders.

Nein, Miles hatte an diesem Abend keinen Streifenwagen bemerkt, aber das war auch nicht weiter verwunderlich, weil er viel zu beschäftigt gewesen war, um aus dem Fenster zu schauen. »Seinen Streifenwagen?«

»Nein, seinen eigenen«, sagte Charlene. »Den roten Camaro.«

Miles sah sie nur an.

»Tut mir leid, Miles, aber ich kann auch nichts dafür. Du weißt doch, dass ich bei einem Kerl in einem schnellen Wagen einfach nicht wegsehen kann.«

Er wandte seine Aufmerksamkeit wieder seinem Bruder zu. »*Baust* du Marihuana an?«

»Kümmere dich um deine eigenen Angelegenheiten, Miles.«

»Das *ist* meine Angelegenheit, David.« Er spürte all den seit seiner Kindheit angestauten Unmut und Groll wieder in sich hochwallen. Jedes Mal, wenn er sich der Vorstellung hingab, dass sein Bruder die Kurve gekriegt hatte, kam bei diesem wieder eine tief verwurzelte Verantwortungslosigkeit zum Vorschein. »Minty denkt wahrscheinlich, dass du im Diner dealst. Bestimmt glaubt der Schwachkopf, dass es deshalb so brummt.«

»Wir *dealen* im Diner, Miles«, sagte David mit einem Mal ernst und offensichtlich ziemlich angefressen, als hätte auch er sich gerade eine gewisse Charakterseite seines Bruders in Erinnerung gerufen, die ihn schier zur Verzweiflung brachte und sich offenkundig nie ändern würde. »Und zwar dealen wir mit Tortillas. Und weißt du was? Ich war gerade hinten in der Küche und habe mit Audrey geplaudert, die mir gesagt hat, dass hier heute Abend tote Hose geherrscht hat. Desgleichen im Eating House auf der Ninety-Two. Das einzige Lokal im Dexter County, das brechend voll war, ist der Empire Grill. Anstatt dir Sorgen zu machen, weil Jimmy Minty den Diner beschattet und dass ich Marihuana anbauen könnte, denk lieber über Folgendes nach. Selbst an einem ruhigen Abend macht dieser Laden hier mehr Umsatz als wir, weil sie eine Alkohollizenz haben. Wir können uns über den heutigen Abend auch nicht beklagen, Miles, aber mehr Umsatz ist nicht drin, weil wir nicht mehr Tische ins Empire quetschen können. Der einzige Weg, ein Lokal zu betreiben, das diesen Namen verdient und das uns allen ein gutes Auskommen bietet, ist, Alkohol auszuschenken. Und komm mir jetzt ja nicht wieder mit Mrs Whiting«, fügte er hinzu, Miles' Antwort vorwegnehmend, »denn ich kann das nicht mehr hören.«

»Na ja, der Empire Grill gehört nun mal ...«

Aber David hatte sich bereits seinen Mantel von der Rückenlehne der Bank geschnappt und war aufgestanden. »Sie zitiert dich zwei, drei Mal im Jahr zu sich, um sicherzustellen, dass du immer noch da bist, wo sie dich zurückgelassen hat. Und du sagst: Darf ich, Mama?, worauf sie sagt: Nein, du darfst nicht, dann klemmst du wieder den Schwanz ein und gehst rückwärts zur Tür hinaus, und das war's dann. Die Jahre, die du auf dieser katholischen Schule zugebracht hast, haben dich verdorben, Miles. Dort haben sie dir Gehorsam eingebläut. Jemand sagt dir, du kannst eine bestimmte Sache nicht haben, und du akzeptierst es widerspruchslos.«

»David ...« Charlene versuchte ihn zu beschwichtigen, aber David ignorierte sie und redete sich weiter in Rage.

»Hast du jemals bemerkt, dass du wirklich jedes Mal, wenn du im Haus dieser Frau warst, Kratzspuren an den Händen hast?« Zur Untermauerung ergriff er Miles' Handgelenk und hielt seine Hand hoch. Der Kratzer, den Timmy die Katze ihm verabreicht hatte, war inzwischen verschorft und sah noch hässlicher aus als zu Beginn. »Hast du jemals darüber nachgedacht, was das bedeutet?«

»Dass sie eine psychotische Katze hat?«, sagte Miles zaghaft.

»Nein. Das bedeutet es nicht. Es bedeutet, sie spielt mit dir. Du bist für sie wie ein Schmetterling, den sie mit einer Nadel in einem Kasten befestigt hat. Hin und wieder holt sie dich heraus und sieht zu, wie du mit den Flügeln schlägst, bevor sie dich wieder in den Kasten zurücksteckt. Und sag jetzt nicht, du wärst nicht der Einzige mit Kratzern an den Händen«, fuhr David fort, und genau das hatte Miles erwidern wollen. »Ich weiß, dass die halbe Stadt Kratzer hat. Ich *weiß*, dass ihr die Hälfte von dem gehört, was es in Empire Falls wert ist, es zu besitzen. Und dich besitzt sie auch, aber nur weil du es zulässt. Du könntest dich locker aus diesem Kasten befreien, wenn du wolltest.«

»David«, sagte Charlene erneut.

»Ich meine, es bricht mir einfach das Herz, es mit ansehen zu müssen. Jedes Jahr fährst du für zwei Wochen auf diese Insel, um deinen Traum zu leben. Denk mal darüber nach, Miles. Eine kleine Insel, eine andere Welt, weit genug entfernt, damit es ein Traum bleibt. Etwas, wonach du dich sehnen kannst, ohne dir die Mühe geben zu müssen, es zu erreichen. Und weißt du was? Das ist noch nicht einmal das Traurigste. Das Traurige ist, dass du Martha's Vineyard gar nicht liebst. Mom hat es geliebt. Sie ist diejenige, die sich auf Anhieb in die Insel verliebt hat, Miles, nicht du. Du warst damals noch ein kleiner Junge, der hinterhergezockelt ist und in diesem gelben Sportwagen fahren durfte. Und dieser kleine Junge bist du noch immer.«

»David, bitte«, sagte Charlene flehend.

»Lass mich, Charlene«, sagte David schroff. »Jemand hätte ihm all das schon vor langer Zeit sagen sollen.«

Er wandte sich wieder Miles zu. »Ja, der Abend ist gut gelaufen, Miles. Mehr noch, er ist sehr gut gelaufen. Das Problem ist, dass du nicht siehst, was es bedeutet, also sag ich dir's. Es bedeutet, dass du endlich die Chance hast, das Steuer selbst in die Hand zu nehmen. Tu es endlich, Miles. Nimm das verdammte Steuer endlich selbst in die Hand. Und wenn du dabei eine Bruchlandung hinlegst« – er hielt seinen versehrten Arm hoch –, »na und? Tu es. Wenn nicht für dich, dann für Tick. Tag für Tag hat sie deine Passivität und Schwarzseherei vor Augen. Wenn sie dreißig ist, wird sie für einen zweiwöchigen Urlaub auf Martha's Vineyard sparen, weil sie glaubt, es sei der Ort, den du geliebt hast.«

»David«, sagte Charlene leise, »würdest du bitte mal deinen Bruder ansehen. Hör mal für zwei Sekunden mit dem Reden auf und sieh ihn stattdessen an.«

Mittlerweile waren tatsächlich alle Augen im Raum auf ihren Tisch gerichtet. Selbst die Klavierspielerin mit der mächtigen

Haarmähne hatte zu spielen aufgehört. Davids Stimme war immer lauter geworden und hatte schließlich die Aufmerksamkeit aller Anwesenden auf sich gezogen, was ihm erst jetzt bewusst wurde. »Scheiße.« Er kramte ein paar Münzen aus der Hosentasche und warf sie auf den Tisch. »Ich gehe nach Hause. Tut mir leid, dass ich unsere Feier verdorben habe.«

»Du musst nicht gehen, David«, hörte Miles sich in einer Stimme sagen, die er nur mit Mühe wiedererkannte.

»Doch, muss ich«, erwiderte sein Bruder. »Ich muss zurück und mich um mein Marihuana-Imperium kümmern.«

Als Miles nichts antwortete und Charlene nur den Kopf schüttelte, beugte sich David zu ihm hinab und sagte ihm ins Ohr: »Das war ein *Witz*, Miles. Ich habe im Keller eine einzige Pflanze unter einer Wärmelampe. Komm halt mal raus und überzeug dich selbst davon. Wegen einer einzigen Pflanze pinkelt mir niemand ans Bein. Nicht mal Jimmy Minty.«

»Weißt du«, sagte Charlene, als sie wieder zum Tisch zurückkehrte, »wenn du und dein Bruder hin und wieder miteinander reden würdet, käme es nicht zu diesen Wutausbrüchen. Ihr beide häuft den ganzen Mist von einem Jahr an, bis ihr explodiert.«

»Ich bin nicht explodiert«, sagte Miles. »Er ist explodiert.«

»Stimmt. Aber heute Abend hat er mehr gesprochen als in all diesen letzten Monaten zusammen, und jetzt würde er gern mindestens die Hälfte davon wieder zurücknehmen.«

»Meinst du?«

»Ja, Miles, das meine ich.«

Vielleicht hatte sie recht. Sie war David hinaus zu seinem Pick-up gefolgt und ungefähr fünfzehn Minuten weggeblieben. Wenn Miles nicht zwischen den Lamellen der Fensterjalousien hindurch hinausgespäht und die beiden auf dem Parkplatz stehen sehen hätte, während Charlene David ganz offensichtlich den Kopf wusch, hätte er vermutet, dass sie gegangen sei. Währenddessen hatte Horace Weymouth, der so ziemlich alles gehört haben musste, was David gesagt hatte, ihm einen Wodka-Martini bringen lassen, den Miles in ungefähr drei Schlucken austrank. Um sich zu revanchieren, hatte er ebenfalls zwei bestellt und einen davon zu Horace hinübergeschickt, der sein Glas in grimmigem Einvernehmen hob, als wollte er sagen, auch er finde, dass dieser Abend außergewöhnliche Maßnahmen erfordere. Miles war gerade im Begriff gewesen, den zweiten Martini auszutrinken, als Charlene sich wieder an den Tisch gesetzt und sowohl das Martiniglas als auch seinen veränderten Zustand bemerkt hatte.

»Dein Bruder liebt dich«, sagte sie jetzt. »Er wollte dich nicht verletzen. Er macht sich einfach nur Sorgen um dich, genauso wie du dir Sorgen um ihn machst. Ihr bringt euch gegenseitig zur Verzweiflung, das ist alles.«

»Das steht ihm zu, nehme ich an. Ich bringe mich manchmal *selbst* zur Verzweiflung«, sagte er und bereute sofort seinen selbstmitleidigen Ton.

»So ungefähr sieht er es auch, Miles. Er findet, du solltest lieber jemand anderen zur Verzweiflung bringen.«

»Mrs Whiting.«

»Genau. Wobei er findet, dass du zu allen Menschen zu nett bist. Er glaubt, du lässt dir zu viel gefallen.«

»Findest du, dass er recht hat?«

»Ach, Miles, ich weiß es nicht. Stimmt schon, du bist der rücksichtsvollste Mann, dem ich je begegnet bin. Du bist nett und geduldig und kein bisschen nachtragend und großzügig und scheinst nicht zu begreifen, dass genau diese Qualitäten an einem Mann ziemlich nervig sein können, egal, was die Frauenzeitschriften so schreiben.«

»Ich lese so was nur selten, Charlene«, sagte er.

»Das weiß ich, Schatz.« Sie ergriff seine Hand. »Es ist nur, na ja ... das, was David immer über eure Familie sagt.«

Miles wusste noch nicht einmal, dass David immer irgendetwas über ihre Familie sagte. Sollte sein Bruder zu irgendeiner Erkenntnis bezüglich der Robys gelangt sein, hatte er ihn nie daran teilhaben lassen.

»David hat diese Theorie, dass ihr – deine Mom, dein Dad, du und er – zusammen einen perfekt ausgewogenen Menschen abgeben würdet. Dein Vater denkt ausschließlich an sich selbst, deine Mutter hat immer nur an andere gedacht und nie an sich selbst. David denkt nur an die Gegenwart, und du denkst nur an die Vergangenheit und die Zukunft.«

»Das höre ich zum ersten Mal«, sagte Miles. »Wann hat er dir das erzählt?«

Charlene ging nicht auf seine Frage ein. »Seiner Meinung nach könntet ihr alle etwas voneinander lernen und wärt besser dran. Zum Beispiel hast du rein gar nichts von deinem Vater abgekriegt, und das ist doch ein Jammer.«

Miles bemühte sich ernsthaft, diesen Gedanken nachzuvollziehen. »Charlene«, sagte er, »ich kann guten Gewissens behaupten, dass du die Erste bist, die mir nahelegt, mehr wie Max zu sein.«

»David wünscht sich natürlich nicht, du hättest viel von deinem Vater, sondern einfach nur ein bisschen, damit ...«

»... ich mir nicht so viel gefallen lasse«, beendete Miles ihren Gedanken.

»Ach, Miles, nun sei nicht so. Nimm dir doch nicht alles so zu Herzen. Was dein Bruder sagen will, ist, dass euer Vater immer weiß, was er will. Und immer sofort einen Plan zur Hand hat, wie er etwas erreichen kann. Und selbst wenn es ein ziemlich dummer Plan ist, beißt er sich wie eine Bulldogge am Knochen daran fest, bis man ihm gibt, was er haben will, oder er es sich selbst schnappt, wenn man einen Moment lang nicht aufpasst. David meint, wenn du ein kleines bisschen mehr von deinem Vater hättest, würdest du dir klar werden über das, was du willst, und dir einen Plan überlegen und ...«

Als sie verstummte, hörte Miles sich in einer von den Martinis gefärbten Stimme sagen, die nur entfernt seiner ähnelte: »In Wirklichkeit ist es viel schlimmer, als er denkt.«

Als Charlene nicht sofort antwortete, begriff er ihr Schweigen als Aufforderung fortzufahren.

»Du erinnerst dich, dass ich letzte Woche bei Mrs Whiting war? Und ich eigentlich mit einer Alkohollizenz in der Tasche hätte zurückkommen sollen? David hat recht. Ich bin mal wieder mit eingezogenem Schwanz von Mrs Whiting weggefahren. Allerdings weiß er nicht, dass ich nicht wirklich mit leeren Händen zurückgekommen bin.«

Wieder Schweigen, und Miles brachte es nicht fertig, von seinem Martini aufzusehen. »Aber das, womit ich zurückgekommen bin ...« – er seufzte und sprach so leise weiter, dass er sich selbst kaum hörte –, »ist eine Einladung an Cindy Whiting. Und zwar für morgen. Wir gehen zusammen zum Footballspiel.«

Diese Beichte fiel ihm unendlich schwer, und er hatte ganz vergessen, dass er noch immer Charlenes Hand hielt, bis sie seine sanft drückte. »Das ist wirklich süß, Miles. Das tut der armen Frau bestimmt gut. Ich finde, das ist wirklich sehr nett von dir.«

»Aber mein Bruder wird darin nur einen weiteren Beweis für meinen angeborenen Hang sehen, mich für andere aufzuopfern.«

»Er ist heute Abend zu weit gegangen, Miles. Bestimmt wird er sich morgen bei dir entschuldigen.«

»In einer Hinsicht irrt er«, sagte Miles und hielt jetzt ihrem Blick stand. »Ich weiß sehr wohl, was ich will.«

Obwohl er die Worte ohne jede Anspielung gesagt hatte, schienen sie gleichzeitig zu bemerken, dass sie in ihrer spärlich beleuchteten Tischnische noch immer Händchen hielten – Miles, ein Mann, der noch verheiratet war, und Charlene, eine Frau, die bereits mehrmals geschieden war. Um sie nicht noch verlegener zu machen und damit sie nicht antworten musste, ließ er ihre Hand los, obwohl es ihm gefallen hätte, die ganze Nacht über händchenhaltend mit ihr dazusitzen. Zu seiner Überraschung beugte sie sich vor und küsste ihn auf die Stirn, und der Kuss war so voller Zuneigung, dass die Unbehaglichkeit zwischen ihnen verflog, auch wenn er Miles' Herz schneller schlagen ließ, denn alle Küsse waren kalibriert, und dieser zeigte klar und deutlich, dass zwischen Zuneigung und Liebe ein ziemlich großer Graben klaffte.

»O Miles, verdammter Mist! Glaub ja nicht, dass ich nicht wüsste, dass du eine Ewigkeit lang in mich verknallt warst. Und du weißt, wie gern ich dich hab. Du bist der süßeste Mann, den ich kenne, wirklich.«

Miles musste unwillkürlich lächeln. »Noch so eine Qualität, die bei einem Mann nicht besonders attraktiv ist, stimmt's?«

»Nein« – sie griff erneut nach seiner Hand –, »sie ist sogar sehr attraktiv. Und weißt du was? Ich würde dich glatt mit zu mir nehmen und mit dir schlafen, wenn ich deine Enttäuschung hinterher ertragen könnte. Und du wärst bestimmt nicht in der Lage, sie zu verbergen, wo dein Gesicht doch wie ein offenes Buch ist.«

Als sie nach ihrem Mantel griff, stand Miles auf und half ihr hinein. »Und wäre ich nicht so überzeugt davon, dass du enttäuscht sein würdest«, sagte er, während sie zum Ausgang und dann in die Nacht hinausgingen, »würde ich nicht lockerlassen.«

»Wie auch immer, es wäre jedenfalls schön, wenn wir diese verdammte Alkohollizenz bekämen, Miles.« Charlene schloss die Tür ihres Wagens auf. »Wenn ich endlich ordentlich verdienen würde, könnte ich dieses alte Wrack von seinem Elend erlösen.«

»Noch habe ich nicht aufgegeben.« Miles war selbst überrascht, dass dem tatsächlich so war. Und plötzlich kam ihm in den Sinn, dass er, wenn er clever wäre, Cindy morgen nach dem Spiel zum Abendessen in den Diner einladen würde, um sie zu seiner Verbündeten in dieser Sache zu machen. Wenn er sich schon immer für andere aufopfern musste, konnte er nicht wenigstens einmal einen Nutzen daraus ziehen?

Er wollte gerade in seinen Wagen steigen, als er hörte, wie die Eingangstür des Lamplighter laut ins Schloss fiel, und sah, dass Horace auf ihn zukam.

»Danke für den Drink, Miles«, sagte er und schüttelte ihm die Hand. »Wenn ich von den Cops angehalten werde und sie mir den Führerschein abnehmen wollen, schiebe ich die Schuld auf dich.«

Miles ertappte sich in diesem Moment dabei, dass er unwillkürlich Ausschau nach Jimmy Mintys Camaro auf dem Parkplatz hielt, aber er war nirgendwo zu sehen. Was nicht heißen musste, dass Jimmy Minty nicht außerhalb der Parkplatzbeleuchtung mit seinem Wagen stand.

»Tut mir leid, wenn es vorhin ein bisschen laut geworden ist.« Miles wusste, dass Horace viel zu gute Umgangsformen hatte, um eine Andeutung zu machen, geschweige denn nach dem Grund des Streits zu fragen. Es war schon merkwürdig, wurde Miles in diesem Moment klar, dass ein so diskreter Mensch ausgerechnet Reporter geworden war. Schade, dass es nicht mehr von seiner Sorte gab.

Horace kramte in seinen Taschen nach seinem Autoschlüssel. »Ach ja, Familie«, sagte er, als würde dieses Wort alles erklären.

»Wo lebt eigentlich deine?«, fiel Miles unvermittelt ein. Da kam dieser Mann fast jeden Tag in sein Lokal, und dennoch wusste Miles fast nichts über ihn.

»Meine Familie?« Horace sah ihn überrascht an. »Ach, überall. Wir haben keinen Kontakt. Aber das hört sich trauriger an, als es in Wirklichkeit ist.«

»Ja, stimmt, es hört sich traurig an.«

»Ach, ich selbst halte nicht besonders viel von Familienbanden und so was. Blut ist dicker als Wasser. Und wenn schon?«

»Dein Zuhause ist der Ort, an dem man dich hereinlassen muss, wenn du gezwungen bist anzuklopfen«, sagte Miles, indem er Robert Frost zitierte.

Der Zeitungsmann schloss seinen Wagen auf, stieg ein, verharrte kurz mit gesenktem Kopf, ehe er zu Miles hochsah. »Gute Zäune sorgen für gute Nachbarschaft.«

Miles lächelte und wünschte ihm eine gute Nacht. Dann ging er um das Heck seines Jettas herum und zur Fahrertür. Er wollte gerade einsteigen, als er hörte, wie das Beifahrerfenster von Horace' Wagen herunterfuhr. Horace beugte sich zu ihm herüber.

»Apropos jemanden in sein Haus lassen«, sagte er. »Behalt diesen Jungen, den du als Aushilfe eingestellt hast, im Auge.«

»Okay«, sagte Miles. »Möchtest du mir sagen, warum?«

Horace dachte kurz nach. »Nicht jetzt«, sagte er, um dann hinzuzufügen: »Komm bloß nie auf die Idee, Reporter zu werden.«

Kapitel 14

In dem Herbst, als Miles Roby in der elften Klasse war, kaufte sein Vater, die Taschen gefüllt mit seinem Sommerlohn, einen gebrauchten Mercury Cougar, vor dem Hintergrund der Tatsache, dass Miles bald alt genug sein würde, um den Führerschein zu machen. Doch bis Thanksgiving hatte sich Max bereits drei Strafzettel eingehandelt und eine Katze überfahren. Bei Letzterem war Miles dabei gewesen und hatte, im Unterschied zu Max, gesehen, wie die Katze vor die Räder flitzte, und dann verfolgt, nachdem er sich umgedreht hatte, wie sie wild um den eigenen Kopf herumzappelte, der von einem der Hinterräder des Cougars platt gedrückt worden war.

»Was zur Hölle war denn das?«, sagte Max ein paar Sekunden später, nachdem er den dumpfen Schlag gehört hatte. Er hatte sich vorgebeugt, während er mit einer Hand das Lenkrad hielt und mit der anderen den Zigarettenanzünder an die Spitze einer neuen Zigarette drückte.

»Eine Katze.« Miles seufzte bedauernd, weil er das Tier nicht rechtzeitig bemerkt hatte, um seinen Vater zu warnen und das Leben der Katze zu retten. Wann immer er mit seinem Vater im Wagen mitfuhr, spürte Miles eine tiefe Verbundenheit mit allen Lebewesen, die nicht so schnell rennen konnten, wie Max fuhr, was, da es in Maine keine Geparden gab, so ziemlich jedes war.

Sein Vater weigerte sich aus Prinzip, irgendwelchen Hindernissen auszuweichen. Wenn sie zum Beispiel auf dem Highway hinter einem Sattelzug herfuhren, an dem ein Reifen geplatzt war, sodass ein großes, gebogenes Stück des Mantels vor ihnen auf die Straße geschleudert wurde, fuhr Max darüber, weil er behauptete, es sei gefährlicher, es zu umfahren zu versuchen, was, soweit Miles wusste, sogar stimmte. Allerdings vermutete er, dass es Max Spaß machte, Hindernisse zu überrollen und dann zu schauen, was mit ihnen passierte. Ein Jahr zuvor waren sie mit dem Wagen, den Max vor dem Cougar angeschafft hatte, auf einen Karton zugefahren, der mitten auf der schmalen Landstraße lag. Da ihnen kein Auto entgegenkam und keins ihnen folgte, wäre noch jede Menge Zeit gewesen, die Geschwindigkeit zu drosseln und einen Bogen um den Karton zu machen – mehr noch, wenn Max einen für ihn völlig untypischen Anflug von staatsbürgerlichem Verantwortungsgefühl gehabt hätte, wäre auch ausreichend Zeit gewesen, rechts ranzufahren, auszusteigen und den Karton auf den Seitenstreifen zu ziehen –, doch sein Vater beschleunigte zu Miles' Verblüffung sogar noch und hielt genau darauf zu. Miles machte sich schon auf eine Art Explosion gefasst, doch der Karton, der glücklicherweise leer war, geriet unter den Wagen, verhedderte sich an der Antriebswelle und wurde, begleitet von lautem Getöse, hundert Meter weit mitgezogen, ehe er, nunmehr zweidimensional, in einen Graben flatterte.

»Was, wenn der Karton voller Steine gewesen wäre?«, fragte Miles.

»Was hat denn ein Karton voller Steine mitten auf der Straße zu suchen?«, lautete Max' Gegenfrage. Er drückte auf den Zigarettenanzünder und klopfte die Hemdtaschen nach seiner Packung Luckies ab.

Miles war versucht zu erwidern: »Auf einen Deppen warten, der mit hundert Sachen in ihn hineinfährt.« Aber stattdessen sagte er: »Wenn er voller Steine gewesen wäre, könnten wir jetzt beide tot sein.«

Max dachte kurz darüber nach. »Was hättest du an meiner Stelle getan?«

Miles witterte eine Falle in dieser unschuldigen Frage, vertraute aber dennoch darauf, sie mit den ihm als Fünfzehnjährigem zur Verfügung stehenden Mitteln so beantworten zu können, dass er nicht hineintappte. »Ich hätte angehalten und nachgeschaut, was drin ist.«

Max nickte. »Was, wenn er voller Klapperschlangen gewesen wäre? Dann wärst du tot, wenn du ihn geöffnet hättest.«

Miles war nicht umsonst zumindest phasenweise in Gesellschaft seines Vaters aufgewachsen. »Was hat denn ein Karton voller Klapperschlangen mitten auf der Straße zu suchen?«

»Auf einen Dummkopf wie dich warten, der ihn aufmacht, um zu sehen, was drin ist«, antwortete Max, und Miles bereute, dass er zuvor den Mund gehalten hatte.

Eine Weile fuhren sie schweigend weiter, bis Max sagte, als wäre ihm das Gefühl des Bedauerns vertraut, jedenfalls in seinen abstrakteren Bedeutungsvarianten: »Deine Mutter erzieht dich so, dass du Angst vor der ganzen verdammten Welt hast. Das ist dir doch klar, oder nicht?«

Miles beschloss, die Frage zu ignorieren. »Was, wenn der Karton voller Dynamit gewesen wär?«, fragte er stattdessen und signalisierte seinem Vater auf diese Weise, dass sie ihre Diskussion womöglich zu einem besseren Abschluss brächten, wenn sie es als eine Art Spiel begriffen, und zwar eines, in dem seine Mutter außen vor blieb.

Max sah es offenbar auch so, jedenfalls setzten sie das Spiel auf dem restlichen Nachhauseweg fort, indem sie den Karton mit allem möglichen imaginären Zeug füllten, von Marshmallows bis zu Gürteltieren, bis sie schließlich erschöpft vor lauter Lachen ankamen.

Doch der Richter, vor dem Max jetzt, drei Strafzettel wegen zu schnellen Fahrens und eine überfahrene Katze später, stand und dem er die Strafzettel zu erläutern versuchte (die Katze kam gar nicht zur Sprache), lachte nicht. Es waren nicht einmal die drei ursprünglichen Strafzettel, die ihn so erbosten, sondern die weiteren zwei, die sich Max während seiner Gerichtstermine eingehandelt hatte, woraus der Richter eine notorische Unfähigkeit, aus Fehlern zu lernen, folgerte. Max musste noch an Ort und Stelle seinen Führerschein abgeben und wurde ermahnt, auch ja zu Fuß nach Hause zu gehen.

Aber Max fuhr, nunmehr ohne gültige Fahrerlaubnis, zu dem Baumarkt in der Nähe des Highways. Dort besorgte er ein kleines Pappschild mit der Aufschrift »Zu verkaufen« und legte es auf das Armaturenbrett des Cougars. Dann fuhr er in die Innenstadt zurück, parkte vor dem Justizgebäude und ging nach Hause, wo er seinen Sohn über ein Buch gebeugt am Küchentisch antraf. Normalerweise überließ Max Roby alles, was mit moralischer Unterweisung zu tun hatte, seiner Frau, aber im Hinblick auf die Ereignisse dieses Nachmittags wollte er deren hohes pädagogisches Potenzial nicht ungenutzt lassen. Er trat zu seinem Sohn an den Küchentisch und sagte: »Leg das mal für eine Minute weg.«

Miles las gerade für den Englischunterricht Die Abenteuer des Huckleberry Finn, und zwar die Passage, wo Huck von seinem Vater gekidnappt wird, und als er so unvermittelt aus seiner Lektüre herausgerissen wurde und seinen Vater erblickte, der ihn von der anderen Seite des Tischs her angrinste, wurde ihm für einen Moment schwindelig. Damals besaß Max noch alle Zähne, abgesehen von den beiden, die er in dem Sommer verloren hatte, als Miles mit seiner Mutter nach Martha's Vineyard gefahren war.

»Was Bullen und Anwälte betrifft, merk dir eins«, sagte Max. »Das Schlimmste, was sie dir antun können, ist gar nicht so schlimm.« Er machte eine Pause, damit sein Sohn diese von ihm hart erkämpfte Weisheit verdauen konnte. »Sie glauben, sie haben dich an den Eiern, aber von wegen.«

Miles vermutete, dass dies die Fortsetzung der Diskussion sei, die sie im Wagen nicht weiterverfolgt hatten, nachdem Max gemeint hatte, Grace würde ihn dazu erziehen, Angst vor allem Möglichen zu haben.

»Hast du gehört, was ich gesagt hab?«, fragte Max.

Miles nickte, woraufhin Max, seiner moralischen Pflicht nachgekommen, aufstand und hinausging. Zwar mochte er weder Wagen noch Führerschein haben, aber er besaß zwei gesunde Beine, und damals gab es ein halbes Dutzend Kneipen in der Nähe. Nach so einem Tag sah er keinen Grund, warum er nicht jeder einzelnen von ihnen einen Besuch abstatten sollte. In jener Nacht kam er nicht nach Hause.

So kam es, dass Miles, als er alt genug war, den Führerschein zu machen, kein Wagen zur Verfügung stand, um Fahrpraxis zu erlangen. Daher hinkte er von Anfang an im Fahrunterricht hinterher, außerdem durfte er, weil er so schlecht fuhr, viel seltener ans Steuer als die anderen Fahrschüler, obgleich er doch eigentlich die Übung viel dringender benötigt hätte als sie. Die anderen Jugendlichen konnten ganz offensichtlich schon fahren. Sie hatten bereits seit mehreren Monaten einen Lernführerschein und übten jeden Tag. Der Fahrunterricht erfüllte in ihrem Fall lediglich den Zweck, die schlechten Gewohnheiten, die sie sich von ihren Eltern abgeschaut hatten, zu korrigieren. Die besonders coolen Jungs ließen beim Fahren gern den Ellbogen lässig aus dem Fenster hängen und demonstrierten, wie sicher sie den Wagen beherrschten, indem sie ihn nur mit dem Handballen lenkten. Mr Brown, der Baseballtrainer und gleichzeitig ihr Fahrlehrer war, schien diese Unarten als genetische Veranlagung zu betrachten und davon auszugehen, dass sie ohnehin nur vorübergehend, für die Dauer seines Fahrkurses, behoben werden konnten. Viel wichtiger war es in seinen Augen, dass sie ausreichend Zeit hinter dem Lenkrad des elterlichen Wagens zugebracht hatten, um keine unmittelbare Gefahr mehr für sein eigenes Leben darzustellen, wenn er im Fahrschulauto neben ihnen saß, den Fuß stets einsatzbereit über dem Beifahrerbremspedal.

Als Miles zum ersten Mal am Steuer dieses Wagens saß, Mr Brown zu seiner Rechten und drei weitere Fahrschüler auf der Rückbank, überkam ihn bereits an der ersten Querstraße ein lähmendes Angstgefühl. Er fürchtete nicht so sehr, den Wagen zu Schrott zu fahren und den Tod aller Insassen zu verschulden, sondern sich sogleich als blutiger Anfänger zu entlarven. Und tatsächlich ließ das Gekicher vom Rücksitz nicht lange auf sich warten. Da er noch nie das Gaspedal betätigt hatte, wusste Miles nicht, was passieren würde, wenn er den Fuß senkte. Er fürchtete, der Wagen könnte schon beim geringsten Kontakt mit dem Pedal unkontrolliert nach vorn schießen, und dieses Zögern bewirkte, dass er die Straße so langsam entlangkroch, dass die Tachonadel kaum ausschlug. Als er versuchte, ein bisschen Gas zu geben, machte der Wagen einen Satz.

»Roby«, sagte Mr Brown, der ihn mit einem Ausdruck ansah, der zu gleichen Teilen Angst und Ungläubigkeit spiegelte, »du hast wohl nicht den Hauch einer Ahnung, wie man Auto fährt, stimmt's?«

Im nächsten Moment registrierte Miles, dass er plötzlich in hohem Tempo durch die Straße brauste. Oder besser gesagt, ein Fahrschüler auf der Rückbank machte ihn darauf aufmerksam, denn Miles hielt den Blick starr geradeaus gerichtet und wagte es nicht, auf die Geschwindigkeitsanzeige zu schauen, aus Angst, die Kontrolle über den Wagen zu verlieren, was, wie Mr Brown nicht müde wurde zu betonen, eine Todsünde war. Ein guter Fahrer, beteuerte Mr Brown, baue nie einen Unfall, weil ein guter Fahrer immer die Kontrolle behalte, und wenn man die Kontrolle habe, komme es auch zu keinem Unfall.

»Er fährt siebzig, wo nur vierzig erlaubt sind«, rief einer der Rückbänkler.

Mr Brown hätte dies selbst gemerkt, hätte er geradeaus geschaut, statt nach seinem Sicherheitsgurt zu fahnden. Als pflichtbewusster Fahrlehrer bestand er immer darauf, dass sich seine Fahrschüler anschnallten, bevor sie den Zündschlüssel umdrehten, aber er selbst machte nur selten von seinem Gurt Gebrauch. Angeblich, um sich jederzeit auf seinem Sitz zu den Fahrschülern auf der Rückbank umdrehen und ihnen etwas erklären zu können. Das traf vor allem zu, wenn auf der Rückbank zufälligerweise Jungs aus der Baseballmannschaft saßen, wie zum Beispiel in diesem Moment. Doch die Erkenntnis, dass Miles über keinerlei Fahrpraxis verfügte, hatte Mr Brown seine Einstellung gegenüber dem Gurt offenbar überdenken lassen, dessen Schnalle sich zwischen Sitz- und Rückenpolster verfangen hatte. Als einer der Baseballspieler Miles' überhöhte Geschwindigkeit meldete, steckte Mr Browns Unterarm bis zum Ellbogen in dem Spalt zwischen den beiden Polstern, sodass seine Hand auf der anderen Seite herausschaute und, wie ein weiterer Baseballspieler bemerkte, blind nach der Gurtschnalle tastete. Der Junge ergriff Mr Browns Hand und schüttelte sie beherzt. »Hallo, Coach, wie geht's?«

Mr Brown, der instinktiv die Gefahr witterte, sagte: »Fahr rechts ran,

Roby.« Es gelang ihm mühelos, seine Hand der seines Schülers zu entziehen, doch als er sie wieder nach vorn bringen wollte, blieb sie stecken, sodass er umständlich über die Schulter nach vorn spähen musste, um zu sehen, was sein Fahrer machte. »Rechts ran, hab ich gesagt!«

Miles folgte der Anweisung. Hätte man ihm gesagt, er solle zuvor die Geschwindigkeit drosseln, hätte er auch das getan, aber unglücklicherweise blieb dieses Kommando aus. Und wäre in diesem Moment einer der Anwohner dieser ruhigen Nebenstraße vor die Tür getreten, hätte sich ihm eine bizarre Szene geboten: das Lernfahrzeug der Empire Highschool, das mit siebzig Stundenkilometern haarscharf am Bordstein entlangbrauste, und der Fahrlehrer, der sich nach hinten drehte, als wäre seine Hauptsorge, dass sie womöglich von der Polizei verfolgt würden, die anderen Fahrschüler, die sich ängstlich in ihre Sitze drückten, und der Fahrschüler am Lenkrad, der gespannt auf weitere Anweisungen wartete. Währenddessen parkte nur fünfzig Meter vor ihnen ein Wagen am Bordstein.

Gewiss, Mr Brown verfügte über eine Bremse auf seiner Seite, aber nach hinten gewandt, die Hand noch immer in der Polsterung seines Sitzes verfangen, schien er deren Position nicht genau lokalisieren zu können, sondern tastete pumpend mit dem Fuß auf etwas herum, was er für den Beifahrerboden hielt. Hätte sich die Bremse tatsächlich an der Unterseite des Handschuhfachs befunden, die er mit dem Fuß bearbeitete, hätte er den Wagen zum Halten gebracht, doch dem war nicht so. Mr Browns vergebliche Suche nach dem Bremspedal ließ ihn in blinde Panik geraten. Unschlüssig, ob es wichtiger war, seine Hand freizubekommen oder das Bremspedal zu lokalisieren, drehte er wie wahnsinnig immer wieder den Oberkörper vor und zurück, wobei ihm weder das eine noch das andere gelang, und schrie: »Roby! Roby! Halt an, verdammt!«

Während Miles auf das parkende Auto zuhielt, schien ihm die Möglichkeit, die Geschwindigkeit zu drosseln – den Wagen in der Tat zum Halten zu bringen –, die ratsamste Option, aber Mr Browns unaufhörliches Herumwirbeln irritierte ihn. Den Blick unverwandt geradeaus gerichtet, vermutete er, Mr Brown versuche vergeblich, die Bremse zu betätigen, woraus er schloss, das Bremssystem des Wagens versage aus unerfindlichem Grund, sodass es auch keinen Sinn habe, das Pedal auf seiner Seite zu betätigen; daher behielt er bis zum allerletzten Moment seinen Kurs haarscharf am Bordstein entlang bei, in der Hoffnung auf eine rettende Anweisung. Als keine erfolgte, riss er im letzten Moment das Lenkrad nach rechts, ließ den Wagen über den Randstein donnern, wobei er eine Aluminiummülltonne umfuhr, dann ging es holpernd weiter über einen Vorgartenrasen. Im Vorübersegeln las er die Adresse auf dem Briefkasten – 116 Spring Street – und bemerkte außerdem, dass das Garagentor von 116 Spring Street offen stand, und die leere Parkbucht erschien ihm geradezu wie eine Einladung.

Der plötzliche Prall gegen und das Holpern über den Bordstein hatten den heilsamen Effekt, dass es Mr Brown endlich gelang, seine Hand zu befreien, und den weniger heilsamen, dass er mit dem Kopf gegen die Fensterscheibe stieß, die zersplitterte. Nun, da er endlich in der Lage gewesen wäre, das Bremspedal zu erreichen, war er nicht in der Lage, es zu bedienen, da er durch den Aufprall das Bewusstsein verloren hatte. Und so kam es, dass sich Miles' alter Freund Otto Meyer jr. (der Ersatz-Catcher der Mannschaft) zu guter Letzt zum Retter in der Not aufschwang, indem er über Mr Browns zusammengesackten Körper hinweg nach vorn hechtete und das Bremspedal mit der Hand durchdrückte. Der Wagen kam schlitternd und mit kreischenden Reifen ungefähr einen Fußbreit vor der rückwärtigen Garagenmauer zum Stehen, und es schien ganz so, als wäre es Miles' Absicht gewesen, ihn dort zu parken.

»Ist der Gang draußen?«, fragte Otto Meyer.

Miles legte den Leerlauf ein. »Danke, Otto«, sagte er.

»Schon okay«, sagte Otto. »Und jetzt zieht mich zurück, ja?« Die anderen zwei Jungen gehorchten, und Miles fiel auf, dass der kleine Finger von Ottos linker Hand in einem ziemlich unnatürlichen Neunzig-Grad-Winkel nach hinten gebogen war. Otto selbst bemerkte es ebenfalls, als er die Zündung ausschaltete und mit ihm gegen den Blinker stieß. »Verflixt!«, rief er aus und zeigte ihn Miles ohne jeglichen Groll, ehe er ebenfalls das Bewusstsein verlor.

Im Gegensatz zu Otto Meyer jr. hegte Mr Brown sehr wohl einen Groll gegen ihn, und zwar noch lange nachdem die beeindruckende Beule auf seiner Stirn wieder abgeschwollen war. Wenn es nach ihm gegangen wäre, hätte er Miles aus dem Fahrunterricht verbannt. Nicht nur, dass er ein solch lausiger Fahrer sei, erklärte Mr Brown gegenüber dem Rektor, oder dass der vermaledeite Junge sie um ein Haar alle totgefahren hätte. Mr Brown müsse auch an seine Baseballmannschaft denken, die er dieses Jahr bis zu den Bundesstaatsmeisterschaften führen wolle, doch nun habe er, dank Miles Roby, einen Shortstop mit einem verstauchten Handgelenk an der Wurfhand und einen Catcher mit einem gebrochenen kleinen Finger an der Fanghand. Die Hälfte seines Teams nehme Fahrunterricht, und er sehe nicht ein, sie einem hundertprozentigen Verletzungsrisiko und einem möglichen Verstümmelungs-, wenn nicht gar Todesrisiko als Mitfahrer in einem Wagen auszusetzen, an dessen Steuer ein Junge sitze, der nichts Besseres gewusst habe, als mit Karacho über den Bordstein zu holpern, dann über einen Vorgartenrasen zu brausen und geradewegs in eine fremde Garage hinein. Und wie solle er bitte schön seine Mannschaft trainieren, wo ihn in letzter Zeit ständig Kopfschmerzen plagten? Kurzum, er wolle diesen Miles Roby nicht mehr in seiner Fahrklasse haben und hoffe des Weiteren, dass irgendeine vernünftige Richtlinie in Kraft gesetzt werde, um sicherzustellen, dass in Zukunft jeder Jugendliche, der sich für den Fahrunterricht anmelde, eine vage Vorstellung davon habe, was er hinter dem Lenkrad zu tun habe.

Der damalige Rektor hieß Clarence Boniface und war im Lehrerkollegium unbeliebt, weil er nicht aus Empire Falls oder aus der näheren Umgebung stammte. Er war mehreren lokalen, hauseigenen Bewerbern vorgezogen worden, einschließlich Mr Brown selbst, weil sich Mr Boniface eines höheren akademischen Grads rühmen konnte (was er jedoch im Wortsinn nicht tat) und über eine beachtliche administrative Erfahrung als stellvertretender Rektor einer großen Highschool in Connecticut verfügte. In den zwei Jahren, die er nun schon die Empire Falls High leitete, hatte er sich als ernsthafter, pflichtbewusster und kompetenter Rektor erwiesen. Er war ein guter Zuhörer und gehörte nicht zu jenen, die schnell beleidigt waren – beides ausgezeichnete und unabdingliche Qualitäten für einen Highschool-Rektor, wenngleich sie ihm keine Akzeptanz bei den meisten derer einbrachten, die, noch bevor er überhaupt da war, beschlossen hatten, dass er ein Arschloch sei. Wie auch immer, er hörte sich nüchtern den Lösungsvorschlag zum »Roby-Jungen-Problem« seines Baseballtrainers an, wartete geduldig, bis Mr Brown mit seinem Plädoyer zu Ende war, und bekam dann einen Lachkrampf, der sich alsbald zu einem hysterischen Anfall auswuchs, aus dem er lange nicht erlöst werden konnte. Er wurde rot im Gesicht, Tränen strömten ihm über die Wangen, und er japste nach Luft. Seine hochbesorgte Sekretärin brachte ihm ein Glas Wasser, aber er wurde so sehr vom Lachen geschüttelt, dass er es nicht trinken konnte.

Schließlich mussten sie den Rektor mit dem Gesicht nach unten auf den Teppichboden legen, wo er eine Zeit lang wie ein Barsch auf dem Boden eines Bootes zappelte, ehe er sich wie ein Embryo einrollte und reglos liegen blieb, mit gerade noch so viel Energie, um flüsternd hervorzubringen: »O Gott, o Gott. Tut mir leid, Mr Brown. Ich wollte nicht ... Ich habe seit meiner Kindheit nicht mehr so gelacht ... als mein Onkel mich gekitzelt hat, bis ich in die Hosen gemacht habe.« Endlich war er in der Lage, sich aufzusetzen und sich mit dem Rücken an die Wand zu lehnen. »Ich muss das Lachen wohl unterdrückt haben, seit ich hier angefangen habe«, schloss er.

Mr Brown hatte keine Ahnung, was dieser Mann unterdrückt hatte, aber er mochte es nicht, ausgelacht zu werden, und schon gar nicht von jemandem aus Connecticut; und dass der Rektor auf seine Kosten Seelenreinigung betrieb, ärgerte ihn über alle Maßen. Er stand auf, starrte wütend auf Mr Boniface hinab, der noch immer wie ein Todeskandidat vor dem Erschießungskommando mit dem Rücken an der Wand saß.

»Und Sie finden das lustig?« Mr Brown deutete auf sein rechtes Auge. »Sie finden es lustig, wenn man die Dinge plötzlich doppelt sieht?« Er hätte noch mehr sagen können, wenn sich Mr Boniface nicht seine schmerzenden Rippen gehalten und ihn angefleht hätte: »Hören Sie auf ... bitte ... Mr Brown, ich flehe Sie an ... Ich kann nicht mehr ... Sie bringen mich um ...«

Und so blieb Mr Brown nichts anderes übrig, als aus dem Büro hinauszustürmen, nicht ohne den festen Entschluss gefasst zu haben, fortan Mr Boniface bei jedem seiner Vorhaben, und wann immer sich ihm die Gelegenheit bot, jeden erdenklichen Knüppel zwischen die Beine zu werfen, ein Entschluss, in dem er in den nächsten Monaten jedes Mal bestärkt wurde, wenn er Mr Boniface auf dem Flur begegnete und sah, wie dessen Schultern bei der Erinnerung an den Roby-Vorfall verdächtig zu beben begannen. Die Nachricht, die er tags darauf vom Rektor erhielt, war kurz und unmissverständlich: »Sie werden Miles Roby weiterhin Fahrunterricht erteilen; die Teilnahme an diesem Kurs war noch nie an irgendwelche Vorbedingungen geknüpft. Ich hoffe, dass Sie künftig in der Lage sein werden, ihm und jedem anderen Schüler aus Empire Falls, der das Autofahren lernen möchte, Ihre ungeteilte Aufmerksamkeit zu schenken.«

Ein Jahr später, als Mr Boniface völlig überraschend an einer Embolie verstarb, blieb Mr Brown von der Beerdigung fern und bemerkte gegenüber seinen Freunden: »Tja, wer zuletzt lacht ...« Wobei er sich nicht der Tatsache bewusst schien, dass er gar nicht lachte, während er diese Worte sprach.

Und so durfte Miles nach seinem Fehlstart weiterhin am Fahrkurs teilnehmen. Allerdings ließ Mr Brown ihn spüren, dass er angezählt war, und schien enttäuscht zu sein, als der Frühling ohne weiteren Zwischenfall vorüberging. Tatsächlich ließ er Miles nur selten ans Steuer und nur in nicht gefahrenträchtigen Situationen. Ebenso wenig durfte Miles das Längsparken üben. Am Ende des Kurses informierte Mr Brown Miles, er sei durchgefallen, und behauptete, in all seinen Jahren als Fahrlehrer sei ihm niemand begegnet, der so wenig Talent gehabt habe wie er. Er hoffe inständig, Miles werde seinen weiteren Lebensweg zu Fuß beschreiten.

Mr Boniface, wohl wissend, dass unter all den nachtragenden, ekelhaften Kleinstadtschwachköpfen an seiner Schule Mr Brown der gefährlichste war, hatte dies vorausgesehen, und als er Mr Browns Notenaufstellungen bekam, bot er Miles an, dass dieser ihn mit seinem Wagen nach Hause fahren dürfe. Für beide Beteiligten war es eine nervenaufreibende Fahrt, doch gelangten sie sicher vor das Haus des Rektors, wo beiden gleichzeitig klar wurde, dass Miles nun den ganzen Weg bis zum anderen Ende der Stadt zu Fuß gehen müsste. Also tauschten sie die Plätze, und der Rektor fuhr den Schüler nach Hause.

»Du sagtest, du hättest das ganze Schulhalbjahr über keine Gelegenheit zum Üben gehabt?«, fragte Mr Boniface ihn.

Miles, dem es zwar peinlich war, dass seine Familie wieder einmal keinen Wagen hatte, bejahte es.

»Mr Brown hat dich den Kurs nicht bestehen lassen.«

»Na ja« – Miles zuckte die Schultern –, »ich habe ihn schließlich beinahe umgebracht.«

»Trotzdem«, sagte Mr Boniface, als kämen ihm unzählige Umstände in den Sinn, unter denen Mr Browns Ermordung verzeihbar wäre. »Ich rede mit ihm.«

Er setzte sein Versprechen unverzüglich in die Tat um und rief Mr Brown zu Hause an. »In meinen fünfundzwanzig Jahren als Rektor habe ich noch keine einzige Note abgeändert, aber wenn Sie sie nicht ändern, tue ich es.«

Mr Brown brauchte nicht zu fragen, von wem die Rede war. »Dieser Roby fällt durch«, sagte er. »Er hat mich verdammt noch mal um ein Haar umgebracht.«

»Ich habe ziemlich viel darüber nachgedacht«, erwiderte der Rektor wehmütig. »Glauben Sie mir.«

Mr Brown, normalerweise nicht gerade schnell von Begriff, verstand die Andeutung auf Anhieb. »Ja? Nun, Sie müssen sich nun mal mit mir abfinden. Außerdem wissen wir beide, dass es nicht in Ihrer Macht steht, die Noten eines Lehrers zu ändern.«

»Und Sie müssen sich mit Miles Roby abfinden. Wenn Sie ihn durchfallen lassen, wird er den Kurs wiederholen müssen. Haben Sie schon mal darüber nachgedacht?«

Das hatte Mr Brown nicht. Bislang hatte noch niemand den Kurs wiederholen müssen.

»Im Übrigen ist es bei einigen Ihrer Mannschaftsmitglieder fraglich, ob sie die Hochschulreife erlangen werden. Es wäre zum Beispiel ein Jammer, wenn James Minty das letzte Schuljahr nicht bestehen würde. Es ist übrigens gut möglich, dass er nächstes Jahr Gladys als Englischlehrerin bekommt. Die Chancen stehen in der Tat sehr hoch.« Gladys war Mr Boniface' Frau, und wann immer Mr Brown die Dummheit beging, etwas schriftlich festzuhalten, korrigierte Gladys seine Grammatik- und Orthografiefehler und gab ihm das Schreiben zurück.

»Na gut, ich ändere die Note«, sagte Mr Brown.

»Außerdem müssen Sie sich bei Miles Roby entschuldigen.«

»Niemals«, sagte Mr Brown. Nicht für ein Dutzend Jimmy Mintys. Auch nicht für eintausend.

»Bedenken Sie, was es bedeutet, einen sechzehnjährigen Jungen zu hassen. Bedenken Sie, was es bedeutet, wenn ein Lehrer einen Schüler hasst.«

»Was soll daran schlecht sein?«, wollte Mr Brown wissen. »Sie hassen mich doch auch, oder?«

Mr Boniface, ein anständiger Mann, musste ihm in diesem Punkt recht geben.

Miles hatte den Gedanken, in absehbarer Zeit noch einmal den Führerschein in Angriff zu nehmen, fast schon aufgegeben, als seine Mutter eines Abends von der Arbeit nach Hause kam und ihm erzählte, Mrs

Whiting habe angeboten, ihm einstweilen Fahrstunden zu geben. Und zwar, noch erstaunlicher, mit ihrem neuen Lincoln. Miles war so überrascht von diesem Angebot, dass ihm kein Grund einfiel, es abzulehnen, was er am liebsten getan hätte. Das hatte nichts mit Mrs Whiting zu tun, die er nur flüchtig kannte, aber umso mehr mit ihrer Tochter Cindy.

In Herzensangelegenheiten herrschten an der Empire High komplizierte, aber klar umrissene Spielregeln, eine Erweiterung des in der Mittelstufe etablierten Regelwerks, das nicht hätte expliziter sein können, wäre es als Aushang an der Eingangstür der Schule befestigt gewesen. Wenn man sich als Mädchen zu einem Jungen hingezogen fühlte, musste man eine Freundin einspannen, damit sie bei einem von dessen Freunden vorfühlte. Eine solche Kontaktaufnahme war der Beginn einer Serie komplizierter Verhandlungen, wobei die Vorverhandlungen von den beiden Freunden geführt wurden. Der Freund A des Jungen konnte zum Beispiel der Freundin B des Mädchens berichten, dass dieses in dessen Augen ein heißes Gerät sei – oder, wenn er besonders starke Gefühle für es hegte, ein scharfes Gerät. Jene, die bereits Erfahrungen hatten, wussten, dass man besser vorsichtig vorging, denn legte man zu viel Überschwang an den Tag, konnte man den Fortgang um Wochen verzögern. Das fragliche Mädchen konnte mit weiteren Parteien in Verhandlung sein, und kein Junge wollte als jemand dastehen, der in einem Mädchen ein scharfes Gerät sah, wenn dieses ihn nur cool fand. Die jeweiligen Freunde mussten genaue Anweisungen erhalten, wie viel emotionale Währung sie ins Spiel werfen durften, weil nicht ganz ernst gemeinte Emotionen zu Inflation führten und den Wert der in den Ring geworfenen Gefühle minderten. Hatte man sich auf ein gewisses Zuneigungslevel innerhalb der Komfortzone beider Parteien geeinigt, konnten sich die Auftraggeber zum Austausch von Erinnerungsstücken treffen – Ringe, Fotos, Schlüsselanhänger –, um den Deal zu besiegeln, immer in der Annahme, dass die beiden Sekundanten die Liebenden in ihrem Sinne vertreten hatten.

Cindy Whiting hatte aufgrund ihrer Behinderung keine Freundinnen, also niemanden, der für sie eine Romanze hätte in die Wege leiten können. Wäre sie als kleines Mädchen nicht von einem Auto überfahren worden, hätte sie als Spross reicher Eltern und einer angesehenen Industriellendynastie vermutlich den vordersten Platz oder einen der vordersten Plätze der gesellschaftlichen Rangordnung eingenommen. Doch obgleich man ihr nicht unfreundlich begegnete, war Cindy, wie die Dinge nun einmal lagen, ein Krüppel. Nicht dass ihre Mitschüler froh gewesen wären, dass sie ein Krüppel war, es war nur ganz einfach unmöglich, so zu tun, als wäre sie es nicht. Da sie keine Sekundantin hatte, musste sie gezwungenermaßen für sich selbst sprechen, und das tat sie eines Tages in der Cafeteria, als Miles im Hinausgehen an ihrem Tisch anhielt, um ihr Tablett mitzunehmen. »Ich liebe dich«, sagte sie ohne jede Vorrede.

Miles befand sich selbst in einer prozeduralen Notlage, die nichts mit Cindy Whiting zu tun hatte. Er hatte ein paar Freunde – Jungs wie Otto Meyer jr., die wie Miles einen wenig rühmlichen, wenngleich nicht unmöglichen Stammbaum hatten –, die zwar ein wenig unbeholfen, aber durchaus erfolgreich in Sachen Beziehungsanbahnung hätten vermitteln können. Doch Miles hatte sich dummerweise außerhalb des Systems verliebt, und zwar in ein Mädchen namens Charlene Gardiner, die in einem billigen Diner in der Innenstadt kellnerte und drei Jahre älter war als er. Und dieses Regelsystem war nun einmal nicht dazu entworfen, jemandem dienlich zu sein, der so dumm war, sich außerhalb des klar umrissenen Rahmens zu verlieben, und so war Miles Roby, genau wie Cindy Whiting, auf sich gestellt.

Er wusste, Charlene Gardiner war ebenso wenig in ihn verliebt wie er in Cindy Whiting. Doch das hielt ihn nicht davon ab, ihre Gesellschaft zu suchen, und sei es nur, dass er an einem Tisch im Empire Grill saß und sie schmachtend beobachtete; deshalb verabredete er sich fast jeden Tag mit Otto Meyer jr. nach der Schule dort. Daher wusste er, welches Chaos es anrichten würde, wenn er Mrs Whitings Angebot, ihm nach der Schule Fahrunterricht zu erteilen, annahm. Er würde aus Charlene Gardiners Umlaufbahn hinauskatapultiert und in Cindy Whitings hineingesogen werden. Und erst einmal in ihrem Wirkungsfeld, wäre er auf verlorenem

Posten. Seine Mutter wäre ihm keinerlei Hilfe. Der rücksichtslose Wettbewerb in Sachen Highschool-Romanzen ließ fast alle Erwachsenen in eine Art kollektive Amnesie verfallen. Nachdem sie ihn selbst überlebt hatten, vergruben sie diesbezügliche Erinnerungen im hintersten Winkel ihres Unbewussten, zusammen mit anderen Dingen, die zu furchtbar waren, um an sie zu denken. Je geschickter man in diesem Spiel in der Highschool gewesen war, desto tiefer waren die eigenen schuldbehafteten Erinnerungen vergraben. Das war der Grund, warum sich Eltern zwar oft vage Sorgen um ihre Teenager-Kinder machten, sich aber dennoch scheuten, sich detailliert nach ihrem Sozialleben zu erkundigen. Liebeskummer, beruhigten sie sich selbst, gehörte nun einmal zum Erwachsenwerden.

Grace Roby war die Ausnahme von der Regel. Aus irgendeinem Grund schien sie ihre unangenehmen Highschool-Erlebnisse keineswegs vergessen zu haben. Sie arbeitete nun schon seit mehreren Jahren bei Mrs Whiting, und täglich zu erleben, mit welch traurigem Gesicht deren Tochter von der Schule nach Hause kam, verstärkte ihr Mitgefühl für das Mädchen nur noch. »Ich ertrage es nicht, Miles«, sagte sie eines Abends. »Ich ertrage nicht, mit ansehen zu müssen, wie dieses Mädchen ausgegrenzt wird, wie man ihr jeden Tag aufs Neue das Herz bricht. Wir haben eine Pflicht gegenüber unseren Mitmenschen, Miles. Das siehst du doch ein, nicht wahr? Wir haben eine moralische Pflicht!«

Miles konnte der Argumentation seiner Mutter schwerlich widersprechen, entschied sich jedoch für eine möglichst weit gefasste Bedeutung des Pronomens »wir«. Er war bereit, seinen Teil zu tun, und dieser war seinen Berechnungen zufolge, wenn man die moralische Pflicht gegenüber Cindy Whiting auf sämtliche Einwohner von Empire Falls verteilte, durchaus überschaubar und in Form eines gelegentlichen netten Wortes oder einer hilfsbereiten Geste zu erfüllen. Allerdings vermutete er, dass seine Mutter etwas völlig anderes im Sinn hatte. Zwar sprachen sie nie darüber, aber er war sich ziemlich sicher, dass sie nicht viel von seinem Ansatz hielt, seine Teilpflicht gegenüber Cindy Whiting zu schultern und den Rest getrost anderen zu überlassen. Die Mehrheit, würde sie ihn erinnern, würde sich niemals um ihren Part in der Sache kümmern. Grace glaubte, dass jene, die sich über ihre moralische Pflicht im Klaren waren, von Gott dazu berufen waren, auch den Anteil der moralisch blinden Mehrheit zu übernehmen. Im Fall von Cindy Whiting meinte sie also, wenn sie von »wir« sprach, im Grunde »du«.

In jener Zeit beunruhigte Miles noch etwas anderes, etwas, das auszusprechen ihn in Verlegenheit gebracht hätte. Seit seine Mutter ihre Stelle in der Fabrik verloren hatte und nunmehr privat für Mrs Whiting arbeitete, war sie irgendwie verändert, als hätte sie einen neuen Platz im Leben gefunden. Äußerlich gab es nur wenige Anzeichen dieser Transformation, nichts, was er genau hätte benennen können, und doch spürte er es, wenngleich es schleichend vonstattenging. Grace war mit gebrochenem Herzen aus Martha's Vineyard zurückgekehrt, und eine Zeit lang dachte Miles, sie würde nie über Charlie Mayne hinwegkommen. Doch seit sie für Mrs Whiting arbeitete, schien seine Mutter ihre Traurigkeit überwunden zu haben und stattdessen ein neues Gefühlsterrain zu bewohnen. Sie wirkte nicht gerade glücklich, aber zufrieden, doch auch das traf es nicht genau. Auch »resigniert« war nicht das richtige Wort, wenngleich sie nicht mehr so zu leiden schien. Es war so, als wäre sie endlich in ein Geheimnis eingeweiht worden, das sie bislang vergeblich zu verstehen versucht hatte. Und als machte diese Erkenntnis alles erträglicher, auch wenn es nichts an ihrer Situation änderte. Zu Hause war sie nicht mehr so gereizt, weder Miles noch Max gegenüber (in den Phasen, in denen er sie mal wieder mit seiner Anwesenheit beehrte).

Zwar war sie zu Miles kein bisschen weniger liebevoll als früher, aber auch zwischen ihnen hatte sich etwas verändert. Wenn sie nach den langen Stunden im Whiting'schen Haushalt abends endlich bei ihm war, schien sie aus einem anderen Universum zu kommen. Manchmal saß sie einfach nur eine halbe Stunde lang am Küchentisch und sah sich in ihrem kleinen Heim um, als wäre dieses Leben in höchstem Maße merkwürdig, geheimnisvoll und unerklärlich. Manchmal ertappte Miles sie dabei, dass sie auch ihn ansah, als wäre er ihr ein Rätsel oder ein Fremder, jemand, den sie einmal gekannt hatte, aber bei dem sie sich, nachdem er sich einer erfolgreichen plastischen Chirurgie unterzogen hatte, nicht mehr sicher sein konnte, dass er derjenige war, der er zu sein behauptete.

Wobei ihre Verwunderung bei seinem Anblick ihn wiederum nicht besonders wunderte. In der elften Klasse war er ein paar Zentimeter gewachsen und überragte inzwischen sowohl seine Mutter als auch seinen Vater, und so war es durchaus möglich, dass sein Heranreifen zum Mann sie verwirrte. Hatte sie während seiner Kletterphase als kleiner Junge Ängste ausgestanden, schien sie jetzt nicht mehr so besorgt um ihn zu sein. Manchmal ließ ihr Gesichtsausdruck jedoch vermuten, dass sie die Gabe besaß, ein unabänderliches Schicksal vorauszusehen, eines, das sie selbst nicht gewählt hätte, und die gefasste Ruhe, mit der sie sich damit abfand, jagte ihm einen Schauer über den Rücken.

Während sie der Zukunft ihrer Familie mit wachsendem Gleichmut entgegensah – Grace grämte sich nicht mehr wegen des Geldes, auch wenn sie aufgrund von Max' notorischer Unzuverlässigkeit nach wie vor nur knapp über die Runden kamen –, steigerte sie sich zusehends in die Familienangelegenheiten der Whitings hinein. Insbesondere ihre Besorgnis um Cindy hatte etwas Obsessives, und es verging kein Tag, an dem sie Miles nicht fragte, wie ihm das Mädchen in der Schule vorgekommen sei, obschon Grace wusste, dass sie nur in einem Kurs zusammen waren. Immer wieder nahm sie Miles das Versprechen ab, Cindy beim Mittagessen nicht allein an einem Tisch sitzen zu lassen, obwohl er ihr schon x-mal erklärt hatte, dass Cindy oft gar nicht in der Cafeteria erschien oder erst gegen Ende in Begleitung eines Lehrers, oder nachdem Miles schon irgendwo Platz genommen und fast fertig gegessen hatte. Manchmal leistete ihr auch Mr Boniface Gesellschaft.

Er erzählte seiner Mutter jedoch nicht, dass Cindy häufig ganz allein am Ende eines Tischs saß, an dem mindestens zwanzig Schüler Platz hatten, während sich am anderen Tischende eine Gruppe lachender und ungestüm lärmender Schüler drängte, die sie geflissentlich übersah. Hätte ein Fremder die Cafeteria betreten, hätte sich ihm womöglich das Bild einer Wippe aufgedrängt – als wäre Cindy Whiting aus einem schwereren Material gemacht als ihre Mitschüler und als brauchte es eine Vielzahl von ihnen auf der einen Seite, um ihr Gewicht auf der anderen auszugleichen. Ebenso sehr hütete sich Miles, seiner Mutter von den einfallsreichen Methoden zu erzählen, mit denen es ihm gelang, sein Versprechen zu halten: dass er erst kurz vor dem Klingeln der Schulglocke von dem Tisch aufstand, wo er mit seinen Freunden saß, um zu Cindy hinüberzugehen; manchmal richtete er es so ein, dass er beim Einsetzen der Schulglocke bei ihr eintraf, sodass die Zeit gerade noch reichte, um ihr Tablett zurückzutragen. Die traurige Wahrheit war, dass diese bescheidenen Gesten selbst für Miles mit seinen sechzehn Jahren gleichzeitig zu viel und zu wenig waren, mehr, als die meisten anderen zu tun gewillt waren, aber zu wenig gemessen an dem, was sein Gewissen von ihm forderte. Denn er hatte durchaus ein Gewissen. Das wurde ihm jedes Mal, wenn Cindy ihm ihr schmerzliches Strahlen schenkte, bewusst – wie ein Stich in sein knausriges Herz.

Die an Besessenheit grenzende Fürsorge seiner Mutter erstreckte sich indes nicht nur auf Cindy Whiting. Mit der Zeit nahm sich Grace alles zu Herzen, was den Whiting'schen Haushalt betraf. Mal kam sie in Sorge wegen des Raupenbefalls der Hortensien nach Hause. Oder sie fürchtete, dass die Shrimps aus dem Supermarkt am Samstag nicht mehr frisch genug seien, wenn sie bei der Versammlung der Krankenhausplanungskommission serviert werden sollten. Oder sie sorgte sich, dass das Haus auf der anderen Flussseite zu abgeschieden sei und dessen Bewohner wehrlos irgendwelchem Gesindel ausgesetzt sein könnten, das sich jenseits der Iron Bridge womöglich herumtrieb.

Doch so abgelenkt und zerstreut seine Mutter hin und wieder war, umso dankbarer war sie für seine Mithilfe im Haushalt. Inzwischen konnte er für sich und seinen Bruder das Abendessen zubereiten, und sie vertraute ihm einen gewissen Geldbetrag an, um das Nötigste wie Toilettenpapier, Waschpulver und Milch zu besorgen. »Ich weiß auch nicht, warum ich so schusselig geworden bin«, sagte sie, wenn sie etwas Bestimmtes im

Laden vergessen oder es versäumt hatte, die Telefonrechnung zu bezahlen. »Ich weiß wirklich nicht, wo ich in Gedanken war.«
Miles wusste es ganz genau, liebte sie aber zu sehr, um sie darauf zu stoßen: Seine Mutter hatte eine neue Familie gefunden.

Mrs Whiting schien ihn von Anfang an zu mögen, was Miles in Anbetracht ihrer Abneigung gegen Teenager erstaunte. Sie machte keinen Hehl aus ihrer Ansicht, dass die meisten ihrer Meinung nach in Anstalten für geisteskranke Straftäter gehörten und nicht eher entlassen werden sollten, als das Wort »cool« aus ihrem Sprachschatz getilgt wäre. Überhaupt hielt sie mit ihren entschiedenen Überzeugungen nie hinterm Berg. Jeden Nachmittag fuhr sie in ihrem Lincoln um genau 15:35 vor der Highschool vor. Der Unterricht endete um 15:20, aber um diese Zeit reihten sich die Schulbusse vor dem Gebäude und die Schüler aller vier Klassen drängten durch die vierteilige Schultür – ein Ansturm geballter Unzivilisiertheit, in dem ein Mädchen mit Krücken nichts verloren hatte. Cindy war es längst gewohnt, sich zu gedulden, bis sich die Menschenmengen zerstreut hatten. Wenn sie mit ihrer Mutter verreiste, mischten sie sich unter die ängstlichen älteren Menschen, die Eltern mit kleinen Kindern und die Schüchternen und warteten, bis die Starken und Flinken ihnen Platz machten. Sie mieden Schlussverkäufe in den Kaufhäusern, Schlangen vor den Eis- oder Popcornständen am See, alles, wo man Gefahr lief, angerempelt zu werden. Im Laufe der Jahre hatte Cindy gelernt, dass, wenn sie fertig gewartet hatte, noch genügend Eis und Popcorn übrig war. Sie konnte die gleichen schönen Sachen genießen, die die leichtfüßigen Menschen bekamen, die mühelos ihr Gleichgewicht halten konnten. Aber eben nicht mit ihnen.

Und so bog der Lincoln, wenn die Phalanx der Busse mit ihrer Fracht aus ortsansässigen Vandalen und Hunnen, Ost- und Westgoten abgefahren war, auf einen der Parkplätze mit dem Schild »Nur für Busse« ein. Obwohl Miles Mrs Whiting dankbar war für ihr Angebot, ihm das Fahren beizubringen, begriff er auf Anhieb, was der Preis für den Fahrunterricht war. Von nun an musste er zusätzlich zu den freundlichen Gesten beim Mittagessen fünfzehn weitere Minuten mit Cindy nach Unterrichtsschluss verbringen, während sie auf ihre Mutter warteten. Sie waren zwar beide in der elften Jahrgangsstufe, hatten aber verschiedene Klassenzimmer, sodass sich Miles, wenn der größte Ansturm auf den Ausgang vorüber war, zu ihr begab und ihr ihre Sachen hinaustragen half. Wenn es warm war, warteten sie manchmal im Freien, bis sie entdeckten, dass sie weniger Spott ertragen mussten, wenn sie im Schulgebäude blieben.

Für Cindy war Spott selbstverständlich nichts Neues. Die grausamen Parodien ihres schwankenden Gangs und ihrer unbeholfen ausgestreckten Arme, die einige Mitschüler in der Grundschule vorgeführt hatten, erinnerten an das Monster in den alten Frankenstein-Filmen. Den »Whiting-Gang« nannten sie die Nummer, und die Schüler wetteiferten um die gelungenste Nachahmung. In der Pause konnte man oft drei oder vier Jungs gleichzeitig beim Proben beobachten und wie sie dabei gegen Rutsche oder Schaukel stießen, während ihnen, was immer sie gerade in Händen hatten, im hohen Bogen davonflog. Der Whiting-Gang war anscheinend ein so mordsmäßiger Spaß, dass er selbst in der Mittelstufe noch praktiziert wurde. Bis zu dem Tag, an dem ein Mädchen aus der Highschool, Charlene Gardiner, die zufällig zugegen war, weil ihr kleiner Bruder das Geld für das Mittagessen vergessen hatte, auf eine Schar Jungen traf, die Cindy Whiting den Korridor entlang folgten und ihren Gang imitierten. Wenn sich Cindy umdrehte, heuchelten sie dümmlich Unschuld. Als Charlene Gardiner das sah, wurde sie wütend und fragte die Jungen mit unverhohlener Verachtung, wann sie endlich erwachsen zu werden gedächten.

Für die Jungen der Mittelschule hätte niemandes Missbilligung größeres Gewicht haben können als die von Charlene Gardiner, weil sie mit Abstand die atemberaubendsten Brüste von ganz Empire Falls hatte. Mit von der Partie bei dieser Szene war Jimmy Minty, der Charlene im vergangenen Sommer im Bikini am See gesehen hatte und das ganze

Herbstsemester über unermüdlich davon schwärmte, wie sie sich nach der Sonnenlotion hinabgebeugt hatte. Erleben zu müssen, wie die eigene Reife von Charlene Gardiner infrage gestellt wurde, versetzte seinem testosterongesteuerten Ego einen ordentlichen Dämpfer. Und von diesem Moment an war der Whiting-Gang uncool, und alle seine früheren Darsteller waren überzeugt, dass sie nun, wie gefordert, erwachsen seien.

Das erklärt vielleicht, warum ein kollektives Aufatmen durch die Reihen der Schüler ging an jenem ersten Frühlingsnachmittag, als sie beobachten durften, wie Miles Roby und Cindy Whiting darauf warteten, dass Mrs Whiting sie endlich errettete. Gewiss, es war nach wie vor uncool, sich über Cindy Whiting selbst lustig zu machen, doch als Teil eines Paars war sie erneut Freiwild, wenngleich Miles das vorgeschobene Objekt des neu aufgeflammten Spotts war. Einige der Jungen, die bereits den Führerschein besaßen, fuhren mit dröhnenden Motoren vom Parkplatz weg, hupten, lehnten sich aus dem Fenster und brüllten anzügliche Anfeuerungsrufe, während Miles mit Cindy Whiting auf einer Steinbank saß, eine Schenkung einer Schulklasse aus dem Jahr '43.

Noch mehr Befriedigung schien eine Schar Jungen darin zu sehen, ihnen ihre nackten Hintern zu zeigen, wobei dies nur einmal passierte, weil sie das Pech hatten, den Zeitpunkt schlecht gewählt zu haben. Ihre Absicht war es, den beiden Losern auf der Bank einen wirkungsvollen Streich zu spielen, doch im selben Moment, als sie ihre pickligen Hintern in den Fenstern eines vorbeiflitzenden Wagens präsentierten, trat Mr Boniface, durch das laute Hupen aufmerksam geworden, aus dem Gebäude. Der Anblick, der sich ihm bot, ließ ihn innehalten, und er verfolgte, wie der Wagen schleudernd um die Ecke bog. Die wackelnden Hintern hätten natürlich irgendwelchen x-beliebigen Schülern gehören können, aber Mr Boniface hatte den Wagen erkannt und konnte daher die beteiligten Jungs rasch identifizieren und suspendieren. Ihr zusätzliches Pech war es, dass der Rektor dachte, der Streich hätte ihm gegolten, eine fälschliche Annahme, die die Schüler schwerlich korrigieren konnten. Sie konnten ja wohl kaum erklären, dass sie nicht ihm ihre nackten Hintern hätten zeigen wollen, sondern einem behinderten Mädchen.

Doch auch das Warten im Schulgebäude schützte Miles und Cindy natürlich nicht vor Spott und Hohn. Eines Nachmittags trabte aus dem Umkleideraum die gesamte Baseballschulmannschaft – im Schlepptau eines grinsenden Mr Brown – und sang »Go, Roby, go! Go, Roby, go!«, bis sie das Baseballfeld erreichte.

Diese Anfeuerungsrufe hatten auf Miles eine größere Wirkung als auf Cindy, die sie entweder nicht verstand oder aber nur so tat. »Was meinen sie damit, Miles, mit ›Go, Roby, go!‹?«, fragte sie unschuldig und ließ Miles, der bereits puterrot geworden war, als die Mannschaft vorbeitrabte, abermals erröten.

Miles, der hoffte, Cindy davon abhalten zu können, ihre Liebeserklärung zu wiederholen, ging dazu über, ihre Gespräche auf weniger verfängliche schulische Themen zu lenken, und half ihr oft bei den Hausaufgaben, vor allem in Englisch, das zufällig sein bestes und ihr schlechtestes Fach war. Für Miles hatte ihre Begriffsstutzigkeit weniger mit mangelnder Intelligenz als mit ihrer Starrköpfigkeit zu tun. Aus irgendeinem Grund gab sie dem Schriftsteller ihrer jeweiligen Lektüre jedes Mal zornig die Schuld für ihre Unfähigkeit, die Textintention abzuleiten. Und wenn Miles ihr eine besonders unzugängliche Passage oder ein Konzept zu erklären suchte, erstarrte ihr Gesicht zu einer Maske, in der sich Groll und Frustration mischten. Vor allem Gedichte brachten sie zur Weißglut. Ihrer Ansicht nach war Lyrik eine Kunstsprache, entworfen zu dem alleinigen Zweck, dass sich die Eingeweihten am Ausgeschlossensein der Nichteingeweihten weiden konnten. Miles widersprach ihr, sagte, Gedichte beruhten im Grunde nicht auf einer kodierten Sprache und seien nicht annähernd so schwierig zu verstehen, wie sie es darstelle, aber selbst einfache, offensichtliche Metaphern brachten sie aus dem Konzept, und raffiniertere Formen figurativer Sprache lösten bei ihr wütende Entrüstung aus.

»Es ist ganz einfach«, sagte Miles eines Nachmittags. »Man nennt es Personifizierung. Das lyrische Ich des Gedichts vergleicht den Tod mit einem Kutscher. ›Weil ich nicht beim Tod halten konnt / hielt er freundlich an für mich.‹«

»Wenn sie das sagen will, warum sagt sie es dann nicht einfach?«

»Sie sagt es ja.« Miles deutete auf die betreffende Zeile. Ihre Unfähigkeit, etwas so Einfaches zu begreifen, verblüffte ihn. Dabei hätte man doch meinen können, jemand wie Cindy Whiting müsste ein tiefes Gespür für Emily Dickinson haben, doch das Mädchen weigerte sich, nochmals auf die aufgeschlagene Seite zu blicken. Die Auseinandersetzung mit dem Gedicht ließ sie sich minderwertig fühlen, und jetzt wollte sie nichts mehr davon wissen. Sich weiter mit dem betreffenden Vers zu befassen, hätte sie nur in ihrer Überzeugung bestärkt, dass es keinerlei Berechtigung für dieses oder irgendein anderes Gedicht gab. »Warum sagt sie es nicht so, dass ich es verstehen kann?«, fragte sie starrsinnig.

Miles hielt es für klüger, diese Frage nicht zu beantworten, und sagte, nur mit Mühe seinen Ärger unterdrückend: »Gut, aber begreifst du es jetzt, nachdem ich es dir erklärt habe?«

»Nein«, erwiderte sie störrisch und schlug mit Nachdruck das Buch zu, als wollte sie ihn ein für alle Mal von weiteren Belehrungsversuchen abbringen, schob es in ihre Segeltuchtasche, erhob sich mühsam, griff nach ihrem Stock und humpelte durch den Flur in Richtung Toilette.

Doch vor lauter Wut und Hast hatte sie die Tasche nicht richtig zugemacht, und Miles sah zwischen ihren Heften ein dünnes Taschenbuch, das nicht wie ein Schulbuch aussah, hervorlugen. Ihre Sachen gingen ihn nichts an, aber er war neugierig, was für eine Art Lektüre jemandem gefallen mochte, der sich so vehement gegen die Feinheiten der Sprache sperrte. Das Umschlagbild, zwei kichernde Teenagermädchen, die vor ihnen lockend zuwinkenden Jungen in den Wald flohen, wirkte auf den ersten Blick unschuldig. Es erinnerte an die Art Bücher, die für Zwölf- oder Dreizehnjährige geschrieben waren und gern laut bei Pyjamapartys vorgelesen wurden. Umso erstaunter war Miles, als er entdeckte, dass der Inhalt, jedenfalls der auf der mit einem Eselsohr markierten Seite, nahezu pornografisch war. Die Passage, die ihm ins Auge sprang, handelte von zwei Mädchen – vermutlich den beiden auf dem Cover abgebildeten –, die heimlich ein Dutzend in einem Fluss herumtollender Jungen beobachteten. Die Jungen waren nackt, und einer, Jules, schien besonders ihre Aufmerksamkeit auf sich gezogen zu haben. »Das Ding zwischen seinen Beinen, so seltsam und zugleich erregend, ließ Pams Muschi zusammenzucken«, las Miles. Nun, diese Empfindung bedurfte gewiss keiner erläuternden Fußnote. Er konnte das Buch gerade noch rechtzeitig in die Tasche zurückstecken, bevor Cindy wieder zurückkam.

»Im Übrigen glaube ich«, sagte Cindy, die den Faden ihrer Diskussion wieder aufnahm, »dass du diese Gedichte auch nicht wirklich verstehst. Ich glaube, du tust nur so.«

»Gut«, sagte Miles, dem die Lust vergangen war, ihr die Vorzüge der Dichtkunst näherzubringen. Das Schlimme an der ganzen Sache war, dass Miles bei der Lektüre besagter Stelle eine Erektion bekommen hatte, und zu wissen, dass Cindy Whiting derlei Bücher offenbar gefielen, machte die Situation nur noch unangenehmer. Als sie sich neben ihn auf die Bank setzte, war es, als säße sie plötzlich nackt da, und er erinnerte sich, dass ihr Gesichtsausdruck beim Anblick der nackten Hintern und baumelnden Genitalien im Fenster des vorbeifahrenden Wagens vergangene Woche ein anderer gewesen war, als er erwartet hätte.

»Ich glaube wirklich, du tust nur so«, fuhr sie eigensinnig fort. »Und warum siehst du mich jetzt so komisch an?«

Doch in diesem Moment war von draußen ein Hupen zu hören, und sie sahen, wie der schwarze Lincoln am Bordstein ausrollte. Miles stand auf, drehte sich rasch von Cindy weg und hielt seine Bücher vor sich hin, bis er sich wieder gefangen hatte. Doch dann schoss ihm ein merkwürdiger Gedanke durch den Kopf: Der Lincoln erinnerte ihn an die Todeskutsche in Emily Dickinsons Gedicht.

Unter Mrs Whitings Anleitung verbesserten sich Miles' Fahrkünste zusehends, wobei seine größten Fortschritte der ersten Fahrstunde bei ihr geschuldet waren. Nachdem sie die Plätze getauscht hatten und Miles den Wagen vorsichtig in Gang gesetzt hatte, wies Mrs Whiting ihn an, wieder rechts ranzufahren. »Mein lieber Junge«, sagte sie, »bist du eigentlich immer so?«

Diese Frage in Kombination mit der Art, wie sie ihn ansah, empfand Miles als unangebracht, schien sie doch über den rein fahrtechnischen Aspekt hinauszugehen und auf einen grundsätzlichen charakterlichen Mangel anzuspielen. »Wie meinen Sie das?«, fragte er zaghaft.

»Nun, wie vor Angst gelähmt.«

»Na ja, das ist ein sehr schöner Wagen.«

»Ah, das ist es also«, erwiderte sie, als wäre sie zufrieden, soeben eine Entdeckung – welche genau? – gemacht zu haben. Noch immer sah sie ihn eindringlich an, und er fragte sich, ob ihre Unterhaltung nun zu einem unverfänglicheren Thema zurückkehren oder sie ihn weiter vor den Kopf stoßen würde. Seine Mutter hatte ihn gewarnt, dass Mrs Whiting anders sei als die Menschen, mit denen er sonst zu tun habe, und nun verstand er, warum sie dieses »anders« nicht hatte in Worte kleiden können.

Mrs Whiting war einige Jahre älter als seine Mutter, wie er wusste, musste demnach Mitte bis Ende vierzig sein, aber wenngleich sie ihrem Alter entsprechend aussah, schien sie irgendwie nicht so zu wirken. Miles war sich dessen bewusst, dass Grace eine außerordentlich schöne Frau gewesen war, und hin und wieder, in letzter Zeit immer seltener, fühlte er sich an ihre frühere Schönheit erinnert. In den Jahren seit ihrer Rückkehr von Martha's Vineyard war sie zu einer Frau mittleren Alters geworden wie die Mütter seiner Freunde und deren Bekannten. Merkwürdigerweise musste man Mrs Whiting nur anschauen, um zu wissen, dass sie nie schön gewesen war, vermutlich nicht einmal hübsch. Ihre Tochter hätte dagegen sehr viel hübscher sein können, hätte sie als Kind nicht diesen Unfall gehabt und wäre es ihr vergönnt gewesen, zu einer jungen Frau heranzureifen, die nicht ständig dem Gespött ihrer Mitschüler ausgeliefert war. Doch in dem Moment, als Mrs Whiting ihn fragte, ob er schon immer so ängstlich gewesen sei, schien sie eine sexuelle Anziehungskraft auszustrahlen, jedenfalls empfand er es mit seinen sechzehn Jahren so, die er noch nie bei einer Frau ihres Alters gespürt hatte. Eine höchst unangebrachte sexuelle Anziehungskraft, wie er schockiert feststellte, und vor lauter Verlegenheit schoss ihm die Röte ins Gesicht.

»Was meinen Sie mit ›das ist es also‹?«, fragte er und bereute seine Frage sofort.

»Deine Mutter. An sie musste ich denken, als du mich darauf hingewiesen hast, wie schön der Wagen ist. Du siehst unserer Grace zwar nicht ähnlich, hast aber ihre Schüchternheit geerbt.«

Miles registrierte sehr wohl, dass sie »unsere Grace« gesagt hatte, beschloss jedoch, es zu ignorieren.

»Äußerlich bist du allerdings deinem Vater wie aus dem Gesicht geschnitten«, sagte sie, als wäre dies die allgemeine Auffassung, was nicht der Fall war. »Cindy ist auch ganz und gar die Tochter ihres Vaters, nicht wahr, Liebes?«

Diese Aussage musste für ihre Tochter ziemlich verletzend sein, und Miles warf einen verstohlenen Blick in den Rückspiegel, um zu sehen, wie Cindy reagierte, aber ihr Gesicht verriet absolut nichts. Darüber, ob sie ihrem Vater ähnlich sah, konnte sich Miles kein Urteil erlauben, da er C. B. Whiting nie begegnet war. Cindy zufolge lebte ihr Vater die meiste Zeit über in Mexiko, wo er eine Textilfabrik leitete, ähnlich der, die er in Empire Falls besessen hatte.

Die Empire High mochte zwar nicht viele Vorzüge haben, aber an Parkplätzen mangelte es ihr nicht. Hinter der Schule gab es einen ungefähr hundert Meter langen geteerten Parkplatz, der am späten Nachmittag nahezu leer war. Mrs Whiting ließ Miles den Wagen so positionieren, dass sich die geteerten Fläche der Länge nach vor ihm erstreckte, frei von jeglichen Hindernissen und am hinteren Ende lediglich begrenzt von einem sanft abfallenden graswachsenen Hang, an dessen Fuß sich die ovale Aschenbahn der Schule befand. »Okay«, sagte sie, »und jetzt gib Gas.«

Miles war sich nicht sicher, ob er richtig gehört hatte. »Sie wollen, dass ich …?«

»Genau.«

»Ich weiß nicht, ob ...«

»Drück einfach nur das Gaspedal bis zum Anschlag durch.«

Miles grübelte noch immer über diese Anweisung. Er war sich ziemlich sicher, dass er sie nicht falsch verstanden haben konnte, aber dennoch ... Wieder suchte er Cindys Blick im Rückspiegel, aber ihr Gesicht drückte ebenso viel Sachverständnis aus, wie man von ihr hätte erwarten können, hätte ihre Mutter sie aufgefordert, eine Zeile aus einem Elisabethanischen Gedicht zu rezitieren.

Der einzige andere Wagen, den Miles je gefahren hatte, war das Lernfahrzeug, das naturgemäß untermotorisiert war, und so war er mehr als überrascht, als der Lincoln unter seinem Fußeinsatz nach vorn schoss wie ein aus seinem Käfig gelassenes Raubtier. Als er den Fuß instinktiv vom Gas nahm, rief Mrs Whiting barsch über das Dröhnen des Motors hinweg: »Nein, bis zum Anschlag, sagte ich!« Diesmal kam er ihrer Aufforderung nach, der längliche Parkplatz flog vorbei, und die Beschleunigung drückte sie in ihre Sitze zurück, bis Mrs Whiting sagte: »Nun wäre ein guter Zeitpunkt, um anzuhalten, mein lieber Junge.«

Sie hatte recht. Fast schon am Ende des Parkplatzes angelangt, brauchte Miles noch ein paar Sekunden, um Mrs Whitings Vorschlag in die Tat umzusetzen, sprich: das Bremspedal zu finden und durchzudrücken. Der Lincoln wurde sofort langsamer und seine Reifen quietschten. Zu sehen, dass der Wagen verlangsamte, war natürlich ein befriedigendes Gefühl, doch das Geräusch der Reifen war es nicht, eines, das man als Besitzer des Wagens wohl auch kaum gutheißen konnte, also ließ Miles das Bremspedal wieder los, bis das Quietschen aufhörte, was zur Folge hatte, dass der Wagen immer noch an die fünfzig Stundenkilometer fuhr, als der Parkplatz endete, und sie unsanft über den grasbewachsenen Hang hinunterholperten, bis zum Rand der Aschenbahn, wo Miles das Fahrzeug endlich zum Stehen brachte. Miles sah Mrs Whiting von der Seite an und rechnete fest damit, dass sie seinem ersten Fahrlehrer beipflichten würde, er sei wirklich eine Gefahr für die öffentliche Sicherheit. Doch wenn sie wütend auf ihn war, ließ sie sich jedenfalls nichts anmerken. Ihre Tochter auf dem Rücksitz schwieg ebenfalls.

»Es wäre vielleicht besser gewesen, wenn du dort oben angehalten hättest«, sagte Mrs Whiting ruhig, »aber mach dir nichts draus, es ist ja nichts passiert. Jetzt sag mir, was du gelernt hast.«

»Ich bin mir nicht sicher.« Miles war sich nicht einmal sicher, ob er nicht vielleicht in die Hose gemacht hatte.

»Aber ich. Du hast gelernt, was passieren kann, wenn du etwas tust, das dir Angst macht. Du hast gelernt, wie schnell der Wagen fahren kann, und du hast gelernt, wie lange es dauert, ihn zum Halten zu bringen. Beides hat dich überrascht, aber das wird es von nun an nicht mehr.«

Miles nickte und spürte, dass sie auf seltsame Weise recht hatte.

»Man kann unmöglich beurteilen, ob man in der Lage ist, eine Sache zu kontrollieren, solange man nicht ihre beiden Extreme kennengelernt hat. Verstehst du?«

Ja, er hatte es verstanden. Nachdem er zuerst wahnsinnige Angst gehabt hatte, fühlte er sich nun erstaunlich gut hinter dem Lenkrad des Lincoln – ganz anders als am Steuer des Lernfahrzeugs, nachdem er die Kontrolle verloren und sich mit ihm in einer fremden Garage wiedergefunden hatte.

»Macht und Kontrolle«, fuhr Mrs Whiting fort. »Es wird Situationen geben, da du das Gaspedal durchdrücken musst, und andere, in denen du eine Vollbremsung machen musst. Nicht sehr viele, aber ein paar schon. Nun kennst du den Wagen und weißt, dass du zwischen diesen beiden Extremen nichts zu befürchten hast, habe ich recht?«

Noch immer stand der Wagen auf dem leicht abschüssigen Rasen, die Vorderreifen auf der Aschebahn – auf einem Abschnitt des Schulgeländes, auf dem motorisierte Fahrzeuge nichts zu suchen hatten. »Und jetzt?«, fragte er.

»Nun musst du sehen, wie du dich wieder aus der Lage befreist, in die du dich gebracht hast. Nutze deinen gesunden Menschenverstand.«

Miles nickte, atmete tief durch, nahm den Fuß vom Bremspedal und ließ den Wagen gänzlich auf die Aschebahn rollen. Zu versuchen, rückwärts den Hang hinaufzufahren, erschien ihm ein riskantes Unterfangen, also steuerte er den Lincoln um die Aschebahn herum, froh, dass die Leichtathletikmannschaft an diesem Nachmittag auswärts an einem Wettkampf teilnahm. Er hatte fast das vierhundert Meter umfassende Oval umrundet und konnte die Reifenspuren im feuchten Gras ausmachen, denen er hangaufwärts zu folgen gedachte, als er von draußen eine Stimme vernahm, die rief: »Hey! Hey! Halt, verdammt noch mal!«, und im Rückspiegel den vor Wut schäumenden Mr Brown entdeckte, der hinter dem Lincoln herlief. Miles konnte nicht beurteilen, ob er sie um die ganze Aschebahn herum verfolgt hatte oder erst auf den letzten paar Metern zu ihnen gestoßen war. Gleichwie, der Baseballtrainer holte sie mit hochrotem Kopf und außer Atem ein, kam ums Auto herum und stützte sich mit beiden Händen auf die Motorhaube, sodass er Miles' Fluchtroute blockierte.

»Roby!«, stieß er keuchend hervor, als er sah, wer hinter dem Steuer saß. »Ich hätte es mir denken können.« Miles leistete seiner Aufforderung, das Wagenfenster herunterzulassen, Folge, damit Mr Brown ihn besser anschreien konnte. »Was hast du dir eigentlich dabei gedacht, verdammt noch mal? Hast du eigentlich eine Ahnung, wie teuer die Aschebahn war?«

In diesem Moment beugte sich Mrs Whiting herüber, und Mr Brown erschrak, als er sie sah. »Ja, habe ich«, sagte sie. »Ich habe sie nämlich bezahlt. Und jetzt gehen Sie gefälligst aus dem Weg.«

»Du lieber Himmel, Mrs Whiting, ich hatte Sie gar nicht gesehen!«, rief der Trainer aus. »Ich hatte ja keine Ahnung, dass ...«

»Haben Sie nicht gehört, was ich gesagt habe?«

Als Mr Brown tänzelnd zur Seite wich, steuerte Miles den Wagen langsam in den von ihm verursachten Reifenspuren den Grashang hinauf, bis der Lincoln auf den Asphalt zurückholperte und Miles' ehemaliger Fahrlehrer aus dem Rückspiegel verschwand. Cindy Whiting – seit sie in den

Wagen gestiegen war, in eine Art komatöses Schweigen verfallen – war natürlich noch immer da, und als sie Miles' Blick bemerkte, schenkte sie ihm ein zaghaftes, fast ängstliches Lächeln. Während er in diesem Moment nur ihre vom Rückspiegel eingerahmte mittlere Gesichtspartie erkennen konnte, von ihrem Mund bis zu den Augen, dachte Miles, er sehe jemand anderen, jemand, der ihm vage vertraut war, aber er kam nicht darauf, wer es war.

»Macht und Kontrolle«, sagte Mrs Whiting abermals, und ein Lächeln umspielte ihre Lippen.

DRITTER TEIL

Kapitel 15

Miles hatte vorgehabt, das Empire um elf zuzumachen. Das Spiel begann zwar erst um halb zwei, aber er wollte Cindy Whiting um kurz nach zwölf abholen, um sich eine peinliche Situation zu ersparen. Wäre er heuchlerisch veranlagt gewesen, hätte er sich eingeredet, er wolle Cindy eine peinliche Situation ersparen, aber Miles wusste es besser. Sein Plan war, vor dem großen Ansturm im Empire-Field-Stadion anzukommen, damit sie sich in Ruhe zwei Plätze im unteren Bereich der heimischen Fantribüne suchen konnten. Mit Cindy und ihrer Gehhilfe eine Bank auf den oberen Rängen zu erreichen würde nicht nur eine Ewigkeit dauern, sondern jedem in Empire Falls die Gelegenheit geben, sie zu beäugen und sich darüber zu wundern, dass Miles Roby in Begleitung »der armen verkrüppelten Frau« gekommen war, die sich als junges Mädchen seinetwegen das Leben hatte nehmen wollen. Und Spekulationen darüber anzustellen, ob er sich bereits in Position brachte, um das viele Geld zu heiraten, sobald seine Scheidung über die Bühne wäre. Er konnte sich schon die Witze vorstellen, die am Montagmorgen im Empire hinter vorgehaltener Hand gerissen werden würden.

Er hatte einen Großteil seiner schlaflosen Nacht damit zugebracht, sich vorzustellen, wie sie immer wieder aufs Neue die Tribünenstufen erklommen. In den kurzen Pausen, die er sich zwischendurch erlaubte, ließ er Revue passieren, was Charlene nach dem Abgang seines Bruders im Lamplighter zu ihm gesagt hatte, dass sie nur aus Angst, ihn zu enttäuschen, nie mit ihm geschlafen habe. Um drei Uhr früh kam ihm in den Sinn, was er ihr hätte antworten sollen – dass sie, wenn es nach ihm ginge, dieses Risiko gern eingehen könnten. Aber genau das war ja ihre Argumentation gewesen. Sie hatte nicht zu ihm gesagt, dass er enttäuscht sein könnte, sondern es sein *würde*, ungeachtet seiner festen Überzeugung, dass dies nicht der Fall wäre. Sie hatte es ihm gar nicht erst zur Wahl gestellt, vielleicht begleitet von einer ernsten Warnung oder auch nur einer liebevollen Erklärung.

Konnte es sein, dass sie recht hatte? Um eine Antwort auf diese Frage zu bekommen – und um nicht nochmals diese Stufen mit Cindy Whiting hinaufsteigen zu müssen –, versuchte er sich vorzustellen, wie Charlene ihm in ihrem schrottreifen Hyundai zum Empire Grill gefolgt, mit ihm zur Hintertür hereingeschlüpft und die Treppe hinaufgekommen wäre. Dieser Teil war leicht und köstlich wie die Vorfreude auf eine sexuelle Begegnung. Auch hatte er keine Schwierigkeiten, sich in der Dunkelheit der Hintertreppe einen Kuss vorzustellen, Charlenes warmen Körper an seinem. Sie hatten viele Jahre auf engem Raum zusammen gearbeitet, sodass er ihren Geruch kannte, ja sogar wusste, wie sich ihr Körper anfühlte, und er war klug genug, seine Fantasie nicht mit einem Dialog zu belasten. Mochte Charlene auch eine Quasselstrippe sein, so war es doch einfacher, sie sich in dieser Szene schweigend vorzustellen, als wenn er sein Fantasie-Ich die Worte zu ihr sagen lassen müsste, die er ihr sagen wollte. Doch mit einem Mal versagte seine Vorstellungskraft kläglich. Als der Moment kam, sie auszuziehen, entdeckte er, dass die Frau, die vor ihm stand, gar nicht Charlene war. Es war Cindy Whiting, und nicht die Cindy im heutigen Alter, sondern als junge Frau, die sich ihm gegenüber völlig unbefangen gab, obwohl er inzwischen ein Mann in mittleren Jahren war. »Lieber Miles«, wisperte sie, als wolle sie ihm versichern, es sei völlig okay, dass er älter und dicker geworden sei. »Mein lieber, lieber Miles.«

Während er sich für eine weitere lange Stunde wieder mit dem Stufenerklimmen abmühte, war für ihn seine Unfähigkeit, seine Fantasien fortzuspinnen, noch frustrierender als der mühsame Aufstieg. Schließlich beruhigte er sich mit dem Gedanken, dass sie auf der Tribüne wenigstens angezogen wären. Gegen vier schlief er endlich ein und wurde um halb sechs vom Wecker geweckt. Vom Schlafmangel wie betäubt, stand er eine gefühlte Ewigkeit unter der Dusche und versuchte vergeblich, sich den ganzen Ballast der vergangenen Nacht herunterzuspülen, sodass er, noch bevor er das Empire aufschloss, bereits heillos seinem Zeitplan hinterherhinkte. Schlimmer noch, anstatt der Handvoll Frühstücksgäste, die sich, wie er gehofft hatte, an diesem Morgen nach und nach einfinden würde, strömten unaufhörlich Gäste herein, aufgedreht und in ausgesprochener Plauderlaune in Vorfreude auf das Spiel. Um elf gelang es ihm endlich, die letzten Gäste hinauszubugsieren, er wollte jedoch Charlene und David und dem restlichen Abendteam kein Chaos hinterlassen, die alle Hände voll zu tun haben würden, wenn der Diner um sechs Uhr wieder öffnete. Daher war es schon nach zwölf, als er mit dem Aufräumen fertig war, und halb eins, als er abermals unter der Dusche stand, um den Geruch gebratener Würstchen loszuwerden, und eins, als er Cindy abholte, und Viertel nach eins, als er einen Parkplatz in einer Seitenstraße in der Nähe des Empire-Stadions fand, und fünfundzwanzig nach eins, als sie begannen, die metallenen Tribünenstufen hochzusteigen, und zwar auf der Seite der Gästefans, wo es noch freie Plätze gab, allerdings fast ganz oben. Um halb zwei, rechtzeitig zum Anstoß von Empire Falls, hatten sie den Aufstieg, den Miles zwölf Stunden zuvor begonnen hatte, endlich geschafft. Cindy hatte ihre Gehhilfe zu Hause gelassen, froh, sich auf der einen Seite auf einen robusten Stock und auf der anderen auf Miles' robusten Arm stützen zu können. Und bis sein böser Blick, den er einer Frau in der obersten Reihe zuwarf, endlich fruchtete und diese weiter nach innen rutschte, damit sie sich außen hinsetzen konnten, lag Empire Falls bereits mit null zu sieben zurück. Fairhaven hatte den Eröffnungs-Kickoff der Heimmannschaft prompt mit einem Touchdown erwidert. Und Miles saß schwitzend und erschöpft da.

»O Miles, schau mal!«, sagte Cindy. Von der obersten Tribünenreihe hatte man einen grandiosen Blick bis hinüber zum Fluss. Es war das erste Oktoberwochenende, und die Luft war frisch, die Laubfärbung kurz vor dem Höhepunkt, und auf dem glitzernden Knox River spiegelte sich das Blau des Himmels. Empire Falls sah in der Tat aus, als wäre es über Nacht durch eine bessere Version seiner Selbst ersetzt worden. Cindy hakte sich bei ihm ein und drückte ihren warmen Busen an seinen Ellbogen, und er spürte nach viel zu vielen Monaten der Abstinenz eine Regung, die er zu ignorieren versuchte.

»Weißt du, was?« Die Frage verwirrte ihn einen Moment lang. Schon erwartete er, dass sie ihn bitten würde, Popcorn zu holen. Oder Süßigkeiten. Du lieber Himmel, sie hatten doch gerade erst Platz genommen. »Ich fühle mich, als wäre ich wieder in der Highschool.«

Miles wusste, was sie meinte. Auch er hätte in diesem Moment lieber mit einem jungen Mädchen hier gesessen, vor allem weil das bedeutet hätte, er selbst wäre ebenfalls noch jung. »Tja, aber leider musst du mit der Gesellschaft eines mittelalten behäbigen Herrn vorliebnehmen.«

Bedauerlicherweise hatte eine salopp hingeworfene Bemerkung bei Cindy Whiting noch nie die gewünschte Wirkung erzielt. Sie umfasste mit beiden Händen seinen linken Oberarm und sagte: »Ach, mein lieber Miles«, genau wie in seinem Traum in der vergangenen Nacht. »Es gibt weit und breit niemanden, mit dem ich hier sein möchte außer dir.« Sie umfasste seinen Arm noch fester, um sich ein wenig hinaufzuziehen, gab ihm einen feuchten Kuss auf die Wange und ließ erst von ihm ab, als ihr Metallstock zwischen den Planken hindurchrutschte und mit einem lauten Scheppern unten auf dem Boden aufschlug. »Ach, wie dumm von mir!«, sagte sie zerknirscht. »Siehst du, was Leidenschaft anrichtet?«

»*Das* hier« – Miles zeigte ihr die Stelle, wo Timmy ihn eine halbe Stunde zuvor gebissen hatte – »richtet Leidenschaft an.« Die Abdrücke der Eckzähne waren noch in Form zweier weißer Punkte zu erkennen. Die Wunde sah jetzt genau so aus, wie sich der Biss angefühlt hatte: wie ein Schlangenbiss. Binnen Minuten war seine Hand zu einer unförmigen Pranke angewachsen, wobei die Schwellung inzwischen wieder ein wenig abgeklungen war.

»Armer Miles«, sagte seine Begleiterin und strich mit der Rückseite ihrer Finger sanft über seine Wunde. »Tut es noch weh?«

»Nein.« Er zog seine Hand mit Nachdruck zurück. »Aber es juckt wie Hölle.« In der Tat fühlte er sich an seine Begegnung mit Giftefeu vor vielen Jahren auf Martha's Vineyard erinnert, und genau wie damals verstärkte sich das Jucken, sobald er mit dem Kratzen aufhörte.

»Hör auf dich zu kratzen, Dummerchen. Deine Hand schwillt nur noch mehr an.«

»Ist mir egal«, sagte Miles und kratzte sich noch ingrimmiger. Aber es war ihm nicht egal. Er hoffte inständig, dass die Schwellung bis zum Abend abgeklungen sein würde, um seinem Bruder nicht gestehen zu müssen, dass er erneut verletzt von Mrs

Whiting zurückgekommen war. Er konnte kaum glauben, dass es dem Tier schon wieder gelungen war, ihn zu überrumpeln. Miles war auf der Hut gewesen, und seine Achtsamkeit hatte erst nachgelassen, als sie sich zum Gehen anschickten. Cindy hatte ihn gebeten, ihr einen Schal aus dem Garderobenschrank im Flur zu reichen, dessen Tür angelehnt war. Er entdeckte den Schal an einem Haken über einer Reihe von Regalbrettern, und während er sich danach ausstreckte, machte er zwar eine schnelle Bewegung aus, konnte die Hand aber nicht mehr rechtzeitig zurückziehen.

»Siehst du?«, sagte Cindy, als er mit dem Kratzen aufhörte. »Du hast es nur noch schlimmer gemacht.«

»Aber es fühlt sich besser an.« Das war gelogen, und Miles dachte, wahrscheinlich würde er dem Jucken nur mit einem Skalpell Herr werden. »Wenn ich mir eine Tetanusspritze geben lassen muss, schicke ich die Rechnung deiner Mutter.«

Mrs Whitings Abwesenheit – Cindy zufolge war sie in Boston – war im Übrigen das einzig Gute an seinem Besuch auf der Hazienda gewesen. So konnte David ihm nicht vorwerfen, er habe es schon wieder versäumt, das Thema Alkohollizenz anzuschneiden.

»Du wirst nie darauf kommen, wo ich das kleine Biest letzte Woche entdeckt habe«, sagte Cindy. »Timmy war einen ganzen Tag lang verschwunden, und als ich auf den Friedhof ging, saß sie auf Daddys Grabstein.«

Miles sah sie stirnrunzelnd an. Erwartete sie tatsächlich, dass er ihr das abnahm?

»Sicher, ich hatte sie ja schon ein paar Mal mitgenommen, daher wusste sie, welcher es ist. Ich sehe schon, du glaubst mir nicht.«

Im Grunde war sich Miles nicht sicher, was für ihn verwunderlicher war, die Tatsache, dass die Katze aus eigenen Stücken C. B.

Whitings Grab besuchte oder dass Cindy es tat. Er kannte Mrs Whiting gut genug, um zu bezweifeln, dass sie der letzten Ruhestätte ihres Mannes jemals die Ehre erwies, nachdem sie nach besten Kräften jede Erinnerung an ihn getilgt hatte. Was bedeutete, ihre Tochter war allein zum Friedhof gefahren. Miles kam nicht umhin, Cindy dafür zu bewundern, diese Anstrengung bewältigt zu haben, wenn er ihre Beweggründe auch nicht nachvollziehen konnte. Er selbst hatte erst ein Mal das Grab seiner Mutter besucht und hatte diesem Akt nichts abgewinnen können. Im Grunde war es nichts weiter als eine melodramatische Geste. Was sollte man tun, wenn man vor dem Grab eines Verstorbenen stand? Ein Gespräch mit dem Grabstein führen? Blumen pflanzen? Er fühlte sich seiner Mutter an ihrem Grab weniger nah als am Herd des Empire Grill oder dann, wenn er an der alten Hemdenmanufaktur vorbeifuhr oder in ihrer angestammten Bank in der Kirche kniete. Sogar in der Whiting'schen Hazienda, wo sie ihre letzten Tage verbracht hatte, spürte er die Gegenwart seiner Mutter. Ihr Grab zu besuchen kam einer Art Anrufung gleich, und es wunderte ihn nicht, dass sie unbeantwortet geblieben war. Damals hatte er geschworen, dass, sollte es ein Leben nach dem Tod geben, er gewiss nicht in seiner Grube ausharren würde, bis jemand ihn besuchen käme.

»Ich habe auch auf das Grab deiner Mutter Blumen gestellt«, fuhr Cindy fort. »Das mache ich schon immer so. Wusstest du das, Miles?«

»Nein, das wusste ich nicht.« Miles tat so, als verfolgte er interessiert das Geschehen unten auf dem Spielfeld.

»Ich weiß, was ich jetzt sage, ist schlimm, aber ich habe sie mehr geliebt als meine Mutter. Als sie krank wurde und du nicht da warst ...«

Miles stand auf. »Ich gehe besser nach unten und hole deinen Stock, bevor jemand anders ihn nimmt.«

Sie blickte mit feuchten Augen zu ihm auf. »Niemand stiehlt einen Krückstock, Miles.« Als sie seine Bedrängnis bemerkte, beeilte sie sich zu sagen: »Tut mir leid. Es ist so ein schöner Tag, und ich hatte nicht vor, dir die Stimmung zu verderben ...«

»Das hast du nicht. Ich bin gleich wieder da.«

»Gut, dann warte ich hier auf dich«, erwiderte sie mit dem gleichen selbstironischen Lachen, das er an ihr kannte, seit sie ein junges Mädchen gewesen war.

Am Fuß der Tribüne angekommen, hörte Miles lautes Getöse und sah, dass Fairhaven erneut mit einem Touchdown gepunktet hatte. Als der Lärm abgeklungen war, rief jemand seinen Namen. Der Rufer entpuppte sich als Otto Meyer jr., der am Maschendrahtzaun lehnte. Otto gehörte zu den Menschen, denen es irgendwie gelang, als Erwachsener genauso auszusehen wie als Kind, und jedes Mal, wenn Miles ihn erblickte, hatte er den Neunjährigen vor Augen, der verloren auf dem Pitcher's Mound stand. Sein Vater war ein aufdringlicher Versicherungsvertreter im Ort gewesen, der aus lauter Selbstgefälligkeit meinte, sein gleichnamiger Sohnemann müsse als Pitcher spielen, obwohl Mr LaSalle, der Baseballtrainer, in dem Jungen einen geborenen Catcher sah. Oder besser gesagt, einen geborenen Ersatz-Catcher (und genau das wurde er später in der Highschool-Mannschaft). Aber Otto Meyer sr. war hartnäckig, und so wurde sein Sohn zunächst Pitcher, wobei sich Mr LaSalle weigerte, ihn einzuwechseln, ehe ein Spiel so gut wie entschieden war, und manchmal erst für das letzte Out bei einer Sieben- oder Acht-Run-Führung. Doch Otto Meyer jr. gab sein Bestes in diesem einen Out, bei dem er es jedes Mal mit mindestens einem halben Dutzend Batter zu tun hatte, bevor er das finale Out verzeichnen konnte. Am schlimmsten war für ihn jedoch, dass er bei jedem Spiel auf der Bank sitzen und sich die Zwischenrufe seines Vaters von der Tribüne aus anhören musste, bis der Trainer endlich klein beigab und Otto jr.

aufs Feld schickte. Obwohl der alte Mann vor fast zehn Jahren an einer Embolie gestorben war, wirkte Otto noch immer ein wenig verängstigt. Sein Sohn David gehörte der Footballmannschaft an, und auch wenn sich Meyer selbst kein Auswärtsspiel entgehen ließ, verzichtete er auf wütende, anspornende oder kritisierende Zurufe. Er nahm nicht einmal auf der Tribüne Platz, sondern lief ständig um das Spielfeld herum, hin und her, von einer Endzone zur anderen. Als Miles ihn einmal fragte, warum er das tue – er wollte nur wissen, ob sich Otto selbst darüber im Klaren war –, erwiderte der, weil er immer so nervös sei. Aber Miles wusste, dass etwas anderes dahintersteckte: Die Tatsache, dass er bei jedem Spiel dabei war, ohne groß in Erscheinung zu treten, war ein Geschenk an seinen Sohn, damit dieser sich unbelastet seinem Spiel widmen konnte.

»Hallo, Meyer«, sagte Miles, und die beiden Männer begrüßten sich mit Handschlag.

»Ich habe gerade Christina auf der anderen Seite drüben gesehen. Hat sie dir von ihrem Bild erzählt?«

Miles ließ rasch im Geiste das letzte Gespräch mit seiner Tochter Revue passieren. »Ich glaube nicht.«

»Ihr Bild ist eines von zweien aus der zehnten Klasse, die für die städtische Kunstausstellung ausgewählt wurden.«

»Doris Roderigue hat tatsächlich ein Bild von Tick ausgewählt?«

Meyer schnaubte abfällig. »Das glaubst du doch nicht wirklich! Nein, ich habe einen Kunstprofessor vom College gebeten, sich als Juror zur Verfügung zu stellen. Hat Christina dir nichts gesagt?«

Miles schüttelte den Kopf, verlegen, verletzt und stolz zugleich. Er war zu dem Schluss gekommen, dass ihr gemeinsamer Urlaub eine kurze Glasnost-Phase gewesen war, während derer Tick ihm ein paar Dinge anvertraut hatte, wie es als Kind ihre

Gewohnheit gewesen war. Er hatte gehofft, diese Offenheit sei von Dauer, aber das neue Schuljahr war gerade einmal einen Monat alt, und schon hatte sie sich wieder von ihm zurückgezogen. Wahrscheinlich lag die Schuld bei ihm, zumindest zum Teil. Nachdem er Anfang der Woche seine Abneigung gegenüber dem jungen Minty allzu deutlich zu erkennen gegeben hatte, widerstrebte es Tick vermutlich noch mehr, ihm zu erzählen, was sie auf dem Herzen hatte. »In letzter Zeit will sie nichts von sich preisgeben«, sagte er zu Otto. »Ich muss sie schon richtig ausfragen, um nicht zu sagen: einem regelrechten Kreuzverhör unterziehen, um irgendetwas von ihr zu erfahren. Und ihrer Mutter erzählt sie noch weniger.«

»Sie ist auf der Highschool, Miles. In dem Alter gehen sie alle auf Tauchstation.«

Sie unterbrachen das Gespräch kurz, um einen verpatzten Spielzug zu verfolgen, dann nahm Miles den Faden wieder auf. »Ich glaube, sie hat aus unserer Scheidung den Schluss gezogen, dass sie keinem von uns mehr trauen kann. Womöglich hat sie recht.«

»Nein, da irrst du. Sie ist ein großartiges Mädel. Sie hat einfach gedacht, dass du es sowieso erfährst.«

»Glaubst du?«

»Um ehrlich zu sein, habe ich ein bisschen ein schlechtes Gewissen. Ich habe ihr vor ein paar Wochen eine ziemlich unfaire Aufgabe aufgebürdet. Und habe es seitdem immer wieder bereut.«

»Meinst du diesen John Voss?«

Er nickte schuldbewusst. »Hat sie was gesagt?«

»Natürlich nicht.«

»Ich habe gehört, du hast ihm einen Job gegeben. Das ist wahnsinnig nett von dir, Miles. Der Junge hat es nämlich verdammt schwer.«

»Inwiefern?«, fragte Miles und rief sich Horace' kryptische Andeutung ins Gedächtnis.

»Die Kinder haben ihn aus irgendeinem Grund als Zielscheibe für ihre Schikanen auserkoren. Ich wünschte, ich würde mehr über ihn wissen. Ich weiß nur, er wohnt bei seiner Großmutter am alten Fairhaven Highway.«

»Ich habe ihn gestern Abend nach Hause gefahren.« Miles dachte daran, was für ein seltsames Gefühl ihm das Haus vermittelt hatte. Kein Licht, kein Anzeichen von Leben.

»Übrigens stammt das zweite Bild, das für die Kunstausstellung ausgewählt wurde, von ihm.«

Miles nickte und hatte plötzlich ein beklemmendes Gefühl in der Kehle. Es war die gleiche ungute Empfindung wie am gestrigen Abend im Empire, eine Art Unbehagen darüber, dass seine Tochter mit diesem unglücklichen Wesen in Verbindung stand. Und nun grollte er auch noch, weil das Bild des Jungen neben dem von Tick in der Kunstausstellung hängen würde. Du bist ja völlig bekloppt, schalt er sich. Schlimmer noch, es lief seiner wohltätigen Veranlagung völlig zuwider. Unvermittelt hatte Miles das Gefühl, als würde seine Mutter ihn sanft am Ellbogen berühren. Er brauchte ihr Grab wahrlich nicht zu besuchen. »Er scheint recht fleißig zu sein. Ich habe ihn zwar noch nicht dazu gebracht, mehr als ein Wort zu sagen, aber Charlene arbeitet daran.«

»Mir fällt es auch immer schwer, in Charlenes Gegenwart etwas zu sagen.« Meyer grinste. »Sie bringt mich zum St...tt...ottern.«

Miles rief sich schmunzelnd ins Gedächtnis, wie er Otto in der Abschlussklasse der Highschool gebeichtet hatte, er sei in Charlene verliebt, woraufhin ihm Otto kleinlaut gestand, er sei es auch. Was erklärte, warum er Miles nach der Schule immer so bereitwillig auf eine Cola in den Empire Grill begleitet hatte, damals ein entschieden uncooles Lokal. Doch das Geständnis seines alten Freundes jetzt war irgendwie rührend. Meyer führte, soweit Miles wusste, eine gute Ehe. Aber wie Miles hatte er Empire Falls nur für kurze Zeit den Rücken gekehrt, um aufs College zu gehen, und später nochmals für das Graduiertenstudium, sodass Meyer ebenfalls das ganze Gewicht seiner Kindheit und Identität als Heranwachsender mit sich herumschleppte – »Meyer das Weichei« war er damals genannt worden. Die Tatsache, dass er später dann Rektor der Highschool geworden war, war im Grunde die Bestätigung der Unkenrufe seiner ehemaligen Klassenkameraden.

»Irgendwie schade, dass das Duell der zwei großen Rivalen dieses Jahr so früh stattfindet«, sagte er jetzt.

Miles nickte, runzelte aber gleichzeitig die Stirn. »Wobei ich dachte, dass bei zwei Rivalen mal die eine Mannschaft gewinnt und dann die andere.«

Seit ungefähr zehn Jahren gewann Fairhaven jedes Spiel. Beide Highschools verzeichneten in den vergangenen zwei Jahrzehnten einen Rückgang der Schülerzahlen, aber der Abstieg der Empire Falls High war steiler und die Schule drohte, nachdem sie in der Klassifizierung bereits von AAA auf AA zurückgefallen war, in die Kategorie B eingestuft zu werden. Die Highschool von Fairhaven, wegen des Colleges und einiger kleinerer Fabriken, die sich irgendwie über Wasser halten konnten, stabiler, hatte Empire Falls zwar noch immer auf dem Spielplan, bestand aber darauf, dass das Match früher im Herbst stattfand, quasi als Aufwärmung für die wichtigeren Wettkämpfe. Für Empire Falls war es trotz all der erlittenen Niederlagen nach wie vor »das Spiel«.

Otto Meyer nickte und sah zu, wie sich das Knäuel der Spieler von Empire Falls nach einer kurzen Besprechung auflöste und alle zur Line of Scrimmage trotteten. »Ich kapier's nicht«, sagte er. »Aber wahrscheinlich sind unsere Kids einfach zu dick und zu schlecht und zu dumm, wenn sie sich jedes Jahr so herumschubsen lassen.«

Während er das sagte, ging abermals ein Grölen durch die Menge. Fairhaven hatte einen schlechten Snap gutgemacht und war wieder obenauf.

»Mist.« Meyer schüttelte den Kopf. »Wo wir vom Herumgeschubstwerden reden, lässt du dich wieder für den Schulbeirat aufstellen? Wenn ich keine Unterstützung bekomme, verbannen die verfluchten Fundamentalisten jedes Buch, das es wert ist, gelesen zu werden, aus der Schulbibliothek. Du kannst den glorreichen Kampf für die Vernunft nicht allein uns Juden überlassen, weißt du. Das hier ist Maine, und wir sind leider in der Minderzahl. Im Übrigen sind einige von *deinen* Katholiken ganz üble Fundamentalisten.«

Womit er recht hatte. Viele Katholiken versuchten tatsächlich, ihre evangelikalen Brüder in Sachen bibeltreuer Engstirnigkeit zu übertrumpfen, wobei Miles fand, dass die Katholiken von Sacré Cœur mehr dazu neigten als die von St. Cat's.

»Ich überleg's mir«, sagte er. »Ich hab zwar beim letzten Mal geschworen, mich nicht wieder aufstellen zu lassen, aber ...«

»Wunderbar!«, unterbrach ihn Meyer erleichtert. »Da stehen wir beim wichtigsten Sportereignis des Jahres und reden über den Schulbeirat! Mir ist, als wäre es erst gestern gewesen, dass wir selbst dort draußen auf dem Spielfeld standen.«

»Mach's gut, Meyer«, sagte Miles. »Ich würde gern noch ein bisschen mit dir plaudern, aber mein *Date* hat ihren *Gehstock* von der Tribüne herunterfallen lassen.«

Diese Bemerkung rief ein breites Grinsen hervor. »Dachte ich doch, dass die Begleiterin, mit der ich dich vorhin gesehen habe, Cindy Whiting ist. Und weißt du was? Ich war ziemlich überrascht, was für eine attraktive Frau sie geworden ist.«

Miles konnte sich ein Schmunzeln nicht verkneifen. Meyer war einer der nettesten Menschen, die er kannte, und er hatte ihm gerade auf seine Art klargemacht, dass, sollte Miles tatsächlich das viele Geld heiraten wollen, es in seinen Augen völlig okay wäre. Und wie so oft, wenn er Meyer wieder einmal über den Weg lief, fragte er sich, warum sie in all den Jahren nicht noch bessere Freunde geworden waren. Ihre gegenseitige Sympathie war seit ihrer Kindheit nicht kleiner geworden, und Miles hatte oft den Eindruck, dass Meyer einen Freund brauchen könnte. Eine der merkwürdigen Seiten des mittleren Lebensalters war, dass man sich allmählich der sonderbaren Entscheidungen bewusst wurde, die man im Grunde gar nicht getroffen hatte, wie zum Beispiel es zuzulassen, dass sich Freunde aus purer Vernachlässigung von einem entfernten.

Miles brauchte ein paar Minuten, um den Bereich unter der Tribüne auszumachen, wo der Stock hingefallen war. Dort roch es, als hätten einige betagte Highschool-Footballfans ihren Kolostomiebeutel von ihren Bänken aus geleert. Bis er den Gehstock gefunden hatte – er lehnte seltsamerweise gegen eine Metallstrebe –, war ihm halb schlecht. Hatte ihn jemand da hingestellt? Oder war es möglich, dass das Ding genau so gelandet war? Er stellte einen Fuß in die Gabelung einer Metallstrebe, reckte den Stock in die Höhe und klopfte damit an die Unterseite der Bank, auf der Cindy saß. Als sie sich hinabbeugte, um ihn entgegenzunehmen, und er ihr vor Hoffnung und Freude strahlendes Gesicht sah, wäre Miles am liebsten geblieben, wo er war. Oder besser gesagt: hätte er am liebsten Reißaus genommen. Wenn das Spiel zu Ende wäre, würde sich bestimmt jemand ihrer erbarmen, wenn er sie so allein dasitzen sähe, und sie nach Hause fahren.

Als Miles mit zwei Dosen Cola an ihren Platz zurückkehrte, bemerkte er, dass Gott sein unausgesprochenes Gebet offenbar erhört hatte, so wie er bisweilen einen unbesonnenen Wunsch erfüllte. Wer Cindy Gesellschaft leistete, war Jimmy Minty, und beide winkten Miles zu, als er die Stufen hochkam. Bei der Erinnerung daran, was David ihm erzählt hatte, dass Jimmy Minty den Empire Grill beschattete, musste er sich zwingen, den aufsteigenden Groll hinunterzuschlucken.

»Na, warum setzt ihr denn hier beim Feind?«, wollte Jimmy wissen. Er trug Freizeitklamotten und wollte Miles offenbar die Hand schütteln, doch dieser hielt in jeder eine Cola. »Schämst du dich etwa für deine Mannschaft?«

»Wir waren spät dran.« Miles schob sich an dem Polizisten und Cindy vorbei und sah die Frau, die anfangs nicht hatte weiter nach innen rutschen wollen, auffordernd an, bis sie sich noch ein Stückchen bewegte. Fairhaven hatte, wie er bemerkte, noch ein Field Goal gemacht, sodass es glatt mit siebzehn zu null führte. »Deswegen bleibt uns nichts anderes übrig, als hier bei den Siegern zu sitzen«, fügte er hinzu, indem er kaum merklich das »i« betonte.

»Hey, beschrei es nicht, das Spiel ist noch nicht vorbei«, erwiderte Minty schnell. »Mein Zack macht seine Sache echt gut. Der Junge konnte es nicht erwarten, dass es endlich losgeht.«

»Ach, spielt er auch mit?«, fragte Miles.

Diesmal zuckte der Polizist ein ganz klein wenig zusammen. Da Miles es gewusst haben musste, folgerte er offenbar, dass dieser ihn aufzog.

»Welcher ist es?«, wollte Cindy wissen, genauso unschuldig, wie ihr Begleiter vorgab zu sein, und bei Weitem interessierter.

Jimmy Minty legte ihr eine Hand auf die Schulter und lehnte sich zu ihr hinüber, damit beide ihren Blick seinem ausgestreckten Arm folgen lassen konnten, bis zum Zeigefinger und dann weiter über das Spielfeld bis zur Nummer sechsundfünfzig, die nunmehr auf der Bank saß, weil das angreifende Team von Empire Falls gerade herauszufinden versuchte, was es mit dem Ball machen sollte.

»Auf welcher Position spielt er?«

»Er ist Linebacker, Miss Whiting.« Mintys Hand ruhte noch immer zwischen ihren Schulterblättern. »Beim Verteidigungsteam, deswegen sitzt er im Moment da drüben auf der Bank. Sein Job ist es, an der Line of Scrimmage zu patrouillieren. In die einzelnen Spielzüge eingreifen, wissen Sie. Den Quarterback beim Wurf bedrängen. Man muss ziemlich clever sein als Linebacker, und ich rechne fest damit, dass man sich für ihn interessieren wird, wenn er sich weiterhin so gut macht. Colleges, meine ich. Um Profi zu werden, ist er nicht groß genug, und ich will nicht, dass er Steroide nimmt. Ich hab zu ihm gesagt, wenn ich dich dabei erwisch, wie du irgend so ein Zeug schluckst, was man nicht im Supermarkt bekommt, lass ich dich hochgehen wie 'n Jugendlichen mit 'nem Kilo Crack.«

»Ich wusste gar nicht, dass Crack kiloweise verkauft wird«, sagte Miles.

»Ist ja egal, jedenfalls wird's verkauft«, sagte Jimmy Minty. »Null Toleranz, sag ich immer.«

»Wie kommt es, dass du beim heutigen Spiel nicht im Einsatz bist?«

»In Uniform, meinst du? Nun, Miles, ich nehme nicht mehr an Masseneinsätzen teil. Die meisten der Jungs, die man an den Toren und auf dem Parkplatz sieht, sind private Sicherheitskräfte.« Er holte ein schlankes Walkie-Talkie aus der Tasche seiner Sportjacke und zeigte es ihnen. »Aber im Dienst bin ich trotzdem. Nirgendwo rumpeln die Fans so schnell zusammen wie beim Empire Falls/Fairhaven-Match.«

Rumpeln zusammen? Miles lächelte angesichts Mintys Ausdrucksweise. Wenn man dem Impuls, Jimmy Minty ermorden zu wollen, widerstehen konnte, war er wirklich recht unterhaltsam, sofern man einen Sinn für unfreiwillige Komik hatte.

»Dieser Tribünenbereich scheint in der Tat zu Gesetzesverstößen zu neigen, aber ich verspreche dir, ich ruf dich an, sobald es zu einem Tumult kommt.«

Jimmy Minty lachte unbehaglich, nunmehr sicher, dass man sich über ihn lustig machte. »Oder aber du unterdrückst den Tumult selbst.« Er stupste Cindy mit dem Ellbogen an, um sie auf seinen Witz aufmerksam zu machen. »Hätte nichts dagegen, das mitzuerleben, was, Miss Whiting? Wie der gute alte Miles einen Tumult unterdrückt?«

Der Punter von Empire Falls trabte wieder auf das Spielfeld.

»Verdammt«, sagte Minty. »Schon wieder ein Three-and-out. Unsere Defense wird bis zur Halbzeit völlig ausgepowert sein.«

Es war bezeichnend für das Empire-Falls-Team, dass ein Punt das war, was sie am besten konnten, und der Junge, der dafür zuständig war, den Ball in die gegnerische Hälfte zu kicken, nutzte den Augenblick, um ihn ungefähr sechzig Yards in die Luft zu schicken. Unglücklicherweise landete er sicher in den Armen des Punt Returners von Fairhaven, bevor der erste Empire-Falls-Spieler weiter als zwanzig Yards nach vorn gelaufen war, und noch bevor sie in die Nähe des Spielers in Ballbesitz gelangen konnten, mussten sie auch schon wieder umkehren, weil er an ihnen vorbeigesprintet war, während sie versuchten, die Blocker abzuschütteln. Schließlich war es der Punter, der den Returner an der Thirty-Yard-Linie von Empire Falls ins Aus stieß, und erneut zockelte die müde Defense aufs Feld, und Zack Minty heizte seine Mannschaftskameraden an, indem er sie auf die Helme knuffte und ihnen Befehle zubellte. Währenddessen ließ die Offense der Mannschaft von Fairhaven von der Rudelbildung ab und näherte sich der Line of Scrimmage.

Erneut legte Jimmy Minty seine Hand auf Cindy Whitings Rücken und deutete auf das Spielfeld. »Das dort ist mein Zack. Jetzt sind wir in der Defensive. Die anderen haben den Ball.«

Nachdem er offensichtlich Blut geleckt hatte, nahm der Quarterback den Snap entgegen, wich geschmeidig ein paar Schritte zurück und machte einen Receiver aus, der die Seitenlinie entlangflitzte. Er warf ihm in einem wunderschönen spiralförmigen Bogen einen Pass zu, und so gut wie alle, auch die Schiedsrichter, ließen ihre Blicke gespannt dem Ball folgen. Miles hingegen sah, was auch Jimmy Minty sah. Zwei Sekunden nachdem der Ball die Hand des Quarterbacks verlassen hatte, stieß die Nummer sechsundfünfzig von Empire Falls ihn zuerst mit dem Helm und dann mit dem Schulterpolster in die Nierengegend. Er schlang die Arme um die Hüften des Quarterbacks, hob den Jungen in die Luft und warf ihn mit einer solchen Wucht auf den Rasen, dass dessen Kopf zweimal auf dem Boden aufprallte.

Jimmy Minty sprang auf. »Ja!«, schrie er und reckte die Faust. »Ja! Habt ihr diesen Hit gesehen?« Er deutete aufgeregt auf das Spielfeld. Cindy hingegen, die noch nie eine besonders gelehrige Schülerin gewesen war, wie Miles aus eigener leidvoller Erfahrung wusste, hatte den Flug des Balls verfolgt und schien trotz Jimmy Mintys Beharren noch immer keine Lust zu haben, auf seinen ausgestreckten Finger zu achten.

Zack Minty hatte sich schnell wieder aufgerichtet und lief nach vorne, während der gegnerische Quarterback noch immer bewegungslos auf dem Rasen lag – entweder verletzt oder aber in der festen Überzeugung, dass seine Dienste im Moment nicht gebraucht würden, nachdem der Ball in den Händen seines Receivers gelandet war, der prompt einen Touchdown ausführte. Der Fairhaven-Trainer, der den zu späten und damit unerlaubten körperlichen Angriff ebenfalls mitbekommen hatte, stürmte jetzt aufs Spielfeld und deutete abwechselnd auf seinen Quarterback und Zack Minty, der, die Hände in die Hüften gestemmt, dastand und kopfschüttelnd den Touchdown-Jubel der Fairhaven-Spieler verfolgte. Einer der vom Spielgeschehen am weitesten entfernten Schiedsrichter trabte auf das Spielfeld, nickte und deutete auf die Nummer sechsundfünfzig. Die Schiedsrichter-Crew beriet sich kurz, und schließlich zog der Oberschiedsrichter seine gelbe Fahne heraus und warf sie Zack Minty vor die Füße.

»Ach, was soll das denn, lass sie halt weiterspielen!«, brüllte Jimmy Minty, eine recht unpopuläre Forderung im Gästebereich der Tribüne. »Das ist doch kein Badminton!«

»Ist er verletzt?«, fragte Cindy, nachdem sich der Quarterback von Fairhaven immer noch nicht gerührt hatte.

»Nee, der sieht nur Sternchen«, sagte Minty beschwichtigend. »Er braucht einfach 'n Weilchen, um wieder zu sich zu kommen.«

Nachdem der Jubel abgeklungen war, richtete die Menge ihre Aufmerksamkeit auf den verletzten Quarterback. Nach ungefähr einer Minute gelang es ihm, sich aufzusetzen und dann, die Arme um die Schultern seines Trainers und eines Mitspielers geschlungen, aufzustehen. Als die drei auf die Seitenlinie zugingen, kam Nummer sechsundfünfzig angelaufen und bestand darauf, anstelle des Mannschaftskameraden den Verletzten zu stützen. Der Fairhaven-Trainer schien zunächst protestieren zu wollen, erlaubte Zack Minty aber schließlich, sich den Arm des immer noch benommenen Quarterbacks um die Schultern zu schlingen und mitzuhelfen, ihn halb vom Spielfeld zu tragen, da er sich offensichtlich immer noch nicht auf den Beinen halten konnte.

Als Jimmy Minty das sah, standen ihm die Tränen in den Augen. »Der Junge ist ein Prachtkerl«, sagte er und nickte angesichts der Szene, die sich vor seinen Augen entfaltete. »Und genau dafür lohnt es sich, Kinder großzuziehen, stimmt's, alter Kumpel?«

Miles hatte die Szene ebenfalls bewegt, konnte aber Jimmys Gefühle nicht teilen. Nachdem der verletzte Junge sicher auf die

Bank verfrachtet worden war, kam hier und da versprengter Applaus auf, bis Zack Minty auf das Spielfeld zurücktrabte und mit donnerndem Beifall bedacht wurde.

Jimmy Minty beugte sich zu Cindy hinüber. »Hey, solche Kleinigkeiten können manchmal ein Spiel drehen«, sagte er, während er ihr Ohr mit der Hand abschirmte, damit sie ihn auch über den Lärm hinweg verstand.

Zack war den Quarterback so hart angegangen, dass es auch ganz andere Folgen hätte nach sich ziehen können, dachte Miles, und plötzlich meinte er die Gegenwart des Polizisten nicht länger ertragen zu können. »Wolltest du eigentlich etwas mit mir besprechen, Jimmy? Oder hat dich das viele Unterdrücken von Tumulten so ausgepowert, dass du nach einem Platz Ausschau gehalten hast, um dich auszuruhen?«

Cindy Whiting reagierte als Erste. Sie sah Miles an und blinzelte, offenbar verblüfft, Jimmy Mintys eigentümliche Ausdrucksweise aus Miles' Mund zu hören. Minty hatte ihn ebenfalls verstanden – dessen war sich Miles sicher –, starrte aber noch ein paar Sekunden lang auf das Spielfeld hinunter, ehe er sich vorbeugte und ihn ansah. In seinen Augen glitzerten nicht länger Tränen der Rührung über den »Kameradschaftsgeist« seines Sohnes, sondern sein Blick war jetzt kalt und leer. »Ich entschuldige mich für das Benehmen Ihres Freundes, Miss Whiting«, sagte er an Cindy gewandt. »Miles und ich kennen uns schon so lange, aber aus irgendeinem Grund ist es ihm peinlich, dass wir Freunde sind. Er fühlt sich immer besser, wenn er sich ein bisschen über mich lustig gemacht hat. Aber das macht mir nichts aus – solange es bei einem bisschen bleibt. Jemand, der seine Stadt verlässt, um aufs College zu gehen, und mit einem Diplom zurückkommt, hat wohl das Recht dazu, nehme ich an, und ich bin groß genug, um es wegzustecken, solange es nicht überhandnimmt.«

Miles setzte zu einer Erwiderung an, überlegte es sich jedoch anders. Das verlogene Gefühl, das in dieser Rede zum Ausdruck kam, war es nicht wert, sich damit zu beschäftigen, wenngleich Miles wusste, dass für jemanden wie Jimmy Minty aufgesetzte Emotionen von den richtigen, von Herzen kommenden Gefühlen nicht zu unterscheiden waren. Also beschränkte er sich darauf, lediglich einen Fakt zu korrigieren. »Ich habe kein Diplom, Jimmy.«

»Ach ja, stimmt«, erwiderte Jimmy bereitwillig, was die Vermutung hätte nahelegen können, dass Miles in eine Falle getappt sei, wäre Jimmy Minty clever genug gewesen, eine zu stellen. Schade, dass Max nicht dabei war, dachte Miles. Der alte Knabe käme jetzt wie gerufen. Er hätte zum Beispiel gefragt, ob bei der Polizei wirklich alle richtige Munition in ihren Waffen hätten oder ob die Dummköpfe nur Platzpatronen bekämen. Wo ist Max eigentlich?, fragte sich Miles. Es sah seinem Vater so gar nicht ähnlich, das Spiel zu verpassen. Er liebte es, durch die Reihen zu gehen und jeden Zweiten, der ihm über den Weg lief, zu betatschen wie ein Taschendieb, was er in gewissem Sinn ja auch war.

»Bitte bestellen Sie Ihrer Mutter schöne Grüße von mir, Miss Whiting«, sagte Minty, ehe er sich wieder Miles zuwandte. »Willst du wirklich wissen, warum ich hier hochgekommen bin, Miles? Ich bin gekommen, um dir zu sagen, dass sich die Sache mit deinem Bruder geklärt hat, du brauchst dir deswegen keine grauen Haare mehr wachsen zu lassen. Also, Schwamm drüber, das wollte ich dir sagen. Ich weiß, dass du letzte Woche wütend auf mich warst, und ich wollte nicht, dass zwischen uns alten Freunden böses Blut herrscht. Denn das waren wir mal, Miles. Freunde. Waren es. Vielleicht sind wir keine Freunde mehr, aber das liegt an dir, nicht an mir. Wenn du nicht mehr willst, dass wir Freunde sind, auch okay. Aber eins sag ich dir. Als Feind möchtest du Jimmy Minty bestimmt nicht.«

Jubelgeschrei toste vom Spielfeld herauf, und Miles sah, wie Zack Minty aus einem Haufen verkeilter Spieler auftauchte und mit beiden Händen den Ball zuerst vor der Empire-Falls-Seite der Zuschauerränge und dann vor den Fans aus Fairhaven hochreckte, eine provokante Geste, die die heimischen Fans noch mehr toben ließ. Der Junge schien ganz genau zu wissen, wo sein Vater saß, und als Jimmy realisierte, was sich soeben zugetragen hatte, riss er ebenfalls beide Arme hoch und spiegelte so die Gebärde seines Sohnes wider, nur dass er keinen Ball in Händen hielt. Selbst Cindy schien verstanden zu haben, dass sich etwas Bedeutendes ereignet hatte, und ließ Miles' Arm los, um in den Siegesjubel einzustimmen und wie verrückt zu klatschen. Als hätte ihr ganzes bisheriges Leben, dachte Miles, sie nicht gelehrt, dass ein solch ungestümes Gebaren sich rächen würde. Andererseits, sinnierte er weiter, hatte Cindy Whiting nicht ihr ganzes Leben lang darauf gehofft, eben diesem wenigstens für eine paar Stunden zu entfliehen, noch dazu an einem derart schönen Samstagnachmittag Anfang Oktober, den die Ahnung des nahenden Winters in der Luft noch schöner erscheinen ließ? Plötzlich bemerkte Miles, wie sie das Gleichgewicht verlor und nach vorn kippte, und er packte sie am Arm, aber Cindy Whiting war kein Mädchen mehr, und Miles' Griff war nicht fest genug, um sie vor dem Sturz zu bewahren, zu dem es gekommen wäre, hätte sich Jimmy Minty nicht im selben Moment erneut vorgebeugt, um sich nochmals an Miles zu wenden, und bemerkt, wie sie auf ihn zuschoss, sodass er sie in letzter Sekunde auffangen konnte. Der zutiefst erschrockene Ausdruck wich auch nicht aus ihrem Gesicht, als sie bereits sicher von dem Polizisten gehalten wurde, und sie ruderte noch immer mit den Armen, als wäre sie nicht aufgefangen worden, sondern würde kopfüber ans untere Tribünenende fliegen.

Erst als sie wieder aufrecht auf ihrem Platz saß und Miles'

schmerzenden linken Arm mit beiden Händen umklammerte und Jimmy Minty gegangen war, erinnerte sich Miles an das klappernde Geräusch, das er gehört hatte, als Cindy vornüberkippte, und sah, dass ihr Stock abermals unter die Tribüne gefallen war.

Kapitel 16

Sechzig war alles, was Janine Roby – zukünftige Comeau – denken konnte. *Sechzig, sechzig, sechzig.*

Unten war das Spiel unterbrochen worden, weil ein Fairhaven-Spieler – ihr Quarterback, hatte sie jemanden sagen hören – verletzt war. Von ihrem Platz aus konnte sie nicht viel erkennen und im Übrigen interessierte sie sich auch nicht sonderlich für das Spiel. Fast die ganze erste Halbzeit über hatte sie kaum hingesehen. Das einzig Spannende an dem Spiel war, dass es so ziemlich jeden ins Stadion gezogen hatte. In ihrer Highschool-Zeit hatte sie kein einziges verdammtes Spiel der Fairhaven-Mannschaft angeschaut, weil sie zu fett war und ihre Mutter sie die unmöglichsten Klamotten zu tragen zwang und nie ein Junge sie fragte, ob sie ihn zum Spiel begleiten wolle. Schon Wochen vor diesem Match hatte sie nun die besondere, von bittersüßer Rache gefärbte Vorfreude auf dieses Ereignis genossen und es sich in allen Einzelheiten vorgestellt; sie hatte inständig gebetet, dass es warm genug bleiben würde, damit sie ihre neuen weißen Jeans und das Neckholder-Top tragen könnte, und genau damit saß sie jetzt da, wenngleich es ein bisschen zu kühl war. Walt behauptete, ein großer Footballfan zu sein, doch in Wahrheit stolzierte er bei jedem öffentlichen Ereignis gern herum, wo man nicht in Sakko und Krawatte erscheinen musste; er hatte sogar frühzeitig da sein wollen, aber Janine hatte ihm diese Idee ausgeredet. Ihr hatte ein großer Auftritt vorgeschwebt, was voraussetzte, dass alle anderen bereits auf ihren verdammten Plätzen sitzen mussten. Das einzige Problem war nur, dass es, wenn alle schon saßen, für sie keine Plätze mehr gegeben hätte.

Doch wie die meisten Probleme war auch dieses lösbar, und so war Janine schließlich ihre Mutter eingefallen. Seit einiger Zeit schon zerbrach sie sich den Kopf, wie sie den alten Drachen dazu bringen könnte, den Silver Fox wenigstens ein bisschen zu mögen. Schließlich würden sie und Walt bald heiraten, und sie hoffte, ihre Mutter würde es sich bis zur Hochzeit wenigstens abgewöhnt haben, ihn »diesen kleinen aufgeblasenen Gockel« zu nennen. Vielleicht wäre es ein guter Anfang, wenn sich Bea beim Footballspiel amüsierte und hinterher feststellte, dass Walt ihr den Spaß nicht verdorben hatte. Ein Nachmittag in Beas Gesellschaft würde Walt im Übrigen ebenfalls guttun. Soweit Janine wusste, hatte der Silver Fox nichts gegen Bea, schien jedoch von Zeit zu Zeit Schwierigkeiten zu haben, sich an sie zu erinnern. Jedes Mal wenn Janine ihre Mutter erwähnte, wurden seine Augen schmal und er sah sie misstrauisch an, als hätte sie ihm diesen Menschen bislang verheimlicht. Als wäre nicht er derjenige, der das allergrößte Geheimnis vor ihr verheimlicht hatte.

Aber der wahre Grund, warum sie Bea zum Spiel mitschleppen wollte, war, damit sie zur Abwechslung einmal die Lösung eines Problems wäre und nicht dessen Ursache. Also beschloss Janine, ihre Mutter anzurufen und zu bitten, sie möge, da sie erst noch das Fitnessstudio schließen müssten, frühzeitig zum Empire-Stadion gehen und drei Plätze besetzen, und zwar so nah an der Fifty-Yard-Linie und so weit oben auf der Tribüne wie möglich, damit sie eine gute Aussicht hätten. Und damit alle Janine in ihren neuen weißen Jeans und ihrem Neckholder-Top sehen konnten, wenn sie mit Walt die Stufen der Tribüne hinaufginge, wo jede Menge Männer säßen, die sie damals nie ausgeführt hatten, und Frauen, mit denen sie statt ihrer ausgegangen waren. Die meisten von ihnen waren inzwischen Fettärsche, die zwei Sitze benötigten, und sie freute sich schon darauf, ihre neidischen Blicke auf sich zu ziehen. Janine hatte in all diesen Stunden auf dem Stepper gelernt, dass eine Frau im richtigen Aufzug nie verführerischer wirkte, als wenn sie eine Treppe hinauftänzelte oder, noch besser, wenn sie kehrtmachte und die Treppe wieder hinuntertänzelte.

Aber natürlich hatte sich wieder einmal die ganze Welt verschworen, um ihr den Auftritt zu vermasseln, und Janine etwas bestätigt, was sie ohnehin schon gewusst hatte: dass, egal wie gut man etwas plante, Gott einem dazwischenfunkte. Wenn er an dem betreffenden Tag knauserig war und nicht wollte, dass man dieses winzige Etwas bekam, an das man sein Herz gehängt hatte, dann bekam man es auch nicht. Und an diesem Tag wollte Gott aus irgendeinem Grund nicht, dass Janine Roby – zukünftige Comeau – den Auftritt bekam, von dem sie beide wussten, dass sie ihn verdiente. Bea war tatsächlich frühzeitig ins Stadion gegangen, hatte aber ihre drei Sitzkissen auf eine Bank im unteren Drittel gelegt, weil ihr die Füße vom vielen Stehen und der Rücken vom Herumhieven der Bierfässer mehr denn je wehtaten; außerdem sah sie nicht ein, warum sie ganz oben sitzen sollte, wo man weit weg vom Geschehen war. Hätte Janine dies doch nur in ihren Plan miteinbezogen, hätte sie es verhindern können, aber sie hatte ja nur über ihr Outfit nachgedacht.

Aber dass ihr Plan so jämmerlich danebenging, lag im Grunde nicht an der Weigerung ihrer Mutter, ihren Anweisungen zu folgen. In Wahrheit fühlte sich Janine noch immer ganz dusselig im Kopf von dem Schock, den sie an diesem Morgen erlebt hatte. Sechzig! Auf dem Standesamt hatte Walt eine Kopie seiner Geburtsurkunde zum Vorschein gebracht, die er erfolglos glattzustreichen versuchte, und als die Frau am Schalter ihn bat, ihm das darauf eingetragene Geburtsdatum vorzulesen, hatte er ihr das Dokument stattdessen schweigend unter der Glasscheibe hindurchgereicht. Schon da hätte Janine stutzig werden müssen. Besser gesagt, hätte sie es schon vor Wochen werden müssen, nämlich seit sie vergeblich versucht hatte, ihn zu diesem Gang aufs Standesamt zu bewegen und das Aufgebot zu bestellen, damit sie, wenn die Scheidung endlich amtlich wäre, nicht noch mehr Zeit mit Papierkram verlieren würden. Seine erste Ausrede lautete, er könne die verdammte Geburtsurkunde nicht finden, und letzte Woche hatte er es zweimal fertiggebracht, so lange im Fitnessstudio herumzutrödeln, bis das Standesamt geschlossen hatte. Und an diesem Morgen war ihr dann der Grund seines Zögerns klargeworden. Fast wäre er sogar damit davongekommen. Die Frau hatte schweigend sein Geburtsdatum abgetippt und ihm dann das Dokument wieder durch den Schlitz unter der Scheibe zugeschoben. Hätte sie es davor zusammengefaltet, hätte Janine nicht das verblichene Datum lesen können: 10. April 1940.

1940?

»Was zum Teufel ist das?«, sagte sie und pinnte das Dokument mit dem Zeigefinger auf den Tresen, um den Silver Fox daran zu hindern, es schnell zusammenzufalten und in seiner Jackentasche verschwinden zu lassen, ein Manöver, das er nur allzu gern ausgeführt hätte. Als er ihren Blick auffing, hatte er den gleichen Gesichtsausdruck, wie wenn er beim Rommé mit Horace glaubte, ihn reingelegt zu haben. »Ist das vielleicht ein Druckfehler oder so was Ähnliches?«, fragte sie. Das Lustige war, dass sie es ihm wahrscheinlich abgenommen hätte, hätte er gesagt, ja, das sei ein Druckfehler, weil Walt Comeau kein bisschen wie sechzig aussah.

Jetzt machte Janine ihn unten an der Seitenlinie aus. Es war bald Halbzeitpause, und er unterhielt sich mit Horace, der an der Linie stand und, in der Hand eine Metallstange mit einer daran befestigten Kette, auf und ab ging. Dass er jetzt dort unten am Rasen herumlungerte, sah Walt wieder mal ähnlich. Wenn es einen Ort gab, wo er nichts zu suchen hatte, fand man ihn garantiert dort. Genau wie er meistens erst kurz vor dem Zapfenstreich in den Empire Grill ging. Aus irgendeinem Grund mochte er das Geräusch, mit dem die Tür hinter ihm abgeschlossen wurde, und die Vorstellung, dass andere Leute auch hineinwollten, aber nicht mehr durften. Wenn er dann einen Wagen vor dem Lokal vorfahren hörte, drehte er sich auf seinem Barhocker in Richtung Fensterreihe, um zu sehen, wer gleich mit dem »Geschlossen«-Schild an der Tür begrüßt und von ihm enttäuscht werden würde. Überhaupt gefiel ihm alles Exklusive, insbesondere Insiderinformationen, wobei er behauptete, das sei die einzige Art Wissen, die wirklich etwas wert sei, und kein anderer besitze so viel davon wie er. Was wohl auch der Grund dafür war, wie Janine jetzt in den Sinn kam, dass er nie welche preisgab. Wenn man sein Wissen mit jemandem teilte, war es eben keine »Insiderinformation« mehr.

Die gute Nachricht war, dass Walt nicht einmal wie die fünfzig aussah, die er bis zu diesem Morgen vorgegeben hatte zu sein. Er *sah* wie Mitte vierzig aus, als wäre er also nur ein paar Jährchen älter als Miles und Janine; daher hatte sie bislang gedacht, sie könne auf die Tatsache, dass er fünfzig sei, stolz sein. Mehr noch, Janine hatte sein Alter als Ansporn betrachtet. Wenn ihr künftiger Mann mit fünfzig noch so gut aussehen konnte, dann stand ihr selbst ein weiteres gutes Jahrzehnt bevor, in dem sie enge Jeans und knappe Tops tragen konnte, ohne sich lächerlich zu machen. Aber sechzig! Sechzig war für sie kein Ansporn. Es war eine verdammte Täuschung, und in dem Moment, als sie mit dem Zeigefinger Walts Geburtsurkunde auf der Schalterthege fixierte, war ihr klar geworden, dass sie im Begriff war, einen Mann, der kein Geheimnis für sich behalten konnte, gegen einen Mann auszutauschen, der es nicht nur konnte, sondern auch tat. Und er bewahrte seine Geheimnisse nicht nur vor anderen, sondern auch vor ihr.

Was er natürlich abstritt – er habe angenommen, behauptete er, sie hätte schon immer gewusst, dass er sechzig sei. Er zeigte ihr sogar seinen Führerschein, wo schwarz auf weiß dasselbe verdammte Datum stand. »Wann soll ich dir gesagt haben, ich wär fünfzig?«, fragte er sie auf den Eingangsstufen des Standesamts. Nun ja, sie konnte sich tatsächlich nicht an eine konkrete Gelegenheit erinnern, daran dass er sie direkt angelogen und geschworen hatte, er sei fünfzig, aber erfunden hatte sie die verfluchte Zahl ja wohl auch nicht. Und wie oft hatten sie im vergangenen Jahr über ihren Altersunterschied von zehn Jahren gescherzt und hatte er einfach nur grinsend dagestanden – ganz der Silver Fox! –, ohne dass er sie korrigiert oder gesagt hätte: »Ich muss dir übrigens was sagen, Liebling, es sind nicht zehn, sondern zwanzig Jahre.«

»Was macht das denn für einen Unterschied?«, sagte er, während sie nach Hause fuhren, und tat so, als verstünde er nicht, warum sie so aufgebracht war. »Du weißt doch, dass ich großartig in Form bin. Ich habe den Body eines Vierzigjährigen. Das hast du doch selbst gesagt. Wo ist das Problem?«

»Das Problem ist, dass du mich angelogen hast, Walt«, sagte Janine und wurde sich im selben Moment der Tatsache bewusst, dass auch das eine Lüge war, und dafür hasste sie sich. Sie hätte böse auf ihn sein sollen, weil er nicht ehrlich gewesen war, aber das war nicht das Problem. Der Grund für ihren Groll war, dass sie sich auf mindestens zwanzig Jahre einfallsreichen, energiegeladenen Sex gefreut hatte, nachdem sie in den ganzen zwanzig Jahren ihrer Ehe mit Miles zu kurz gekommen war. Aber wenn *sie* sechzig wäre, würde sie mit einem Achtzigjährigen vögeln müssen oder besser gesagt: es versuchen. Nun, da sie das richtige Alter des Silver Fox herausgefunden hatte, konnte sie sich auch erklären, warum Walt – der für einen kleinen Mann gottlob gut bestückt war – in letzter Zeit mehrfach erhebliche manuelle Unterstützung benötigt hatte, um auf Touren zu kommen. Was, wenn ihr zukünftiger Mann in ein paar Jahren sein gutes Stück gar nicht mehr hochbrachte? Janine sah verstohlen zu ihrer Mutter, der sie kein Sterbenswörtchen gesagt hatte, weil sie wusste, dass sich Bea vor Lachen nicht mehr einkriegen würde. Im Grunde war sie, Janine, nur ein weiteres tragisches Beispiel dafür, wie sehr es Gott zu gefallen schien, den Frauen einen Strich durch die Rechnung zu machen.

»Wenn dir kalt ist, warum ziehst du nicht dieses Sweatshirt über?«, wollte Bea wissen.

Ja, Janine hatte ein Sweatshirt mitgebracht, aber für den späteren Nachmittag, falls es kühler werden sollte, was bereits jetzt der Fall war. »Siehst du, Beatrice? Du hast deine Frage selbst beantwortet: Mir ist nicht kalt.«

»Ach ja? Deine Brustwarzen erzählen aber was anderes.«

Janine warf ihrer Mutter einen mörderischen Blick zu, ehe sie antwortete, ohne auf ihr dünnes Top hinabzusehen: »Mach dir keine Sorgen über meine Brustwarzen, ja, Mutter? Ich genieße die Sonne auf meinen Schultern, falls das okay für dich ist. Wahrscheinlich ist dies der letzte verdammte warme Tag, den wir bis Mitte Mai erleben, also lass mich bitte in Ruhe.«

Ihr Plan war, wie Janine sich eingestehen musste, gehörig schiefgegangen. Weiter als bis zu ihrem Auftritt hatte sie ohnehin nicht gedacht, der – wenn alles ideal verlaufen wäre – nicht länger als fünf Minuten gedauert hätte, danach hätte sie für drei Stunden in alleiniger Gesellschaft ihrer Mutter festgesessen. Es gab eine Art Gesetz, das für Situationen wie diese galt. Das Gesetz des Soundso-Soundso. Egal, es würde ihr schon wieder einfallen. Oder sie würde die Frage wieder vergessen, was ebenso gut wäre.

Aber sechzig! Das zu vergessen würde eine Weile dauern. Janine wusste aus Erfahrung, dass es sehr viel einfacher war, tausend Dinge zu vergessen, an die man sich erinnern wollte, als das eine, das man am liebsten aus seinen Gedanken verbannt hätte. Wieder machte sie Walt an der Seitenlinie aus. Seit sie an diesem Morgen erfahren hatte, dass der Silver Fox sechzig war, fing er an, wie sechzig auszusehen, was natürlich völliger Schwachsinn war, wie sie wusste. Wie konnte ein Mann, der gestern noch nicht einmal wie fünfzig ausgesehen hatte, heute plötzlich wie sechzig aussehen, nur weil da ein Datum auf ein zusammengefaltetes vergilbtes Blatt gedruckt war? Das war Quatsch. Aber als sich Walt Comeau jetzt zur Tribüne umwandte und Janine und ihrer Mutter zuwinkte, sah sie nur dieses Ding an seinem Hals. Was zum Teufel war denn das – eine Art Kehllappen? Warum war ihr das bisher noch nie aufgefallen?

»Wer ist denn diese Frau, die dort drüben neben Miles sitzt?«, wollte ihre Mutter wissen. Sie hatte nicht bemerkt, wie der Silver Fox ihnen zuwinkte, und hätte ohnehin nicht zurückgewinkt.

»Wo?«, sagte Janine. Miles mit einer Frau? Sie schwor sich, nicht eifersüchtig zu sein, es sei denn, es war Charlene.

»Dort, direkt gegenüber von uns, nur viel höher.«

Das war ja klar, dachte Janine. Gott musste wieder einmal auf der Leitung gestanden haben, wie üblich. Jemand namens Roby hatte Sitze ganz oben auf der überdachten Tribüne haben wollen, also hatte er sie Miles gegeben.

»Sieht aus wie das Whiting-Mädchen«, sagte Bea, während Janine mit den Augen noch immer die Menge nach ihrem baldigen Exmann absuchte. »Das würde dir recht geschehen. Du lässt dich von diesem lieben Mann scheiden, und er heiratet in die reichste Familie in Zentral-Maine ein und lebt glücklich bis ans Ende seiner Tage, während du deinen kleinen aufgeblasenen Gockel bekommst.«

»Gesetz des abnehmenden Ertrags«, sagte Janine und funkelte ihre Mutter böse an.

»Was?«

»Das Gesetz des abnehmenden Ertrags. Vor einer Minute habe ich nach diesem Begriff gesucht und bin nicht darauf gekommen, und jetzt hast du mir das Stichwort geliefert.«

Ihre Mutter sah sie blinzelnd an, als hätte sie Schwierigkeiten, ihre Tochter trotz der Nähe scharf zu sehen. »Ich schwöre Janine, du hast nicht nur Gewicht verloren.«

Janine, die erneut den Blick über die gegenüberliegende Tribüne schweifen ließ, ging nicht darauf ein. Sie brauchte noch eine weitere Minute, um Miles auszumachen, weil sie nach einem Paar gesucht hatte, dabei gehörte er offenbar zu einer Dreiergruppe, und zwar war die dritte Person dieser Polizist, den Miles nicht ausstehen konnte. Den sie letzte Woche gegenüber dem Empire hatte parken sehen – er hatte einfach nur im Wagen gesessen. Jimmy Minty. Sie beobachtete, wie er aufstand und etwas sagen wollte, doch plötzlich ging ein Aufschrei durch die Menge, und Janine sah, dass es unten auf dem Spielfeld einen Fumble gegeben hatte. Bis Janine erneut Miles und diese Whiting-Tochter ausgemacht hatte – Janine gestand sich ein, dass sie dringend zum Augenarzt musste, weil sie auf die Entfernung blind wie ein Maulwurf war –, war der Polizist in der Menge verschwunden. Hatte sie es sich nur eingebildet, oder hatten sie sich, kurz bevor es unten auf dem Spielfeld zu dem Ballverlust kam, tatsächlich gezankt?

»Ich hoffe, Miles ist diesem Minty nicht blöd gekommen«, sagte ihre Mutter, deren Sehkraft allem Anschein nach noch tadellos war. »Er ist nämlich der wiedergeborene alte Minty, und William Minty war so hinterhältig und böswillig, wie ein Kerl nur sein kann. Er ist der Einzige, dem dein Vater und ich die Tür gewiesen haben.«

Janine sah erneut ihre Mutter an und war selbst überrascht, dass sie plötzlich ein bisschen Angst um Miles hatte. Zum Glück war es nicht allzu schwer, dieses Gefühl wieder abzuschütteln. Schließlich war Miles Roby nicht mehr ihr Problem, und sie zwang sich, nicht nochmals hinüberzusehen, zu ihm und dieser verkrüppelten Frau, die sich, wenn Janine nicht alles täuschte, bei ihm untergehakt hatte. Stattdessen wandte sie ihre Aufmerksamkeit wieder dem Silver Fox zu, der jetzt zu einem Publikum – drei arbeitslosen Fabrikarbeitern – sprach und ihnen ganz offensichtlich irgendeinen Blödsinn erzählte. Das konnte sie daran erkennen, dass er mit gespreizten Beinen und ausgebreiteten Armen dastand, als befände er sich auf einem schwankenden Schiffsdeck, wie immer, wenn er eine Geschichte zum Besten gab. Ja, es war Walt und nicht Miles, der künftig ihr Problem sein würde – es sei denn, sie überlegte es sich in allerletzter Sekunde anders, was sie *nicht* tun würde, beschloss sie, und zwar aus dem einzigen Grund, weil sie ihrer Mutter nicht diese »Hab-ich-dir's-doch-gesagt«-Genugtuung gönnte. Ja, gut, sie würde Walt heiraten, wie sie es angedroht hatte, auch wenn er sein hohes Alter vor ihr hatte verbergen wollen. Und auch wenn er diesen komischen Hautlappen am Hals hatte.

Diese Frau da drüben war tatsächlich das Whiting-Mädchen. Nun, da ihre Mutter sie identifiziert hatte, war sich Janine ebenfalls sicher. Nicht dass Cindy noch ein Mädchen gewesen wäre. Es sah aus, als hätte sie ein bisschen zugenommen, was in ihrem Fall von Vorteil war. Als Janine sie das letzte Mal gesehen hatte, hätte man meinen können, sie befände sich im Hungerstreik. Sicher, es war möglich, dass sie zusammen waren, aber je mehr Janine darüber nachdachte, desto mehr fürchtete sie, dass sich Miles mal wieder in eine Zwickmühle gebracht hatte, und fragte sich unwillkürlich, wie. Sie wusste, dass diese Frau ihm Angst machte, die seit Urzeiten in ihn verliebt war und seinetwegen sogar einen Selbstmordversuch verübt hatte – diese Vorstellung hatte Janine immer ein bisschen komisch gefunden. In ihren Augen böte eher der Umstand, mit Miles *verheiratet* zu sein, Anlass zu Selbstmordgedanken. Jede vernünftige Frau, der es gelungen war, ihn nicht zu heiraten, sollte sich eigentlich glücklich schätzen. Aber Cindy Whiting war, nach allem, was man so hörte, keine vernünftige Frau, nicht umsonst hatte sie ihr halbes Erwachsenenleben in einer Anstalt verbracht. Was um Himmels willen hatte Miles dazu bewogen, alle Vorsicht in den Wind zu schlagen? Gewiss, er war Meister darin, sich selbst eine Falle zu stellen, aber Janine hätte zu gern gewusst, wie er es diesmal angestellt hatte. Mehr noch, sie spürte den starken Drang, ihn nach dem Spiel anzurufen und danach zu fragen. Seit ihrer Trennung ertappte sie sich immer wieder dabei, dass sie vor allem Kleinigkeiten vermisste, zum Beispiel wenn Miles erzählte, wie er sich wieder einmal zu etwas hatte überreden lassen, obwohl er kurz zuvor geschworen hatte, es nie im Leben wieder zu tun. Nein, er würde bestimmt nie mehr für den Schulbeirat kandidieren; dann, keine zehn Minuten später, knickte er ein, nur weil Otto Meyer ihn überredet hatte. Als würde *das* irgendetwas erklären. Als hätte er nicht vorausahnen können, dass der verdammte Otto Meyer ihn *garantiert* anflehen würde. Als könnte man dem großartigen Otto Meyer nichts abschlagen, obwohl alle anderen Nein sagten, einschließlich seiner Belegschaft, die eigentlich auf ihn hören sollte. Ein anderes Beispiel war seine ehrenamtliche Tätigkeit bei der American Legion Baseball. Miles hatte seine Schiedsrichterfunktion an den Nagel gehängt. Nie wieder, hatte er gesagt. Am Morgen. Am Nachmittag, nachdem die versammelten Trainer ihn alle bekniet hatten, wenigstens so lange weiterzumachen, bis sie jemand anderen gefunden hatten, erklärte er sich für ein weiteres Jahr bereit. Es war wirklich zum Heulen. Und als Janine mit sich gerungen hatte, ob sie sich scheiden lassen sollte, hatte sie der langen Liste von Dingen, die sie bestimmt nicht vermissen würde, den Punkt hinzugefügt: »Mit ansehen müssen, wie Miles sich zu Dingen überreden lässt, die er nicht tun will, nachdem er Stein und Bein geschworen hat, sie nie wieder zu tun.« Und am Anfang hatte sie es auch überhaupt nicht vermisst. Aber in letzter Zeit ...

Walt war aus ganz anderem Holz geschnitzt, niemand, der eine Linie in den Sand zeichnete, um sie zwei Minuten später wieder zu verwischen, und das hatte sie von Anfang an fasziniert. Das Problem war allerdings, wie sie zugeben musste, dass Walt sich nie festlegte, weder darauf, etwas *zu tun*, noch, es *nicht zu tun*. Das Geheimnis seines Erfolgs war, wie er ihr immer wieder stolz in Erinnerung rief, sich alle Optionen offenzuhalten. Mal war es angebracht, »hü« zu sagen, doch nach reiflicher Überlegung vielleicht doch lieber »hott«. Einer seiner liebsten Satzanfänge war: »Weißt du, wenn man klug wäre, würde man vielleicht ...«, um dann zu erklären, was ein kluger Mensch vielleicht tun würde. Anfangs hatte Janine gedacht, diese Erklärungen stünden irgendwie in Verbindung mit irgendwelchen Vorhaben. Wie zum Beispiel, dass er sein Haus verkaufen wollte, um mit dem Erlös Miles seinen Anteil an ihrem gemeinsamen Haus auszubezahlen. Keinem von beiden brachte diese Scheidung einen großen materiellen Vorteil, aber Miles war klar der gelackmeiertere, und sie hatte sich in Grund und Boden geschämt, als Walt es sich plötzlich anders überlegt hatte. Er hatte klammheimlich einen Mieter für sein Haus gefunden und äußerte sich nur sehr vage dazu, wie er in dieser Sache in finanzieller Hinsicht weiter verfahren wollte. Würden die Mieteinnahmen, sobald sie verheiratet wären, auf ihr gemeinsames Konto fließen oder auf sein eigenes? Miles jedenfalls würde, fürchtete sie, keinen Cent davon zu sehen bekommen.

Tatsächlich hatte Walt ihr, wenn sie es recht besah, noch nie auch nur ein Fitzelchen über seine finanzielle Situation erzählt, wobei sich dies natürlich ändern würde, allein schon von Rechts wegen, sobald sie sich das Jawort gegeben haben würden. Janine konnte es nicht erwarten zu erfahren, wie viel Geld wirklich vorhanden war. Und ihr schlechtes Gewissen gegenüber Miles versuchte sie damit zu beruhigen. Sie würde schon dafür sorgen, dass er seinen gerechten Teil bekäme, sobald sie Schecks auf das gemeinsame Konto ausstellen konnte. Da war zum einen der Fitnessclub und neuerdings das vermietete Haus, außerdem hatte sie den Eindruck, dass Walt auch noch andere Immobilien besaß. Sie wusste allerdings weder, welcher Art, noch, wo. Neulich hatte er davon geredet, vielleicht ein Fitnesscenter in Fairhaven zu bauen, wo es, obwohl die Stadt doppelt so groß war wie Empire Falls, nur zwei kleine, schäbige Muckibuden gab. Andererseits erwog er auch, das Studio in Empire Falls zu erweitern, nun, da die Ärzte dazu übergingen, verletzten Arbeitern auf Kosten der Unfallversicherung eine Reha zu verordnen. Wenn man klug wäre, spann Walt den Faden weiter, würde man vielleicht auch ein paar Hallentennisplätze hinzufügen, da der vorhandene unentwegt ausgebucht war. Aber in der ganzen Zeit, die sie nun zusammen waren, hatte der Silver Fox noch nicht ein einziges Mal ein »könnte man« durch ein »werden wir« ersetzt.

Janine wurde durch das Erscheinen ihrer Tochter aus ihren Gedanken gerissen. Sie war unbemerkt in die Bank hinter ihnen gerutscht und hatte sich schräg hinter ihre Großmutter gesetzt, die sie zur Begrüßung an sich drückte, etwas, was Janine schon seit geraumer Zeit nicht mehr gestattet war.

»Und, wie geht's, Tickeroo?«, fragte Bea.

»Okay.«

Ihre Tochter sah, wie Janine zugeben musste, in der Frühoktobersonne geradezu blendend aus. Zwar hatte das arme Mädchen noch immer keinen nennenswerten Busen und auch keine Hüften, aber bald würde sie zweifelsohne die ideale Modelfigur haben. Nicht, dass sie es verdient hätte. Als Janine ihr zu Anfang des Jahres vorgeschlagen hatte, Laufstegunterricht zu nehmen, hatte Tick schnippisch erwidert, ja, aber erst nachdem sie sich einer Lobotomie unterzogen hätte. Und Janine war wütend geworden, noch bevor sie das Wort »Lobotomie« nachgeschlagen hatte.

»Nur okay?«, sagte Bea, die anscheinend ebenfalls bemerkt hatte, wie hübsch ihre Enkelin aussah.

»Na ja, mein Schlangenbild ist für die Kunstausstellung ausgewählt worden.«

Das war Janine vollkommen neu, ebenso wie die Tatsache, dass Tick eine Schlange gemalt hatte. Was jedoch nicht neu für sie war, war die Art, wie ihre Tochter sie in der Öffentlichkeit behandelte. Neben Janine war ein Platz frei, der von Walt, aber klar, Tick würde sich niemals dorthin setzen. Zum einen war er, weil Walt dort gesessen hatte, in Ticks Augen verseucht. Zu Hause benutzte sie aus genau diesem Grund das obere Badezimmer nicht mehr. Lieber ging sie in die schmuddelige, unfertige Dusche im Keller. Sie hatte einmal zu dem Freizeitraum gehört, der jetzt mit all dem Gerümpel zugestellt war, für das Miles in seinem Apartment keinen Platz hatte. Der überwiegende Teil davon waren an die tausend Flohmarktbücher, derentwegen Walt sie unentwegt aufzog – er meinte, wie schön es doch wäre, wenn man den Raum auch nutzen könnte. Zum Beispiel könnten sie ein Trimmdichrad hineinstellen und vielleicht sogar einen Stepper, sodass sie – wobei er vor allem sie, Janine, zu meinen schien – abends beim Fernsehen trainieren könnten.

Es war schlimm genug, dass Tick Walt nicht ausstehen konnte, aber in letzter Zeit wollte sie nicht einmal mehr mit etwas in Berührung kommen, was Walt angefasst hatte, einschließlich Janine. Wann immer sie ihr zu nahe kam, rümpfte sie die Nase und sagte:

»Igitt, du riechst nach seinem Aftershave.« Was definitiv unmöglich war, jedenfalls frühmorgens, kurz nachdem Janine geduscht hatte. Sie zweifelte keine Sekunde lang, dass es bald einen Showdown geben würde, wahrscheinlich noch vor der Hochzeit, zumal nachdem Tick ihre liebevolle Bitte, ihre Brautjungfer zu sein, glattweg ausgeschlagen hatte.

Mittlerweile war Janine klar geworden, dass ihre Tochter nicht nur eine kluge, sondern ihr auch überlegene Gegnerin war. Dass sie ihren Vater um den kleinen Finger gewickelt hatte, war ja nicht anders zu erwarten gewesen. Aber zu Janines Verblüffung hatte sie das Gleiche auch mit Walt gemacht. Obwohl Tick ihn grundsätzlich mit Verachtung strafte, war es ihr irgendwie gelungen, die Sache so zu deichseln, dass er bei fast allen Auseinandersetzungen ihre Partei ergriff.

»Ich dachte, deiner Lehrerin hat deine Schlange nicht gefallen«, sagte Bea. Noch etwas, was Janine neu war.

»Na ja, sie haben irgendeinen Professor aus Fairhaven als Sachverständigen hinzugezogen. Mrs Roderigue und er haben auf dem Parkplatz gestritten. Am nächsten Tag hat sie uns erzählt, dass Mr Meyer, Zitat Anfang, ihre Autorität untergräbt, Zitat Ende. Als würde sie eine besitzen.«

»Und du hast diesen ganzen Ärger verursacht, indem du eine Schlange gemalt hast?«

»Kunst ist nun mal kontrovers, weißt du, Grandma.«

»Entschuldige«, sagte Janine und beugte sich vor, damit sie und ihre Tochter sich ansehen konnten. »Könntest du wenigstens Hallo sagen? Ich bin nicht irgendein x-beliebiger Fremder, an dem du, ohne zu grüßen, vorbeischleichen kannst.«

»Ich bin nicht vorbeigeschlichen. Du hast einfach nicht aufgepasst.«

»Jetzt passe ich auf, und trotzdem hast du noch nicht Hallo gesagt.«

»Sag deiner Mutter, sie soll endlich das Sweatshirt anziehen«, warf Bea ein. »Sag ihr, man sieht, dass ihr kalt ist.«

»Man sieht, dass dir kalt ist, Mom.«

»Sag ihr, dass sie eine Gänsehaut hat«, fuhr Bea fort zu soufflieren.

Janine funkelte ihre Mutter böse an. »Dich nehme ich noch mal zu einem Footballspiel mit!«

»Deine Mutter hat schlechte Laune«, erklärte Bea. »Sie wollte, dass ich mit meinen schmerzenden Füßen bis zur letzten Reihe hochsteige, aber ich habe mich geweigert.«

»Es stimmt, dass du kein bisschen entgegenkommend bist, Beatrice, und es stimmt, dass ich schlechte Laune habe, aber bilde dir nicht ein, du wärst die Ursache dafür.«

»Es ist ihr auch peinlich, dass ich mein Hämorrhoidenkissen mitgebracht habe«, fügte Bea hinzu.

Auch das stimmte. Welcher normale Mensch posaunte diese Art von Gebrechen hinaus? »Mutter, von mir aus kannst du den Leuten in der Reihe vor uns gern deine Hämorrhoiden zeigen.«

»Allein um deinen Gesichtsausdruck zu sehen, wäre es die Sache wert«, gab Bea zurück.

Wie nicht anders zu erwarten, hatte ihre Tochter immer noch nicht Hallo gesagt, aber plötzlich fühlte sich Janine nicht etwa von Wut, sondern von Traurigkeit überwältigt. Tränen traten ihr in die Augen, und sie musste rasch das Gesicht abwenden, damit es niemand bemerkte. An diesem Morgen, bevor sie und Walt zum Standesamt gegangen waren, war früher als sonst am Samstag die Post eingetroffen, wahrscheinlich weil der Postbote an diesem Tag rechtzeitig seine Tour beenden wollte; unter den üblichen Reklameblättern und Rechnungen hatte sich ein kleiner Umschlag befunden, der in akkurater jugendlicher Handschrift an Christina Roby adressiert war, laut Poststempel aufgegeben irgendwo in Indiana. Ungeduldig, weil Walt es mit ihrem Vorhaben wieder einmal gar nicht eilig hatte, hatte Janine den Brief einfach nur auf den Flurtisch geworfen und ihn dann vergessen, aber bei ihrer Rückkehr wieder daran gedacht. Nun brauchte sie ihre Tochter nur anzuschauen, um zu wissen, dass der Brief die Ursache für Ticks Strahlen war.

Warum ihr plötzlich die Tränen kamen, lag daran, dass ihre Tochter ihr rein gar nichts davon anvertraute. Verdammt, sie wüsste bis heute nicht von diesem Jungen, hätte Miles ihn nicht erwähnt, wobei er natürlich annahm, dass sie eingeweiht sei. Seit der Trennung hatte ihr Tick das Vertrauen entzogen, zusammen mit allen äußeren Anzeichen der Zuneigung. Das tat natürlich weh, aber Janine tröstete sich damit, dass ihre Tochter ihr melodramatisches Gehabe auf Dauer nicht würde durchhalten können. Schließlich brauchten junge Mädchen ihre Mutter. Allerdings hatte Tick bislang noch keine Ermüdungserscheinungen gezeigt. Selbst ein Mindestmaß an Höflichkeit schien zu viel von ihr verlangt, wobei Janine vermutete, dass auch das einem stillschweigenden Versprechen ihrem Vater gegenüber geschuldet war.

Janine tupfte sich mit dem Ärmel ihres Sweatshirts verstohlen die Augen ab und dachte, verdammt, was soll's. Sie hatte diese allerletzte Chance auf Glück in diesem Leben verdient, und bei Gott, sie würde das Beste daraus machen. Wenn es jemandem nicht passte, dann konnte sie es auch nicht ändern, und das schloss ihre Tochter, das kleine Miststück, ein. Sollte sie doch weiterhin ihre Geheimnisse für sich behalten. Bitte schön, gerne. Um sich selbst zu beweisen, dass sie diese Pose beherrschte, drehte Janine ihrer Tochter und ihrer Mutter den Rücken zu.

Unten trabten die Spieler beider Mannschaften auf den Rasen zurück, die Halbzeitpause war vorüber. Janine bemühte sich, Interesse und Zuversicht zu heucheln, kam jedoch nicht umhin, daran zu denken, wie schnell diese biegsamen Cheerleaderinnen, die jetzt Rückwärtssaltos machten, verheiratet und schwanger von eben diesen Jungs oder irgendwelchen anderen aus einem der Nachbarorte sein würden. Und wie schnell die Realität des Lebens auch die Jungen ereilen würde. Zuerst die Angst, es womöglich allein bewältigen zu müssen, dann die überstürzte Heirat, um diesem Schicksal zu entrinnen, und schließlich der unaufhörliche Strom von zu leistenden Zahlungen, von Arztrechnungen und allem anderen. Die Freude, die sie an diesem rauen Sport hatten, würde sich allmählich verflüchtigen. Sie würden sich unwiderstehlich von Kneipen wie der ihrer Mutter angezogen fühlen, um von diesen Mädchen, die sie geheiratet hatten, wegzukommen und von ihren Kindern, weil sie ebenso wie ihre Frauen zu dumm und nicht vorausschauend genug gewesen waren, um zu verhüten. Auf den Breitbildfernsehern ihrer Stammkneipe würde der Sportkanal laufen, und das Bier würde reichlich fließen, und für eine Weile würden sie darüber reden, wieder mit dem Spielen anzufangen, aber wenn sie es dann taten, würden sie sich verletzen, und ehe sie sich versahen, würden diese Verletzungen zu gesundheitlichen Beeinträchtigungen führen, und das wäre es dann gewesen. Ihre Jobs, ihre Ehen, ihre Kinder, ihr Leben – alles eine einzige Plackerei. Einmal im Jahr würde sie der Übermut packen, und sie würden sich die Gesichter anmalen und sich in einen der Minivans ihrer Frauen quetschen und, auch wenn es eigentlich zu teuer war, Richtung Süden fahren, um sich ein Spiel der New England Patriots anzuschauen, falls sie nicht ohnehin schon in den Süden gezogen wären, wo all die guten Jobs hingewandert waren. Nach dem Spiel würden sie, obwohl nicht mehr nüchtern, wieder nach Hause fahren, weil keiner von ihnen das Geld hatte, auswärts zu übernachten. Heim nach Empire Falls, falls ein Ort dieses Namens dann noch existieren würde.

Während ihrer kurzen Abwesenheit würde die ein oder andere Frau, die etwas abenteuerlustigeren oder verzweifelteren unter ihnen, die Gelegenheit beim Schopf packen und sich einen

Babysitter nehmen, um draußen im Lamplighter Motel einen anderen dieser Jungen dort unten, der späteren Männer, zu treffen, die meisten von ihnen mit alkoholbedingter Erektionsstörung, um mal einen anderen Weg als den gewohnten auszuprobieren, nur um zu merken, dass es eine ähnlich schäbige schmale Nebenstraße war wie die, der sie die ganze Zeit gefolgt waren, ihrem unvermeidlichen Schicksal entgegen.

Apropos Schicksal, dachte Janine und wurde sich der Tatsache bewusst, dass sie neben dem ihren saß, das wiederum auf einem verdammten Hämorrhoiden-Kissen hockte. »Ach, lass das Kind doch in Ruhe, Walt«, hörte sie ihre Mutter sagen und bemerkte durch ihren Tränenschleier hindurch, dass ihr künftiger Gatte zurückgekehrt war, bestimmt war er genauso wie Tick zuvor unbemerkt in die Reihe hinter ihr geschlüpft. Anscheinend hatte er seiner Stieftochter einen Kuss auf den Scheitel gegeben und als Dank die übliche Abfuhr geerntet.

»Wie kommst du eigentlich auf die Idee, dass ein hübsches fünfzehnjähriges Mädchen in der Öffentlichkeit von einem alten Knacker wie dir geküsst werden will?«, fragte Bea ihn.

»Weil ich ein gut aussehender alter Knacker bin«, erwiderte Walt in seiner unerschütterlichen Überzeugung, ein attraktiver Mann zu sein. Doch dann witterte er offenbar Unheil, rutschte aus der hinteren Bank heraus und setzte sich stattdessen auf die davor, neben die Person, deren ganze verdammte Welt kurz zuvor erschüttert worden war. Wenn er sich nicht täuschte, hatte sie Tränen in den Augen, Tränen, die sie zu verbergen versuchte, indem sie sich das Sweatshirt überzog. Das Einzige, was jetzt half, war, sie aufzumuntern, und so begann er einen Song von Perry Como zu singen.

»*The way that we cheered / Whenever our team / Was scoring a touchdown*«, trällerte er und stupste sie mit dem Ellbogen an, in der idiotischen Hoffnung, dass sie einstimmte.

Perfekt, dachte Janine. Endlich verstand sie, warum ihr zukünftiger Gatte so vernarrt in Perry Como war – es hatte nicht etwa mit dem guten Aussehen des Sängers, seinem Charme oder seinem silberfuchshaften Wesen zu tun. Nein, dieser Saftsack war ganz einfach Walts Altersgenosse.

»Weißt du, was ich mir wünsche?«, sagte sie, ohne ihn anzusehen. »Ich wünschte, ihr würdet mich alle in Ruhe lassen.«

»*Time can't erase / The memory of*«, fuhr Walt zu singen fort – ohne ihre Warnung ernst zu nehmen, dieser Mistkerl. »*These magic moments / Filled with love.*«

Und das war das Traurigste von allem, dachte Janine, inzwischen heillos in Selbstmitleid versunken. Ihr fiel nicht ein einziger magischer Moment in ihrem ganzen trüben Leben ein, und da saß sie und versuchte das tapfer zu leugnen, während in Kürze die besten Jahre hinter ihr liegen würden.

Sie sah zum Spielfeld hinab, wo Fairhaven den Ball gegen Empire Falls ins Spiel brachte, dessen Kick Returner ihn sauber auffing und zurücksprintete. Als er erfolgreich die erste Welle von Möchtegern-Tacklern abgewehrt hatte und sich das Feld vor ihm zu öffnen begann, erhoben sich alle von ihren Plätzen, um zu verfolgen, ob er es auf die lange Distanz hin schaffen würde, nur Janine war sitzen geblieben, weil sie gar nicht hinsehen musste, um zu wissen, dass er keine Chance hatte, und während sie dasaß, spürte sie, wie all die aufgeregten Menschen mit den Füßen trampelten, und hörte, wie sie in den Reihen über ihr aus Leibeskräften brüllten. Janine verstand jetzt, warum ihre Mutter mit ihren schmerzenden Füßen nicht hatte bis ganz nach oben steigen wollen, worum Janine sie gebeten hatte. Aber verdammt, sie hatte gehofft, wenigstens ein bisschen weiter hinaufzugelangen.

Kapitel 17

Jimmy Minty hatte seinen Streifenwagen auf der gegenüberliegenden Straßenseite des Empire Grill geparkt, sodass Miles ihn bei seiner Rückkehr unweigerlich sehen würde. Der Polizist saß nun schon eine geraume Weile dort, und während er über den Zwischenfall mit Miles Roby nachgrübelte, waren seine Gedanken aus unerfindlichem Grund zu Billy Barnes gewandert, den er schon seit Jahren nicht mehr gesehen hatte. Warum Billy ihm ausgerechnet heute, am beschissensten Tag aller Tage, in den Sinn kam, war ihm schleierhaft, weil es doch eigentlich Roby war, dem er gern die Fresse poliert hätte. Gut möglich, dass Billy inzwischen tot war. Profi-Eishockeyspieler war er jedenfalls nicht geworden. Jimmy verfolgte noch immer die NHL und wusste daher, dass sein alter Kumpel es nie bis nach oben geschafft hatte, obwohl alle im Dexter County geschworen hatten, dass er ganz groß rauskommen würde. Aber selbst wenn, wäre Billy inzwischen weg vom Fenster. Warum rechnete Jimmy dann noch immer ein wenig damit, ihn während eines Bruins-Spiels auf dem Eis zu erblicken?

Was wohl aus dem Jungen, der nie danebentraf, geworden war? Diese Frage wollte Jimmy Minty einfach nicht aus dem Kopf gehen. Was tat man, wenn man nur eine Sache gut konnte, nachdem sich herausgestellt hatte, dass man doch nicht so gut war wie gedacht? Nun, wenn man clever war, tat man vermutlich das, was Billy Barnes getan hatte. Man verschwand von der Bildfläche. Warum länger an einem Ort herumhängen, wo die Leute bei deinem Anblick nur daran denken, dass du es nicht geschafft hast? Wie konnte es nur dazu kommen?, würden alle wissen wollen, und wer könnte es ihnen verübeln? Jimmy hätte ebenfalls nichts dabei gefunden, Billy Barnes danach zu fragen. Klar gab es Leute, die das nicht täten, aber die Frage würde ihnen trotzdem ins Gesicht geschrieben stehen. Kaum würde sich Billy von seinem Platz erheben und in Richtung Tür gehen, könnte man beobachten, wie sie sich zu ihrem Kind hinüberbeugten und ihm etwas zuflüsterten, und es wäre klar, was es war. Hast du diesen Typ dort gesehen? Das war Billy Barnes. Keiner aus der Gegend war auf den Kufen so gut wie er. Hat kein einziges Mal danebengetroffen. Bis er es dann doch tat.

»Ehrgeiz«, hörte Jimmy seinen Vater im Geiste sagen, »bringt dich ins Grab.«

William Minty war seit vielen Jahren unter der Erde, aber seine Lebensweisheiten hatten ihn überlebt. Sein einziger Sohn, der jetzt beobachtete, wie immer mehr Autos auf dem Parkplatz und entlang der Straße in der Nähe des Empire Grill parkten, konnte sie mehr oder weniger wörtlich vor- und rückwärts herunterbeten. »Die wissen über *alles* Bescheid«, verkündete der alte Mann gern von seinem abgewetzten alten Armsessel aus, wo er abends das große Wort führte. Beim Abendessen war sein Vater immer feierlich schweigsam, aber kaum war er im Wohnzimmer und Walter Cronkite zufolge im Fernsehen, wurde er gesprächig. Cronkite zum Beispiel war dem zustimmenden Nicken seines Vaters zufolge einer von denen, die Bescheid wussten.

»Worüber denn?«, fragte Jimmy das eine Mal, als er den Mut dazu fand.

Sein Vater sah seinen Sohn neugierig an, als wäre es ihm schleierhaft, wie sein eigen Fleisch und Blut so dumm sein konnte.

Dann nickte er in Richtung Fernseher. »Über alles«, erklärte er und starrte dann lange und angestrengt auf Cronkite. »Wetten, die erzählen euch in der Schule, dass wir in einem freien Land leben?«

Jimmy konnte nicht leugnen, diese Aussage bei der einen oder anderen Gelegenheit schon mal gehört zu haben.

»Siehst du, aber glaub es ja nicht. Die haben alles ausgeknobelt, glaub mir, haben an alles gedacht. Wen sie dich heiraten lassen, zum Beispiel. Wo du mit ihr leben wirst. Wie viel Miete du zahlen musst. Wie viel Kohle du verdienen wirst. Wer in ihren Kriegen sterben wird. Alles. Du glaubst, du hast ein Wörtchen mitzureden? Vergiss es.«

Jimmy dachte nach und kam zu dem Schluss, dass dieses ganze Bescheidwissen und Ausknobeln ziemlich kompliziert sein musste. Es würde jede Menge Organisation erfordern, und dann dafür zu sorgen, dass alles wirklich so kam, wie sie es wollten, war bestimmt auch nicht einfach. Man hinge im Grunde von denselben Menschen ab, über die sich sein Vater immer ausließ, weil sie es nicht hinkriegten, ihm pünktlich den Arbeitslosenscheck zu schicken, oder? Genau das äußerte er gegenüber seinem Vater.

»So? Ach, mach dir keine Gedanken darüber«, sagte der. »Wenn du mir nicht glaubst, dann schau mal diesem Alleswisser zu, der uns seit ungefähr zwanzig Jahren jeden Abend erzählt, wie der Hase läuft, mal sehen, ob du dann immer noch nicht überzeugt davon bist, dass sie alles ausgeknobelt haben.«

Von dem Platz im Wohnzimmer aus, wo Jimmy saß, konnte er das Haus der Robys auf der anderen Seite der Hofeinfahrt sehen. Abends ging Miles' Mutter oft an ihrem Wohnzimmerfenster vorbei und blieb hin und wieder stehen, um die Vorhänge zuzuziehen. Mit seinen neun Jahren war Mrs Roby für Jimmy die schönste Frau, die er je gesehen hatte, einschließlich aller Mädchen, und er fragte sich, wie es wäre, im selben Haus wie sie zu leben. Wahrscheinlich, vermutete er, wäre es anders, wenn sie die eigene Mutter wäre, aber er konnte sich nicht vorstellen, nicht scharf auf Mrs Roby zu sein, gleich, wessen Mutter sie war. Er hatte seinen Vater schon mehrmals dabei ertappt, wie er ebenfalls zu ihr hinüberlinste. Jimmy hatte sogar den Fehler begangen, zu Miles zu sagen, wie glücklich er sich schätzen könne, sie zur Mutter zu haben und die meiste Zeit für sich allein, wo Mr Roby doch häufig nicht da sei. Er hatte Miles auch gefragt, ob er sie schon mal nackt gesehen habe, und auf eine Beschreibung gehofft, woraufhin Miles eine Woche lang kein Wort mehr mit ihm geredet hatte, bis sich Jimmy entschuldigte, was ihn nicht viel Überwindung kostete, weil er fürchtete, Miles würde seiner Mutter erzählen, er sei ein verdorbener Junge.

Daher grübelte Jimmy darüber nach, was sein Vater über Walter Cronkite gesagt hatte und alle anderen, die alles ausgeknobelt hätten, und hoffte inständig, sein Vater irre sich. Ihm gefiel die Vorstellung nicht, jemand anders würde entscheiden, wen er heiratete. Diese Wahl hoffte er selbst treffen zu können, und er hatte vor, eine Frau zu heiraten, die Mrs Roby so ähnlich wie möglich sah. Oder sogar Mrs Roby selbst, später, wenn er alt genug wäre und ihr Mann gestorben oder für immer verschwunden wäre. »Niemand kann über alles Bescheid wissen«, erdreistete sich Jimmy schließlich zu sagen.

»Ach nein?« Sein Vater ließ Cronkite nicht aus den Augen, damit er ihm kein Schnippchen schlagen konnte. »Na ja, vielleicht nicht über alles. Aber das Wichtigste haben die längst entschieden, da kannst du Gift drauf nehmen. Scheib dir das ein für alle Mal hinter die Ohren.«

Der Rat seines Vaters, wie man mit diesen Leuten umgehen sollte, lautete kurz gesagt: Bloß nicht ehrgeizig erscheinen. Ja keine Aufmerksamkeit auf sich ziehen. Immer die Augen offen halten für sich bietende Gelegenheiten, dabei aber nicht zu gierig werden. Stehlen ja, aber im Kleinen. Sorg dafür, dass du dich nie mit viel erwischen lässt. Denk immer an das »Wen juckt's?«-Prinzip, wie er es nannte. »Wegen Kleinigkeiten machen sie dir keine Scherereien.« So rechtfertigte er seine eigenen Gaunereien. Sie finden ein paar Wildbraten in der Tiefkühltruhe in deinem Keller? Wen juckt's? Aber zwei, drei Kühltruhen voll gewildertem Wild? Das ist zu viel. Im Grunde taugte dieses »Wen juckt's?«-Prinzip für so ziemlich alle Lebenssituationen. Du findest einen Schlüssel, mit dem sich der Vorratsschrank von jemand anderem öffnen lässt? Du Glückspilz! Du lässt gelegentlich eine Flasche billigen Schnaps mitgehen? Wen juckt's? Wahrscheinlich zählt niemand den billigen Fusel, und falls doch, schieben sie es darauf, dass sie sich verzählt haben. Aber es handelt sich um Markenschnaps und viele Flaschen? Die zählen sie. Die jucken sie sehr wohl. Also besser den billigen stehlen. Wenn er aus ist, stiehlst du eben einen anderen. Wenn du den Schlüssel hast, behältst du ihn. Wenn du nicht gierig wirst, bleibt dieser Schlüssel sehr nützlich für dich. Vorausgesetzt, du sagst niemandem ein Sterbenswort. Wenn du aber im großen Rahmen stiehlst, lassen sie das Schloss auswechseln, und du stehst ohne Schlüssel da. Schlüssel waren eins von William Mintys Hobbys. Er fertigte sie unten im Keller mit einer Maschine, die er für einen Spottpreis ergattert hatte, als Olerud's Eisenwarenladen bankrottgegangen war.

Als ein alter Volvo neben dem Streifenwagen hielt, um rückwärts hinter ihm einzuparken, setzte sich Jimmy kerzengerade hin. Er beobachtete, wie der Fahrer ausstieg, um den Wagen herumging und die Beifahrertür aufmachte. Die Frau, die ausstieg, war adrett angezogen, aber nicht sonderlich hübsch. Der Mann trug eine Chino-Hose und ein hellblaues Hemd mit einem Button-down-Kragen, darüber einen sportlichen Tweedmantel und hatte eine braune Papiertüte in der Hand. Der Typ war Jimmy

Minty von Anfang an unsympathisch, war es im Grunde schon, bevor er ausgestiegen war. Nicht viele Menschen würden längsparken, wenn sie das Einparkmanöver neben einem Streifenwagen mit einem darin sitzenden Bullen beginnen müssten. Wer immer dieses Arschloch war – wahrscheinlich ein Professor, so wie er aussah –, er musste verdammt von sich überzeugt sein. Er und seine mausgraue Tussi überquerten die Straße, ohne ihn auch nur eines Blickes zu würdigen, und als sie im Empire Grill verschwunden waren, drehte sich Jimmy um und besah sich den Inspektionsaufkleber auf der Windschutzscheibe. Gültig, was sonst.

Laut seiner Uhr war es halb sieben. Jimmy hatte angenommen, dass Roby um diese Uhrzeit längst wieder zum Diner zurückgekehrt sein müsste. So lange dauerte es nicht, die Iron Bridge zu überqueren, Cindy im Whiting'schen Haus abzuliefern und zum Empire zu fahren. Es sei denn, der alte Miles hatte es geschafft, sich ins Haus einladen zu lassen. Wenngleich diese Entwicklung alles andere als positiv für ihn war, musste Jimmy unwillkürlich lächeln. Zufällig wusste er, dass Mrs Whiting in Boston war, und vielleicht schoben Miles und ihre Tochter in diesem Moment eine Nummer auf dem Sofa. Roby, der es ihr besorgte. *Diese* Erfahrung gönnte er ihm.

Ein Pick-up bog laut hupend und schlingernd auf die Empire Avenue ein. Vier Highschool-Schüler saßen zusammengequetscht im Fahrerhaus – also konnten unmöglich mehr als zwei angeschnallt sein –, und drei weitere standen auf der Ladefläche, wobei der größte von ihnen in eine dieser langen Plastiktröten blies. Als der Fahrer den Streifenwagen wahrnahm, trat er in letzter Sekunde auf die Bremse, sodass die Jungs hinten auf der Ladefläche alle Mühe hatten, nicht herausgeschleudert zu werden, aber die Tröte flog im hohen Bogen hinaus, kullerte über die Straße und unter Jimmys Wagen. Einen Moment lang erwog er, sie zu verfolgen und dem verdammten Fahrer die Leviten zu lesen, ihm vielleicht sogar einen Strafzettel zu verpassen, ließ es jedoch bleiben. Es waren ja nur Jugendliche, die nach dem Spiel vor Begeisterung und Energie strotzten. Sie hatten einen gehörigen Schrecken bekommen, als sie ihn sahen, und ihre Tröte verloren. Jetzt würden sie vermutlich langsam fahren, jedenfalls für eine Weile. Im Übrigen würde er garantiert seinen Parkplatz verlieren, wenn er ihre Verfolgung aufnähme.

Wie aufs Stichwort fuhr am gegenüberliegenden Bordstein auf seiner Höhe ein Wagen rechts ran, aus dem ein weiterer Typ im Tweedmantel ausstieg. Warum trugen diese Herren Professoren alle das Gleiche, wie eine Uniform? Die Frau, die ihn begleitete, glich der vorigen aufs Haar; wenn es einen Schönheitswettbewerb für mausgraue Frauen gäbe, hätten diese beiden gute Chancen auf den siebten Platz, es sei denn, sie müssten im Bikini posieren, dann wäre es vermutlich der neunte. Was das betraf, hatte sein Vater natürlich recht gehabt. Man heiratete nicht die, die man wollte. Man heiratete die beste Kandidatin, die zu haben war. Tweed heiratete Tweed, Flanell bekam Flanell. Was hingegen seine Theorie mit dem Ehrgeiz anging, dass er einen ins Grab bringe, da hatte Jimmy Minty so seine Zweifel.

Ach ja, Professoren. Wahrscheinlich war ihm deshalb Billy Barnes wieder in den Sinn gekommen. Nach der Highschool war Billy mit einem Eishockey-Stipendium in der Tasche an die University of Maine gegangen. Er wohnte in einem Verbindungshaus in Orono, und an einem der Wochenenden lud er Jimmy zu einer Party ein, damit er mit eigenen Augen sah, was er verpasste. Es war tatsächlich eine wilde Party, und als Jimmy endlich eintraf, war sie schon in vollem Gange. Zwar war er schon am frühen Abend angekommen, aber noch eine Weile in der Gegend herumgefahren, bis er den Mut aufbrachte, an der Tür des Verbindungshauses zu klingeln. Tatsächlich hatte er bereits einen Sixpack intus, bevor er sich sagte: »Was soll's.« Als er schließlich die Klingel betätigte, öffnete ein großer, fetter Typ, in der linken Hand eine Halbliterflasche Bier und über der rechten Schulter ein ohnmächtiges Mädchen mit nacktem Hintern, deren langes, schwarzes Haar fast bis zu den Knien des fetten Jungen herabhing und deren Jeans und Slip bis zu den Knöcheln heruntergezogen waren. Jimmy tat, als wäre es kein besonders ungewöhnlicher Anblick, und erklärte, er sei ein Freund von Billy Barnes, woraufhin der dicke Junge sagte: »Interessiert mich nicht die Bohne. Zapf dir ein Bier. Willst du schnuppern?«

»Was?«, fragte Jimmy wütend und verwirrt zugleich.

»Kostet einen Dollar«, erklärte der Dicke. Dann kam ein anderer Typ hinzu und stopfte eine zerknitterte Dollarnote in die Hemdtasche seines Verbindungsbruders, die bereits voller Geldscheine war, wie Jimmy jetzt bemerkte. Das andere Bürschchen forderte Jimmy auf, Platz zu machen, ergriff die beiden Knöchel des Mädchens und hievte sich dessen Beine auf seine Schultern. Dann beugte er sich vor und atmete genüsslich ein. »Hey«, sagte er und ließ die Beine des Mädchens wieder los, »was für 'ne geile Muschi.«

»Also«, sagte der dicke Verbindungsbruder zu Jimmy Minty, der sich nicht von der Stelle gerührt hatte. »Willst du nun schnuppern oder einfach nur blöd rumstehen und gaffen?«

»Ich suche Billy Barnes«, rief ihm Jimmy Minty ins Gedächtnis.

Der Junge nickte, und auf seiner betrunkenen Miene zeichnete sich eine vage Erinnerung ab. »Hier ist eine echt geile Muschi, und du suchst Billy Barnes.« Er zuckte die Schultern. »Jedem das seine.«

Nun, es war eine wirklich wilde Party. Jimmy zapfte sich ein Bier von einem der drei identischen Fässer und fragte sich, ob ihm, als Nichtverbindungsmitglied, danach noch eins zustehen würde. Er konnte sich kaum vorstellen, dass mehr als ein Freibier drin war, wenn man den Namen Billy Barnes fallen ließ, aber anscheinend hatte er sich getäuscht. Als er erneut zu den Fässern ging, legte der Verbindungsbruder, der ausschenkte, den Zapfhahn um, ohne ihn überhaupt anzusehen, als hätte er nur das fast leere Glas bemerkt und nicht die Person, die es hielt. Das Bier floss nur langsam aus dem Hahn, und der Junge quatschte die ganze Zeit über mit einem Mädchen (einem bekleideten), ohne auf Jimmys Glas zu achten. Als Jimmy ihre Unterhaltung unterbrach, um zu fragen, ob er Billy Barnes gesehen habe, runzelte der Junge die Stirn und sagte: »Wen?«

Als er am nächsten Morgen aufwachte, hatte Jimmy so schlimme Kopfschmerzen, dass er eine Zeit lang einfach nur regungslos dalag und es nicht einmal wagte, die Augen aufzumachen. Er war sich vage dessen bewusst, dass er eine unruhige Nacht gehabt und von einem Albtraum zum nächsten gehetzt war. Als er endlich die Augen aufmachte, fand er sich in einem fremden Raum wieder. Es gelang ihm kaum mehr, als zur Decke zu schauen, weil die geringste Bewegung eine Welle von Übelkeit und Schmerz auslöste. Aber wenigstens war es still, woraus er schloss, dass er allein war. Erleichtert schloss er wieder die Augen und musste erneut eingeschlafen sein, jedenfalls für eine Weile, denn als er sie wieder aufmachte, waren die Kopfschmerzen nicht mehr ganz so schlimm, nur übel war ihm noch immer.

Am meisten Sorgen bereitete ihm, dass derjenige, dem das Zimmer gehörte, jeden Moment zurückkommen und Jimmy fragen könnte, was er hier zu suchen habe. Der Bewohner wüsste nicht einmal, wer Jimmy wäre, es sei denn, es handelte sich zufällig um Billy Barnes' Zimmer, aber wie wahrscheinlich war das? Er konnte sich kaum mehr an die vergangene Nacht erinnern, nur dass er immer wieder nach seinem alten Freund gefragt und allmählich den Eindruck gewonnen hatte, dass Billy bei den anderen Verbindungsbrüdern kein besonders hohes Ansehen genoss. Nicht, dass ihn das sonderlich überrascht hätte, da Billy in der

Schule auch nicht viele Freunde gehabt hatte, nur in der Eishockeymannschaft, und das lag daran, dass er auf den Kufen jeden im Dexter County austricksen konnte.

Jedenfalls, wenn es nicht Billys Bett war, sollte Jimmy es besser räumen. Er schloss ein letztes Mal die Augen, zählte bis drei, setzte sich auf und schwang die Füße auf den Boden. Dann machte er die Augen wieder zu und wartete, dass der unerträgliche wellenartige Schmerz in seinem Kopf abebbte. Das tat er nicht, dafür nahm Jimmy aber im schummrigen Morgenlicht zweierlei wahr. Erstens, dass er nackt war, was ihn sogleich an das nackte Mädchen erinnerte, an deren Muschi jeder gegen Bezahlung hatte schnuppern dürfen, und nachdem er einen intuitiven Gedankensprung vollzogen hatte, fragte er sich, ob ihm eventuell das Gleiche widerfahren war, nachdem er das Bewusstsein verloren hatte. Hatte man ihn vielleicht in dieses Zimmer verfrachtet, nackt ausgezogen und neugierigen Partybesucherinnen als kurioses Exemplar der menschlichen Spezies zum Begaffen dargeboten? Zweifelsohne hätte er sich in diesem Moment übergeben müssen, hätte er nicht eine zweite Entdeckung gemacht, die seine Übelkeit nackter Angst weichen ließ. Das schmuddelige weiße Laken, auf dem er geschlafen hatte, war bis zum Kissen hinauf mit feuchten rosa Flecken übersät, und als eine nähere Untersuchung erbrachte, dass es sich, genau wie von ihm befürchtet, um Blut handelte, sprang er auf und wich so schnell zurück, dass er mit dem Rücken an die Wand stieß. Das löste eine weitere Schmerzwelle in seinem Kopf aus, die so intensiv war, dass er an der Wand entlang zu Boden rutschte, wo er mit angezogenen Beinen, die Knöchel mit den Händen umfassend, die Stirn auf den Knien, sitzen blieb. Wieder schloss er die Augen und dachte, was für ein Segen die Dunkelheit war, wenn sie wie jetzt die ganze Welt ausblendete.

Als jemand an das Beifahrerfenster klopfte und er hochsah, zeichnete sich Zacks Gesicht auf der anderen Seite der Scheibe ab. Jimmy ließ sie herunter und sah ihn grinsend an. Herr im Himmel, war der Junge gewachsen.

Er streckte ihm die Hand hin. »Großartiges Spiel, mein Sohn.«

Sie schüttelten sich unbehaglich die Hände. »Schade, dass uns die Zeit davongerannt ist«, sagte der junge Minty. In der zweiten Halbzeit hatten sie wieder aufgeholt und waren durch ein Field Goal im vierten Viertel sogar mit Fairhaven gleichgezogen. »Hätten wir den verdammten Ball zurückbekommen, hätten wir garantiert noch mal gepunktet.«

»Ganz bestimmt. Und an dir haben sie sich alle die Zähne ausgebissen.«

»Ja, das kann man sagen«, sagte der Junge stolz.

»Wo wollt ihr jetzt hin?«

Auf der anderen Straßenseite stand in zweiter Reihe neben dem Wagen des letzten Professors Jimmy Mintys roter Camaro und brummte untätig vor sich hin, und hinter dem Camaro wartete der Pick-up, der zuvor mit quietschenden Reifen um die Ecke gebogen war. Auf der Ladefläche saß jetzt niemand mehr, und in der Fahrerkabine waren sie nur noch zu dritt. Reine Show, garantiert. Die anderen Jugendlichen warteten wahrscheinlich an der nächsten Straßenecke darauf, wieder mitgenommen zu werden.

»Wir dachten, wir fahren nach Fairhaven Pizza essen.«

»Es gibt auch hier in Empire Falls Pizza.«

»Ja, ich weiß. Aber ist es trotzdem okay?«

»Ja, glaub schon. Wer kommt noch mit?« Jimmy Minty spähte an seinem Sohn vorbei, konnte aber durch die getönten Scheiben des Camaro niemanden erkennen.

»Justin. Tick Roby. Noch ein Mädchen, Candy Burke.«

Sein Vater nickte. Da waren *vier* Leute im Wagen. So viel konnte er trotz der getönten Scheiben sehen. »Das sind erst drei«, sagte er.

Sein Sohn schien ihm den vierten Insassen nicht verraten zu wollen. »Ach, noch ein Junge, John.«

»John wer?«

»Voss, glaub ich.«

Jimmy nickte und kramte in seinem Gedächtnis ... John Voss? Stimmt. Im Juli war der Junge beim Klauen im Supermarkt erwischt worden. Jimmy hatte ihn nach einer Verwarnung wieder laufen lassen. Die Sache war es nicht wert gewesen, viel Aufheben zu machen. Ein sonderbarer Junge, erinnerte er sich. Nicht von der Sorte, mit der sein Sohn normalerweise herumhing. »Lass *dich* je beim Ladendiebstahl erwischen, und ich schlag dich windelweich.«

»Kommt bestimmt nicht vor«, erwiderte der Junge zweideutig.

»Ich kann das immer noch, glaub mir.«

»Vielleicht.« Der Junge grinste jetzt.

»Ja, du mich vielleicht.« Jimmy grinste ebenfalls. »Du bist vielleicht in der Lage, mich k. o. zu schlagen, aber im Unterschied zu dem Jungen, den du heute umgehauen hast, würde ich wieder aufstehen.«

»Das weiß ich, Dad.«

»Hast du genug Geld?«

»Jaja.«

Jimmy Minty nickte und hielt ihm seufzend einen Zwanziger hin. »Hier, nimm. Wenn du ihn nicht brauchst, kannst du ihn mir ja wiedergeben.« Was ein Novum wäre. Nicht, dass er es erwarten würde. Jimmy wollte nicht, dass sein Kind knapp bei Kasse war, so wie er in seinem Alter. Seinem Vater auch nur einen verbeulten Nickel aus der Tasche zu luchsen war Schwerstarbeit gewesen.

»Und schau zu, dass du dich aus Ärger raushältst. Es ist kein guter Abend, um nach Fairhaven zu fahren, nach diesem Spiel. Wenn sie dich wegen einer Schlägerei einbuchten, lass ich dich dort sitzen.«

»Ich werd's mir merken.«

»Tu das.«

»Gut, dann geh ich mal, okay?«

»Wie läuft es mit dir und der kleinen Roby?«

»Ach, die kleine Fotze tut wie immer, als könnte sie mich nicht leiden.«

Jimmy überlegte, ob er ihm sagen sollte, er solle gefälligst auf seine Wortwahl achten, ließ es jedoch bleiben. Er hatte diesen Ausdruck selbst benutzt, und zwar in Bezug auf die Mutter des Jungen, die eine *war* und diesen Namen verdiente. Wie die meisten Weiber, wenn man es recht besah. »Nun, sie wäre nicht die Tochter ihres Vaters, wenn sie nicht so auf dem hohen Ross sitzen würde. Lass dir ja nichts gefallen, rat ich dir.« Nicht so wie er an diesem Nachmittag, dachte er.

»Es wird bestimmt nicht so spät.«

»Wenn du mir den Camaro zu Schrott fährst, will ich kein Wort davon hören, wer schuld war«, sagte Jimmy, der sich bemüßigt fühlte, eine letzte Warnung an den Mann zu bringen.

»Wir können auch tauschen, falls du dir Sorgen machst«, sagte sein Sohn, der Klugscheißer.

»Hau ab, bevor ich dir 'nen Strafzettel für Parken in zweiter Reihe verpasse.«

Zack nickte. Doch ehe er zum Camaro zurückkehrte, ging er um den Streifenwagen herum und pflückte die Tröte aus dem Rinnstein, trabte auf die andere Straßenseite und reichte sie dem Fahrer des Pick-ups.

Die nächstliegende Erklärung für das blutbesudelte Bett, sinnierte er, während er mit zusammengepressten Augen dasaß, war die, dass er noch träumte. Schließlich war er die ganze Nacht hindurch von einem Albtraum zum nächsten gejagt, an deren Inhalt er sich bruchstückhaft und schlaglichtartig zu erinnern begann. Und das hier war einfach nur die Fortsetzung. Wenn er die Augen erneut aufmachte, würde er bestimmt noch im Bett liegen, vielleicht sogar in seinem eigenen, mit einem Kater, der sich gewaschen hatte, aber wohlbehalten und unversehrt. Doch als er diese These überprüfen wollte, fand er sich noch immer mit dem Rücken an eine Wand gelehnt auf dem Boden eines fremden Schlafzimmers wieder. Mit dem Unterschied, dass er nun auch noch zu wimmern angefangen hatte. Ganz offensichtlich hatte sich hier in der vergangenen Nacht etwas Schreckliches abgespielt, und da er noch lebte und nun mit den Folgen konfrontiert wurde, lag die Vermutung nahe, dass, was immer auch geschehen war, nicht ihm *angetan* – wobei ihm jetzt auffiel, dass seine Haut hie und da blutverkrustet war –, sondern wohl eher *von* ihm begangen worden war. Seit Langem schon, ungefähr seit er fünfzehn oder sechzehn war, gab er sich vor dem Einschlafen düsteren, gewalttätigen Fantasien hin, und eine davon, schien es, war nun Wirklichkeit geworden. Er hatte vergangene Nacht ein Mädchen in dieses Zimmer gelotst und, nachdem sie ihn zur Weißglut gebracht hatte, umgebracht. Er entsann sich vage, dass er mehrere Mädchen zu überreden versucht hatte, mit ihm Sex zu haben. Soweit er sich erinnerte, war keine von ihnen auch nur annähernd gewillt gewesen, aber eine musste schließlich Ja gesagt haben. Wieder drehte sich ihm der Magen um.

Trotz der psychologischen Plausibilität dieses Szenarios tröstete Jimmy Minty das Fehlen eines objektiven Beweises. Wenn er eine Studentin umgebracht hätte, wo war sie dann jetzt? Er begab sich auf alle viere und krabbelte zu dem Kuddelmuddel aus

Bettzeug am Fuß des Bettes und hob es hoch. Keine Spur von einem Mädchen. Dann tapste er zur anderen Seite des Bettes hinüber. Auch hier kein Mädchen. Als Nächstes sah er im Schrank nach, der vollgestopft war mit allem möglichen Mist, nur nicht mit einem Mädchen. War es möglich, dass er sie zu töten versucht hatte, es ihr jedoch gelungen war zu fliehen? Er streckte den Kopf in den Flur hinaus und rechnete halb damit, eine Blutspur zu finden. An der Wand war ein großer schaumiger Fleck, aber das war garantiert Bier. Er schloss die Tür wieder.

Gut, dachte er, also hatte er vielleicht doch niemanden getötet. Aber jemand musste wie ein abgestochenes Schwein auf dem Bett geblutet haben. Das meiste Blut war bereits getrocknet und verkrustet, genau wie seine Abschürfungen an Knien, Bauch und Brust. An anderen Stellen war es noch immer feucht und klebrig. Jimmy hockte sich auf die Bettkante und dachte einen Moment lang nach, dann langte er nach einem einigermaßen sauberen Zipfel des Zudecklakens und wischte einen getrockneten Blutfleck von seinem Knie, überrascht, dass es brannte und dass helles Blut aus der Schnittwunde perlte, die er erst jetzt bemerkte.

Was für ein großartiges Gefühl zu entdecken, dass das Blut sein eigenes war, dass sein ganzer Körper mit winzigen rasiermessergroßen Schnitten übersät war! Klar, die Vorstellung, dass so viel Blut aus seinem eigenen Körper gesickert war, ließ seine Knie weich werden, aber wenigstens war er kein Mörder. Er hatte vor, sich bei der Maine Police Academy zu bewerben, und es hätte sich in seiner Bewerbung gewiss nicht gut gemacht, wenn er auf einer Verbindungsparty eine Studentin getötet hätte, selbst wenn er erklärte, er sei zur Tatzeit völlig betrunken gewesen und könne sich an nichts erinnern. Er hatte ein ganzes Jahr gebraucht, um auf die Idee zu kommen, Polizist zu werden, und hatte keine Lust, wieder von vorn zu beginnen, auch wenn er während einer langen Gefängnisstrafe ausreichend Muße haben würde, neue

Karrierepläne zu schmieden. Wenn das Blut hingegen sein eigenes war, bedeutete es, dass er an seinem Plan, Bulle zu werden, festhalten konnte – und genau das erforderte diese Situation jetzt, polizeiliche Ermittlungen. Wie um alles in der Welt konnte er mit Schnittwunden übersät aufwachen? Es war ihm ein Rätsel.

Er hatte jede Menge Geschichten über wilde Verbindungspartys gehört, über bizarre und erniedrigende Einführungsrituale, denen jüngere Mitglieder durch ältere unterzogen wurden. Meistens handelte es sich darum, dass man die Neuen aufs Land hinausfuhr, ihnen die Kleider wegnahm und sie der Peinlichkeit aussetzte, splitterfasernackt zum Campus zurückzukehren. Oder sie zwangen sie, sich ins Koma zu saufen. Vielleicht war etwas in dieser Art in der vergangenen Nacht passiert. Zwar musste man, soweit er wusste, zuerst der Verbindung beitreten, aber wer weiß? Vielleicht hatten sie ihn für einen aus der Sigma-Nu-Verbindung gehalten. Natürlich hatte ihn niemand gezwungen, sich bis zur Besinnungslosigkeit zu betrinken. Das hatte er ganz freiwillig getan. Aber er war splitterfasernackt aufgewacht, und das wiederum sprach für diese These. War es tatsächlich möglich, dass ihm all diese kleinen Schnittwunden von betrunkenen Verbindungsbrüdern beigebracht worden waren, einfach so aus lauter Jux und Tollerei? Du lieber Himmel, da war sogar eine auf seinem Schwanz!

Die gute Nachricht war, dass sich seine Anziehsachen in dem Knäuel aus Bettwäsche wiederfanden, und Jimmy zog sie vorsichtig an. Jede Bewegung riss verschiedene Schnittwunden wieder auf, und es tat höllisch weh, aber was half's? Im Haus war es noch immer still, alle lagen vermutlich noch betrunken in ihren Betten, also war es wohl das Beste, leise zur Tür hinauszuschlüpfen, bevor jemand aufwachte und sich wunderte, wer zum Teufel er war und was er hier suchte. Die Frage war nur: Sollte er die blutigen Laken mitnehmen? Einerseits gehörten sie ihm nicht, und er wollte nicht für einen Dieb gehalten werden. Andererseits würde er deren Besitzer einen Gefallen tun, wenn er das Bett abzöge und ihm den Schock beim Anblick des vielen Bluts darauf ersparte. Im Übrigen würde die ganze verdammte Verbindung wahrscheinlich glauben, dass sich ein Mord ereignet habe, und sobald sie wieder einigermaßen nüchtern wären, könnte sich einer von ihnen daran erinnern, dass er Billy Barnes' sonderbaren Freund stockbesoffen in dieses Zimmer gelassen hatte. Das würde Jimmy Minty in eine gewisse Erklärungsnot bringen, und er bezweifelte, dass er sich überzeugend daraus befreien könnte, wo er selbst nur Mutmaßungen anstellen konnte, was ihm da widerfahren war. Also dann die Laken doch lieber mitnehmen.

Als er sich daranmachte, die Wäsche abzuziehen, bemerkte er ein merkwürdiges Glitzern, als wäre das blutige Laken mit Sternenstaub bestäubt. Bei näherer Betrachtung entpuppte es sich als winzige Glasscherben. Jimmy betrachtete verdutzt einen hauchdünnen Span, der sich sofort in seinen Daumen grub, als er ihn aufpickte. Er setzte sich wieder auf die Bettkante, um nachzudenken, und hob schließlich den Blick zur Decke. Direkt über ihm war eine leere Glühbirnenhalterung. Nein, nicht ganz leer. Ein gezacktes Glasstück ragte hervor, der Rest der geborstenen Glühbirne. Kein Wunder, dass er so unruhig geschlafen hatte. Er hatte die Nacht in einem Bett voller Glasscherben verbracht.

Das Mysterium ergründet, beschloss er, die Laken doch dazulassen, damit jemand anders anhand der Beweismittel das Rätsel ebenfalls lösen konnte. Ein Stück die Straße hinunter stand sein Wagen noch genau dort, wo er ihn am Abend vorher abgestellt hatte, und er setzte sich, seine Pobacken von einen Netz winziger Schnitte überzogen, vorsichtig hinter das Steuer. Vor ihm stand ein weiteres Verbindungshaus mit zwei griechischen Buchstaben über der Tür. Das gab ihm erneut zu denken. Das Verbindungshaus, in das er gestern gegangen war, hatte *drei* Symbole über der

Tür. »Sigma Rho« hatte Billy Barnes gesagt, als er ihm die Adresse durchgab. Entsprach das zwei oder drei Buchstaben? Sig Ma Rho. Also drei.

Die Rückfahrt nach Empire Falls war ziemlich unangenehm, aber Jimmy Minty lächelte auf dem ganzen Weg vor sich hin, überzeugt, dass er einen großartigen Polizisten abgeben würde. Auch war er froh, die University of Maine gesehen zu haben. Die Kids dort brauchten in der Regel vier ganze Jahre, um sich über ihre Berufung im Klaren zu werden, während er es ohne fremde Hilfe in einer einzigen Nacht geschafft hatte.

Der Streifenwagen, der ganz unverhohlen auf der anderen Straßenseite parkte, fiel Miles, als er von der Whiting'schen Hazienda zurückkam, auf Anhieb auf. Einfach ignorieren, sagte er sich. Das Lokal schien genauso voll zu sein wie am Vorabend, also konnten sie seine Hilfe bestimmt gebrauchen. Er fuhr in den Hinterhof, stellte den Wagen auf seinen angestammten Platz neben der Mülltonne, steuerte auf den Hintereingang zu, überlegte es sich anders und ging um das Gebäude herum zur Straße. Jimmy Minty war bereits ausgestiegen, noch bevor Miles die Straße überquert hatte, und wirkte ziemlich verdattert, als Miles ihm die Hand entgegenstreckte. Vielleicht auch ein bisschen enttäuscht, denn er hatte es nicht allzu eilig, sie zu ergreifen.

»Tut mir leid wegen heute Nachmittag, Jimmy«, sagte Miles, nachdem sie sich die Hände geschüttelt hatten. »Keine Ahnung, was in mich gefahren ist. Ich bin einfach übermüdet, nehme ich an.«

»Nun, schön, dass du dich entschuldigst. Hatte schon Angst, dass die Stimmung zwischen uns noch mieser wird.«

»Das würde ich nicht wollen«, erwiderte Miles und meinte es ehrlich. »Du hattest recht. Ich brauche keine Feinde. Und dich will ich erst recht nicht zum Feind.«

Jimmy nickte argwöhnisch. Er brauchte eine Minute, um sich davon zu überzeugen, dass in Miles' Worten keinerlei Ironie oder Sarkasmus mitschwang. »Warum sitzt du dich nicht kurz zu mir in den Wagen? Setzt du dich, meine ich. Stimmt schon. Ich verwechsle das ständig. ›Sitzen‹ und ›setzen‹. Das hat mir die alte Lady Lampley auch immer rot unterstrichen. Erinnerst du dich an sie?«

Miles nickte. »Ich habe aber nicht viel Zeit«, sagte er und ging zur Beifahrerseite hinüber. »Der Laden ist schon wieder brechend voll.«

»Hast du Angst, sie schaffen es nicht ohne dich?«, sagte Minty, der wieder hinter dem Steuer Platz genommen hatte, während Miles auf den Beifahrersitz glitt.

»Nein, ich habe eher Angst, dass sie es schaffen.«

Jimmy nickte, als wäre diese Weisheit zu tief, um auf einmal verdaut zu werden. Dann sagte er: »So ist es viel besser. Du und ich hier drin, einfach nur reden. Statt diese dicke Luft in letzter Zeit.«

Miles nickte ebenfalls. Wenn er sich nicht täuschte, war dies auf gewisse Weise eine Aufforderung an ihn, sich ein zweites Mal zu entschuldigen. Oder vielleicht, ihm eine etwas befriedigendere Erklärung für den Zwist zwischen ihnen zu liefern.

»Also, *was* hast du eigentlich gegen mich?«, fragte der Polizist und bestätigte Miles' Vermutung. »Ich meine, ich verstehe, was es heißt, übermüdet zu sein. Aber das heute Nachmittag? Mit Müdigkeit hatte das nichts zu tun. Irgendwas hattest du, aber übermüdet? Und davor die Sache mit deinem Dad? Auch das hatte für meine Begriffe nichts mit übermüdet zu tun.«

»Womit hatte es in deinen Augen denn dann zu tun?«, fragte Miles, neugierig und zugleich hoffnungsvoll, dass es, egal, was er antwortete, der Wahrheit nicht allzu nahe kommen würde.

»Genau das versuche ich schon die ganze Zeit, während ich hier parke, herauszufinden.«

»Nun, ich hätte deinen Grammatikfehler echt nicht korrigieren sollen, Jimmy. Das war herablassend und gemein von mir. Du bist zu Recht sauer auf mich.«

Der andere sagte nicht sofort etwas, warf aber dann so unvermittelt die Arme in die Luft, dass Miles zusammenzuckte. »Ach, lassen wir das. Du hast doch gesagt, dir tut es leid, oder?«

Das war, wie Miles bemerkte, eine dritte Gelegenheit.

»Ich habe vorhin die Kinder gesehen«, sagte Minty und sah ihn wachsam an. »Meins und deins. Und ein paar andere. Fahren nach Fairhaven zum Pizzaessen. Jedenfalls haben sie das gesagt.«

»Ich weiß nicht, ob das eine gute Idee ist.«

»Genau das hab ich auch gesagt.« Minty nickte erneut. »Aber warte noch zwei Jährchen, dann sind beide auf dem College, und wir haben nicht den blassesten Schimmer, was sie dort treiben, stimmt's?«

»Ja, damit hast du wohl recht.« Miles gab vor, ganz seiner Meinung zu sein.

»Wünschst du dir manchmal, wieder jung zu sein?«

»Nie.« Miles war froh, wenigstens eine dieser Fragen unumwunden wahrheitsgetreu beantworten zu können. »Es war wirklich schrecklich.«

»Oh, ich weiß nicht ...«

»Wir waren ja so dumm«, sagte Miles, selbst überrascht, mit welch tiefer Überzeugung er es sagte. »Ich zumindest.«

»Weißt du, woran ich gedacht hab, bevor du aufgekreuzt bist? Daran, wie Billy Barnes mich mal zu dieser Verbindungsparty eingeladen hat. Das muss ein Jahr nach unserem Highschool-Abschluss gewesen sein.« Er erzählte Miles von der Party beziehungsweise den Teil mit dem nackten Mädchen über der Schulter eines der Burschen. »Junge, das hat mich echt fertiggemacht«, schloss er. »Auch wenn ich es damals nicht gemerkt hab.«

»Nun, das war echt eine schlimme Sache.« Miles verscheuchte die Vorstellung, dass auch seine Tochter irgendwann an so einem Besäufnis teilnehmen könnte.

Jimmy Minty sah ihn offen an. »Oh, das mit dem Mädchen meinst du?« Er blinzelte. »Klar, das war auch scheiße, aber was mich wirklich angekotzt hat, waren diese Verbindungstypen. Dass sie alle wussten, was Sache ist. Dass sie dich wie einen verdammten Idioten behandelt haben, nur weil sie wussten, wo's lang geht, und du nicht. War es dort, wo du warst, genauso?«

Miles musste unwillkürlich lächeln. »Ich war auf einem kleinen katholischen College, weißt du, Jimmy. Du hast in deinen ersten fünf Minuten auf dem Campus wahrscheinlich mehr mitgekriegt als ich in den dreieinhalb Jahren meines Studiums.«

»Das meine ich nicht.« Jimmy wurde zusehends gereizter, weil es ihm nicht gelang, sich verständlich zu machen. »Ich rede nicht von Muschis. Ich rede davon, welches Gefühl sie einem gegeben haben. Als würden sie dazugehören und du nicht. Dass sie es nicht mal für nötig befunden haben, dich anzuschauen. War es bei den Katholiken auch so?«

Miles sah ihn aufmerksam an. Es begann zu dämmern, aber selbst in dem spärlichen Licht, das durch die Windschutzscheibe hereinfiel, konnte er das vor Entrüstung gerötete Gesicht seines Gegenübers erkennen. Diese Mischung aus Ahnungslosigkeit und Dringlichkeit hätte ein Hinweis auf Trunkenheit sein können, aber nichts sonst am Verhalten des Polizisten deutete darauf hin. Es war, als hätte sich Minty diese Frage vor vielen Jahren schon einmal gestellt und seither nie die Gelegenheit gehabt, sie mit jemandem zu erörtern. Aus diesem Grund ließ sich Miles Zeit mit seiner Antwort.

»Es gab schon Zeiten, in denen ich mich auch fehl am Platz gefühlt habe«, räumte er ein. »In denen ich mich irgendwie nicht zugehörig fühlte, vor allem am Anfang. Viele der Studenten kamen aus Boston, manche auch aus Portland, also lauter Großstadtkids, die viele Sachen kannten, von denen ich keine Ahnung hatte. Aber irgendwann kommt der Punkt, an dem man sich nicht mehr so unzulänglich fühlt. Eines Morgens wachst du in deinem Schlafraum auf und denkst: Das hier ist mein Bett. Das dort mein Schreibtisch und das sind meine Bücher und das ist meine Welt. Und von da an fängt das Zuhause, wo du herkommst, an sich komisch anzufühlen.«

Der andere hatte ihm aufmerksam zugehört, und Miles wurde bewusst, dass er, obwohl er auf der Hut hatte sein wollen, mit seinen Worten Minty in einem dunklen Verdacht bestärkt hatte, von dem dieser einfach nicht ablassen konnte oder nicht ablassen wollte. »Also bin ich nicht lang genug geblieben, willst du damit sagen.«

»Nun, eine Nacht ... eine Party ...«

»Du meinst, wenn ich länger geblieben wäre, wäre ich genauso geworden wie diese Verbindungstypen.«

Miles zweifelte keine Sekunde daran. Im zweiten Studienjahr wäre Minty der Kerl mit dem nackten Mädchen auf der Schulter gewesen, er hütete sich jedoch, es auszusprechen. »Nein ...«

»Gut, dann bin ich froh, dass ich nicht geblieben bin.«

»Jimmy ...«

»Nein, Scheiße, Miles. Ich versuche gerade, dir etwas klarzumachen, okay? Kann ich dir jetzt mal was sagen, oder weißt du schon alles?«

Wieder zögerte Miles, bevor er antwortete. »Es gibt keinen Grund, sich aufzuregen, Jimmy. Du hast mich was gefragt, und ich habe geantwortet.«

»Halt einfach mal kurz den Mund, okay? Also, ich bin nicht *dabei*, mich aufzuregen, ja? Ich rege mich schon seit heute Nachmittag auf. Du glaubst wohl, du kannst dich vor Miss Whiting und einer Menge anderer Leute über mich lustig machen und brauchst einfach nur später, wenn niemand dabei ist, zu mir zu kommen und dich zu entschuldigen und alles wäre wieder in Ordnung. Und weißt du was? Vielleicht hätte ich's geschluckt, wenn ich vorhin, als ich deine Tochter und Zack erwähnt habe, nicht deinen Gesichtsausdruck gesehen hätte. Aber ich hab ihn gesehen. Und jetzt streite es bloß nicht ab, es sei denn, du willst mich noch mehr beleidigen.«

Miles legte die Hand auf den Türgriff. »Tut mir leid, wenn ich dich verärgert habe, Jimmy.«

»Nein, du bleibst jetzt so lange hier sitzen, bis ich ausgeredet hab. Nimm gefälligst deine Hand von der Tür.«

Miles tat es.

»Was ich sagen will, ist, dass genau *das* zwischen uns steht, und komm mir jetzt nicht wieder mit deinem Gefasel von wegen du bist überarbeitet und so. Schau, diese Stadt fühlt sich für mich kein bisschen komisch an. Hat sie noch nie, nicht einmal eine Sekunde lang. Und weißt du was? Nach dieser Nacht in Orono, als ich die Brücke passiert hatte und nach Empire Falls hineinfuhr, das war so ziemlich der schönste Moment in meinem Leben. Du kannst mich jetzt auslachen, aber so war's.«

»Ich lache dich doch nicht aus, Jimmy …«

»Guck, ich habe heut mitgefiebert bei dem Footballspiel. Vielleicht glauben Leute wie du, dass ich deswegen ein Niemand bin, aber weißt du was? Ich scheiß drauf. Weißt du, wer Mr Empire Falls ist? Ich. Der Letzte, der hier weggeht und das Licht ausmacht. Diese Stadt bin ich. Ich gehöre nicht zu denen, die weggegangen und später wieder zurückgekommen sind. Ich war die ganze Zeit hier. Hier war ich schon immer und hier werde ich sein, wenn morgen früh die Sonne aufgeht, und wenn du …«

»Ich habe doch nie gesagt, dass …«

»Fakt ist, die meisten Leute hier mögen dich. Du hast Freunde, darunter sogar ein paar wichtige Leute. Das gebe ich zu. Aber jetzt sag ich dir was, was dich überraschen wird. Die Leute mögen mich auch. Und noch was. Ich habe auch Freunde. Du wirst erstaunt sein zu hören, dass wir sogar ein paar *derselben* Freunde haben. Du bist nicht der Einzige, den die Leute mögen, okay? Und ich sag dir noch was. Weißt du, was die Leute hier am meisten an mir mögen? Sie mögen es, dass sie mehr wie ich sind statt wie du. Wenn sie mich anschauen, sehen sie die Stadt, in der sie aufgewachsen sind. Ihre erste Freundin. Das erste Highschool-Footballspiel, bei dem sie waren. Und weißt du, was sie sehen, wenn sie dich anschauen? Dass sie nicht gut genug sind. Sie schauen dich an und sehen, was sie alles falsch gemacht haben in ihrem Leben. Sie hören dich reden und denken vielleicht das Gleiche wie du, mit dem Unterschied, dass sie es nicht so gut ausdrücken können, und sie wissen, dass sie nie die gleiche Anerkennung erfahren werden. Sie sehen, wie ihr, du und dein Kumpel, der Rektor, die Köpfe zusammensteckt und wichtigtut und so redet, wie euresgleichen redet, und nette Witzchen macht, und wissen, dass sie mit keinem von euch je warm werden. Im Gegensatz zu mir. Mit mir werden sie warm, und *das* reicht ihnen. Und deswegen werde ich vermutlich der nächste Polizeichef. Sie mögen meine Einstellung, nehme ich an. Aber deine Einstellung? Weißt du, eine solche Einstellung kann Folgen haben.«

Miles reichte es. »Drohst du mir etwa, Jimmy? Noch bist du nicht Polizeichef. Weiß Bill Daws, wer scharf auf seinen Posten ist?«

Ein kurzes Flackern in Mintys Augen signalisierte Miles, dass er überlegte, ob er vielleicht zu weit gegangen war, doch dann war dieser Ausdruck auch schon wieder verschwunden. »Dir drohen?«, sagte er ungläubig. »Dir *drohen*. Hab ich je etwas anderes gewollt als dein Freund sein?«

Und natürlich wusste Miles, dass Jimmy Mintys Worte auf die gleiche groteske, verdrehte Weise so mancher Wahrheiten aus tiefstem Herzen gekommen waren. Denn genau das wollte er. Sein Freund sein. Und es schien ihm wirklich ein Rätsel zu sein, warum er genau das nicht haben konnte. Was noch lange *nicht* hieß – wie Miles insgeheim einräumen musste, während er ausstieg und die Empire Avenue überquerte –, dass er dumm war. Bargen nicht alle Menschen auf der Welt die unmöglichsten Wünsche in ihren Herzen, Wünsche, an denen sie stur festhielten entgegen aller Vernunft, Plausibilität und sogar entgegen dem Verfließen der Zeit, hartnäckig und ausdauernd wie geschliffener Marmor?

Kapitel 18

Um fünf vor sechs am Sonntagmorgen stieg ein noch benommener Miles Roby die Treppe hinunter, um die Vorbereitungen für den Frühstücksbetrieb zu treffen, und fand einen über dem Tresen zusammengesackten Mann vor, mit der Stirn auf der Resopalplatte, als wäre sie dort festgeklebt. Miles brauchte einen Moment, um Buster zu erkennen, seinen Grillkoch, offenbar zurückgekehrt von seiner jährlichen Sauftour, die ihn dieses Jahr gefährlich nah an den Rand des Abgrundes geführt zu haben schien. Er hatte eine Sonntagszeitung mitgebracht, und eine dampfende Kanne Kaffee stand auf der Warmhalteplatte der Kaffeemaschine, was die Vermutung nahelegte, dass er seine Fertigkeiten noch nicht völlig vergessen hatte.

Anstatt ihn zu wecken, schaltete Miles den Elektrogrill ein und bedeckte den glühenden Rost mit Bacon-Scheiben. Als sie zu brutzeln begannen, nahm er die Zeitung zur Hand, deren Titelseite fast ausschließlich dem Footballspiel vom Samstag gewidmet war. Unter den Fotos waren auch zwei von Zack Minty: ein großes, auf dem er den Ball in die Höhe reckte, den er sich beim Fumble geschnappt hatte, und ein kleineres, auf dem er den benommenen Quarterback von Fairhaven stützte. Der Junge war in der zweiten Halbzeit, nachdem er durch Zack Mintys unrechtmäßigen Angriff zeitweise das Bewusstsein verloren hatte, nicht mehr auf den Rasen zurückgekommen. Er saß auf der Bank, während Empire Falls den Rückstand allmählich wettmachte, hier ein Field Goal, dort ein Touchdown, bis der Heimmannschaft eine Minute vor Spielende der Ausgleich gelang. Kein Wunder, dass die *Empire Gazette* das Spiel genauso beurteilte wie die heimischen Fans, als eine schmähliche Niederlage für Fairhaven, die nach der ersten Halbzeit noch vierundzwanzig zu null geführt hatten.

Die Titelseite des Lifestyle-Teils wartete indes mit einer Überraschung für Miles auf. In den vergangenen Jahren hatte die *Gazette* in ihrer Sonntagsausgabe immer wieder alte Fotos von Empire Falls und seinen Bewohnern abgebildet, Zeugnisse aus glorreicheren Tagen. Diese Serie nannte sich »Wie es damals war«. Im Frühsommer war auch ein Foto vom Empire Grill darunter gewesen, circa aus dem Jahr 1960, und der alte Roger Sperry sah darauf aus, als gehörte er eher auf ein Hummerboot und nicht hinter die Registrierkasse auf einem Tresen, der bis zum hintersten Barhocker mit Arbeitern und Handwerkern bevölkert war, während an den Tischnischen im Hintergrund, nur unscharf und schummrig zu erkennen, weitere Gäste saßen. An der rückwärtigen Wand warb eine Tafel für das Tagesgericht, ein Hacksteak mit gegrillten Zwiebelringen, Kartoffelbrei, Gemüse und Brötchen für einunviertel Dollar. Einer der jüngeren Männer am Tresen kam auch heute noch ins Lokal und setzte sich wie damals immer auf den hintersten Barhocker, wenn er frei war. Aus für Miles unerfindlichen Gründen schien diese Serie die Bewohner von Empire Falls aufzumuntern. Es war, als würden sie in der Tat gern daran erinnert, dass auf der Empire Avenue und in den anliegenden Geschäften an einem Samstagnachmittag vor vierzig Jahren große Betriebsamkeit geherrscht hatte, während man heute dort mit einer Automatikwaffe hätte herumballern können, ohne Gefahr zu laufen, einen Menschen zu treffen.

Einige der in der *Gazette* abgebildeten Menschen wurden in der Bildlegende namentlich aufgeführt, andere wiederum muteten wie Bildrätsel an. Können Sie diesen Mann identifizieren? Und diese Frau? Wer waren diese Menschen, und was bedeuten sie heute noch für uns?, fragten die Fotos. Wo sind sie jetzt? Warum sind wir noch hier? Die »Wie es damals war«-Rubrik verursachte bei Miles jedes Mal das Gefühl, als würde die Stadt selbst auf eine Art Katastrophe warten, auf ihr aller Ende.

Das aktuelle Foto zeigte die Belegschaft der alten Hemdenmanufaktur, aufgenommen 1966, ein Jahr vor ihrer Stilllegung, und die einzige Person, die nicht in die Kamera sah, war die junge, bildhübsche Grace Roby. Miles überflog rasch die Bildlegende und war erleichtert, dass seine Mutter unter den identifizierten Personen war, denn es hätte ihm das Herz gebrochen, hätte ihr die imaginäre Frage »Kennt jemand diese Frau?« angehaftet. Dennoch löste der unerwartete Anblick seiner Mutter bei Miles eine Empfindung ähnlich der aus, wenn man auf einem Eisenbahngleis stand und das noch weit entfernte Beben von etwas Großem, das auf einen zuraste, spürte oder es sich zumindest einbildete – nicht unbedingt eine Gefahr, es sei denn, man war aus unerklärlichem Grund nicht dazu in der Lage, sich von der Stelle zu rühren. Vielleicht lag es daran, dass Grace nicht in die Kamera blickte, sondern in schrägem Winkel zur Seite, und so den Eindruck vermittelte, als würde sie dem gleichen entfernten Rumpeln lauschen. Wenn es vielleicht die Ahnung ihres nahenden Todes war, sinnierte Miles, so war dieser bereits näher, als sie dachte.

Miles erkannte noch einige weitere Menschen auf dem Foto, manche davon tot, andere lebten nach wie vor, ein paar noch in Empire Falls, andere waren längst weggezogen. Bei einem dachte er, es sei jemand, den er gut gekannt hatte, bis ihm klar wurde, dass es dessen Vater war. Und am Rand der ersten Reihe stand ein kleiner, weißbärtiger Mann in einem Dreiteiler, C. B. Whiting, der Besitzer der Hemdenmanufaktur. Sollte auch schon damals auf Mrs Whitings Gatte etwas Verhängnisvolles zugesteuert haben, so schien er sich dessen noch nicht bewusst gewesen zu sein. Miles versuchte sich in Erinnerung zu rufen, wie viele Jahre nach der Aufnahme dieses Fotos er aus seinem Exil in Mexiko zurückgekehrt war und sich den kalten Lauf eines Revolvers an die pulsierende Schläfe gehalten hatte. Merkwürdig, dachte er, dass er erst gestern am Grab dieses Mannes gestanden hatte.

Als sie nach dem Spiel, nachdem sich die Menge zerstreut hatte, langsam und vorsichtig zu Miles' Wagen zurückgekehrt waren, hatte Cindy ihn gefragt, ob er mit ihr einen kleinen Spaziergang machen wolle, und er hatte den Fehler begangen, Ja zu sagen, bevor er wusste, was sie im Sinn hatte.

»Für mich ist es der hübscheste Ort in der Stadt«, sagte seine Begleiterin, während sie dem sorgsam gepflegten Pfad über den Friedhof folgten; Cindy stützte sich jetzt mehr auf ihren Stock als auf seinen Arm, hielt jedoch sicherheitshalber seinen Ellbogen umfasst. Der Zwischenfall auf der Tribüne, als sie das Gleichgewicht verloren und vornüber in Jimmy Mintys Arme gestürzt war, saß ihr wohl noch in den Knochen.

Wie von ihr vorgeschlagen, hatten sie den Wagen vor dem Osteingang abgestellt, der dem Whiting'schen Grab am nächsten lag. Jetzt, am späten Nachmittag, hatte sich der Himmel zugezogen und ein kühler Wind war aufgekommen, der die braunen Blätter auf dem Weg raschelnd vor sich hertrieb.

»Ja, es ist friedlich hier«, räumte Miles ein und sog schnuppernd die Luft ein. Bildete er es sich ein, oder roch es nach Katzenpisse? Er hatte bereits einige Katzen zwischen den Grabsteinen hin und her flitzen sehen. Das konnten doch keine Wildkatzen sein oder? Er wollte sich lieber nicht vorstellen, wovon sie sich auf einem Friedhof ernährten. Die Schwellung vom Biss der Whiting'schen Katze war inzwischen abgeklungen, aber die Hand pulsierte, als wollte sie ihn zu einer weiteren Kratzrunde auffordern.

Diesmal, beschloss Miles, würde er standhaft bleiben. Jenseits des schmiedeeisernen Zauns fuhr gemächlich ein Streifenwagen vorbei, aber aus ungefähr hundert Metern Entfernung konnte Miles nicht ausmachen, ob Jimmy Minty am Steuer saß. Cindy sah ihm ebenfalls nach, bis er in die Elmstreet abbog und Richtung Stadt zurückfuhr.

Als sie endlich oben auf dem Hügel ankamen, war der Fluss gerade noch in der Ferne zu sehen, und ein heller Streifen Nachmittagssonne, der durch einen Riss in der Wolkendecke schien, elektrisierte das blaue Wasser. Als sie vor dem Grab ihres Vaters stehen blieben, sagte Cindy: »Er bringt mich manchmal hierher, weißt du.«

Miles sinnierte über ihre Worte nach. Da er ihre lebenslange Abneigung gegen Metaphern kannte, beschloss er, dass sie nicht behauptete, C. B. Whiting ziehe sie mittels übernatürlicher Kräfte an diesen Ort.

»Wer?«, beschloss er zu fragen.

»James.«

Das half auch nicht weiter. »James?«

»James Minty.« Nun sah sie ihn zweifelnd an, als fragte sie sich, ob er schwer von Begriff sei oder einfach nur unaufmerksam. Er versuchte sich zu erinnern, ob je jemand Minty »James« genannt hatte, und musste passen.

»Ich bin dir nie ein besonders guter Freund gewesen, stimmt's?« Er hasste sich dafür, dass er sich als Erwachsener gegenüber dieser armen Frau genauso knauserig gezeigt hatte wie als Junge. Wie viel Zeit hätte es ihn gekostet, wenn er sie bei ihren seltenen Besuchen in Empire Falls hin und wieder zum Grab ihres Vaters gefahren hätte?

»O Miles, aber du warst schließlich verheiratet«, sagte sie – allem Anschein nach konnte sie seine Gedanken lesen.

Auf C. B. Whitings Grab stand ein Topf mit verdorrten Blumen, die wohl einmal Ringelblumen gewesen waren. Sie ließen die braunen Köpfe hängen, und der Topf war voller vertrockneter Blätter. Hier war der Uringeruch noch intensiver als auf dem Friedhofsweg. »Ich habe sie vor ein paar Tagen hierhin gestellt«, sagte Cindy und beugte sich unsicher vor, um sich die Ringelblumen näher zu besehen. »Sie hätten eigentlich länger halten sollen.« Sie unterbrach sich. »James arbeitet hin und wieder für meine Mutter, weißt du. Bestimmt hat sie ihn auch für die Friedhofsbesuche bezahlt.«

»Was macht er denn für sie?«, fragte Miles.

»Ach, verschiedene Dinge. Er schaut nach dem Haus, wenn sie auf Reisen ist. Er hat ihr geholfen, eine Alarmanlage zu installieren. Und hat ein Auge auf die alten Fabriken.«

Miles nickte, konnte sich ein Lächeln nicht verkneifen. Wenn es einen Menschen in Empire Falls gab, von dem er nicht wollte, dass er die Feinheiten seiner Alarmanlage kannte, mal angenommen, er könnte sich eine leisten und besäße wertvolle Dinge, war es Jimmy Minty. Aber womöglich war er ja unfair. Wer weiß, dachte er, vielleicht konnte Jimmy sowohl loyal als auch dankbar gegenüber jemandem sein, der ihn anständig behandelte. Miles wurde bewusst, dass es keine gute Idee gewesen war, sich über Minty lustig zu machen, und zwar zwei Mal, und diesen Fehler zu korrigieren würde bestimmt erniedrigend sein, falls es überhaupt möglich war.

»Im Grunde erwartet sie von dem armen James sogar, immer bereitzustehen.«

»Deine Mutter erwartet von *jedem*, immer bereitzustehen.«

»Ich werde ihr nicht erzählen, was du gesagt hast.« Sie nahm seine Hand und drückte sie.

»Das kannst du ruhig«, erwiderte er vergnügt.

»Lieber Miles«, sagte sie. »Du bist der einzige Mensch, von dem sie sich Widerworte gefallen lässt. Wusstest du das?«

»Nicht, dass es mir etwas nützen würde.«

»Du bist für sie wie ein Sohn, weißt du.«

Er lachte in sich hinein. »Ja, ja. Ein Sohn, der sie immerzu enttäuscht hat.«

»Er war so unglücklich«, sagte Cindy, als hätte sich ihre Bemerkung ganz natürlich aus seiner ergeben. Sie ließ seine Hand los und trat näher an den Grabstein, um mit dem Zeigefinger die Inschrift nachzuzeichnen. Verglichen mit den Grabsteinen seiner Ahnen, war der von C. B. recht kümmerlich, wenngleich er von der Form und Maserung her den anderen, größeren Steinen glich, die die benachbarten Gräber von Honus und Elijah schmückten. Die Tatsache, dass dieser Stein erheblich kleiner war als die anderen beiden, erweckte den Eindruck, als wäre er – einer Pflanze gleich – nicht gewachsen, nachdem man ihn gepflanzt hatte, da seine Vorgänger die Erde bereits ausgelaugt hatten. Die verdorrten Ringelblumen verstärkten diesen Eindruck noch. »Mutter sagt, er war ein Schwächling und wollte nie ein Whiting sein, hat aber das damit verbundene Geld und die Privilegien durchaus genossen. Wusstest du, dass er in Mexiko noch eine Familie hatte?«

»Nein, das wusste ich nicht.« Diese Neuigkeit schockierte ihn geradezu.

»Nachdem er ... nun, nach seinem Tod hat Mutter einen Brief von dieser Frau bekommen. Sie wollte natürlich Geld. Für sich und den kleinen Jungen, den sie zusammen hatten. Sie erzählte meiner Mutter, sie seien glücklich gewesen, aber das glaube ich nicht. Es war meine Mutter, die ihn nicht zurückwollte.«

Miles nickte. Er fragte sich, ob sie aus nackter Verzweiflung daran glaubte. Als Junge hatte er sich oft gefragt, warum Max für mehrere Monate am Stück verschwand und ihn und seine Mutter und später dann auch seinen Bruder alleine ließ. Daher nahm er an, dass sich Cindy Whiting die gleichen Fragen gestellt, ja sogar so wie Miles sich selbst die Schuld gegeben hatte. Wenn sie glaubte, ihr Vater habe nach Hause kommen wollen, dann wahrscheinlich, weil er dies auf seinen Weihnachts- und Geburtstagskarten geschrieben hatte. Andererseits, dachte Miles, musste sich jemand, der sich in Maine eine Hazienda gebaut hatte, in Mexiko bestimmt wohlgefühlt haben. »Hat sie je gesagt, warum?«

»Sie sagte, er sei ein böser Junge gewesen. Genau das waren ihre Worte«, sagte sie in bitterem Ton. »Ich habe sie immer angefleht, ihn in Mexiko besuchen zu dürfen, aber auch das hat sie nicht erlaubt. ›Dein Vater war ein böser Junge. Er wollte seine Familie nicht, und jetzt kriegt er sie auch nicht mehr.‹«

Der Uringeruch begann Miles zu stören. »Meinst du, es ist eine gute Idee, hier draußen in dem kühlen Wind zu stehen?«

»Du meinst meinetwegen?«

Miles antwortete mit einem matten, hilflosen Nicken.

»Lieber Miles, es ist so süß von dir, dass du dich um mich sorgst.« Wieder drückte sie seine Hand. »Aber darüber bin ich jetzt hinweg. Selbst meine Ärzte sagen das. Ich will endlich mein Leben genießen, statt so zu tun, als wäre es schon zu Ende. Vor allem nun, da sich die Dinge zum Besseren wenden.« Womit sie ihn meinte, wie Miles befürchtete. »Aber lass uns ruhig gehen, wenn du willst.«

Auf dem Weg zum Wagen nahmen sie, wie Miles es geahnt hatte, den Pfad, der am Grab seiner Mutter vorbeiführte. Am Fuß ihres Grabsteins stand der gleiche Krug mit Ringelblumen, nur dass diese noch frisch wirkten, die Blüten strahlend gelb.

»Es ist, als würden selbst die Blumen merken, dass sie das Grab eines guten Menschen schmücken«, sagte Cindy traurig. »Findest du das töricht, Miles?«

»Ja, das tue ich. Aber ich weiß, was du meinst.«

Buster erwachte prustend und sah aus wie einer der Menschen auf den in der Empire Gazette veröffentlichten Fotos, und zwar der nicht identifizierten. Miles holte den Scheck hervor, den er seit Anfang September in der Schublade unter der Registrierkasse aufbewahrte, und reichte ihn Buster, der ihn einen Moment lang betrachtete und dann fragte: »Bin ich gefeuert?«

Miles schenkte für jeden eine Tasse Kaffee ein. »Ich hatte vor, in der morgigen Zeitung ein Inserat zu veröffentlichen. Schließlich hast du dich unerlaubt von der Truppe entfernt. Was ist mit deinem Auge passiert?«

Dies war nur die nächstliegende von allen Fragen, die Miles hätte stellen können. Buster war blass, ausgemergelt, sah gammelig und mutlos, beschämt und elend wie ein streunender Hund aus. Außerdem war ein Auge zugeschwollen, und Eiter sickerte daraus hervor. Miles machte sich darauf gefasst, dass er gleich jede Menge Geschichten zu hören bekäme, die als Erklärung für seinen Zustand herhalten mussten. Er nahm sich vor, Buster und Max nicht in derselben Schicht einzusetzen. Bereits der Anblick von einem der beiden musste bei jedem Gast ein ungutes Gefühl bezüglich der Qualität der Speisen hervorrufen, doch der Anblick beider zusammen würde die Leute auf dem Absatz kehrtmachen lassen.

»Spinnenbiss«, sagte Buster und tupfte den Eiter vorsichtig mit einer Serviette ab. Miles musste den Blick abwenden. Sein Magen war morgens nicht besonders robust. »Da draußen steht ein merkwürdiger Junge«, sagte Buster. »Behauptet, er arbeite hier.«

Miles kam hinter dem Tresen hervor und ging zur Eingangstür. John Voss stand reglos auf den Stufen, die Hände in den Taschen. Kaum zu glauben, dass es gestern Nachmittag noch so warm gewesen war. An diesem Morgen lag der Winter in der Luft. Als der Junge hörte, wie die Tür aufgeschlossen wurde, hob er den Kopf, um rasch wieder zu Boden zu blicken.

»Er arbeitet hier«, sagte Miles zu Buster, während er sich wieder hinter den Tresen begab. »Er ist unsere neue Aushilfe.«

»Sieht eher wie ein verdammter Serienkiller aus.«

»Ich würde sagen, das könnte man eher von dir behaupten. Er bekommt zwar den Mund nicht auf, ist aber recht tüchtig.«

Nachdem John Voss immer noch nicht hereingekommen war, sahen beide Männer zum Eingang. Wahrscheinlich trat er nicht ein, weil er nicht explizit dazu aufgefordert worden war, nahm Miles an. Wenn er jetzt abermals zur Tür ginge, stünde John Voss bestimmt immer noch am selben Fleck und wartete auf eine Einladung. »Du kannst ruhig reinkommen!«, rief Miles.

Der Junge huschte mit überraschender Geschwindigkeit herein. Miles folgte ihm in die Spülküche. »Fang am besten mit den Töpfen an«, meinte er und deutete auf den großen Berg, der vom vergangenen Abend übrig geblieben war. Sie waren wieder einmal unterbesetzt gewesen, und Miles hatte gesagt, sie sollten die Töpfe einfach nur einweichen, den Rest würde die neue Aushilfe am nächsten Morgen erledigen. Sonntags war ohnehin nicht so viel zu tun. Der Diner schloss nach dem Frühstücksbetrieb, wobei meistens so wenige Gäste kamen, dass es den Aufwand kaum lohnte. Nun, da die Freitag- und Samstagabende so gut liefen, wäre es eine Überlegung wert, den Sonntag zum Ruhetag zu machen und allen freizugeben. Dann könnte er die Sonntagsmesse besuchen, die er regelmäßig verpasste. Meistens schaffte er es nur, am Samstag um halb sechs in die Vorabendmesse zu gehen, aber für einen früheren Ministranten wog das natürlich nicht den Sonntagsgottesdienst auf. Gestern hatte er dank seines Abstechers auf den Friedhof mit Cindy Whiting auch die Samstags-Vorabendmesse verpasst, sodass er sich an diesem Morgen irgendwie nicht geankert fühlte.

Miles dachte an Horace' seltsame Warnung am Freitagabend und Otto Meyers überschwänglichen Dank, weil er dem Jungen einen Job gegeben hatte, während er beobachtete, wie John Voss Wasser ins Spülbecken einlaufen ließ und sich an die Arbeit machte. Er fragte sich, wie sich das restliche Leben dieses sonderbaren Jungen wohl gestalten würde. Er hatte einen so miserablen Start gehabt, dass er dazu prädestiniert schien, eines Tages Gegenstand einer Bildrätselfrage zu sein. *Kennt jemand den Jungen auf diesem Foto?* Das hieß, wenn er es überhaupt auf ein Foto schaffte. Typen wie Zack Minty schafften es in die Zeitung. Andererseits, wer weiß?, dachte Miles. Vielleicht entpuppte sich der Junge als zweiter Bill Gates. »Übrigens herzlichen Glückwunsch«, sagte Miles. Als der Junge mit dem Schrubben aufhörte, ohne jedoch hochzusehen, fügte er hinzu: »Ich habe gehört, ein Bild von dir wurde für die Kunstausstellung ausgewählt.«

»Ticks auch«, erwiderte er, noch immer ohne aufzusehen, doch Miles bemerkte dennoch, wie seine Augen nervös hin und her huschten, als könnte die Preisgabe von so viel Informationen fatale Folgen nach sich ziehen.

Wieder zurück am Grill, wendete Miles die Bacon-Scheiben. Er briet sie immer zu etwa Zweidrittel vor, um sie später dann je nach Wunsch des jeweiligen Gastes mehr oder weniger knusprig zu Ende zu braten. Zwar hatte sein mulmiges Bauchgefühl mittlerweile nachgelassen, aber noch immer war ihm, als stünde er auf einem Bahngleis und wartete auf einen nahenden Zug – vermutlich lag es nur an einer weiteren schlaflosen Nacht. David und er hatten um halb elf den Laden zugemacht, dann war Miles nach oben gegangen und vollkommen erschöpft und noch angezogen auf dem Sofa eingeschlafen, die Fernbedienung in der Hand, jedoch ohne überhaupt dazu gekommen zu sein, den Fernseher einzuschalten. Später war er aus einem Albtraum hochgeschreckt; darin suchte er Cindy Whitings Gehstock unter der Tribüne des Empire-Stadions, fand aber stattdessen Tick, die zusammengerollt zwischen leeren Hotdog-Tüten und Styroporbechern schlief. Nur, dass sie gar nicht schlief. Das bemerkte er in dem Augenblick, bevor durch sein abruptes Hochschrecken die Fernbedienung ratternd auf den Boden fiel und unter eine Palette mit Papierhandtüchern rutschte. Seiner Uhr zufolge war es Mitternacht, zu spät, um noch anzurufen, aber noch bevor er die Panik unterdrücken konnte, hatte er seine alte Telefonnummer gewählt. Janine nahm nach dem ersten Klingelton ab.

»Ist Tick heute Abend nach Hause gekommen?«, platzte er hervor.

»Nein, noch nicht.«

»Es ist schon Mitternacht, Janine.«

»Ich weiß, wie spät es ist, Miles. Ist irgendwas passiert?«

»Rufst du mich bitte an, sobald sie auftaucht?«

»Du hast meine Frage nicht beantwortet.«

»Ach, es ist natürlich Unsinn«, sagte er kleinlaut. Aber selbst die Stimme seiner baldigen Exfrau mit ihrem unverhohlenen Verdruss hatte in diesem Moment etwas Beruhigendes. »Ich habe schon geschlafen. Und hatte einen Traum ... darin war sie verletzt ...«

Ihr Ton wurde ein wenig weicher. »Ihr ist schon nichts passiert, Miles. Ich habe ihr gesagt, sie muss spätestens um zwölf zu Hause sein. Bestimmt kommt sie gleich.«

»Rufst du mich trotzdem an? Und sag Walt, dass es mir leidtut, so spät noch gestört zu haben.«

»Willst du, dass ich ihn aufwecke, oder reicht es, wenn ich es ihm morgen früh sage?«

Der Grad ihres Verdrusses war erneut emporgeschnellt, aber allem Anschein nach war nicht er die Ursache. »Morgen reicht völlig.«

»Gut. Ein Mann in seinem Alter braucht seinen Schlaf, weißt du.«

Was war denn das jetzt? Doch Miles rief sich in Erinnerung,

dass er es nicht wirklich wissen wollte. Aber trotzdem. »Geht es dir gut, Janine?«

»Großartig, Miles. Wirklich, großartig. Warum fragst du?«

»Also, du rufst mich an, ja?«

»Du willst also nicht mit mir reden, wolltest du das sagen?«

»Bist du ...« – er unterbrach sich kurz – »betrunken, Janine?«

»Vielleicht ein kleines bisschen. Ist das okay für dich?«

»Es geht mich nichts an.«

»Doch, es geht dich was an.« Nach einer kurzen Pause sagte sie: »Ich habe Walt gegenüber noch mal die Sache mit dem Haus angesprochen. Ich habe ihm gesagt, ich will, dass wir dich ausbezahlen, sobald wir verheiratet sind.«

»Und was hat er darauf erwidert?«

»Hast du je einer Kuh beim Wiederkäuen zugeschaut?«

»Du musst ihn nicht heiraten, weißt du.«

»Ja, klar, aber ich will es.«

»Sicher. Ich sage auch nicht, du sollst nicht, nur, dass du nicht musst.«

»Ich weiß, Miles. Was dich betrifft, so kann ich tun und lassen, was mir beliebt, einschließlich zur Hölle fahren, stimmt's?«

Gespräche wie dieses, sinnierte Miles, waren das Ergebnis schlechter Impulskontrolle. »Janine.«

»War das Cindy Whiting, mit der du heute beim Footballspiel warst?«

»Ja.«

»Wenn du sie heiraten würdest, könnte dir das beschissene kleine Haus egal sein. Dann würde dir die Hälfte der verdammten Stadt gehören. Dann könntest du dir locker Ticks College-Gebühren leisten, von hier wegziehen und bräuchtest mich nie wieder zu sehen.«

Wenn Miles nicht alles täuschte, weinte Janine jetzt lautlos, während sie die Sprechmuschel mit der Hand abschirmte.

»Janine ...«

Einen Augenblick lang herrschte gedämpfte Stille, dann: »Sie sind gerade gekommen, okay?«

»Janine.«

»Deine Tochter ist sicher wieder zu Hause gelandet. Ich kann sie durchs Fenster sehen. Leg dich jetzt wieder schlafen.«

»Janine ...«

Sie hatte schon aufgelegt.

»Kann ich heute freihaben?«, fragte Buster, als wollte er Miles versichern, dass er eine noch schlimmere Nacht gehabt hatte als er.

Miles legte die vorgebratenen Bacon-Streifen in eine Edelstahlwanne. »Ich bestehe darauf. Mehr noch, ich will dich hier nicht sehen, bevor dein Auge zu nässen aufgehört hat.«

»Ich wette, das Scheißding muss aufgeschnitten werden«, sagte Buster missmutig, als hätte das Leben nichts anderes als derlei grausame Notwendigkeiten zu bieten. »Keine Ahnung, warum es mich immer wieder nach Allagash hinaufzieht. Die Leute irren, wenn sie meinen, da oben ist nichts los. Ein Haufen Scheiße passiert dort.«

Miles schabte mit dem Spatel das flüssige Bacon-Fett in die Wanne und gab dann Zwiebelringe auf den Grill.

»Hast du 'ne Ahnung, wie hoch die Alkoholikerrate im County ist?«, fragte Buster eindringlich.

»Normalerweise oder wenn du zu Besuch bist?«

»Normalerweise.«

»Ziemlich hoch?«

»Schlimmer«, sagte Buster, als hätte er mit dieser tief gestapelten Schätzung gerechnet. »Dort oben an der Grenze ist nichts vom Wohlstand im restlichen Bundesstaat zu spüren, musst du wissen.«

Miles drehte sich um und musterte das Gesicht seines Grillkochs, entdeckte aber nicht die geringste Spur Ironie darin.

»Ich glaube, ich könnte ein paar von diesen Bacon-Scheiben vertragen«, sagte Buster. »Und vielleicht ein Ei dazu.«

Miles briet zwei Rühreier und richtete sie zusammen mit Bacon und Toast auf einem Teller an. Buster schaufelte das Essen mit einem Appetit herein, den er einem Mann, aus dessen Auge Eiter sickerte, nicht zugetraut hätte. »Du hättest nicht auf mich warten sollen«, sagte Buster und schob den leeren Teller von sich weg. »Hättest meinen Job jemand anderem geben sollen.«

»Ich weiß.«

»Du bist zu weichherzig«, fuhr Buster fort. »Die Leute nutzen dich aus.«

»Auch das weiß ich«, räumte Miles ein in der Hoffnung, damit die Analyse seines Charakters zu beenden.

Er beobachtete, wie Charlenes verrosteter alter Hyundai von der Empire Avenue auf den Parkplatz abbog, und zum ersten Mal in zwanzig Jahren vermochte ihr Kommen Miles Robys Herzschlag nicht zu beschleunigen, als hätte sich Busters eiterabsondernde Schwarzseherei unbemerkt über den Tresen hinweg in seinen Blutkreislauf übertragen. Buster hatte seine Kaffeetasse auf die Zeitung gestellt, auf der sich sogleich ein bräunlicher Klecks ausbreitete, und als Miles sie auf den nackten Tresen stellte, sah er, dass der feuchte Rand das Gesicht seiner Mutter ruiniert hatte.

»Weil du ein verdammter Dummkopf bist«, sagte Buster, mit einem Mal wütend. Er verfolgte grimmig, wie Miles die Zeitung mit einer Serviette abtupfte, dann begann er plötzlich zu weinen. »Tut mir leid, Miles«, sagte er nach ungefähr einer Minute. Vielleicht hatte er gehört, wie die Hintertür ins Schloss fiel, und wusste, dass gleich Charlene hereinkommen würde. Sie war eine viel zu schöne Frau, um vor ihr zu flennen. »Keine Ahnung, was plötzlich in mich gefahren ist. Wirklich, ich weiß es nicht.«

»Geh nach Hause, Buster«, sagte Miles, ohne von dem Foto aufzuschauen, auf dem seine Mutter nicht mehr zu erkennen war, er jedoch ein Detail ausgemacht hatte, das ihm zuvor nicht aufgefallen war. Nun bestand kein Zweifel mehr. Etwas *näherte* sich. Das Gleis, auf dem er stand, vibrierte von dessen Kraft, und doch war er nicht in der Lage, auch nur einen Schritt zu tun. Er spürte mehr, als dass er sah, wie Buster von seinem Barhocker rutschte und hinausging, und hatte keine Ahnung, wie oft Charlene, die neben ihn getreten war, seinen Namen sagen musste, bevor er in der Lage war, ihren alarmierten, fragenden Blick zu erwidern. »Ist alles okay mit dir?«, wollte sie wissen. »Du wirkst irgendwie sonderbar.«

Wäre sie ein paar Sekunden früher gekommen, hätte sie gesehen, wie er mit dem Zeigefinger über die untere Hälfte von C. B. Whitings bärtigem Gesicht fuhr, aber auch dann hätte sie nicht verstanden, was diese Geste bedeutete – dass das Gesicht, das ihn nun ebenfalls anzustarren schien, nicht das von C. B. Whiting war, wie von der Belegschaft der *Empire Gazette* identifiziert, sondern das von Charlie Mayne.

Kapitel 19

Als der Bus endlich in das Terminal von Fairhaven einbog, lastete das Versprechen, das Miles seiner Mutter am Morgen gegeben hatte – kein Wort über Charlie Mayne zu verlieren –, bereits schwer auf ihm. Er hätte nicht gedacht, dass ein Versprechen, das man auf dem sicheren Terrain einer in Vineyard Haven angedockten Fähre ablegte, binnen mehrerer Stunden so schwer werden konnte. In Woodshole hatten sie einen Bus nach Boston genommen, wo sie in einen anderen umstiegen, der in nördlicher Richtung nach Maine fuhr. In Portland waren sie abermals umgestiegen, diesmal in einen Bus, der sie nach Fairhaven brachte, zur Endstation dieser Linie. Empire Falls war im Vorjahr, als der Busverkehr dorthin eingestellt worden war, zu einem Ort jenseits der Endstation geworden. Und nun redete man gar davon, dass auch der Terminal von Fairhaven stillgelegt werden würde – im Grunde nichts weiter als ein Schalter hinter dem Tabakladen und eine kleine Parkfläche davor. Dort hatte Grace den Dodge abgestellt, als sie vor einer Woche nach Martha's Vineyard gefahren waren, obwohl es sich sehr viel länger anfühlte. Weder sie noch Miles waren überrascht, als sie ihn bei ihrer Rückkehr nicht mehr vorfanden. Für Miles war es, als wären sie eine ganze Ewigkeit weggewesen, so lange, dass sich ein unbewachter Wagen einfach dematerialisieren konnte wie ein Schluck Wasser auf dem Grund eines Glases. Für Grace bedeutete es, dass Max wieder aus dem Gefängnis heraus war.

Trotz der Nähe der beiden Städte war ein Anruf von Fairhaven nach Empire Falls ein Ferngespräch, und Grace musste mehrere tätigen, bis sie endlich jemanden erreichte, der bereit war, sie abzuholen. Sie warteten in einem Coffeeshop auf der anderen Straßenseite, und da es weit nach Mittag war, bestand Grace darauf, dass Miles etwas aß, obwohl er behauptete, er sei nicht hungrig. Die Abgase der vielen Busse in Kombination mit der Aussicht, bald seinem Vater gegenüberzustehen, verursachten ihm Übelkeit, doch als der Hotdog kam und ihm der verlockende Geruch in die Nase stieg, aß er ihn ganz auf. Grace trank ihren Kaffee und sah ihm traurig zu. Als es ans Zahlen ging und Grace ihre Brieftasche öffnete, sah Miles, dass das Geld gerade so reichte, um ihre Zeche zu bezahlen. Falls seine Mutter nicht noch irgendwo eine geheime Geldreserve hatte, hatten sie es gerade noch so nach Hause beziehungsweise fast nach Hause geschafft. Was bei Miles die Frage aufwarf, was seine Mutter getan hätte, wenn nicht plötzlich Charlie Mayne aufgetaucht wäre und alles bezahlt hätte.

Die Frau, die sie schließlich abholte und nach Empire Falls brachte, war jünger als Grace und nicht sonderlich hübsch, und der Wagen, den sie fuhr, war in einem noch schlimmeren Zustand als der Dodge. Miles wurde selbstverständlich auf den Rücksitz verfrachtet, zusammen mit dem Gepäck. Der Kofferraum lasse sich nicht öffnen, erklärte die Frau, und Miles musste unweigerlich daran denken, wie sich alles innerhalb eines Tages verändert hatte. Gestern Abend um diese Zeit waren seine Mutter und er in Charlies windschnittigem, kanariengelbem Sportwagen über die Insel gebraust, nach einem Dinner, das (Miles hatte einen Blick auf die Rechnung erhascht) mehr als fünfzig Dollar gekostet hatte. Der Hotdog vorhin hatte fünfunddreißig Cent gekostet, der Kaffee seiner Mutter einen Vierteldollar, und trotzdem hatten sie es sich kaum leisten können.

Maud – die junge Frau, die sie am Busbahnhof abgeholt hatte – redete auf der Fahrt nach Empire Falls fast ohne Unterlass und brachte Grace auf den neuesten Stand, was sich in der Stadt so zugetragen hatte. Erneut gab es Gerüchte, dass die Fabrik verkauft werden solle. Sie waren durch den Umstand weiter angeheizt worden, dass C. B. Whiting am

Donnerstag verschwunden war, ohne jemandem etwas zu sagen, weswegen die Leute Spekulationen anstellten, ob er vielleicht nach Atlanta oder in eine andere Stadt im Süden gefahren sei, um den Verkauf zum Abschluss zu bringen. Wenn das stimmte, würden bestimmt einige von ihnen ihren Arbeitsplatz in der Hemdenmanufaktur verlieren, vor allem Büroangestellte wie Grace und Maud. Das neue Management würde gewiss seine eigenen Mitarbeiter mitbringen, und es war eine bekannte Tatsache, dass die Südstaatler noch mickrigere Gehälter als die Leute aus Maine gewohnt waren. Die noch recht junge Gewerkschaft sei bereits dabei, sich eine Strategie zurechtzulegen. Und Max, fügte sie mit gesenkter Stimme hinzu, damit Miles es nicht hörte, sei wieder auf freiem Fuß. Anfang der Woche sei er in der Manufaktur aufgekreuzt und habe Grace gesucht.

Maud schien Grace' Schweigsamkeit nicht zu bemerken, mit der sie all die Neuigkeiten aufnahm, und sie waren fast schon in Empire Falls, als es der jungen Frau einfiel, sich zu erkundigen, wie ihr Urlaub gewesen sei. »Wie ist es so auf einer Insel?«, wollte sie wissen und rief Miles ins Gedächtnis, dass er noch vor einer Woche geglaubt hatte, Inseln seien Landstreifen, die irgendwie auf dem Meer trieben. Denn so sahen sie auf den Landkarten aus, und bevor sie auf Martha's Vineyard ankamen, hatte er sich gefragt, ob der Grund unter seinen Füßen genauso fest sein würde wie auf »richtigem« Land. Wenn sich alle auf der Insel auf eine Seite hinüberbewegten, würde sie dann kippen? Das war natürlich nicht möglich, wie er wusste, er war aber dennoch froh, als sich der Boden genauso fest unter seinen Füßen anfühlte wie gewohnt, nachdem sie von der Fähre gestiegen waren. Jetzt war es der Gedanke ans Nachhausekommen, der ihn sich irgendwie unsicher und schwankend fühlen ließ.

Weder sein Vater noch der Dodge waren da, als Miles und seine Mutter eintrafen, aber am Kühlschrank war mit einem Magneten eine Nachricht befestigt. Er sei nach Castine gefahren, um ein Haus anzustreichen, und sei in einer Woche wieder zurück. Miles fand den zerknüllten Zettel im

Papierkorb, in den Grace ihn geworfen hatte, glättete ihn und las die Nachricht, überrascht, dass sie Wort für Wort das besagte, was seine Mutter ihm berichtet hatte, nicht mehr und nicht weniger. Miles dachte, dass ein Mann, der für eine Woche hinter Gittern gewesen war, während sein Frau und sein Sohn Urlaub auf Martha's Vineyard gemacht hatten, eigentlich mehr zu sagen haben müsste. Dass er nach der vielen Zeit, die er zum Nachdenken gehabt hatte, vielleicht betrübt oder wütend oder mit einem festen Vorsatz oder gar als besserer Mensch zurückgekommen sei. Doch sein Vater schien all diese Möglichkeiten verschmäht zu haben und war lediglich mit dem Vorsatz nach Hause gekommen, ein Haus in Castine zu streichen. Miles selbst kam in der Notiz gar nicht vor – was er erleichtert aufnahm, da er schon befürchtet hatte, Max könnte in ihm einen Komplizen seiner Mutter sehen. Bis vor wenigen Tagen hatte Miles nicht einmal etwas von der Existenz von Männern wie Charlie Mayne geahnt, die, wenn sich ihnen die Gelegenheit bot, einem anderen Mann die Frau ausspannten, und der Nachricht nach zu urteilen war seinem Vater diese Möglichkeit auch noch nicht in den Sinn gekommen; oder wenn, dann warf er Miles jedenfalls nicht vor, seiner Aufgabe, über das Benehmen seiner Mutter zu wachen, nicht gerecht geworden zu sein.

Zurück in Empire Falls, fehlten Miles und Grace weder Max noch der Dodge sonderlich. Miles fuhr mit dem Fahrrad zum Baseballtraining und überall sonst hin, und Grace ging zu Fuß zur Arbeit. Wie die meisten Frauen im Büro brachte sie ihr Mittagessen selbst mit, um sowohl Zeit als auch Geld zu sparen. Wenn man am Schreibtisch ein Sandwich aß, konnte man statt um fünf bereits um halb fünf nach Hause gehen. Am Montag war C. B. Whiting, der Fabrikbesitzer, immer noch nicht zurückgekehrt, und so klingelte in dieser Woche jeden Abend das Telefon, weil die Frauen aus dem Büro wissen wollten, ob Grace, die allgemein als Erste unter Gleichen betrachtet wurde, etwas Neues gehört habe.

Am Freitag war auch Max immer noch nicht wie versprochen zurückgekehrt, und Miles entging nicht, dass Grace zusehends deprimierter wurde. Der Grund, da war er sich sicher, war nicht so sehr ihre Angst, dass sie womöglich ihren Job verlieren würde, und noch weniger die fortdauernde Abwesenheit ihres Mannes. Miles hätte schwören können, sie grübelte über Charlie Mayne und sein Versprechen nach, dass alles gut werden würde. Jedes Mal, wenn abends das Telefon klingelte, sprang Grace auf, und Hoffnung zeichnete sich auf ihrem Gesicht ab, die sogleich wieder erlosch, wenn sie die Stimme von Maud oder einer anderen Kollegin vernahm, die ihr aufgeregt das neueste Gerücht berichten wollte. Eines besagte, dass C. B. Whiting endlich zurückgekommen, aber kurz darauf wieder abgereist sei. Zweimal beobachtete Miles, wie seine Mutter selbst einen Anruf tätigte, um jedes Mal schnell wieder aufzulegen.

Am Montag der zweiten Woche ließ sich der alte Honus, C. B.s Vater, überraschend blicken und berief eine Mitarbeiterversammlung ein. Er verkündete, er selbst werde von nun an wieder die Leitung der Empire Manufacturing übernehmen. Er wisse, dass viel darüber spekuliert worden sei, die Fabrik solle verkauft werden, versicherte ihnen jedoch, dass an diesen Gerüchten nichts dran sei. Im Gegenteil, die Whitings seien im Begriff, eine weitere Fabrik in Mexiko zu errichten, und C. B. Whiting werde vorübergehend dorthin wechseln, um die neue Niederlassung aufzubauen. Francine Whiting, C. B.s Gattin, die wieder guter Hoffnung sei, würde im kommenden Monat zu ihrem Mann nach Mexiko reisen, sobald eine adäquate Unterkunft gefunden und eingerichtet sei. Sie werde dort überwintern und im Frühling wieder zurückkehren, um hier ihr Kind zur Welt zu bringen, von dem man hoffe, dass es diesmal ein Junge sei, der die Whiting Enterprises ins nächste Jahrhundert führen werde. Die Belegschaft aller drei Fabriken hörte dem alten Mann aufmerksam zu und ging, nachdem er geendet hatte, wieder an ihre Arbeit zurück, keineswegs überzeugt von dem Gehörten.

Als Miles an diesem Abend von seinem Baseballtraining nach Hause kam, fand er seine Mutter schluchzend im elterlichen Schlafzimmer vor, und Miles vermutete sofort, dass sie endlich den ersehnten Anruf von Charlie Mayne erhalten habe. Am nächsten und übernächsten Tag meldete sie sich krank. Morgens litt sie noch mehr unter Übelkeit als auf

Martha's Vineyard, und abends konnte sie kaum dazu bewegt werden, das Schlafzimmer zu verlassen, um das Abendessen zuzubereiten. Ende der Woche machte sich Miles ernsthaft Sorgen. Aus Grace' Augen sprach pure Verzweiflung, und er begann die Rückkehr seines Vaters herbeizusehnen, vor der ihm die ganze Zeit gegraut hatte, in Anbetracht all der Fragen, die garantiert gestellt würden. Schlimmer noch, als die vielen Geheimnisse für sich zu bewahren, wäre die Tatsache, dass sein Vater gewiss auch Antworten auf andere Fragen haben wollte, die Miles selbst nicht geben konnte. Aber Tag um Tag verging, ohne dass Max oder der Dodge auftauchten.

Am Sonntagnachmittag in der dritten Woche ging die elterliche Schlafzimmertür auf und Grace kam in einem dunklen Kleid heraus, in dem Miles sie seit der Beerdigung eines Nachbarn nicht mehr gesehen hatte, der im vergangenen Frühling bei einem Unfall in der Papiermühle umgekommen war. Sie trug weder Schmuck noch Make-up, hatte sich aber frisiert und hätte hübsch aussehen können, dachte Miles, wenn sie nicht so stark abgenommen hätte. Auf eine ganz andere Art hübsch als in dem weißen Sommerkleid auf der Insel, als sich alle Männer nach ihr umgedreht hatten. Sie verkündete, es sei mehr als einen Monat her, dass sie und er bei der Beichte gewesen seien, und sah Miles bedeutungsvoll in die Augen.

Zwar war es ein sonniger Nachmittag Ende August, aber die letzten Nächte waren recht kühl gewesen, und Miles bemerkte auf ihrem schweigsamen Gang zu St. Catherine's, dass sich die obersten Blätter der Ulmen bereits zu verfärben begonnen hatten. Doch Grace schien weder das noch etwas anderes zu bemerken; sie wirkte wie eine Frau auf dem Weg zu ihrer Hinrichtung. Sie hatte es zeitlich so eingerichtet, dass sie die letzten Beichtenden an diesem Nachmittag sein würden. Miles, beharrte sie, solle als Erster in den Beichtstuhl gehen, anschließend schnell sein Bußgebet sprechen und draußen auf sie warten. Wie immer hofften sie, der neue junge Pfarrer würde die Beichte abnehmen, aber als sich Miles auf die Kniebank in dem düsteren Beichtstuhl niederließ und der Samtvorhang zur Seite gezogen wurde, zeichnete sich zu seinem großen Bedauern auf der anderen Seite des hölzernen Trenngitters Father Toms dunkle Gestalt ab, und die strenge Stimme des alten Pfarrers forderte ihn auf, seine Sünden zu beichten, damit sie ihm vergeben werden könnten.

Miles hatte im Vorjahr Erstkommunion gehabt, daher wusste er, dass das Verheimlichen einer Todsünde einer weiteren gleichkam. Seit ihrer Rückkehr von Martha's Vineyard war er zunehmend davon überzeugt, dass nicht nur seine Mutter, sondern auch er dort gesündigt habe, war sich aber nicht sicher, um was für eine Sünde es sich genau handelte, geschweige denn, wie er sie dem Mann auf der anderen Seite des Holzgitters erklären sollte. Er wusste, er hatte seinen Vater verraten, indem er seiner Mutter versprach, ihr Geheimnis zu wahren, genauso wie er sicher wusste, dass er, wenn er sein Versprechen brach, seine Mutter verraten würde. In beiden Fällen war der Versuch, ein Geheimnis vor Gott zu bewahren, der es ja bereits kannte, eine Sünde. Warum es trotzdem nötig war, etwas zu beichten, was Gott bereits wusste, war ihnen im Religionsunterricht von ebendiesem Mann erklärt worden, der jetzt auf der anderen Seite des Holzgitters saß. Doch bereits dort war die brüchige Logik seiner Erklärungen für Miles verwirrend gewesen, und nun entzog sie sich ihm gänzlich. Er hatte sich eine Liste von Sünden zurechtgelegt, die er gar nicht begangen hatte, die alle zusammengenommen, so hoffte er, ähnlich schlimm waren wie das, was er verbarg; des Weiteren hoffte er, Gott würde verstehen, dass er nicht aus dem Grund versäumte, ehrlich zu sein, weil er sich selbst in ein besseres Licht rücken wollte. Father Tom hörte sich seine Litanei von Ersatzsünden an und ermahnte ihn, Buße zu tun; dabei klang er nicht wie jemand, der von der Wahrheit des soeben Gehörten überzeugt war, sondern vielmehr von der Schlechtigkeit der Menschen, die für ein solches Verhalten verantwortlich waren. Anschließend kniete Miles vor der Kommunionbank und sagte seine Vaterunser und Gegrüßet seist du, Maria auf und wollte gerade hinausgehen, als er hörte, wie die Beichtstuhltür aufging, und sah, wie seine Mutter Father Tom in die Sakristei folgte.

Eine halbe Stunde lang wartete er auf den Eingangsstufen vor der Kirche, und als seine Mutter endlich erschien, war ihr Gesicht aschfahl. Er führte sie nach Hause, als wäre sie eine Blinde, und als sie ankamen, ging sie sofort in ihr Zimmer und machte die Tür zu. Am nächsten Morgen besuchten sie die Sonntagsmesse, doch während der Predigt wurde ihr übel, und nachdem sie Miles bedeutet hatte, sitzen zu bleiben, eilte sie, die Hand vor dem Mund, zum Seitenausgang. Vielleicht hatte sie es bereits geahnt, denn sie hatte weiter hinten sitzen wollen als sonst, dennoch drehten alle die Köpfe nach ihr um und verfolgten, wie sie hinausstolperte, und Miles schien es, als würde Father Tom es noch schlimmer machen, indem er innehielt, bis die Tür hinter ihr zufiel. Eine Straße weiter gab es eine Esso-Tankstelle, und Miles nahm an, seine Mutter sei dorthin gerannt, um sich auf der Toilette zu übergeben, doch zur Kommunion war sie immer noch nicht zurück. Miles wartete und reihte sich schließlich am Ende der Schlange ein, obwohl er sich schmerzlich im Klaren darüber war, dass er eigentlich kein Recht hatte, den Leib Christi zu empfangen, nachdem er bei der gestrigen Beichte gelogen hatte. Andererseits hätte es merkwürdig ausgesehen, nicht an der Kommunion teilzunehmen, nachdem er bei der Beichte gewesen war, daher empfing er die Hostie auf seiner vor Schuldgefühlen und Scham ausgetrockneten Zunge, die dort, statt sich aufzulösen, wie ein Stofffetzen liegen blieb. Er bemühte sich noch immer, die Hostie hinunterzuschlucken, als seine Mutter wieder neben ihm in die Bank schlüpfte, blass und kraftlos. Als sie seine Hand ergriff und fest drückte, schien sie ihm genau seine schlimmsten Befürchtungen zu bestätigen, nämlich dass sie sterben würde als Folge dessen, was sie auf Martha's Vineyard getan hatte. Dort musste sie sich eine Krankheit eingefangen und mit nach Hause gebracht haben. Die gestrige Beichte hatte ihr keine Erleichterung verschafft, daher fragte sich Miles, ob sie den Pfarrer ebenfalls angelogen hatte, ob sie in dem Moment, als sie merkte, dass es Father Tom war und nicht der jüngere Pfarrer, beschlossen hatte, ihr Geheimnis für sich zu behalten. Father Tom wiederum musste es geahnt haben und war deswegen mit ihr in die Sakristei gegangen, doch auch dort musste sie sich geweigert haben, ihm von Charlie Mayne zu erzählen.

Miles war sich dessen bewusst, dass dieses Szenario irgendwo einen Haken hatte. Zum einen war seiner Mutter morgens schon übel gewesen, noch ehe Charlie Mayne aufgetaucht war; aber er reimte sich zusammen, dass sie schon vorher beschlossen hatte, zu tun, was sie dann taten, und bereits in diesem frevelhaften Gedanken hatte die Sünde ihren Anfang genommen, so wie er es im Kommunionsunterricht gelernt hatte. Vielleicht war ihre Übelkeit eine Warnung Gottes gewesen, die sie jedoch in den Wind geschlagen hatte. Und sie war der Preis für ihr kurzlebiges Glück.

Als sie vom Gottesdienst nach Hause kamen, rechnete Miles fast damit, dass sich seine Mutter wieder ins Schlafzimmer zurückziehen würde, doch stattdessen sagte sie, sie müsse kurz das Haus verlassen. Als er sie fragte, wohin sie gehe, erwiderte sie nur, sie müsse etwas erledigen.

Miles wusste, es war falsch, aber er folgte ihr heimlich. Da es Sonntag war und daher nur wenige Menschen auf den Straßen waren, achtete Miles darauf, sich nicht erwischen zu lassen, falls sie sich abrupt umdrehte, aber bald war klar, dass sie viel zu zerstreut war, um etwas zu bemerken. Als sie bei der Hemdenmanufaktur angelangt waren, dachte Miles, sie sei an ihrem Ziel angekommen und habe vor hineinzugehen, doch nachdem sie Atem geschöpft hatte, ging sie weiter. Bei der Iron Bridge bog sie zu Miles' Überraschung links auf den Gehweg neben der Fahrbahn ein, wo er ihr nicht mehr unbemerkt hätte folgen können. Als Grace die Brücke zur Hälfte überquert hatte, dämmerte ihm, was sie vorhatte. Sie wollte sich hinunterstürzen. Miles war sich dessen so sicher, dass er, als sie bereits die Stelle passiert hatte, an der man normalerweise springen würde, diesen Gedanken immer noch nicht verscheuchen konnte.

Denn welche andere Erklärung gab es? Schließlich befanden sich auf der anderen Flussseite nur der Country Club und zwei, drei Häuser reicher Leute. Auf dem sanft abfallenden Rasen eines Anwesens, dem nächstgelegenen, stand ein Pavillon, in dem eine einzelne Frau saß und über den Wasserfall hinwegblickte. Sie war zu weit weg, als dass Miles es genau sehen konnte, ihm war jedoch, als würde sie Grace' Gang über die Brücke verfolgen. Vielleicht hatte Grace sich nur durch ihre Anwesenheit vom Hinunterspringen abhalten lassen. Und hatte vor, es auf dem Rückweg zu tun.

Miles wartete ein paar Minuten, gespannt, ob seine Mutter, wenn sie auf der anderen Seite war, wieder umkehren würde, aber das tat sie nicht. Und als er schließlich seinen Beobachtungsposten auf der stadtzugewandten Flussseite verließ, schien die Frau in dem Pavillon zu ihm hinüberzustarren.

Am Tag der Arbeit Anfang September kehrte Max ohne Vorankündigung zurück. Als Miles, der seinen letzten Ferientag im Freien genoss, zum Mittagessen nach Hause kam, sah er den Dodge vor dem Haus stehen. Max saß ohne Hemd und braun gebrannt, nachdem er einen Sommer lang die Fensterrahmen fremder Leute bei geschlossenem Fenster gestrichen hatte, am Küchentisch und war in die Empire Gazette vertieft, als hoffte er, darin nachlesen zu können, was Miles und seine Mutter während seiner Abwesenheit angestellt hatten. Als Miles eintrat, las Max erst den Absatz fertig, ehe er den Kopf hob und grinsend seinen Sohn ansah.

Miles bemerkte, dass ihm ein paar Zähne fehlten. »Was ist passiert?«, fragte er sofort alarmiert.

»Was, das hier?« Sein Vater stieß mit der Zungenspitze in die neue Zahnlücke. »Ach, halb so schlimm. Hatte nur eine kleine Meinungsverschiedenheit mit 'nem Typ, mehr nicht. Er weiß es noch nicht, aber er wird mir fünfhundert Dollar pro Zahn zahlen.«

Miles nickte, weniger beschwichtigt durch die Erklärung seines Vaters als durch dessen Anwesenheit. Nachdem es ihm die ganze Zeit vor seiner Heimkehr gegraut hatte, fühlte es sich jetzt auf Anhieb gut an, ihn wieder zu Hause zu haben. Sein Vater hatte nur wenige, unverkennbare Wesenszüge, und genau das machte ihn so vorhersehbar. Und Miles war wieder bereit für vorhersehbare Dinge, auch wenn sie vorhersehbar sonderbar waren. Max war vielleicht nicht wie andere Männer, aber er war immer er selbst. Andere Männer konnten sich zum Beispiel wegen eines kleinen Blechschadens schrecklich aufregen, Max hingegen betrachtete Bagatellschäden als eine Gelegenheit. Wenn jemand auf einem Parkplatz seinen Wagen rammte, was die Leute so regelmäßig taten, dass man hätte meinen können, Max würde es darauf anlegen, brachte er seinen beschädigten Wagen zu einem Mechaniker seines Vertrauens, um sich von ihm eine völlig überhöhte Schadensschätzung geben zu lassen und der gegnerischen Seite dann vorzuschlagen, die Sache für die Hälfte der Summe bar auf die Hand ad acta zu legen und gar nicht erst jemandes Versicherung zu bemühen. Was bedeutete: die gegnerische Versicherung, war Max selbst doch nie versichert. Hatte er das Geld dann in der Tasche, widerstrebte es ihm, es für die Schadensreparatur zu vergeuden. Ja, einen kaputten Scheinwerfer ließe er ersetzen, durchaus, denn das war gesetzlich vorgeschrieben, oder wenn etwa ein Seitenteil arg eingedrückt wäre, würde er es selbst ausbeulen, wobei das Ergebnis in der Regel noch grotesker wäre als die ursprüngliche Delle. Der Dodge war schon so oft »repariert« worden, dass er aussah, als wäre er aus lauter Schrottteilen zusammengeflickt.

Miles zweifelte nicht eine Sekunde daran, dass sein Vater seinen Zahnverlust als Glücksfall betrachtete, ebenso wie er wusste, dass kein Zahnarzt je einen Cent zu sehen bekäme. Er wusste damals indes noch nicht, dass dies lediglich die erste Phase von Max Robys systematischem körperlichen Abbau war, sodass sein Vater mit siebzig aussehen würde wie ein Dodge Dart Baujahr '65 nach mehreren Totalschäden.

Doch in diesem Moment musste er zugeben, dass sein Vater blendend aussah. Er war schlank und tief gebräunt, und Miles verglich unwillkürlich seine kräftige Statur mit der von Charlie Mayne, der am Strand so blass und hohlbrüstig ausgesehen hatte. Und er malte sich aus, Max wäre rechtzeitig aus dem Gefängnis entlassen worden, um sie auf Martha's Vineyard aufzuspüren, wo er sie dabei ertappt hätte, wie sie am Strand Kaviar aus einem vornehmen Picknickkorb aßen. Vergeblich versuchte er, sich eine Schlägerei zwischen seinem Vater und Charlie Mayne vorzustellen. Charlie Mayne war älter und sicherlich kein Faustkämpfer. Max war stark und ausdauernd, aber seine Spezialität, wie Miles zu begreifen begann, war es nicht, sich mit anderen Männern zu prügeln, sondern sie dazu zu bringen, ihm einen Fausthieb zu versetzen, und das würde Charlie Mayne ganz bestimmt nicht tun. Sehr viel wahrscheinlicher war, dass sich Max zu ihnen gesellt und sich selbst eingeladen hätte: »Hm, Kaviar, den mag ich auch.« Wenn irgendjemand in diesem dramatischen Szenario zugeschlagen hätte, wäre es vermutlich Grace gewesen.

»Wo ist Mom?«, fragte Miles, der mit einem Mal ihre Abwesenheit im Haus spürte.

»In der Kirche, hat sie gesagt«, erwiderte Max. »Im Kühlschrank ist ein Sandwich für dich.«

»Sie geht jetzt jeden Morgen in die Kirche«, sagte Miles, und das stimmte auch. Seit ihrem Spaziergang zur anderen Flussseite hinüber hatte sie jeden Tag die Frühmesse besucht und, mehr noch, Miles zum Ministrantendienst angemeldet.

»Muss wohl ein schlechtes Gewissen haben«, brummte Max und sah seinen Sohn forschend an.

Um sich seinem Blick zu entziehen, ging Miles zum Kühlschrank, und während er so tat, als suchte er sein Sandwich, versteckte er sich und seine geröteten Wangen hinter dessen Tür. Langsam schenkte er sich ein Glas Milch ein und ließ sich viel Zeit, ehe er mit dem Glas und dem Sandwich zum Tisch zurückkam.

»Hab gehört, du hast einen famosen Catch gemacht«, sagte sein Vater, und Miles fragte sich, ob Grace oder sein Trainer, LaSalle, es ihm erzählt hatte. Dass sein Vater jetzt, nach all der Zeit, auf sein Erfolgserlebnis anspielte, fühlte sich irgendwie komisch an. Es war nur einen Monat her, seit er seinen Handschuh direkt in die Fluglinie dieses harten, flachen Balls gehalten hatte, es fühlte sich jedoch an, als wäre es länger her oder als wäre es einem anderen Jungen passiert.

»Mom war die ganze Zeit übel«, hörte er sich sagen.

Sein Vater hatte sich wieder der Zeitung zugewandt und sah nicht hoch. Miles wollte es gerade noch mal sagen, als Max erwiderte: »Das ist immer so bei ihnen in diesem Stadium.«

Miles überlegte, ob er fragen sollte, wen er mit »ihnen« meine und mit »Stadium«.

Max, dem sein Schweigen auffiel, ließ die Zeitung sinken, und sein zahnlückenhaftes Grinsen war kein bisschen weniger befremdlich als beim ersten Mal, obwohl Miles diesmal nicht ganz so unvorbereitet war. »Hat sie es dir nicht gesagt?«

»Was gesagt?«

»Dass du ein Brüderchen bekommst.«

Nachdem sich sein Vater wieder hinter der Zeitung verschanzt hatte, aß Miles schweigend das ganze Sandwich auf und trank das Glas Milch leer. Genau so viel Zeit brauchte es, bis die Welt sich wieder einigermaßen geradegerückt hatte, die Fakten in der richtigen Reihenfolge waren und ihm ein neues Verständnis für die Art, wie alles zusammenhing, vermittelten. Die Welt, verstand er jetzt, das war eine physische und nicht etwa moralische Ordnung. Niemand wurde krank oder starb, nur weil er gesündigt hatte. Im Grunde hatte er das bereits vermutet, aber jetzt sah er es klar und deutlich und begriff, dass er es die ganze Zeit über schon gewusst hatte. Die Menschen wurden krank wegen Viren und Bakterien und ungeborenen Kindern – von solchen Sachen – und nicht wegen irgendwelchen Inseln und Männern wie Charlie Mayne. Diese Erkenntnis brachte Miles vor allem Erleichterung, und als er etwas sagte, nahm er etwas Neues, einen ganz leicht veränderten Ton in seiner Stimme wahr, eine neue Haltung oder so was Ähnliches. »Das weißt du doch gar nicht.«

»Ich weiß was nicht?«, sagte sein Vater und blätterte von der Sportseite zur Witzeseite.

»Es kann ebenso gut ein Mädchen sein.«

Sein Vater gluckste, wahrscheinlich über einen Peanuts-Sketch. »In unserer Familie gibt's fast nur Jungs.«

»Dann ist es Zeit, dass wir ein Mädchen bekommen.«

»So funktioniert's aber nicht. Es ist nicht wie beim Münzenwerfen.«

»Wie ist es denn dann, hm?« Miles schien es nämlich, dass es genau wie beim Münzenwerfen war, und er sah nicht ein, seinem Vater dessen fadenscheinige Logik durchgehen zu lassen, nur weil er erwachsen war.

Max musterte ihn erneut und grinste dabei, wobei Miles wünschte, er würde es nicht tun. »Wenn schon, dann ist es eher wie beim Knobeln«, erklärte er. »Nur dass der Würfel keine Zahlen hat. Ein Würfel hat sechs Seiten, stimmt's? In unserer Familie steht das Wort ›Junge‹ auf, sagen wir mal, fünf Seiten. ›Mädchen‹ steht nur auf einer. Wenn du also dein Taschengeld verwetten müsstest, worauf würdest du setzen?«

Miles stellte im Geiste ein paar Berechnungen an. Dann sagte er: »Wie viele Kinder hat Onkel Pete?« Der ältere Bruder seines Vaters war vor zwanzig Jahren in den Westen gezogen, nach Phoenix, Arizona.

»Vier. Lauter Jungs.«

Miles nickte. »Und du hast mich.«

»Du bist auch ein Junge, jedenfalls warst du es letztes Mal noch, als ich nachgeschaut hab.«

»Das sind fünf in Folge«, sagte Miles.

Von der hinteren Veranda waren Schritte zu hören: Grace kam offenbar von der Kirche zurück. Sowohl Miles als auch sein Vater sahen kurz zum Küchenfenster, als sie vorbeiging. In dieser Woche hatten ihre morgendlichen Übelkeitsanfälle etwas nachgelassen, und wenngleich sie nicht mehr so strahlend schön war wie auf Martha's Vineyard, wirkte sie nicht mehr so verängstigt und verzweifelt wie bei ihrer Rückkehr.

»Auf der sechsten Seite steht ›Mädchen‹, oder?«

Max dachte darüber nach, während Grace in der Diele den Regenschirm, den sie für alle Fälle mitgenommen hatte, an einen Garderobenhaken hängte. »Hey, du wirst allmählich zu 'ner ausgewachsenen Nervensäge, weißt du das?«

Jetzt grinsten sie beide, und Miles bemerkte, dass das sonderbare Gefühl, das er dabei empfand, eine Art Stolz war, obgleich er sich nicht sicher war, ob er stolz auf sich oder auf seinen Vater war. Aber er war sich ziemlich sicher, dass, wenn Max ihn eine ausgewachsene Nervensäge nannte, es auf gewisse Weise eine Anerkennung war, vielleicht sogar ein Zeichen der Zuneigung.

Als Grace von der Diele hereinkam, schien sie intuitiv zu begreifen, dass Vater und Sohn gerade in einem wichtigen Moment vereint waren, denn sie setzte sich an die Stirnseite des Tischs und legte je eine Hand auf die von Miles und die von Max, und für eine Weile sagte niemand etwas. Zum ersten Mal seit ihrer Rückkehr von Martha's Vineyard hatte Miles das Gefühl, dass die Dinge vielleicht wieder in Ordnung kämen, dass sie wieder zur Normalität zurückkehren würden oder wenigstens zu dem, was für sie normal war. Nur eines bedauerte er: dass Max Grace nie in diesem weißen Kleid sehen würde, weil sie es Anfang der Woche der Kleiderkammer geschenkt hatte.

Kapitel 20

Die Pfarrhaushälterin von St. Cat's, Mrs Irene Walsh, spülte die Pfannen und Töpfe vom sonntäglichen Abendessen, dessen Aufwand sie sich im Grunde hätte sparen können. Father Mark, vom schlechten Gewissen geplagt, weil er so wenig gegessen hatte und das Bedürfnis nach ein wenig menschlicher Gesellschaft verspürte, mochte sie auch nur in der Gestalt der bärbeißigen Mrs Walsh sein, hatte ihr angeboten, ihr beim Abwasch zu helfen, aber sie hatte ihm eine Abfuhr erteilt. Er würde ihr nur noch mehr Arbeit verursachen, indem er die Sachen an Orte räumte, an die sie nicht gehörten, sodass sie sie morgen nicht mehr finden würde. Natürlich hatte sie seine Gefühle verletzt, aber damit musste er eben leben.

Mrs Walsh war keine unfreundliche Person, doch ihre Weltsicht war zutiefst mittelalterlich. Ihr Vater war ein Armeeangehöriger mit theologischen Neigungen gewesen, und von ihm hatte sie die elisabethanische Vorstellung der Gesellschaft als »Große Kette aller Wesen« übernommen, die, wie ihr Vater ihr erklärt hatte, der Kommandostruktur des Militärs nicht unähnlich sei. Ganz oben an der Spitze war Gott, und unter ihm befanden sich seine Engel in der Rangfolge ihres jeweiligen sozialen Standes, dann kamen der Papst, dessen Kardinäle, Bischöfe, Pfarrer und so weiter. Mrs Walsh tröstete sich mit der Vorstellung, dass sie als Haushälterin zweier Pfarrer dem unteren Ende dieser Kette (das Steine und andere unbeseelte Objekte bildeten) nicht näher war als der Spitze. Für die Sauberkeit und Ernährung zweier Gottesmänner zu sorgen war eine ehrwürdige, aber auch erschöpfende Arbeit, und wenn andere von Gott zu höheren Aufgaben auserkoren waren, dann musste er seine Gründe haben. Nach etwas zu trachten, was jenseits der Grenzen der für einen vorgesehenen Stellung im Leben lag, war in ihren Augen eine Sünde, und am Ende würden all diese Streber und Neider die allein gültige Wahrheit erfahren, dass es die ganze »Große Kette« hinauf und hinunter nur eine Pflicht gab, und zwar, Gottes Willen zu erfüllen. Die Pflicht eines Pfarrers war es, der bestmögliche Pfarrer zu sein, ebenso wie es die Pflicht einer Haushälterin war, die bestmögliche Haushälterin zu sein.

Ebenso ein Ärgernis wie die Menschen, die nach Höherem als der ihnen zugewiesenen Stellung trachteten, waren jene von falscher Bescheidenheit beseelten Menschen wie Father Mark, der immerzu in ihrer Küche herumpfuschte und ihr in seiner Ahnungslosigkeit helfen wollte, indem er zu einem Spüllappen griff und sich daran machte, die Arbeitsflächen sauber zu wischen, und sie ermunterte, nach Hause zu gehen, noch ehe sie ihre Arbeit erledigt hatte. Im Grunde lief auch das auf mangelnde Disziplin hinaus, und ihr Vater hätte ihr garantiert zugestimmt. Mrs Walsh hatte ihren Vater angebetet, der sie seinerseits kaum beachtet hatte. Als Mann des Militärs widmete er den Großteil seiner Zeit der Erziehung seiner Söhne, deren Temperament entschieden unmilitärisch war. Je mehr er auf Disziplin pochte, desto unbändiger gebärdeten sie sich, und so starb er in der festen Überzeugung, dass niemand ihm je zugehört habe, aber das stimmte nicht. Seine Tochter hatte ihm zugehört. Mrs Walsh glaubte so wie er, die Gesellschaft tue gut daran, Unterschiede in Ehren zu halten, und bedauerte, dass so viele Menschen heutzutage entschlossen waren, sie zu verwischen. Am schlimmsten waren

Menschen wie Father Mark. Sie legten großen Wert auf Freundlichkeit, was ja schön und gut war, aber der alte Father Tom war, obwohl er nicht mehr alle Tassen im Schrank hatte, bei Weitem priesterlicher als alle jungen Priester zusammen. Und er hatte sich in all den Jahren, die sie nun für ihn arbeitete, nicht einmal bemüßigt gefühlt, auch nur einen einzigen ihrer Töpfe zu schrubben.

»Ich glaube, Mr Roby ist gerade vorgefahren«, sagte Mrs Walsh von ihrem Platz an der Spüle aus.

»Und sein Vater? Ist Max auch dabei?«

»Nein, nur Mr Miles. Und er sitzt einfach nur in seinem Wagen.«

Father Mark, der im Türrahmen stand, lächelte. Zum ersten Mal an diesem Tag. Er ahnte, warum sein Freund noch nicht ausgestiegen war. Er blickte zu dem nach wie vor nicht angestrichenen Kirchenturm hinauf und fragte sich, welch grausamer Code in seinen Genen ihn daran hinderte, wie ein ganz normaler Mensch eine Leiter zu erklimmen.

»Nun, Sie haben ja auf ihn gewartet«, sagte die Haushälterin. »Werden Sie es ihm sagen?«

Ach, Mrs Walsh, dachte Father Mark. *Ich kann noch viel von Ihnen lernen.* Eine große Denkerin war sie nicht, die liebe Mrs Walsh, aber sie regelte gern Dinge, und dafür musste man sie bewundern. Lösung finden. Problem beheben. Nicht eine Sache x-mal drehen und wenden und die verschiedenen Facetten untersuchen. Das Problem, wenn man kontemplativ veranlagt war, bestand darin, dass es kein Ende gab, keine bestimmte Grenze, an der der Gedanke in eine Aktion umgemünzt werden musste. Das ewige Nachsinnen war wie wenn man einem Komitee angehörte, das selten Empfehlungen aussprach, und wenn doch, dann wurden diese ignoriert, ein Komitee, das nicht einmal die Vollmacht besaß, sich aufzulösen.

Mrs Walsh machte es richtig. Man musste sich mit der Gegenwart befassen, und um genau zu sein, musste er, Father Mark, sich jetzt mit ihr befassen, und er hatte bereits viel zu viel Zeit verstreichen lassen. Die inbrünstige Predigt, die er in der Frühmesse gehalten hatte, stand unter dem Motto: »Wenn Gott sich zurückzieht«. Er hatte sie sich teils auf der Rückfahrt von der Küste am Vorabend ausgedacht, teils während seiner schlaflosen Nacht und teils auf der Kanzel, während er sie hielt. Sie war gar nicht so danebengegangen wie befürchtet, und er hatte vorgehabt, sie in der Vormittagsmesse nochmals zu halten, doch als er zwischen den beiden Messen ins Pfarrhaus zurückkam, entdeckte er, dass Father Tom verschwunden war.

Um genau zu sein, hatte Mrs Walsh das Verschwinden des alten Pfarrers entdeckt, als sie um kurz nach halb neun eintraf, eine Uhrzeit, zu der Father Tom normalerweise aufgestanden war und sein Frühstück haben wollte. Sonntags machte Mrs Walsh ihm immer French Toast. Wenn schließlich das Kinn des alten Mannes von Ahornsirup glänzte, machte sie sich daran, das Mittagessen für die beiden Pfarrer vorzubereiten, meistens Schinken oder Brathähnchen oder, wie an diesem Tag, einen Braten auf New-England-Art, keine leichte Aufgabe, wenn einem ständig ein klebriger, seniler Pfarrer im Weg stand. Es stimmte zwar, dass sie den verrückten alten Pfarrer dem gesunden jungen vorzog, aber Father Tom konnte man im Grunde keine Sekunde aus den Augen lassen, vor allem wenn Father Mark nicht da war. Der junge Pfarrer hatte die Lage im Griff, das musste man ihm lassen. Sonntags, wenn Father Tom wusste, dass der andere in der Kirche drüben war und seine lahmen Predigten hielt, musste man damit rechnen, dass er etwas anstellte. Eines Morgens war er in die Küche gekommen, und Mrs Walsh, die ihn aus dem Augenwinkel heraus beobachtete, bemerkte nichts Auffälliges an ihm. Als sie ihm aber seinen French Toast servierte, hatte sie den Eindruck, als sähe er sie merkwürdig belustigt an, so als wäre ihr eine anzügliche Bemerkung entschlüpft. Aber Mrs Walsh kam das recht unwahrscheinlich vor, schließlich war sie eine geistig völlig gesunde, verheiratete dreiundfünfzigjährige Frau, während der alte Pfarrer völlig plemplem war.

Doch da Mrs Walsh nichts auf der Welt mehr verabscheute, als wenn jemand auf ihre Kosten Witze machte, unterbrach sie sich beim Füllen des Brathähnchens, um ihn einer näheren Betrachtung zu unterziehen. Er trug eine seiner ganz normalen, frisch gewaschenen Priestermonturen, ein schwarzes, kurzärmeliges Hemd mit einem gestärkten weißen Kragen, und hatte sein üblicherweise nach allen Seiten abstehendes Haar flach an den Schädel gekämmt. Ihr fiel sogar auf, dass seine Schuhe blank poliert waren und dass er passende schwarze Leinensocken dazu trug. Wenn irgendetwas an Father Toms Gestalt auf einen Schabernack hindeutete, so konnte sie es jedenfalls nicht ausmachen, daher fuhr sie fort, Füllung in das Brathähnchen zu stopfen. Erst als der alte Pfarrer aufstand und seinen Teller zur Spüle brachte – eine für ihn untypische Geste –, sah sie, dass er weder Hose noch Unterhose trug. Als sie daher an diesem Morgen beim Betreten des Pfarrhauses keine Spur von dem alten Pfarrer entdeckte, machte sie sich sofort, ein Unheil witternd, auf die Suche nach ihm.

Seine Zimmertür war zu, und als Mrs Walsh anklopfte und seinen Namen rief und verlangte, er solle aufmachen, sonst würde sie den jungen Pfarrer holen, war sie halbwegs darauf gefasst, dass der alte Kirchenmann gleich grinsend und mit nacktem Hintern und verschrumpeltem Penis vor ihr stehen würde. Diese Aussicht erfreute Mrs Walsh weder, noch ängstigte sie sie. Mit ihren dreiundfünfzig Jahren hatte sie mit so etwas Törichtem wie männlichen Genitalien ein für alle Mal abgeschlossen. Tatsächlich war es viele Jahre her, dass sie diesen haarigen Dingern, die zwischen diesen dürren, blassen Beinen baumelten, etwas hatte abgewinnen können. Die Tatsache, dass sie ihnen *jemals* etwas hatte abgewinnen können, schrieb sie einer vorübergehenden Geistesstörung zu und war dankbar, dass diese nur von kurzer Dauer, nicht besonders heftig gewesen und gänzlich durch die Ehe kuriert worden war, so wie von Gott beabsichtigt.

Trotz aller Drohungen blieb die Tür zu, sodass sich Mrs Walsh nicht anders zu helfen wusste, als ohne Erlaubnis einzutreten. Die Tür war unverschlossen und offenbarte, nachdem sie sie aufgestoßen hatte, einen verwaisten Raum. Mrs Walsh überzeugte sich davon, dass er auch wirklich verwaist war, indem sie sich auf alle viere begab, ein Manöver, auf das sie angesichts ihrer entzündeten Gelenke gern verzichtet hätte, um sogar unter dem Bett nachzusehen. Sie dachte, einem alten Pfarrer, der verrückt genug war, unten ohne in ihrer Küche zu erscheinen, war ebenso gut zuzutrauen, dass er Verstecken mit ihr spielte. Aber unter dem Bett war niemand zu sehen, und in dem spartanisch eingerichteten Zimmer gab es nichts, was auch nur groß genug gewesen wäre, dass sich ein Kind darin hätte verstecken können, geschweige denn ein ausgewachsener Mann mit dem Verstand eines Kindes.

Der alte Pfarrer schien auch sonst nirgendwo im Pfarrhaus zu sein. Mrs Walsh sah in jedem einzelnen Raum und jedem Schrank im ganzen Haus nach, stieg sogar mit einer Taschenlampe in den Keller hinab, einen feuchten, grässlichen Ort, wo es Kohleeimer und jede Menge dunkler Ecken gab, in denen sich ein dementer Pfarrer hätte verstecken können. Gerade als sie zu dem Schluss gekommen war, dass Father Tom früh aufgestanden und trotz ausdrücklichen Verbots allein spazieren gegangen oder aber zur Kirche geschlichen sein musste, wo er sich im Beichtstuhl versteckte, um den jungen Pfarrer heimlich zu belauschen und zu hören, was für einen liberalen Unsinn er wieder von der Kanzel herabpredigte, fiel ihr plötzlich etwas ein und sie eilte in sein Zimmer zurück.

Nicht nur war er immer noch nicht da, sondern sein Bett wirkte geradeso, als hätte er gar nicht darin geschlafen. Natürlich war es nicht völlig abwegig, dass er es gemacht hatte, nachdem er aufgestanden war, wie es zeitlebens seine Angewohnheit gewesen war, bis sich sein Verstand allmählich verabschiedet hatte, sodass er es mittlerweile meistens vergaß. Am gestrigen Samstag hatte Mrs Walsh die Betten beider Pfarrer neu bezogen, und als sie jetzt die Tagesdecke zurückzog und die Laken untersuchte, fühlten sie sich frisch gebügelt an und rochen nach Waschmittel. Keine Spur des ranzigen Geruchs eines von Blähungen geplagten greisen Kirchenmanns.

Aber es war nicht das Bett, das schließlich den entscheidenden Hinweis lieferte, sondern der Papierkorb – Mrs Walsh wäre beinahe daran vorbeigegangen, ohne ihn zu bemerken. Sie hatte ihn erst am Vortag geleert, und nun war er bereits wieder voll, und zwar voll mit den kleinen mintgrünen Umschlägen, mittels derer die Gemeindemitglieder bei der wöchentlichen Kollekte ihre knauserig bemessenen Geldspenden vor anderen Gemeindemitgliedern verbargen. Jeder Umschlag, der bei der gestrigen Samstagabendmesse gesammelt worden war, war aufgerissen und in den Papierkorb geworfen worden. Auch Schecks, die sich in manchen Umschlägen fanden, lagen nun in dem Metallbehältnis. Was Mrs Walsh ebenfalls augenblicklich auffiel, war das Fehlen jeglichen Bargeldes.

Als der junge Pfarrer direkt nach der Frühmesse mit federnden Schritten über den Rasen zum Pfarrhaus herüberkam, wartete Mrs Walsh, die Arme vor ihrem matronenhaften Busen verschränkt, auf ihn. Während andere Frauen mittlerweile in heller Aufregung gewesen wären, bewahrte Mrs Walsh einen kühlen Kopf. Sie trug eine selbstgewisse und gefasste Miene zur Schau, als wüsste sie, dass nun jemandes Kopf rollen würde, und wüsste, dass es nicht ihrer sein würde.

»Guten Morgen, Mrs W.« Father Mark stand in der Küchentür, und seine augenscheinlich hervorragende Laune war gewiss der Tatsache geschuldet, dass seine Predigt, jedenfalls in seinen Augen, gut gelaufen war. »Rieche ich da Ihren berühmten New-England-Braten?«

Um seine Neugier zu stillen, begab er sich zum Herd und lüpfte den Deckel von dem Bräter. Wie oft hatte sie ihm schon gesagt, dass sie derlei Übergriffe in ihrer Küche nicht schätze? Streckte sie vielleicht ihren Kopf in seinen Beichtstuhl hinein und erlaubte sich Bemerkungen über die Bußübungen, die er den Beichtenden auferlegte?

»Haben Sie heute Morgen nach dem Aufstehen irgendetwas vermisst?«, fragte Mrs Walsh, als er den Deckel wieder auf den Bräter senkte.

»Nein«, sagte Father Mark argwöhnisch.

»Immer noch nicht?«

Father Mark ließ den Blick durch die Küche schweifen, wo ihm alles in Ordnung zu sein schien. Wollte die gute Frau ihm sagen, sie seien in der vergangenen Nacht ausgeraubt worden, dass er es versäumt habe, die Haustür abzuschließen? Welches Spielchen sie auch immer mit ihm spielen wollte, er hatte jetzt keine Zeit dafür. Father Mark war, wie Mrs Walsh intuitiv erahnt hatte, noch immer beschwingt vom Erfolg seiner Predigt, wollte jedoch schnell für die Zehn-Uhr-dreißig-Messe ein paar kleinere Verbesserungen notieren, wo er sich stets etwas kritischeren – weil wachen – Zuhörern gegenübersah. Er musste diese Änderungen unbedingt anbringen, bevor Father Tom hereinspazierte und sein übliches Chaos veranstaltete. »Tut mir leid, aber ich habe keine Zeit für Rätselspiele, Mrs W.«, sagte er und wühlte in ihren Schubladen, bis er Papier und Bleistift fand. »Wenn Ihnen etwas fehlt, würde ich vorschlagen, Father Tom zu fragen. Er hortet in seinem Zimmer alle möglichen Dinge, seit er gehört hat, dass die Diözese möglicherweise unsere bescheidene Gemeinde schließen wird.«

Er setzte sich auf die Eckbank, doch noch ehe er die Bleistiftspitze auf den Schreibblock setzen konnte, hielt er inne, obwohl er sicher war, dass ihm sein Einfall, wenn er ihn nicht sofort notierte, für immer entgleiten würde. Womit er recht behalten sollte. »Was haben Sie gerade gesagt?«, fragte er und sah hoch, unsicher, ob er die Haushälterin richtig verstanden hatte.

»Ich *sagte,* dass Father Tom verschwunden ist.«

Father Mark schluckte schwer. »Nun, er kann ja nicht weit gekommen sein«, meinte er dann, doch statt überzeugend, wie von ihm beabsichtigt, klang es eher nach Wunschdenken. »Und Sie sind sicher, dass er nirgendwo im Haus ist?«

Mrs Walsh war sich sicher und sagte ihm das auch.

»Trotzdem, wollen wir uns noch einmal vergewissern«, schlug Father Mark vor und stand auf.

»Vergewissern Sie sich doch, wenn Sie wollen«, brummte sie, half ihm aber dennoch, abermals das ganze Haus abzusuchen. Als sie fertig waren, ging Father Mark nochmals in die Kirche, um auch dort nachzusehen, wusste er doch, wie gern sich der alte Mann im Beichtstuhl versteckte.

Nach ihrer fehlgeschlagenen Suchaktion standen Father Mark und Mrs Walsh auf der rückwärtigen Veranda und ließen ihre Blicke über das Kirchengelände wandern, der Pfarrer ratlos, die Haushälterin selbstzufrieden, nachdem ihre Suche nichts als die Bestätigung ihrer Theorie erbracht hatte, die besagte, dass der alte Pfarrer nicht erst an diesem Morgen zwischen Father Marks Gang zur Kirche und Mrs Walshs Auftauchen verschwunden war, sondern bereits irgendwann in der vergangenen Nacht. Was bedeutete, dass die Schuld bei Father Mark lag.

An den seltenen Abenden, da er das Pfarrhaus verlassen musste, heuerte Father Mark immer einen Aufpasser an, der mit Tom fernsah und ihn zu Bett brachte. Meistens betraute er einen Ministranten mit dieser Aufgabe; nachdem Father Tom unten ohne bei Mrs Walsh in der Küche aufgetaucht war, wollte er ihn keiner weiblichen Aufsichtsperson mehr zumuten. Der Junge, der am gestrigen Abend da gewesen war, hatte die Nachricht hinterlassen, der alte Pfarrer sei früh, bereits um halb neun, zu Bett gegangen. Der Junge war bis um zehn im Pfarrhaus geblieben, hatte dann wie abgesprochen, die Haustür abgeschlossen und war nach Hause gegangen, in der Annahme, dass der junge Pfarrer bald da sein würde – doch wie der Zufall es wollte, war Father Mark erst um Mitternacht zurückgekehrt. Auch hatte er nicht mehr ins Zimmer des alten Pfarrers geschaut, wie ihm jetzt wieder einfiel. Tom hatte von Natur aus einen leichten Schlaf, und Father Mark hatte ihn nicht stören wollen. Jedenfalls war das seine Ausrede sich selbst gegenüber gewesen, die er jetzt auch gegenüber Mrs Walsh wiederholte. In Wahrheit hatte Father Mark nicht befürchtet, den alten Mann aufzuwecken, sondern dass er wach daliegen und ihn, neugierig, wie er war, ausfragen würde.

Also war es möglich, wie sich Father Mark zähneknirschend eingestand, dass er bereits seit *fünfzehn Stunden* verschwunden war! Besonders beunruhigend war indes, dass niemand Father Tom herumirren gesehen hatte, jedenfalls hatte niemand angerufen. Er war bereits mehrmals weggelaufen, doch als stadtbekannte Person war er meistens von jemandem ins Pfarrhaus zurückgebracht worden, noch bevor sein Verschwinden aufgefallen war. Der Umstand selbst und sein schlechtes Gewissen setzten Father Mark sehr zu, und während sie nun auf der hinteren Veranda standen, fragte er unvermittelt: »Tom kann doch schwimmen, oder?« Die Möglichkeit, dass der alte Pfarrer im Fluss gelandet war, jagte ihm einen Schauder über den Rücken. Wenn er unterhalb der Wasserfälle in den Fluss gegangen wäre, könnte er durchaus bis nach Fairhaven getrieben worden sein, bis zu dem Damm, der ihn unweigerlich aufhalten würde. Im vorigen Jahrhundert hatte der Knox einen Selbstmörder oft bis zum Meer mitgerissen.

Mrs Walsh hatte keine Ahnung, ob Father Tom schwimmen konnte, ebenso wenig verstand sie, warum um Himmels willen sie so etwas wissen sollte. »Ich bin nur froh, dass Sie mit dem Wagen unterwegs waren«, sagte sie. »Sie wissen ja, wie gern er mit dem Crown Victoria gefahren ist.«

Father Mark sah sie an.

Mrs Walsh erwiderte seinen Blick. »Sie sind doch mit dem Wagen gefahren?«

»Mist«, sagte er, denn er hatte vergangene Nacht nicht den Wagen genommen. Sein Begleiter war gefahren.

»Da haben wir's!«, sagte Mrs Walsh.

Beide starrten das geschlossene Tor der freistehenden Garage an, der einzige Ort auf dem Pfarreigelände, wo sie nicht nachgeschaut hatten. Father Mark hörte, wie jemand seinen Namen rief, und sah, dass ein Ministrant auf dem Weg in die Sakristei ihm zuwinkte. Father Mark blickte auf seine Uhr. Es war zehn nach zehn, in zwanzig Minuten sollte die Messe beginnen, und die ersten besonders eifrigen Kirchgänger trudelten bereits ein. Am liebsten hätte er die weiteren Nachforschungen bis nach dem Gottesdienst verschoben. Aber das war nicht möglich. Nicht, wenn die gute Mrs Walsh neben ihm stand, deren Gegenwart eine einzige Aufforderung an ihn war, etwas zu unternehmen.

»Warten Sie hier!« Er überquerte die Hofeinfahrt, hielt kurz inne, ehe er sich einen Ruck gab und durch eines der kleinen Garagenfenster spähte.

Mrs Walsh beobachtete von der rückwärtigen Veranda aus, wie er die Stirn ans Garagentor lehnte. Sie zählte bis zehn, bis er sich endlich wieder aufrichtete. Besser, eine kompetente Haushälterin zu sein, als ein inkompetenter Pfarrer.

Die Predigt mit dem Thema »Wenn sich Gott zurückzieht«, die ihm in der Frühmesse so leicht von den Lippen gegangen war, entpuppte sich in der Vormittagsmesse als äußerst widerspenstig. Als Father Mark die Stufen zur Kanzel hinaufstieg, schickte er ein Stoßgebet gen Himmel, mit dem er Gott bat, ihm wenigstens die Quintessenz dessen ins Gedächtnis zurückzuschicken, was er zwei Stunden zuvor so eloquent dargeboten hatte, nur um festzustellen, dass er sich tatsächlich zurückgezogen hatte und Father Mark zwang, sich verzweifelt in seine handschriftlichen Notizen zu vertiefen, während die Gemeinde ihn zuerst neugierig, dann unruhig und schließlich alarmiert beäugte. Was Father Mark vergeblich in seinen Aufzeichnungen suchte, war die Überzeugung, die es brauchte, um diese Dinge zu sagen. Zwei Stunden zuvor hatte er noch fest an ihren Wahrheitsgehalt geglaubt. Jetzt war er sich nicht mehr so sicher.

Er hatte den Vorabend mit einem jungen Künstler verbracht, der am College in Fairhaven unterrichtete, derselbe Professor, der, wenngleich Father Mark dies nicht wusste, Christina Robys und John Voss' Bilder ausgewählt hatte, um die zehnte Klasse in der städtischen Kunstausstellung zu repräsentieren. Die beiden Männer hatten sich ein paar Wochen zuvor in der Werft von Bath bei einer Demonstration gegen ein neues Nuklear-U-Boot kennengelernt. Beide waren wegen Hausfriedensbruchs verhaftet, aber schnell wieder freigelassen worden. Während ihrer kurzen Inhaftierung hatte Father Mark sofort vermutet, dass der junge Künstler schwul sei.

Weniger sicher war er sich, welche Schlüsse der Künstler in Bezug auf seine Person gezogen hatte. Doch ein paar Tage danach erhielt Father Mark eine Einladung, ihn in seinem Atelier auf dem Campus zu besuchen. Der Brief war am Dienstag mit der Post gekommen, und Father Mark, dem das Herz bis zum Hals schlug, während er ihn in der Hand hielt, ertappte sich bei dem

Gedanken, wie er die Zeit, die sich soeben verlangsamt hatte, wieder beschleunigen konnte. Normalerweise heftete er Einladungen als Gedächtnisstütze an die Pinnwand in der Küche, aber jetzt nahm er den Brief mit in sein Zimmer und schob ihn in die mittlere Schreibtischschublade zwischen irgendwelche nichtssagenden Unterlagen, als könnte deren Profanität allein durch ihre Nähe irgendwie auf ihn abfärben.

Doch weit gefehlt. Noch am selben Tag sah er ein gutes halbes Dutzend Mal in der Schublade nach und las den Brief immer wieder, bis er ihn auswendig konnte. Er wolle, hatte der Künstler geschrieben, ihm nicht nur seine gegenwärtigen Arbeiten zeigen, sondern Father Mark auch um Rat in spiritueller Hinsicht bitten. Am Mittwoch gelang es diesem nicht mehr, sich selbst etwas vorzumachen. Er *verbarg* die Nachricht, und diese Tatsache sagte ihm alles, was er im Moment zu wissen brauchte. Daher blieb ihm keine andere Wahl, als sie zu zerreißen, die Papierfetzen in den Papierkorb neben seinem Schreibtisch zu werfen und dann quer über den Rasen zur Kirche hinüberzugehen, wo er am Seitenaltar eine Kerze entzündete und sich für ein Dankgebet niederkniete.

Gerade als er sein Gebet beginnen wollte, hörte er hinter sich ein Geräusch und sah, als er sich umdrehte, wie Father Tom in den Beichtstuhl schlich. Der alte Mann war ihm ganz offensichtlich gefolgt, und statt wie sonst das törichte Verhalten seines Kollegen auf dessen Demenz zu schieben, wallte in Father Mark eine unglaubliche Wut hoch. Er stürmte zum Beichtstuhl, packte den alten Mann am Arm, zog ihn heraus und zerrte ihn quer über den Rasen hinter sich her. In Mrs Walshs Küche ließ Father Tom beschämt den Kopf hängen und machte einen so jämmerlichen Eindruck, dass Father Mark Mitleid mit ihm bekam und ihm versicherte, natürlich sei ihm vergeben. Allerdings kehrte er nicht in die Kirche zurück, um sein Gebet zu Ende zu sprechen. Ein Gebet war ein Gebet, redete er sich ein, egal, wo es gesprochen wurde, und so beschloss Father Mark, es in der Abgeschiedenheit seines Zimmers zu tun. Doch als er dort war, dachte er mit einem Mal, dass er zu viel Aufheben um das Ganze mache. Es gab überhaupt keinen Grund, an der Arglosigkeit der Einladung zu zweifeln, und daher auch keinen, sie nicht in aller Unschuld anzunehmen. Nicht der Künstler, sondern er selbst hatte durch seine Hintergedanken die Angelegenheit zu etwas Sündigem werden lassen. Zum Glück hatte er den Brief nur in vier Teile zerrissen und zum Glück gab es in einer Schreibtischschublade eine Klebebandrolle.

Als er den Künstler am Mittwoch in seinem Atelier besuchte, erzählte dieser von sich. Er war in Nicaragua als Sohn einer Frau aus Managua und eines rangniedrigen amerikanischen Diplomaten aufgewachsen, der bei einem Autounfall ums Leben gekommen war. Nachdem er zum Studium in die USA gekommen war, blieb er nach der Revolte der Sandinisten dort. Seine Bilder – Father Mark fand sie außergewöhnlich – waren sowohl vom Thema als auch von der Symbolik her explizit religiös und bar jeder Ironie. Amerikanische Künstler seien nicht mehr in der Lage, ohne Ironie zu malen, darin stimmte der junge Mann ihm, erfreut über Father Marks Bemerkung, zu. Zwar deutete nichts in den Werken, die er an diesem Abend im obersten Stock des Klinkerbaus im Zentrum von Fairhaven zu sehen bekam, daraufhin, dass der Künstler schwul war, aber Father Mark war sich noch sicherer als zuvor. Erst auf der Heimfahrt kam ihm in den Sinn, dass das in seinem Brief angedeutete spirituelle Dilemma gar nicht zur Sprache gekommen war.

Das erfolgte zwei Tage später am Telefon. Father Mark nahm den Anruf im Arbeitszimmer entgegen und ließ absichtlich die Tür offen. Der junge Professor entschuldigte sich zunächst dafür, dass er Father Mark den weiten Weg nach Fairhaven auf sich habe nehmen lassen, ohne dann den Mut zu finden, mit ihm über das Thema zu sprechen, das ihm so zu schaffen mache. Ach was, sagte Father Mark, allein schon der Bilder wegen habe sich die Fahrt gelohnt. In Wahrheit, fuhr der junge Mann fort, habe er die Gesellschaft von Father Mark so genossen, dass er es nicht gewagt habe, etwas anzuschneiden, was ihn in den Augen seines neuen Freundes womöglich abstoßend erscheinen lasse. Sie seien doch hoffentlich Freunde? Doch seit Mittwoch schäme er sich auf noch kompliziertere Weise, und so habe er beschlossen, offen und ehrlich seine sexuelle Orientierung zu gestehen.

Ja, sagte Father Mark und sah, als er den Blick vom Telefon hob, Father Tom in der Tür, der sich erst vom Fleck rührte, als Father Mark ihn mit einer Handbewegung wegscheuchte. Nichts am Verhalten des alten Pfarrers deutete darauf hin, dass er sich erinnerte, was Anfang der Woche zwischen ihnen vorgefallen war. Wenn er schon keine Beichte mehr abnehmen durfte, dann war das Belauschen anderer Menschen beim Telefonieren offenbar Father Toms Meinung nach eine legitime Alternative.

Genau ein solch bedeutungsschwangeres Schweigen habe er befürchtet, platzte der junge Künstler heraus. Father Mark erklärte ihm eilig, er sei unterbrochen worden und sein Schweigen bedeute weder, dass er schockiert oder gekränkt sei, noch, dass er sich abgestoßen fühle. Er versicherte dem Künstler, ihm gehöre jetzt seine volle Aufmerksamkeit, und während der halben Stunde, in der sie sich unterhielten, fand Father Tom weitere vier Male einen Grund, um an der offenen Tür vorbeizuschleichen.

Seine Glaubenskrise, erzählte der junge Mann, sei durch den Verrat eines Freundes hervorgerufen worden, der – wie der Zufall es wolle – ebenfalls Priester sei. Sie hätten sich in Texas während ihres Aufbaustudiums kennengelernt, und er habe ihn seit fast zehn Jahren nicht mehr gesehen. Beide seien in der Kirchenasylbewegung aktiv gewesen, hätten illegalen Einwanderern geholfen, die Grenze zu den USA zu überqueren und anschließend eine sichere Unterkunft und eine Arbeitserlaubnis zu bekommen. Viele dieser Flüchtlinge hätten ihre ganzen Ersparnisse sogenannten *Coyotajes* gegeben, Menschenschmugglern, die sie hilflos unter der heißen texanischen Sonne zurückließen; die meisten seien damals aufgegriffen und wieder über die Grenze zurückgebracht worden. Die kleine Schar jener, denen die Flucht geglückt sei und die durch das Netz schlüpfen konnten, seien bereit, jene Art schmutziger, harter Arbeit zu verrichten, die die meisten Amerikaner verschmähten, und schickten die Hälfte ihres mageren Verdienstes ihren Familien in Guatemala, El Salvador, Nicaragua oder Mexiko.

Beide Aktivisten seien mehrmals inhaftiert worden, und im Gefängnis habe er dem jungen Priester gestanden, er fühle sich als Schwuler in einer zunehmend feindseligen Kirche ähnlich verloren und missbraucht wie die illegalen Einwanderer, die in der Dunkelheit von den Lastwagen heruntergescheucht und mitten in der texanischen Wüste sich selbst überlassen würden, dazu verdammt, von nun an allein ihren Weg zu suchen. Wenn es für ihn keinen Platz in der katholischen Kirche gebe, wo solle er dann hin?

Der Priester habe es wie noch kein anderer vor ihm vermocht, seiner Seele Frieden zu schenken, indem er ihm versichert habe, dass die Kirche ebenso groß und vielfältig sei wie die Welt. Alle Kinder Gottes seien darin willkommen. Gewiss, es gebe nicht wenige, die verdammten, was sie nicht verstünden, die die Kirche kleinlich und kalt wie eine Gefängniszelle erscheinen ließen. Doch statt auf sie zu hören, solle man sich lieber darauf besinnen, mit wem Jesus während seines kurzen Aufenthalts auf Erden Umgang gepflegt habe. Besser, hier ein Ausgestoßener zu sein, als im Himmel. Doch der Priester ermahnte ihn streng, dass Gott von ihm ebenso Treue erwarte wie von seinen anderen Kindern. In seinen Augen seien Promiskuität und Leichtfertigkeit die wahren Vergehen, unabhängig von der sexuellen Orientierung.

Nachdem er seine Abschlussarbeit fertiggestellt hatte, war der junge Kunstprofessor widerstrebend von einem abgelegenen Lehrposten zum nächsten gezogen, und Father Mark schloss aus seinen Worten, dass er sich in den Priester verliebt und ihm die ganze Zeit die Treue gehalten hatte. Umso schockierter sei er gewesen, als ihn vor ungefähr einem Monat ein Anruf ereilte. Als er die Stimme des alten Freundes vernommen habe, habe sein Herz einen Satz gemacht, und sein erster Gedanke sei gewesen, wie viel Mühe es ihn gekostet haben musste, ihn im fernen Fairhaven in Maine ausfindig zu machen. Aber seine Freude sei nur von kurzer Dauer gewesen. Er habe eine Weile gebraucht, um zu begreifen, dass der Priester ihn angerufen habe, um ihm mitzuteilen, er sei fehlgeleitet gewesen, als er ihm vor vielen Jahren geistlichen Rat gegeben habe, denn nach gründlicher Einkehr und zahlreichen Gebeten müsse er nun einräumen, dass die Kirche – obgleich sie in der Tat ebenso groß sei wie die Welt, die sie umspanne – nicht unendlich flexibel in ihrer Doktrin sein, sprich: es nicht jedem recht machen könne. In Sachen Glauben und Moral könne es keinen Zweifel und keinen Widerspruch geben, und wenn eine Lehre klar und eindeutig sei, habe ein wahrhaft Gläubiger keine andere Wahl, als diese als den Willen Gottes zu begreifen. Des Weiteren sei es die Pflicht der Kranken, Heilung zu suchen.

»Und willst du wissen, was das Traurigste daran ist?«, fragte der junge Mann abschließend, während ihm die Stimme fast versagte.

Father Mark, der sowohl seinem jungen Gesprächspartner am anderen Ende der Leitung als auch Father Toms schlurfenden Schritten auf dem Flur lauschte, wusste bereits, was das Traurigste daran war. »Du vermutest, dass er selbst auch schwul ist, stimmt's?«

Obwohl Father Mark den Großteil seiner Predigt mit dem Thema »Wenn sich Gott zurückzieht« während der vergangenen schlaflosen Nacht – in der Father Tom allem Anschein nach geflohen war – verfasst hatte, ging er schon länger mit der Idee dazu schwanger, nämlich seit jenem langen Nachmittagsplausch im September mit Miles, der ihm von einem Urlaub vor vielen Jahren mit seiner Mutter auf Martha's Vineyard erzählt hatte. Damals war Miles neun, und seine Mutter, gefangen in einer denkbar unglücklichen Ehe, hatte, wie Miles vermutete, eine kurze Affäre mit einem Mann gehabt, den sie auf der Insel kennengelernt hatte. Father Mark war Grace Roby allerdings nie begegnet, da er erst viele Jahre nach ihrem Tod nach Empire Falls gekommen war, aber Miles zufolge war sie nach ihrer Affäre wieder in den Schoß ihrer Ehe und der Kirche zurückgekehrt.

Ihre Geschichte war in Father Marks Augen gar nicht so außergewöhnlich. Die meisten Menschen versuchten, treu zu sein, aber nur wenige konnten sich einer makellosen Bilanz rühmen. Am meisten hatte ihn an Grace Robys Geschichte berührt, dass sie, jedenfalls der Beschreibung ihres Sohnes zufolge, indem sie sich verliebte, zu einer völlig anderen Frau geworden war. Es war nicht so sehr ihr Verhalten, das sich verändert hatte, vielmehr hatte sie sich auf einmal in eine so strahlende Schönheit verwandelt, dass selbst ihr neunjähriger Sohn nicht unbeeindruckt blieb, hatte er sie bislang doch immer nur als Mutter und nicht als Frau wahrgenommen. Während der flüchtigen Zeitspanne dieser wenigen sonnenerfüllten Strandtage war sie glücklich gewesen, vielleicht zum ersten Mal in ihrem Leben, und dieses Glücklichsein hatte sich in einem Strahlen niedergeschlagen, das sämtliche männlichen Blicke auf sich zog.

Obwohl so etwas immer wieder vorkam, war es dennoch eine bemerkenswerte Geschichte, und Father Mark musste sich eingestehen, dass er sich selbst auch ein bisschen in Grace Roby verliebt hatte und, noch beunruhigender, froh für diese Frau war, die er nie kennenlernen durfte, dass sie wenigstens dieses vorübergehende Glück hatte erleben dürfen. Dass sie ihren Mann und ihren Glauben betrogen hatte, schien beinahe ein nebensächlicher Aspekt, wenn man bedachte, was für eine harte Probe ihre Ehe mit Max Roby für sie gewesen sein musste. Dass sie schließlich sowohl zu ihrem Mann als auch zu ihrem Glauben zurückgekehrt war, schien weitaus bedeutender, und das sagte er auch zu Miles. Der wiederum vertraute ihm an, was ihn schon lange zermürbte, dass in seinen Augen die Intensität des kurzlebigen Glücks seiner Mutter die Hauptursache der Krankheit gewesen sei, die sie ein Jahrzehnt später umgebracht hatte. »Willst du damit sagen, dass Glück karzinogen ist?«, fragte er Miles, nachdem dieser ihm erzählt hatte, dass seine Mutter nach ihrer Rückkehr nach Empire Falls nie mehr die Alte gewesen sei, dass sie sichtlich abgenommen habe, blass wie eine Höhlenbewohnerin geworden, im Winter oft krank gewesen und bei der Geburt seines Bruders David fast gestorben sei. Merkwürdig, dass Miles als Kind geglaubt hatte, das Glück, und nicht dessen Verlust, habe seine Mutter so angegriffen. Noch merkwürdiger war nur, dass er diese Auffassung später nicht hatte revidieren können. War es das, was einen Katholiken ausmachte?

Aber erst in der vergangenen Nacht, als er wach im Bett lag, war ihm die Bedeutung von Grace Robys Geschichte, oder jedenfalls ein Aspekt davon, klar geworden. Zu diesem Zeitpunkt war Father Marks eigene Krise bereits vorüber gewesen, und er fühlte sich schwach und zugleich erleichtert wie nach einem überstandenen Fieber.

Die beiden Männer waren bei einer Vernissage in einer winzigen Galerie in Camden gewesen und hatten anschließend in einem Restaurant, von dem aus man einen schönen Blick auf den Hafen hatte, zu Abend gegessen. Für die erste Oktoberwoche war es an der Küste noch ungewöhnlich warm und selbst am Abend mild genug, um draußen unter aufgehängten Wärmelampen zu sitzen. Am Nachbartisch aßen ein Mann und eine Frau eine Schüssel Steamer Clams, und Father Mark fühlte sich wieder an Miles' Geschichte erinnert. Der Mann und die Frau mochten ein verheiratetes Paar sein oder auch ein verheirateter Mann und die Frau eines anderen, jedenfalls liebten sie sich offensichtlich. Als der Künstler sein Lächeln bemerkte und ihn fragte, was ihn so amüsiere, erzählte er ihm Miles' Geschichte ungefähr so, wie Miles sie ihm erzählt hatte, und währenddessen wurde ihm etwas klar, was ihm beim Zuhören völlig entgangen war. Schon komisch, dachte er, dieses Herzklopfen, wenn man von jemandem erwählt wird, besonders später im Leben, wenn man doch meinen würde, dass die Zeit des Erwähltwerdens eigentlich vorüber sei. Als liebenswürdig und begehrenswert erkannt zu werden – gewiss war es genau das, was Grace Roby gebraucht hatte. Es war ein gottgegebener Moment, in dem Gott gnädig den Blick abgewandt und sich zurückgezogen hatte. Daher das Motto seiner Predigt.

Einige der Bilder des Künstlers, die in der Galerie in Camden gezeigt wurden, hatte Father Mark bereits in seinem Atelier gesehen, andere waren neu für ihn oder ihm bewusst vorenthalten worden. Die Mehrheit davon war unverhohlen homoerotisch, und während Father Mark sie betrachtete, spürte er den Blick des Künstlers auf sich. Später, beim Abendessen, erklärte Father Mark ihm, dass sein Rat an homosexuelle Männer und Frauen ähnlich dem sei, den der Priester-Aktivist ihm seinerzeit gegeben habe, das heißt vor dessen bedauernswerter Konversion zur strengen Orthodoxie. Des Weiteren erklärte Father Mark, eine solche Neubewertung der eigenen Haltung im mittleren Lebensalter erstaune ihn keineswegs. Auch der Dichter Chaucer habe sich später von seinen *Canterbury Tales* distanziert, und als

Künstler kenne er bestimmt auch Maler und Bildhauer, die in ihrem späteren Leben ihre besten Werke als eitel und unmoralisch abtaten. All das sagte Father Mark, um ihm Trost zu spenden, für den Fall, dass der junge Mann dessen bedurfte, doch in Wahrheit bezweifelte er inzwischen, dass es diesen Priester-Aktivisten und dessen Verrat überhaupt gegeben hatte. Er wusste nicht, warum, jedenfalls war er misstrauisch geworden. In der Galerie war ihm außerdem der Gedanke durch den Kopf geschossen, dass es diesen einen Priester vielleicht nicht gegeben hatte, dafür aber viele andere.

Unleugbar war indes, dass Father Mark erwählt worden war, und diese Erkenntnis ließ sein Herz schneller schlagen, genauso wie seinerzeit Grace Robys. Gab es auf der Welt etwas Natürlicheres als dieses Herzklopfen? Konnte etwas so Wahrhaftiges Sünde sein? Auch wenn er jetzt wusste, was er zuvor nicht gewusst hatte, dass er dieser Versuchung nicht erliegen würde, war es dennoch herrlich, begehrt zu werden! Gewiss war das Gottes Geschenk an die in Ungnade gefallenen Menschen. Zugleich Grund und süßer Ausgleich für die Vertreibung aus dem Paradies. Wie geschickt sich Gott außer Sichtweite stahl, so wie er es bei Grace und nun auch bei Father Mark getan hatte, die dann zusehen konnten, wie sie da wieder herauskamen. Father Mark begriff, dass er sich nicht tugendhaft, sondern auch einfach nur glücklich fühlen durfte. Oder vielleicht auch gesegnet.

Der Grundtenor seiner Predigt, den er sich vergeblich in Erinnerung zu rufen suchte, während er auf der Kanzel verzweifelt seine Notizen konsultierte, lautete, dass, wenngleich Gott einen nie verlasse, das nicht heiße, dass er bei jeder Gelegenheit gleichermaßen zugegen sei, vielleicht gerade weil die Menschen sich seine unentwegte Gegenwart so sehr wünschten – um sich vor der Versuchung und sich selbst zu bewahren. Sie wollen, dass er da ist, damit er ihren Anruf entgegennimmt, wenn sie seiner bedürfen:

Führe uns nicht in ... Doch Gott, aus Gründen, die nur er kannte, schaltete bisweilen seinen Anrufbeantworter ein. *Das höchste Wesen kann Ihren Anruf zurzeit nicht selbst entgegennehmen, will aber, dass Sie wissen, wie wichtig Sie ihm sind. Derweil bittet er Sie, für Sünden im Zusammenhang mit Stolz die Eins zu drücken. Für Geiz die Zwei ...*

Als er »Wenn Gott sich zurückzieht« vor seinen schläfrigen Frühmessebesuchern hielt, schien es ihm eine seiner gelungeneren Predigten zu sein. Erschöpft und glücklich, wie er war, konnte er keinen Fehler darin sehen, dass es sich um eine sehr persönliche Betrachtung handelte. Dass Gott in seinem Vertrauen ihn zuerst seinen Pfad hatte verlieren und dann wiederfinden lassen, erschien ihm als eine weise und segensreiche Geste. Doch nun schien es ihm, als hätte Gott ihn stattdessen Father Tom verlieren lassen.

Und so ließ ein durch die Ereignisse des Tages geläuterter Father Mark die ganz offensichtlich ungeläuterte Mrs Walsh in ihrer Küche zurück, um allein ihre Töpfe abzutrocknen. Er ging quer über den Rasen zu Miles Robys Jetta hinter dem Pfarrhaus. Er hatte gehofft, Mrs Walsh habe sich geirrt, als sie ihm berichtete, Miles sei allein gekommen, aber sie hatte recht und Max war nicht dabei, sodass Father Marks letzter Hoffnungsschimmer erlosch, den er wider jede Vernunft gehegt hatte. Die Schlussfolgerung bezüglich des Verbleibs des alten Mannes, die er und Mrs Walsh wohl oder übel gezogen hatten, schien sich zu bestätigen, wenngleich er sich nichts sehnlicher wünschte, als unrecht zu haben. Denn sich zu irren war in der Regel etwas, womit er recht gut umgehen konnte. Aber er hatte die Wahrheit bereits gewusst, als er den Inhalt von Father Toms Papierkorb durchsucht und zwischen den mintgrünen Kollektenkuverts und Schecks eine zerknitterte Broschüre mit dem Titel *Ihr neues Leben wartet auf den Florida Keys auf Sie!* entdeckt hatte.

Falls Miles ihn über den Rasen auf sich zukommen sah, gab er es nicht zu erkennen, reagierte auch nicht, als Father Mark ihm zuwinkte. Stattdessen sah Miles hinauf zur Kirche, genau wie Father Mark es vermutet hatte, aber sein Ausdruck war ein ganz anderer, als er erwartet hatte. Er wirkte wie jemand, der die Kirche und den Kirchturm zum ersten Mal erblickte, fast so, als habe er etwas Derartiges noch nie zuvor gesehen und als könne er sich kaum vorstellen, welchen Zweck ein solches Bauwerk wohl erfüllte.

Kapitel 21

Die Sonntagnachmittage während der National-Football-League-Saison konnten einen fast glauben machen, dass sich das Kneipengeschäft tatsächlich noch lohnte. Klar, was Bea ihren Kunden zufolge fehlte, war einer dieser neuen Breitbildfernseher, wie sie ihn draußen im Lamplighter hatten. Beas Zweifel an dieser Notwendigkeit wurzelten tief und waren philosophischer Natur. Zum einen wussten die Leute nur selten, was sie wollten. Zwar waren sie überzeugt, es zu wissen, aber Beas Erfahrung hatte sie das Gegenteil gelehrt, und da es sie fünfzehnhundert Dollar kosten würde, ihren Kunden zu geben, was sie zu brauchen behaupteten, hielt sie es weiterhin wie gehabt, indem sie ihnen nämlich sagte, sie überlege es sich. Sicher, ihre Sonntagnachmittagsklientel meckerte ohne Unterlass an ihrem kleinen Schwarz-Weiß-Fernseher herum, den sie zusätzlich zu dem Farbfernseher für die Football-Saison aus der Mottenkiste geholt und auf das Regalbrett gestellt hatte, wo normalerweise Flaschen mit teurem Scotch und Bourbon standen, die selten verlangt wurden, selbst als die Leute noch Jobs hatten.

In Beas Augen war das Bedürfnis ihrer Stammkunden, sich unentwegt über etwas zu beklagen, größer als ihr Wunsch nach einem Breitbildfernseher. Das Problem mit dem Schwarz-Weiß-Gerät sei, sagten sie, dass es Ungleichheit schaffe. Wenn man das Glück habe, auf einem Barhocker am richtigen Ende des Tresens zu sitzen, könne man das Spiel auf dem Farbfernseher verfolgen; sitze man aber am anderen Ende, müsse man mit dem Schwarz-Weiß-Bild vorliebnehmen, bekomme das Bier aber trotz dieser Unannehmlichkeit um keinen Cent billiger. Und wenn es samstags und sonntags recht voll werde, würden sich die Leute alle in die Nähe des Tresens drängeln. Dabei gerate das Wechselgeld der Leute durcheinander. Und wenn man von seinem Barhocker rutsche, um aufs Klo zu gehen, gebe einem der Typ hinter einem die Schuld, wenn er sein Bier verschüttete, und wenn man wieder zurückkomme, habe sich dieser aus Rache auf den eigenen Barhocker gesetzt. Und sage einem ins Gesicht, er habe gedacht, man sei gegangen. Wenn Bea endlich einen Breitbildfernseher springen ließe, so ihr Argument, würden sie nicht alle so dicht aufeinanderhocken müssen.

Ihre Kunden schienen nicht zu begreifen, dass sie im Grunde ihres Herzens gern dicht aufeinanderhockten, genauso wie sie das Anrempeln und Bierausschütten mochten und es ihnen Spaß machte, einander die Barhocker zu stibitzen. Sie unterdrückten ihren Harndrang so lange wie möglich und baten dann ihren Nebenmann, den Hocker für sie freizuhalten, bis sie wieder zurück seien, wohl wissend, dass er es nicht tun würde, auch wenn er es versprochen hatte. Sie wussten es nicht, aber sie mochten sogar den kleinen Schwarz-Weiß-Fernseher, wenngleich sie recht damit hatten, dass sein Bild beschissen war. Aber an der Ungleichheit an sich war verdammt noch mal nichts falsch. Was wäre das Leben, wenn es nicht gute und weniger gute Barhocker gäbe, Glück und Pech, die sich von Sonntag auf Sonntag ständig verlagerten, von Jahr zu Jahr, wie das Glück der New England Patriots. Es gab kein dauerhaftes Glück – oder Pech, mal abgesehen von dem der Red Sox, die unter einem ewigen Fluch zu stehen schienen.

Im Übrigen würde ein neuer Breitbildfernseher nichts an der Ungleichheit ändern. Denn es würde immer noch einen guten und einen beschissenen Fernseher geben. Mit dem einzigen Unterschied, dass der, den die Leute bis dahin als den guten großen betrachtet hatten, plötzlich der kleine beschissene wäre. Schlimmer noch: Der schnellste Weg, ein neues Bedürfnis zu schaffen, war, wie Bea wusste, ein altes zu befriedigen, und jedes neue Bedürfnis hatte es so an sich, teurer als das vorherige zu sein. Angenommen, sie wäre so dumm und würde die aktuellen Ansprüche ihrer Kunden befriedigen, wusste man, wovon sie als Nächstes träumen würden?

Ein weiterer Grund, nicht in einen Breitbildfernseher zu investieren, war Walt Comeau, der sie mehr als alle anderen Kunden zusammen damit genervt hatte. Heute war er vorbeigekommen, um sich einen Teil des Patriots-Spiels anzusehen, und hatte wie üblich nicht lockergelassen. Er habe einen riesigen Fernseher in seinem Fitnessstudio, und Bea sei dumm, wenn sie nicht auch einen kaufe. »Wenn du ihn so toll findest, dann schau dir das Spiel halt dort an«, schlug sie ihm vor. In ihren Augen hatte Walt Comeau allzu viele Vorschläge auf Lager für jemanden, der immer nur Selters trank und nie Trinkgeld daließ. Sie hoffte nur, ihre idiotische Tochter heiratete ihn nicht des Geldes wegen, weil Bea im Laufe der Jahre so ihre Erfahrungen mit den Walt Comeaus dieser Welt gemacht hatte und wusste, wie knauserig sie sein konnten. So wie sie diesen einschätzte, würde Janine ihm jedes verbogene Fünf-Cent-Stück einzeln aus der Tasche ziehen müssen.

Aber natürlich beharrte ihre Tochter weiterhin darauf, dass es ihr nur um den guten Sex gehe, und ihr spitzer Ton signalisierte, ihre Mutter solle bitte gar nicht erst versuchen, etwas zu verstehen, was so weit weg von ihren eigenen Erfahrungen sei. Bea waren diese Wonnen keineswegs so unbekannt, wie Janine vermutete, sie fand jedoch, dass der Sex schon überirdisch gut sein müsste, um die vielen Defizite des Silver Fox wettzumachen. Im

Übrigen bezweifelte sie, dass Sex mit einem Mann, der so dürre Beine hatte wie Walt, so großartig sein könne. Gestern bei dem Spiel hatte sich Bea gefragt, ob zwischen den beiden Turteltauben etwas nicht stimmte, und fast wünschte sie, es wäre so. Vielleicht kapierte ihre Tochter es ja doch noch, bevor es zu spät war. Aber das war sicherlich Wunschdenken, wie ihr nun klar wurde. Selbst wenn Janine es kapierte, würde sie es niemals zugeben. Schon als kleines Mädchen hatte sie eine ausgesprochene Dickköpfigkeit und Boshaftigkeit an den Tag gelegt, und Bea hatte es schon vor Jahren aufgegeben, ihren Charakter ändern zu wollen. Janine gehörte zu den Menschen, die, da sie einem allzu viel Gelegenheiten gaben, zu ihnen zu sagen: Hab ich dir's nicht gesagt?, einem den Spaß daran verdarben.

Als das zweite Nachmittags-Footballspiel zu Ende ging und eine weitere Ausgabe des Nachrichtenmagazins *60 Minutes* drohte, hatte Bea das Callahan's wieder für sich. In ungefähr einer Stunde, nachdem sie zu Hause zu Abend gegessen hätten, würden ein paar wenige Männer wieder eintrudeln, um sich das Abendspiel anzusehen, obwohl es in der Regel eine hundsmiserable Paarung war und nur für Ewiggestrige interessant. Die gute Nachricht war, dass Ewiggestrige sozusagen Empire Falls' Spezialität war, und Bea zählte sich selbst zu ihnen. Wäre sie klug gewesen, hätte sie die Kneipe schon vor Jahren verkauft und hätte das Geld verwendet, um in die Betreutes-Wohnen-Residenz in Fairhaven einzuziehen, die zu drei Vierteln leer stand, weil es so teuer war, dass es sich niemand leisten konnte. Bea hätte wahrlich ein wenig Betreuung gebrauchen können, und die Vorstellung, endlich ihre geschwollenen Füße hochlegen zu können, wurde mit jedem Tag verlockender. Vor allem jemanden vor Ort zu haben, der sie ab und zu massierte, wäre herrlich. Sie hatte dem Dexter House am Tag der offenen Tür einen Besuch abgestattet, und die Atmosphäre war wirklich recht angenehm gewesen, aber was sie am meisten verwundert hatte, war, dass jeder einzelne Bewohner offenbar sehr viel mehr Unterstützung brauchte als sie. Sie brauchten Unterstützung beim Gehen, Unterstützung beim Baden, Unterstützung beim Pinkeln, Unterstützung beim Fleischschneiden, Unterstützung, um es zu kauen, und Bea fürchtete nichts so sehr, wie genauso zu werden wie der Rest, wenn sie dort wohnen würde. Dennoch hätte sie gute Lust, sich die Anlage nochmals anzuschauen, für den Fall, dass inzwischen jemand eingezogen war, der ohne Gehhilfe auf den leeren Fluren zurechtkam.

Um halb acht schneite der Mensch herein, mit dem sie am wenigsten gerechnet hätte, Miles Roby. Er stellte eine große Tüte von Dairy Queen mit Hamburgern und Pommes frites auf den Tresen. Vor seiner Trennung von Janine im vergangenen Jahr war er jeden Sonntagabend vorbeigekommen und hatte sie alle – Janine, Tick, Bea und sich selbst – mit Hamburgern und Pommes frites versorgt. Max, der einen guten Riecher hatte für alles, was es gratis gab, hatte sich natürlich auch oft die Ehre gegeben. Auch heute Abend sah es so aus, als hätte Miles genug Fastfood dabei, um mindestens die alte Crew zu versorgen, obwohl sie nur zu zweit waren und Bea kein Grund einfiel, warum er etwas anderes erwartet hatte. »Woher hast du gewusst, dass ich einen Bärenhunger habe?« Sie stellte ein frisch gezapftes Bier vor ihren Schwiegersohn hin und zapfte ein weiteres für sich selbst. Sie hatte gar nicht bemerkt, wie hungrig sie war, bis er sich daranmachte, das Essen auszupacken. Er hatte ein halbes Dutzend Burger mitgebracht, genauso viele Tüten Pommes frites und ein paar Becher mit vor sich hin schmelzender Eiscreme. »Wen hast du denn noch erwartet?«

Miles seufzte. »Keine Ahnung.«

»Deine Tochter isst kein Rindfleisch mehr, und deine Frau isst gar nichts mehr. Exfrau. Was immer sie ist, abgesehen von einer Nervensäge. Ich weiß nicht, wie sie von ihrer Tochter erwarten kann, erwachsen zu werden, wo sie es doch selbst nicht hingekriegt hat.«

»Ich glaube, sie hat ein bisschen Angst davor, wieder zu heiraten«, sagte Miles, »nun, da die Hochzeit näher rückt.« Miles und Bea hatten schon immer eine merkwürdige Beziehung. Er hatte stets zu Janine gehalten, wenn sie eine Auseinandersetzung mit ihrer Mutter gehabt hatte, genau wie Bea gegenüber ihrer Tochter immer zu ihm hielt. Miles war sich zwar nicht sicher, ob dieser Mangel an Loyalität ganz gesund war, war aber dennoch erleichtert, dass Bea ihn nicht für das Scheitern seiner Ehe verantwortlich machte. Bestimmt hatte Janine ihr gegenüber jeden einzelnen seiner Fehler breitgetreten, aber wenn dem so war, schien Bea ihm dennoch keinen einzigen zur Last zu legen.

»Wenn man bedenkt, was für einen Mann sie heiraten wird«, sagte Bea, »tut sie gut daran, sich Sorgen zu machen, würde ich sagen.«

»Nun«, erwiderte Miles mit vollem Mund, »vielleicht klappt es ja.«

»Alles okay mit dir, Miles?« Sie sah ihn forschend an. Er wirkte irgendwie abgehetzt und hatte Farbkleckse im Haar, wie ihr jetzt auffiel, und seine rechte Hand war voller über Blasen. »Du siehst aus wie ein zu Schanden gerittener und schweißnass in den Stall gestellter Gaul, wie mein verstorbener Gatte zu sagen pflegte.«

»Nein, alles in Ordnung«, sagte er, obwohl er sich in Wahrheit ein bisschen schwindelig fühlte, wahrscheinlich weil er den ganzen Tag noch nichts gegessen hatte. Das Essen würde ihm bestimmt guttun. Beim Anstreichen der Kirche an diesem Nachmittag hatte er über alles nachgedacht, und auch das hatte ihm ein bisschen geholfen. Seit diesem Morgen hatte er sich gefühlt, als hätte der Zug ihn erwischt, den er auf sich zukommen zu spüren meinte, als er seine Mutter auf dem Zeitungsfoto gesehen hatte. Es fühlte sich so an, als hätte er ihn zwar knapp verfehlt, aber als hätte seine unbändige Kraft ihn ohnmächtig werden lassen, bis er vorbeigedonnert war. Und als spürte er jetzt immer noch seinen Sog.

»Du lässt dich aber hoffentlich nicht von dieser Heirat runterziehen, oder?« Bea knüllte das Einwickelpapier ihres ersten Hamburgers zusammen und packte gleich einen zweiten aus. Sie hatte ein paar Stunden zuvor mit ihrer Tochter gesprochen. Janine hatte anscheinend von ihrem Anwalt erfahren, dass sie Anfang nächster Woche mit dem Scheidungsbeschluss rechnen könne. Daher nahm sie an, dass sie es Miles ebenfalls gesagt hatte und dass er vielleicht deswegen so erschöpft wirkte. »Genieß erst mal deine Freiheit«, sagte sie, als ihr wieder einfiel, dass sie ihn bei dem gestrigen Footballspiel mit Cindy Whiting gesehen hatte. »Aber versuch, keine Dummheit zu begehen, bevor du wieder klar denken kannst.«

»Du meinst, danach kann ich wieder eine Dummheit begehen?«

»Du weißt, was ich meine.« Bea kaute nachdenklich. »Verdammt. Wenn ich bei jedem Abendessen Gesellschaft hätte, brächte ich bald fünfhundert Pfund auf die Waage. Meistens vergesse ich es völlig oder begnüge mich mit einem dieser verdammten Eier.« Sie wedelte mit ihrem Burger in Richtung des Fünfliterglases mit den Soleiern im Regal hinter dem Tresen. »Dein Vater und ich sind so ziemlich die Einzigen, die sie noch essen.«

»Wo wir von Max reden, ich nehme mal an, er war heute nicht hier?«

Bea schüttelte den Kopf und überlegte, ob sie einen dritten Hamburger essen sollte, wie Miles an ihrer Miene ablesen konnte. »Als vorhin die Tür aufging, habe ich schon befürchtet, dass er es ist. Sonntagabends kommt er für gewöhnlich.«

»Aber heute Abend nicht, glaube ich.« Bevor Miles zu Dairy Queen gefahren war, hatte er an die Tür von Max' Apartment geklopft, aber keine Antwort erhalten. Eine Frau weiter hinten auf dem Flur sagte ihm, sie habe gesehen, wie er am Vorabend mit einem Seesack das Haus verlassen habe. Das und die Broschüre, die Father Mark im Papierkorb des alten Pfarrers gefunden hatte, räumten jeglichen Zweifel bezüglich des Verbleibs der beiden alten Männer aus. »Allem Anschein nach hat er eine Mitfahrgelegenheit zu den Keys gefunden.«

»Mit wem denn?«

Miles lächelte. »Kannst du ein Geheimnis für dich behalten?«

Bea schnaubte. »Hab ich dir vielleicht verraten, worauf du dich einlässt, als du meine Tochter geheiratet hast?«

»Nein«, räumte Miles ein.

»Also«, sagte sie, als wäre damit alles klar.

Auf der Herrentoilette untersuchte Miles die fünf geschwollenen Blasen an seiner rechten Hand, die er sich im Laufe des Nachmittags eingehandelt hatte. Er hätte die Westfassade in einer Stunde fertig streichen können, hatte sich aber stattdessen darangemacht, auf der Südseite alte Farbreste zu entfernen, eine Arbeit, die mehr seiner Laune entsprach. Es fühlte sich bei Weitem befriedigender an, etwas abzulösen und Hässlichkeit zum Vorschein zu bringen, als danach Schönheit wiederherzustellen. Er hatte geschabt und gekratzt, bis es dunkel wurde, bis er kaum mehr den Spachtel in seiner Hand erkennen konnte und sich Blasen bildeten und sich mit Flüssigkeit füllten, hatte wie unter Hypnose gearbeitet, bis er an manchen Stellen durch die unterste Farbschicht drang, nur noch in verfaultem Holz herumstocherte und fast damit rechnete, dass Blut hervorperlte aus der verletzten Kirchenhaut.

Als die Dunkelheit hereinbrach, nachdem er sämtliche Farbreste abgekratzt hatte, die er vom Boden aus hatte erreichen können, stellte er die Leiter auf und stieg höher, als er es normalerweise bei Helligkeit wagte. Er fühlte sich seltsam beschwingt auf der Leiter und streckte und reckte sich zu den Stellen, wo die Farbe Blasen gebildet hatte und aufgesprungen war. Und während er immer *höher* stieg und sich immer noch weiter *hinauslehnte*, spürte er genau die gegenteilige Empfindung, als würde er *hinabsteigen* und durch die schützende Farbe hindurch in das weiche Holz *hinein*. Eine kraftvolle und gefährliche Illusion, wie er wusste, wenngleich er das Gefühl nicht abschütteln konnte, dass er, wenn er aus irgendeinem Grund eine Sprosse verfehlte, nicht zu Boden purzeln, sondern senkrecht auf der Kirchenwand landen würde, als hätte ihre Anziehungskraft die Schwerkraft ersetzt. Als er jetzt am Waschbecken auf dem Männerklo im Callahan's daran dachte, zitterten seine Hände.

Was er mit seinem Spachtel weggekratzt hatte, wurde ihm jetzt klar, war nicht so sehr Farbe, sondern all die Jahre seiner jungenhaften Fehlwahrnehmungen, die er nie ernsthaft infrage gestellt hatte. Charlie Whiting. Trotz des Beweises in Form eines Fotos war es für ihn immer noch leichter, sich diesen Mann als Charlie Mayne in Erinnerung zu rufen. Wie oft in den vergangenen Jahren hatte er Fotos von C. B. Whiting in der *Empire Gazette* gesehen, ohne je den Mann wiederzuerkennen, dem seine Mutter und er auf Martha's Vineyard begegnet waren? Sicher, der Mann damals hatte keinen Bart gehabt, aber trotzdem. Wäre Grace nicht auf demselben Foto gewesen, hätte er ihn wahrscheinlich auch diesmal nicht identifiziert. Miles war einfach ihrem Blick gefolgt und hatte endlich die Wahrheit erkannt. Oder zumindest einen Teil der Wahrheit. Wie lange hatten sie sich schon davor geliebt, vor Martha's Vineyard? Gewiss hatten sie nur wegen Miles so getan, als hätten sie sich dort im Speisesaal des Summer House zum ersten Mal gesehen, und gewiss hatte

Grace in Vorfreude auf Charlie Whitings Ankunft das weiße Kleid gekauft – just in dem Moment, da ihr allmählich das Geld ausging. Jetzt erinnerte sich Miles wieder, dass er damals das Gefühl gehabt hatte, Grace warte auf jemanden; auf seinen Vater, hatte er angenommen, denn auf wen sonst hätte sie warten sollen?

Und dann, nach ihrer Rückkehr nach Empire Falls, hatte sie auf die Erfüllung von Charlies Versprechen gewartet, nur um von ihren Kolleginnen zu hören, dass C. B. Whiting nach Mexiko beordert worden sei, wo seine schwangere Frau sich später zu ihm gesellen sollte. War Grace schockiert – so wie Miles es gewiss gewesen wäre –, als ihr klar wurde, dass der Mann, der auf Martha's Vineyard über so wundersame Fähigkeiten verfügte, zu Hause völlig machtlos war? Oder kam sie zu dem Schluss, dass er ganz einfach nicht den Mut gehabt hatte, seiner Frau reinen Wein einzuschenken? Nahm sie vielleicht an, dass sich Mrs Whiting der Unterstützung ihres Schwiegervaters – des alten Honus – versichert hatte, damit er ihrem Mann drohte, ihn zu enterben? War die angekündigte Schwangerschaft – nach Cindy war kein weiteres Kind zur Welt gekommen – nichts weiter als eine erfundene Geschichte, um Charlie Whiting daran zu hindern, seine Familie zu verlassen? War es Charlies Frau oder seinem Vater schließlich gelungen, ihn davon zu überzeugen, dass ein feierliches Versprechen gegenüber einer verzweifelten Frau von der falschen Flussseite weniger wog als ein in aller Öffentlichkeit und vor seiner Familie abgelegtes Ehegelöbnis? Jedenfalls erntete Grace nur Schweigen, und es kam nur *ein* zweites Kind zur Welt, denn das, was in Grace' Leib heranwuchs, war bereits mehr als real und zwang sie, sich mit dem Leben, das sie vorfand, zu arrangieren und mit dem Menschen, der sie selbst war – eine verheiratete Frau, Mutter, Familienernährerin und gute Katholikin.

Schließlich war es die Gemeinde St. Cat's, wie Miles nun begriff, die seine Mutter wieder in das Leben zurückzog, dem sie mit Charlie Mayne hatte entfliehen wollen. Die Kirche in Gestalt von Father Tom hatte sie wieder in den Schoß derselben zurückgelockt, die aufzugeben sie bereit gewesen war, indem sie ihre Hoffnung auf die Ewigkeit als Preis für die Erlösung aus ihrer Verzweiflung dreingegeben hätte. Der alte Pfarrer war vielleicht schon damals nicht mehr ganz richtig im Kopf war Miles beim Abkratzen der Farbe klar geworden, während er die anschwellenden Blasen ignorierte. Dort in der Sakristei – die Luft in dem fensterlosen, engen Raum erfüllt von abgestandenem Weihrauchgeruch und der offen stehende Schrank voller priesterlicher Gewänder, der goldene Kelch sicher verstaut in seiner angestammten Nische, inmitten all der Requisiten religiöser Autorität – hatte Father Tom Grace zweifelsohne den Preis für ihre Absolution erklärt. Ein anderer Pfarrer hätte sich wohl damit begnügt, ihr eine allumfassende Beichte vor Gott aufzuerlegen, doch Father Tom wollte mehr. Grace hätte sich niemals zu diesem Gang auf die jenseitige Flussseite entschlossen, um sich vor der Frau zu erniedrigen, der sie Unrecht getan hatte, der sie den Mann hatte wegnehmen wollen. Nein, das war garantiert Father Toms Werk gewesen. Und natürlich war Mrs Whiting die Frau, die Miles' Mutter an jenem Tag besuchte, die Frau, die Miles vom Fuß der Brücke aus in dem Gartenpavillon sitzen sah. Warum hatte er bislang nie diese einleuchtende Verbindung hergestellt? Hatte sich Mrs Whiting, während sie mit dem Blick den Gang ihrer Rivalin über die Brücke verfolgte, auch gefragt, ob dieser Pfad nicht vielleicht zu mühsam für sie sein würde und ob Grace es womöglich nur bis zur Mitte der Brücke schaffen würde, wo sie sich in die wirbelnden Fluten stürzen würde? Hatte sie auch erkannt, wer der Junge auf der anderen Seite des Flusses war? Waren sich ihre Blicke tatsächlich begegnet, so wie in seiner Erinnerung?

Von Anfang an hatte sie ihn im Auge gehabt. Mit ihrem kühlen Blick, wie ihm jetzt bewusst wurde, hatte sie dieses Kind beobachtet, dessen Mutter es niemals im Stich gelassen hätte, selbst wenn sie sich damit ihre einzige Chance zum Glück verbaute, dieses Kind, das Charlie Whiting gegen sein eigenes, behindertes eingetauscht hätte, hätte man ihm freie Hand gelassen. Während er an diesem Nachmittag in der einsetzenden Dunkelheit auf der Leiter stand, wurde Miles klar, dass er sein ganzes Erwachsenenleben hindurch, auch schon auf dem College, den prüfenden Blick dieser Frau auf sich gespürt hatte. Die ganze Zeit über hatte er gespürt, dass sich hinter der Maske ihrer diffusen Zuneigung mehr verbarg, jedoch nie, dass es womöglich der Wunsch nach Rache sein könnte. Selbst jetzt war er sich nicht ganz sicher. Welche Frau hätte der Tod der Rivalin schließlich nicht zufriedengestellt? Konnte sich Hass tatsächlich so tief in die menschliche Seele hineingraben? In diesen wenigen Stunden, seit er das Zeitungsfoto betrachtet hatte, stellte sich Miles die ganze Welt in Schwarz-Weiß vor, aber ersetzte er damit nicht eine vereinfachte Fehlinterpretation durch eine andere? Vielleicht. Doch in diesem Moment spürte er das übermächtige Bedürfnis, auf seinen Bruder zu hören und endlich etwas zu tun, mochte es auch ein Fehler sein.

Nachdem er sich die Hände am Waschbecken der Männertoilette gewaschen hatte, biss er der Reihe nach jede einzelne Blase auf und presste die milchige Flüssigkeit heraus. Als er sich in dem fleckigen Spiegel betrachtete, schoss ihm der Gedanke durch den Kopf, dass jener Zug ihn womöglich gar nicht verfehlt hatte. Das Gesicht in dem verzogenen Glas schien nicht das eines Mannes zu sein, der geschickt der Gefahr aus dem Weg gegangen war, sondern eines Mannes, der nicht von der Stelle gewichen und mit voller Wucht vom Zug erfasst worden war.

Aber vielleicht lag es ja nur an der Umgebung. Die Farbe blätterte streifenweise von den Wänden ab. Im vergangenen Januar waren die Wasserrohre zugefroren und geborsten, und die Handwerker, die Bea mit der Reparatur beauftragt hatte, hatten an vier verschiedenen Stellen große Rechtecke aus der Wand gesägt, als hofften sie, durch puren Zufall die Bruchstelle zu entdecken. Anschließend hatten sie die Rigipsplatten teilweise übermalt, andere wiederum weiß gelassen. Dieses Scheißhaus, sinnierte Miles, war eine Miniaturversion seiner Heimatstadt. Die Einwohner von Empire Falls waren so an Unglück gewöhnt, dass sie sich mit den Händen im Schoß auf weiteres gefasst machten. Warum eine Wand instand setzen und anstreichen, die man beim nächsten Rohrbruch abermals verunstalten müsste? Ließ man die Löcher jedoch mehr oder weniger offen, würde der Klempner nächstes Mal nicht erst nach den Rohren suchen müssen. Miles überschlug rasch im Kopf die Kosten für eine ordentliche Sanierung, verdoppelte die Summe in der Annahme, dass die Damentoilette in ähnlich desolatem Zustand war, und multiplizierte diese Zahl abermals mit zwei, um auf der sicheren Seite zu sein. Auf seinem Weg zurück in den Gastraum streckte er kurz den Kopf in die Küche, die seit Jahren nicht mehr benutzt wurde, und stellte eine weitere Kopfrechnung an, um zu dem Schluss zu kommen, dass es vermutlich billiger wäre, die Wände mit Zehn-Dollar-Scheinen zu tapezieren, als den Raum in eine funktionstüchtige Küche zurückzuverwandeln.

Was ihm da vorschwebte, dessen war er sich völlig bewusst, grenzte an Wahnsinn. Dass er es dennoch tun musste, war ihm eine Stunde zuvor auf der Iron Bridge klar geworden. Als er von der Kirche weggefahren war, hatte er vorgehabt, sich auf der anderen Seite der Brücke die Antworten zu holen, die er auf der Leiter vergeblich gesucht hatte. Doch stattdessen hielt er vor der Hemdenmanufaktur an und ging lediglich bis zu der Stelle, wo er damals als Junge gestanden hatte, und sah in der Dunkelheit über den Fluss hinweg zu den gedämpften Lichtern der

Whiting'schen Hazienda hinüber. Seine Mutter hatte diesen langen Gang allein hinter sich gebracht. Und es sollte, wie er plötzlich entschied, nicht vergeblich gewesen sein.

»Verdammt, tut mir leid, Miles«, sagte Bea und wischte sich mit dem Ärmel die Tränen aus den Augen. Bea gelang es nur mit Mühe, ihren Lachanfall zu bezwingen. »Aber die Vorstellung, dass Max und dieser verrückte alte Pfarrer einen Wagen klauen und nach Florida abhauen, ist so ziemlich das Lustigste, was ich je gehört habe.«

»Ja, schon«, erwiderte er verdrossen, »aber nur, wenn sie nicht sich oder jemand anderen totfahren.«

»Und was geschieht jetzt?«

Genau das hätte Miles auch gern gewusst. Father Tom war mit dem Kombi der Kirchengemeinde durchgebrannt, aber wie sich herausstellte, war der sechs Jahre alte Crown Victoria auf ihn angemeldet, denn der Wagen war angeschafft worden, bevor Father Tom, jedenfalls vollends, senil geworden war. Seit einigen Jahren war es ihm ebenso wenig erlaubt, Auto zu fahren, wie die Beichte abzunehmen. Das Problem war, dass Father Tom sowohl das eine wie das andere liebte, und wann immer er den Schlüssel für den Crown Vic in die Finger bekam, den Mrs Walsh und Father Mark vor ihm versteckten, unternahm er eine Spritztour. Wobei er, wenn er genug von seinem Ausflug hatte und wieder nach Hause wollte, jedes Mal heillos die Orientierung verlor wie ein Fünfjähriger beim Blinde-Kuh-Spielen auf seiner Geburtstagsparty, sodass man ihn abholen musste, wo immer er gerade gestrandet war. Manchmal dauerte das allerdings eine geraume Weile, nicht zuletzt deswegen, weil *er* das Auto mitgenommen hatte.

Ebenso wie Father Tom der eingetragene Halter des Wagens war, war er, jedenfalls offiziell, noch immer Gemeindepfarrer von St. Catherine's. Obwohl Father Mark längst diese Funktion ausübte, war er formal lediglich stellvertretender Pfarrer, was hieß, dass, selbst wenn er die Angelegenheit mit dem fehlenden Geld hätte aufbauschen wollen – ungefähr fünfhundert Dollar, wie sie überschlagen hatten –, die Angelegenheit nicht wirklich als Diebstahl behandelt werden konnte. Das Geld war der Kirche schließlich freiwillig geschenkt worden, und der Gemeindepfarrer war deren ordnungsgemäßer Vertreter. Rein rechtlich gab es keine festgelegten Verwendungszwecke für das Geld.

Father Mark hatte vergeblich versucht, sich vorzustellen, wie es einem alten Mann, den man ständig daran erinnern musste, dass die Unterhose mit dem Schlitz nach vorn getragen wurde, gelungen war, den Gemeindesafe zu öffnen. Er konnte es sich nur so erklären, dass sich seine *Finger* an die Zahlenkombination erinnert haben mussten. Der alte Mann wusste sie jedenfalls nicht mehr, denn als er im vergangenen Jahr Father Mark danach gefragt und dieser sie ihm nicht gesagt hatte, war er wütend geworden. Father Mark konnte nur folgern, dass er eines Tages ins Arbeitszimmer gegangen sein und das Herausfinden der Zahlen dem Instinkt seiner Finger überlassen haben musste, während er vor dem Safe saß, frustriert ob seiner Unfähigkeit, sich diese drei läppischen Zahlen ins Gedächtnis zu rufen.

Wie auch immer, wenn Father Tom und sein neuer Kumpel in diesem Moment tatsächlich mit dem Crown Victoria Richtung Süden fuhren, dann konnte man nichts daran ändern.

»Meine größte Sorge ist«, sagte Miles zu Bea, »dass sie einen Unfall bauen könnten.« Sein Vater war nüchtern ein recht passabler Fahrer, aber natürlich wäre er nicht nüchtern, solange sie Geld hatten. Father Tom war auch ein recht passabler Fahrer gewesen, als er noch im Vollbesitz seiner geistigen Kräfte gewesen war, geriet jetzt jedoch schnell aus der Fassung. Außerdem vermutete Miles, dass er so gut wie keine Erfahrung mit Autobahnfahrten hatte – oder überhaupt mit dem Fahren außerhalb des ländlich geprägten Hinterlands von Maine. Es war schwer, sich vorzustellen, dass es die beiden alten Männer überhaupt bis nach Florida schaffen würden, aber ganz ausgeschlossen war es natürlich nicht. Sobald sie auf den Keys wären und das Geld ihnen ausginge, würde Max der Gesellschaft des alten Pfarrers überdrüssig werden und wahrscheinlich in St. Cat's anrufen, damit Father Mark ihn abholen käme. Miles hoffte nur, Father Tom würde nicht mit lauter obszönen Tattoos auf dem Hintern zurückkehren.

»Ach ja, das hier habe ich für dich aufgehoben.« Bea langte unter den Tresen, brachte eine zusammengefaltete Zeitung zum Vorschein und reichte sie Miles. »Da ist ein Foto drin, auf dem deine Mutter ausgezeichnet getroffen ist.«

»Das ist nett von dir, Bea«, erwiderte er, doch als er jetzt auf die Zeitung blickte, waren doppelt so viele Menschen auf dem Bild wie am Morgen. Seine Mutter gab es zweimal, ebenso wie Charlie Mayne, und als er wieder Bea ansah, war auch sie doppelt vorhanden. »Ist es eigentlich kalt hier drinnen?«, fragte er schaudernd.

Beide Beas musterten ihn und beugten sich vor, um eine kühle, trockene Hand an seine Stirn zu legen. »Du lieber Himmel, Miles, du glühst ja förmlich.«

»Ach, keine Sorge«, sagte er und wurde plötzlich von der gleichen übermächtigen Entschlusskraft übermannt wie zuvor auf der Leiter. »Ich möchte dir einen Vorschlag machen.«

Kapitel 22

Miles war in der zehnten Klasse, als Empire Textile und ihre Schwesterfirma, die Hemdenmanufaktur, den Betrieb einstellten und seine Mutter ihre Arbeitsstelle verlor. Die Whitings hatten die Fabrik bereits drei Jahre zuvor verkauft, und zwar an ein Tochterunternehmen eines multinationalen Konzerns mit Hauptsitz in Deutschland. Die neuen Besitzer hatten grundlegend andere Vorstellungen von der Führung einer Textilfabrik, und umgehend wurde gemunkelt, dass das Interesse von Hjortsmann International an Empire Textile nicht über den Aspekt steuerlicher Vorteile hinausreiche. Unter den Whitings waren die Fabriken mit der für New England typischen Genügsamkeit geführt worden und quasi schuldenfrei, während die neuen Besitzer unter dem Vorwand der Konkurrenzfähigkeit Modernisierungsmaßnahmen durchführten und quasi auf jede Maschine eine Hypothek aufnahmen, um im großen Stil zu expandieren. Die ortsansässigen Arbeiter runzelten angesichts dieser Vorgehensweise von Anfang an die Stirn. In Anbetracht der neuen Schuldenlast war es allen, die den Betrieb in- und auswendig kannten, schleierhaft, wie die Fabriken in den kommenden Jahren wieder profitabel werden sollten. Möglicherweise hätte es funktionieren können, hätten die neuen Besitzer die nötige Geduld aufgebracht, aber diese unternehmerische Tugend schien ihnen fremd.

Die drohende Stilllegung, wenngleich noch nicht explizit ausgesprochen, versetzte ganz Empire Falls in eine Schockstarre. Schließlich wurde eine neue Betriebsvereinbarung ausgehandelt, und deren wesentliche

Merkmale waren längere Arbeitszeiten, eine neue Definition von Überstunden, die Streichung zahlreicher Arbeitsstellen sowie die Kürzung von Gehältern und Sozialleistungen. Natürlich murrten die Arbeitnehmer, wenngleich sie begriffen hatten, dass das kommende Jahr über den Fortbestand ihrer Fabrik entscheiden würde. Als die Produktivität tatsächlich um 28 Prozent stieg – was angesichts der verschlechterten Arbeitsbedingungen erstaunlich war –, klopften sich die Arbeiter auf die Schulter, weil es ihnen gelungen war, für die nächsten ein, zwei Jahre ihre nun sehr viel weniger einträglichen Jobs zu sichern, auch wenn sie trotz ihres großzügigen Entgegenkommens immer noch keine schwarzen Zahlen schrieben.

Umso mehr waren sie vor den Kopf gestoßen, als Hjortsmann verkündete, dass sowohl die Fabrik als auch die Hemdenmanufaktur geschlossen würden. In weniger als einem Monat waren die mit Hypotheken belasteten Maschinen der Fabrik demontiert und auf Lastwagen mit Ziel Georgia und Dominikanische Republik verfrachtet. In der Tat brauchte es weniger Zeit, um die Fabriken leer zu räumen, als deren Belegschaft benötigte, um zu begreifen, dass Empire Textile genau zu diesem Zweck gekauft worden war und ihre heldenhaften Anstrengungen, die Fabrik profitabel zu machen, lediglich die Truhen von Hjortsmann International gefüllt hatten. Unter den Whitings wäre dies niemals passiert, sagten die Leute, und eine Delegation wurde zu dem alten Honus Whiting geschickt, um die Möglichkeit zu erörtern, dass er und seine treuen Arbeitnehmer Empire Textile zurückkauften, aber der alte Mann war bereits bei schlechter Gesundheit, und sein Sohn, C. B. Whiting, weilte noch immer in Mexiko. Nur wenige verstanden diese neue Dynamik innerhalb der Familie – nur dass die Macht inzwischen in Francine Whitings Händen lag. Sie, und nicht ihr Mann oder Schwiegervater, hatte den Verkauf der Fabrik ausgehandelt, vielleicht sogar, wie einige hinter vorgehaltener Hand meinten, durchaus in Kenntnis von Hjortsmanns Absichten.

Einigen Mitarbeitern wurden Jobs in Georgia angeboten, aber nur wenige waren zum Umzug bereit. Ihre Häuser waren noch längst nicht abbezahlt, und die Immobilienpreise waren dank der Schließung zweier kleinerer Fabriken im Vorjahr bereits im Sinkflug. Sicher, die meisten wussten nicht mehr, wie sie ihren Hypothekenzins bezahlen sollten, aber ihre Kinder gingen hier zur Schule, außerdem hofften sie, ihre Eltern oder Verwandte könnten ihnen ein wenig unter die Arme greifen; viele glaubten auch entgegen aller Vernunft, die Fabrik würde unter einem neuen Besitzer wieder ihren Betrieb aufnehmen. Viele blieben, weil zu bleiben einfacher und mit weniger Ängsten verbunden war als wegzuziehen, außerdem würden sie wenigstens eine Zeit lang von dem Arbeitslosengeld leben können. Andere wiederum blieben aus Stolz. Als ihnen allmählich dämmerte, dass sie Opfer unternehmerischer Gier und globaler ökonomischer Kräfte geworden waren, sagten sie sich: Okay, was soll's, wir waren leichtgläubig, aber wir werden uns dennoch nicht aus der Stadt vertreiben lassen, in der schon unsere Großeltern aufgewachsen sind und ihr Leben lang gewohnt haben. Glücklich konnte sich schätzen, wer älter war und sein bescheidenes Haus bereits abbezahlt hatte; nur noch eine kurze Wegstrecke bis zur Rente vor sich, würden diese bis zur Ziellinie weiterhumpeln und ihre Töchter und Söhne, die nicht so viel Glück hatten, nach besten Kräften unterstützen.

Grace Roby war eine der wenigen, die womöglich versucht gewesen wären, Richtung Süden zu ziehen, aber ihr bot man keine Stelle in Georgia an. Als Miles' Bruder geboren wurde, hatte sie sich für ein Jahr beurlauben lassen und dann Teilzeit gearbeitet, bis er in den Kindergarten kam. Obwohl sie in der Hemdenmanufaktur länger als die meisten derer gearbeitet hatte, denen man eine Standortversetzung zur Wahl stellte, brachte sie es aufgrund der langen Unterbrechung nicht auf die geforderte Anzahl zusammenhängender Dienstjahre, um sich für dieses Programm zu qualifizieren. Nachdem sie mehr als ein Jahr nach einer neuen Stelle gesucht hatte und ihr Arbeitslosengeldanspruch voll ausgeschöpft war, hatte sich Grace fast schon damit abgefunden, dass sie aus Empire Falls würden wegziehen müssen, vielleicht in die Gegend von Portland, als sie völlig unerwartet ein Anruf von einem gewissen William Vandermark ereilte.

Mr Vandermark, der für eine Bostoner Firma arbeitete, war mit der Suche nach einer Betreuerin und persönlichen Assistentin für eine Dame betraut, die sich im Winter die Hüfte gebrochen hatte. Diese werde für eine gewisse Zeit an den Rollstuhl gefesselt sein und sei daher nicht in der Lage, sich um ihren großen Haushalt und den Garten zu kümmern. Daher benötige sie, voraussichtlich für ein Jahr, eine zuverlässige Person für ein breites Aufgabenspektrum, auf die sie sich verlassen könne. Dieses umfasse die Haushaltsführung, das Pflanzen von Frühlingsblumen und die Pflege des Gemüsegartens. Kenntnisse in Buchführung, Korrespondenz und Betriebswirtschaft wären ebenfalls erwünscht. Auch gebe es ein Kind, um das sie sich kümmern müsse. Die Arbeitszeit variiere, könne in einer Woche recht lang sein, in der anderen wiederum kurz, und wenn Grace es vorziehe, nicht im Haus ihrer Arbeitgeberin zu wohnen, müsse sie dennoch rund um die Uhr »auf Abruf« bereitstehen. Und schließlich, hier wählte Mr Vandermark seine Worte mit Bedacht, erfordere diese Position zweifelsohne eine gewisse Charakterstärke, gelte die fragliche Dame allgemein als recht »schwierig«.

Grace, mittlerweile Ende dreißig, war davon überzeugt, genügend Stehvermögen zu haben. Sie hatte über viele Jahre eine verantwortungsvolle Position in der Hemdenmanufaktur innegehabt und war, nicht zu vergessen, seit zwanzig Jahren mit Max Roby verheiratet, der ihre Charakterstärke weiß Gott auf eine harte Probe stellte. Es schien beinahe, als wäre ihr diese Jobbeschreibung auf den Leib geschrieben worden. Allerdings ließ Mr Vandermarks Bemerkung bezüglich des Charakters der Dame Grace aufhorchen, und sie gab, obwohl sie bereits beschlossen hatte, das Angebot anzunehmen, zu bedenken, dass sie keine Erfahrung als Krankenschwester habe. Warum seine Auftraggeberin keine ausgebildete Kraft einstelle?, erkundigte sie sich. Mr Vandermark schien diese Frage geahnt zu haben, denn er beeilte sich zu sagen, dass ausgebildete Krankenpflegerinnen in der Regel, wenn es um Hausarbeit gehe, die Nase rümpften, allenfalls mäßige Briefeschreiberinnen seien und keine Erfahrung in Sachen Buchführung hätten, außerdem kenne er keine, die auch noch gärtnern könne. Er machte auch keinen Hehl aus seiner Ansicht, dass im Grunde keine einzelne Person all diesen Anforderungen gerecht werden könne. Außerdem, fügte er hinzu, fände man eine ausgebildete Krankenschwester wohl am ehesten in einer Stadt wie Portland oder Lewiston, und seine Kundin wünsche keine Fremde in ihrem Haus.

»Und ich, wäre ich keine Fremde?«, fragte Grace.

»Nun, offen gesagt, nein. Ich glaube, Sie sind der Dame bekannt, und sie dürfte Ihnen bekannt sein.«

Als er innehielt, ahnte Grace, um welches Haus, welche Dame, welche Umstände es sich handelte – kurzum, sie ahnte die ganze Wahrheit.

In den Jahren, in denen Grace für Mrs Whiting arbeitete, konnte Miles verfolgen, wie die Schönheit seiner Mutter zusehends verblühte. Obgleich noch keine vierzig, kaufte sie sich nie wieder ein Kleid wie jenes, das sie auf Martha's Vineyard für Charlie Mayne getragen hatte, und die Männer hörten allmählich auf, sich nach ihr umzudrehen, wenn sie auf der Straße an ihnen vorbeiging. Bevor sie ihren Pflichten bei Mrs Whiting nachkam, besuchte sie stets die Frühmesse, und wenn das erste Tageslicht durch die Buntglasfenster von St. Catherine's hereinfiel, war ihre frühere Schönheit noch zu erahnen, doch kaum trat sie wieder in den grauen Tag hinaus, wirkte sie ausgemergelt und alle Lebendigkeit und Sinnlichkeit schienen von ihr gewichen zu sein, obgleich sie behauptete, die Messe gebe ihr Kraft und Hoffnung. In Miles' Augen begann sie dem Häufchen der anderen Frauen zu gleichen, die meisten von ihnen Witwen in den Sechzigern und Siebzigern, die täglich den Gottesdienst besuchten.

Wenn er Ministrantendienst hatte, alle zwei Monate eine Woche lang, begleitete Miles sie zu St. Cat's. Es widerstrebte ihm, so früh aufzustehen, doch wenn er, noch schläfrig, Talar und Chorhemd überstreifte, überkam ihn eine heitere Stimmung. Aus Gründen, die er nicht benennen konnte, schien die Welt ein besserer Ort zu sein und er ein besserer Mensch, wenn er den Tag in der Kirche begann, und bald besuchte er die

Messe täglich, auch an den Tagen, an denen er keinen Dienst hatte. Die anderen Messdiener hatten es schnell heraus, dass Miles, der ohnehin immer da war, für sie einsprang, wenn sie krank waren, und bald machten sie sich nicht einmal mehr die Mühe, ihn um diesen Gefallen zu bitten. Wenn Miles selbst einmal krank wurde, was selten genug geschah, ärgerte sich Father Tom über ihn und nicht über den Jungen, der eigentlich eingeteilt worden war.

In St. Catherine's lernte Miles, dass Verantwortung etwas Angenehmes sein konnte. Er war sich nicht sicher, ob das, was er in der warmen Kirche empfand, während es draußen dämmerte, ein religiöses Erlebnis war, genoss jedoch die Kadenz der lateinischen Messe. Oft konnte er sich gerade noch rechtzeitig aus seinen Träumereien reißen, um die Schellen bei der Wandlung klingeln zu lassen. Vor Kurzem hatte er ein ausgesprochen hübsches Mädchen entdeckt, das als Kellnerin im Empire Grill arbeitete, und allzu oft drifteten seine Gedanken vom Mysterium des Leibes und Blutes Christi ab zum Mysterium in Gestalt von Charlene Gardiner, wenngleich er sich bemühte, sich während der Messe keinen unkeuschen Gedanken hinzugeben.

Wenn er bei der Kollekte Father Tom die Messkännchen mit Wein und Wasser – auf dessen Geheiß immer mit den Griffen voraus – gereicht hatte, erhaschte er manchmal aus dem Augenwinkel einen Blick auf seine Mutter, meist mit seinem schlafenden kleinen Bruder auf dem Schoß oder zappelnd neben ihr auf der Kirchenbank, und er fragte sich, wofür oder für wen sie wohl betete. Sein Vater zählte zu der Sorte Männer, die im Grunde unentwegt der Fürbitten bedurfte – und dazu eines Tritts in den Hintern, wie einige meinten –, wenngleich sich Miles nur schwer den Wortlaut eines solchen Gebets für Max Roby vorstellen konnte. Wenn er gerade mal wieder abwesend war, mochte seine Mutter vielleicht dafür beten, dass er bald wieder heimkam. Denn wenn er da war, konnte Grace wenigstens den kleinen David frühmorgens zu Hause lassen, wenn sie zur Messe ging. Doch kaum wurden ihre Gebete erhört und ihr Mann kehrte in den Schoß der Familie zurück, begann Grace gewiss dafür zu beten, er möge bald wieder verschwinden, da Max mehr Scherereien machte, als dass seine Anwesenheit ihr nutzte. Wenn sie und Miles aus der Kirche zurückkamen, fanden sie David meist in seinem Gitterbettchen stehend vor, wo er sich mit seinen pummeligen Händchen am oberen Rand festklammerte, die Wangen gerötet vor Wut und Kummer, mit einer vollen Windel, die ihn schier niederdrückte, während Max im Zimmer daneben seinen nächtlichen Rausch ausschlief.

Miles vermutete indes, dass die Gebete seiner Mutter nichts mit seinem Vater zu tun hatten. Wenn es sich bei ihr nur ein bisschen wie bei ihm verhielt, widmete sie sich in ihren Gebeten ganz anderen Dingen, denn im Grunde waren seine Mutter und er wie kleine Kinder, die hinter bunten Seifenblasen in der Luft herjagten. Er fragte sich, ob ihre Gedanken zu dem lange verlorenen Charlie Mayne abdrifteten so wie seine zu Charlene Gardiner. Aber das war reine Spekulation. Grace hatte diesen Mann seit ihrer Rückkehr von Martha's Vineyard kein einziges Mal mehr erwähnt. Miles wiederum wahrte das Geheimnis seiner Mutter eisern, und bisweilen musste er sich in Erinnerung rufen, dass es ein Geheimnis zu wahren galt. Allmählich begann er sich zu fragen, ob er sich das Ganze nur eingebildet hatte, und eines Morgens auf dem Nachhauseweg von der Kirche – es war vermutlich zwei oder drei Jahre nach ihrem denkwürdigen Urlaub – sagte Miles: »Mom? Erinnerst du dich noch an den Mann, den wir auf Martha's Vineyard getroffen haben? Charlie Mayne?«

Er erwartete, dass sie überrascht sei oder jedenfalls überrascht tat, so wie er es getan hätte, wenn diese Frage ihm aus heiterem Himmel gestellt worden wäre. Aber Grace antwortete ruhig, als hätte sie selbst auch gerade darüber nachgegrübelt oder aber diese Frage von ihm erwartet: »Nein, Miles, ich erinnere mich nicht mehr. Und du tust es auch nicht.«

Im Spätfrühling trat Grace ihre Stelle bei Mrs Whiting an, einen Monat nachdem diese aus dem Krankenhaus entlassen worden war – sehr zur Erleichterung des Personals, das die Nase gehörig voll von ihr hatte.

Mrs Whiting hatte kürzlich eine beträchtliche Summe für einen neuen Krankenhausflügel gespendet, und alle waren sich der Tatsache bewusst, was für eine wichtige Patientin sie war, aber nicht wenige hätten gute Lust gehabt, sie in ihrem Rollstuhl ans Flussufer oberhalb der Wasserfälle zu schieben und die Bremsen zu lösen.

Doch anstatt sie dem steigenden Hochwasser zu überantworten, gaben sie sie in die Obhut von Grace Roby, die jeden Morgen bei Wind und Wetter um kurz nach sechs über die Iron Bridge marschierte, unter ihr die reißenden Frühlingsfluten, um sich um zwei behinderte Menschen, der eine zeitweise, der andere dauerhaft, zu kümmern. Tatsächlich war Mrs Whitings Hüftfraktur im Grunde von ihrer Tochter verursacht worden. Diese hatte ihr Gleichgewicht verloren und sich an ihrer Mutter festgeklammert, die zufällig in der Nähe war, bevor sie beide zu Fall brachte. Dank ihrer langen Erfahrung wusste Cindy, wie man hinfiel. Mrs Whiting hingegen, deren Gleichgewicht weder physisch noch emotional leicht zu erschüttern war und die noch nicht ein einziges Mal in ihrem Erwachsenenleben gestürzt war, zog sich einen Trümmerbruch an der Hüfte zu, der sie zwang, im letzten Moment ihre Reise nach Spanien abzusagen, wo sie für einen Monat eine Villa gemietet hatte.

Cindy Whiting wiederum, damals fünfzehn, hatte die Balance verloren und war gestürzt, weil die jüngste Operation ihres beschädigten Beckens, ihre vierte, fehlgeschlagen war. Die Ärzte hatten ihr in Aussicht gestellt, ihre Gehfähigkeit würde sich, wenn sie sich dieser Prozedur unterziehe und bei der anschließenden Physiotherapie fleißig mitarbeite, stark verbessern, sodass sie nicht mehr so sehr auf ihre Gehhilfe angewiesen wäre. Zwar gebe es keine Garantien, aber vielleicht würde sie bei ihrem Jahresabschlussball im Frühling in der Lage sein, sich ohne künstliche Hilfe auf die Tanzfläche zu begeben, lediglich auf den starken Arm eines attraktiven Jungen gestützt. Dies war der Köder gewesen, den man ihr unter die Nase gehalten hatte, und Cindy Whiting war ihm tapfer gefolgt, wieder einmal bis in den Operationssaal.

Der erfolgte Eingriff, resümierte der leitende Chirurg später, sei weder ein Erfolg noch ein Misserfolg gewesen. Wenn die Maxime jeder medizinischen Behandlung laute, auf keinen Fall Schaden zuzufügen, dann sei Cindy Whiting kein bisschen schlechter dran als vor der Operation. In der Tat würde sich mit der Zeit gewiss eine leichte Verbesserung einstellen. Dass der Eingriff keinen nennenswerten Fortschritt erbracht habe, so der Chirurg weiter, habe weniger mit dem Verlauf der Operation als mit der Patientin zu tun, die sich so leicht habe entmutigen lassen und sich halsstarrig jeder Physiotherapie widersetze. Das medizinische Personal habe von Anfang an berichtet, dass weder gutes Zureden noch Bitten noch Drängen Wirkung zeige, nichts könne sie in ihrer Überzeugung erschüttern, dass der Eingriff fehlgeschlagen sei und ihre eigenen Anstrengungen somit vergeblich wären. Lieber wollte Cindy im Bett liegen, fernsehen und Schmerzmittel einnehmen, anstatt sich im Physiotherapieraum foltern zu lassen. Als der Chirurg, mit seinem Latein am Ende, ihr in Erinnerung rief, wie sehr sie sich auf den Abschlussball gefreut habe, erwiderte sie, dass Krüppel keine Einladung zu Tanzveranstaltungen bekämen.

Cindy Whitings hartnäckige Weigerung, sich einer Physiotherapie zu unterziehen, frustrierte den Chirurgen so sehr, dass er ihre Mutter zu einer Unterredung einbestellte. Vor der Operation, erinnerte er sie, habe sich Cindy auf nichts so sehr gefreut wie auf die Rückkehr ihres Vaters aus Mexiko, damit er in dieser schweren Zeit an ihrer Seite weilte, und nun würde er gern wissen, warum Mr Whiting nicht gekommen sei. Väter, deutete er an, seien manchmal in der Lage, Töchter auf eine Weise zu motivieren, wie weder Mütter noch Ärzte es sich vorstellen könnten. Cindy scheine besonders an ihrem Vater zu hängen, und seine Anwesenheit könnte sich durchaus positiv auf ihre Genesung auswirken.

Mrs Whitings Antwort fiel ganz anders aus als von ihm erwartet. Zunächst räumte sie ein, dass es ein Fehler von ihr gewesen sei, ihn nicht auf das unvermeidliche Misslingen der Operation vorzubereiten, um ihm dann zu versichern, dass die Anwesenheit ihres Gatten die Situation nur noch verschlimmert hätte. Ihre Tochter, erklärte sie, habe leider Gottes den schwachen Charakter ihres Vaters geerbt. Er lasse sich leicht begeistern und gebe sich gern Hoffnungen hin, doch wenn er dann enttäuscht werde, sei er am Boden zerstört. Von Geburt an privilegiert und auf die Erwartung getrimmt, dass alles gut werde, sei er, sobald etwas schiefzugehen drohe, außerstande, damit umzugehen. Mrs Whiting habe alles in ihrer Macht Stehende getan, um dafür zu sorgen, dass diese Charakteranlagen ihrer Tochter nicht die Oberhand gewännen, doch allem Anschein nach habe die Erziehung vor der Natur kapituliert. Wie ihr Vater neige Cindy dazu, sich in Tagträume zu flüchten. Mrs Whiting versicherte dem Chirurgen, nein, es könne nichts weiter getan werden, und ihn persönlich treffe keine Schuld.

Der Chirurg hätte einer solchen Warnung nicht bedurft. Sich Selbstvorwürfe zu machen wäre ihm unter normalen Umständen auch gewiss nicht in den Sinn gekommen. Zudem neigte er in Anbetracht seiner Klinikausbildung nicht dazu, physisches Scheitern unter moralischen Gesichtspunkten zu betrachten, doch während er sich Mrs Whitings leidenschaftslose Beschreibung des Charakters ihres Mannes und ihrer Tochter anhörte, kam er nicht umhin, ein moralisches Urteil zu fällen, und zwar eines, das er ihr gewiss nicht offenbaren würde, jedenfalls nicht, ehe die Rechnungen für seine Dienste beglichen waren.

Mochte Mrs Whitings Analyse des Charakters ihrer Tochter auch kalt und leidenschaftslos sein, so war sie doch nicht ganz abwegig, wie Grace Roby einräumen musste. Hätte Cindy Whiting auch nur einen Hauch der Willensstärke ihrer Mutter besessen, hätte sie, zumindest physisch, durchaus von ihrer jüngsten Operation profitieren können. Wie so oft bei Eltern und Kindern besaß dieses Kind einen Charakterzug, der auf Anhieb einem Elternteil zugeschrieben werden konnte, wobei er inzwischen so verzerrt war, dass er wie etwas vollkommen Neues wirkte. Beide Frauen, bemerkte Grace bald, waren gleichermaßen starrköpfig, wenngleich sich diese Eigenschaft auf völlig unterschiedliche Weise manifestierte. Bei Mrs Whiting war Willensstärke zu einer treibenden Kraft geworden, mit dem unermüdlichen Ziel, sämtliche Hindernisse aus dem Weg zu räumen, ob groß oder klein, wohingegen dieser Zug bei ihrer Tochter als hartnäckige, das Scheitern vorausnehmende Widerborstigkeit gegenüber jedem noch so kleinen Hindernis in Erscheinung trat. Grace, die von Anfang an Mitgefühl für Cindy Whitings Schicksal hatte, empfand es als furchtbar, das verheerende Wirken der menschlichen Natur in diesem Haus mit ansehen zu müssen und zu wissen, wie der Kampf zwischen Mutter und Tochter unweigerlich ausgehen würde.

Noch nie war Grace einer Frau wie ihrer neuen Arbeitgeberin begegnet und sie erkannte bald, dass sie ihr nicht gänzlich ihre Bewunderung würde versagen können. Nachdem sie sie mehrere Monate lang beobachtet hatte, kam Grace schließlich hinter ihren Trick. Mrs Whiting blieb aus dem einzigen Grund immer so unverdrossen, weil sie sich niemals mit dem Gedanken aufhielt, dass eine ihr bevorstehende Aufgabe womöglich zu groß sein könnte. Sie besaß die wunderbare Fähigkeit, sie in mehrere kleine Unteraufgaben aufzuteilen. Sobald diese Zerteilung bewerkstelligt war, ging sie mit gezeitenhafter Beharrlichkeit ans Werk. Tagtäglich nahm sich Mrs Whiting eine To-do-Liste vor, und diese Liste funktionierte deswegen so gut, weil sie niemals eine nicht zu bewältigende Aufgabe darin aufnahm. Bei den seltenen Gelegenheiten, da sich etwas als zu kompliziert oder schwieriger als gedacht erwies, nahm Mrs Whiting erneut eine Unterteilung vor. Auf diese Weise erlebte diese Frau niemals etwas anderes als Erfolg, und jeder Tag brachte sie ihrem Ziel unaufhaltsam näher. Möglicherweise lag sie nicht ganz im Zeitplan, aber beirren ließ sie sich nie.

Ihre Tochter hingegen ließ sich unentwegt beirren. Von ihrem Temperament her unfähig, zu dem Trick ihrer Mutter zu greifen, malte sich Cindy Whiting stets die Gesamtheit dessen aus, was vor ihr lag, und wurde auf diese Weise in einem einzigen Handstreich davon überwältigt und besiegt. Sie war weniger eine Träumerin, wie Grace klar wurde, als eine Gläubige, und das, woran sie glaubte oder gern glauben wollte, war die Möglichkeit einer völligen Transformation. An einem gewissen Punkt in ihrem jungen Leben war sie zu der Überzeugung gelangt, dass die ganze

Welt um sie herum, die Gesamtheit aller Umstände, sich ändern müsste, damit eine Änderung ihr wirklich zugutekommen konnte. Daher hoffte sie auf nicht weniger als eine Art Wunder, und genau in diesem Lichte beurteilte sie ihre letzte Operation. Sie hatte sich vorgestellt, dass sie am Montag quasi im Raupenstadium ins Krankenhaus kommen würde, um es am Dienstag als Schmetterling wieder zu verlassen. Nicht lange nachdem sie aus der Narkose erwacht war, musste sie zu dem Schluss gelangt sein, dass sich nicht nur keine Transformation ereignet hatte, sondern dass auch weit und breit keine in Sicht war.

Hatte diese Enttäuschung sie töricht oder gar dumm werden lassen, wie ihre Mutter fand? Grace glaubte das nicht. Schließlich hatte Cindys Welt in jenem schrecklichen Augenblick, als sie als kleines Mädchen von dem Wagen erfasst worden war, schlagartig eine Transformation erfahren, und das hatte sie gelehrt, wie schnell sich alles ändern konnte und dass der Schlag, der dies bewirkt hatte, übermächtig und jenseits der menschlichen Auffassungsgabe gewesen war. Und jetzt wartete sie ganz einfach darauf, dass es wieder geschähe.

Um den Memorial Day herum, als sie noch keine sechs Wochen für Mrs Whiting gearbeitet hatte, rechnete Grace mit ihrer Kündigung. Der Garten war so weit bestellt, und ihre Arbeitgeberin genas schneller als von ihren Ärzten vorausgesagt, und so dachte Grace, dass Mrs Whiting bald keine Veranlassung mehr sehen würde, sie weiterhin zu beschäftigen. Nicht, dass ihr Gehalt für eine so vermögende Frau einen Unterschied machen würde, aber trotzdem. In Sachen Geld war ihre Arbeitgeberin mit allen Wassern gewaschen, und sie schien auf den Penny genau zu wissen, wie viel die Leute zum Leben brauchten. Das Gehalt, das sie Grace zahlte, war so nahe an der Summe, die diese tatsächlich brauchte, um über die Runden zu kommen, dass Grace sich fast fragte, ob diese Frau vielleicht heimlich in ihr Haus geschlichen sei und ihr über die Schulter geblickt habe, während sie am Küchentisch über Rechnungen brütete.

Eines Nachmittags im Garten, als Mrs Whiting auf ihren Stock gestützt neben ihr stand und der auf dem Boden knienden Grace Anweisungen erteilte, schaute diese kurz zu ihr hoch und sagte: »Nicht wahr, Mrs Whiting, Sie werden es mir doch, wenn Sie mich nicht mehr brauchen, zwei Wochen im Voraus sagen, damit ich mir eine andere Stelle suchen kann? Ich kann es mir nämlich nicht leisten, längere Zeit arbeitslos zu sein.« Nicht einmal für einen Tag, fügte sie in Gedanken hinzu.

Mrs Whiting sah Grace unter dem breiten Rand ihres Strohhuts hervor an. Täuschte sie sich, oder umspielte ihre Lippen tatsächlich ein Lächeln? »Meinen Sie, Sie würden wieder von Empire Mills eingestellt werden? Das scheint mir doch sehr unwahrscheinlich.«

»Trotzdem«, sagte Grace, die diese Bemerkung nur allzu gut einzuordnen wusste, »werde ich es versuchen müssen.«

»Lassen wir es für heute gut sein«, verkündete Mrs Whiting. Sie war schon fast den ganzen Nachmittag auf den Beinen, und auch wenn Grace die eigentliche Arbeit verrichtet hatte, war Mrs Whiting offensichtlich müde, nachdem sie erst vor Kurzem zum ersten Mal den Rollstuhl verlassen hatte. Grace erhob sich und half ihr, sich wieder in den Rollstuhl zu setzen. »Sie brauchen sich keine Sorgen zu machen, dass Sie sich bald eine neue Stelle suchen müssen. Sie waren mir in diesen letzten Wochen eine große Hilfe.«

Grace überlegte, was sie von dieser vagen Beschwichtigung halten sollte. »Aber wird es noch genug Arbeit für mich geben«, fragte sie, »wenn Sie wieder völlig genesen sind?«

»Setzen wir uns für einen Moment in den Pavillon«, sagte Mrs Whiting, und schon bereute Grace, dieses Thema an diesem Nachmittag angeschnitten zu haben. Am Morgen hatte sie David mit einer schweren Erkältung im Bett zurückgelassen, und sie hoffte, nicht zu spät an diesem Nachmittag nach Hause gehen zu können. Sie hatte diesen Wunsch sogar Mrs Whiting gegenüber geäußert, die ihn offenbar im Handumdrehen wieder vergessen hatte.

Im schattigen Pavillon war es kühl. Dank einer provisorischen Rampe war der runde Bau auch mit dem Rollstuhl zugänglich, und Mrs Whiting saß mit dem Rücken zum Haus, um auf den Fluss blicken zu können. Grace saß ihr schräg gegenüber, mit Blick auf die Iron Bridge weiter unten am Fluss. Als sie hörte, wie die Verandatür aufgeschoben wurde, wandte sie sich um und sah, wie Cindy mühsam auf die Veranda heraustrat. Von dort aus waren es bis zum Pavillon ungefähr sechzig Meter – eine Wegstrecke, die für sie zu weit war, insbesondere so kurz nach ihrer Operation, aber sie blickte geradezu sehnsüchtig zu Grace und ihrer Mutter hinüber.

»Und, was nun?«, fragte Mrs Whiting nach längerem Schweigen. Fast schien es, als bezöge sie sich auf Empire Falls, denn ihr Blick schweifte über die verlassenen Fabriken, deren zwei hohe Schornsteine sich bedrohlich gegen den Nachmittagshimmel abzeichneten. Erneut hörte Grace die Schiebetür und sah, dass sich Cindy Whiting wieder mühsam ins Haus zurückzog.

Ihre Mutter nahm den Strohhut ab und legte ihn auf den kleinen runden Tisch zwischen ihnen. »Sie haben meine Tochter lieb gewonnen«, sagte sie.

»Ja«, antwortete Grace ohne Umschweife.

»Würden Sie mich für völlig abartig halten, wenn ich Ihnen sagte, dass dies bei mir nicht der Fall ist?« Sie lächelte. »Sie müssen mir nicht antworten, meine Liebe.«

Grace war froh, ihre Gedanken über diese ganz spezifische Mutter-Tochter-Beziehung, eine der traurigsten, die sie je erlebt hatte, nicht preisgeben zu müssen. Es war, als hätten beide es fertiggebracht, einander so gründlich zu enttäuschen, dass sie nichts mehr voneinander erwarteten. Sie waren wie zwei Geister, die zwei separate Dimensionen desselben physischen Raums bewohnten, so verschieden voneinander, dass Grace halbwegs damit rechnete, dass die eine durch die andere hindurchging, wenn sich ihre Wege kreuzten. Wenn Cindy unerwartet ihrer Mutter begegnete, reagierte sie, als wäre ihr gerade wieder eine Frage eingefallen, die sie ihr stellen wollte, um sich dann zu erinnern, dass sie sie ihr schon zigmal gestellt und jedes Mal die gleiche entmutigende Antwort erhalten hatte. Mrs Whiting wiederum schien die Anwesenheit ihrer Tochter, sofern sie sie überhaupt zur Kenntnis nahm, einfach nur zu verdrießen. Manchmal starrten sie sich so lange schweigend an, dass Grace meinte schreien zu müssen.

»Sie ist ein so liebes Kind«, wandte Grace zaghaft ein. »Und ihr Leiden …«

»Ach Gott, ja, ihr Leiden«, sagte Mrs Whiting, als bedauerte sie Grace und nicht ihre Tochter. »Es wird wohl nie aufhören, nicht wahr?«

»Nun, das ist wohl nicht ihre Schuld, oder?«

»Es geht nicht darum, wer Schuld hat und wer nicht, meine Liebe. Es geht darum, was sie braucht. Sie werden auch noch herausfinden, dass das, was meine Tochter braucht, nicht das ist, was sie zu brauchen meint. Sie sehen sie an und meinen, sie braucht Ihr Mitleid, aber stattdessen braucht sie Stärke. Wenn Sie klug sind, lassen Sie es nicht zu, dass sie sich an Sie klammert, es sei denn, Sie mögen dieses Gefühl. Manche Menschen tun es offenbar.«

Grace brauchte einen Moment, bis ihr klar wurde, dass sie gerade sanft getadelt wurde. »Es gibt Schlimmeres, als wenn sich jemand an einen klammert, finden Sie nicht auch?«

»Vielleicht«, erwiderte die andere ohne große Überzeugung. »Aber sagen Sie, wie findet Ihre Familie es eigentlich, dass Sie so viel Zeit außer Hause sind?«

»David vermisst mich, glaube ich«, sagte Grace. »Er ist ja noch so klein. Er …«

»Und der Größere?«

»Miles? Ach, Miles ist mein Fels in der Brandung.«

»Und Ihr Mann?«

»Max ist Max.«

»Ja«, sagte Mrs Whiting zustimmend. »Männer sind nun mal, wie sie sind.«

Grace ließ den Blick zur Iron Bridge schweifen. Dann sagte sie unvermittelt: »Werden wir je über ihn reden?«

»Nein, ich glaube nicht«, erwiderte Mrs Whiting so schnell, als wäre sie gefragt worden, ob sie ein Eis wolle.

Was Grace keineswegs überraschte. An jenem Nachmittag, als sie zum ersten Mal über die Brücke herübergekommen war, um ihre Bußstrafe abzuleisten, hatten sie auch kaum über ihn gesprochen. Grace hatte Mrs Whiting lediglich um Vergebung gebeten und ihr versichert, dass es zwischen ihr und Charlie aus sei, dass ihr leidtue, was sie getan und zu tun versucht habe.

»Wird er irgendwann zurückkommen?«

»Nach Empire Falls?« Diese Frage schien für Mrs Whiting geradezu absurd zu sein. »Das kann ich mir nicht vorstellen. Schon als junger Mann wollte er so gern in Mexiko bleiben. Wussten Sie das?«

»Ja.«

Nun spürte Grace den Blick der anderen Frau auf sich. Gewiss ließ es Mrs Whiting nicht kalt zu erfahren, dass ihr Mann seine intimsten Träume mit einer anderen geteilt hatte.

»Er scheint recht glücklich dort zu sein«, sagte Mrs Whiting, als wollte sie andeuten, dass sie beide um dieses Glück betrogen worden seien.

»Redet er je von …?«

»Von Ihnen? Das glaube ich nicht, aber mir gegenüber würde er es sowieso nicht tun.«

»Weiß er davon?«

»Von unserem gegenwärtigen Arrangement? Ja. Als ich es ihm erzählte, schien ihm die Ironie des Ganzen zu gefallen.«

Grace nahm dies schweigend hin.

»Noch etwas, bevor wir dieses Thema für immer ad acta legen?«

Grace schüttelte den Kopf.

»Ausgezeichnet. Sollte mein Mann je versuchen, Sie zu kontaktieren, erwarte ich, dass Sie es mich wissen lassen. Werden Sie das?«

Grace zögerte nur für einen winzigen Moment. »Ja.«

»Falls Sie Ihr Wort nicht halten, werde ich es erfahren. Ich brauche Sie ja nur anzuschauen.«

»Ich werde mein Wort halten.«

»Ich glaube Ihnen.« Mrs Whiting schien zufrieden, als hätte sie sowohl diese Unterhaltung als auch deren Ergebnis vorausgeahnt. »Ich nehme an, Sie werden auch in absehbarer Zukunft noch hier arbeiten«, fuhr sie fort, während Grace aufstand. »Sie müssen wissen, dass ich Sie recht lieb gewonnen habe. Ist das nicht auch ironisch?«

Grace fiel keine passende Antwort ein. Konnte es sein, dass das, was Mrs Whiting soeben gesagt hatte, der Wahrheit entsprach? Wenn ja, bedeutete es, dass ihr vergeben worden war? Oder konnte man auch jemanden aufrichtig mögen, dem man nicht verziehen hatte? So unlogisch es zu sein schien, war dies genau Grace' Eindruck.

VIERTER TEIL

Kapitel 23

»Jetzt nicht hinschauen«, sagte David, der von seiner Zeitung aufgesehen hatte, »hier kommt der aus den Flitterwochen zurückgekehrte glückliche Bräutigam.«
Tatsächlich trippelte der Silver Fox die Eingangsstufen herauf. Wenngleich Miles nicht sonderlich erfreut war, ihn zu sehen, musste er bei dem Gedanken lächeln, dass er das Tuckern von Walts Lieferwagen draußen auf dem Parkplatz gar nicht gehört hatte, nachdem dieses Geräusch ihn fast ein Jahr lang in seinen Träumen verfolgt hatte. Auch in dieser Hinsicht hatte sich sein Leben nach seiner Erkrankung zum Besseren gewendet.
Nach der Hochzeit hatten die Leute ihn ständig gefragt, wie er sich als freier Mann fühle. Zu Miles' Überraschung fühlte es sich gut an, als hätte die mit unzähligen Verzögerungen einhergehende Scheidung auch seine Selbstvorwurfskapazitäten erschöpft. Er hatte eigentlich erwartet, dass die Hochzeit seiner Exfrau ihren Tribut von ihm fordern, sein Gefühl des Scheiterns verstärken würde. Schließlich hatten er und Janine vor Gott und Familie Treue gelobt, bis dass der Tod sie scheide, und nun gab sie einem anderen Mann das gleiche Versprechen. Als der Friedensrichter fragte, ob jemand Einwände gegen diese Verbindung erhebe, war es Miles fast ein bisschen peinlich, dass er keine hatte, jedenfalls nicht mehr. Bislang hatte er nicht Janines naiven Glauben geteilt, dass man einfach ein neues Leben beginnen

könne, als hätte es das andere nie gegeben, aber genau das schien sie zu tun, was bedeutete, dass Miles es ebenso konnte, insbesondere jetzt, da er eine wichtige Entscheidung getroffen hatte.

Natürlich war das letzte Wort über Janines neues Leben noch nicht gesprochen. Miles tat es leid, dass ihr großer Tag auf eher billige und nicht besonders festliche Art und Weise begangen worden war. Wobei ihm alle standesamtlichen Hochzeiten irgendwie als halbe Sache vorkamen, vor allem die Zeremonie, die auch schon wieder vorüber war, kaum dass sie begonnen hatte. Es dauerte länger, einen neuen Wohnsitz eintragen zu lassen, und Miles konnte sich des Gedankens nicht erwehren, dass der Kauf einer Immobilie heutzutage als eine ernstere Angelegenheit betrachtet wurde, ein Vorhaben mit einem längeren Widerhall. Aber vielleicht war das schon immer so gewesen. Schließlich wurde durch eine Heirat ein Erbanspruch besiegelt, die ordnungsgemäße Übertragung eines Besitzes von einer Generation auf die nächste. Vielleicht war daher die mit einer Hochzeit einhergehende Feierlichkeit nichts weiter als das Nebenprodukt eines gewichtigeren – wenn nicht gar sakralen – Ritus.

Der anschließende Empfang war fast noch deprimierender gewesen. Zuvor hatte Janine verkündet, dass sie sich eine gottverdammte Party wünsche mit einer tollen Band und einer großen Tanzfläche, wo sich die Leute so richtig gehen lassen konnten. Wo *sie* sich gehen lassen konnte. Die ganze Veranstaltung schien dazu angetan, Miles' vielfältiges Versagen als Ehemann aufzuzeigen. Während ihrer ganzen Ehe, schien sie sagen zu wollen, habe sie sich nach Musik und einem aufregenden Leben und Tanz gesehnt, und nun, da sie endlich von Miles Roby geschieden war, hoffte sie es endlich auch zu bekommen.

Für diesen Zweck bot sich als größter Raum weit und breit Walts Fitnessstudio an, wenn man die Trennwand zwischen dem Aerobic- und Geräteraum entfernte. Also hatten sie die verschiedenen Folterinstrumente – die Stepper und Heimtrainer und Laufbänder – zur Seite geschoben und die Yogamatten an die Wand gelehnt, als würde auch Autoscooter gefahren werden. Dem freigeräumten Platz nach zu urteilen waren sehr viel mehr Leute eingeladen, als schließlich gekommen waren.

Die Band war, soweit Miles es beurteilen konnte, recht gut, spielte aber so laut, als hätte sie es darauf abgesehen, einem das Trommelfell platzen zu lassen. Miles stand mit Bea, der ihre Hämorrhoiden zu schaffen machten, und Horace Weymouth, Walts widerstrebendem Trauzeugen, der sich in einen glänzenden Smoking gezwängt hatte, etwas abseits des Geschehens. Miles wollte eigentlich nicht hinsehen, hätte jedoch schwören können, dass die Äderchen in der Zyste auf Horace' Stirn im Takt mit der Bassgitarre pulsierten. Zwei Stunden schienen ihm für einen Exmann, der sich zunächst gar nicht hatte scheiden lassen wollen, eine angemessene Zeitspanne zu sein, um auf der Hochzeitsparty seiner Exfrau zu verweilen, daher ging er, als die Band zum zweiten Mal pausierte, zu Janine und verabschiedete sich von ihr, nicht ohne ihr zu sagen, dass er ihr alles Gute wünsche und sie großartig aussehe, und das tat sie auch, wenngleich nicht besonders bräutlich.

»O nein, du schleichst mir nicht davon, ohne mit mir getanzt zu haben«, sagte sie mit erhitzten Wangen und zog Miles mitten auf die Tanzfläche. Die Band hatte dafür gesorgt, dass auch in ihrer Abwesenheit eine ähnlich ohrenbetäubende Musik den Raum erfüllte, nur dass sie jetzt vom Band durch die Gitarrenverstärker dröhnte. Zu Miles' zusätzlichem Unbehagen schienen sich alle Anwesenden zu ihnen umgedreht zu haben, um ihnen beim Tanzen zuzuschauen. Offenbar glaubten die Leute, sie würden einem bewegenden Moment beiwohnen.

»Ich habe dich ja gewarnt, dass du es schrecklich finden würdest«, sagte Janine.

»Nicht wirklich«, sagte er, was gelogen war. »Nur die Musik ist ein bisschen zu laut.«

Sie schien nicht ganz überzeugt. »Du hättest jemanden mitbringen sollen. Charlene wäre bestimmt mitgekommen, wenn du sie gefragt hättest.«

Obwohl Miles auf den mitleidigen Ton hätte verzichten können, war er ein wenig gerührt, weil seine Exfrau, wenngleich reichlich spät, die Möglichkeit in Betracht zog, dass er ein wenig einsam war. »Sie muss arbeiten.«

»Dann gib ihr verdammt noch mal heute Abend frei. Du bist doch der Boss, Miles. Du hättest den Diner diesen einen Tag schließen können.« Nach den zwanzig Jahren ihrer Ehe war Miles immer noch überrascht, wie schnell diese Frau das emotionale Register wechseln konnte, in diesem Fall von Fürsorglichkeit zu Verdruss.

»Janine«, sagte er seufzend, »wenn du dich gerade bemühst, mir ein gutes Gefühl zu bescheren, weil du jetzt mit einem anderen verheiratet bist, machst du deinen Job wirklich gut.«

Sofort traten ihr Tränen in die Augen, und er entschuldigte sich schnell, während sie leise an seiner Schulter weinte und die Zuschauer davon überzeugte, dass der Moment, dem sie gerade beiwohnten, weit mehr als nur bewegend war. Er war geradezu rührend. Selbst der Silver Fox bekam einen verschleierten Blick.

Diese plötzlichen Tränen auf der Tanzfläche überraschten Miles keineswegs. Bereits in der Woche vor der Hochzeit waren sie reichlich geflossen und hatten eine Reihe von mühevollen Verhandlungen erfordert, die Miles von seinem Krankenhausbett geführt hatte. Zuerst hatte Janine tatsächlich gewollt, dass er sie dem Bräutigam zuführe, eine Vorstellung, die Miles so bizarr fand, dass er einen Lachanfall bekam, bis ihm klar wurde, dass sie es ernst meinte. Wut und Kränkung hatten ihr die Röte ins Gesicht getrieben. »Ich dachte eben, es wäre nett, wenn das Ganze freundschaftlich über die Bühne geht«, erwiderte sie eingeschnappt. »Was ist so schlimm daran?«

»Was hältst du davon, wenn ich einfach nur komme und ganz viel lächle?«, schlug er schließlich vor. »Wäre das nicht freundschaftlich genug?«

Die Tränen kullerten aus den Augen seiner Exfrau. »Gut«, sagte sie. »Dann gebe ich mich eben verdammt noch mal selbst her.« Miles fand, das war eine treffende Beschreibung dessen, was ohnehin geschah.

Dass Janine so schnell nachgegeben hatte bezüglich seiner Teilnahme an ihrer Hochzeit, war dem Umstand geschuldet, wie Miles erst später erfuhr, dass sie eine noch größere, wichtigere Schlacht zu schlagen hatte. Und wenn sie auch nur den Hauch einer Chance haben wollte, sie zu gewinnen, brauchte sie seine Schützenhilfe, denn ihre Tochter hatte genauso wenig Lust auf eine tragende Rolle bei der Hochzeit ihrer Mutter wie Miles. Aber in diesem Punkt war Janine wild entschlossen. »Ich schwöre bei Gott, Miles, du überzeugst sie besser, meine Brautjungfer zu sein, sonst kann ich für nichts garantieren. Ich weiß, dass du das kannst, also geh und tu es.«

Miles versuchte sie zur Vernunft zu bringen. »Du kannst sie nicht zwingen, etwas gegen ihren Willen zu tun, Janine.«

Worauf sie erwiderte: »Ich zwinge sie nicht, Miles. Im Gegenteil, ich habe es ihr zur Wahl gestellt. Sie kann es entweder tun oder aber später wünschen, sie hätte es getan.« Dann brach sie in seinem Krankenhauszimmer erneut in Tränen aus und heulte sich die Augen aus dem Kopf, bis Miles nachgab und ihr versprach, es zu versuchen.

Janine schluchzte in der Tat so herzzerreißend, dass Miles fürchtete, es handele sich um einen Nervenzusammenbruch. »Du weißt, dass ich keine einzige Freundin habe, Miles.« Nachdem die Tränen versiegt waren, schniefte sie nur noch. »Wenn sie nicht meine Brautjungfer sein will, muss ich meine Mutter fragen. Tu mir das nicht an, Miles. Ich weiß, was du von mir denken musst, nach allem, was passiert ist, aber wenn dir je etwas an mir lag, lass es nicht zu, dass ich an meinem Hochzeitstag zwischen Beatrice und Walt stehen muss. Nicht dass der Friedensrichter durcheinanderkommt und die beiden verheiratet.«

Die Abmachung, die Miles schließlich mit seiner Tochter ausgehandelt hatte, war komplex. Die beiden wesentlichen Punkte waren jedoch, dass sie die Brautjungfer ihrer Mutter geben und dabei gute Miene machen würde, unter der Bedingung, dass sie bei der anschließenden Party nicht mit dem Silver Fox tanzen müsste. Darüber hinaus versprach Miles ihr, mit ihr nach Boston zur Van-Gogh-Ausstellung im Museum of Fine Arts zu fahren, was er sowieso vorgehabt hatte. Später fand er heraus, dass sie eine separate Abmachung mit ihrer Mutter getroffen hatte, die ihr versprechen musste, einen Internetanschluss auf ihrem Computer einrichten zu lassen.

»Und du wirst bald wieder okay sein und zurechtkommen?«, wollte Janine wissen. Miles war verwirrt. Bezog sie sich auf ihre Flitterwochen? »Haben sie überhaupt herausgefunden, was dir gefehlt hat?«

Nein, hatten sie nicht. An besagtem Sonntagabend hatte er es zwar noch in seine Wohnung zurückgeschafft, aber später, als sein Bruder vorbeigekommen war (nachdem Bea ihn angerufen und gebeten hatte, nach ihm zu sehen), delirierte er. In der Notaufnahme vermutete man aufgrund seines hohen Fiebers und Deliriums und der Tatsache, dass er Fast-Food-Burger gegessen hatte, eine E.coli-Infektion oder aber eine virale Meningitis. Daher behielt man ihn für mehrere Tage zur Beobachtung im Krankenhaus, obwohl sein Fieber bereits am nächsten Morgen wieder gesunken und er am Montagnachmittag ganz offensichtlich wieder auf dem Weg der Besserung war. Am Ende seines Aufenthalts war das halbe Dutzend Ärzte, das ihn untersucht hatte, einer endgültigen Diagnose keinen Schritt näher. Ganz der westlichen Medizin verhaftet, zogen sie eine nicht rationale Erklärung in Betracht, und Miles wollte lieber nicht darüber grübeln, ob die Symptome, die sie behandelt hatten, womöglich seiner Heimsuchung durch die Geister seiner Vergangenheit geschuldet waren.

So wie es seine Angewohnheit als Junggeselle gewesen war, stimmte Walt Comeau auch jetzt im Eingang des Empire Grill einen Song an. »*Too many nights*«, sang er mit ausgebreiteten Armen, als wollte er die ganze Welt umfangen. »*Too many days / Too many nights to be alone.*«

»Verschon uns, ich bitte dich«, sagte David, der weder bei der Hochzeit gewesen war noch es für nötig befunden hatte, abzusagen.

Walt unterbrach sich flüchtig, als hätte David einen Musikwunsch geäußert, der nicht zu seinem Repertoire gehörte. Dann begann er von Neuem, wenngleich ein bisschen leiser, während er am Tresen entlangtänzelte. »*Please keep your heart / While we're apart / Don't linger in the moonlight when I'm gone.*«

Von den Gästen am Tresen kam ein halbherziges »Pa-pa-papayas«.

»Mein Gott, Big Boy!«, sagte Walt und rutschte auf seinen angestammten Barhocker neben Horace, der wohlweislich früher gekommen war, um in Ruhe seinen blutigen Burger zu essen. »Wie hast du nur eine solche Frau laufen lassen können?«

Walt und Janine waren in einem Bed & Breakfast an der Küste gewesen, das jetzt, in der Nebensaison, besonders günstige Tarife anbot. Janine hatte von Flitterwochen auf Aruba geträumt, wie Miles zufällig wusste.

»Sieh zu, dass die Sterne dir nicht den Kopf verdrehen.« Horace wischte mit seiner benutzten Serviette die Tresenoberfläche zwischen ihnen sauber, um Platz für die Spielkarten zu schaffen.

»Und dass der Mond dir nicht das Herz bricht«, fügte Buster hinzu, ohne sich zu ihm umzudrehen. Seine erste Schicht seit seiner Rückkehr war fast vorbei, und er goss Essig auf den heißen Grill, dass es zischte und schäumte. Ein paar Sekunden lang hing beißender Geruch in der Luft, sodass es jedem am Tresen die Tränen in die Augen trieb, doch ebenso schnell war es auch wieder vorbei, mit dem unterschwelligen Versprechen, dass alles, was so intensiv schrecklich sein konnte, dazu bestimmt war, schnell wieder zu vergehen.

»Wo warst du letzten Samstag?«, rief Walt David über die Länge des Tresens hinweg zu. »Du hast eine Wahnsinnsparty verpasst.«

Miles hatte gehört, dass, nachdem er gegangen war, seine Exfrau mehrere starke Männer an den Rand der Erschöpfung getanzt, sich sehr betrunken und die Band beschimpft hatte, als die schließlich ihre Instrumente einzupacken begann.

David faltete seine Zeitung zusammen, stand auf und griff zu einer frischen Schürze. »Ach, irgendwie hatte ich keinen Bock darauf, keine Ahnung, warum«, erwiderte er.

»Rommé«, sagte Horace, legte alle seine Karten ab und zog sich den Notizblock heran, auf dem sie sich die Augensummen notierten. »Endlich einmal eine ehrliche Antwort, was?«, sagte er, mehr zu Miles als zu Walt.

»Eifersüchtig ist er, mehr nicht«, sagte Walt fröhlich, der noch gar nicht bemerkt hatte, dass Horace Rommé gemacht hatte. »Er ist genauso eifersüchtig wie Big Boy. Sie tun zwar, als wären sie es nicht, aber ich weiß es besser.«

»Ja, daran wird's wohl liegen«, sagte Horace. »Verrätst du mir, auf wie vielen Punkten ich dich hab sitzen lassen, oder soll ich schätzen?«

Erst jetzt blickte Walt auf die Karten, die Horace abgelegt hatte.
»Du kannst unmöglich schon Rommé gemacht haben.«
»Gut, dann sag mir, wie man das sonst nennt.«
Der Silver Fox legte seine Karten ab und begann leise die Augen seiner Karten zu addieren.
»Komm, ich mach es dir einfach. Zweiundfünfzig plus den Rommé-Bonus ist zweiundsiebzig«, sagte Horace und schrieb die Zahl auf. »Ich hoffe, du nimmst es mir nicht übel, wenn ich dich heute ein bisschen zügiger als sonst schlage. Ich muss nachher nach Augusta zur Abstimmung über das Schulbudget und hab daher nicht viel Zeit.«
»Zweiundsiebzig«, sagte Walt, nachdem er seine eigenen Berechnungen abgeschlossen hatte.
»Kannst du das für mich öffnen?« Buster reichte Miles ein großes Glas Essiggurken und rieb sich das Handgelenk. Busters Auge eiterte nicht mehr, war aber noch immer rot und zugeschwollen und schrecklich anzusehen. Außerdem sah er aus, als hätte er seit dem Sommer gute zehn Kilo abgenommen. »Borreliose« lautete die Diagnose seines Arztes. »Ich habe überhaupt keine Kraft mehr.«
Horace schüttelte den Kopf. »Nach fünfunddreißig Jahren Onaniertraining könnte man doch meinen, du hättest genug Kraft in dieser Hand, um ein Gurkenglas aufzuschrauben.«
»Geh nach Hause, Buster«, sagte Miles. »Ich übernehme jetzt.«
Widerspruchslos legte der Grillkoch die Schürze ab und reichte sie Miles. »Morgen geht's mir besser, versprochen.«
»Gib das her«, sagte Walt und meinte das Gurkenglas. Er hatte sich oben herum bereits bis auf sein eng anliegendes Gewichtheber-Shirt ausgezogen, als erforderte das Kartenspielen mit Horace uneingeschränkte Bewegungsfreiheit. Miles, der Walt Comeaus Vorliebe für alles Sexuelle kannte, vermutete, dass dieser sogar noch mehr Gefallen daran fand, ein Konservenglas zu öff-

565

nen, an dem jemand anders gescheitert war. Daher ignorierte er ihn, nahm einen Deckelöffner zur Hand und schraubte den Deckel mühelos vom Glas.

»Das ist geschummelt«, sagte Walt. »So kriegt jeder ein Glas auf.«

»Rommé«, sagte Horace und legte erneut seine Karten hin.

»Jedes Kind kann damit ein Gurkenglas öffnen«, sagte Walt zu Horace, der ihn aus ihm unerfindlichen Gründen angrinste. »Was heißt hier Rommé?«

»Neunundsechzig plus Rommé-Bonus«, erklärte Horace und schrieb »89« auf den Notizblock.

»Siebenundachtzig«, sagte Walt, nachdem er seine Berechnungen abgeschlossen hatte. Angewidert schob er seine Karten zu seinem Gegner hin.

»Zähl sie noch mal«, schlug Horace vor, indem er sie zurückschob.

Das tat er, um eine Minute später seine Strichliste zu revidieren. »Neunundachtzig.«

Horace zeigte auf den Notizblock, wo er genau diese Zahl notiert hatte.

»Hätte ja sein können, dass *du* dich geirrt hast«, sagte Walt. »Ist dir das noch nie passiert?«

Horace mischte und ließ Walt abheben. »Klar, ist schon mal vorgekommen. Aber ich ziehe es vor, zuerst das näherliegende Szenario auszuschließen.«

Walt war zu sehr damit beschäftigt, jede Karte einzeln aufzunehmen und umständlich zu arrangieren, um auf diese Beleidigung zu reagieren. »Ich habe gehört, du kriegst Konkurrenz, Big Boy«, sagte er, als sein Blatt ausreichend Sinn für ihn ergab, um eine Karte abzulegen.

David stand am Kühlschrank, und Miles, der kurz zu ihm hinübersah, bemerkte, dass sein Bruder nicht für eine Sekunde in seinem Tun innehielt. Miles wünschte, man würde ihm auch nichts anmerken, spürte jedoch, dass Horace ihn neugierig musterte.

»Wie meinst du das, Walt?«, fragte er und bemühte sich, seine Stimme normal klingen zu lassen.

»Janine hat mir gesagt, ihre Mutter will wieder Mittagessen im Callahan's servieren«, berichtete der frischgebackene Ehemann und nahm eine von Horace' abgelegten Karten auf. »Irgendwann nächsten Monat.«

»Ich wünsche ihr viel Glück«, sagte Miles und meinte es auch so. Tatsächlich hatte er fast den ganzen Morgen mit einem Elektriker in Beas Kneipe verbracht. Der leider keine guten Nachrichten zu verkünden hatte. Nicht ein einziger Zentimeter der Leitungen in der Küche – im ganzen Haus, um genau zu sein – entsprach den Bauvorschriften, was so lange in Ordnung war, wie man das Haus in Ruhe ließ. Bei einer Renovierung musste laut einer Verordnung des Bundesstaats hingegen dafür gesorgt werden, dass sie dem gesetzlichen Standard entsprachen, was bedeutete, dass *alle* alten vorsintflutlichen Leitungen erneuert werden mussten. Weder Bea noch Miles konnten die erforderliche Summe aufbringen, ohne zur Bank zu gehen, was sie jedoch nicht tun wollten, weil sonst ihre Pläne öffentlich werden würden. Vor allem Miles wollte sie geheimhalten, zumindest bis Ende Oktober, wenn Mrs Whiting üblicherweise zu ihrem Winterdomizil aufbrach.

»Als ihr Mann noch lebte, sind mittags jede Menge Pastrami-Sandwiches über den Tresen gegangen. Die waren garantiert fünf Zentimeter dick, sodass man Mühe hatte, davon abzubeißen.«

David hob einen Rost mit einem mit Kräutern eingeriebenen Braten aus dem Kühlschrank. Als er in seiner lädierten Hand plötzlich nicht mehr genug Kraft hatte, entglitt er ihm und krachte auf die mit Bratensaft getränkte Bratpfanne darunter. Er drehte sich um und erwiderte Miles' Blick – ja, er hätte um Hilfe bitten sollen; nächstes Mal würde er es tun, vielleicht. »Und, hast du dir auch ein Sandwich gegönnt?«, fragte David und sprach damit seinem Bruder aus der Seele.

»Weißt du was?«, sagte Walt und musterte seinen Gegner argwöhnisch. »Ich klopfe mit drei Punkten.«

Horace wirkte leicht unterfordert angesichts dieses Manövers. »Acht minus deiner drei«, sagte er und zeigte Walt sein Blatt, ehe er die mickrigen fünf Punkte in seine eigene noch jungfräuliche Spalte eintrug.

»Du hattest schon wieder meine verdammte Karte«, sagte Walt. »Wie kommt es, dass du mir nie die Karte gibst, die ich brauche?«

»Weil du dann gewinnen würdest und ich verlieren.«

Miles sah draußen einen Streifenwagen vorbeifahren, konnte aber nicht erkennen, ob Jimmy Minty am Steuer saß. Er verfolgte, wie der Wagen langsam die Straße hinunterfuhr, und rechnete fast damit, dass er abbremste, eine Wendung vollzog und am gegenüberliegenden Bordstein anhielt. Vergangene Woche hatte er Minty drei Mal weiter oben an der Straße parken sehen, und beim letzten Mal war er so wütend geworden, dass er den Polizeichef angerufen hatte.

»Warum observiert Jimmy Minty das Empire?«

»Das tut er nicht. Wir haben eine Radarfalle dort installiert«, erklärte Bill Daws. »Die verdammten Kids glauben, nur weil kaum mehr jemand hier wohnt, könnten sie mit achtzig Sachen durch die Innenstadt brettern. Darf ich fragen, was zwischen euch beiden eigentlich los ist?«

»Hm, schwer zu erklären«, sagte Miles.

»Versuche es.«

»Er meint sich daran zu erinnern, dass wir mal Freunde waren. Vielleicht waren wir es ja auch.«

»Aber ihr seid es nicht mehr.«

»So ist es.«

»Hör zu, ich wollte dich eigentlich auch schon anrufen. Falls niemand etwas unternimmt, fürchte ich, dass er interimsmäßiger Polizeichef wird, wenn ich weg bin.«

»Du gehst weg, Bill?«

»Scheint so. Ich habe Krebs, aber das ist nicht offiziell.«

»O mein Gott, Bill.«

»Verdammt, bisher hat es das Leben recht gut mit mir gemeint, und jetzt das.«

»Bekommst du Chemotherapie?«

»Sicher. Schon seit einer Weile. Und die verdammte Chemo bringt mich um. Wie auch immer, Minty hat Freunde an hoher Stelle«, sagte Bill Daws, »darunter auch eine Freundin von dir. Vielleicht solltest du mit ihr reden. Es heißt, sie hört auf dich.«

»Na ja, sie hört mir zu. Allerdings tut sie nie etwas von dem, was ich ihr sage.«

»Trotzdem, du würdest der Stadt einen großen Gefallen tun, wenn du es wenigstens versuchen würdest. Es gibt nichts Schlimmeres als einen schlechten Bullen.«

»O ja. Und tut mir leid, Bill. Kann ich noch irgendwas für dich tun?«

»Kein Wort zu irgendjemandem.«

Nach diesem Gespräch war dies der erste Streifenwagen; am unteren Ende der Empire Avenue bog er nach links ab und verschwand im selben Moment, als Tick um die Ecke kam und die Straße hinauf in Richtung des Diners ging. Vielleicht bildete Miles es sich nur ein, aber in letzter Zeit schien seine Tochter trotz ihres schweren Rucksacks ein wenig aufrechter zu gehen. Das Beste an Janines und Walts Flitterwochen war, dass er in diesen Tagen im Haus übernachtet hatte, damit Tick nicht allein war. Er schlief auf dem Sofa und ging zum Duschen in seine Wohnung, aber es hatte sich dennoch ziemlich komisch angefühlt, wieder in dem Haus zu sein, das für so viele Jahre sein Zuhause gewesen war.

Er hatte sich bemüht, nicht verbittert zu sein über dessen Verlust, sondern einfach nur die Gegenwart seiner Tochter zu genießen, und meistens war es ihm sogar gelungen. Ticks Aufmerksamkeit verteilte sich indes ziemlich ungleichmäßig auf ihren Vater und ihre Computertastatur, auf der sie fieberhaft tippte, und der Junge, den sie auf Martha's Vineyard kennengelernt hatte, musste das Gleiche tun, jedenfalls wanderten unzählige E-Mails hin und her. In dem Brief, den er ihr zwei Wochen zuvor geschrieben hatte, hatte er ihr seine E-Mail-Adresse mitgeteilt, und offenbar konnten sie sich auf diese Weise, von Tastatur zu Tastatur, unterhalten. Was für eine intime Situation. Hin und wieder, während Miles im Raum nebenan in einem Buch las, hörte er seine Tochter glucksen, und wenn Miles hinüberspähte, sah er, wie ihr Gesicht vor dem Computerbildschirm strahlte – ein Mädchen, gefangen in einer Cyber-Romanze. Konnte man so etwas »real« nennen? Miles beschloss, dass man es konnte, zumindest, wenn es der Grund dafür war, dass ihr Rucksack nicht mehr so schwer auf ihr lastete.

Wer an diesem Nachmittag neben ihr hertrottete, war John Voss mit seiner langen, ungelenken Gestalt, der an diesem Abend David bei einer geschlossenen Veranstaltung zur Hand gehen würde. Die beiden gaben ein merkwürdiges Paar ab – seine Tochter und John –, aber allem Anschein nach unterhielten sie sich, was eigentlich nicht merkwürdig hätte sein sollen, es aber war. Auf gewisse Weise war der Umstand, dass Tick mit diesem sonderbaren Jungen an ihrer Seite sprach, merkwürdiger als ihre nächtlichen Konversationen mittels einer Computertastatur mit einem Jungen, der tausend Meilen entfernt wohnte. Als sie beim Lokal ankamen, huschte John Voss stumm und nervös wie immer in die Spülküche zu seinen schmutzigen Töpfen und Pfannen. Er arbeitete nun schon seit drei Wochen im Empire Grill, und Miles' anfänglicher Eindruck, dass er eine tüchtige und verlässliche Aushilfe sei, hatte sich bestätigt. Manchmal, an den Wochenenden, wünschte Miles, der Junge hätte einen zusätzlichen Gang, aber er arbeitete stetig und effizient, um nicht zu sagen: fast wie unter Zwang. Anweisungen befolgte er tadellos, und Miles hatte ihm sogar beigebracht, wie man die verkrustete Seife aus den Sprühdüsen des Spülers entfernte. Doch obwohl er antwortete, wenn man ihn etwas fragte, war es unmöglich, ihn in ein normales Gespräch zu verwickeln. Als Miles ihm seinen ersten Gehaltsscheck gab, sah der Junge ihn an, als wüsste er nicht, was man damit anfangen konnte, und erst hinterher dämmerte es Miles, dass er wahrscheinlich wirklich nicht wusste, wie man ihn in Bargeld verwandelte. Also begleitete Miles ihn zur Empire National hinunter, half ihm, ein Sparkonto zu eröffnen, und zeigte ihm, wie man Geld einzahlte. Der Junge bedankte sich sogar bei ihm, wenngleich reichlich unbeholfen, aber als er am nächsten Tag zur Arbeit erschien, schenkte er Miles weder ein Lächeln noch ein anderes Zeichen des Erkennens, als hätte es den gestrigen Tag nicht gegeben. In den drei Wochen ihrer Bekanntschaft hatte John Voss Miles nicht ein Mal in die Augen gesehen, und selbst Charlene hatte in ihrem Unterfangen kaum Fortschritte gemacht.

Tick gab ihrem Onkel einen Kuss und ließ ihren schweren Rucksack mit einem dumpfen Geräusch auf den Boden plumpsen, sodass die Gläser und Kaffeetassen auf dem Tresen kurz erbebten, dann gewährte sie ihrem Vater eine Umarmung, bei der sie sich auf ihre typische Art seitlich zu ihm hindrehte.

»Hey, du Süße!« Walt schwenkte auf seinem Barhocker zu ihr herum und breitete die Arme aus. »Bekomme ich auch eine?«

Tick nahm weder den Mann noch das Geräusch, das er machte, zur Kenntnis. Offenbar hatte ihm die Tatsache, dass er ihr einen Internetanschluss auf ihrem Computer eingerichtet hatte, keinerlei Zuneigungspunkte eingebracht. »Ich hab ein neues Empire-Erlebnis gehabt!«, verkündete sie gegenüber ihrem Vater. »Hast du die Menütafel am Lamplighter gesehen?«

Miles versuchte sich zu erinnern, ob er in den letzten Wochen dort vorbeigefahren war, und schüttelte dann den Kopf.

»Ihr neues Spezialgericht ist ›Huhn in Grillsauce gekleidet‹.«

Miles gluckste und fragte sich, ob es ihm selbst aufgefallen wäre. Dann fiel ihm etwas ganz anderes ein, da sich das Lamplighter am Fairhaven-Highway befand. »Wann warst du dort?«

»Ach, viele meiner Freunde haben inzwischen ihren Führerschein«, sagte sie und schenkte zwei Cokes ein, eine für sich und eine, wie er vermutete, für John. »Aber keine Angst, ich war nicht im Motel.«

»Das hätte ich auch nie vermutet.« Die Formulierung »viele meiner Freunde« ließ ihn lächeln. Noch vor nicht allzu langer Zeit hatte sie beteuert, sie habe *keine* Freunde. Und nun hatte sie jede Menge, manche mit Führerschein, einen sogar im entfernten Indiana.

»Wie stehen die Chancen, dass wir nächsten Sonntag nach Boston fahren? Die Van-Gogh-Ausstellung geht nur noch zwei Wochen.«

»Mal sehen, ob dein Onkel Lust hat, am Sonntagmorgen für mich Spiegeleier zu braten.« Er unterbrach sich. »Hey, könnte es sein, dass Indiana Jones in nächster Zeit einen Abstecher nach Boston plant?«

»Ja, nächsten Sonntag«, antwortete sie und bemühte sich, nicht zu lächeln. Offenbar amüsierte es sie genauso, dass er ihr auf den Trichter gekommen war, wie ihn zuvor das vornehme Hähnchengericht.

»Und dieser Junge ist auch ein Bewunderer van Goghs?«

»Donny«, sagte sie und verschwand in die Spülküche. Bevor die Tür hinter ihr zuschwang, erhaschte Miles einen Blick auf den vor der geöffneten Spülmaschine knienden John Voss, wobei aus dem Gerät dicke Dampfschwaden drangen. Den Eispickel in der Hand, spähte der Junge in die Innereien der Maschine.

»Hey, Big Boy, die hat einen Wert von hundert Dollar!«, dröhnte Walt vom anderen Ende des Tresens. Nachdem der Silver Fox beim Rommé erneut eine saftige Niederlage bezogen hatte, ging er nun, wie unschwer vorauszusehen gewesen war, dazu über, Miles zu einer Runde Armdrücken zu überreden. Als Ansporn bot er ihm eine dreimonatige Mitgliedschaft in seinem Fitnessstudio an, die, wie er behauptete, Miles' Leben von Grund auf verändern würde, indem sie sein Selbstwertgefühl erhöhe. Nach seiner Heirat mit Janine schien Walt entschlossener denn je, ihren Exmann für den erlittenen Verlust zu entschädigen. »Jemand mit nur 'n bisschen Grips im Kopf würde ein solches Angebot bestimmt nicht ablehnen.«

»Meinst du, es gelingt mir, dich zu überreden, mich nächsten Sonntag zu vertreten?«, fragte Miles seinen Bruder.

David seufzte – aus gutem Grund, denn bereits während Miles' Krankenhausaufenthalt hatte er dessen Schichten übernehmen müssen. »Was ist eigentlich mit Buster? Hat er neulich nicht gejammert, dass er mehr Stunden bräuchte?«

»Ihn könnte ich auch fragen«, antwortete Miles. Wenn David Nein sagte, würde ihm gar nichts anderes übrig bleiben. »Ich fürchte nur, er kommt nicht aus den Federn, wenn er Samstagnacht einen draufgemacht hat.« Der Arzt hatte Buster ins Gewissen geredet, das Trinken zu lassen, solange er nicht wieder völlig hergestellt war. Aber ein Samstagabend ohne Besäufnis lief dem Instinkt dieses Mannes offenbar zuwider.

»Du weißt, wie sehr ich das Frühstückgeschäft hasse, Miles.«

»Ich habe Tick versprochen, mit ihr nach Boston zum Museum of Fine Arts zu fahren«, erklärte Miles mit gesenkter Stimme, damit Walt es nicht hörte und womöglich anbot, für ihn einzuspringen. »Die Ausstellung, die sie anschauen will, läuft nicht mehr lange.«

»Okay.«

»Es sei denn, du möchtest mit ihr nach Boston fahren. Das würde ihr natürlich gefallen.«

»Nein, fahr du ruhig.« David öffnete die Ofentür und warf einen Blick auf den Braten. Er hatte auch ein Blech voll roter Kartoffeln mit Kräutern vorbereitet; Miles nahm es und schob es in die Schiebeleiste über dem Rinderbraten. Wäre er nicht zur Stelle gewesen, hätte David es auch irgendwie hingekriegt, indem er eine Seite des Blechs auf dem Unterarm balanciert, es mit der gesunden Hand festgehalten und in den Ofen geschoben hätte. Seine Ungeschicklichkeit mit der versehrten Hand war ein Grund dafür, dass er nicht gern weite Strecken mit dem Wagen fuhr, wie Miles wusste. Wobei das Fahren auf dem Highway wesentlich einfacher war als das Manövrieren im Stadtverkehr, aber mit nur einer voll einsatzfähigen Hand fürchtete sich David vor einer Notsituation, vor allem wenn Tick in seinem Truck mitfuhr.

»Wenn wir schon dabei sind zu flüstern«, sagte David, »wie lange gedenkst du die Sache mit dem Callahan's noch für dich zu behalten?« Laut Plan sollten sie zu Thanksgiving, spätestens zu Weihnachten aus dem Empire Grill ausgezogen sein. Das Problem war, dass der Plan bereits jetzt zu scheitern drohte, und die Hiobsbotschaft, die der Elektriker an diesem Morgen verkündet hatte, war nur die jüngste einiger schlechter Nachrichten.

»So lange wie möglich«, sagte Miles. »Lassen wir das Geheimnis sich selbst lüften, wenn die Zeit gekommen ist.« Er wusste indes, was sein Bruder meinte. Sie würden nicht mehr lange verheimlichen können, dass sie so viel Zeit bei Bea drüben verbrachten. Und dann waren da die vielen Telefonate, die Miles mit gesenkter Stimme führte, weil in der Regel Gäste in Hörweite waren, aber bekanntlich erregte nichts so sehr die Neugier der Leute wie ein geflüsterter, vertraulicher Tonfall.

»Das verstehe ich nicht«, sagte David. Er hatte sich über Miles' unerwarteten Gesinnungswandel gefreut, aber dass er ihm nicht erklären wollte, was ihn bewirkt hatte, beunruhigte ihn. Und dass er nun darauf beharrte, die Sache geheim zu halten, ergab für ihn erst recht keinen Sinn. »Sie kann sowieso nichts dagegen tun, auch wenn sie wollte. Du hast ja selbst gesagt, dass sie wahrscheinlich entzückt sein wird, den Laden endlich dichtmachen zu können. Am besten, du schenkst ihr reinen Wein ein. Außerdem schuldest du es ihr.«

»Hast du mir nicht immer erzählt, was ich ihr alles *nicht* schulde? Im Übrigen bin ich mir nicht so sicher, ob sie tatsächlich nichts tun kann, wenn sie wirklich will.«

»Wäre es in diesem Fall nicht besser, es so früh wie möglich zu erfahren?«

»Ich möchte lieber warten, bis sie in ihr Winterdomizil aufgebrochen ist. Ich weiß nicht, warum sie immer noch hier ist, und kann das Gefühl nicht abschütteln, dass es unseretwegen ist.«

»Ich glaube eher, dass sie in Sachen Stadtentwicklungskommission unterwegs ist«, sagte David, was durchaus einleuchtend klang. »Es heißt, sie hatte diese Woche einen Haufen Besucher draußen in ihrer Hazienda.«

»Wieder schwarze Limousinen mit Massachusetts-Nummernschildern?«

»Okay«, sagte sein Bruder kleinlaut. »Aber wenn du recht hast und sie tatsächlich Verdacht geschöpft hat und dir Probleme machen will, dann solltest du das herausfinden, bevor du Kredite aufnimmst und Verpflichtungen eingehst. Wer weiß, wenn sie merkt, dass ihr die Felle davonschwimmen, gibt sie in Sachen Alkohollizenz vielleicht doch noch nach, und du musst gar nicht umziehen.«

»Das könnte ich Bea nicht antun.«

»Nein, da hast du recht. Worauf ich hinauswill: Das Ganze wird früher oder später sowieso herauskommen. Du bist nicht der geborene Geheimniskrämer.«

Miles ging nicht auf diese Bemerkung ein. Er hatte zu niemandem, einschließlich seines Bruders, ein Wort gesagt, dass er »Charlie Mayne« auf dem Zeitungsfoto identifiziert hatte, obwohl diese Entdeckung den Stein ins Rollen gebracht hatte. An jenem Sonntagmorgen hatte er das Gefühl gehabt, dieses Wissen würde irgendwo in seinem Bauch Wurzeln schlagen, und er stellte sich vor, wie sich dessen Tentakel in andere Körperteile ausbreiteten. War die Tatsache, dass er und sein Bruder sich noch nie unbeschwert hatten unterhalten können, der Grund dafür, dass er ihn nicht in sein Geheimnis einweihte? Von allen Themen, über die sie sich im Laufe der Jahre ausgeschwiegen hatten, nahm ihre Mutter die erste Stelle ein. Oder aber David wusste es bereits – womöglich würde sein Bruder, wenn Miles endlich mit der Sprache herausrückte, einfach sagen: Du liebe Güte, Miles, hast du *das* auch schon herausgefunden?

Es wäre leichter gewesen, sich Father Mark anzuvertrauen, aber aus unerfindlichem Grund hatte Miles auch ihm nichts gesagt. Tatsächlich war er seit dem Nachmittag, als er die Farbe von der Südfassade gekratzt und sich vorgestellt hatte, wie Father Tom seine Mutter auf die andere Seite der Iron Bridge geschickt hatte, um Buße zu tun, nicht mehr auf dem Kirchengelände gewesen. Jetzt war er sich nicht einmal mehr sicher, ob er je wieder hinginge, und sei es nur ins Pfarrhaus. Irgendwie hatten sich die Tentakel seines Geheimnisses auch um seine bislang so unbeschwerte Freundschaft mit Father Mark gewunden und die ganze Freude herausgepresst. Der Pfarrer hatte ihn im Krankenhaus besucht, war aber nicht lange geblieben und hatte abwesend gewirkt. Ihre Unterhaltung war so bemüht gewesen wie an dem Nachmittag, an dem Father Tom verschwunden war, als beide Männer ein schlechtes Gewissen dem anderen gegenüber zu haben schienen, weil keiner von ihnen vorausgesehen hatte, wozu die beiden Alten fähig waren. Wenn es einfach nur eine Frage von Scham war, würde es mit der Zeit gewiss wieder verschwinden, aber Miles fürchtete, es handelte sich um etwas Komplexeres. Im Moment überwog bei ihm das Gefühl, dass die Kirche – oder jedenfalls Father Tom als deren Vertreter – seiner Mutter nicht nur keine Hilfe war, als sie sie so verzweifelt brauchte, sondern sie in noch tiefere Verzweiflung gestürzt hatte, und so hatte er vorerst für sich beschlossen, sich allein auf sich zu verlassen, genau wie Grace es schließlich getan hatte.

»Ich weiß, ich sollte mich nicht einmischen«, sagte David, »aber ich finde wirklich, du solltest diese Frau anrufen.«

Miles seufzte. Er wusste, David sprach jetzt nicht mehr von Mrs Whiting, sondern von deren Tochter, die ihn letzte Woche im Krankenhaus angerufen hatte und dann noch zweimal im Diner. Es war ihm gelungen, sie abzuwimmeln, indem er ihr vage ein Abendessen im Empire Grill in Aussicht gestellt hatte, sobald er wieder genesen sei, ein Versprechen, das er nicht gehalten hatte.

Noch ein Problem, um das sich die Tentakel rankten. War es denkbar, dass Cindy bereits die Wahrheit kannte? War das der Grund, warum sie ihn zum Friedhof mitgenommen hatte, um an den Gräbern der beiden Liebenden innezuhalten? Hätte er am nächsten Morgen überhaupt diese Verbindung anhand des Zeitungsfotos hergestellt, hätte Cindy ihm nicht eine Vorahnung vermittelt? Unwillkürlich ließ Miles die ganze Vergangenheit im Licht der grausamen Möglichkeit Revue passieren, dass Cindy es von Anfang an gewusst hatte. Insbesondere die Nachmittage nach der Schule, als Cindy und er auf das Erscheinen von Mrs Whitings schwarzem Lincoln gewartet hatten, und wie dezidiert die junge Cindy ihre Abneigung gegen Emily Dickinson zum Ausdruck gebracht hatte. War sie aus einer düsteren Notwendigkeit heraus Expertin darin geworden, sich schmerzhaften Wahrheiten zu verschließen? Miles konnte sich fast bildhaft vorstellen, wie Mrs Whiting ihr zugeflüstert hatte: *Weißt du, wer diese Frau, die so nett zu dir ist, in Wirklichkeit ist? Die Frau, die dein Vater geliebt hat, mit der er weglaufen wollte. Und der Junge, den du so magst? Das Kind, das er statt deiner mitnehmen wollte.* Miles erinnerte sich auch an das Buch, das Cindy in ihrer Schultasche versteckt hatte: »Das Ding zwischen seinen Beinen, so seltsam und zugleich erregend, ließ Pams Muschi zusammenzucken.« Hatte diese schäbige Lektüre dem armen Mädchen auf gewisse Weise zu verstehen geholfen, was sich zwischen Männern wie ihrem Vater und Frauen wie Grace abspielen konnte? Hatte sich Cindy vielleicht nur in Miles verliebt, weil man ihr gesagt hatte, dass ihr Vater ihn ihr vorgezogen habe?

Er versuchte, diese Fragen mit kühlem Kopf anzugehen, um logische Antworten zu erhalten, doch stattdessen taten sich nur weitere Fragen auf. Da Cindy das Andenken ihres Vaters in Ehren hielt, schloss er, war es eher wahrscheinlich, dass sie die Wahrheit nicht kannte. Sie schien für die Tatsache, dass er seine Familie verlassen hatte, ihre Mutter verantwortlich zu machen und nicht Grace, die sie in liebevoller Erinnerung bewahrte. Wenn es in ihren Augen zwischen diesen beiden Menschen eine Verbindung gab, dann in ihrer Liebe zu ihr, Cindy, nicht füreinander. Doch gab es – ob für Kinder oder Erwachsene – etwas Verwirrenderes als Liebe? Ja, er sollte sie anrufen. Sein Bruder hatte recht. Aber er würde es dennoch nicht tun. Noch nicht.

»Hör zu«, sagte David, als Miles seinen Rat mit Schweigen quittierte. »Vergiss, was ich gesagt habe. Es geht mich nichts an, ich weiß.«

»Nein. Es ist ein guter Ratschlag. Mehr noch, du hast mir in letzter Zeit nur gute Ratschläge erteilt, ich hätte sie besser befolgen sollen.«

»Na ja, ich habe ja auch nie auf dich gehört, als ich es besser hätte tun sollen. Ich hoffe nur, dass du nicht erst mit achtzig Sachen in einem Baum landen musst, so wie ich.«

»Vielleicht ist es genau das, was ich brauche.« Miles hatte das Gefühl, dass es ihm auf gewisse Weise schon widerfahren war. »In letzter Zeit warst du derjenige, der die Sache im Griff hatte, nicht ich.«

David schüttelte den Kopf. »Aber nicht der Baum hat das bewirkt. Damals hatte ich alles schon so gründlich verbockt, dass niemand mehr mit mir gerechnet hatte, als ich endlich mit mir ins Reine kam. Von wegen im Griff haben, ich würde eher sagen, ich habe gerade noch mal die Kurve gekriegt. Nein, eine solche Bruchlandung würde ich dir nicht als Strategie empfehlen. Es gibt zu viele Menschen, die dir nie wirklich vergeben würden.«

Miles hätte das gern geleugnet, zumindest vor sich selbst, konnte es aber nicht. Er hatte seinem Bruder eigentlich verzeihen wollen, hatte wahrscheinlich sogar geglaubt, er hätte es. Auch hatte er gedacht, er würde David inzwischen vertrauen, stattdessen war er aus alter Gewohnheit die ganze Zeit darauf gefasst, dass er wieder Bockmist baute, obwohl das schon lange nicht mehr passiert war.

»Warum gehst du nicht nach oben und legst dich aufs Ohr?«, schlug sein Bruder ihm vor. »Du siehst ganz schön erschlagen aus.«

»Das tue ich vielleicht. Braucht ihr mich heute Abend?«

»Nun, ich wäre blöd, wenn ich das Angebot ausschlagen würde.« David grinste, ein Gegenangebot, wie Miles begriff.

Während er nach oben stapfte, klingelte in seiner Wohnung das Telefon. Da sie gerade erst über sie geredet hatten, erwartete Miles, es sei Cindy Whiting, aber er irrte sich.

»Bist du schon fertig mit der Kirche?«, sagte die Stimme am anderen Ende der Leitung.

»Hallo Dad«, sagte Miles. »Wo bist du?«

»Kommst wohl nicht mehr so gut voran, jetzt, wo ich weg bin und du dich nicht traust, die Leiter hochzuklettern.«

»Es liegt wohl eher daran, dass ich außer Gefecht gesetzt war.«

»Wie das?«

»Ich war ein paar Tage im Krankenhaus.«

»Hab mich schon gewundert, wo zum Teufel du steckst. Hab ein paar Mal angerufen.«

»Außerdem haben Janine und Walt Comeau letztes Wochenende geheiratet.«

»Gut für sie.«

»Danke, Dad«, sagte Miles. »Hör zu. Hattest du mir schon gesagt, wo du steckst? Habe ich da vielleicht etwas überhört?«

»Florida«, sagte Max, als wüsste das jeder. »Du solltest auch herkommen. Super Ort für einen alleinstehenden Mann.«

»Wo ist Father Tom?«

»Am anderen Ende des Tresens. Er hat den zweiten Platz im Hemingway-Doppelgänger-Wettbewerb gewonnen. Er hat jetzt einen Bart. Ganz weiß natürlich.«

»Wie konntest du das tun, Dad?«

»Zulassen, dass er sich einen Bart wachsen lässt? Warum nicht?«

»Du weißt genau, was ich meine. Wie konntest du einem senilen Pfarrer Geld abluchsen und mit ihm nach Florida abhauen, um es dort zu versaufen?«

»Ich habe keinen Cent von ihm genommen.«

»Nein, du lässt ihn einfach nur für alles bezahlen, stimmt's?«

Das leugnete Max nicht.

Miles massierte sich die Schläfen. Dass die beiden alten Knacker es bis nach Florida geschafft hatten, war allerdings erstaunlich. Wie war es ihnen gelungen, auf der ganzen Strecke nach Key West hinunter nicht von der Autobahnpolizei erspäht zu werden, die dazu angehalten worden war, nach einem violetten Crown Victoria mit zwei alten Männern darin Ausschau zu halten, die aussahen, als wären sie aus dem Irrenhaus entlaufen? »Ist der Wagen noch heil?«

»Glaub schon. Wir haben ihn an der privaten Anlegestelle stehen lassen.«

»An welcher privaten Anlegestelle bitte schön?«

»In Camden.«

»Gratuliere. Jetzt hast du es geschafft, dass ich vollends den Faden verliere.«

»Wir sind auf der *Lila Day* hergeschippert. Tom und ich als Crew.«

»Warte mal. Du willst mir doch nicht weismachen, dass du und Father Tom einen *Schoner* von Camden, Maine, bis zu den Florida Keys hinuntergesegelt habt?«

»Nicht wir allein natürlich, Dummerchen. Käpt'n Jack und noch vier Jungs. Ich bin ein alter Seebär, das weißt du doch.«

Du bist ein alter Irgendwas, dachte Miles.

»Einmal ist Tom über Bord gegangen, aber wir haben ihn wieder rausgefischt. Danach war er ein bisschen vorsichtiger.«

Miles versuchte sich den alten Pfarrer in eine Rettungsweste eingepackt vorzustellen, wie er in einem Segelboot auf rauer See frierend auf und ab wippte. Die Vorstellung, dass das eine Art gerechter Ausgleich war, gefiel ihm, war der alte Mann doch so herzlos gewesen, der armen Grace ihren schweren Gang über die Iron Bridge zuzumuten. Warum gelang es ihm dann nicht, Schadenfreude zu empfinden? »Dad«, sagte er, »hast du eigentlich je daran gedacht, was du tun wirst, wenn Father Tom etwas zustößt?«

»Jo«, erwiderte sein Vater im Vertrauen darauf, dass er die Antwort auf diese Frage besser kannte als der, der sie gestellt hatte. »Rein gar nichts.«

Okay, wahrscheinlich hatte er recht.

»Warum soll er nicht auch ein bisschen Spaß haben?«, wollte Max wissen, da sie schon einmal beim Fragenstellen waren. »Alte

Männer wollen nämlich auch ihren Spaß, weißt du. Und hier unten mögen die Leute alte Männer.«

»Warum das denn?«

»Das sagen sie nicht«, erwiderte Max ernst. »Tom nimmt jeden Nachmittag hinten in der Bar die Beichte ab. Das solltest du echt mal sehen.«

»Das ist abscheulich, Dad.«

»Warum? Denk doch mal nach.«

»Es ist frevelhaft.«

»Deine Mutter hat dich echt verbockt, weißt du das?«

Und genau dieser Bemerkung hatte es noch bedurft, der bloßen Erwähnung von Grace, und plötzlich war die Frage heraus, noch bevor Miles sich überlegen konnte, ob es klug war, sie zu stellen. »Warum hast du mir nie von Mom und Charlie Whiting erzählt, Dad?«

Max antwortete, ohne zu zögern, als rechnete er seit vielen Jahren mit dieser Frage. »Warum hast du es mir nie erzählt, mein Sohn?«

Kapitel 24

»Und was machen wir jetzt hier?«, quengelte Justin Dibble, und Zack Minty bereute ungefähr zum zehnten Mal in der letzten halben Stunde, ihn mitgenommen zu haben. Zack hatte Gründe gehabt, es nicht allein durchzuziehen, aber verdammt, er erinnerte sich nicht mehr an sie, und nun wollte Dibble etwas von ihm wissen, was Zack selbst nicht mehr erklären konnte.

»Darauf warten, dass es dunkel wird«, erwiderte Zack. Was auch stimmte. Er hatte in der Dämmerung den Camaro auf dem Seitenstreifen der Straße zur alten Mülldeponie geparkt, und nun saßen sie da und warteten. Das Haus, wo dieser Voss zusammen mit seiner Großmutter wohnte, war durch die Bäume hindurch gerade noch zu erkennen. Doch vom Haus würde man den Wagen nur sehen können, wenn man Ausschau nach ihm hielte.

»Du bist doch nur sauer auf ihn, weil er dich vorgeführt hat.« Justin kurbelte seine Scheibe herunter, um eine leere Cheetos-Tüte hinauszuwerfen.

»Hey, dafür kriegst du zweihundert Dollar aufgebrummt, wenn sie dich erwischen«, sagte Zack. Einer der Vorteile als Sohn eines Bullen war, dass man mit der Zeit lernte, welche Konsequenzen was hatte. Was nicht hieß, dass man nicht trotzdem das eine oder andere riskierte, aber wenigstens wusste man, wie groß die Rute sein würde, mit der sie dir den Arsch versohlten, wenn sie dich erwischten. Für Zacks Dafürhalten waren einige Gesetzesverstöße das Risiko wert, aber man musste schon strunzdumm sein, wegen einer Sechzig-Cent-Tüte eine Strafe von zweihundert Dollar zu riskieren.

»Wer soll wissen, dass ich es war?« Justin leckte sich den orangefarbigen Fettfilm von den Fingern.

»Wenn du dir die Finger am Sitzpolster abwischst, kannst du was von meinem Dad erleben.«

»Double Dibble« fuhr unbeeindruckt fort, sich die Finger abzulecken, die sauberen glänzten feucht, die anderen noch immer Cheeto-orange. »Nee, glaub ich nicht, dein Dad mag mich.«

»Aber nicht so wie diesen Wagen. Nicht mal annähernd.«

Nur noch ein orangefarbener Finger, der mittlere, war ausgestreckt. Justin saugte genüsslich daran.

»Wann soll mich John Voss vorgeführt haben, Volldepp, hm?«

»Bei dem Spiel neulich.«

Zack hatte gewusst, dass diese Antwort kommen würde. Indem er nicht gleich auf die Bemerkung einging, wollte er zeigen, dass es ihm scheißegal war. »Und wer, meinst du, hat ihm das beigebracht? Wohl ich.«

»Ja, aber jetzt ist er besser als du. Du zuckst zusammen.«

»Einen Scheißdreck mach ich.«

»Du zuckst jedes Mal zusammen.«

»Ach ja, du musst grad reden. Du machst vor lauter Angst erst gar nicht mit.«

Justin wischte unbeeindruckt die Finger an seiner Hose ab.

Zack hätte das Thema am liebsten beendet, schaffte es aber nicht. »Dass er nicht zusammen*zuckt*, liegt daran, dass er keinen *Grips* im Kopf hat. Er ist zu dumm, um Angst zu haben.«

»Aber du sagst doch immer, es gibt keinen Grund, Angst zu haben!«, widersprach Justin und betrachtete leicht bedauernd die orangefarbenen Fettstreifen auf seinen Schlabber-Chinos. »Wir sollen ruhig alle mitspielen, hast du doch gesagt, oder?«

»Man kriegt dabei 'nen Adrenalinrausch, okay? Aber was ich sagen will, ist, er ist viel zu blöd, um so was zu spüren.« Justin wirkte nicht besonders überzeugt. »Ach was soll's, leck mich. Du spielst nicht, also hast du auch niemanden zu kritisieren.«
»Ich habe einmal mitgemacht. Und es ist ein bescheuertes Spiel.«
»Ein bescheuertes Spiel, bei dem du dir in die Hosen gepinkelt hast«, erwiderte Zack höhnisch.
Eines war sicher. Zack musste mal in Ruhe seine gesamte Freundschaftssituation überdenken, die noch nie so beschissen gewesen war wie zurzeit. Noch nicht lange her, da hatte er ziemlich viele coole Freunde gehabt. Aber jetzt war er nur noch von Losern umgeben. Das passierte, wenn man nicht aufpasste.
Klar, zum Teil lag es an den Umständen. Zed und Thomas zum Beispiel waren mit ihren Eltern weggezogen, und sie waren die Besten vom ganzen Haufen gewesen. Dann hatten ein paar seiner alten Kumpels beschlossen, nichts mehr mit ihm zu tun haben zu wollen, ohne ihm zu sagen, warum. Als hätte er es sich nicht schon denken können, als sie anfingen am Pool des Country Clubs rumzuhängen und sich auf Schwuchtel-Sportarten wie Tennis und Golf zu verlegen. Dadurch war seine Auswahl reichlich geschrumpft, und er musste sich mit Typen wie Justin »Dumpfbacke« Dibble begnügen. In der Mittelstufe war er noch ziemlich cool gewesen, aber jetzt war es, als würde ihm alles am Arsch vorbeigehen. Er hatte mal ganz ordentlich Basketball gespielt, sich aber nicht einmal um einen Platz in der Mannschaft bemüht, was total bescheuert war, weil sie ihn bestimmt genommen hätten. Die einzigen Sachen, auf die er noch Lust hatte, waren Junkfood und Videospiele, oder er downloadete sich diesen Pornoscheiß aus dem Netz, um sich einen runterzuholen.
Aber nächstes Jahr wurde es garantiert besser. Als einen der wenigen Zehntklässler in der Schulmannschaft hatten die älte-

ren Jungs, sogar die aus der Oberstufe, Zack bewundernd, voller Akzeptanz und sogar mit offenen Armen empfangen. Trotzdem schien es manchmal, als hätten sie etwas von ihm gehört, das sie irgendwie misstrauisch machte. Er hatte eigentlich gehofft, nach dem Fairhaven-Spiel würde alles anders, aber der Coach hatte ihn verraten, indem er den Linebacker-Job wieder Billy Wolff gegeben hatte, nachdem dessen Knöchel geheilt war. Als hätte er schon wieder vergessen, wem sie den Hit verdankten, der das verdammte Spiel gedreht hatte. Offen ausgesprochen hatte der Coach es zwar nicht, aber Zack war sich ziemlich sicher, dass er ihn für die schlechte Publicity verantwortlich machte. Der Fairhaven-Quarterback hatte seither nicht mehr gespielt, und letzte Woche hatte in der Zeitung gestanden, dass die Eltern mit ihm in eine Klinik nach Boston fahren wollten, um herauszufinden, warum seine Kopfschmerzen nicht weggingen. Zack hätte es ihnen sagen können. Ein einziger harter Stoß, und schon war dem Jungen die Lust an Football vergangen.

Ein zu spät erfolgter Stoß hieß es jetzt, nachdem sie die Videoaufzeichnung des Spiels angeschaut hatten, wo es nicht einmal richtig zu sehen war, weil die Kamera der Flugbahn des Balls gefolgt war. Als man den Coach in einem Interview nach seiner Meinung fragte, sagte er, das Video sei nicht aussagekräftig, aber vor dem letzten Spiel in der Umkleide hatte er in seiner Ansprache gesagt, er wolle nur noch saubere Hits sehen, und viele der Jungs hatten zuerst Zack angesehen und dann schnell auf den Boden. Was ihn dermaßen angepisst hatte, dass er sich beim Anstoß sofort in eine Rangelei mit einem gegnerischen Jungen warf, die in sich gegenseitig aufhebenden Strafen mündete. Den Rest des Spiels hatte er am äußersten Rand der Bank verbracht. Der Coach hatte ihn nicht mehr angesehen, bis auf das eine Mal, als er den Kopf schüttelte. Vielleicht würde es ja nächstes Jahr besser werden, vielleicht aber auch nicht.

Zack beobachtete das Haus, von dem jetzt nur noch dunkle Umrisse zwischen den Bäumen auszumachen waren. Was bei näherer Betrachtung ziemlich sonderbar war. Voss hatte sich neulich Abend erst gar nicht nach Hause fahren lassen wollen, dann hatte er protestiert, als sie auf die Schotterstraße abbogen, weil seine Großmutter angeblich krank war und nicht gestört werden durfte. Ging es der alten Frau so dreckig, dass sie nicht mal aufstehen und Licht anmachen konnte, oder war sie so verpeilt, dass sie nicht merkte, wenn es Nacht war?

»Was ist eigentlich mit Tick?«, fragte er, ohne seinen Beifahrer anzusehen. »Hat sie was mit diesem John Voss oder nicht?« Jetzt fiel ihm auch wieder ein, warum er Justin dabeihaben wollte – nicht nur, damit jemand mit ihm das Haus observierte. Er wollte auch noch mal über die ganze Sache mit jemandem reden. Dibble saß im Kunstkurs am selben Tisch wie Tick und John Voss – und diese fette Candace –, also konnte er Zack vielleicht nützlich sein.

Justin zuckte die Schultern. »Er tut ihr einfach nur leid.«

Zack dachte über diese mögliche Erklärung nach. Sicher, Tick war so, immer ein großes Herz, wenn es um Loser ging. Sie hatte diese schräge Vorstellung, Künstlerin zu werden, aber Zack müsste sich schon sehr täuschen, wenn sie nicht eines Tages ein Heim für dreibeinige Hunde eröffnen würde. Neulich hatte er im Fernsehen einen Film über eine hirnlose Tussi in Kalifornien gesehen, die verletzte Tiere jeglicher Art aufnahm, sogar riesige Streuner, die fünfzig Pfund Futter am Tag verdrückten, um sie dann auf ihrer Farm herumhoppeln und herumlahmen zu lassen wie ein Spastikertrupp. Anstatt um Spenden für Futter hätte sie besser um welche für ausreichend Munition bitten sollen, um die Viecher von ihrem Elend zu erlösen. »Und wie kommt es, dass sie ihm einen Job im Laden ihres Vaters besorgt hat?«

Justin zuckte erneut die Schultern, wahrscheinlich um ihm zu signalisieren, dass er diese Frage bereits beantwortet hatte. Dem Jungen einen Job zu besorgen gehörte doch wohl zu den Dingen, die man für jemanden tat, mit dem man Mitleid hatte. »Sie hat sich in irgendeinen Typen verliebt, den sie in den Ferien kennengelernt hat, habe ich gehört«, sagte Justin statt einer Antwort auf seine Frage. »Er wohnt in Indiana oder irgendwo.«

»Oder *irgendwo?* Wo irgendwo? Wenn es nicht Indiana ist, dann halt *irgendwo?* Bist du dir da sicher? Bist du sicher, es ist nicht ganz *woanders?*«

»Ich sage nur, was ich gehört hab.«

»Von wem gehört?«

»Von Candace.«

»Der Blowjob-Queen.«

»Hey«, sagte Justin, »wenn sie *mir's* besorgen will, sag ich nicht Nein.«

»Klar, weil du keine hohen Ansprüche hast.«

»Willst du mir sagen, du würdest nicht gern an diesen Titten herumfummeln?«

»Sie ist 'ne fette Kuh, das will ich sagen.«

»Große Titten zu haben ist nicht dasselbe, wie fett zu sein.« Justin schien diesbezüglich eine klare Auffassung zu haben. »Wenn jemand fett ist, dann am Bauch und an der Taille und den Oberschenkeln. Aber große Titten sind was ganz anderes.«

Zack interessierte sich nicht sonderlich für dieses abstrakte physiologische Thema noch für irgendeine andere Meinung, die Double Dibble vertrat. Aber wenn Tick sich tatsächlich in eine Schwuchtel aus Indiana oder von *irgendwo sonst* verliebt hatte? Sollte ihm das etwas ausmachen? Zack kam immer mehr dazu, den Standpunkt seines Vaters einzunehmen, was Frauen anging, deren einziger Daseinszweck darin zu bestehen schien, einem eins auszuwischen. »Sie sind erst zufrieden, wenn sie einem unter die Haut gehen«, hatte sein Vater gesagt, als er versuchte, Zack die Sache mit seiner Mutter zu erklären und den ganzen Ärger und warum sie gegangen war. »Sie gehen nie direkt auf dich los, so wie es ein Mann tun würde. Sie fügen dir immerzu kleine Wunden zu, einen Schnitt hier, einen Schnitt da, ein Schnittchen dort. Zuerst merkst du gar nicht, dass du blutest, bis dir klar wird, dass du schon einen Viertelliter Blut oder gar einen halben verloren hast.« Sie hätten einen eben in der Hand, fügte sein Vater immer hinzu. Was sollte man da tun, etwa schwul werden?

»Was meinst du wohl, finden wir einen Stapel Schwulenpornos unter seinem Bett?«, sagte Zack. Dieser Gedanke war ihm in der vergangenen Nacht gekommen, und er hatte den ganzen Tag darüber nachgegrübelt. Bevor sie das Spiel spielten, hatte Zack den Jungen für ein totales Weichei gehalten. Aber jetzt wusste er nicht mehr, was er denken sollte, denn Justin hatte recht – der Junge hatte nicht gezuckt. Er hatte sich den Lauf an die Schläfe gehalten und, ohne zu zögern, den Abzug gedrückt, als wäre nichts dabei. Klar, wenn er schwul war, würde es Sinn ergeben. Wahrscheinlich dachte er, er wäre tot besser dran, also was soll's.

»Was meinst du mit ›wir‹? Ich hab dir doch gesagt, dass ich in kein Haus einbreche.«

»Wenn man einen Schlüssel hat, ist es nicht Einbrechen. Wenn wir erwischt werden, sagen wir einfach, die Tür war offen und wir sind reingegangen, um unseren Kumpel John zu fragen, ob er mit uns rumhängen möchte. Da ist doch nichts dabei.«

»Er flippt aus, wenn er es erfährt.«

»Warum denn? Wovor hat er eigentlich so viel Angst?« Dieser Scheißkerl, der nicht einmal zusammenzuckte.

»Na ja, vielleicht schämt er sich oder so.«

»Schämen oder so? So wie Indiana oder irgendwo?«

»Vielleicht ist seine Großmutter plemplem und pisst sich in die Unterhose und faselt Schwachsinn und so. Ich will auch nicht, dass andere Leute meine Eltern kennenlernen. Mein Alter furzt, was das Zeug hält. Sein Cordsessel stinkt total. Und meine Mom schläft bis Mittag und läuft den restlichen Tag im Morgenmantel rum.«

»Aber bestimmt sind sie mächtig stolz auf dich«, sagte Zack.

Im blassen Schein des fast vollen Monds schlichen sie längs der Baumgruppe zu dem abbruchreifen Haus. Im Wagen hatte Zack sowohl am Zweck als auch an seiner Entschlossenheit gezweifelt, aber nun, da er auf den Füßen war und sich bewegte, fühlte er sich wieder stark und sicher. Justin, der Schlappschwanz, hatte lieber im Auto warten wollen, aber Zack hatte ihn gedrängt, wenigstens bis zu den Bäumen mitzukommen. Wenn ein Passant vorbeikäme und ihn fragte, warum er hier draußen im Dunkeln im Wagen herumsitze, würde er sich garantiert in die Hosen machen und die Aktion vermasseln.

»Was, wenn sie eine Schrotflinte hat oder so was?«, sagte Justin im Flüsterton, als sie am Ende der Fichtengruppe angekommen waren, nicht ganz zwanzig Meter von der rückwärtigen Veranda entfernt.

»Die verrückte Alte, die ihre Unterhose vollpisst, soll ein verdammtes Gewehr haben?«

»Wenn ich so weit draußen wohnen würde, ohne Nachbarn, hätt' ich eins.«

»Hey, warum bist du eigentlich so ein Weichei?«

Wieder ein Schulterzucken. »Und was soll ich machen, während du da drin bist?«

»Woher soll ich das wissen? Von mir aus an Candace' Titten denken und dir einen runterholen.«

»Okay«, sagte Justin und tat, als ließe er sich das nicht zweimal sagen.

Jetzt kam der gefährlichste Teil, dachte Zack, während er über den mit Unkraut überwucherten Rasen auf die Rückseite des

Hauses zuschlich. Hier würde er auf zwanzig Meter im hellen Mondschein sichtbar sein, sowohl von der Straße als auch vom Haus aus. Mädchen waren ein Rätsel, wie sein Vater immer sagte, aber Angst war für Zack ein noch viel größeres. Wie sie einen manchmal überkam und wie sie wieder wegging. Und dass es überhaupt keinen Sinn ergab. Und genau darum ging es auch in dem Spiel, und das war auch der Grund dafür, warum er es überhaupt erfunden hatte. Wenn die Waffe leer war und man es wusste, weil man die Patronen selbst herausgenommen, sich sogar noch mal vergewissert hatte, dass keine mehr drin war, dann konnte einen das verdammte Ding auch nicht töten. Wenn man etwas im Moment des Abdrückens mit Sicherheit wusste, dann das. Warum fiel es einem dann trotzdem so schwer, es zu tun? Warum zuckte man zusammen, es sei denn, man war dieser scheiß John Voss?

Jetzt wünschte er, er hätte ihm das Spiel nie gezeigt. Wünschte fast, er hätte es nie erfunden. Anfangs hatte es Spaß gemacht mitzukriegen, wie die Leute ausflippten, wenn man abdrückte. Tick war am schlimmsten gewesen. Er hätte wissen müssen, selbst damals schon, dass er das Spiel in ihrer Gegenwart nie hätte spielen sollen, aber er hatte es trotzdem getan – auch wenn er nie im Leben damit gerechnet hätte, dass sie dermaßen ausrasten würde. Sie hatte kein Wort mehr mit ihm geredet, bis er ihr versprochen hatte, es nie wieder zu spielen.

Nun wünschte er, er hätte das Versprechen gehalten. Aber als er es trotzdem wieder spielte, hoffte er, dass sie davon erfuhr und dachte, er tue es, weil sie ihn so mies behandelte. Doch der Schuss war sprichwörtlich nach hinten losgegangen. Er wusste, es war Blödsinn, aber als er sah, wie dieser Voss kein bisschen zuckte, kotzte es ihn an. Zwei Nächte in Folge hatte er wach gelegen und sich den Kopf zerbrochen, weil dieser Scheißkerl damit den Einsatz erhöht hatte, sodass ihnen beim nächsten Mal nichts anderes übrig bliebe, als eine Patrone im Magazin zu lassen, und dann würden sie ja sehen, wer die Nerven behielt. Er hatte gespürt, wie sich diese schreckliche Notwendigkeit in ihm zusammenballte, und war zum Teil sogar froh darüber. Doch der größere Teil von ihm, der die Oberhand hatte, wenn er nachts wach im Bett lag, hatte Angst, wahrscheinlich noch mehr Angst als diese Schwuchtel aus Fairhaven, die noch immer Kopfschmerzen vorschob. Aber vielleicht gab es ja noch einen anderen Weg, dachte Zack, während er über den Rasen auf die Veranda zuhuschte, denn es musste in diesem Haus etwas geben, was John Voss mehr fürchtete als irgendeine Waffe.

Er hatte die hintere Veranda fast erreicht, als er plötzlich in eine Bodensenke trat und nach vorn stolperte, um das Gleichgewicht wiederzuerlangen, doch mit dem nächsten Schritt stieß er gegen eine Eisenstange, die aus der Erde ragte. Er schlug hart auf dem Boden auf und hätte sich um ein Haar selbst mit dem Ding aufgespießt. Sein Schienbein schmerzte, und er spürte, wie durch den zerrissenen Jeansstoff hindurch warmes Blut sickerte.

Sein erster Gedanke war, dass er in ein Hufeisenwurffeld gestolpert war, doch dann entdeckte er, dass oben an dem Eisenstab eine dicke Kette hing, an deren anderem Ende womöglich ein großer Hund festgebunden war. Die Möglichkeit, dass es hier einen bösen Hund gab, dämmerte Zack erst in diesem Moment. Gerade als er beschlossen hatte, dass das Ganze eine Scheißidee war, stieß er mit dem Fuß an etwas Hölzernes und entdeckte, welch Zufall, auf dem Boden genau das, was er jetzt brauchte, *falls* es einen Hund gab: einen Baseballschläger.

So leise er konnte, stieg er die Verandastufen hinauf, und als die oberste unter seinem Gewicht ächzte, sträubten sich ihm in Erwartung des gleich einsetzenden wütenden Gebells die Nackenhaare, doch nichts geschah. An der Tür hielt er inne und lauschte, aber im Haus war es still, und er stellte den Schläger in die

Ecke und brachte aus seiner Jackentasche einen Schlüsselbund zum Vorschein, mit dem man, wie sein Vater immer tönte, jede Tür im ganzen Dexter County öffnen konnte. Der dritte Schlüssel passte, und er stieß die Tür nach innen, in Richtung der Finsternis des Hauses auf.

Nach ein paar Minuten dämmerte es Justin Dibble, dass der Vorschlag, den sein Freund im Spaß gemacht hatte, gar keine so schlechte Idee war. Also öffnete er seinen Hosenstall und machte sich ans Werk. Es dauerte eine Weile, und einmal musste er unterbrechen, als ein Auto auf der Höhe des am Straßenrand parkenden Camaro verlangsamte, ehe es wieder in Richtung Fairhaven beschleunigte. Justin war gerade erst zum Ende gelangt, als er ein Geräusch hörte und eine dunkle Gestalt über den Rasen trotten sah, und er schaffte es gerade noch, seinen Schniedel wieder einzupacken, bevor Zack das Ende der Fichtengruppe erreichte. Justin fürchtete, dass sein Freund erriet, womit er sich die Zeit vertrieben hatte, aber dessen Gedanken waren offensichtlich ganz woanders. Selbst im blassen Mondschein erkannte Justin, dass seine Augen vor Aufregung glänzten.

Aber er sagte nur: »Wahnsinn, das ist echt der Hammer!«

Kapitel 25

Tick hat einige interessante Dinge über Mrs Roderigue herausgefunden. Zum Beispiel, dass ihr Lieblingsmaler Bill Taylor ist, der eine Fernsehshow mit dem Titel *Malen zur Entspannung* im Lokalsender hat. Taylors Spezialität sind alte Ruderboote und die Felsküste von Maine, und auf den meisten seiner Bilder ist beides zu sehen. Erstaunlicherweise schafft er es in der einen Stunde Sendezeit, ein fertiges Bild, vom ersten Pinselstrich bis zum letzten, entstehen zu lassen. Und wenn er in freier Natur malt, anstatt von einem Foto oder einer Postkarte abzumalen, schließt dies auch noch das Aufstellen der Staffelei mit ein. Am liebsten malt er Aquarelle und gibt freimütig zu, dass ihn das Arbeiten mit Öl zu sehr aufhält. Er hat immer einen batteriebetriebenen Föhn zur Hand, um die frisch aufgetragene Farbe trocknen zu können und wertvolle Sekunden zu sparen.

Trotzdem schaut Tick ihm gern im Fernsehen zu und kommt nicht umhin, die Art, wie er »die Leinwand attackiert« – nach Taylors eigenen Worten –, zu bewundern, etwas, was sie noch lernen muss. Während ihr eigener Pinselstrich oft zaghaft und zögerlich ist, scheint bei Bill Taylors beherztem Umgang mit dem Pinsel nie irgendetwas zu entstehen, das Bedenken oder gar Bedauern nach sich zieht. Es scheint, als wären sein Arm, sein Handgelenk, seine Hand, Finger und sein Pinsel Verlängerungen seines Auges – oder vielleicht seines Willens. Wenn er einen Fehler macht, gibt er nur ein Glucksen von sich und sagt: »Halb so wild, das bügeln wir später aus«, und das tut er auch jedes Mal.

Tick weiß, dass sie noch eine Menge Geheimnisse zu entdecken hat, und freut sich auf den Tag, an dem sie ebenfalls ein Dutzend Tricks auf Lager haben wird, mit denen sie auf magische Weise Fehler ausbügeln kann. Aber was sie am meisten will, ist, sich die dafür notwendige *Einstellung* anzueignen. Denn ihre bisherige Erfahrung hat sie gelehrt, dass sich Fehler oft auch dann nicht korrigieren lassen, wenn man alle Zeit der Welt hat, und ganz gewiss nicht binnen einer Stunde. Häufig scheinen einen Fehler aus gutem Grund zu beunruhigen, sind sie doch meist die Elemente auf ihrer Leinwand, die sich am schwersten wieder tilgen lassen.

Ein Fehler war es auch, dass sie sich wieder mit Zack Minty angefreundet hat, ein Fehler, der zum Teil seiner Beteuerung geschuldet war, er habe sich verändert, und das stimmt auch – aber zum Schlechteren. Zack hatte schon immer etwas Angsteinflößendes an sich, als würde etwas unter seiner Oberfläche schwelen, das jeden Moment entflammen konnte, aber in letzter Zeit scheint er regelrecht zu brennen, sodass man unwillkürlich vor ihm zurückweichen möchte, nur dass Tick es als Einzige zu bemerken scheint. John Voss ist ein weiterer Fehler, wenngleich ihr Freundschaftsangebot an ihn die Idee des Rektors war und nicht ihre. Auf gewisse Weise ist John das exakte Gegenteil von Zack, ein Junge, in dem aus Mangel an Sauerstoff nur ein winziges Flämmchen glimmt. Zuerst schien ihm sein Job im Empire Grill und ihr gemeinsamer Lunch in der Schulcafeteria gutzutun, aber in den vergangenen Tagen ist er noch misstrauischer geworden und hüllt sich in noch düstereres Schweigen als zuvor. Er gibt so wenige Lebenszeichen von sich, dass Tick fürchtet, er habe aufgehört zu atmen, wenn sie ihn über den blauen Tisch hinweg ansieht.

In Anbetracht dieser beiden Jungen und Candace, die sie regelmäßig in den Wahnsinn treibt, möchte sich Tick lieber nicht vorstellen, wie ihr Leben aussähe, wenn Donny sie nicht endlich per Brief kontaktiert hätte oder wenn sie Walt nicht davon überzeugt hätte – bald wird sie nicht mehr umhin können, nett zu ihm zu sein –, ihren Computer mit einem Server zu verbinden. In nicht ganz einer Woche wird sie Donny sogar wiedersehen, und wenn sie daran denkt, spürt sie ein Kribbeln im Bauch und eine solche Glückswelle durchströmt sie, dass sie Mühe hat, es vor ihren Freunden zu verbergen. Und dieses Glück fühlt sich wie Liebe an.

Sie wüsste gern, ob sie mit ihrer Vermutung richtig liegt, dass Mrs Roderigue in Bill Taylor verliebt ist. Tick kennt Mrs Roderigues Mann, der ebenfalls Bill heißt und einer menschlichen Bowlingkugel ähnelt. Der Grund, warum ihre Ehe bislang so erfolgreich gewesen sei, erzählt Mrs Roderigue gern, sei ihre gemeinsame Gottergebenheit, wobei Tick glaubt, dass Mrs Roderigue insgeheim Bill Taylor ergeben ist, der groß und schlank und mit seinem vollen Haar eine elegante Erscheinung ist. In Ticks Augen ähnelt er von seiner Statur her eher einem Pinsel und sie fragt sich, ob Mrs Roderigue bereut, sich mit einer Bowlingkugel abfinden zu müssen, wo es doch einen Farbpinsel gegeben hätte, und zwar nicht weit entfernt an der Küste von Maine. Wenn dem so ist, hat sie einen Fehler begangen, der sich nicht wieder ausbügeln lässt.

Tick findet, dass Mrs Roderigues Liebesleben eigentlich nicht dazu einlädt, gedanklich dabei zu verweilen, ebenso wenig wie die Vorstellung, dass es Menschen gibt, die womöglich niemals so etwas wie Liebe kennenlernen. Insgeheim hofft sie, dass das wirklich nur eine Möglichkeit, am besten sogar reine Spekulation ist. Aber Mrs Roderigue *spricht* über Bill Taylor, als wäre sie in ihn verliebt. Jedes Jahr frage sie sich, sagt sie, ob unter ihren

Schülern jemand sei, der das Zeug zu einem neuen Bill Taylor habe, und hin und wieder entdecke sie auch das Potenzial dazu, doch auf die eine oder andere Weise blieben all ihre Schüler dann doch hinter ihren Erwartungen zurück. Vielleicht, sagt sie träumerisch, sei sein Stil einfach zu einzigartig.

Letzte Woche hat Mrs Roderigue ihnen als Hausaufgabe aufgetragen, sich die neue Folge von *Malen zur Entspannung* anzusehen, um am Montag gemeinsam die Technik dieses Meisters im Unterricht zu erörtern. Zur großen Enttäuschung der Lehrerin hatte nur Tick die Sendung gesehen, wobei sie ganz vergessen hatte, dass es eine Hausaufgabe war, weil sie sie ohnehin jedes Mal anschaut. Trotz des Titels ist Bill Taylors Show spannender als das, was das Fernsehen sonst zu bieten hat. Manchmal – vor allem zum Ende hin – scheint es kaum möglich, dass er das Bild fertigstellen kann, aber wenn man gegen einen Mann wettet, der den Pinsel mit einem solchen Elan führt, zieht man unweigerlich den Kürzeren. In manchen Sendungen wird er nur wenige Sekunden vor Sendeschluss fertig, sodass ihm nicht einmal genügend Zeit für eine ordentliche Verabschiedung von seinem Fernsehpublikum bleibt, aber irgendwie gelingt es ihm jedes Mal, sein Bild fertigzustellen. Tick ist sich nicht sicher, was sie davon halten soll. Die Tatsache, dass er es immer wieder schafft, erhöht von Woche zu Woche die Spannung, doch manchmal ertappt sich Tick dabei, dass sie hofft, etwas möge geschehen, was ihm einen Strich durch die Rechnung macht, etwa ein Windstoß, der seine Staffelei zum Kippen bringt und seine Pinsel durch die Gegend kullern lässt; aber dann hat sie ein schlechtes Gewissen, weil sie dem armen Mann wünscht, dass er scheitert, was in etwa so wäre, als wenn man in der Hoffnung auf einen spektakulären Unfall zu einem Autorennen ginge. Tick hätte gern gewusst, was John Voss von Bill Taylor hält, bezweifelt jedoch, dass es im Haus seiner Großmutter einen Fernseher gibt.

»Und du, Christina«, sagte Mrs Roderigue ganz offensichtlich enttäuscht, diese wichtige Unterhaltung ausgerechnet mit der Schülerin führen zu müssen, die sie am wenigsten mag, »wie würdest du Mr Taylors Stil beschreiben?«

Tick kannte natürlich die richtige Antwort. Das Wort, das Mrs Roderigue vorschwebte, war von der Sorte, die als Überschrift auf diesen Panoramaansichtskarten gedruckt sein könnte, die Bill Taylor gern als Vorlage benutzt. Zum Beispiel »sublim«. Warum ihr nicht geben, was sie wollte?

Stattdessen sagte sie: »Schnell.«

Von all den Dingen, die Tick über Mrs Roderigue herausgefunden hat, ist am beunruhigensten, dass sie per Heirat mit den Mintys verwandt ist, was vielleicht der Grund ist, warum Zack einen von Mrs Roderigue unterschriebenen Ausweis hat, der ihm erlaubt, sich jederzeit frei im Schulgebäude zu bewegen. Und ein-, zweimal in der Woche seinen Hausaufgabenraum zu verlassen und John Voss und Tick in der Cafeteria Gesellschaft zu leisten. Seit Tick ihm klipp und klar gesagt hat, dass sie nicht wieder mit ihm gehen wolle, hat Zack seine Schikanen gegenüber John Voss dermaßen hochgeschraubt, dass sie erwägt, zu Mr Meyer zu gehen. Ausweis hin oder her, Zack hat zu dieser Zeit in der Cafeteria nichts zu suchen und schon gar nicht das Recht, einen Schlüssel zu besitzen, und sie weiß, dass, wenn der Rektor Wind davon bekommt, Zack in Schwierigkeiten geraten, vielleicht sogar aus der Footballmannschaft ausgeschlossen würde. Sie hat auch erwogen, es ihrem Vater zu sagen, fürchtet jedoch seine Reaktion, weiß sie doch, wie sehr er Zacks Vater verachtet.

Wie auch immer, ihr ist bewusst, dass sie um John Voss' willen etwas unternehmen müsste, aber manchmal scheint er die Schikanen geradezu herauszufordern, und wenn er nichts zu seiner Verteidigung unternimmt, was soll sie da machen? Daher hat sie beschlossen, es einstweilen bei ihrer Beschwichtigungstaktik zu belassen, weil sie das Gefühl hat, immer noch einen gewissen Einfluss auf Zack zu haben, wenngleich er nicht mehr so groß ist wie früher; außerdem fürchtet sie, dass, wenn sie ihm auch noch die Freundschaft aufkündigt, er zu noch Schlimmerem fähig wäre.

Tick ist sich der Gefahr dieser Beschwichtigungstaktik vollauf bewusst. In Geschichte nehmen sie gerade den Zweiten Weltkrieg durch, und die Historiker scheinen sich einig zu sein, dass man Hitler früher das Handwerk hätte legen sollen. Tick findet diese Auffassung nicht gerade falsch, beobachtet jedoch verblüfft, dass ihre Klassenkameraden nicht sehen, welch hohen Preis eine offene Feindschaft hat. In der letzten Woche haben sie sich im Unterricht einen Film über den D-Day, die Invasion in der Normandie, angesehen, und noch bevor dem ersten amerikanischen Soldaten, einem Jungen, kaum älter als Tick, in den Kopf geschossen wurde, während die Amphibien-Truppentransporter ihre Rampen in die Brandung hinabsenkten, spürte Tick ihren linken Arm taub werden, und sie musste die Stirn auf die kühle Schreibtischplatte legen, damit ihr nicht übel wurde. Der Film lief erst zehn Minuten, als Mr Meyer hereinkam und sie hinausführte.

Und daher ist, jedenfalls vorerst, beschwichtigen angesagt. Aber was, wenn das ein Fehler ist? Auf dem Grund ihres Rucksacks liegt nach wie vor das Bastelmesser, das sie immer noch nicht in den Werkzeugschrank zurückgelegt hat, obwohl sie zig Gelegenheiten dazu gehabt hätte. Manchmal, wenn Zack John Voss in der Cafeteria wieder einmal piesackt oder wie heute unter einem fadenscheinigen Vorwand in die Kunststunde hereinschneit, um sich Schützenhilfe von seinem Kumpel Justin Dibble zu holen, stellt sich Tick vor, wie es wäre, das Messer herauszuholen und ihm die Klinge über seine breite, dümmliche Stirn zu ziehen.

»Und, John«, sagt ihr Exfreund in diesem Moment, »wie geht's deiner Großmutter? Alles okay mit ihr?«

John nimmt die Frage gar nicht zur Kenntnis, jedenfalls hält er den Kopf unverwandt über sein Bild gebeugt. Sie arbeiten jetzt mit Aquarellfarbe, der Lieblingstechnik Bill Taylors, und Mrs Roderigue, allem Anschein nach der selbstgewählten Motive ihrer Schüler überdrüssig, hat eine Vase mit Blumen mitgebracht und in die Mitte des Raums gestellt, nachdem sie die nach Farben benannten Tische vorübergehend hufeisenförmig angeordnet hatte, damit alle das Blumenarrangement gut sehen können. Angesichts dieser neuen symmetrischen Anordnung der Tische muss erst ein Schüler an einem leeren Tisch Platz nehmen und dessen Identität für diesen Tag festlegen, da ja alle exakt gleich aussehen. In dieser Woche sind Tick und John Voss früh da gewesen und haben jedes Mal einen anderen zu Tisch Blau erkoren, heute ist es der, der am nächsten zu Mrs Roderigues Schreibtisch steht. Das war Ticks Idee. Sie will sehen, was die Lehrerin bereit ist zu tun, um zu vermeiden, dem blauen Tisch Aufmerksamkeit zu schenken. Bislang – und die Stunde dauert nur noch zehn Minuten – hat Mrs Roderigue nicht ein einziges Mal in ihre Richtung geschaut, abgesehen von dem einen Mal vor wenigen Minuten, als Zack hereingekommen ist und sich neben Candace gesetzt hat.

Obwohl Zack hier eigentlich nichts verloren hat, ist Tick froh, nicht von der Lehrerin beachtet zu werden. Es fällt ihr schwer zu malen, wenn ihr jemand über die Schulter blickt, und natürlich wäre es Ehrensache, jeglichen künstlerischen Rat von Mrs Roderigue zu ignorieren. Seit sie Bill Taylors Stil als »schnell« bezeichnet hat, spürt sie, dass ihr Ansehen bei der Lehrerin, das noch nie hoch war, auf den Tiefpunkt gesunken ist. »Ist das nicht eine neunmalkluge Antwort?«, fragte sie. Nein, sagte Tick, es sei eine ehrliche Antwort, und die Lehrerin behielt ihre beleidigte Miene bei.

Tick fragt sich, ob sie gleich den Vorwurf zu hören bekommen wird, ein neunmalkluges Bild zu malen. In der Mitte des Blumenstraußes prangt eine monströse Pfingstrose, vermutlich aus dem Supermarkt. Bereits am Dienstag haben sich die ersten verwelkten Blätter um die Vase herum gesammelt, und seither hängt der vage, aber eindeutige süße Geruch von Fäulnis und Verfall in der Luft. Tick ist natürlich klar, dass Mrs Roderigue von den Schülern erwartet, die Pfingstrose so zu malen, wie sie am Montag ausgesehen hat, als sie noch schön war, jedenfalls in ihren Augen. Ticks Empfinden nach hatte die Pfingstrose von Anfang an etwas Überzogenes, als wollte Gott mit dieser speziellen Blüte zeigen, dass etwas auch zu viel des Guten sein kann. Und für den Fall, dass jemand es nicht begriffen hatte, begannen die abfallenden Blätter unverzüglich zu stinken. In der Regel neigt Tick dazu zu glauben, dass es keinen Gott gibt, aber in Situationen wie diesen ist sie sich nicht mehr so sicher – wenn etwas so sehr mit Bedeutung aufgeladen ist, dass man nicht umhin kann, darin eine himmlische Botschaft zu sehen. Klar, ebenso könnte es sich einfach nur um eine Botschaft von Tick an Tick handeln, sie ist aber dennoch willens, allein schon aus Achtung vor ihrem gläubigen Vater, diesbezüglich offen zu bleiben.

Ihre Annahme, dass ihr Aquarell nicht gut ankommen wird, hat mit ihrer Entscheidung zu tun, statt der ursprünglichen Schönheit der Pfingstrose deren fauligen Verfall darzustellen. Ein weiteres neunmalkluges Element ist, dass sie die Umrisse ihrer Mitschüler, die ihr gegenübersitzen, während sie die Blumen malt, im Hintergrund andeutet. Zwar ist dies nicht ausdrücklich verboten, aber Tick ist sich ziemlich sicher, dass Mrs Roderigue nicht wünscht, dass irgendjemand etwas anderes als die Blumen betrachtet. Auch wird es sie nicht freuen, dass Tick einen der Tische grün angemalt hat und den nächsten knallrot, und erst recht nicht, dass die plumpe Gestalt, die sich dahinter abzeichnet, die Lehrerin selbst darstellt.

»Du kannst echt von Glück sagen, John«, sagte Zack. »Dass du eine Großmutter hast, die sich um dich kümmert, meine ich.«

Tick schnellt zu ihm herum und starrt ihn an, aber nur für eine Sekunde. Das Nächstliegende wäre sicherlich, zu erwidern – aber das geht natürlich in Gegenwart von John Voss nicht –, dass John, hätte er im Gegenteil nicht so viel *Unglück* gehabt, jetzt noch Eltern hätte, die sich um ihn kümmerten. In der Tat lässt Zack in den letzten Tagen aus unerfindlichen Gründen keine Gelegenheit aus, Johns Großmutter zu erwähnen. Was für eine nette Frau sie sein müsse. Und dass er sie gern mal kennenlernen würde. Ob die anderen nicht auch fänden, dass sie sich prima für *Helden unserer Gemeinde* eigenen würde, ein einmal im Monat ausgestrahltes Feature im Lokalfernsehen. Als Zack das Anfang der Woche in der Cafeteria zum ersten Mal vorschlug, sah John Voss von dem Sandwich hoch, das Tick ihm mitgebracht hatte, und der Ausdruck in seinen blassen, wässrigen Augen verwirrte sie, oder besser gesagt: machte ihr Angst, auch wenn sie nicht sagen konnte, warum. Jetzt scheint es, als wäre er an einem Ort weit weg von hier.

»Hey«, sagt Zack und stupst Candace mit dem Ellbogen an, während er offensichtlich eine neue Spottrunde eröffnet. »Mir ist ein super Name für Ticks neuen Freund eingefallen.«

Außer dem Fakt, dass es einen Jungen gibt, der in Indiana wohnt, hat Tick rein gar nichts über Donny verlauten lassen, nicht einmal seinen Namen, und um ihr ihre Verschwiegenheit heimzuzahlen, hat sich Zack offenbar dieses neue Namensspielchen ausgedacht.

»Hinterwäldler«, sagt er prustend und laut genug, dass es jeder am roten Tisch hören kann. »Kapiert? Ich meine, der Typ kommt aus Indiana!«

Während der letzten Tage hat er demonstrativ mit Candace geflirtet, in der Hoffnung, Tick eifersüchtig zu machen. Komisch, als Zack es letztes Jahr mit anderen Mädchen tat, konnte sie weder ihre verletzten Gefühle noch ihre Wut kontrollieren. So zu tun, als ließe es sie kalt, erschien ihr damals, als würde sie darauf verzichten, die Auftaufunktion für die angelaufene Windschutzscheibe einzuschalten, die einem wieder eine klare Sicht ermöglicht. Und nun ist es Candace, das arme Mädchen, deren Windschutzscheibe völlig beschlagen ist. Sie hat mit Bobby Schluss gemacht, dem Jungen, der vielleicht im Gefängnis war, vielleicht aber auch nicht, und nennt sogar Zack als Trennungsgrund. Candace zufolge ist Bobby jetzt »out«, und es wird gemunkelt, dass er nach Empire Falls kommen will, um diesem Arschloch von Minty, der ihm die Braut ausgespannt hat, in den Arsch zu treten.

Offensichtlich kann Candace ihr Glück nicht so recht fassen, dass sich Zack Minty tatsächlich für sie interessiert – was zeigt, dass sie nicht ganz so dumm ist, wie man meinen könnte, denkt Tick, denn natürlich ist er nicht an ihr interessiert. Er wird nur so lange mit Candace flirten, bis er merkt, dass es Tick wirklich nichts ausmacht, um dann überall herumzuerzählen, dass es nur Spaß gewesen sei. Tick wird allmählich klar, dass sich Zack auch nie wirklich für sie interessiert hat, jedoch nicht auf die gleiche Weise, wie er nicht an Candace interessiert ist. Einerseits würde sie gern verstehen, warum das so ist, andererseits ist sie jedoch froh, es nicht zu wissen.

»Oh-mein-Gott-oh-mein-Gott ... ich hab's!«, kreischt Candace. Was immer sie hat, muss überwältigend sein, sie kann es nicht erwarten, es loszuwerden. »Ist es okay, wenn ich es sage?«, fragt sie Tick. Sie möchte im Voraus Vergebung für ihre mangelnde Loyalität. Den ganzen Tag schon hat sie Tick immer wieder gefragt, ob es okay sei, wenn sie und Zack miteinander gehen. Und jetzt möchte sie wissen, ob es okay sei, dass sie bei diesem »Machen wir uns über Ticks neuen Freund lustig!«-Spiel mitmacht.

»Nur zu!«, sagt Tick, die Candace den Spaß nicht verderben

will. Wenn ihre Windschutzscheibe nicht so heillos beschlagen wäre, könnte sie sehen, dass sie mit hoher Geschwindigkeit auf ein gebrochenes Herz zurast, dessen Fernlicht sie blendet.

In wenigen Minuten wird die Schulglocke klingeln, und Tick würde gern wissen, ob ihr Bild schon fertig ist. Das zählt zu den Dingen, über die Bill Taylor ganz genau Bescheid weiß. Auch würde sie gern wissen, ob sich Mrs Roderigue in der Gestalt, die sich undeutlich hinter dem roten Tisch abzeichnet, wiedererkennen wird.

»Donald«, sagt Candace und kriegt sich vor Lachen fast nicht mehr ein. »Donald Hinterwäldler.«

Zack Minty sieht sie mit ausdrucksloser Miene an. »Das ist wirklich komisch. Witz komm raus, du bist umzingelt.« Candace bleibt das Lachen im Hals stecken.

»Es ist genauso lustig wie das, was du gesagt hast«, springt Justin Dibble ihr bei, und Tick schaut verstohlen in seine Richtung. Für den Bruchteil einer Sekunde begegnen sich ihre Blicke, dann schaut er wieder weg. Tick hat schon lange den Eindruck, dass er Candace mag, dass er mit seinen Neckereien im Grunde um sie wirbt. Seit Anfang der Woche, als Zack anfing mit ihr zu flirten, wirkt er gekränkt und als fühle er sich betrogen, hat aber bislang eine Konfrontation mit Zack vermieden. Tick fragt sich, was der Preis für sein Stillhalten wohl sein mag.

Zack scheint sich dieselbe Frage zu stellen, denn er geht nicht auf die Provokation seines Freundes ein, sondern belässt es dabei, ihn in seiner nächsten Spottrunde gegen den schweigsamen John Voss mit einzubeziehen. »John Voss soll entscheiden«, schlägt er vor. »Hey, John. Es geht um Ticks neuen Freund. Welcher Name ist lustiger: Hinterwäldler oder Donald?«

John Voss hebt den Kopf und sieht Tick an, und der Gedanke schießt ihr durch den Kopf, dass er heute womöglich zum ersten Mal von Donny gehört hat. Schnell schaut er wieder auf sein

Bild, doch zuvor versucht Tick ihm mit einem aufmunternden Blick zu bedeuten, dass er von ihr aus ruhig antworten kann.

»Okay, dann fragen wir eben anders«, sagt Zack, als der Junge nicht antwortet. »Welchen Namen würde deine Großmutter wohl lustiger finden?«

Die Schulglocke ertönt, und Minty schiebt energisch seinen Stuhl zurück und steht auf; dann verharrt er einen Moment lang neben John Voss, der das Klingeln gar nicht gehört zu haben scheint. Candace rappelt sich ebenfalls schnell hoch – wie eine Marionette, denkt Tick –, dann gehen sie zusammen auf die Tür zu, während Justin ihnen mit verengten Augen nachblickt.

»Frag sie doch für uns, okay, John?«, ruft Zack über die Schulter zurück.

Ihr Bild ist fertig, beschließt Tick. Und zwar aus dem gleichen Grund, aus dem Bill Taylors Bilder immer fertig sind. Weil die Stunde um ist.

Kapitel 26

Er erkannte ihre Stimme auf Anhieb, obwohl es fast vier Jahre her war, bei seiner Highschool-Abschlussfeier nämlich, dass er sie zuletzt gehört hatte. »Hallo, mein lieber Junge«, sagte sie, und allein dieses »Hallo« in Kombination mit »lieber Junge« sorgte dafür, dass sich sein Magen zusammenkrampfte. Erging es so Kriminellen im Zeugenschutzprogramm, wenn sie auf der Straße von einem früheren Kompagnon erkannt wurden? »Ich versuche schon seit Tagen, dich zu erreichen. Ich fürchte, du musst nach Hause kommen.«

Diese wenigen Sekunden genügten, um seinem Leben eine völlig andere Richtung zu geben. Wie lange hatte es gedauert, um die Details der Abmachung zu besprechen? Fünfzehn Minuten? Hatte er auch geredet oder nur zugehört? Später sollte es ihm nicht mehr gelingen, dieses Gespräch Revue passieren zu lassen, er wusste nur noch, dass er nicht hatte widerstehen können. Schließlich befand er sich nicht in einem Zeugenschutzprogramm. Er war Miles Roby, und seine Mutter lag im Sterben.

Mrs Whiting hatte ihn zunächst nicht erreichen können, weil Peter und dessen Freundin Dawn ihn überredet hatten, über das lange Columbus-Day-Wochenende nach Martha's Vineyard zu fahren. Im südlichen Maine herrschte Indian Summer, und in Massachusetts würde es noch wärmer sein. Schwärmte Miles selbst nicht dauernd davon, wie schön es auf der Insel sei? (Er hatte immer wieder von Vineyard erzählt, damit sie nicht dachten, er würde sich nur in Empire Falls auskennen.) Außer dass er es sich nicht leisten konnte, gab es keinen Grund, nicht mitzukommen. Er hatte sich bereits eine Entschuldigung ausgedacht, um über das lange Wochenende nicht nach Hause fahren zu müssen. Er wisse nicht, wo ihm in Anbetracht des regulären Lernstoffs und seiner redaktionellen Mitarbeit bei der College-Literaturzeitschrift der Kopf stehe, hatte er zu seiner Mutter gesagt. Jetzt erinnerte er sich wieder, dass sie, als sie vergangene Woche telefoniert hatten, fast erleichtert klang.

Er war gut darin geworden, sich Entschuldigungen auszudenken, um nicht nach Empire Falls fahren zu müssen, und seit seinem zweiten Studienjahr gelang es ihm, seine Heimfahrten auf ein Mindestmaß zu beschränken. Peters Eltern besaßen ein Meeresfrüchterestaurant an der Küste von Rhode Island, und Miles hatte dort in den vergangenen beiden Sommern gearbeitet – im ersten Jahr in der Küche und im zweiten als Kellner. Es war kein schickes Restaurant. Das Hauptgeschäft machten sie mit Touristen, denen sie Muscheln und Shrimps in Körbchen servierten. Aber der Verdienst war gut, und Miles hatte kaum Ausgaben. Er durfte kostenlos im ehemaligen Kinderzimmer von Peters älterem Bruder schlafen, sodass er fast seinen gesamten Lohn für sein Studium sparen konnte. Peters Eltern schienen ihn zu mögen, und er mochte sie auch. Vor allem gefiel ihm ihre liebevoll-freundschaftliche Art, miteinander umzugehen, dass sie die Arbeit im Restaurant als gemeinsame Sache betrachteten und sich bemühten, einander die jeweiligen Aufgaben zu erleichtern; symptomatisch dafür war, wie sie sich immer wieder aufmunternde Blicke über die Tische hinweg zuwarfen.

Seine Erfahrung im Empire Grill kam ihm zugute, und er machte sich unentbehrlich, ganz im Gegensatz zu Peter, der es darauf abgesehen zu haben schien, sich ganz und gar entbehrlich zu machen. Ständig wollte er einen Tag freihaben, um an den Strand zu gehen oder eines der drei Mädchen zu besuchen, die er gleichzeitig hinhielt, eines davon Dawn. Wenn Peters Eltern Miles nicht hin und wieder einen freien Tag verordnet hätten, meistens einen Montag oder Dienstag, wenn wenig los war, hätte er den ganzen Sommer über, vom Memorial Day bis zum Labor

Day, durchgearbeitet. Als sie ihm anboten, mehrere Tage in Folge freizunehmen, um nach Hause zu fahren, akzeptierten sie seine Ausreden, ohne sie ihm abzunehmen. Miles vermutete, dass Peter seinen Eltern erzählt hatte, seine Eltern seien arm, und das Geld, das er verdiene, sei für ihn ein Geschenk des Himmels.

In Wahrheit graute es Miles inzwischen vor den wenigen kurzen, unvermeidbaren Besuchen in Empire Falls. Schon nach wenigen Wochen als frischgebackener College-Student hatte er beschlossen, dass er hierhergehöre, unter Menschen, die Bücher liebten und Kunst und Musik, Vorlieben, die er den Typen, die am Tresen des Empire Grill herumhingen und über die Bruins und Sox diskutierten, kaum nahebringen konnte. Noch schwerer wog indes – er verstand es ja selbst nicht – das wachsende Gefühl der Entfremdung von seiner Familie. Indem er die Eltern seines Mitbewohners so gut kennengelernt hatte und miterlebte, wie sehr sie einander liebten, bekam er zum ersten Mal vor Augen geführt, dass die Ehe seiner Eltern nicht nur kein heiliger Bund war, sondern eine traurige Karikatur davon, und diese Erkenntnis machte ihn wütend, besonders auf seine Mutter. Er wäre auch auf seinen Vater wütend gewesen, wenn es einen Zweck gehabt hätte, denn Max hätte es ohnehin nicht gemerkt, und wenn doch, wäre es ihm egal gewesen.

Grace' Gefühle konnten hingegen verletzt werden, und so verletzte Miles sie, indem er ihr auf unterschiedlichste, subtile Weise zu verstehen gab, wie dumm es von ihr gewesen sei, einen Mann wie Max nicht zu verlassen. Wer so dumm sei, schwang unterschwellig in seinen Worten mit, habe es wahrscheinlich nicht anders verdient. Hätte es schlimmer kommen können, als es dadurch war, dass sie geblieben war, wenn sie ihn verlassen hätte? Miles war sogar so weit, seiner Mutter zu sagen, sie hätte besser mit diesem Charlie Mayne weglaufen sollen, den sie in den Ferien kennengelernt hatten, als er noch ein kleiner Junge gewesen war. Dann hätten wenigstens sie beide glücklich sein können, aber so waren alle unglücklich. Bis auf Max natürlich, der – egal in welchem Szenario immer – Max geblieben wäre.

Das Problem war, dass Grace ihm nie den Gefallen tat, jene Worte auszusprechen, die er eigentlich von ihr erwartet hätte: Nicht ein einziges Mal klagte sie, sie habe ihr Glück seinet- und seines Bruders wegen geopfert – etwas, was er an ihrer Stelle bestimmt getan hätte. Nein, Grace hatte, schlimmer noch, nur gelächelt, als er ihr vorwarf, Max nicht verlassen zu haben. »Ich frage mich, was du damit meinst, Miles«, sagte sie, und natürlich begriff er auf Anhieb, worauf sie hinauswollte. Wie konnte man einen Mann verlassen, der so selten zu Hause war? Warum sollte man? »Meinst du, warum ich mich nicht habe scheiden lassen?« Nun, ja, genau das hatte er sagen wollen, doch sein Schulterzucken sollte ihr signalisieren, dass er darüber hinaus noch einiges mehr meinte. Statt einer Antwort sah sie ihn geduldig an, bis er schließlich die Wahrheit erkannte und sie das Thema ein für alle Mal beendete. »Hast du je Ehepaare gesehen, die getrennter sind als dein Vater und ich?«

Auch wollte sie ihm begreiflich machen, dass sie im Grunde genau das getan hatte, was er ihr vorwarf, versäumt zu haben. Sie habe nicht nur dem Leben, in dem sie in seinen Augen gefangen war, den Rücken gekehrt, sondern sogar eine neue Familie bekommen, ob ihm das nicht aufgefallen sei? Und diese neue Familie, nicht die echte, wurde ihm da klar, war die eigentliche Ursache seiner Verwirrung. Bei jedem weiteren von ihm gefürchteten Besuch in Empire Falls erlebte er die zunehmende Abwesenheit seiner Mutter von zu Hause, selbst wenn sie physisch anwesend war. Es war, als wären sie beide weggezogen, nicht nur er. Und so wie sich sein Leben jetzt in St. Luke's abspielte, spielte sich das seiner Mutter jenseits des Flusses bei Mrs Whiting und deren Tochter ab. Miles hatte all das schon in der Highschool kommen sehen, aber weggeschaut, weil die Dinge an der Oberfläche nicht viel anders waren als früher. Soweit sich Miles zurückerinnerte, war sein Vater schon immer weggewesen oder auf dem Weg in den nächsten Pub.

Aber im Unterschied zu früher machte es Grace nichts mehr aus. Allerdings schien sie nicht zu bemerken, was sie in anderer Hinsicht mit ihrer Abwesenheit anrichtete. Unter ihren Augen verwandelte sich David von dem kränklichen, sanften Jungen in einen gesunden, wutentbrannten, schwierigen Jugendlichen, eine Verwandlung, die Grace anscheinend zwar Kopfzerbrechen bereitete und traurig machte, ohne sie jedoch zum Handeln zu bewegen. Immer, wenn er nach Hause zurückkehrte, wurde Miles klar, dass sein Bruder im Grunde ein verlassenes Kind war, das seine eigenen Überlebensstrategien entwickelte, von denen eine war, seinen Vater in dessen unbekümmerter Gleichgültigkeit und Selbstbezogenheit nachzuahmen. Miles musste David nur anschauen, um zu wissen, dass er einer jener Problemfälle war, die im Herbst regelmäßig in Lehrerkonferenzen verhandelt wurden. Der Lehrer, der das Los gezogen hatte, David Roby in seiner Klasse zu haben, forderte garantiert zum Ausgleich mindestens zwei oder drei gute Schüler seiner eigenen Wahl. »Er will einfach nur Aufmerksamkeit«, sagte Grace zum Rektor der Highschool, als David zusehends Ärger machte, zuerst kleineren und zum Schluss großen. Das Gleiche sagte sie zu Miles, wenn sie ihm am Telefon erzählte, was sein Bruder diesmal wieder angestellt habe. Was ihren jüngeren Sohn anging, schien sie völlig ratlos und untröstlich zu sein, aber eher auf die bedauernde Weise, in der man sich Sorgen um einen netten Neffen machte, den man gern mochte, für den aber nun einmal die eigene Schwester Verantwortung trug.

Grace schien auch nicht bewusst zu sein, was mit ihr selbst geschah. Zusehends wurde sie hagerer, bis sie nur noch ein Schatten ihrer selbst war. Wenn er sie fragte, ob sie krank sei, erwiderte sie, nein, die Wechseljahre machten ihr nur zu schaffen. Bei einigen Frauen träten sie eben früher auf als bei anderen. Doch anstatt darunter zu leiden, schien sie fast dankbar. War es möglich, dass dieselbe Frau nur zwölf Jahre zuvor in strahlender Blüte gestanden hatte, die Frau, die in ihrem weißen Sommerkleid so schön gewesen war, dass sich jeder Mann auf Martha's Vineyard nach ihr umgedreht hatte? Allein die Tatsache, dass Grace keinerlei Erinnerung mehr an diese Frau hatte, brach ihm schier das Herz. War Grund genug, dass er immer wieder Entschuldigungen erfand, um nicht nach Hause fahren zu müssen. Und wäre ein ausreichender Grund gewesen, um in ein Zeugenschutzprogramm einzutreten, hätte er die Gelegenheit dazu gehabt. Ihm war noch nicht in den Sinn gekommen, dass das College genau das war.

»Sie wird sich schrecklich aufregen«, warnte er Mrs Whiting am Telefon, nachdem alles entschieden war. Gleich morgen früh würde er zum Dekan seiner Fakultät gehen, ihm seine Situation erklären und um Beurlaubung bitten. Mrs Whiting würde ihm einen Wagen schicken, und am späteren Nachmittag würde er am Krankenbett seiner Mutter sein. Grace würde vorerst zu Hause bleiben und mit ihrer Chemotherapie und Bestrahlung fortfahren – war es tatsächlich möglich, dass Grace schon vor sechs Wochen damit begonnen hatte, ohne ihm ein Wort zu sagen? –, doch irgendwann würde man sie in Mrs Whitings ebenerdige Villa verlegen, wo es einfacher sein würde, sie zu pflegen. Weder Grace noch ein anderes Familienmitglied der Robys war krankenversichert, seit sie ihre Stelle in der Hemdenmanufaktur verloren hatte, aber Mrs Whiting sagte ihm, er brauche sich keine Sorgen wegen der Arztrechnungen zu machen. Wie der Zufall es wollte, sei der alte Roger Sperry ebenfalls krank und brauche Unterstützung im Empire Grill. Falls Miles bereit sei, seine Stelle nach und nach zu übernehmen und den Diner für circa ein Jahr zu führen, bis ein neuer Manager gefunden und eingearbeitet sei, würde Mrs Whiting im Gegenzug dafür sorgen, dass Grace alles bekomme, was sie benötige. Irgendwann würde er natürlich wieder aufs College zurückkehren und seinen Abschluss machen. »Sie wird uns beide dafür hassen, ist Ihnen das klar, Mrs Whiting?«

»Du hast dir schon immer über die merkwürdigsten Dinge den Kopf zerbrochen, mein lieber Junge«, sagte die alte Dame in fast wehmütigem Ton. Miles hatte keine Ahnung, was sie meinte, traute sich jedoch nicht, sie zu fragen. »Sicher, deine Mutter wird sich zunächst aufregen, aber hassen wird sie dich bestimmt nicht. Ob sie mich hasst oder nicht, tut nichts zur Sache, findest du nicht auch?«

»Und was ist mit …?«

»Meiner Tochter?« Dass Mrs Whiting seinen Gedanken erraten hatte, war Miles beinahe unheimlich. »Sie wird natürlich auch gern wieder zu Hause sein wollen. Du weißt, wie sehr sie an deiner Mutter hängt. Weitaus mehr als an ihrer eigenen, würde ich sagen. Und wenn sie herausfindet, dass du auch da bist ... Aber ich denke, dass sie die meiste Zeit in Augusta bleiben kann, wenn dir das lieber ist.«
»Mrs Whiting«, sagte Miles, »warum sollte ich das wollen?«
Als Antwort erhielt er Schweigen. Was so viel hieß wie: er solle keine Fragen stellen, deren Antworten er nicht wissen wolle.
»Ich habe gehört, es geht ihr wieder besser?«, fragte er vorsichtig. Im vorletzten Sommer hatte er im Restaurant in Rhode Island einen Brief bekommen, in der zierlichen, adretten Handschrift seiner Mutter adressiert. In einem einzelnen gefalteten Bogen von Grace' blassgrünem Notizpapier – Cindy geht es nicht gut, hatte sie geschrieben, bestimmt würde sie sich über eine Karte von dir freuen – lag ein Zeitungsausschnitt aus der Empire Gazette, C. B. Whitings Todesanzeige, in der stand, dass Mr Whiting, vor Kurzem aus Mexiko zurückgekehrt, aufgrund eines fatalen Unfalls zu Hause gestorben sei, nachdem sich bei seinem Versuch, seine Pistole zu reinigen, versehentlich eine Kugel gelöst habe.
Erst zwei Monate später erfuhr Miles die Wahrheit. Er war am Labor Day für einen Kurzbesuch nach Hause gekommen – am Dienstag würde die Seminar-Registrierung in St. Luke's beginnen – und erwähnte C. B. Whitings Unfall gegenüber seinem Vater. »Was für ein Unfall?«, brummte Max und gluckste dann in sich hinein. »Wenn man sich eine geladene Waffe an die Schläfe hält und den Abzug drückt, nennt man das nicht Unfall.«
Da wurde Miles stutzig und dachte nochmals über den Brief nach. Unterbewusst hatte er registriert, dass etwas an der Traueranzeige und der Notiz seiner Mutter merkwürdig war. Es sah ihr so gar nicht ähnlich, dass sie zu einer solchen Tragödie nicht mehr zu sagen hatte, insbesondere einer, die ihre zweite Familie direkt betraf. Und hätte er noch eingehender

darüber nachgedacht, hätte er noch eine weitere Merkwürdigkeit entdeckt. Die Traueranzeige war lang und zog sich über zwei Spalten, wie es beim Tod einer bedeutenden Persönlichkeit üblich war. Über der zweiten Spalte stand »C. B. WHITING« in fetten Versalien, und erst jetzt dämmerte ihm, dass es sich nicht um eine Zwischenunterschrift, sondern um eine Bildlegende gehandelt hatte. Weder, als er den Brief seiner Mutter geöffnet hatte, noch später, als sein Vater ihm klarmachte, dass es kein Unfall gewesen war, fragte sich Miles, warum Grace beim Ausschneiden das Foto ausgespart hatte. Schließlich hatte Miles diesen Mann nie kennengelernt, und er wäre ihm vermutlich, wäre er ihm auf der Straße begegnet, auch nicht weiter aufgefallen.

»Und wie kommst du darauf, dass es ihr besser geht?«, fragte Mrs Whiting rundheraus.

»Meine Mutter schrieb ...«

»Ach ja, natürlich. Aber deine Mutter hängt genauso an meiner Tochter wie Cindy an ihr. Wenn Wünsche wahr würden, würden die Leute aus der ganzen Welt nicht nach Lourdes pilgern, sondern zu unserer Grace.«

Miles lächelte betrübt. Diese Frau besaß nach wie vor die Gabe, ihn zu verblüffen. In seinen dreieinhalb Jahren in St. Luke's war er nie jemandem begegnet, der auch nur im Entferntesten war wie sie.

»Mrs Whiting«, sagte er, »ich muss mich bei Ihnen entschuldigen.«

»Wofür, mein lieber Junge?«

»Ich war zwar in den letzten Jahren nicht oft zu Hause, hätte aber trotzdem ab und an bei Ihnen vorbeischauen können.«

»Nun, lass dir deswegen keine grauen Haare wachsen«, erwiderte sie, und ihm entging nicht, dass sie ihm im Grunde nicht widersprach. »Du wirst ja jetzt länger zu Hause sein. Nicht wahr, mein Junge?«

Einer der Gründe, warum Miles in der Highschool nicht bewusst wahrgenommen hatte, dass mit seiner Mutter eine Verwandlung vonstatten ging, war, dass er ihre zunehmend gleichgültigere Haltung ihrer eigenen Familie gegenüber den in all den Jahren erlittenen Enttäuschungen, ihrer

Erschöpfung und einem Übermaß an Verantwortung zuschrieb. Wohl bemerkte er – im Gegensatz zu Max, wie es schien –, dass sie ihren Mann völlig aufgegeben hatte, und er machte sich Sorgen, weil Grace in Bezug auf seinen Bruder so nachlässig geworden war. Aber gegenüber Miles war sie nur selten distanziert oder abwesend. Eher grenzte ihre Besorgnis um seine Zukunft, die alles andere als abstrakt war, an Besessenheit. Tatsächlich war Grace, als er in der elften und zwölften Highschool-Klasse war, von zwei Dingen gleichermaßen besessen: Sie wollte unbedingt, dass Miles aufs College ging, und dass Cindy Whiting am Abschlussball teilnahm. Und beide Ziele waren in Miles' Augen gleichermaßen unerreichbar. Im Nachhinein waren sie für ihn ein Beleg dafür, dass Grace sehenden Auges den Zug erwartete, der aus der Ferne herandonnerte.

Und ihr schwebte nicht nur ein College-Studium für Miles vor. Er sollte auch in einem anderen Bundesstaat studieren, was das ohnehin Schwierige nahezu unmöglich machte. Die Zulassung für die University of Maine zu erlangen hätte kein besonderes Problem dargestellt, und Studiengebühren, Bücher, Unterkunft und Verpflegung waren dort relativ günstig. Das Problem war das Wort »relativ«, denn Miles hatte keine Ahnung, woher selbst diese vergleichsweise kleine Summe kommen sollte. Und wenn man nun noch die Kosten für ein Studium in einem anderen Bundesstaat hinzurechnete, war das Vorhaben geradezu lachhaft. Als er von seiner Mutter wissen wollte, warum die Entfernung ein so wichtiges Kriterium für sie sei, überraschte sie ihn mit der Antwort: »Weil du dann nicht so oft nach Hause kommen kannst.« Keine fünfundvierzig Minuten entfernt, in Farmington, gab es einen kleineren Zweig der University of Maine, und der Hauptcampus in Orono war nur eine Fahrstunde entfernt. Die Jugendlichen, die dorthin gingen, erklärte sie, kämen übers Wochenende oft nach Hause, und das sollte bei ihm anders sein. »Ich gehe nicht jeden Tag zum anderen Flussufer hinüber, damit mein Sohn jederzeit nach Empire Falls zurückkommen kann.«

Die Formulierung »zum anderen Flussufer hinüber« hatte er während seiner Highschool-Zeit so oft vernommen, dass er sie inzwischen gar nicht mehr registrierte. »Warum, glaubst du, gehe ich jeden Tag zum anderen Flussufer hinüber?«, fragte sie ihn oft, wenn sie sich stritten. »Warum, meinst du, tue ich das wohl, Miles? Ich tue es, damit du es eines Tages nicht auch tun musst.« Oder: »Glaubst du, mir macht es Spaß, jeden Tag zum anderen Flussufer hinüberzugehen? Glaubst du das?« Die Art, wie sie derlei Fragen stellte, mit flackerndem Blick und schriller Stimme, entbehrte nicht einer gewissen Komik, jedenfalls für einen heranwachsenden Schüler. Es hörte sich an, fand Miles, als gäbe es keine Brücke, als watete sie Tag für Tag durch die reißenden Fluten des Knox und riskierte, von ihnen mitgerissen zu werden und an den Felsen des Wasserfalls zu zerschellen. Aber merkwürdigerweise schien es für sie keine Alternative zu geben, und als Miles ihr vorschlug, sich einen anderen Job zu suchen, reagierte sie, als wäre dieser Gedanke nicht nur überaus naiv – einen Job? In Empire Falls? –, sondern auch skrupellos, als handelte es sich bei ihrer Arbeit um die einzig ehrliche weit und breit. Es war, als betrachtete sie mittlerweile ihren täglichen Gang über den Fluss als einen zutiefst symbolischen Akt, und seine Unfähigkeit, dessen Notwendigkeit zu begreifen, zeigte nur, wie wenig er begriffen hatte – von ihr, dem Fluss und dem Leben an sich.

Aber ebenso besessen wie von ihrem Plan, dass Miles ein weiter entferntes College besuchen sollte, war sie von der Idee, dass Cindy Whiting am Abschlussball teilnehmen sollte. Diese beiden Ereignisse waren in ihrer Vorstellung miteinander verbunden und von gleich großer Wichtigkeit. Als seine Mutter bereits ein Jahr im Vorhinein davon anfing, dass Cindy unbedingt eine Einladung bekommen müsse, widersprach Miles ihr nicht, weil er noch nicht wusste, wie viel es ihr bedeutete und dass sie alles Erdenkliche zu tun bereit war, um ihr Vorhaben Wirklichkeit werden zu lassen. Zuerst dachte er, sie habe vor, unter den vielen Freunden und Bekannten von Mrs Whiting einen passenden Partner für das arme Mädchen zu suchen, die Grace ja alle kannte. Gewiss war da irgendwo ein Cousin zweiten oder dritten Grades, den man von der Situation in Kenntnis setzen, von deren Ernst überzeugen und dazu bringen könnte, sich zur Verfügung zu stellen. Erst als seine Mutter ihn fragte, ob es nicht vielleicht einen schüchternen Klassenkameraden gebe, der womöglich ein ganz klein wenig Zuneigung zu dem Mädchen gefasst habe, wurde Miles klar, welch irriger Selbsttäuschung sie erlegen war: Dass sich an der Empire High ein Verehrer für Cindy Whiting finden ließe, war eine Vorstellung, die ihm noch ein bisschen lachhafter erschien als die, dass sie irgendwie das Geld für sein Studium in einem anderen Bundesstaat auftreiben könnten. Erst langsam dämmerte ihm, worauf die Zuversicht seiner Mutter gründete, und er machte sich unverzüglich daran, nach einem anderen Mädchen Ausschau zu halten, in das er sich verlieben und das er zum Abschlussball einladen könnte. Wenn ihm das gelänge, müsste seine Mutter sich eine neue Strategie ausdenken, und wenn sie damit scheiterte, wäre er wenigstens aus dem Schneider. Sich zu verlieben, sinnierte er, betrachteten die Leute als etwas Normales, etwas, das sie einem nicht zum Vorwurf machen konnten.

Das Problem war, dass er bereits verliebt war.

Nicht, dass es ihm etwas genutzt hätte, denn Charlene Gardiner hatte bereits vor drei Jahren die Highschool abgeschlossen, und die Hoffnung, dass sie seine Einladung annehmen würde, war genauso illusorisch wie das Wunschdenken seiner Mutter in Bezug auf sein Studium in einem anderen Bundesstaat und eine Romanze für Cindy Whiting. Trotzdem hoffte Miles weiterhin auf ein Wunder. In der elften Klasse hatte er im Empire Grill als Ferienaushilfe angefangen, um in Charlenes Nähe zu sein, und in der zwölften Klasse arbeitete er aus dem gleichen Grund sogar drei, vier Mal in der Woche gleich nach der Schule dort. An seinen freien Nachmittagen überredete er seinen Freund Otto Meyer, mit ihm eine Coke dort zu trinken; später wechselten sie dann zu Kaffee, um, wie sie hofften, älter zu wirken. Was Miles hinlänglich den Kopf verdrehte, um seine Hoffnungen aufrechtzuerhalten und ihn daran zu hindern, sich ein anderes Mädchen auszugucken, war die Tatsache, dass Charlene Gardiner ihn gern zu haben schien, obwohl sie immer mindestens einen gleichaltri-

gen oder älteren Freund hatte. Miles hatte damals noch keine Ahnung, dass manche Mädchen durchaus nett zu einem Jungen sein konnten, der das Pech hatte, sich in sie verliebt zu haben, obwohl sie seine Gefühle nicht teilten. Charlene Gardiner war ein solches Mädchen. Anstatt sich über Miles' Verliebtheit lustig zu machen – die mit Abstand wirksamste Methode, um davon geheilt zu werden –, erweckte sie bei ihm den Eindruck, dass sie sowohl ihn als auch seine Verliebtheit süß fand. Nicht, dass sie ihn in seiner törichten Schwärmerei ermutigt hätte, aber ebenso wenig brachte sie es übers Herz, seine Gefühle mit Füßen zu treten. Spott und Verachtung hätte Miles verstanden und sich gesagt, dass er es nicht anders verdient habe, aber Zuneigung und Dankbarkeit verwirrten ihn zutiefst. Dankbarkeit für ihre Freundlichkeit trübte sein Urteilsvermögen, und die Nähe, die sie ihm gewährte, war einfach zu berauschend, um darauf zu verzichten, und so redete er sich ein, ihre Zuneigung sei ein erster Anfang und würde sich, wenn die Gelegenheit günstig sei, auf natürliche Weise in Liebe verwandeln. Die Parallele zwischen Charlene Gardiners Freundlichkeit ihm gegenüber und seiner eigenen gegenüber Cindy Whiting entging ihm völlig, eine Analogie, die durchaus lehrreich hätte sein können.

Obwohl sich sein Dilemma von Tag zu Tag verstärkte – weit und breit kein Mädchen in Sicht, das er zum Abschlussball hätte einladen können, während die Bedrohung, dass eins für ihn »gefunden« würde, wuchs –, tröstete sich Miles ein wenig damit, dass Otto Meyer ebenfalls keine Fortschritte zu machen schien. Auch er hatte Probleme mit seiner Familie. Sein Vater, ein aufbrausender, aggressiver Mann, hatte vor Kurzem einen Schlaganfall gehabt und war zorniger denn je aus dem Krankenhaus zurückgekehrt, mit dem Unterschied, dass er nicht mehr in der Lage war, seiner Wut Luft zu verschaffen. Die durch den Schlaganfall gelähmte Gesichtshälfte friedlich und reglos, die andere rot und verzerrt, war das Einzige, wozu er noch in der Lage war, seinen riesigen Schädel zu schütteln und dabei Speichelfäden durch die Luft zu schleudern wie ein Bernhardiner. Wenngleich auch Otto dem Charme der schönen Charlene

Gardiner erlegen war, gab er sich im Gegensatz zu Miles keinen Illusionen hin. Auch war er nicht unempfänglich gegenüber den Reizen gleichaltriger Mädchen, und so erzählte er Miles eines grauen Nachmittags, als sie sich in einer Tischnische im Empire Grill gegenübersaßen, er habe eine aus seiner Klasse gefragt, ob sie mit ihm zum Abschlussball gehen wolle, und sie habe seine Einladung angenommen. Miles bemühte sich redlich, nicht geknickt zu wirken. Das besagte Mädchen, das einige Jahre später Ottos Frau und Mutter seines Sohnes werden sollte, entsprach genau dem Typ, nach dem Miles ebenfalls hätte Ausschau halten sollen. Sie war hübsch, intelligent, ein bisschen schüchtern und voller Witz, auch wenn sie damals noch nicht wusste, wie sie diese in ihr schlummernde Seite ihrer Persönlichkeit zum Ausdruck bringen konnte. Weder sonderlich beliebt noch unbeliebt, trug sie die ihr von ihrer Mutter aufgezwungenen unmodischen Anziehsachen und spürte offenbar intuitiv, dass es Schlimmeres gab, als nicht besonders beliebt zu sein, dass das Leben lang war und man eines Tages vollauf zufriedenstellende Brüste haben konnte und dass in der Tat nichts falsch an ihr war, egal, was andere dachten. In den Tagen nach Ottos kühnem Vorstoß gestand ihm ungefähr ein Dutzend Jungen, wie glücklich er sich schätzen könne, hatten sie selbst sie doch ebenfalls gefragt.

Nachdem er den ersten Schock überwunden hatte, fiel es Miles nicht mehr schwer, sich für seinen Freund zu freuen – allerdings folgte auf Ottos unerwartete Ankündigung an diesem Nachmittag eine weitere. Als Charlene Gardiner an ihrem Tisch vorbeikam, um ihnen Kaffee nachzuschenken, warf sie den beiden in spaßigem Ton vor, dass sie nicht besonders aufmerksam seien. Dann hielt sie ihre linke Hand hoch und bewegte demonstrativ die Finger. Sie hatte bezaubernde Finger, und an einem saß ein zarter Ring, dessen Bedeutung Miles noch immer nicht begriffen hatte, bis ein Motorrad mit leisem, kehligem Knattern vor dem Lokal vorfuhr und Charlene schnurstracks zur Eingangstür lief. Der junge Kerl auf dem Motorrad – er hatte langes, windzerzaustes Haar, trug eine Lederjacke und einen Dreitagebart – kam gerade noch dazu, den Motorradständer herunterzutreten, bevor Charlene auch schon in seinen Armen lag. Dann schleuderte er sie durch die Luft, und sie konnten sie durch die Fensterscheibe hindurch jauchzen hören. Hin und her wirbelte er dieses Mädchen, nach dem sich Miles, noch lange nachdem sie geheiratet hatte – zuerst diesen Motorradfahrer, dann zwei weitere Männer – und er selbst auch verheiratet war, verzehrte. Als das Herumgewirbele auf dem Parkplatz endlich stoppte, war Miles selbst ganz schwindelig.

Als Charlene wieder hereinkam und fragte, ob sie eine halbe Stunde früher Schluss machen könne, nickte ihr Roger Sperry von seinem Platz hinter dem Tresen aus zu, und noch bevor die Eingangstür hinter ihr ins Schloss fiel, saß sie auf dem Motorrad, das bereits wieder erwartungsvoll knatterte, und schon waren Charlene und ihr neuer Verlobter verschwunden. »Du errätst bestimmt nicht, wen ich, wenn es nach meiner Mutter geht, fragen soll«, sagte Miles zu Otto. Sie sahen einander nicht an, sondern schauten beide auf den Parkplatz vor dem Lokal.

»Cindy Whiting?«, sagte Otto, und als Miles ihn ansah, zuckte er nur die Schultern. »Deine Mutter hat letzte Woche meine angerufen. Ich dachte, du hättest mich vielleicht vorgeschlagen.«

Miles schloss die Augen, und eine Welle der Scham angesichts dessen, was seine Mutter getan hatte, schwappte über ihn.

»Ist schon okay«, sagte Otto. »Ich meine, es wäre ja nicht so schlimm gewesen. Cindy ist eigentlich recht hübsch, findest du nicht auch?«

In Miles' Augen war das nicht der Punkt. Wieder hörte er im Geiste den Anfeuerungsruf, der ihm seit dem vergangenen Frühling, als er das Autofahren gelernt hatte, nicht mehr aus dem Sinn ging: »Go, Roby, go! Go, Roby, go!«

»Außerdem ist sie ein nettes Mädchen«, fuhr Otto fort. Das stimmte auch, und als Miles nicht widersprach, fügte er hinzu: »Und sie mag dich. Mehr als jeden anderen.«

»Das ist ja das Schlimmste daran.« Miles begegnete dem Blick seines Freundes.

»Nein. Das Mädchen, das du liebst, ist gerade mit einem anderen auf dem Motorrad davongefahren«, sagte Otto. »Das ist das Schlimmste daran.«

»Ach, leck mich, Otto«, knurrte Miles.

»Außerdem könnten wir zu viert hingehen«, sagte sein Freund. »Anne hätte bestimmt nichts dagegen.« Anne Pacero war seine neue Freundin. »Ich wette, sie würde Cindy gern näher kennenlernen. Das wäre bestimmt okay.«

Miles ließ sich den Vorschlag durch den Kopf gehen, dann wandte er den Blick ab und sah zu Boden. »Was, wenn sie glaubt, ich mag sie, oder so was?«

»Du magst sie ja auch.«

»Du weißt, was ich meine.«

Nun senkte Otto den Blick, und Miles versuchte sich vorzustellen, ein anderer Gleichaltriger hätte ihm vorgeschlagen, das Richtige zu tun, weil es das Richtige sei. Unter anderen Umständen, dachte Miles, wäre er Otto dankbar gewesen für seinen Mut, einen moralischen Standpunkt einzunehmen. Vielleicht war er ja sogar auch in dieser speziellen Situation dankbar. Er hätte seinem Freund gern erklärt, wie bedürftig und liebeshungrig dieses Mädchen sei, dass sie in einer Traumwelt lebe und dass die geringste freundliche Geste sie in ihren Illusionen bestärke. Doch während er nach Worten rang, wurde er sich darüber im Klaren, dass er damit im Grunde nur seine Sehnsucht nach Charlene Gardiner beschreiben würde, die in der Tat in ihre Zukunft davongebraust war, ohne ihm Auf Wiedersehen zu sagen oder den Vierteldollar einzustecken, den er immer als Trinkgeld auf dem Tisch liegen ließ.

Nach dem Abendessen, als sein Bruder ins Bett gegangen war, kam Grace ins Esszimmer, wo Miles die Unterlagen für seine Hausaufgaben auf dem Tisch ausgebreitet hatte. »Ich möchte, dass du ans St. Luke's gehst«, sagte sie.

Das kleine katholische College unweit von Portland war die teuerste von allen Hochschulen, an denen er sich beworben hatte. Abgesehen von St. Luke's hatte er seine Bewerbungsunterlagen an die University of New

Hampshire und die University of Vermont geschickt, außerdem, ohne dass seine Mutter davon wusste, an die University of Maine. Er war davon überzeugt, dass sie zu gegebener Zeit der Realität ins Auge blicken würde. »Mom ...«

»Ich war heute Nachmittag in der Kirche.«

Miles stieß einen tiefen Seufzer aus. Mein Gott, dachte er. Sie betet dafür, dass ich in einem anderen Bundesstaat studieren kann.

»Father Tom kennt ein paar Leute an diesem College«, sagte sie, was ihn ein wenig zuversichtlicher stimmte. »Er meint, du hast mit deinen Noten gute Chancen auf ein Stipendium. Außerdem wird die Gemeinde vielleicht einen Teil der Bücherkosten übernehmen können. Und du würdest doch so gern auf dieses College gehen.«

Er empfand den Drang, sie zu fragen – nein, es laut hinauszuschreien –, was das, was man wolle, mit der Wirklichkeit zu tun habe. Aber er nickte einfach nur. Denn das war es wirklich, was er wollte.

»Wir werden das Geld schon auftreiben.« Sie nahm seine Hand in ihre. »Vertraust du mir?«

War es möglich, eine solche Frage mit Nein zu beantworten? »Okay, Mom«, sagte er, und ihr naiver Glaube hatte ihn so untröstlich werden lassen, dass er nur mit Mühe sprechen konnte.

»Gut«, sagte sie. »Und nun möchte ich dich um einen Gefallen bitten.«

Und der Gedanke kam ihm, dass sich etwas inständig zu wünschen vielleicht doch nicht das Dümmste war, was ein Mensch tun konnte. Denn als er an diesem Nachmittag vom Empire Grill nach Hause kam, rief er Cindy Whiting an. »O Miles«, sagte sie mit vor Rührung belegter Stimme. »Lieber, lieber Miles.«

Kapitel 27

Otto Meyer jr. lauschte der automatischen Ansage, die ihm mitteilte, dass die gewählte Nummer nicht mehr in Betrieb sei, legte dann auf und langte nach der Plastikdose mit den Säureblockern, die er in der unteren rechten Schreibtischschublade aufbewahrte. Jeder Rektor, den er kannte, bewahrte irgendetwas dort auf, etwas, das ihm half, irgendwie durch den Tag zu kommen, und Otto tröstete sich damit, dass es weit schlimmere Dinge gab, die man verstecken könnte. Er schraubte den Deckel auf, schüttelte vier oder fünf Tabletten in die linke Handfläche und kaute sie düster. Ehe er die Dose an ihren Platz zurückstellte, spähte er durch die weite runde Öffnung und zählte, wie viele noch übrig waren. Neunzehn, falls er sich nicht verzählt hatte. Nicht genügend für den Rest der Woche, jedenfalls nicht, wenn sie weiter so lief wie bisher. Das bedeutete also einen Abstecher zu Wal-Mart in Fairhaven, um eine weitere Familienpackung dieses Generikums zu kaufen, fünfhundert Tabletten zum Schnäppchenpreis. Der Apotheker hatte ihm versichert, sie seien quasi identisch mit dem Markenprodukt, aber Otto hatte seine Zweifel. Er brauchte zunehmend mehr von diesen Dingern, um seinen Magen zu beruhigen.

Seit Monaten befolgte er schon nicht mehr die empfohlene Dosis, sondern fuhr, sobald sich ein leichtes Magenbrennen bemerkbar machte, größere Geschütze auf. Die Zahl der Tabletten, die er in letzter Zeit gegen das Sodbrennen kaute, korrespondierte mit der Größe des Problems, das ihm das Brennen im Magen und bis in die Kehle hinauf verursachte und einen bitteren Geschmack auf seinem Gaumen hinterließ. Nachdem er in der vergangenen Woche erfahren hatte, dass einer seiner besten Lehrer von der Schule nach Hause gegangen war und seine Frau krankenhausreif geschlagen hatte, hatte er sich ungefähr ein Dutzend davon verordnet. Als er am nächsten Tag die Frau des Lehrers im Krankenhaus besuchte und sie ihn aus ihren zugeschwollenen Augen ansah, begab er sich in den Souvenirladen im Erdgeschoss und verordnete sich eine Dosis von einem halben Dutzend, die er direkt dort, vor der Kasse, einnahm. Am nächsten Tag besuchte er den Lehrer zu Hause und traf ihn vor sich hinstarrend in der Küche an, eine Handfeuerwaffe vor sich auf dem Tisch – und Otto Meyer beschloss, dass die korrekte Dosis in diesem Fall die andere Hälfte des Dutzends war. Und nun diese Sache mit John Voss.

Die dritte Nachricht hatte er an diesem Morgen in seinem Postfach vorgefunden, wobei das nicht hieß, dass sie nicht schon am gestrigen Nachmittag dort gelandet sein konnte, nachdem das Lehrerkollegium nach Hause gegangen war. Wie die vorherigen bestand auch diese aus einem einzigen Satz, der, wie er keine Sekunde bezweifelte, im Computerraum der Schule getippt und ausgedruckt worden war. *Wo ist John Voss' Großmutter?* Kein Gruß. Keine Unterschrift.

Als die erste Nachricht am Freitag in seinem Fach aufgetaucht war, hatte Otto ihr keine Beachtung geschenkt, sondern sie für das Werk eines dieser Spinner gehalten, von denen es auch ein paar unter der Schulbelegschaft gab, für die er sich verantwortlich zeichnete. Die zweite Nachricht lag am Montagmorgen mitten auf seinem Schreibtisch, und er dachte zunächst, es sei dieselbe, bis ihm wieder einfiel, dass er die erste zusammengeknüllt in den Papierkorb geworfen hatte. Als er seine Sekretärin Gladys, die sie auf seinen Schreibtisch gelegt haben musste, danach fragte, schüttelte sie nur den Kopf und sagte: »Was für eine Nachricht?« Als Reaktion auf die zweite nahm Otto eine Tablette ein und bat Gladys um John Voss' Akte, und jetzt – angesichts der dritten Nachricht und dem vor ihm ausgebreiteten Akteninhalt – bat er Gladys, herauszufinden, wo sich der Junge in der sechsten Stunde aufhielt.

Die Antwort – beim Lunch mit Christina Roby in der Cafeteria – hätte sich Otto, wenn er ein bisschen nachgedacht hätte, auch selbst geben können. Schließlich war er selbst für dieses Arrangement verantwortlich, das, gepriesen sei Gott, allem Anschein nach funktionierte. Nun, im Grunde hatte er keine Ahnung, ob es tatsächlich funktionierte, abgesehen davon, dass er in der Regel von Dingen erfuhr, die nicht funktionierten, vor allem wenn es sich um etwas handelte, was er in die Wege geleitet hatte, denn dann hörte er ständig davon. Die einzige neue Entwicklung im Problemfall John Voss war die Tatsache, dass der Junge als Aushilfe im Empire Grill arbeitete, und das war bestimmt ein gutes Zeichen. Sicher, der Schüler zeigte in der Regel keinerlei Reaktion auf Versuche der Lehrer, mit ihm zu kommunizieren, oder auf sonstige Stimulationen. Allerdings hatte Otto in den letzten Wochen bemerkt, dass sich seine äußere Erscheinung verbessert hatte. Er wirkte sauberer, sein Haar war nicht mehr so verfilzt, seine Secondhand-Klamotten nicht mehr gar so zusammengewürfelt. Hatte er sich womöglich in Christina Roby verliebt? Otto vermutete es. Schließlich war allgemein bekannt, dass es einen direkten Zusammenhang zwischen einer Romanze und der persönlichen Hygiene gab, und er rief sich ins Gedächtnis, wie er selbst in der zehnten Klasse begonnen hatte, regelmäßig ein Bad zu nehmen, nachdem er sich in die hübsche Charlene Gardiner verliebt hatte. Durchaus möglich also. Die beiden arbeiteten zusammen im Empire Grill. Von beiden wurde ein Bild, das sie im Kunstunterricht gemalt hatten, in der städtischen Kunstausstellung gezeigt. Sie nahmen zu zweit ihr Mittagessen ein. Konnte es sein, dass all das zusammen eine romantische Vorstellung in dem ansonsten komatösen Hirn des Jungen erzeugt hatte?

Die arme Christina, musste er denken, während er die letzten kreideartigen Säureblocker einnahm; dann begab er sich in die Cafeteria, wo er neben besagten beiden Schülern einen dritten antraf, Zack Minty.

Die große Plastikdose mit Säureblockern, die Otto Meyer in seiner Schreibtischschublade aufbewahrte, war nicht sein einziger Vorrat. Er hatte noch drei oder vier davon zur Reserve im Handschuhfach seines Buick und natürlich auch eine Pillendose zu Hause auf seinem Nachttisch stehen. Während er vor dem baufälligen Haus an der Straße zur ehemaligen Mülldeponie parkte und ein paar Tabletten kaute, um sich auf das Gespräch mit der Großmutter des Jungen vorzubereiten, bemerkte er, dass es inzwischen kalt genug war, um zu schneien.

In ein paar Monaten würde wieder die Zeit beginnen, da er um vier Uhr morgens aufstehen müsste. An den Tagen, an denen Schnee vorausgesagt war, mussten Otto und die anderen Rektoren der Grund- und Mittelschulen in aller Herrgottsfrühe die einschlägigen Wetterprognosen in Fernsehen und Radio verfolgen. Um halb sechs spätestens mussten sie entscheiden, ob es zu gefährlich sei, die Schulbusse über die Straßen fahren zu lassen. Die Eltern waren größtenteils darauf erpicht, dass ihre Kinder in die Schule gingen, weil sie sich sonst überlegen mussten, was sie mit ihnen anfangen sollten. Bevor sie dies taten, riefen sie gern bei Otto Meyer jr. zu Hause an und gaben ihm zu verstehen, wofür sie ihn hielten: einen verdammten Idioten, einen faulen Nichtsnutz, der nur auf einen freien Tag aus war, als genügten die langen Sommerferien nicht. Wenn Otto unter der Dusche war und seine Frau abnahm, ließen sie ihren Unmut an ihr aus. Die Eltern, die am Telefon am schlimmsten wüteten und am ausfälligsten wurden, waren in der Regel keine, die sich einen Urlaubstag nehmen mussten, um sich um ihre Kinder zu kümmern. Sondern solche, die sie für die kostenlose Schulspeisung angemeldet hatten und unzulänglich gekleidet in die Schule schickten, sich jedoch durchaus Anrufbeantworter leisten konnten, um keine Zeit mit lästigen Telefonaten mit Schulrektoren oder Schuldeneintreibern zu verplempern.

Aber auch diese waren nicht die schlimmsten. Die schlimmsten waren die, sinnierte Otto Meyer, während er das baufällige Haus musterte, die man nie zu Gesicht bekam, jene, die nur in den Berichten der staatlichen Sozialarbeiter zu existieren schienen, in Akten, die den Kindern von Schule zu Schule folgten – der müde Versuch, Lehrer und Schulleitung auf das vorzubereiten, was auf sie zukam. Der Akte zufolge, die er studiert hatte, bevor er hierhergefahren war, waren John Voss' Eltern vor fast fünf Jahren vom behördlichen Radarschirm verschwunden; selbst drogenabhängig, hatten sie sich als kleine, armselige Drogendealer in Portland verdingt und erst, nachdem sie Kinder bekommen hatten, entdeckt, was für Nervensägen diese sein konnten, wenn Erwachsene ernsthaften Geschäften nachgehen wollten. Als John noch ein kleines Kind war, steckten sie ihn in einen Wäschesack, zogen die Schnur fest zu und hängten ihn in den Schrank, wo er nach Herzenslust strampeln und schreien konnte. Nach einer Weile wurde er still, sodass sie endlich ein bisschen Ruhe hatten. Das Problem mit der Stille war, dass sie ihn manchmal komplett vergaßen, einschliefen und ihn die ganze Nacht dort hängen ließen.

Normalerweise hielt sich Otto philosophisch und politisch gesehen für recht gefestigt, aber nachdem er diese Akte gelesen hatte, fühlte er sich in einen tiefen seelischen Konflikt gestürzt aufgrund der Frage, ob John Voss' Eltern hingerichtet gehörten, vorausgesetzt, sie waren auffindbar. Zwar war er noch nie für die Todesstrafe gewesen, weil er wusste, dass sie das Problem nicht aus der Welt schaffte, dessen Lösung sie eigentlich sein sollte, aber das Problem, das sie in diesem Fall beheben würde – recht elegant sogar, wie er dachte –, war der Widerwille, den der Gedanke in ihm hervorrief, in derselben Welt wie diese beiden Individuen zu leben.

Nicht, dass er sich als idealen Vater betrachtete. Weit gefehlt. Er und Anne waren wider besseres Wissen viel zu nachsichtig mit ihrem Sohn gewesen, mit dem Ergebnis, dass Adam nun eine ausgesprochen wirklichkeitsfremde Weltsicht zeigte. Zum Beispiel schien er zu glauben, dass die Welt ihm gegenüber ganz selbstverständlich freundlich gesinnt sei. Was Disziplin anbelangte, hatte Otto die Zügel viel zu lange schleifen lassen, und nun war es vermutlich zu spät, sie zu straffen. Als er seinen Sohn Anfang des Jahres auf einer Party erwischt hatte, wo sowohl Drogen als auch Alkohol kursierten, sagte er ihm, er habe bis auf Weiteres Hausarrest. Auf dem Weg zum Auto kriegte sich Adam vor Lachen nicht mehr ein. Er habe »überhaupt keine Peilung«, lautete der lapidare Kommentar seines Sohnes zu seiner erzieherischen Kompetenz, und Otto konnte ihm nicht einmal widersprechen. Er mochte lieber nicht darüber nachdenken, an welchem Punkt sein Scheitern begonnen hatte, denn wann immer er es versuchte, spürte er, wie sich das Gefühl des Scheiterns mit dem Pfefferminzgeschmack der Säureblocker auf seinem Gaumen vermischte. Die einfachste Erklärung war, dass er sich mit einer allzu bescheidenen Strategie in das Abenteuer der Elternschaft begeben hatte, indem er sich gelobt hatte, seinen Sohn niemals so zu schikanieren, wie sein Vater ihn schikaniert hatte. Nun, das war ihm anscheinend gelungen. Adam schien seine Eltern recht gern zu haben, ohne sich im Geringsten bemüßigt zu fühlen, auf sie zu hören. Seine Standardantwort »Okay, Dad« implizierte weder Zustimmung noch Einsicht, wie Otto längst klar geworden war.

Anne vertrat die Ansicht, dass ihr Sohn eine ganz normale Phase durchmache. Das, was ihr Mann ihr zu erklären versuchte, wenn er wieder einmal im Dunkeln schlaflos neben ihr lag – dass sie es irgendwie versäumt hätten, ihren Sohn auf die Wirklichkeit vorzubereiten –, sei töricht. Adam leide lediglich unter den ganz normalen Symptomen der Pubertät, etwas, was mit der Zeit vorbeigehe wie ein schwerer Fall von Masern: hässlich anzusehen, aber zeitlich begrenzt und sicherlich nicht lebensbedrohlich. Der Junge wisse, dass sie ihn liebten, erinnerte sie ihn, und Otto dachte, ja, der letzte Strohhalm, an den sich ratlose Eltern klammerten.

Wenigstens, dachte Otto jetzt, während er die wackligen Verandastufen hochstieg und den Klingelknopf drückte, hatten Anne und er es irgendwie geschafft, ihren Sohn großzuziehen, ohne ihn in einen Wäschesack zu stopfen oder ihn in ein Geisterhaus wie dieses zu stecken.

Der Junge hatte ihn darauf hingewiesen, dass er wahrscheinlich mehrmals würde klingeln müssen. Seine Großmutter sei schwerhörig, und ihr Schlafzimmer, das sie ohnehin nur noch selten verlasse, liege am hinteren Ende des Flurs. Der Rektor hatte natürlich eine Notlüge erfunden, erklärt, es gebe ein paar Dokumente, die sie unterschreiben müsse. Der Junge hatte ihm angeboten, sie an diesem Abend mit nach Hause zu nehmen, aber Otto hatte abgelehnt, gemeint, er wolle persönlich mit ihr sprechen und sich erkundigen, ob die Schule ihr irgendwie behilflich sein könne – eine gemeine Lüge, wie ihm jetzt klar wurde. Der Blick des Jungen war nervös hin und her gehuscht, und er hatte ihm kein einziges Mal in die Augen sehen können, aber er wirkte eher besorgt und verlegen als in Panik. Ja, räumte er ein, seine Großmutter habe im letzten Frühling den Telefonanschluss abgemeldet, um sich die Kosten zu sparen; sie hätten sowieso nur lästige Werbeanrufe bekommen. Als Otto ihn fragte, ob es ihr nicht zu gefährlich erscheine, so abgelegen zu wohnen, ohne im Notfall jemanden anrufen zu können, antwortete er: »Dafür bin ich ja da. Für Notfälle.«

Von den beiden Gesprächen war das mit John Voss weniger beunruhigend gewesen als das mit Zack Minty.

»Wie bist du in die Cafeteria gelangt?«, fragte der Rektor, als der Junge ihm in seinem Büro gegenübersaß.

»Die Tür war offen.«

»Nein, sie ist nach der fünften Stunde immer abgeschlossen.«

»Dann müssen sie es wohl vergessen haben.«

»Soll ich Mrs Wilson anrufen?«

»Nur zu. Jedenfalls war die Tür offen.«

»Hast du deine Freunde überredet, dich reinzulassen?«

»Die Tür war *offen*.«

»Nein, sie war abgeschlossen.«

Otto spürte Ärger in sich aufsteigen. So wie er vor ihm saß, würde es der Junge bestimmt ohne Säureblocker durch sein ganzes Erwachsenenleben hindurchschaffen. Arrogant. Selbstgefällig. Ein Minty durch und durch. William, der Großvater des Jungen, war ein Wilderer gewesen, das wussten alle, und außerdem hatte er ständig seine Frau verprügelt, zu einer Zeit, als dieses Verbrechen noch als Privatsache galt. Zeitlebens ein durchtriebener, brutaler Gesetzesübertreter, in unregelmäßigen Abständen hinter Gittern wegen kleinerer Delikte, die eher von mangelnder Fantasie als von echten Skrupeln zeugten, war er Gerüchten zufolge auch derjenige gewesen, an den sich die Whitings gewandt hatten, als eine ihrer Fabriken unter den Einfluss der Gewerkschaft zu geraten drohte und sie jemanden brauchten, der die Wortführer mit Nachdruck zur Räson brachte.

Und Zacks Vater, der dubiose Jimmy Minty, von dem es hieß, er würde der nächste Polizeichef werden, kassierte zwei Gehaltsschecks, neben seinem offiziellen einen von Francine Whiting, und zwar schwarz. Und auch dieser Spezialist für verdeckte Fouls, der jetzt vor ihm saß, war offenbar ein Apfel, der nicht weit vom Stamm fiel. Otto vermutete, er würde entweder als Gesetzesbrecher wie sein Großvater oder als korrupter Gesetzeshüter wie sein Vater enden, jedenfalls würde er so oder so Ärger machen. Falls die Frau, die er heiraten würde, ihn nicht erschoss – was Jimmys Frau mehr als einmal angedroht hatte, bevor sie ihn verließ –, würde er ungeschoren davonkommen.

Der Rektor nahm die schriftliche Erlaubnis entgegen, die der Junge aus der Tasche gezogen hatte und die ihm erlaubte, sich jederzeit frei im Schulgebäude zu bewegen. »In welchem Kurs hast du Mrs Roderigue als Lehrerin?«

»In keinem.«

»Warum hat sie dir dann das hier ausgestellt?«

»Ich nehme an, weil sie mich mag.«

»Warum sollte sie?«

»Mich mögen?«

Genau das hätte Otto gern gewusst, beschloss aber, seine Frage umzuformulieren. »Nein, warum sie dir eine Erlaubnis ausgestellt hat.«

Ein Schulterzucken. »Wir gehen in dieselbe Kirche. Außerdem ist sie meine Tante oder so. Die Schwester meiner Mutter ist die Frau von ihrem Bruder. Was immer das ist.«

»Was immer das *ist*, ist kein Grund, dir diese Erlaubnis auszustellen. Oder hast du ihre Unterschrift gefälscht?«

»Das würde ich niemals tun.«

»Warum nicht?«

»Weil Sie es herausfinden würden.«

»Nicht, weil es falsch wäre?«

»Deswegen auch, von mir aus.«

»Ich will dich während der sechsten Stunde jedenfalls nicht mehr in der Cafeteria sehen. Haben wir uns verstanden?«

Wieder ein Schulterzucken.

»Ob du es verstanden hast? Ich werde es überprüfen.« Plötzlich hatte er eine Eingebung. »Hast du das hier geschrieben?«

Zack Minty beugte sich vor, zog das Blatt heran und las die Nachricht, dann gab er es ihm mit dem Anflug eines Lächelns zurück, wie es Otto schien. »Nein.«

Natürlich war er es gewesen. Plötzlich war sich Otto sicher. John Voss' Großmutter hieß Charlotte Owen, und wer immer diese Nachricht geschrieben hatte, wusste das nicht und auch nicht, wie er es herausfinden sollte, oder aber war zu faul dazu gewesen. Also ein halbwüchsiger Schüler. Und zwar dieser. »Noch so etwas, was du nie im Leben tun würdest?«

Verwirrung zeichnete sich auf Zack Mintys Gesicht ab, dann schüttelte er den Kopf. »Nein.«

»Weil es falsch wäre oder weil du erwischt werden könntest?«

»Wie sollte ich erwischt werden?«

»Warum quält ihr John Voss?«

»Das tun wir nicht.«

»Was bringt euch das?«

»Ich sagte, das tun wir nicht.«

Als Otto in Richtung Ausgang strebte, ertönte der Schulgong und er sah Doris Roderigue in der Tür ihres Klassenzimmers stehen. »Ich will Minty nie mehr mit dieser Erlaubnis erwischen, die von Ihnen unterschrieben wurde«, sagte er, ohne sich darum zu scheren, ob einige Schüler mithören konnten oder nicht. Als sie zu einer Erwiderung ansetzte, reichte er ihr das Blatt. »Nie wieder. Verstanden?«

Nachdem er in den Buick gestiegen war, blieb er eine Weile sitzen, um sich zu beruhigen. Doris Roderigue war ihm völlig egal, aber Zack Mintys letzte Worte gingen ihm nicht mehr aus dem Sinn. Als Otto gesagt hatte, er könne gehen, war er langsam aufgestanden, als wäre er enttäuscht, dass ihre Unterhaltung schon zu Ende war. Er hinkte, wie Otto bemerkte – gewiss, um den Rektor daran zu erinnern, dass er Football spielte und sich zu Ruhm und Ehren der Empire High eine Verletzung zugezogen hatte. An der Tür blieb der Junge stehen und drehte den Kopf leicht zur Seite. »›Wo ist John Voss' Großmutter?‹«, wiederholte er, als wäre ihm der merkwürdige Charakter dieser Frage erst jetzt in den Sinn gekommen. »Puh.«

Sowohl Vorder- als auch Hintertür waren abgeschlossen. Otto hätte es nicht probieren sollen, aber er tat es. Was hätte er getan, wenn eine der Türen offen gewesen wäre? Wäre er unerlaubt eingetreten? Nachdem er mehrmals laut geklopft hatte, stieg er die Stufen der rückwärtigen Veranda wieder hinunter, stellte sich gut sichtbar vor das Haus und rief zu einem Fenster hinauf, von dem er hoffte, dass es das des Schlafzimmers der alten Dame war. Er sagte, wer er sei, und bemühte sich, möglichst harmlos auszusehen, für den Fall, dass sie hinter dem Vorhang hervor hinunterspähte. Vielleicht hatte sie sich, dachte er, nachdem sie das Klingeln gehört hatte, tatsächlich hinter dem schweren Vorhang versteckt, einen Fremden erblickt und es mit der Angst zu tun bekommen. Dann stellte er sich vor, wie sie vom Schlag getroffen hinter der Tür zusammengesackt war, und er war schuld. Wie sollte er dann erklären, warum er hergekommen war? Schließlich gab es keine Unterlagen, die die alte Frau hätte unterschreiben sollen, sondern einfach nur kalte, berechnende Neugier, den Drang, die Antwort auf die Frage zu bekommen, die ein grausamer Witzbold anonym gestellt hatte: *Wo ist John Voss' Großmutter?* Als ginge Otto Meyer das etwas an.

Während er mitten auf dem mit Unkraut überwucherten Rasen

stand und zu dem dunklen, von einem Vorhang verhüllten Fenster hinaufstarrte, spürte Otto, wie ihm trotz der kalten Luft der Schweiß aus der rechten Achselhöhle rann. Als er die Nerven zu verlieren drohte und sich zum Gehen wandte, fiel ihm der verrostete Eisenstab auf. Aufgrund der Unebenheit des Rasens war vom Fuß der Veranda nur die Spitze zu erkennen, aber als er näher trat, sah er, dass eine wuchtige Kette daran befestigt war und an deren Ende ein Metallverschluss. Unwillkürlich hielt Otto Ausschau nach einem Hund, doch weder eine Hundehütte war zu sehen noch eine Wasserschüssel auf der Veranda. Aber das war auch nicht weiter verwunderlich, denn als er geklingelt hatte, war auch kein Hundegebell zu hören gewesen. Er kickte mit der Schuhspitze einen Erdklumpen weg, oder vielleicht war es auch ein uralter, inzwischen versteinerter Hundehaufen. Abgesehen davon gab es nur vertrockneten Rasen.

Schon komisch, wie die Gedanken plötzlich einen Schwenk machen konnten. Als er sich jetzt zum Haus umdrehte und zu dem dunklen Fenster im ersten Stock hinaufsah, glaubte er nicht mehr, dass er bei Charlotte Owen mit seinem Sturmklingeln einen Schlaganfall ausgelöst haben könne. Charlotte Owen war gar nicht zu Hause, und zwar schon seit geraumer Zeit nicht mehr. Der Junge wohnte allein hier. Nicht dass eine Eisenstange mit einer Kette daran das bewiesen hätte. Wahrscheinlich ließ eine solche Vorrichtung es nicht einmal vermuten. Aber er war sich trotzdem sicher.

Am Fuß der Verandastufen fand er einen geeigneten Stein. Eigentlich hätte er die Polizei hinzurufen sollen, aber dann hätte er es mit Jimmy Minty zu tun bekommen, und ein Minty am Tag genügte Otto vollauf. Sollte sich seine Vermutung als Irrtum erweisen und er in Erklärungsnöte geraten, könnte er immer noch behaupten, er habe gehört, wie die alte Frau drinnen um Hilfe gerufen habe. Tatsächlich hatte der Wind aufgefrischt, und das

Säuseln in den Bäumen klang durchaus ein wenig wie das Klagegeheul einer alten Frau. Ein fadenscheiniger Erklärungsversuch, aber einen besseren hatte er nicht. Falls er sich irrte. Aber das tat er nicht. Komisch, dass diese Gewissheit jetzt auch seinen Magen beruhigt hatte.

Wieder stieg er die Verandastufen hinauf. An der Tür zögerte er nicht mehr, stattdessen zertrümmerte er mit dem Stein die Glasraute, die sich am nächsten zum Türknauf befand, ehe er hindurchlangte und die Tür öffnete.

Im Fenster des Empire Grill hing zwar das »Geschlossen«-Schild, aber als Miles sah, dass Otto Meyer vor der Tür stand, ging er hin und öffnete sie. »Ist ja gut, ich ergebe mich«, sagte er. »Ich werde für den Schulbeirat kandidieren, aber damit du es weißt: Für einen Wahlkampf habe ich keine Zeit.«

»Danke«, sagte Otto, während Miles die Tür hinter ihnen abschloss. »Das musst du auch nicht, versprochen. Wenn die Leute deinen Namen auf dem Stimmzettel sehen, machen sie, ohne zu zögern, ihr Kreuzchen daneben.«

Am Tresen entdeckte Otto einige der Stammgäste, denen Miles erlaubte, nach dem Mittagsgeschäft bei einer Tasse Kaffee sitzen zu bleiben. Horace Weymouth, der Reporter, der immer von den zähen Auseinandersetzungen um das Schulbudget berichtete, war da, und Walt Comeau, dem das Fitnessstudio beim Einkaufszentrum draußen gehörte und der vor Kurzem Miles' Exfrau geheiratet hatte. Es war nicht gerade warm im Empire, aber Walt hatte sich trotzdem bis auf ein weißes Baumwoll-T-Shirt entblößt. Vielleicht, dachte Otto, war es in der Nähe des Grills ja wärmer.

»Big Boy!«, rief Walt Comeau. »Los, komm wieder zurück. Lass es uns zu Ende bringen. Lauf nicht weg!«

Miles beachtete ihn gar nicht. »Wie wär's mit einer Tasse Kaffee, Meyer?«

Otto legte eine Hand auf den Magen. »Um Gottes willen, bloß keinen Kaffee!«

»Vielleicht ein Glas warme Milch?«

Otto wollte schon ablehnen, besann sich jedoch anders. »Weißt du was? Das hast du hoffentlich nicht im Spaß gesagt, denn ein Glas Milch klingt wirklich wunderbar.«

»Gut, dann setz dich irgendwohin.«

»Wie wär's da drüben?« Otto deutete zur hintersten Nische, die gerade von einer Gruppe Mädchen mit auffällig gestylten Frisuren freigemacht wurde.

Miles nickte. Otto grüßte die Mädchen, unter denen er vage ein paar ehemalige Schülerinnen zu erkennen meinte, und rutschte dann auf die Bank. Während Miles kassierte und sie hinausließ, schob er Teller und Kaffeetassen zusammen und wischte mit der unbenutzten Seite einer lippenstiftbetupften Serviette den Tisch sauber.

»Das ging aber schnell«, sagte er, als Miles die heiße Milch vor ihn hinstellte.

»Tja, die Mikrowelle macht's möglich.« Miles setzte sich ihm gegenüber.

»Hey, Big Boy!«, rief Walt erneut.

Miles seufzte. »Ich komme gleich.«

»Was will er denn?« Diese Frage konnte sich Otto nicht verkneifen – allein die Vorstellung, dass Walt Comeau nach wie vor in Miles Robys Lokal verkehrte, war für ihn befremdlich.

»Er will immer, dass ich mich im Armdrücken mit ihm messe.«

»Warum das denn?«

»Das musst du ihn fragen. Aber irgendwie scheint er davon überzeugt zu sein, dass einer von uns kein richtiger Mann ist. Du hast übrigens auch schon mal fitter ausgesehen.«

Otto zuckte die Schultern. »Arbeitet deine neue Aushilfe heute?«

»John? Er hätte heute nach der Schule eigentlich für ein paar

Stunden kommen sollen, um das Mittagessensgeschirr zu spülen, ist aber nicht aufgetaucht. Bislang war er sehr zuverlässig.«

»Rufst du mich bitte an, falls er sich noch blicken lässt?«

»Okay«, sagte Miles. »Ist er irgendwie in Schwierigkeiten, Meyer? Nicht, dass es mich irgendwas anginge – ich frage nur wegen Tick.«

»Ist sie da?«

»Nein, zu Hause. Ich habe gerade mit ihr telefoniert.«

»Gut. Ich habe ein schlechtes Gewissen wegen dieser Sache. Schließlich hatte ich sie gebeten, nett zu ihm zu sein.«

Miles setzte sich aufrecht hin. »Sag mir, was los ist, Meyer.«

Nun ließ Otto ein Seufzen vernehmen. »Ich wünschte, ich könnte dir was Konkretes sagen. Vielleicht ist ja alles in Ordnung. Bevor ich dir was sagen kann, muss ich der Sache erst auf den Grund gehen.«

»Big Boy! Rate mal, was für ein Song das ist.« Walt sprang von seinem Barhocker und kam in der tänzelnden Pose eines Schlagersängers zu ihrem Tisch, während er sang:

»Never dreamed anybody could kiss thataway,
Bring me bliss thataway,
What a kiss thataway!
What a wonderful feeling to feel thataway,
Tell me where have you been all my life.«

»Zieh Leine, Walt«, sagte Miles. »Ich unterhalte mich gerade mit jemandem.«

»Okay, ich gebe dir einen Tipp«, erwiderte Walt. »Was singe ich sonst immer?«

Miles starrte ihn nur an, und Otto Meyer schoss der Gedanke durch den Kopf, dass er, hätte Miles ihn so angesehen, weiß Gott seiner Aufforderung gefolgt wäre.

Aber Walt rutschte ungerührt neben Otto auf die Sitzbank. »Wissen Sie was? Ich nehme ihn zwar gern 'n bisschen auf den Arm, aber ich mag diesen Kerl trotzdem. Wirklich. Sie werden es nicht glauben, aber er ist tatsächlich zu meiner Hochzeit gekommen. Das nennt man Klasse. Und dennoch werde ich ihn gleich beim Armdrücken plattmachen.« Walt langte über den Tisch und gab Miles einen freundschaftlichen Klaps auf die Wange. Als er sah, dass Horace Weymouth auf die Tür zuging, rief er ihm nach: »Hey, wohin des Weges?«

Horace ignorierte ihn und nickte Miles zu. »Kein Gericht weit und breit würde dich verurteilen.«

Fünf Minuten später hatten sie das Lokal für sich, und da ihm nun nichts anderes übrig blieb, als wieder auf das Thema zurückzukommen, erzählte Otto Meyer, dass der gesetzliche Vormund des Jungen nicht in dem Haus dort draußen an der Straße zur alten Mülldeponie wohne. Dass die Kleider der alten Frau im Schlafzimmerschrank hingen, das Haus voller Möbel sei und die Küche voller Töpfe und Pfannen. Dass nichts darauf hindeute, dass Charlotte Owen den Jungen verlassen habe, so wie seine Eltern zuvor. Und doch sei sie nicht da. »Ich glaube, der Junge wohnt ganz allein da draußen«, schloss er. »Und zwar seit Längerem.«

»Vielleicht ist sie im Krankenhaus?«

»Daran habe ich auch schon gedacht«, sagte Otto Meyer. Tatsächlich war er, bevor er zum Empire Grill fuhr, in sein Büro zurückgekehrt und hatte mehrere Telefonate getätigt. »Charlotte Owen wurde im April mit einer Lungenentzündung ins Dexter Memorial in Fairhaven eingeliefert und zwei Wochen später wieder entlassen. Seitdem ist sie nicht mehr dort gewesen.«

»Na ja, es ...«

»Das ist noch nicht alles. Seit Ende März gibt es weder einen

Telefonanschluss noch Strom im Haus, und aus dem Wasserhahn in der Küche kommt kein Tropfen Wasser.«

»Du liebe Güte, Meyer, aber sie kann doch nicht gestorben sein. Das hätte sich doch herumgesprochen. So was steht normalerweise in der Zeitung.«

»Ich weiß, ich weiß.« Otto trank seine Milch aus. Aus diesem Grund hatte er einen weiteren Anruf getätigt, beim Amtsgericht. Aber auf den Namen Charlotte Owen war keine Sterbeurkunde ausgestellt worden. Und im Leichenschauhaus wartete auch keine Leiche einer älteren Frau auf eine Identifizierung. »Sag bitte etwas. Damit ich mich ein bisschen besser fühle.«

»Es muss doch irgendeine Erklärung geben.«

Otto schob das leere Glas zu dem Geschirrberg am anderen Ende des Tischs. »Das weiß ich auch. Das Problem ist, dass ich immer wieder auf dieselbe zurückkomme, und zwar die, dass Charlotte Owen im letzten Frühling gestorben ist, nachdem sie aus dem Krankenhaus in ein unbeheiztes Haus kam, und dass der Junge es keiner Menschenseele gesagt hat.«

»Aber wo ist sie, Meyer?«

Einen Moment lang erwog Otto, seinem Freund von den drei Briefen zu erzählen, in der ebendiese Frage stand, entschied sich jedoch dagegen. Merkwürdig, wie die Bedeutung dieser Frage jeweils eine andere Färbung annahm, je nachdem, ob sie sich auf eine lebende oder tote Frau bezog.

Aber es gab etwas, das zu erfahren Miles ein *Recht* hatte, und zwar die Sache mit dem Wäschesack. »Eines habe ich dir noch nicht erzählt«, begann er im Bewusstsein, dass er damit gegen den Datenschutz verstieß, dem auch die Schülerakten unterlagen. Als er endete, war Miles kreidebleich.

Es war schon nach Mitternacht, als Otto Meyer endlich nach Hause kam. Das Erste, was er tat, war in das Zimmer seines Sohnes zu gehen, wo Adam schlafend im Bett lag. Als Bildschirmschoner für seinen PC hatte er vor einiger Zeit einen Totenkopf eingestellt, der in die Welt hinausgrinste, ehe er sich auflöste, um sich kurz darauf erneut zu materialisieren und zu grinsen. Otto, erschöpft und plötzlich den Tränen nahe, schaltete den Computer aus und blieb für ein paar Minuten im Dunkeln sitzen, während er im vom Flur hereinfallenden Licht seinem Sohn beim Atmen zusah.

Als er später das Schlafzimmer betrat, das er seit zweiundzwanzig Jahren mit seiner Frau teilte, schlief Anne bei eingeschaltetem Fernseher. Um diese Uhrzeit hatte der Regionalsender den Sendebetrieb längst eingestellt, aber in den Elf-Uhr-Nachrichten war ausführlich von der Geschichte berichtet worden. Morgen? Er wollte lieber nicht daran denken. In wenigen Stunden würde es auf dem Rasen vor seinem Haus von Reportern wimmeln. Er zog sich schnell aus und schlüpfte neben seine Frau ins Bett, die aufwachte und seine Hand ergriff. »Tut mir leid«, sagte sie. »Ich wollte eigentlich wach bleiben.«

»Wenn du morgen daran denkst«, sagte er, »würdest du bitte David Irving anrufen und einen Termin für mich ausmachen?«

»Wegen deines Magens?«

Die Frage bedurfte keiner Antwort.

»Haben sie den Jungen immer noch nicht gefunden?«

»Nein, aber morgen, da bin ich mir sicher.«

»Was wird mit ihm geschehen?«

»Keine Ahnung.«

»Und mit uns?«

»Wir werden es überleben.« Ihre Frage war durchaus berechtigt. Eine Sache wie diese konnte einen Highschool-Rektor durchaus den Job kosten – und sollte es vermutlich auch, wenngleich er das Anne gegenüber nicht sagte. »Es geht bestimmt schon früh los.« Er drückte kurz ihre Hand, bevor er die Nachttischlampe ausknipste. »Wir sollten jetzt schlafen.«

Damit meinte er Anne. Für ihn war an Schlaf nicht zu denken, obwohl er hundemüde und erschöpft war. In der Dunkelheit des Schlafzimmers liefen die Ereignisse des Nachmittags erneut vor seinem geistigen Auge ab.

Schließlich hatte er doch Bill Daws angerufen, um ihm von seinem Verdacht zu erzählen, und ihm sogar von seinem Einbruch in das Haus der alten Frau berichtet. Als er geendet hatte, sagte der Polizeichef nur: »Okay, treffen wir uns in einer halben Stunde dort.«

Er wartete im Wagen, während Daws und Jimmy Minty und ein weiterer Polizist Grundstück und Haus samt Speicher und Keller absuchten. Selbst wenn man bedachte, dass es kein Licht im Haus gab, dauerte es eine gefühlte Ewigkeit, bis sie die amtliche Bestätigung dessen hatten, was alle von Anfang an zu vermuten schienen. Bill hatte an diesem Morgen eine Chemotherapie-Sitzung gehabt, und als er schweigend neben Minty aus dem Haus trat, sah er elend aus. Minty ging zum Streifenwagen und sprach in sein Funkgerät.

»Nun«, sagte Bill Daws, »ich nehme an, die gute Nachricht ist: Wir können nicht mit Sicherheit sagen, dass sie nicht zu Besuch bei einer Schwester ist oder so etwas in der Art.«

Otto war froh, dass er diese Möglichkeit aussprach. Ein dünner Strohhalm, an dem er sich festklammerte.

»Trotzdem habe ich ein schlechtes Gefühl«, fügte der Polizeichef hinzu.

»Ich auch, Bill, ich auch.«

»Wie auch immer, jedenfalls ist weder der Junge noch seine Großmutter hier, du könntest also nach Hause fahren.«

Er nickte, begriff, dass ihn Bill Daws nur für den Fall hatte dabeihaben wollen, dass der Junge vielleicht aufgetaucht wäre. »Ich fahre wohl erst zur Schule zurück.«

»Wie du meinst.«

»Habt ihr diese Eisenstange hinter dem Haus gesehen?«

»Ja.«

»Was haltet ihr davon?«

»Ich versuche, es mir lieber nicht auszumalen«, sagte Daws unverhohlen. »Hör zu, falls sich dieses Ding als etwas Schlimmes herausstellt, was ich befürchte, werden wir es nicht geheim halten können.«

»Das würde ich auch nicht erwarten.«

Inzwischen war es dunkel geworden, und das Motorengeräusch der Wagenkolonne war zu hören, noch bevor die Scheinwerfer die Auffahrt in helles Licht tauchten. Der erste Wagen war ein SUV, in dessen Kofferraum ein deutscher Schäferhund nervös hin und her pirschte. Der zweite war Jimmy Mintys Camaro, und als Zack ausstieg, fiel Otto abermals auf, dass er hinkte. Sein Vater ging zu ihm, und sie wechselten ein paar Worte, während der Junge zum Rektor hinübersah und den Kopf schüttelte. Dann stieg er wieder in den Camaro und fuhr davon, in Richtung Stadt.

»Was hatte dein Sohn hier zu suchen?«, wollte Bill Daws von Jimmy Minty wissen, als er zu ihnen trat.

»Ich habe ihn gefragt, ob er diese Botschaften geschrieben hat«, erklärte Minty und sah Otto an. »Er war es nicht.«

Bill nickte wortlos.

»Warum wollen die Leute eigentlich immer meinem Jungen alles in die Schuhe schieben?«

»Was für Leute?«, fragte Otto.

»Die in der Schule. Sie. Towne, der Coach.«

Otto wandte sich Bill Daws zu. »Er hat die Briefe geschrieben.«

»Ach ja?«, sagte Minty. »Dann beweisen Sie es doch.«

»Gut«, sagte Bill in einem Ton, der keine Widerrede duldete. »Sieh zu, dass du jemanden bei Central Maine Power erwischst«, sagte er zu Minty. »Wir brauchen vorübergehend Strom in diesem Haus.«

Der Polizist, der am Steuer des SUV gesessen hatte, war ausgestiegen und hatte den Schäferhund angeleint. »Wo sollen wir anfangen?«, rief er.

»Im Haus, nehme ich an«, sagte Daws mutlos. »Aber finden werden wir sie wahrscheinlich dort drüben, jenseits der Straße.«

Der Polizeichef hatte offenbar den gleichen Gedanken wie er, und Otto war froh, nicht der Einzige zu sein, der einen derart schrecklichen Verdacht hegte.

Kapitel 28

Janine überstand mit Müh und Not ihren mittäglichen Steppaerobic-Kurs, danach musste sie am Empfang im Fitnessclub arbeiten, das hieß, die hereinkommenden Mitglieder zu registrieren und diese verdammten Proteinshakes zuzubereiten, die sie im »Fuchsbau« servierten, dem kleinen Aufenthaltsraum mit dem halben Dutzend Tische, wo die Typen, die sich auf Kosten der Berufsunfallversicherung einen faulen Lenz machten – allesamt Arschlöcher und Absahner –, nach ihrer Physiotherapie herumhingen. Janine war ihr Anblick selbst an guten Tagen zuwider, wozu dieser hier gewiss nicht zählte, nicht mehr, nachdem sie auf der Bank gewesen war. Ehrlich gesagt, hatte sie immer noch weiche Knie – und nicht etwa, weil sie mit leerem Magen den Fortgeschrittenen-Steppaerobic-Kurs hinter sich gebracht hatte. Der Gedanke an Essen, normalerweise eine unwiderstehliche, aber verbotene Fantasie, verursachte ihr Übelkeit, obwohl nichts in ihrem Magen war, wovon ihr hätte schlecht werden können.

»Immer noch keine Spur von diesem Voss, was?« Mrs Neuman, eine klein gewachsene Frau, musste um die Registrierkasse herumspähen, um einen Blick auf den Fernseher zu erhaschen, der im Fuchsbau von der Decke hing, während sie wartete, bis Janine ihre Mitgliedsnummer eingetragen hatte. Die Mittagsnachrichten gingen soeben zu Ende, nicht ohne dass die Zuschauer aufgefordert wurden, für die nun folgende Soap dranzubleiben.

Vor fünf Tagen war die Leiche dieser Frau auf der alten Mülldeponie gefunden worden, wobei von einer Leiche kaum mehr die Rede sein konnte. Laut Zeitungsberichten handelte es sich wohl eher um ein Skelett; da nach sechs Monaten unter freiem Himmel nur noch so wenig davon übrig geblieben war, würde die endgültige Identifizierung erst mittels eines Zahnabgleichs möglich sein, sofern die entsprechenden Unterlagen auffindbar waren. Charlotte Owen hatte nicht nur ihre Freunde überlebt, sondern auch drei Zahnärzte aus Empire Falls; der vierte, der zuletzt im Besitz ihrer Akte gewesen war, verbrachte seinen Ruhestand irgendwo in Florida. Und der Junge, John Voss, war wie vom Erdboden verschluckt.

»Tja«, sagte Mrs Neuman, »da sieht man mal wieder, das Leben besteht aus lauter Geheimnissen. Man weiß nicht mal, wer die eigenen Nachbarn sind.« Was in diesem Fall ja wohl kaum zutraf, wie Janine ihr beinahe geantwortet hätte, denn die alte Frau und John Voss hatten gar keine Nachbarn gehabt.

Im Übrigen konnte man doch sowieso nie so genau wissen, wer neben einem wohnte. Man wusste doch noch nicht einmal genau, wen man zu heiraten im Begriff war – man erfuhr erst beim Aufgebot auf dem Standesamt durch Zufall, wie alt der Zukünftige war. Und – um bei Geheimnissen zu bleiben – nachdem man die Sache mit dem Alter mehr oder weniger verdaut und beschlossen hatte, den alten Knacker wider besseres Wissen und gegen den Rat von allen, die man kannte, zu heiraten, ging man anschließend zur Bank und versuchte, einen Scheck zu Lasten des gemeinsamen Kontos auszustellen – und wumms! Und wieder fragte man sich: Wer ist dieser Mistkerl eigentlich?

Nicht, dass Janine ein Wort davon zu Mrs Neuman gesagt hätte. Ebenso wenig wie sie diesem menschlichen Medizinball raten würde, nicht länger ihre Zeit und ihr Geld in diesem Fitnessstudio zu vergeuden. Fünf Tage in der Woche tauchte Mrs Neuman mittags um eins, wenn viel Betrieb war, im Fitnessstudio auf und trottete gemächlich auf einem der drei begehrten Laufbänder, um in aller Seelenruhe die kostenlosen Zeitschriften zu lesen, sehr zum Unmut der anderen Mitglieder, die ein richtiges Workout absolvieren wollten. Bei der Geschwindigkeit, die Mrs Neuman auf dem verdammten Laufband eingestellt hatte, hätte sie ebenso gut gemütlich in einem Sessel sitzen und in der Fernsehzeitschrift blättern können.

»Hat man da noch Töne?«, sagte Mrs Neuman. »Da wird man über achtzig, und eines Tages beschließt der Herr im Himmel, dass es jetzt genug ist, und der eigene Enkel weiß nichts Besseres zu tun, als einen zur alten Mülldeponie zu schleppen und dort liegen zu lassen. Also wirklich, da verschlägt es einem doch die Sprache.«

»Ja, mir auch, Mrs Neuman«, sagte Janine und griff zum Telefonhörer, um Amber anzurufen, die immer auf Überstunden aus war.

»Der Junge muss sich die arme alte Frau einfach über die Schulter geworfen haben«, sagte Mrs Neuman und streifte sich die Henkel ihrer Sporttasche ihrerseits über die hängende Schulter, von wo sie auf halbem Weg zur Damenumkleide bereits wieder ein gutes Stück heruntergerutscht waren. »Das würde mir wahrscheinlich auch blühen, wenn mich mein Nichtsnutz von Enkel eines Tages findet.«

»Ja, aber nur, wenn er sich einen Gabelstapler ausleiht«, murmelte Janine, als die Tür hinter Mrs Neuman zufiel. »Lass alles stehen und liegen und komm auf der Stelle hierher«, befahl sie in Richtung Hörer, als sich Amber bereit erklärte, für Janine einzuspringen, »bevor ich etwas tue, was ich hinterher bereue.«

Die Gelegenheit dazu bot sich ihr in dem Moment, in dem sie auflegte, als der Tisch mit den Berufsunfallversicherungs-Schmarotzern eine weitere Runde Light-Bier bestellte, das sie, wie sie meinten, den ganzen Nachmittag trinken konnten, ohne betrunken zu werden oder zuzunehmen, obwohl sie jeden Nachmittag betrunken und mit schwappenden Bierbäuchen von hier weggingen. Sie vermutete, dass keiner dieser Faulenzer wirklich verletzt war, aber wenigstens besaßen die meisten den Anstand, so zu tun als ob. Nicht so Randy Danillac, der Schlimmste aus der ganzen Truppe. Er war in der Highschool eine Klasse über Janine gewesen – nicht, dass er sich daran erinnern würde, obwohl sie ihn damals zwei Jahre lang angeschmachtet hatte. Danillac, der lieber nur zwei oder drei Tage in der Woche arbeitete statt fünf, kassierte Leistungen von der Unfallversicherung eines in Empire Falls ansässigen Unternehmens und arbeitete schwarz für ein anderes. Laut mehrerer eidesstattlicher Erklärungen war er nicht in der Lage, aufrecht zu stehen, wobei ihn das allem Anschein nach nicht davon abhielt, Racquetball zu spielen, sofern er einen Gegner fand, dem es nichts ausmachte, bei jedem erzielten Punkt beschimpft zu werden.

»Danke, Schätzchen«, sagte er, als sie ihnen eine neue Runde Light-Bier brachte. Er musterte sie anerkennend, etwas, was ihr normalerweise nichts ausmachte, und sah sie dann mit seinem typisch schiefen Lächeln an. »Das Eheleben scheint dir gutzutun. Es gibt einfach nichts Besseres, als wenn man es regelmäßig besorgt bekommt, was?«

Als er das sagte, meinte Janine zum ersten Mal zu begreifen, was Ironie war, etwas, was ihr Exmann ihr immer zu vermitteln versucht hatte, während sie versuchte, ihm das Interesse an Sex zu vermitteln. Ironie war eines der Dinge, die von Anfang an schief zwischen ihnen liefen. Janine zählte einfach nicht zu den Frauen – das gab sie unumwunden zu –, die empfänglich für Ironie waren. Doch in diesem Moment sprang sie die Ironie förmlich an, die in dem Umstand lag, dass aus dem Typen, den sie als Teenager angehimmelt hatte, als Erwachsener so ziemlich der schlimmste Sozialschmarotzer der ganzen Stadt geworden war. Nein, nicht nur das war ironisch. Die Tatsache, dass sie ihm jetzt erst auffiel und er mit ihr vögeln wollte, das war ironisch.

»Weißt du was, Randy?«, sagte sie. »Leck mich, okay?« Und sie sah zu, dass sie zur Tür hinaus war, bevor er auf die Idee kam, auf ihr Angebot einzugehen.

Die traurige Wahrheit war, wie Janine sich auf der Fahrt zum Empire Grill eingestehen musste, dass sie sich von einem Mann hatte scheiden lassen, mit dem sie gut reden konnte, um einen zu heiraten, mit dem sie nicht reden konnte. Ihr momentanes Bedürfnis, mit jemandem zu reden, war wahrscheinlich ebenfalls ironisch. Wie auch die Erkenntnis, dass sie Miles' ruhige, bedachte Art vermisste. Seit ihrer Trennung war sie zusehends nostalgischer geworden, was sie beide betraf, und seit ihrer Heirat mit Walt hatte sie begonnen, sich mit einer so sehnsuchtsvollen Zärtlichkeit an ihr altes Leben mit Miles zu erinnern, dass sie sich immer wieder in Erinnerung rufen musste, wie schwachsinnig das war. Sicher, Miles war ein guter Zuhörer, und genau das brauchte sie in diesem Moment, was nicht hieß, dass gute Zuhörer einen nicht manchmal in den Wahnsinn treiben konnten. Er musste ständig jedes Wort, das man sagte, auf die Waagschale legen, als wäre er in der Lage, die perfekte Lösung vorzuschlagen, wenn er nur jede Nuance des Problems verstand. Entweder das oder er behandelte sie, als hörte sie sich einfach nur gern selbst reden, und auch das machte sie verrückt. Einmal hatte sie versucht, all das ihrer Mutter zu erklären, was ein Fehler gewesen war. Denn die Barfrau Bea war keine gute Zuhörerin – so langsam, wie Miles mit einer Einschätzung war, so schnell war sie mit einer bei der Hand. »Du kapierst einfach nicht«, sagte ihre Mutter zu ihr, »dass du selbst es bist, die dich in den Wahnsinn treibt. Du bist nie mit etwas zufrieden, nicht eine Minute lang. Miles sagt deswegen nichts, weil es verdammt noch mal nichts zu sagen gibt.«

Und deswegen fuhr sie jetzt zum Empire Grill und nicht zum Callahan's. Besser mit einem Mann reden, der keine Antwort parat hatte, als mit einer Frau, die lauter falsche hatte. Auch würde Miles wohl kaum erwähnen, dass *er es ihr doch gesagt habe* – der Standardsatz ihrer Mutter. »Herrgott, Janine«, hörte sie ihre Mutter im Geiste fluchen, nachdem sie ihr erzählt hätte, was sie an diesem Morgen herausgefunden hatte: dass der Silver Fox, der sich immer nachdenklich das Kinn rieb und dessen einzige Sorge, wenn es um eine Investition ging, der richtige Zeitpunkt zu sein schien, nicht einmal genügend Geld für einen einwöchigen Urlaub in Arizona besaß, wo es diese gut aussehenden Latino-Masseure gab, die einen von Kopf bis Fuß mit Öl einrieben. »Wie bist du eigentlich auf die Idee gekommen, dass Walt Comeau auch nur einen müden Penny *besitzt*?«, würde ihre Mutter garantiert fragen, diese Klugscheißerin.

Wenigstens war auf Miles' Mitgefühl Verlass und darauf, dass er sich erstaunt zeigen würde angesichts der Tatsache, dass Walt nicht einmal das Gebäude besaß, in dem sich sein Fitnessstudio befand, sondern es von dieser verdammten Francine Whiting gemietet hatte, der auch der Empire Grill und sowieso die halbe Stadt gehörte. Selbst den Großteil der Geräte hatte ihr Mann geleast. Es gab kein einziges Stück in dem ganzen Laden, das nicht kreditfinanziert war. Sogar dieses kleine, mickrige Haus, das er vermietete, seit er bei ihr eingezogen war, war mit zwei Hypotheken belastet. Und wenn ihm tatsächlich diese Parzelle draußen an der Small Pond Road gehörte, wo er, wie er gern faselte, irgendwann ein Camp errichten wolle, wenn die Zeit gekommen sei, dann wusste sein Bankberater Harold DuFresne jedenfalls nichts davon – und das würde er, denn auf alles, was der Silver Fox »besaß«, hatte Harold den Daumen drauf. Walt hatte sogar Geld für den Ring geborgt und für dieses halbherzige Flitterwochenende an der Küste, als es ihr längst hätte dämmern müssen, wenn sie ein bisschen Grips im Kopf hätte, warum Walt den Sex mit ihr so mochte. Weil er kostenlos war.

Wie um alles in der Welt hatte sie sich nur in diese Situation bringen können, wo der Mensch, bei dem sie jetzt ihr Herz ausschütten wollte, genau der Mann war, den sie nicht schnell genug hatte verlassen können, nur um die Freiheit zu haben, dieses Chaos anzurichten? Eine einzige Kette der Ironie, und sie hasste jedes einzelne Teil von ganzem Herzen, noch bevor sie auf die Empire Avenue abbog und den Lieferwagen des Silver Fox vor dem Diner entdeckte. Was bedeutete, dass sie natürlich nicht mit Miles würde reden können, nicht, solange ihr Mann am Tresen saß. Das Leben bestand aus lauter Geheimnissen – ein dummer Spruch, den die schreckliche Mrs Neuman nicht nur einmal, sondern gleich zweimal gesagt hatte –, und nun war sie auf Gedeih und Verderb sowohl mit dem Silver Fox verheiratet als auch mit den Geheimnissen, die sie nun für sich behalten musste. Er hatte natürlich die ganze Zeit gewusst, dass Janine, wenn sie es herausfand, nichts anderes übrig bliebe, als alles zu schlucken. Noch schlimmer, der richtige Zeitpunkt, um damit anzufangen, war genau in diesem Moment. Also, schön neben dem Lieferwagen ihres Mannes parken, hineingehen und so tun, als ob es ganz in ihrem Sinn wäre, gute Miene zum bösen Spiel zu machen. Sich neben Walt hinstellen und zusehen, wie er ihre armseligen Pennys beim Kartenspielen an Horace verlor, und dann ihre Hand in seine Hosentasche schieben und sich vergewissern, dass das Einzige, was dieser Mistkerl zu bieten hatte, noch da war.

Vielleicht wäre sie morgen dazu in der Lage. In Wahrheit würde ihr nichts anderes übrig bleiben. Aber nicht jetzt, beschloss sie. Nein, sie wusste, wo die Steakmesser aufbewahrt wurden, und wenn sie jetzt hineinginge, riskierte sie, hinter den Tresen zu schlüpfen, eines herauszunehmen und ... sich ins eigene Fleisch zu schneiden. Also fuhr Janine am Diner vorbei.

Da der einzige zivile Polizeiwagen der Stadt nicht auf seinem angestammten Platz neben dem Firestone-Laden in der Nebenstraße stand, legte sie mit quietschenden Reifen einen U-Turn hin und fuhr die Empire Avenue wieder hinauf und den Weg zurück, den sie gekommen war. Ungefähr vier Nebenstraßen weiter bemerkte sie die lange, schmale Gestalt ihrer Tochter, die allein die Straße hinaufging und sich wie üblich unter dem Gewicht ihres Rucksacks nach vorn lehnte. Als Janine kurz hupte und am Bordstein anhielt, musterte ihre Tochter misstrauisch den Jeep, als könnte sich der Silver Fox auf der Rückbank verstecken. Zögerlich trat sie an den Wagen.

»Wo willst du hin?«, fragte Janine, nachdem sie das Fenster heruntergekurbelt hatte und ihre Tochter sich zaghaft vorbeugte, um in den Wagen zu spähen.

»Zu Oma.«

»Komm, steig ein.« Janine streckte sich zur Beifahrerseite, um die Tür zu öffnen, während sie den Gesichtsausdruck ihrer Tochter ignorierte, bei dem man hätte meinen können, Janine hätte ihr befohlen, den Wagen die Straße hochzuschieben. Nachdem Tick die hintere Tür aufgemacht hatte, setzte sie sich seitlich auf die Rückbank, ließ den Rucksack auf den Sitz herab und entledigte sich seiner mit einer solch anmutigen Drehung, dass Janine die Tränen kamen. Als sie in Ticks Alter gewesen war, war sie nicht nur übergewichtig, sondern auch schwerfällig gewesen, war ständig irgendwo angestoßen oder über etwas gestolpert. Tick hingegen besaß eine natürliche Anmut, die man sich weder anhungern noch auf dem Stepper antrainieren konnte und deren man sich selbst wahrscheinlich gar nicht bewusst war, es sei denn, man besaß sie nicht. »Was ist bei Oma los?«, fragte Janine.

Nun, ihre Tochter besaß auch das Talent, ihre Mutter auf eine Weise anzusehen, dass diese aufpassen musste, damit ihr nicht die Hand ausrutschte. Bei Oma, schien er sagen zu wollen, gibt es Oma. »Dort ist es still, okay? Und ich kann in Ruhe meine Hausaufgaben machen«, sagte Tick schließlich, als ihr klar wurde, dass Janine nicht eher losfahren würde, bis sie eine richtige Antwort bekäme. »Und niemand nervt mich«, fügte sie hinzu.

Womit sie Walt meinte. Oder auch Janine. Und kaum war ihr dieser Gedanke durch den Kopf geschossen, wurde sie von einer schrecklichen Vision heimgesucht – ihre Tochter, die mitten in der Nacht am Straßenrand entlangging, niedergedrückt von einem Gewicht, das aber nicht wie sonst ihr Rucksack war. Diesmal war die Last auf ihrem Rücken Janine, und ihre Tochter war auf dem Weg zur Mülldeponie. Schon die ganze Woche lang hatte sich Janine vorgenommen, mit Tick über John Voss zu reden, von dem die Zeitungen voll waren, und auch die Leute schienen kein anderes Thema mehr zu kennen, aber irgendwie hatte sie es nicht fertiggebracht. Sie wusste, dass Tick mit dem Jungen zusammen im Empire Grill gearbeitet hatte, dass sie im selben Kunstkurs waren und dass je ein Bild von ihnen für diese Kunstausstellung ausgewählt worden war. Die sie längst hatte besuchen wollen, um endlich dieses Schlangenbild zu betrachten, von dem sie schon so viel gehört, das ihre Tochter ihr gegenüber jedoch mit keinem Wort erwähnt hatte. Sicher, Janine war mit den Hochzeitsvorbereitungen beschäftigt gewesen, aber das war keine Entschuldigung. Andererseits war es auch nicht so schlimm, dass es ihre grässliche Vision, in der Tick ihre Leiche zur Mülldeponie schleppte, rechtfertigte. Dennoch war es an der Zeit, damit zu beginnen, diesen ganzen Mist, der sich zwischen ihnen angesammelt hatte, beiseitezuräumen.

Aber während Janine zu einer Frage bezüglich John Voss ansetzte, hörte sie sich auch schon eine viel unverfänglichere stellen. »Warum erzählst du mir eigentlich nie von diesen lustigen Dingen, die du auf Schildern entdeckst, sondern immer nur deinem Vater?«

Auch die Antwort darauf war offenbar ganz einfach. »Weil du sie nicht lustig findest.«

»Versuch es einfach.«

»Nei-hein«, sagte ihre Tochter.

Und schon war Janine wieder angefressen. »Du meinst also, ich bin nicht intelligent genug, um zu begreifen, was so verdammt lustig daran ist?«

Das kleine Miststück dachte tatsächlich über diese Frage nach, bevor es sich zu einer Antwort bequemte. »Begreifen würdest du es schon, aber du findest es eben nicht lustig.«

»Vielleicht ist es das auch nicht.«

»Warum willst du dann, dass ich dir davon erzähle?«

»Vielleicht will ich es ja gar nicht. Vielleicht will ich ganz einfach, dass wir wieder Freunde sind, okay? Vielleicht würde ich gern mal mit dir zu einer Ausstellung nach Boston fahren, wenn du zur Abwechslung mal mich fragen würdest und nicht deinen Vater. Vielleicht würde es mich ja aufmuntern, wenn ich merken würde, dass meine Tochter mich mag.«

»Und Walt – muntert der dich nicht auf?«

Janine fuhr an den Straßenrand – drei Querstraßen vor der Kneipe ihrer Mutter. »Raus.«

»Wie bitte?«

Nun, wenigstens hatte sie endlich die volle Aufmerksamkeit ihrer Tochter. Der ängstliche Ausdruck, mit dem sie Janine ansah, zeigte ihr, dass Tick fürchtete, zu weit gegangen zu sein. »Raus habe ich gesagt.« Janine zog das jetzt nicht gern durch, hatte aber das Gefühl, dass sie es tun musste. »Wenn du meinst, mich wie Dreck behandeln zu müssen, kannst du ebenso gut zu Fuß gehen.«

Insgeheim hoffte sie, ihre Tochter würde ihrer Aufforderung nicht folgen, keine unrealistische Hoffnung, weil Tick nur selten tat, was sie ihr sagte. Aber diesmal würde sie es. Tick öffnete die Tür, stieg aus und ließ Janine in der eigenen Falle gefangen zurück, wie üblich. Statt ihr nachzublicken, starrte Janine geradeaus, als wäre es ihr egal, und als die Tür zuschlug, warf sie einen kurzen Blick über die linke Schulter, um sich zu vergewissern, dass kein Auto die Empire Avenue herunterkam, dann riss sie das Lenkrad herum, gab Gas und hörte im selben Moment ihre Tochter kreischen: »Halt!«

Ihr erster Gedanke war, dass ihr Bluff Wirkung gezeigt hatte, Tick sich entschuldigen wolle, aber ihr Schrei hatte dringender geklungen, und als sie über die rechte Schulter zurückblickte, erfasste sie die Situation im Bruchteil einer Sekunde. Einen Moment nachdem Tick die vordere Tür zugemacht hatte, hatte sie die hintere aufgezogen, um ihren Rucksack herauszuholen, war mit einem Arm unter einen Träger geschlüpft, und das alles im selben Augenblick, in dem Janine losgefahren war – und dabei hatte sich der Rucksack irgendwie zwischen Vordersitz und Rückbank verfangen und Tick umgerissen. Durch die offene Tür konnte Janine nur den Hinterkopf ihrer Tochter sehen, aber als sie um den Wagen herum auf die andere Seite des Jeeps lief, sah sie auf Anhieb, dass Tick nicht verletzt war. Dank der Höhe des Wagens hing sie mit dem Po einen, zwei Zentimeter über dem Bürgersteig. Sie erinnerte Janine ein wenig an einen Cartoon von einem Fallschirmflieger, dessen Schirm nicht aufgegangen war. Doch der Gesichtsausdruck ihrer Tochter war mitnichten komisch. Ihr Gesicht war vor Schmerz und Panik verzerrt, und nun mischte sich auch Wut darunter. »Geh weg!«, kreischte sie, als Janine vortrat, um ihr zu helfen, sich aus ihrer misslichen Situation zu befreien. »Fass mich nicht an!«

»Hör sofort auf damit, Tick!«, sagte Janine barsch, nun ebenfalls erschrocken. »Dir ist nichts passiert, und ich will dir nur helfen.«

Im nächsten Moment gelang es ihrer Tochter, sich aus dem Rucksackträger zu befreien und sich aufzurichten, dann lief sie davon und rieb sich schluchzend die Schulter.

»Tick!«, rief Janine ihr nach und bemühte sich, streng zu klingen, aber ihre Stimme hatte einen krächzenden Klang. »Komm zurück. Bitte, Schatz.«

Aber Tick lief einfach weiter. Nur ein halbes Dutzend Leute war auf der Straße, nicht mehr, aber Janine war sich sicher, dass alle mitbekommen hatten, was passiert war, und nun neugierig den Ausgang der Szene verfolgten.

»Tick!«

Ihre Tochter wirbelte herum. »Lass ... mich ... in ... Ruhe!«, schrie sie, so laut, dass man sie auf der ganzen Empire Avenue hören konnte.

Der Motor des Jeeps lief noch immer, der Rucksack ihrer Tochter war noch zwischen den Sitzen eingeklemmt, und als Janine die Tür zumachen wollte, klappte es nicht, auch nicht, nachdem sie dem Rucksack einen Tritt verpasst hatte, und Janine begann ebenfalls zu schluchzen und trat, so fest sie konnte, gegen die Tür des Grand Cherokee, weil zu sehen, wie die Delle größer und größer wurde, ihr wenigstens ein Gefühl der Befriedigung verschaffte.

Und wie lange schluchzte und trat Janine Roby – nein, Janine Comeau – gegen die Tür des Cherokee? Bis sie zuschnappte. Natürlich nicht komplett, denn das ging nicht, weil der Rucksack ihrer Tochter zu fest zwischen den Sitzen eingekeilt war, aber wenigstens so, dass sie nicht aufgehen würde.

Janine zitterte noch immer, als sie wieder hinter dem Lenkrad Platz nahm. Sie musste jetzt unbedingt ihre Tochter einholen und die Sache wieder in Ordnung bringen, notfalls mit Gewalt, musste alles wieder in Ordnung bringen, auch wenn sie nicht wusste, wie, doch als sie schließlich wieder losfuhr, war ihre Tochter verschwunden, und es war zu spät, wie ihr mit einem letzten Schluchzen klar wurde, verdammt noch mal zu spät.

Kapitel 29

»Was, glaubst du, hat das wohl zu bedeuten?«, fragte David, während sie in seinem Pick-up an der alten Hemdenmanufaktur vorbeifuhren. Sie waren auf dem Rückweg vom Callahan's, und er verlangsamte, als sie sich der Ecke Empire Avenue näherten. Zum ersten Mal seit der Schließung der Fabrik, jedenfalls soweit sich Miles erinnerte, stand das große Eisentor offen. Im Hof parkte eine weiße Limousine mit einem Kennzeichen aus Massachusetts, und dahinter schimmerte etwas Rotmetallisches. Auf den Stufen des alten Backsteingebäudes stand eine Gruppe Männer in dunklen Anzügen, die einer Frau lauschten, Mrs Whiting, wie Miles erkannte.

»Es wird doch wohl nicht etwas dran sein an den Gerüchten, was meinst du?«, sagte Miles. Seit mehreren Wochen wurde im Empire Grill gemunkelt, dass es endlich einen Käufer für die beiden alten Fabrikgebäude gebe. Wie immer hatte Miles es als Wunschdenken abgetan. Aber diese Szene – Mrs Whiting inmitten dieser Anzugmänner – würde für so viel törichten Optimismus sorgen, dass es für einen ganzen langen Maine-Winter reichte.

»Wäre ja schön, wenn sich endlich was täte«, sagte David und bog in die Empire Avenue ein. »Das würde auch erklären, warum sie uns die ganze Zeit in Ruhe gelassen hat – weil sie Wichtigeres zu tun hat.«

Dass Miles Mrs Whiting immer noch nicht von seinen Plänen in Kenntnis gesetzt hatte, war nach wie vor ein Streitthema zwischen ihnen. Miles bestritt zwar keineswegs, dass sein Bruder womöglich recht hatte, doch seit er an besagtem Morgen im vergangenen Monat Charlie Maine auf dem Zeitungsfoto erkannt hatte, widerstrebte es ihm noch mehr, Mrs Whiting gegenüberzutreten, als wäre er vor vielen Jahren auf Martha's Vineyard betrogen worden. So verrückt es auch war, er konnte sich des Gedankens nicht erwehren, dass Mrs Whiting ihm an der Nasenspitze ansehen würde, dass er schließlich doch noch über die Wahrheit gestolpert war. Seit jeher hatte Miles bei ihren Begegnungen den Eindruck, sie würde in seinem Gesicht nach einem Anzeichen einer besonderen Erkenntnis forschen. Und wenn sie keines fand, ließ sie den Dingen den üblichen Lauf. Vom Verstand her gab er seinem Bruder recht, dass es besser wäre, mit offenen Karten zu spielen, aber sein Bauchgefühl riet ihm etwas anderes.

Nicht, dass es noch ein großes Geheimnis gewesen wäre. David und er verbrachten nun jede freie Minute im Callahan's – Miles oft bis spät in die Nacht, um so viel wie möglich selbst zu erledigen und keine unnötigen Schulden zu machen, zumal Bea durch die nötigen Renovierungsarbeiten bereits am Limit war, da die Handwerker stundenweise abrechneten, sodass die Kosten außer Kontrolle zu geraten drohten. An diesem Tag hatte Miles Buster gebeten, sowohl die Früh- als auch die Mittagsschicht zu übernehmen, während er sich mit der Reparatur des alten Gasherds im Callahan's abmühte, der seit zwanzig Jahren nicht mehr in Betrieb gewesen war. David, der Vorbereitungen für den mexikanischen Abend treffen musste, hatte den Großteil des Nachmittags damit zugebracht, mit Lieferanten zu verhandeln und andere Aufgaben zu erledigen, die jemand mit nur einer gesunden Hand bewerkstelligen konnte. Kurzum, keiner von beiden machte einen Hehl aus seinem Engagement bei der baldigen Neueröffnung des Callahan's, wobei die offizielle Erklärung lautete, sie würden einfach nur einer guten Freundin zur Hand gehen.

Eines war indes sicher. Mrs Whiting, die immer alles wusste, konnte in diesem Fall unmöglich nicht Bescheid wissen. Also hatte David vielleicht doch recht, und sie war zu sehr in ihrer Funktion als Vorsitzende der Stadtentwicklungskommission beschäftigt, um sich um Kleinkram zu kümmern.

Aber irgendwie glaubte Miles das nicht.

Sie parkten hinter dem Müllcontainer und nahmen wie immer den Hintereingang. Die ganze Woche über schon rechnete Miles halb damit, im Hinterhof einen nervös hin und her pirschenden John Voss anzutreffen, der ihn erwartungsvoll ansah, müde, ausgehungert und verloren. Nachdem sich die Nachricht vom Schicksal seiner Großmutter wie ein Lauffeuer verbreitet hatte und John verschwunden war, hatte Horace Weymouth, von seinem schlechten Gewissen geplagt, endlich sein Schweigen gebrochen. Er hatte Miles erzählt, was er im vergangenen Monat dort draußen hinter dem Haus beobachtet hatte: An der Eisenstange war ein heulender Hund angekettet gewesen, und der Junge hatte ebenfalls schauderhafte, kehlige Laute von sich gegeben, während er mit einem Stock auf ihn einschlug. Das Tier, das verzweifelt zu fliehen suchte, raste in immer kleineren Kreisen um die Stange herum, bis sich die Kette zusammengeballt hatte und der Kopf des Hundes seitlich auf den Boden gedrückt wurde. Aber noch immer versuchte die arme Kreatur zu entkommen und strangulierte sich dabei schier selbst. Erst als der Hund die Vergeblichkeit seines Fluchtversuchs einsah, warf der Junge den Stock weg und begann das zutiefst verängstigte Tier zu trösten, indem er sicheren Abstand zu den nach ihm schnappenden Zähnen hielt, bis sich das Tier endlich beruhigte und nur noch erbärmlich winselte. Da begab sich der Junge ebenfalls auf alle viere, kroch immer näher heran, gurrte und streichelte zärtlich seine Flanken, bis der Hund schließlich seinem Angreifer vergab und ihm das Gesicht ableckte. Horace wurde klar, dass der Junge weinte und das Tier um Vergebung bat, jedoch nach wie vor auf der Hut war, denn die arme Kreatur war völlig verwirrt und hin- und hergerissen. Immer wieder hörte der Hund auf, ihm das Gesicht zu lecken, und schnappte nach dem Jungen, um sich erneut winselnd zu ergeben, während der Junge unverwandt murmelte: »Ich weiß, ich weiß«, als verstünde er das Tier nur zu gut.

Er habe, sagte Horace, noch nie so etwas Grausames und zugleich Herzzerreißendes erlebt. Zuerst habe er der Polizei berichten wollen, was er gesehen habe – und wünschte angesichts dessen, was er jetzt wusste, er hätte es getan. Aber er habe den Jungen vom Sehen gekannt und gewusst, wie schwer er es aufgrund seines familiären Hintergrunds auf der Highschool habe, und er selbst wisse aus eigener Erfahrung, was es heiße, als komischer Kauz zu gelten. Hätte er das Gesehene zur Anzeige gebracht, hätte man den Jungen vermutlich aus dem Haus seiner Großmutter geholt und in die Jugendvollzugsanstalt in Sunderland gesteckt, ein grauenhafter Ort.

Horace berichtete Miles noch etwas, was nicht in den Zeitungen gestanden hatte: Im selben Teil der alten Mülldeponie, wo Charlotte Owens Leiche entdeckt worden sei, habe man auch mehrere Hundekadaver gefunden, die allesamt Spuren der Misshandlung getragen hatten, vermutlich sogar zu Tode geprügelt worden seien.

Miles hatte natürlich nichts davon seiner Tochter erzählt, da er wusste, wie sehr das Verschwinden des Jungen sie bereits mitgenommen hatte. Doch die Sache mit dem Wäschesack verheimlichte er ihr nicht und erklärte ihr zu ihrer eigenen Sicherheit, wovon er überzeugt war: dass John Voss als kleines Kind schrecklich misshandelt worden und etwas in ihm zerbrochen sei und dass Freundlichkeit allein wohl nicht ausreiche, um seine Psyche zu heilen. Tick nickte lediglich, als stimme sie ihm nur halbwegs zu, sodass er sich nicht ganz sicher war, wie viel seines Vortrags gefruchtet hatte. Dieses Gespräch erinnerte ihn an jenes, das sie ungefähr ein Jahr zuvor geführt hatten, als es um die Trennung ihrer Eltern ging, die schließlich in der Scheidung gemündet hatte. In beiden Fällen konnte er sich des Eindrucks nicht erwehren, dass sich seine Tochter inständig wünschte, er würde endlich schweigen.

Als Miles und David das Lokal betraten, spielten Horace und Walt Rommé. Walt hatte sich bereits bis auf sein weißes, geriffeltes Achselhemd entblättert. Wie viele von diesen Dingern besitzt dieser Mann eigentlich?, fragte sich Miles.

»Hallo, Walt«, sagte er seufzend. »Hi, Horace. Buster.«

»So, von nun an keine doppelten Schichten mehr«, sagte Buster. Sein Auge war zwar wieder fast vollständig geheilt, aber dennoch sah er aus, als hätte er seine letzten Reserven aufgebraucht.

»Willst du nach Hause gehen?«

»Ja, und nie wiederkommen«, fügte Buster hinzu, während er den Träger seiner Schürze über den Kopf streifte.

»Lass mich bitte nur noch kurz duschen, ja?«, sagte Miles. »Dann kannst du von mir aus abhauen.«

»Hast du die weiße Limo gesehen, Big Boy?«, wollte Walt wissen. »Mit dem Nummernschild aus Massachusetts?«

Miles nickte.

»Ist groß und breit auf der Empire Avenue zur Fabrik runtergefahren. Und jetzt erzähl mir bloß nicht, da ist nicht etwas in der Mache. Geh raus und schnupper mal. Man kann das viele Geld förmlich riechen.«

Durch die Frontfenster sah Miles, wie Charlenes Hyundai auf der Straße blinkte, ehe er auf den Parkplatz einbog. Sie würden heute Abend zu sechst sein: Miles würde den Wirt des Lokals und Springer geben, dann waren da David am Herd, unterstützt durch einen Assistenten, der für Salate und Dessert zuständig sein würde, im Service Charlene und eine weitere Kellnerin und dazu der neue Abräumjunge, den Miles als Ersatz für John Voss eingestellt hatte. Eine recht große Crew für den Empire Grill. In Beas Lokal, das fast dreimal so viele Tische hatte, würden sie das Personal verdoppeln, wenn nicht gar verdreifachen müssen. David würde mindestens einer weiteren Person die Zubereitung von gebratenen asiatischen Nudeln und anderen exotischen Gerichten beibringen müssen, und Charlene hatte sich bereits für diesen Job beworben. Für Miles war es okay, auch wenn er sie nur ungern im Service verlor, denn dort war sie einfach unschlagbar. Ironischerweise hatte sich Charlene von allen am meisten darauf gefreut, endlich alkoholische Drinks zu servieren, weil das, wie sie sagte, ihr Trinkgeld verdoppeln würde. Aber er verstand dennoch, dass sie mit fünfundvierzig und nach über zwanzig Jahren und wer weiß wie vielen zurückgelegten Meilen im Empire Grill eine Veränderung wollte und brauchte.

Das war nicht das Einzige, was er über diese Frau herausgefunden hatte, in die er seit der Highschool verliebt war. Er wusste jetzt auch, dass sie und sein Bruder ein Liebespaar waren, wahrscheinlich schon seit geraumer Zeit, es aber vor ihm geheim gehalten hatten, um seine Gefühle nicht zu verletzen. David hatte garantiert für Ehrlichkeit plädiert, während Charlene ihn vermutlich ausgebremst und gemeint hatte, sie sollten noch warten. Diese Erkenntnis hatte Miles nach und nach ereilt, angefangen im September im Lamplighter, als er beim Hereinkommen Charlene allein in der halbmondförmigen Nische hatte sitzen sehen. Neben Charlenes Scotch stand ein halbvolles Glas Selters mit Zitrone, und die beiden Drinks gaben irgendwie ein intimes Bild ab, auch wenn der Besitzer des einen Glases nicht am Tisch saß. Später, als sie ihrem Bruder nach draußen folgte und Miles sie durch das Fenster beobachtete, machte ihn etwas an der Art stutzig, wie sie auf dem Parkplatz beieinander standen. Jetzt beobachtete er über die Länge des Tresens hinweg verstohlen, wie David Charlenes Eintreten verfolgte und lächelte, bis er den Blick seines Bruders auf sich spürte und ihm standhielt. Ja?, fragte Miles durch ein Hochziehen der Augenbrauen. Ja, nickte sein Bruder.

Sie hätten zu diesem Thema wohl noch mehr zu besprechen gehabt, hätte in diesem Moment nicht das Telefon geklingelt. »Miles Roby?«, sagte eine Stimme, die Miles nicht kannte.

»Ja?«

»Wissen Sie, dass Ihre Frau weiter oben auf der Empire Avenue in die Tür Ihres Jeeps tritt und obszöne Flüche ausstößt?«

»Hier«, sagte Miles und reichte den Hörer an den Silver Fox weiter. »Für dich.«

Als er aus der Dusche trat, klingelte das Telefon erneut, diesmal sein Privatanschluss. Janine, dachte er. Zunächst hatte er die Scheidung nicht gewollt, und während der Termin näher rückte, wurde ihm klar, dass er ihr Schimpfen und Zetern und Toben und herzzerreißendes Schluchzen tatsächlich vermissen würde. Seit er sie kannte, stand sie meistens unter Strom, und er hatte sich schließlich doch darauf gefreut, dass künftig Walt Comeau als Ablassventil herhalten müsste. Er hatte keinen blassen Schimmer, was Janine veranlasst haben könnte, mitten auf der Empire Avenue anzuhalten und ihren eigenen Wagen zu demolieren, wusste jedoch, dass ihr neuer Mann es verdiente, den Schaden wieder richten zu müssen. Dumm nur, dass Walts einzige Reaktion darin bestanden hatte, leichenblass zu werden und aufzulegen.

Aber es war nicht Janine, auch wenn er fast wünschte, sie wäre es, als er die Stimme am anderen Ende der Leitung vernahm.

»Und, bist du schon fertig mit dem Kirchenanstrich?«, fragte sein Vater, nachdem Miles sich bereit erklärt hatte, das R-Gespräch anzunehmen.

»Nein, Dad.«

»Gut. Weil – für diese Leute willst du bestimmt nicht arbeiten.«

Miles wusste, es war ein Fehler nachzufragen, konnte aber nicht widerstehen. »Was für Leute, Dad?«

»Diese Gorillas vom Vatikan sind einfach so ins Captain Tony's reinspaziert und haben Tom an den Ellbogen gefasst und ihn mir nichts, dir nichts von seinem Barhocker heruntergehoben.«

»Gorillas vom Vatikan?«

»Ja, sag ich doch«, sagte Max. »Das war gestern. Seitdem habe ich ihn nicht mehr gesehen. Hat die Schwuchtel inzwischen den Kombi gefunden?«

Miles bejahte die Frage, fest entschlossen, sich nicht mehr ködern zu lassen. Anfang der Woche hatte sich Father Mark von jemandem an die Küste fahren lassen, um den der Pfarrei gehörenden Crown Victoria zurückzuholen.

»Stand noch genau dort, wo ich gesagt hab, wetten?«

»Verstehe ich es richtig, Dad?«, sagte Miles. »Du willst jetzt eine Belohnung dafür, dass du mir gesagt hast, wo du den gestohlenen Wagen abgestellt hast?«

»Ich habe nie was gestohlen.«

»Ach nein? Und was ist mit den zwanzig Dollar, die du aus meiner Hemdtasche genommen hast?«

Max ging nicht darauf ein. »Und, was meinst du, wo sie ihn wohl hingebracht haben?«

»An einen sicheren Ort, wo man sich um ihn kümmert.«

»Da, wo er war, war er sicher. *Wir* haben uns um ihn gekümmert. Ich dachte, wir leben in einem freien Land. Oder glaubt ihr Katholiken nicht an Freiheit?«

»Wolltest du eigentlich was Bestimmtes, Dad?«

»Du könntest ein bisschen Geld runterschicken, wenn du willst. Du machst dir keine Vorstellung, was das Bier hier kostet. Dabei ist noch nicht mal Hochsaison.«

Übersetzung: Mit Father Tom waren auch seine Essenscoupons verschwunden. Und gleich darauf kam Miles ein weiterer Gedanke. »Woher wussten die eigentlich, wo sie ihn finden würden?«

»Wer?«

»Die Gorillas vom Vatikan.«

»Die Schwuchtel wird's ihnen gesagt haben.«

»Das glaube ich nicht. Willst du wissen, was ich denke? Ich glaube, du hast in der Diözese angerufen, nachdem euch das Geld ausgegangen war.«

»Du willst mir nur kein Geld schicken«, sagte Max.

»Warum schnorrst du eigentlich immer mich an? Warum nie David?«

»Weil du für mich die bessere Adresse bist. Manche Leute haben eine weichere, andere eine härtere Schale. Du schlägst nach deiner Mutter. David ist eher wie ich.«

»Für einen Mann, der kaum zu Hause war, hast du ziemlich viel Vertrauen in die Genetik, das muss ich schon sagen.«

»Ich habe keine Sekunde daran gezweifelt, dass dein Bruder mein Sohn ist, falls du darauf hinauswillst. Genauso wenig wie bei dir.«

Genau darauf hatte er hinausgewollt, wurde Miles klar.

»Ein Mann weiß genau, ob ein Kind sein's ist. Ist Tick deine Tochter?«

»Ja.«

»Woher weißt du das? Hast du 'nen Bluttest machen lassen?«

Draußen vom Treppenhaus waren Schritte zu hören. Charlene, wenn ihn nicht alles täuschte, obwohl er sich ebenso gut hätte

vorstellen können, es seien die seiner Mutter, die, von diesem Gespräch heraufbeschworen, gekommen war, um Licht ins Dunkel zu bringen.
»Wie viel brauchst du, Dad?«
»Im Moment komm ich noch zurecht«, sagte er, als hätte ihn diese Unterhaltung ebenfalls ermüdet. »Ich sag dir Bescheid, wenn ich was brauche. Geh am Ersten des Monats rüber in mein Apartment und hol meinen Scheck, okay?«
»Okay.«
Miles hatte die Tür nicht ganz zugemacht, und Charlene klopfte vorsichtig an, bevor sie den Kopf hereinstreckte. Hätte sie Miles unter anderen Umständen nur mit einem Handtuch um die Hüften angetroffen, hätte sie bestimmt eine anzügliche Bemerkung gemacht. Diesmal jedoch nicht. »Komm bitte runter, und zwar gleich«, war alles, was sie sagte, bevor sie die Tür hinter sich zuzog.

»Big Boy!«, rief Walt aufgeregt. Er konnte es nicht leiden, wenn sich am einen Ende des Tresens etwas Interessantes zutrug, während er am anderen Ende saß. Dass Miles, David und Charlene nun außer seiner Hörweite die Köpfe zusammensteckten, ließ ihn erst recht aufhorchen.
»Wenn ich nicht in einer Stunde zurück bin«, sagte Miles mit gesenkter Stimme und gefasster, als ihm zumute war, zu Charlene, »ruf Brenda an. Wenn sie nicht kann, versuch es bei Janine.« Seine Exfrau würde im Notfall einspringen, falls sie inzwischen aufgehört hatte, den Jeep zu demolieren.
»Einer von uns sollte auch zu Bea fahren«, sagte David. »Sie hat sich echt verzweifelt angehört.«
Folgendes war geschehen: Keine fünf Minuten nachdem Miles und sein Bruder das Callahan's verlassen hatten, waren zwei Inspektoren der Gewerbeaufsicht aufgetaucht und hatten

das Lokal schließen lassen. Die lange Liste von Verstößen gegen die gesetzlichen Bestimmungen reichte von mangelhaften Leitungen – ein Problem, das Miles bereits bekannt war – über unhygienische, unzulängliche sanitäre Einrichtungen – auch hier keine Einwände – bis zu mit bloßem Auge sichtbarem Nagetierkot in der Küche – mit bloßem Auge deswegen sichtbar, weil Miles Kühlschrank und Herd von der Wand weggerückt hatte, etwas, was seit über zehn Jahren niemand mehr getan hatte, um sich die beiden Geräte vorzunehmen. Die Verstöße gegen Hygiene- und Sicherheitsbestimmungen füllten eine ganze Seite, einige davon geringfügig und ohne große Kosten zu beheben, andere schwerwiegender und kostspieliger. Zu den »empfohlenen (aber nicht zwingenden) Maßnahmen«, die die Inspektoren vorgeschlagen hatten, zählte ein neues Dach einschließlich der Anbringung von Wandanschlussblechen an den Nahtstellen zu den Mauern; ihren Schätzungen zufolge würden sich die »erforderlichen« Renovierungen auf an die hunderttausend Dollar belaufen – zwanzigtausend mehr, als Bea und ihr Mann vor dreißig Jahren für das Lokal bezahlt hatten.

»Gut, kannst du für 'ne halbe Stunde hier weg?«, fragte Miles jetzt Charlene. Inzwischen war David derjenige, der im Lokal unabkömmlich war.

Sie nickte.

»Aber nicht länger«, wandte David ein. »Donnerstags trudeln die Leute meistens recht früh ein.« Und zu Miles: »Eigentlich solltest du zu Bea gehen, nicht Charlene.«

»Das werde ich auch, aber erst nachdem ich bei Mrs Whiting war.«

»Ich habe die ganze Zeit auf dich eingeredet, dass du endlich mit ihr ...«

»Und jetzt habe ich endlich eingesehen, dass du recht hattest.«

»Und mit dem, was ich jetzt sage, habe ich auch recht«, sagte David. »Zur Hölle mit dieser Frau. Wenn du in einer solchen Stimmung bist wie jetzt, lass es bleiben. Warte lieber, bis du dich ein bisschen beruhigt hast. Wenn ich zwei gesunde Arme hätte, würde ich dafür sorgen.«

»Gott sei Dank hast du sie nicht«, hörte sich Miles sagen und schloss, als er sich der Bedeutung seiner Worte bewusst wurde, die Augen. »Tut mir leid ...«

»Solange du nicht so eine Dummheit begehst wie ich« – David hob seinen versehrten Arm –, »hast du keine Ahnung, was es heißt, wenn einem etwas leidtut.«

»David ...«

Aber sein Bruder hatte sich bereits abgewandt. »Ich muss hundertfünfzig Meeresfrüchte-Enchiladas vorbereiten«, sagte er. »Mach meinetwegen, was du willst.«

Charlene fasste ihn am Ellbogen. »Eine unangekündigte Inspektion der Gesundheitsbehörde und eine Alkoholkontrolle in ein- und derselben Woche?«

Letzteres war am Dienstag gewesen. Der Alkohollizenzkontrolleur war am späten Nachmittag aufgetaucht, um Behauptungen nachzugehen, Bea würde Alkohol an Minderjährige ausschenken. Noch ein Verstoß, warnte er sie, während er am Tresen ein auf einem Klemmbrett befestigtes Formular ausfüllte, könne den Verlust der Lizenz bedeuten. Als sie fragte, worin der erste Verstoß bestanden habe, deutete er zu Tick, die in einer Tischnische Hausaufgaben machte. Sie war erst vor wenigen Minuten hereingekommen, hatte sich an ihren bevorzugten Platz gesetzt und zwei halbvolle Biergläser zur Seite geschoben, die Bea noch nicht hatte abräumen können. »Sie wollen mir doch nicht erzählen, dass dieses Mädchen einundzwanzig ist, oder?«

»Nein, ich erzähle Ihnen, dass sie meine Enkelin ist und kein Bier trinkt, wie Sie ja sehen können.«

»Sie sitzt an einem Tisch, auf dem *Biergläser* stehen. Sie kennen doch das Gesetz, Mrs Majeski«, sagte er und schickte sich an, seinen Bericht zu schreiben. »Es steht Ihnen selbstverständlich frei, Berufung einzulegen. Andernfalls würde ich Ihnen raten, diese Ordnungsstrafe binnen sechzig Tagen zu bezahlen.«

»Warum ist eigentlich Curtis nicht gekommen?« Bea bezog sich auf den Kontrolleur, mit dem sie es normalerweise zu tun hatte.

»Ich glaube, der ist in Rente gegangen«, erwiderte der Mann auf dem Weg zur Tür. Dort hielt er inne. »Ach ja, Mrs Majeski – viel Glück mit Ihrem neuen Lokal.«

»Nein«, sagte Miles jetzt zu Charlene. »Das ist kein Zufall. Und wenn sie nächste Woche ein Kaufangebot von einem unbekannten Interessenten erhält, ist es auch kein Zufall.«

»Klar.« Charlene nickte. »Ich dachte nur ... was soll ich bloß machen, wenn ich plötzlich ohne Job dastehe?«

»Zerbrich dir deswegen nicht den Kopf.« Miles drückte aufmunternd ihre Hand, denn in diesem Punkt war er sich wenigstens sicher. »Mrs Whiting wird den Empire Grill nicht schließen. Sie will den Laden am Leben halten. Sie will uns alle hierhaben. Zumindest mich.«

Charlene schüttelte den Kopf. »Das verstehe ich nicht.«

»Aber ich.« Er sah ihr in die Augen. »Auch wenn es eine Weile gedauert hat, bis ich's begriffen hab.«

»Hey, Big Boy!«, rief Walt erneut. »Wo bliebst du? Heute ist es so weit, mein Freund! Jetzt kommst du mir nicht mehr davon.« Er pflanzte den Ellbogen auf den Tresen und bewegte erwartungsvoll die Finger seiner Hand.

Mit einem Mal durchschaute Miles *alles*, sogar Walt Comeau. Indem er Janine geheiratet hatte, hatte Walt zweifelsohne gehofft, seinen Ruf als ganzer Kerl und Schlitzohr zu festigen. Ein Silberfuchs eben. Nun, nach einer Woche Ehe, begann er womöglich zu ahnen, dass Janine ihn ebenso gut *entmannen* könnte. Hinter seinem ganzen Maulheldentum konnte Miles die Panik dieses Mannes erkennen – ja, fast sogar riechen –, die merklich wuchs, als er Miles mit einem Barhocker auf ihn zukommen sah, den er ihm gegenüber auf der Innenseite des Tresens abstellte.

»Du liebe Güte«, sagte Horace Weymouth, als hätte er beim Kartenspielen ein völlig verrücktes Blatt erwischt.

»Gib du das Startkommando, Horace«, sagte Miles, ohne ihn anzusehen.

»Auf die Plätze, fertig, los«, sagte Horace, und schon rammte Miles Walts Hand so blitzschnell auf den Tresen, dass drei Gläser zu Boden fielen, mit einer solchen Wucht, dass es dem Silver Fox die Beine seitlich wegriss und sein ganzer Körper für den Bruchteil einer Sekunde parallel zum Tresen frei in der Luft schwebte, während die an den Tresen getackerte Hand seine einzige Verbindung zu Mutter Erde war. Im nächsten Moment ließ Miles ihn frei, und Walt kam zuerst mit den Hüften, dann dem Hinterkopf und schließlich mit beiden Füßen, die jeweils einmal auf- und abhopsten, auf dem Linoleumboden auf. Dann lag der Silver Fox reglos und mit verdrehten Augen da.

Miles war bereits zur Tür hinaus.

Das Tor war noch immer offen, aber Miles parkte am Bordstein und ging dann zwischen den beiden Steinsäulen hindurch. In all den Jahren, in denen seine Mutter in der Hemdenmanufaktur gearbeitet hatte, war er nie jenseits des Torbogens gewesen, eine Tatsache, die ihn jetzt erstaunte. Nach Grace' Tod hatte es allerdings erst recht keine Veranlassung mehr hierzu gegeben, doch als er jetzt den Hof betrat, konnte er sich des Gefühls nicht erwehren, endlich einer viel zu lang vernachlässigten Pflicht nachzukommen.

Die weiße Limousine stand noch immer da, und auf der Innenseite der Backsteinmauer parkte, von der Straße aus unsichtbar, Mrs Whitings Lincoln. Auf der Hutablage saß, zumindest erschien es Miles zunächst so, eines jener Tiere, die rhythmisch mit dem Kopf wackelten, wenn der Wagen fuhr, bis ihm dämmerte, dass es Timmy die Katze war. Das Tier sah ihn neugierig an, schien seinen Gang quer über den Hof zu verfolgen und zu lächeln, sofern Katzen, abgesehen von der Grinsekatze, lächeln konnten.

Als er hörte, wie eine Wagentür geöffnet wurde, erblickte Miles Jimmy Mintys Camaro, der durch die Limousine verdeckt gewesen war und den er vorhin im Vorbeifahren nur als einen roten Schimmer wahrgenommen hatte.

Mrs Whiting und die zur Limousine gehörenden Männer waren von der Hemdenmanufaktur zu der benachbarten Fabrik gegangen, die etwas weiter hinten über den Wasserfällen thronte. Das Grüppchen stand vor dem Haupteingang, und die Blicke der Männer folgten der ausgestreckten Hand von Mrs Whiting, die zuerst zu dem alten Gebäude hinaufdeutete und dann zum anderen Flussufer hinüber. Was zeigte sie ihnen? Ihr Wohnhaus eine Viertelmeile weiter oben am Fluss? Stand das ebenfalls zum Verkauf?

Am Ende des Innenhofs führte ein Klinkerweg an der hinteren Seite der Manufaktur vorbei und leicht absteigend zur benachbarten Fabrik, und kurz davor hatte sich Jimmy Minty postiert. »Du befindest dich auf Privatgrund, Miles«, sagte er.

»Ich dachte, das gehört inzwischen alles der Stadt.«

»Lass uns nicht streiten.« Jimmy Minty zuckte die Schultern. »Jedenfalls ist es Privatgrund.«

Er trug nicht das karierte Sakko wie sonst immer, wenn er im Dienst war. Trotzdem wollte Miles lieber auf Nummer sicher gehen. »Mit wem rede ich in diesem Moment, Jimmy?«

»Wie meinst du das?«

Sie standen sich nun unmittelbar gegenüber. »Bist du im Dienst?«

»In gewissem Sinne, ja. Im Rahmen meiner privaten Beratertätigkeit.«

»So wie dein Vater früher.«

Er nickte. »Ja, der alte Honus Whiting hat meinen Dad hie und da für bestimmte Aufgaben angeheuert. Einmal habe ich gesehen, wie er einen Kerl nicht weit von hier, wo wir gerade stehen, grün und blau geschlagen hat. Ich war der einzige Zeuge. So ein Dickschädel. Die Tracht Prügel hätte er vermeiden können.«

»Und deine Mutter? Hätten all die Prügel, die sie bezogen hat, auch vermieden werden können?«

Minty brauchte einen Moment, um zu antworten. »Nein«, sagte er traurig. »Ich glaube nicht. Ihr habt wahrscheinlich so einiges gehört nebenan, hm?«

»Wir hätten die Bullen holen sollen.«

Das schien eine Erinnerung bei Minty wachzurufen. »Hab ich dir davon erzählt, wie deine Mom mal rübergekommen ist? Du bist wohl nicht zu Hause gewesen. Es war an einem heißen Sommernachmittag, die Fenster alle offen. Mein Vater hatte mal wieder auf Ma eingedroschen, weil sie ihn auf die Palme gebracht hat, und als er sich umdrehte, stand deine Mutter mitten in unserem Wohnzimmer, wie eine Untermieterin. Sagte zu meinem alten Herrn, er soll auf der Stelle aufhören und es ja nie wieder tun. ›Auf der Stelle‹ – genau das hat sie gesagt. Sie hatte einen Hammer in der Hand, hielt ihn aber am Kopf, mit dem Stiel voraus.«

Miles bereitete es keine Mühe, sich diese Szene auszumalen. »Auf der Stelle« war eine ihrer Lieblingsformulierungen gewesen. Er hatte Grace nur ein- oder zweimal wütend erlebt, konnte sich aber gut vorstellen, wie sie mit dem Hammer dastand und wie William Minty einen Schritt vor ihr zurückwich.

»Keine Ahnung, was passiert wär, wenn sich Ma nicht eingeschaltet hätte«, sagte Jimmy glucksend. »Sie hockte mit 'ner aufgeplatzten Lippe auf dem Boden, schaute deine Mutter an und sagte, sie solle gefälligst abhauen und sich um ihren eigenen Dreck kümmern. Weiß du, dass deine Mutter so hübsch war, hat ihr noch mehr Angst gemacht als mein Alter.« Er unterbrach sich kurz. »Das hat dir deine Mutter nie erzählt, oder?«

»Nein, kein Wort.«

Minty zuckte die Schultern. »Ach, Scheiß auf die Vergangenheit, stimmt's?« Und als Miles keine Meinung bekundete, ob das machbar oder ratsam sei, wurden seine Augen schmal. »Zack, mein Junge, denkt drüber nach, ob er aus der Footballmannschaft austreten soll, wusstest du das? Ich versuche, es ihm auszureden, aber ich weiß auch nicht. Der Coach will ihn nicht mehr spielen lassen, also hat er vermutlich recht, wenn er das Handtuch wirft. Was soll das Ganze überhaupt? All das Geschmiere in den Zeitungen, dass er unfair spiele. Die denken jetzt alle schlecht über ihn, glaub ich. Und dein Freund, der Rektor, versucht ihm die Schuld für die Sache mit der alten Frau in die Schuhe zu schieben.«

Miles hatte keine Lust auf diese Geschichten. »Ich bin gekommen, weil ich mit Mrs Whiting reden muss, Jimmy. Es dauert nicht lang.«

Der andere schien fast dankbar für den Themenwechsel zu sein. »Ach ja, ich soll dir ausrichten, du sollst morgen zu ihr kommen.«

»Sie hat gewusst, dass ich kommen würde?«

»Es gibt nicht viel, was diese Frau nicht weiß, Miles. Die ist Leuten wie dir und mir immer ein paar Schritte voraus. Mir scheint, sie ist ziemlich enttäuscht von dir.«

»Gut, das werde ich ja dann von ihr selbst erfahren.« Miles machte Anstalten, an dem Polizisten vorbeizugehen, doch der hielt ihn am Ellbogen fest.

»Aber nicht heute.«

Als Miles zuschlug, so fest er konnte, klammerte sich Jimmy Minty an seinem Ellbogen fest, um nicht das Gleichgewicht zu verlieren, musste ihn aber schließlich doch loslassen und sich auf den Bordstein des Fußwegs setzen. Seine Nase war gebrochen, so viel konnte Miles erkennen. Es dauerte einen Moment, bis es zu bluten begann, doch dann strömte es aus seiner Nase und färbte sein weißes Hemd rot. Miles sah, dass Timmy wild im Lincoln herumsprang, von Fenster zu Fenster, wie bei einem Boxkampf, auf den sie eine Menge Geld gesetzt hatte.

Weiter unten waren Mrs Whiting und die Limousinen-Männer mittlerweile in die Fabrik hineingegangen. Miles stand noch immer vor dem benommen auf dem Bordstein sitzenden Minty, unsicher, was als Nächstes passieren würde. Der Polizist hatte die Hände hinter sich aufgestützt und starrte in den grauen Himmel, um den Blutfluss zu stoppen. Er schniefte ein paarmal, nieste dann heftig und besprühte sowohl Miles als auch sich selbst mit Blutströpfchen.

»Hat man da noch Worte?«, sagte er. »Der alte Miles Roby wird gewalttätig. Nun, wundern wird es die Leute nicht.«

Miles starrte finster auf ihn hinab und rief sich ins Gedächtnis, was sein Vater über Bullen wie ihn gesagt hatte: Das Schlimmste, was sie einem antun können, ist gar nicht so schlimm. Andererseits fand Miles es mehr als ein bisschen beunruhigend, dass er in einer wichtigen Angelegenheit dem Rat seines Vaters folgte, war aber weit davon entfernt, Reue zu empfinden, denn dafür wäre später noch reichlich Zeit.

Als nach einer weiteren Minute das Nasenbluten weitestgehend aufgehört hatte, stand Jimmy Minty mühsam auf. Er war noch wacklig auf den Beinen, aber entschlossener denn je, wie Miles klar wurde. »Los, komm mit zu meinem Wagen«, sagte er. »Damit ich dich in Handschellen legen kann.«

»Erst nachdem ich mit Mrs Whiting geredet habe.«

»Ich habe meine Anweisungen.«

»Tja.«

Mintys Faust traf Miles in der Magengegend, und er krümmte sich vor Schmerzen zusammen. Ein weiterer Schlag, den er nicht einmal hatte kommen sehen, ließ ihn auf ein Knie sinken. Gerade als er versuchte, zu Atem zu kommen, traf ihn Jimmys Faust hinter dem linken Ohr und löste in seinem Schädel eine Explosion aus. Da sackte er auf dem Klinkerweg zusammen. Als keine weiteren Schläge mehr folgten, rollte er sich auf die andere Seite und sah, dass Minty zu seinem Camaro gegangen war und im Handschuhfach kramte, woraus Miles schloss, dass er für ein paar Sekunden weggetreten sein musste. Bis der Polizist die Handschellen gefunden hatte, war Miles mühsam aufgestanden.

»Ich würde dir raten, dich gleich wieder hinzusetzen, Miles«, sagte Minty. Seine Nase war dick geschwollen und hatte sich grau verfärbt. »Du hast die Ordnung gestört, also bleibt mir nichts anderes übrig, als dich festzunehmen.«

Miles kam der Gedanke, dass es für Jimmy Minty trotz der gebrochenen Nase ein befriedigendes Erlebnis war. Miles' nächsten Faustschlag wehrte er mühelos ab, und Miles fand sich abermals auf den Knien wieder. Er hielt sich den Bauch und übergab sich auf die Klinkersteine.

»So, und jetzt richte dich auf und streck deine Hände vor«, sagte Minty, aber Miles stand erneut auf und fand sich abermals auf dem Boden wieder.

Als Mrs Whiting und die Limousinenmänner wieder den Weg heraufkamen, war Miles' eines Auge völlig zugeschwollen, das andere konnte er nur noch zu einem Schlitz öffnen. Die beiden Männer saßen sich auf den Bordsteinen des Wegs gegenüber. Es sah aus, als hätten beide im selben Kampf verloren und als hätten sich die Sieger unerklärlicherweise aus dem Staub gemacht. Die Handschellen baumelten noch immer zwischen den Fingern des Polizisten, und Miles bemerkte, dass ihm das ein bisschen peinlich war. »Gehen Sie ruhig weiter, Mrs Whiting«, sagte Minty mit gepresster Stimme. »Ich muss erst ein bisschen verschnaufen, bevor ich das hier zu Ende bringe.«

Die Geschäftsmänner, sichtlich nervös, beschrieben einen großen Bogen um die beiden einheimischen Streithähne, während sie über den Rasen an ihnen vorbeigingen.

»Du erstaunst mich, mein lieber Junge«, sagte Mrs Whiting. »Was gibt es denn so Wichtiges, das nicht bis morgen warten konnte?«

Miles konnte über den Hof hinweg hören, wie die Türen der Limousine geöffnet und wieder geschlossen wurden, das solide, hochwertige Geräusch von Geld, das sich abschottete. Da sie offenbar erwartete, dass er ihr etwas von seinen Plänen mit dem Callahan's erzählte, beschloss er, sie zu enttäuschen. »Ich bin gekommen, um meine Kündigung einzureichen«, sagte er. »Sie werden sich einen anderen suchen müssen, der für Sie den Empire Grill führt.«

Jimmy Minty hörte auf, seine Nase abzutasten, um dieser interessanten Unterhaltung zu lauschen.

»Du musst wohl eine Art Erleuchtung gehabt haben, lieber Junge. Aber lass mich dir einen Vorschlag machen. Denk noch mal darüber nach, ja? Leidenschaftliche Entscheidungen sind selten weise.«

»Haben Sie jemals Leidenschaft empfunden?«

»Nun, es stimmt, im Gegensatz zu romantisch veranlagten Menschen lasse ich mich fast nie von meinen Gefühlen hinreißen«, erwiderte sie unumwunden. »Aber niemand von uns kann aus seiner Haut, und was man nicht kann vermeiden, muss man geduldig erleiden.«

»Was man nicht kann vermeiden, muss gerächt werden«, sagte Miles. »Meinten Sie nicht das?«

Sie lächelte anerkennend. »Etwas zurückzuzahlen ist auch eine Form des Leidens, mein lieber Junge. Aber bevor du im Zorn weitere Dinge sagst, für die ich dich bestrafen müsste, solltest du lieber noch mal in dich gehen und nicht nur an deine eigene Zukunft, sondern auch an die deiner Tochter denken. In ein paar Jahren wird sie vielleicht ebenso Unterstützung für ihr Studium brauchen wie du damals.« Sie hielt inne, um ihre Worte wirken zu lassen. »Außerdem gibt es noch deinen Bruder und weitere Menschen, die vom Empire Grill abhängen, um sich ihren Lebensunterhalt zu sichern, mag er auch noch so bescheiden sein. Aber am Ende wird es natürlich an dir liegen, wie seit jeher.«

»Macht und Kontrolle. Hab ich recht, Francine?«

Es war das erste Mal, dass er sie mit dem Vornamen ansprach. Mehr noch, er hatte ihn im Laufe der Jahre beinahe vergessen. Merkwürdig, dass er ihm ausgerechnet in diesem Moment wieder einfiel.

Falls sich Mrs Whiting durch diese intime Anrede vor den Kopf gestoßen fühlte, ließ sie es sich nicht anmerken. »Ah!«, sagte sie mit spöttischer Belustigung. »Du hast also bei meinen kleinen Lektionen aufgepasst, mein lieber Junge! Ehrlich gesagt, war ich mir nie sicher.« Damit wandte sie sich ab, trat behände um ihn herum und strebte auf den Lincoln zu.

»Er hat meine Mutter Ihnen vorgezogen, nicht wahr, Mrs Whiting?«, rief Miles ihr nach. »Darum geht es, hab ich recht?«

Sie blieb stehen, verharrte für einen Moment wie angewurzelt und kehrte dann zurück. »Und bin ich nicht ein mustergültiges Beispiel für gottergebene Duldsamkeit, mein Junge? Habe ich deiner Mutter ihren Tabubruch etwa nicht vergeben? Habe ich sie nicht sogar in dem Heim willkommen geheißen, das sie zerstört hat? Habe ich ihr nicht genügend Gelegenheit zur Sühne und Erlösung gegeben, etwas, über das ihr Katholiken ständig redet?«

»Erlösung? War es nicht viel mehr Vergeltung?«

»Nun, wie ich einmal zu meinem Mann sagte: Jeder hat in dieser Beziehung auf eine andere Art profitiert.« Sie schickte sich wieder zum Gehen an, hielt abermals inne und kehrte um. »Nachdem das gesagt ist, will ich dich nicht mit einem falschen Eindruck zurücklassen, lieber Junge. Ich habe deine Mutter sehr gern gemocht, genau wie ich dich sehr gern mag. Am Ende war sie, glaube ich, froh, dass es nicht so kam, wie sie einmal gehofft hatte. Ich stelle mir gern vor, dass sie begriffen hat, was für ein Aberwitz das Leben ist.«

Mrs Whiting sah auf den Polizisten hinunter. »Meinen Sie, Sie sind in der Lage, das Tor abzuschließen, Jimmy? Das Schloss ist ein bisschen eingerostet. Es erfordert einiges Zureden.«

»Kein Problem, ich kümmere mich darum, Mrs Whiting.«

Miles konnte sich eines Lächelns nicht erwehren, machte er dieser Frau doch seit mehr als fünfundzwanzig Jahren das gleiche Versprechen – und dass er genau dieses Schicksal erleiden würde, hatte seiner Mutter am meisten Angst gemacht. Als der Lincoln, gefolgt von der Limousine, zwischen den beiden Steinsäulen geschmeidig auf die Straße hinausfuhr, spürte Miles, wie etwas an seinem Ellbogen rieb, und als er hinuntersah, war es Timmy, die aus dem Wagen gehuscht sein musste, als Mrs Whiting die Tür geöffnet hatte. Das Tier schien mit dem Schaden, den Miles bereits erlitten hatte, zufrieden zu sein und sah von weiterer Boshaftigkeit ab.

Jimmy Minty stand auf und hielt Miles eine Hand hin, die dieser akzeptierte. Dann streckte er gehorsam die Hände aus, um sich Handschellen anlegen zu lassen. Jimmy führte ihn zum Camaro und versetzte der Katze, als sie in den Wagen folgen wollte, einen unsanften Tritt.

Miles versuchte sich vergeblich in Erinnerung zu rufen, wann er zuletzt in einem Sportwagen gesessen hatte. Der Motor grollte wie ein Raubtier in seinem Käfig und ließ den Boden unter seinen Füßen vibrieren. Charlene hatte ihm einmal gestanden, dass sie dieses Geräusch sexy finde. Das Leben war wirklich aberwitzig. Vor dem Tor legte Minty den Leerlauf ein und stieg aus, um es abzuschließen. Wie Mrs Whiting gesagt hatte, tat er sich schwer mit dem Schloss, und Miles hörte ihn fluchen.

»Du hättest nie hierher zurückkommen sollen, alter Kumpel«, sagte Jimmy Minty, als er wieder einstieg. »Deine Mutter hatte recht. Ich werde nie vergessen, wie sie dich angeschrien hat. Ich nehme an, dass es das ist, was ich dir eigentlich sagen wollte, bevor alles angefangen hat.« Mit »alles« schien er all das zu meinen, was sich ereignet hatte, seit er Miles im September in seinem Wagen vor dem Haus seiner Kindheit angetroffen hatte. »Das hat mir echt zu schaffen gemacht, als ich gehört hab, wie sie dich anschrie, und die Sachen, die sie gesagt hat, während sie im Sterben lag, wo du doch nur helfen wolltest.«

Miles schloss die Augen und hörte Grace im Geiste wieder sagen, als ob es erst gestern gewesen wäre: *Geh wieder, Miles. Du bringst mich um. Verstehst du das nicht? Dass du zurückgekommen bist, das bringt mich um. Es bringt mich um, hörst du?*

»Nicht, dass du dich je darum gekümmert hättest, wie es mir ging«, fügte Minty hinzu.

»Tust du mir 'nen Gefallen, Jimmy?«, fragte Miles, als dieser den Wagen auf die Empire Avenue hinauslenkte.

»Sicher.« Es war ihm offenbar wichtig, dass Miles wusste, er würde ihm trotz der unentwegt schlechten Behandlung durch ihn keinen Gefallen verwehren, wenn er ihn nur nett bat.

»Bitte meinen Bruder, dafür zu sorgen, dass Tick am Sonntag irgendwie nach Boston gelangt.«

Das Versprechen gegenüber seiner Tochter hatte er ganz vergessen, etwas, was ihn vielleicht daran gehindert hätte, sich so kopflos zu verhalten. Er erinnerte sich, wie er vor wenigen Minuten gedacht hatte, dass zum Bereuen später noch jede Menge Zeit sei. Wie schnell dieses »später« gekommen war.

Kapitel 30

Der blaue Tisch hat den Blues. Kann es sein, fragt sich Tick, dass es irgendwie mit John Voss' Abwesenheit zu tun hat, der noch weniger da zu sein schien, als er noch hier am Tisch saß? Selbst Candace, die sonst in einer Tour, von Pausengong zu Pausengong, gequasselt hat, ist heute schweigsam. Nicht ihre Schweigsamkeit versucht Tick zu ergründen, denn die kann sie sich erklären, sondern die Art, wie manche Dinge funktionieren – um genau zu sein: ob sie schnell oder langsam passieren. Sie weiß aus jüngster Erfahrung, dass sich das Leben scheinbar im Bruchteil eines Augenblicks von Grund auf verändern kann, vermutet jedoch, dass diese gefühlte Schnelligkeit nur eine Illusion ist.

Candace zum Beispiel. Sind sie erst gestern Freundinnen geworden, oder hat sich ihre Freundschaft seit September langsam entwickelt? Jedenfalls hat sie sie beide überrascht. Der dankbare und ungläubige Ausdruck in Candace' Gesicht gestern Nachmittag, als sie Tick mit geschwollenen Augen vor ihrer Tür stehen sah, sprach jedenfalls Bände. Einen Monat lang lag sie Tick in den Ohren, sie solle doch mal nach der Schule bei ihr vorbeikommen, dann könnten sie zusammen einen Spaziergang am Fluss machen und über alles reden, aber die beiläufige Art, mit der Candace es sagte, ließ vermuten, dass sie nicht wirklich damit rechnete.

Tick hat es keine Mühe bereitet, herauszufinden, wo Candace

mit ihrer Mutter und deren Freund zurzeit wohnt – in einem zweistöckigen Mietshaus in der Front Street. Die Front Street verläuft parallel zum Fluss, unterhalb der Wasserfälle, in der schlechtesten Wohngegend von Empire Falls. Als es noch eine Arbeitersiedlung war, ließen sich die ärmsten kanadischen Einwanderer dort nieder. Nur die Nordseite der Straße ist bebaut, und das aus gutem Grund. In den glorreichen Zeiten von Empire Textiles wurden Lösungs- und Färbemittel im Fluss entsorgt, die die Ufer unterhalb der Wasserfälle rot, grün und gelb färbten, je nach Wochentag und den jeweiligen Chargen. Die schräg abfallenden Ufer wiesen Abstufungen auf wie die Jahresringe von Bäumen, nur dass sie alle Farben des Regenbogens hatten; und anstatt Zeugnisse der Jahre zu sein, zeugten sie vom fallenden und steigenden Flusspegel. Selbst heute noch, fünfzig Jahre später, wachsen nur die widerstandsfähigsten Unkräuter und Büsche auf der Südseite der Front Street, und wenn in gewissen Abständen das Gestrüpp ausgedünnt wird, kommen hie und da hellgrüne oder purpurrote Flecken zum Vorschein.

Zur Wohnung im ersten Stock gelangte Tick über die wackelige Außentreppe. Die Frau, die auf Ticks Klopfen öffnete, war dick, trug keinen BH und hatte ungewaschenes Haar. Sie wirkte zu jung, um eine sechzehnjährige Tochter zu haben. Als sie die Tür aufmachte, kam Tick ein Schwall abgestandener Luft entgegen, und sie erblickte einen Mann ungefähr im Alter ihres Vaters, der in einem Netz-Tanktop in der Essecke saß und grimmig einen Werbeprospekt von Wal-Mart studierte. »Hey, Idiotin!«, rief die Frau über die Schulter, ohne Tick begrüßt zu haben. »Candy! Du hast Besuch!« Dann ging sie wieder hinein und ließ Tick vor der geöffneten Tür stehen, als wäre es ihr völlig gleich, ob sie hereinkommen oder lieber dort warten wollte. Der Anblick dieser grauenhaften Frau bewirkte, dass Tick den jüngsten Streit mit ihrer Mutter in einem ganz anderen Licht sah.

Als Candace in der Küchentür erschien und sie erblickte, hellte sich ihre Miene auf, doch der freudige Ausdruck erlosch sogleich wieder und machte betretener Verlegenheit Platz, als ihr klar wurde, wie armselig diese Umgebung auf ein Mädchen wie Christina Roby wirken musste. Das letzte Mal war sie im September so überrascht gewesen, als ebendieses Mädchen im Kunstkurs auftauchte, in dem sonst nur Leute wie sie und andere »Gammler« saßen.

»Hi?«, sagte sie, fast entschuldigend.

»Hast du Lust auf einen Spaziergang?«, fragte Tick.

»Klar.« Sofort strahlte Candace wieder, als wäre dies die Gelegenheit ihres Lebens.

»Na ja«, sagte Candace, nachdem sie zum Ufer hinuntergeklettert waren, »jedenfalls bin ich jetzt in Justin verliebt.«

Der Fluss hatte derzeit, am Ende dieses trockenen Oktobers, Niedrigwasser, und sie konnten ziemlich weit ins Flussbett hinaus von Stein zu Stein hüpfen. Vom Ufer hatte es ausgesehen, als könnten sie so bis zur anderen Seite hinübergelangen, aber Tick bemerkte, dass die Abstände zwischen den Felsen immer größer wurden, je weiter hinaus sie sich wagten. Auch wehte hier draußen, wo sie nicht länger von der Uferböschung geschützt waren, ein scharfer Wind, und sie beschlossen, lieber in Richtung der Flussbiegung zu gehen, wo sie in der kleinen Bucht vom Wind geschützt sein würden.

»Justin«, wiederholte Tick, als sie eine Felsgruppe entdeckten, auf der sie sich ausruhen konnten. Bei der Vorstellung, dass Candace und Justin Dibble ein Paar waren, musste sie unwillkürlich lächeln. Justin, der sie fast das ganze Halbjahr hindurch gehänselt hatte, indem er behauptete, John Voss sei megamäßig in sie verschossen. Bestimmt war Candace kein bisschen bewusst, dass sie, indem sie von einem Jungen zum nächsten wechselte –

selbst wenn es nur emotional war –, sich wahrscheinlich in die Fußstapfen ihrer Mutter begab.

»Er liebt mich wirklich«, sagte Candace, als wären die Gefühle des Jungen ausschlaggebend und nicht ihre eigenen für ihn.

»Und was ist mit Zack?«

»Wenn er aus dem Krankenhaus kommt, gibt es bestimmt 'ne Schlägerei«, sagte Candace schicksalsergeben.

Schon merkwürdig, aber in letzter Zeit schienen sich die Prügeleien wegen Candace zu häufen. Anfang der Woche war Bobby, ihr früherer Freund aus Fairhaven, der laut Candace im Gefängnis gewesen war, vor der Highschool aufgetaucht und hatte nach Zack Minty Ausschau gehalten, den er nicht persönlich kannte. Er wusste nicht, dass der Junge, dem er eine Tracht Prügel verabreichen wollte, an diesem Morgen mit einer entzündeten Wunde am Schienbein ins Krankenhaus eingeliefert worden war. Aus unerfindlichem Grund hatte Zack zu lange gewartet, bevor er zum Arzt gegangen war, und dann behauptet, er wisse nicht mal mehr, wo er sie sich zugezogen habe, glaube aber, beim Footballtraining. Für den Arzt in der Notfallambulanz sah es keineswegs wie eine Football-Verletzung aus, und er verordnete ihm Antibiotika. Das Fieber wollte allerdings nicht zurückgehen, sodass die Ärzte am Vortag beschlossen hatten, ihn weiterhin zur Beobachtung im Krankenhaus zu behalten. Sie machten ihm und seinem Vater jedoch Hoffnung, dass er am Freitag entlassen werde, damit er beim letzten Heimspiel der Saison am Sonntag dabei sein könne, sofern er keinen neuen Fieberschub bekomme.

»Glaubst du, Justin hat eine Chance?«, fragte Candace, als handelte es sich um eine Wette über einen Kampf zwischen Superman und dem unglaublichen Hulk.

»Gegen Zack oder Bobby?«, fragte Tick, wobei es keinen Unterschied machte, weil Justin weder gegen den einen noch den anderen eine Chance hätte.

»Gegen Zack. Ich glaube nicht, dass Bobby gegen Justin kämpfen will. Er hat es nur Zack zeigen wollen, weil er gehört hat, dass er 'n harter Typ ist.«

Sie waren hier zwar einigermaßen vor dem Wind geschützt, aber es war dennoch kalt – außerdem wurde es langsam dunkel, obwohl es noch nicht einmal vier Uhr war. Trotzdem war es eine gute Idee gewesen, herzukommen. Tick spürte, wie sich ihre Stimmung zusehends hob. Ihre Schultern schmerzten noch von der Sache mit dem Rucksack, aber das bisschen Schmerzen war nichts im Vergleich zu dem Schock, den ihr der Vorfall verpasst hatte. Und wie so oft, wenn sie mit Candace redete, fühlte sie sich besser, wenngleich sie sich fragte, ob die Tatsache, dass jemand sehr viel schlechter dran war als man selbst, eine gute Grundlage für eine Freundschaft war. Beide Mädchen schwiegen eine Weile und lauschten dem gemächlichen Plätschern des Flusses.

»Als du und Zack zusammen wart«, sagte Candace schließlich, »habt ihr da auch mal dieses Spiel mit dem Revolver gespielt?«

Tick forschte in Candace' Gesicht und sah die Angst in ihren Augen. »Ein Mal«, antwortete sie.

»Er hat gesagt, du hättest immer mitgespielt. Er wollte mich auch dazu überreden.«

Zack nannte es »Polnisches Roulette«, was ein Witz sein sollte. Er hatte die Trommel eines der Revolver seines Vaters geöffnet und Tick gezeigt, dass keine Patronen darin waren. Anschließend solle man, erklärte er, den Lauf der Waffe an die Schläfe halten und den Abzug drücken. Bei dem Spiel gehe es darum, meinte er zu Tick, herauszufinden, wie rational man sei. Wenn man sich mit eigenen Augen davon überzeugt habe, dass die Waffe nicht geladen sei, habe man nichts zu befürchten. Nur, dass es sich eben immer noch um einen Revolver handele, was man nicht vergessen könne. »Man kriegt einen Adrenalinrausch«, hatte er grinsend gesagt, »denn was ist, wenn man sich geirrt und eine Patrone übersehen hat?«

»Hasst du es auch, wenn du herausfindest, dass dich jemand angelogen hat?«, fragte Candace und bezog sich offenbar auf Zacks Behauptung, er und Tick hätten das Spiel oft gespielt.

»Candace, versprichst du mir, dass du es nie tun wirst?«

»Okay.« Sie zuckte die Schultern. Ihr ängstlicher Ausdruck war verflogen, nun, da sie mit ihrer Freundin darüber geredet hatte.

»Ich meine es ernst«, sagte Tick. »Versprich es mir, oder wir sind keine Freundinnen mehr.«

»Okay, okay«, sagte Candace, ernster jetzt. Dann: »Sind wir Freundinnen? Darf ich das den anderen sagen?«

»Klar, warum nicht?« Als sie sah, wie wichtig es Candace offenbar war, fragte sich Tick, ob es einen Unterschied gemacht hätte, hätte sie das Gleiche zu John Voss gesagt. Was, wenn alles, was die Menschen brauchten, die Gewissheit wäre, einen Freund zu haben? Was, wenn man für jemanden diese eine Person war und man ihm diese einfache Gewissheit verweigerte?

Es war jetzt fast dunkel, und als sie in Richtung Flussufer zurückgingen, erregte eine Bewegung weiter oben ihre Aufmerksamkeit. Ungefähr fünfzig Meter stromaufwärts, wo der Fluss in Richtung Empire Falls eine Biegung zu beschreiben begann, stand ein Grüppchen Männer in Anzügen dicht gedrängt und offensichtlich frierend zusammen. Sie lauschten einer Frau, in der Tick unschwer Mrs Whiting erkannte, der der Empire Grill gehörte und ihrem Vater zufolge außerdem halb Empire Falls. Zwischen den kahlen Herbstbäumen hindurch schimmerte eine weiße Limousine, die am Straßenrand parkte, und diese hatte wiederum Candace' Aufmerksamkeit erregt. »Wow«, sagte sie seufzend. »Würdest du nicht auch gern mal in so einem Wagen fahren?«

Die Frau schien die beiden Mädchen ebenfalls bemerkt zu haben. Und obwohl sie nebeneinander auf einem Felsen standen, war sich Tick sicher, dass Mrs Whiting nicht Candace anlächelte, sondern sie.

Langsam, beschließt Tick. Die Dinge geschehen nicht schnell, sondern langsam. Sie weiß zwar nicht, warum der Faktor Zeit eine Rolle spielt, aber sie glaubt es jedenfalls. Das könnte sogar der Grund dafür sein, warum dieser Bill Taylor kein guter Maler ist. Seine Kunst vollzieht sich schnell, und unentwegt redet er darüber, wie rasant sich das Licht verändere, wie wichtig es daher sei, das Bild zu »attackieren«, um zu dokumentieren, was man sehe, weil man genau das Gleiche nicht mehr zu sehen bekomme. Tick versteht, was er meint, findet aber, dass das Gegenteil ebenso wahr ist.

Ihre Eltern zum Beispiel. Anfangs schien ihr Entschluss, sich zu trennen, wie ein Blitz aus heiterem Himmel zu kommen. Aber jetzt ist ihr klar, dass es ein langsamer Prozess war, ausgelöst durch Unzufriedenheit und unbefriedigte Bedürfnisse – im Grunde durch ihre Persönlichkeiten. Vielleicht war es nur für Tick so plötzlich gekommen, während es für ihre Mutter ein langer Weg war – von dem ersten Augenkontakt über einen Flirt und Seitensprung bis zur Scheidung und zur Wiederheirat – wie eine Runde auf dem Stepper, deren Kulminationspunkt wahrscheinlich den Beginn eines weiteren Anstiegs darstellt, der sich als genauso langwierig und ermüdend erweisen wird.

Und genau das ist der Punkt, folgert sie. Nur weil Dinge langsam geschehen, heißt das noch lange nicht, dass man vorbereitet ist. Wenn sie in der Regel schnell geschehen würden, wäre man gewappnet gegenüber jähen Ereignissen und man wüsste, dass Geschwindigkeit Trumpf ist. Die Langsamkeit der Dinge hingegen funktioniert nach einem völlig anderen Prinzip, basiert auf dem trügerischen Eindruck, dass man jede Menge Zeit hat, sich vorzubereiten, dabei ist es im Gegenteil so, dass man, egal, wie langsam sich etwas vollzieht, man immer noch langsamer ist.

Durch die breite Fensterfront, die sich auf der Rückseite des Gebäudes befindet, blickt man auf einen riesigen Parkplatz, der nur voll besetzt ist, wenn Basketballspiele stattfinden. An diesem Nachmittag sind nur die ersten vier oder fünf Reihen belegt, und Tick kann von ihrem Platz am blauen Tisch durch die Lücke zwischen der dritten und vierten Reihe hindurchsehen, also haben alle Fahrer tatsächlich die gelben Linien beachtet, die auf den Asphalt gemalt sind. Hinter dem Parkplatz gibt es eine Böschung, die sanft zu der ovalen Aschebahn hin abfällt. Einmal hat ihr Vater ihr eine lustige Geschichte darüber erzählt. Hinter der Aschebahn erstreckt sich eine Wiese, die von einer Baumreihe begrenzt wird, und dahinter beginnt ein Sumpfgebiet. Plötzlich macht Tick zwischen den beiden Wagenreihen hindurch eine kaum merkliche Bewegung in der Ferne aus. Es sieht aus wie ein kleiner Ball, der im sanften Wind auf einem ruhig daliegenden See wippt, nur, dass es dort, wo sie hinschaut, kein Wasser gibt.

Eine Weile schaut Tick diesem seltsamen Auf- und Ab-Hüpfen zu, ohne zu erkennen, was es ist, dann wendet sie sich wieder ihrem Stillleben zu. Obwohl sie es vor zwei Tagen beendet hat, hat sie das unbestimmte Gefühl, dass es unfertig ist. Vielleicht, weil sie nicht versteht, wie etwas, das so dürftig ausgeführt wurde, als fertig betrachtet werden kann. Auch macht sie sich Gedanken, dass das, was mit dem Bild nicht stimmt, das Ergebnis einer voreilig getroffenen schlechten Entscheidung sein könnte. Und – noch schlimmer – sie ist sich nicht sicher, ob diese schlechte Entscheidung auf Mrs Roderigues Konto geht, die die hässliche Pfingstrose ausgewählt hat, oder auf ihrs. Ihre Entscheidung, die Pfingstrose in ihrer ganzen Hässlichkeit zu malen, kann sie rechtfertigen, aber nun wird ihr bewusst, dass sie auch die anderen Blumen so gemalt hat, als wären sie durch die Pfingstrose kontaminiert. Wenn es eine Lüge ist, die Dinge schöner darzustellen, als sie sind, dann ist es auch eine, wenn man sie hässlicher macht. Sie kann noch ein bisschen an dem Bild friemeln, ein paar Kleinigkeiten verbessern, aber an der Kernlüge ändert das nichts. Dazu müsste sie es noch mal ganz neu malen, und dafür ist es zu spät. Nächste Woche fangen sie mit einem neuen Thema an.

Sie wirft einen verstohlenen Blick auf Candace' Bild und ist überrascht, dass es gar nicht einmal schlecht ist. Bislang hat sie einfach nur ihre Arbeiten vom letzten Jahr recycelt, eine Strategie, von der Tick ihr abraten würde in Anbetracht der Tatsache, dass sie letztes Jahr in diesem Kurs durchgefallen ist, und zwar aufgrund ebendieser Arbeiten. Aber Mrs Roderigue scheint sich nicht mehr an sie zu erinnern, und keines von Candace' Bildern hat bislang dieselbe Note bekommen wie letztes Jahr – eine Tatsache, die Mr Meyer, den Rektor, bestimmt interessieren würde, denkt Tick. Dass Mrs Roderigues Notengebung krass mit dem Einkommen der Eltern ihrer Schüler korrespondiert, wurde – Ticks Vater zufolge – Mr Meyer bereits zur Kenntnis gebracht, was womöglich erklärt, warum Candace dieses Jahr besser abschneidet.

Was Tick am meisten an dem Bild ihrer Freundin erstaunt, ist, dass sie offenbar genau Mrs Roderigues Anweisungen erfüllt hat – das heißt, sie hat die Schönheit der Pfingstrose in Erinnerung behalten und genau diese dann gemalt. Auf gewisse Weise ist die große, knallrosa Blume – ein Symbol der Liebe – genau Candace' Thema. Zu sehen, wie gut sie die Aufgabe bewältigt hat, macht Tick glücklich und traurig zugleich. Gestern haben Candace und sie ihre Freundschaft auf dem Rückweg vom Fluss durch den Austausch zweier Geheimnisse besiegelt. Candace vertraut ihr schon seit Beginn des Schuljahrs ihre Geheimnisse an, aber gestern hat sich Tick zum ersten Mal revanchiert.

Candace' aktuelles Geheimnis ist, dass sie und Justin Sex hatten, was erklärt, warum er heute so ruhig im Unterricht ist und warum die beiden schüchterne, ängstliche Blicke voller Dankbarkeit und Staunen und Bedauern austauschen, wann immer er von seiner Arbeit hochsieht. Tick wiederum hat Candace erzählt, dass sie diejenige war, die im September das Bastelmesser an sich genommen hat und dass es nicht gefunden worden sei, weil es in einer Seitentasche ihres Rucksacks verstaut sei. Außerdem hat sie Candace anvertraut, dass sie es aus dem Grund nicht mehr in den Werkzeugschrank zurückgelegt hat, weil ihr die Vorstellung, eine Waffe zu besitzen, gefällt, was für eine Pazifistin, für die sich Tick hält, natürlich völlig absurd ist. In Wahrheit bekommt sie jedes Mal, wenn sie es herausnimmt und die kühle Oberfläche spürt, ein taubes Gefühl im linken Arm, und sie muss es schnell wieder an seinen Platz zurückstecken, sonst wird ihr übel. Das einzig Richtige wäre, es heute nach dem Kunstunterricht in den Schrank zurückzulegen, aber Tick weiß genau, dass sie es nicht tun wird, und der Grund dafür ist, dass Zack Minty heute Vormittag aus dem Krankenhaus entlassen wurde. Sie ist ihm in einer kleinen Pause auf dem Flur begegnet, und der Ausdruck, mit dem er Candace und sie angesehen hat, ist ihr nicht entgangen. In den letzten zehn Minuten hat sie die ganze Zeit damit gerechnet, dass die Tür aufgeht und Zack sich zu ihnen an den blauen Tisch setzt. Tick rechnet in letzter Zeit ständig mit dem Schlimmsten, vor allem seit dem gestrigen Vorfall zwischen ihrem und Zacks Vater.

Sie kann es immer noch nicht so recht glauben, dass ihr Vater ins Gefängnis muss. Ihrem Onkel David zufolge wird ihm nämlich genau das blühen, sobald er wieder aus dem Krankenhaus entlassen wird. Zacks Vater wollte ihn schon gestern in eine Zelle sperren, als sie auf der Polizeiwache ankamen, aber der Polizeichef hat sie zum Krankenhaus geschickt, wo Tick ihn noch nicht besuchen durfte. Laut Onkel David und Charlene, die zu Hause auf sie warteten, meinte der Anwalt, den sie hinzugezogen haben, dass er bestimmt nicht lange im Gefängnis bleiben müsse. Zwar drohe ihm auf jeden Fall eine Haftstrafe, aber wenn er eine Kaution hinterlege, sei er schnell wieder auf freiem Fuß. David meinte, ihrem Vater sei das Ganze furchtbar peinlich. Er wolle nicht, dass Tick ihn in seinem gegenwärtigen Zustand sehe. Und ließe ihr ausrichten, dass es ihm leidtue, dass er ihren für Sonntag geplanten Ausflug nach Boston vermasselt habe, aber David und Charlene würden mit ihr fahren. Sie solle den Kopf nicht hängen lassen, denn ehe sie sichs versehe, sei alles wieder vorbei.

Erst als Charlene und ihr Onkel sich zum Gehen anschickten, fiel Tick ein, sie zu fragen, ob sie wüssten, wo ihre Mutter sei. Tick hatte lange gezögert, bis sie nach Hause ging, weil sie Angst vor der Szene hatte, die Janine ihr unweigerlich machen würde. Nach ihrem Streit auf der Empire Avenue würde ihre Mutter garantiert ein Fall für die Klapsmühle sein, hin- und hergerissen zwischen Wut und Sorge, und Walt würde vorsichtig um sie herumschleichen und alles nur noch schlimmer machen.

Die beiden Erwachsenen tauschten einen unbehaglichen Blick aus, der verriet, dass das genau die Frage war, die sie am meisten befürchtet hatten. »Sie wird bestimmt bald da sein«, sagte Charlene. »Sie ist im Krankenhaus.«

»Sie darf Daddy besuchen und ich nicht?«

Da erzählten sie ihr, dass Janine nicht ihren Vater besuchte, sondern Walt, der mit einer Gehirnerschütterung und einem gebrochenen Arm eingeliefert worden war. Zögernd berichteten sie ihr, wie er sich beides zugezogen hatte.

Da kam Tick eine weitere Frage in den Sinn. »Und wer kümmert sich jetzt ums Empire?«

»Heute Abend ist es geschlossen«, sagte David. »Es ist uns nichts anderes übrig geblieben. Willst du mitkommen und mit uns Enchiladas essen? Ich habe ungefähr hundertfünfzig davon im Ofen.«

Und das taten sie dann. Sie saßen zu dritt in einer Ecknische, während die Lichter ausgeschaltet waren, und aßen schweigend Enchiladas. Derweil beobachteten sie, wie immer wieder ein Wagen auf den Parkplatz einbog und unverrichteter Dinge weiterfuhr, nachdem die Insassen das »Geschlossen«-Schild an der Eingangstür gesehen hatten.

Tick zählte im Geist nochmals alle Ereignisse auf. An einem einzigen Tag war Folgendes passiert: Ihre Mutter hätte sie um ein Haar mit dem Jeep ein Stück weit die Empire Avenue hinunter mitgezerrt, weil sich ihr Rucksack zwischen dem Vorder- und Rücksitz verkeilt hatte; sie und Candace waren beste Freundinnen geworden; ihr Vater hatte Walt Comeau beim Armdrücken den Arm gebrochen, sich dann mit einem Polizisten geprügelt und lag jetzt im Krankenhaus, von wo aus er direkt ins Gefängnis wandern würde; und an der Eingangstür vom Empire Grill hing ein Schild mit der Aufschrift: BIS AUF WEITERES GESCHLOSSEN. Die schrecklichen Ereignisse vom Anfang der Woche noch nicht einmal mitgerechnet.

Und da sollte alles bald wieder seinen normalen Gang gehen?

Dieses Ding da in der Ferne hüpft noch immer auf und ab, denkt Tick, aber es ist jetzt näher herangekommen. Es sieht aus wie der Kopf eines Menschen, aber das macht keinen Sinn. Während sie es unverwandt beobachtet, fragt sie sich, ob sich das Rätsel lösen oder ob es ein Rätsel bleiben wird, und gerade als sie zu Letzterem neigt – da sie weiß, wie irrational diese Welt doch ist, in der ein ihr nahestehender Mensch wie ihr Vater zu jemandem wird, den sie nicht kennt, eine Welt, die ins Wanken geraten ist und in der sich alle festen Objekte auflösen wie auf den Gemälden von Dalí, wo menschliche Köpfe, getrennt von ihren Körpern, auf im Wind wogendem Gras wippen –, löst sich vor ihren Augen das Rätsel dieses speziellen Kopfes und rückt die Welt wieder gerade, wenngleich nicht völlig. Denn dieser Kopf gehört, wie sie nun bemerkt, zu John Voss, und er schwebt nicht auf Wasser oder Gras, sondern sitzt auf seinen eigenen Schultern. Das, was sie seit geraumer Zeit beobachtet, ist sein typischer hüpfender Gang, während er auf die Schule zukommt – zuerst über die Wiese, dann die Aschebahn –, und sie konnte zunächst nur seinen Kopf sehen, weil sein Körper durch die Beschaffenheit der Landschaft verborgen war. Erst als er die sanft ansteigende Böschung heraufkommt, auf der ihr Vater einmal die Kontrolle über Mrs Whitings Lincoln verlor, rücken Hals, Schultern und Rumpf des Jungen in ihr Blickfeld, eine menschliche Gestalt. Und genauso plötzlich, wie er aufgetaucht ist, schlägt er eine andere Richtung ein und verschwindet hinter den Reihen der parkenden Wagen, verschwindet so spurlos, dass sich Tick fragt, ob sie es sich nur eingebildet habe.

Aber die Tatsache, dass ihr linker Arm taub geworden ist, beweist, dass das, was sie gesehen hat, real ist.

Als er hereinkommt, ein sechzehnjähriger Junge mit einer gefalteten Einkaufstüte unter dem Arm, merkt sie erst, wie seine Abwesenheit sie erleichtert hat. Dieses Gefühl ist zwar schrecklich beschämend, aber sie kann es nicht leugnen. Ein Blick auf ihn – er marschiert mit nach vorn gebeugtem Kopf und hängenden Schultern und in eisernes Schweigen gehüllt herein, als denke er, er könne einfach so in den Kunstunterricht hereinplatzen und dort weitermachen, wo er aufgehört hat – beschwört wieder den Gedanken herauf, den sie die ganze Woche schon vergeblich zu verdrängen versucht hat und der sie so beschämt, dass sie ihn nicht einmal mit ihrem Vater teilen kann: dass es für alle Beteiligten das Beste wäre, wenn der Junge verschwunden bliebe.

Nicht, dass er die Ursache für all die Probleme ist, sie weiß, dass ihn keine Schuld trifft. Nicht einmal für die Sache mit seiner Großmutter. In gewisser Hinsicht ist John Voss wie Jesus – unschuldig, aber nichtsdestotrotz im Zentrum des ganzen Schlamassels. Wäre Jesus weggegangen, hätten sich die Wogen in Galiläa wieder geglättet, genau wie es laut ihrem Vater in Empire Falls bald der Fall sein wird. Und als Tick jetzt John Voss erblickt – und sie ist die Erste, weil sie die ganze Zeit auf die Tür gestarrt hat, in Erwartung, dass er hereinkommt –, drängt sich ihr ein Wunsch auf, ohne dass sie es verhindern kann, nämlich, dass John Voss wieder verschwinden möge, und diesmal für immer. Dass er tot ist? Will sie das? Sie hofft nicht. Niemand kann wollen, dass dieser Junge, dieses Kind, das in einem Wäschesack in einem dunklen Schrank baumelte, nicht mehr existiert. Nur, dass er nicht mehr *hier* existiert, denn das hat sich als der falsche Ort erwiesen. Sie fühlt sich, wie sich Jesu Jünger gefühlt haben müssen. Natürlich wollten sie nicht, dass er gekreuzigt wurde, aber was für eine Erleichterung muss es für sie gewesen sein, als der Fels vor den Eingang seines Grabes gerückt wurde, der alles versiegelte, sodass sie wieder als Fischer leben durften, denn das konnten sie wenigstens, im Gegensatz zum Menschenfischen. Kein Wunder, dass sie ihn später auf der Straße nach Emmaus nicht wiedererkannten. Sie wollten es nicht, genauso wenig wie Tick diesen armen Jungen in ihrem Umfeld zurückhaben will.

Doch abgesehen davon, dass er unschuldig ist, ist John Voss natürlich überhaupt nicht wie Jesus. War er je etwas anderes als eine stille, mürrische, wütende Bürde, die niemand, Tick eingeschlossen, zu schultern bereit war? Abgesehen von ihrem Vater, der ihm einen Job gegeben hat, und Tick, die ihm ein Mindestmaß an Freundlichkeit entgegengebracht hat, war der einzige

Mensch, der ihm gegenüber großzügig gewesen war, seine Großmutter, und er hat es ihr heimgezahlt, indem er ihren toten Körper auf die alte Mülldeponie geworfen hat wie einen alten Lumpen. Nein, sein Verschwinden war ein Segen und ermöglichte dem öffentlichen Gedächtnis, die ganze schreckliche Geschichte zu verdrängen. Sicher, in den letzten fünf Tagen hat das ganze Dexter County nach ihm gesucht, aber in Wahrheit wollte ihn keiner wirklich finden. Gibt es einen Ausdruck dafür?, fragt sich Tick. Wenn alle nach etwas suchen, das sie nicht zu finden hoffen? Wenn man froh ist, dass es entkommen ist, aus Angst, dass man verantwortlich gemacht wird, sollte es wieder auftauchen?

John Voss geht jetzt bedächtig zum blauen Tisch und bleibt wenige Schritte von Tick entfernt stehen – zweifelsohne um zu demonstrieren, dass sein Stuhl nicht mehr da ist. In der Tat gab es von dem Tag nach seinem Verschwinden an einen Stuhl weniger an diesem Tisch, als Symbol dafür, da ist sich Tick sicher, für das, was sich jeder wünschte. Mrs Roderigue ist hinter ihrem Schreibtisch aufgestanden und erwägt allem Anschein nach, ob sie auf ihn zugehen soll. Alle anderen starren nur sprachlos John Voss an.

Ohne jemanden anzusehen, legt John seine zusammengefaltete Einkaufstüte mit einem dumpfen Geräusch auf den Tisch. Nun, da er so nah ist, kann Tick ihn riechen. Es ist der gleiche ranzige Geruch, den er im September verströmt hat, bevor er im Empire Grill zu arbeiten begann. Seine Klamotten sind nass und schmutzverkrustet, in seinem verfilzten Haar haben sich Blätter und kleine Zweige verfangen. Im Zimmer ist es still. Ticks linke Seite ist jetzt völlig taub. Unwillkürlich langt sie in die Seitentasche ihres Rucksacks hinab, in der neben dem Bastelmesser das zusätzliche Sandwich steckt, das sie seit Anfang der Woche täglich mitgebracht hat, für den Fall, dass der Junge auftaucht.

Justin Dibble ergreift als Erster das Wort. »Hey, John«, sagt er, als wäre es ein ganz normaler Schultag. »Was hast du da in der Tüte?«

Zuerst scheint John ihn nicht gehört zu haben. Als er schließlich in die Tüte fasst und einen Revolver zum Vorschein bringt, ist es, als würde ihn nicht so sehr Justins Frage dazu veranlassen, als vielmehr eine Stimme in seinem Kopf. Der Revolver sieht alt aus, vielleicht ist es auch eine Bühnenrequisite, dem hölzernen Griff und langen Lauf nach zu urteilen. Er zielt und betätigt, ohne zu zögern, den Abzug, und Justin Dibble geht in dem ohrenbetäubenden Getöse unter. Er sitzt einfach nicht mehr an seinem Platz. Mrs Roderigue, die auf den Tisch zugekommen ist, bleibt neben der Stillleben-Vase stehen, unfähig, sich von der Stelle zu rühren oder zu schreien, und bevor das Echo des ersten Schusses verhallt, erfolgen zwei weitere Schüsse, Mrs Roderigue sinkt auf die Knie, auf ihrer Bluse zeichnet sich eine große Pfingstrose ab, und die Vase taumelt vom Tisch und zerschellt auf dem Boden.

»Oh-mein-Gott-oh-mein-Gott!«, wimmert Candace, und Tick streckt kurz vor dem nächsten ohrenbetäubenden Knall die Hand nach dem Jungen aus. Sie ist sich nicht sicher, ob sie ihn berührt hat, doch offenbar schon, denn John Voss dreht sich langsam zu ihr um und sieht sie an. Sie steht ihm jetzt gegenüber, obwohl sie sich nicht erinnern kann, aufgestanden zu sein. Sie hört – oder bildet es sich nur ein –, wie die Tür in ihrem Rücken aufgeht und die Schüler hinausrennen, und sie wünscht, sie könnte es auch tun, wünscht, ihre Füße würden es ihr erlauben. Sie spürt, wie sich ihr Blickfeld verkleinert, so wie immer, wenn sie das Bewusstsein zu verlieren droht. Sie sieht zu dem Platz, wo Candace normalerweise sitzt, aber das Mädchen ist nicht mehr da, und sie hofft, dass sie entweder geflohen ist oder sich unter den Tisch geduckt hat. Sie will nicht, dass Candace etwas zustößt, nun, da sie Freundinnen sind.

Plötzlich wird ihr klar, dass Zack Mintys dummes Spiel sie auf diesen Moment vorbereitet hat. So gelassen sie kann, sieht sie John Voss an, weiß, dass das Ganze bald vorbei ist. Ihr Blickfeld hat sich jetzt so weit verengt, dass sie nur noch sein blutbespritztes Gesicht wahrnimmt und seine beinahe traurigen Augen. Als er spricht, klingt seine Stimme wie von weit her. »*Davon träume ich*«, sagt er und beantwortet damit die Frage, die sie ihm vor langer Zeit gestellt hat. Dann drückt er den Abzug, und sie hört das Geräusch, von dem sie sicher ist, dass es ihr letztes sein wird, und spürt, wie sie rückwärts in tiefste Finsternis geschleudert wird.

Kapitel 31

Auf der anderen Seite der Stadt saß Miles Roby auf der Bettkante und machte im Geiste eine Liste mit den Namen all der Menschen, bei denen er sich entschuldigen musste, als die Tür aufging und einer von ihnen, seine Schwiegermutter, hereinkam. Sie ließ sich auf den nächstbesten Stuhl sinken und begann laut zu lachen. Miles sah Bea mit seinem weniger versehrten Auge an; das andere war noch immer zugeschwollen. Als sie sich schließlich wieder einkriegte, rang sie um Atem. »Tut mir leid, Miles«, sagte sie. »Nicht, dass du denkst, ich lache über dich.«

In den Augen von jemandem, der ein so dünnes Krankenhaushemd trug, dass es fast transparent war, war dies eine Lüge mit besonders kurzen Beinen. Miles hatte ein Zweibettzimmer für sich allein, sodass es niemand anderen in diesem Raum gab, der den Lachanfall seiner Ex-Schwiegermutter bewirkt haben könnte. Anfangs war das zweite Bett von keinem anderen als Jimmy Minty belegt gewesen, und Miles hatte sich gefragt, ob zu den Richtlinien dieses Krankenhauses eine besonders perverse zählte, die besagte, dass zwei Männer, die sich geprügelt hatten, im selben Zimmer untergebracht werden mussten. Wobei im Grunde nur Jimmy Minty Miles verprügelt hatte, weswegen der Polizist bereits entlassen worden war, während Miles mit einer Nierenprellung, einer gebrochenen Rippe, zwei abgebrochenen Zähnen und wegen Bluts im Urin noch dabehalten wurde, benebelt von den vielen Medikamenten und zur Belustigung seiner Besucher. Am gestrigen Abend und an diesem Morgen war ein halbes Dutzend da gewesen, wobei er sie dank der Schmerzmittel nur verschwommen wahrgenommen hatte. David und Charlene hatten ihn natürlich besucht und Father Mark, der ihm erzählt hatte, es sei nun offiziell: dass Sacré Cœur und St. Catherine's zu einer Gemeinde zusammengelegt würden. Er selbst rechne mit seiner Versetzung, auch wenn er noch nicht wisse, wohin es ihn verschlagen werde; vermutlich an einen noch kälteren Ort noch weiter nördlich. Sogar Janine war kurz hereingeschneit. Es sehe ihm mal wieder ähnlich, meinte sie, dass er, nachdem sie sich von ihm habe scheiden lassen, endlich mal aus sich herausgegangen sei. Ob ihm eigentlich bewusst sei, fragte sie außerdem, dass er mit seinen zwei abgebrochenen Zähnen allmählich wie Max aussehe. Er war froh, dass sie darauf verzichtet hatte, Tick mitzubringen.

Eine Stunde zuvor hatte er die Schwester gefragt, ob er eine weitere dieser köstlichen Schmerztabletten bekommen könne, die man ihm am Vorabend verabreicht hatte, aber sie hatte lächelnd erwidert: »O nein, das glaube ich nicht«, als redete sie mit einem Kind, das nicht genug Süßigkeiten kriegen konnte. Stattdessen gab sie ihm zwei vergleichsweise harmlose Paracetamol, nach deren Einnahme sich sein Kopf nach wie vor anfühlte wie ein Jo-Jo am Ende einer Schnur in der Hand eines Kindes. Ein paar Minuten bevor Bea lachend und prustend das Zimmer betreten hatte, waren drei Krankenwagen aus der Garage direkt unter seinem Zimmer – ganz klar ein architektonischer Fehler – mit heulenden Sirenen davongebraust, sodass er befürchtet hatte, sein Kopf würde explodieren. Wobei er selbst schuld war an seiner Misere.

»Ich habe gerade den Kopf durch die Tür am Ende des Gangs gesteckt«, sagte Bea, als sie endlich wieder sprechen konnte. »Du solltest dir unbedingt diesen aufgeblasenen Gockel ansehen!«

Der Name Walt Comeau stand natürlich ganz oben auf der Liste der Leute, bei denen sich Miles unbedingt entschuldigen musste, und der Grund, warum er auf der Kante seines Betts saß, statt darin zu liegen, war, dass er überlegt hatte, ob er es mithilfe der Krücken, mit denen er die Toilette aufgesucht hatte, auch bis zum Zimmer des Silver Fox schaffen könnte. Miles dachte, es würde Walt womöglich aufheitern, wenn er sah, dass der Mann, der ihm den Arm gebrochen und ihm eine Gehirnerschütterung zugefügt hatte, in fast noch erbärmlicherem Zustand war.

Andererseits, dachte er, warum einen so beschwerlichen Weg auf sich nehmen, wo doch eine weitere Kandidatin direkt vor ihm stand? »Bea«, sagte Miles und ließ den Kopf hängen, »ich weiß gar nicht, wie ich dir sagen soll, wie leid es mir tut.«

»Das muss es nicht. Er hat es nicht anders verdient.«

»Das meine ich nicht.« Miles' Stimme hallte merkwürdig in seinem Kopf wider, wie ein von einem Satelliten übermitteltes Überseegespräch. »Wegen deinem Lokal. Ich hätte es wissen müssen. Was sie tun würde, meine ich.«

Bea ergriff seine Hand und betrachtete seine geschwollenen Finger. »Wo wir gerade von der Kneipe sprechen – ich habe heute Morgen ein Kaufangebot erhalten.« Sie sah ihm ins Gesicht. »Du wirkst nicht besonders überrascht.«

»Von Mrs Whiting?«

Sie zuckte die Schultern. »Das Angebot kommt von einer Anwaltskanzlei in Boston, übermittelt von einem örtlichen Immobilienmakler, aber ja, ich vermute es.«

»Ist es gut?«

»Wahrscheinlich dreißig oder vierzig Riesen mehr, als es wert ist.«

»Dann solltest du es annehmen.«

»Ich weiß. Vielleicht tue ich es auch.« Sie sah ihm direkt in die Augen, lange und unerbittlich.

»Mach es.«

Sie nickte. »Aber vielleicht kann sie mich auch gernhaben.«

Plötzlich kam draußen auf dem Flur Unruhe auf. Zuerst wurde laut gerufen, dann rannten ein Arzt, zwei Schwestern und ein Krankenwärter vorbei.

»Ich bezweifle, dass selbst ein Staranwalt wie F. Lee Bailey eine Feldschlacht gegen diese Frau gewinnen könnte«, sagte Miles und spürte, wie ihn beim Gedanken an sie tiefe Erschöpfung überkam. »Jedenfalls nicht im Dexter County.«

»Warum bist du dir da so sicher?«, fragte Bea. »Es ist zwanzig Jahre her, dass es jemand zuletzt versucht hat.«

»Aus gutem Grund.«

Bea stand auf, die Enttäuschung war ihr ins Gesicht geschrieben. »Ich geh dann mal lieber, du bist müde. Aber eines würde ich gern noch wissen: Würdest du nicht auch gerne mit Glanz und Gloria in den Kampf ziehen?«

Er konnte sich eines Lächelns nicht erwehren. »Schau mich an, Bea«, sagte er, obwohl sie es bereits tat. »Ich bin schon in den Kampf gezogen.«

Als sie weg war, trat Miles ans Fenster und blickte über den Parkplatz hinweg zu der Reihe kahler Bäume, durch die der graue Fluss zu erkennen war.

Er hatte weiteren Besuch gehabt. Irgendwann letzte Nacht. Er konnte sich nicht mehr erinnern, wann genau. Vielleicht auch am frühen Morgen. Miles war in einen narkotischen Schlaf gesunken und irgendwann erschrocken aufgewacht, nur um Cindy Whiting an seinem Bett vorzufinden. Ihre äußere Erscheinung hatte ihn fast genauso verblüfft wie ihre Anwesenheit. Miles konnte sich des Gedankens nicht erwehren, dass sie ihrer Mutter mit einem Mal überraschend ähnlich sah. Oder jedenfalls so, wie Mrs Whiting in Miles' Vorstellung nach einer langen Krankheit aussehen mochte, sofern es einen Virus gab, der die Dreistigkeit besaß, sie zu befallen. Cindy hatte seit dem Footballspiel – wie lange war das her: drei Wochen? – erheblich an Gewicht verloren. Ihr Gesicht war blass und hager, ihre Oberarme waren schwabbelig.

»Ach, du bist ja wach«, sagte sie.

»Wie lange sitzt du schon hier?«

»Eine ganze Weile. Weißt du, woran ich gerade gedacht habe? Wie merkwürdig es ist, dass wir beide am selben Tag in diesem Krankenhaus geboren wurden.«

»Ja, fast zur selben Zeit.«

»Lange dachte ich, es sei ein Zeichen. Dass wir zusammengehören. Und beinahe wäre es dazu gekommen, nicht wahr, Miles?« Als er nichts darauf erwiderte, fuhr sie fort: »Erinnerst du dich daran, wie wir uns geküsst haben?«

Ja, das tat er. Es war eine aus Verwirrung geborene Impulshandlung gewesen, aber dennoch nicht aus seinem Gedächtnis zu tilgen. Er hatte es weiß Gott über die Jahre versucht. Es war in derselben Nacht geschehen, als Grace im Endstadium ihrer Krankheit vom Haus der Whitings ins Krankenhaus verlegt worden war, wo sie weitere achtundvierzig Stunden gelebt hatte, die meisten davon im Koma. In jenem Juni war es extrem heiß gewesen, und Max war, nachdem er erst vor Kurzem von den Keys zurückgekehrt war, auf Grace' Drängen zwei Wochen zuvor mit David an die Küste gefahren. Angeblich, um bei einem Hausanstrich zu helfen, aber in Wahrheit, damit der Junge nicht zusehen musste, wie seine Mutter starb. Roger Sperry war bereits seiner Krankheit erlegen, und Miles, seit dem vergangenen Oktober wieder zu Hause, verbrachte viele Stunden im Empire Grill. Er war dankbar für die Ablenkung und dehnte seine Arbeitszeit oft aus, wenngleich er sich schämte, hatte er doch eigentlich das College an den Nagel gehängt, um am Sterbebett seiner Mutter zu sein, nur um sich jetzt im Empire zu verstecken. Mit seinen einundzwanzig Jahren war er genauso wenig darauf vorbereitet, seiner Mutter beim Sterben zuzusehen, wie der zwölfjährige David. Das bisschen Kraft, das Grace noch hatte, nutzte sie, um ihrer Wut darüber Ausdruck zu verleihen – mehr noch: ihrem blinden Zorn –, dass Miles St. Luke's den Rücken gekehrt hatte. Obwohl das akademische Jahr vorbei war – einen Monat zuvor war er zu Peters und Dawns Abschlussfeier gefahren – und obwohl es sinnlos war, sich über etwas aufzuregen, was nicht mehr rückgängig zu machen war, klammerte sich Grace in ihrem Schmerz und ihrer Verwirrung an ihre Wut, als könne allein diese sie noch am Leben erhalten. Merke er denn nicht, fragte sie ihn wieder und wieder, dass sein Anblick ihr Leiden nur noch verschlimmere? Während sich ihr Zustand verschlechterte, zögerte er seine Besuche immer weiter hinaus und kam oft erst im Whiting'schen Haus an, wenn damit zu rechnen war, dass sie schon schlief oder vom Morphium betäubt war.

Schließlich war es Cindy Whiting, die – nachdem sie ebenfalls aus Augusta nach Empire Falls zurückgekehrt war – seiner Mutter eine liebevolle Betreuerin und Gefährtin war. Oft traf Miles sie weinend neben Grace' Bett an, wenn er abends nach der Arbeit kam. An dem Abend, auf den Cindy anspielte, war seine Mutter wach gewesen, als er ihr Zimmer betrat, hatte jedoch bei seinem Anblick demonstrativ den Kopf zur anderen Seite gedreht, eine so vergebliche, aber symbolgeladene Geste, die ihn unwillkürlich in den Flur zurückweichen ließ. Cindy stand auf, folgte ihm und schloss, auf ihren Stock gestützt, leise die Tür hinter sich. Ihre Augen waren vom Weinen geschwollen, und er konnte nichts Falsches darin sehen, sie in die Arme zu nehmen. Als sie ihm das Gesicht entgegenhob, küssten sie sich, und welchen Schaden solle ein harmloser Kuss anrichten, fragte er sich, wenn man so sehr des Trostes bedürfe? Natürlich hätte er ihn abbrechen sollen, aber das tat er nicht, sondern ließ leichtsinnig den geeigneten Moment verstreichen, fuhr mit der Hand sogar unter ihren Pullover und schließlich unter ihren BH und umfasste ihre Brust, während er spürte, wie ein Schauder sie überlief. So verharrten sie, bis sie von drinnen ein Stöhnen hörten und Cindy wisperte: »Ich bin gleich wieder zurück«, ehe sie an das Bett seiner Mutter zurückkehrte.

Armes, behindertes Mädchen, das sie war, konnte sie natürlich gar nichts schnell tun, und als sie wieder aus dem Zimmer herauskam, war er bereits gegangen.

»Ja, ich erinnere mich«, sagte er und blinzelte, wie um diese Erinnerung zu verscheuchen.

Dann sagte sie etwas, das ihn überraschte. »Du *weißt*, dass ich hin und wieder Liebhaber hatte, nicht wahr, Miles?«

»Das freut mich, Cindy«, sagte er und spürte, wie er vor Verlegenheit rot wurde, weil er es im Gegenteil niemals vermutet hätte.

»Ich wollte, dass du es weißt, weil ich morgen wegfahre. Es ist nämlich so, dass es mir zu Hause gar nicht gut geht, noch nie gut ging. In Augusta gibt es einen Mann, dem etwas an mir liegt, und ich mag ihn auch, zumindest mag ich ihn genug. Es ist nicht gerade ein wunderbares Leben, in das ich zurückkehre, aber dort kann ich wenigstens klar denken, und das ist jetzt sehr wichtig für mich. Ich wollte, dass du von diesem Mann weißt, weil du immer meinst, ich sei unglücklich, und das verletzt mich. Das ist so, als hättest du vor langer Zeit beschlossen, jemand wie ich sei unfähig, Freude zu empfinden. Und dir tut es weh, dir vorzustellen, dass mein Leben eine einzige Qual ist, also denkst du lieber erst gar nicht an mich. Du rufst mich nie an, um dich zu erkundigen, wie es mir geht, weil du glaubst, es bereits zu wissen. Es kommt dir gar nicht in den Sinn, dass ich vielleicht glücklich sein könnte ... und dass ich dir gern davon erzählen würde.«

»Das tut mir leid, Cindy.«

Als ihr klar wurde, dass er nicht mehr als das herausbrachte, sagte sie: »Ist es so schrecklich für dich zu wissen, dass ich dich immer lieben werde?«

»Nein, natürlich nicht. Es ist nur so, dass ich dir so ein miserabler Freund war, Cindy, seit jeher.«

»Es stimmt, dass du es schon immer fertiggebracht hast, mich noch mehr zu verletzen als alle anderen, aber das lag daran, dass ich Gefühle für dich hatte. Du wolltest mich nie verletzen. Niemals. Das weiß ich.«

Sie stand auf. »Weißt du noch, wie du versucht hast, mir Gedichte nahezubringen?«

Er nickte.

»In Wahrheit habe ich sehr viel mehr verstanden, als du dachtest. Es hat mir einfach nur Vergnügen bereitet, zu sehen, wie du immer frustrierter wurdest.«

»Vielen Dank dafür.«

»Ich habe sehr viel mehr von meiner Mutter, als du denkst.«

»Niemand ist wie deine Mutter.«

Bei der Tür blieb sie nochmals stehen und drehte sich um. »Sie ist noch nicht fertig mit dir, Miles.«

Er nickte. »Ich weiß.«

Er brauchte eine Weile, aber schließlich gelang es ihm, sich anzuziehen, weil es ihm widerstrebte, in seinem Krankenhaushemd über den merkwürdig verwaisten Flur zu gehen. Die Tür am nähergelegenen Ende des Gangs war soeben zugefallen, und die Rufe und eiligen Schritte der Leute aus dem Treppenhaus waren noch zu hören. Das Schwesternzimmer war verlassen, und irgendwo in der Nähe dröhnte es laut aus einem Funkgerät, aber das Rauschen war zu stark, als dass er etwas verstehen konnte. Als er ungefähr die Hälfte des Weges zurückgelegt hatte, ging die Schwingtür am Flurende auf und Bill Daws, der Polizeichef, kam mit aschfahlem Gesicht auf ihn zu. »Ich war gerade unten in der Radiologie, als ich den Anruf bekommen habe, Miles«, sagte er.

Was erklärte, warum jemand, der sonst immer so viel Wert auf seine äußere Erscheinung legte, jetzt mit halb aus der Hose hängendem Hemd vor ihm stand.

»Du kommst am besten mit mir«, fügte er hinzu.

An die meisten Details sollte sich Miles erst sehr viel später erinnern. Über Wochen und Monate hinweg blitzten sie kurz vor seinem geistigen Auge auf, wie durch ein nächtliches Gewitter erleuchtete Landschaftsszenen, um sich erst nach und nach zu einem vollständigen Bild zusammenzusetzen: der Junge, John Voss, der mit blutverschmiertem Gesicht wie eine Statue allein auf dem Rücksitz eines Streifenwagens saß; dann der grauenhafte Anblick, der sich einem schon durch die Außentür des Nebengebäudes bot, das den Kunst- und Werkraum beherbergte; in der Mitte des Ateliers ein kleiner Tisch, zu dessen Füßen Doris Roderigue ausgestreckt am Boden lag, mit dem Gesicht nach unten, die Beine gespreizt, die Stirn in einer Lache aus Wasser und Glasscherben; unter einem Tisch in der Nähe ein Junge, den Miles vom Empire Grill kannte und der zu Zack Mintys Clique gehörte, mit einer klaffenden Kopfwunde; und schließlich zusammengesackt an der Wand in der Nähe der Tür, eine Hand auf dem Bauch, als plagten ihn Verdauungsstörungen, der Leichnam von Otto Meyer jr.

Damals erfasste Miles diese Details verstandesmäßig ebenso wenig, wie er die vielen Schüler vor dem Gebäude bewusst wahrnahm, einige benommen, andere in Tränen aufgelöst, dazwischen die völlig verstörten Lehrer. Bill Daws' Wagen war durch eine hastig von der Polizei errichtete Absperrung vor der Auffahrt zur Schule durchgewinkt worden, aber schon trafen die ersten Eltern ein, außer sich vor Angst, und stellten ihre Autos achtlos auf dem Rasen, mitten auf der Straße, irgendwo, wo gerade Platz war, ab und kamen aus allen Richtungen über Hinterhöfe und quer über das Schulgelände angelaufen. Einige Frauen rutschten auf dem nassen Gras aus und stürzten, standen mühsam wieder auf und liefen weiter, den Blick von Tränen getrübt und mit panischem Gesichtsausdruck. Miles sah all das und sah es doch nicht und sah auch nicht jene, die am Leben waren, als er mit Bill Daws den Raum betrat, wo die Leichen von Justin Dibble und Doris Roderigue und Otto Meyer jr. lagen. Einige Polizisten und Amtsträger aus dem County berieten sich leise, als wollten sie nicht, dass die Toten mitbekämen, was sie sagten. Jimmy Minty war auch unter ihnen, mit zwei blauen Augen und einer Gesichtsmaske als Schutz für seine gebrochene Nase; er redete auf seinen Sohn ein, der sich immer wieder von ihm wegzudrehen versuchte, bis er seinen Vater schließlich mit beiden Händen, eine davon mit einer blutbefleckten Binde umwickelt, von sich stieß.

Miles bekam nur vage mit, wie einer der Polizisten ihn am Ellbogen fasste, um zu verhindern, dass er in die Lache aus Blut und Glasscherben und Wasser trat, ebenso wenig registrierte er, wie Bill Daws ihn mit einer Hand an seiner Schulter lenkte. Schließlich fragte Bill, ein Mann, der Weihnachten nicht mehr erleben sollte, mit einer raumfüllenden Stimme: »Wo ist Miles Robys Tochter?«

In den peinigenden Stunden danach sollte sich Miles immer wieder vorwerfen, dass er, als sie den Raum betreten hatten, an ihr vorbeigegangen war, ohne sie zu bemerken. Sie hatte am Boden hinter der Tür gekauert, rief er sich immer wieder ins Gedächtnis und ermahnte sich, vernünftig zu sein, doch sein Schuldgefühl reichte zu tief, um eine rationale Erklärung zuzulassen. Er war direkt an ihr vorbeigegangen. Sollte ein Vater, fragte er sich, nicht eine Art siebten Sinn haben, der ihm auf Anhieb hätte sagen sollen, wo sie war? Seine einzige Tochter? Ein besserer Vater hätte seine Tochter blind gefunden, sogar im Dunkeln, von ihrer abgrundtiefen Not angezogen wie von einem Leuchtfeuer. Wie lange hatte er in diesem Raum gestanden, mit dem Rücken zu ihr, als wollte er seinem geliebten Mädchen bedeuten, dass die anderen ihm wichtiger waren? Noch Monate danach ließ dieser Gedanke ihn mitten in der Nacht aus dem Schlaf fahren, lange nachdem er die restlichen Schrecken einigermaßen verarbeitet hatte.

Der junge Polizist, der an der Tür postiert war, derselbe, der Miles im September vor dem Haus seiner Kindheit gepiesackt hatte, tippte seinem Chef auf die Schulter und sagte: »Hier, Sir.« Er schien Miles erst wahrzunehmen, nachdem dieser einen Schritt auf seine Tochter zugemacht hatte, und sagte: »Seien Sie vorsichtig.«

Das Mädchen in der Ecke sah nicht wie Tick aus, aber natürlich war sie es. Noch nie hatte er sie mit einem solchen Ausdruck im Gesicht gesehen und er hatte sich auch nicht in seinen schlimmsten Fantasien vorstellen können, sie je so zu erleben. Zuerst begriff er nicht, was sie an ihre Brust drückte: ein Bastelmesser, das sie mit beiden Händen am Griff hielt, als wäre seine Klinge einen Meter lang. Und als Miles, den sie wegen seines zugeschwollenen Auges und der beiden abgebrochenen Schneidezähne womöglich nicht auf Anhieb erkannte, einen Schritt auf sie zutrat, machte seine Tochter eine schnelle Bewegung mit dem Messer und stieß eine Art Zischlaut aus, als wollte sie ihn warnen, ja nicht näher zu kommen.

Er sank vor ihr auf die Knie und sagte: »Tick«, und seine Stimme klang kaum weniger fremd in seinen Ohren, als ihre geklungen hatte, es war der strenge Ton, den er nur selten anschlug, und zwar wenn er wollte, dass sie ihm endlich zuhörte. Er wusste nicht, ob dieser Ton der richtige war oder ob es gut war, vor ihr zu knien und immer wieder ihren Namen zu sagen, weil er nicht wusste, wie weit sie sich in sich zurückgezogen hatte. Später erinnerte er sich nicht mehr, wie oft er sie hatte ansprechen müssen, bevor etwas in ihren Augen aufflackerte, und wie viele weitere Male noch, ehe er endlich in ihren Fokus rückte und sie ihn erkannte. In diesem Augenblick war sie plötzlich wieder in der Gegenwart zurück, und zuerst entspannte sich ihr Ausdruck, dann verlor sie die Fassung und schluchzte: »Daddy, Daddy, Daddy«, als hätte sie keine Ahnung, wie weit weg er sei, oder aber als hätte sie dort, wo sie bis dahin gewesen war, die Male, die er ihren Namen gerufen hatte, mitgezählt und würde nun ebenso viele Male seinen Namen rufen.

Später wunderte sich David Roby, dass sein Bruder in dieser Verfassung zu seinem entschlossenen Handeln in der Lage gewesen war – seine Tochter auf die Arme zu heben und sie, ungeachtet ihrer Abneigung gegenüber seinen Umarmungen, zur Tür hinaus und von diesem Ort wegzutragen. Im Hinausgehen fragte Jimmy Minty: »Lassen wir ihn einfach so hinausspazieren?«, aber daran sollte sich Miles ebenfalls erst später erinnern.

Und an Bills Antwort. »Kümmere du dich um dein eigenes Kind, Jimmy. Lass uns alle einfach nur um unsere Kinder kümmern, okay?«

Kapitel 32

Anfang April wurde es warm, und Miles konnte auf der Wetterkarte in der Zeitung sehen, dass die für die Jahreszeit ungewöhnlich hohen Temperaturen auch Maine erreicht hatten, wo sie einen ausgesprochen harten Winter gehabt hatten. Fast ohne Unterlass hatte ein Nordostwind geblasen und Woche um Woche neuen Schnee gebracht. Nach dem letzten Schneesturm hatte Miles mit seinem Bruder gesprochen, und David erzählte ihm, dass die Einwohner von Empire Falls noch immer rote Fähnchen an den Antennen befestigt hatten, damit man die Autos sehen konnte, wenn sie zwischen den hohen Schneebänken rückwärts ausparkten. Bereits Ende Januar war das für Schneeräumarbeiten vorgesehene Budget der Stadt ausgeschöpft gewesen.

»Aber bald wird das Lokal wieder brummen«, fügte David hinzu. Im Winter war recht wenig los gewesen, teils wegen des Wetters, teils, weil es nach der Schließung des Empire Grill eine Zeit lang dauerte, bis der Großteil ihrer Gäste, vor allem die vom College in Fairhaven, ihnen in ihr neues Lokal, Beas ehemalige Kneipe, folgte, trotz der Inserate, die sie in der College-Zeitung geschaltet hatten. »In nicht allzu ferner Zeit werden wir dich bestimmt wieder brauchen.«

»Tut mir leid«, sagte Miles, »aber ich fürchte, ihr müsst vorerst ohne mich auskommen.«

»Wie geht's Tick?«, fragte sein Bruder, und beide Männer waren sich dessen bewusst, dass die Frage im Grunde keinen Themawechsel darstellte.

»Gut. Mit jedem Tag ein bisschen besser.«

»Will sie nicht wieder nach Hause?«

In Wahrheit wollte sie. Erst in der letzten Woche hatte sie gefragt, ob sie während der Frühlingsferien an der Vineyard Highschool nach Empire Falls fahren könnten, und hätte sie als Grund angegeben, dass sie ihre Mutter vermisse, hätte Miles nachgegeben. Aber stattdessen wollte sie Candace besuchen, die noch immer im Krankenhaus lag, und John Voss, der vergangene Woche für verhandlungsunfähig erklärt und in die staatliche psychiatrische Klinik in Augusta zurückgeschickt worden war. Miles bezweifelte, dass einer dieser Besuche eine gute Idee wäre.

In den Monaten nach der Tragödie hatte Tick die Ereignisse jenes Nachmittags mehr oder weniger verarbeitet. Sie hatte verinnerlicht, dass John Voss Justin Dibble und Doris Roderigue erschossen hatte und dass eine weitere Kugel Candace Burke in den Hals getroffen und ihre Wirbelsäule nur knapp verfehlt hatte. Sie wusste jetzt auch, dass sich John Voss als Nächstes ihr zugewandt hatte und auch sie getötet hätte, hätte sich nicht Otto Meyer jr. schützend zwischen sie geworfen. Und sie wusste, dass der Junge dann die Waffe gegen sich selbst gerichtet und mehrmals den Abzug gedrückt hatte, doch die einzige noch verbliebene Patrone – so alt wie die Waffe selbst, der Dienstrevolver seines seit Langem verstorbenen Großvaters – war in der Kammer stecken geblieben.

So viel verstand Tick, doch Miles wusste nicht, an wie viel davon sie sich tatsächlich erinnerte. Obwohl sie zwei Monate lang schreckliche Albträume gehabt hatte, weigerte sie sich, darüber zu reden, daher fragte er sich, ob sie darin die schrecklichen Ereignisse verarbeitete oder es sich um Traumanalogien handelte. Nach und nach erzählte er ihr, was sie seines Erachtens wissen sollte. Er sagte ihr, dass Candace am Leben war, nachdem er es von seinem Bruder erfahren hatte. Und viel später erzählte er ihr die Anekdote von Ottos beherztem Einsatz vor vielen Jahren – wie dieser vom Rücksitz nach vorn gehechtet war, um die Baseballmannschaft vor Miles' Unerfahrenheit am Steuer zu beschützen, und dass er nun Ticks Leben unter Einsatz seines eigenen gerettet hatte. Über andere Dinge wiederum schwieg sich Miles aus. Selbst jetzt, nach all den Monaten, gab seine Tochter nicht zu erkennen, ob sie sich daran erinnerte, wie sie, als John Voss mit dem Revolver auf Candace zielte, ihm mit dem Bastelmesser einen Schnitt von der Augenbraue bis zum Ohr beigebracht hatte. Ebenso wenig, ob sie wusste, was passiert war, als sie wieder zu sich gekommen war und Zack Minty über sich gebeugt sah: dass sie ihm mit demselben Messer den Handballen aufgeschlitzt hatte.

Wenn es ihr gelungen war, diese Einzelheiten zu verdrängen, sagte er sich, dann sollten sie seinetwegen dort bleiben, wo sie waren. Sie hatte lange genug gebraucht, um sich aus dem Abgrund emporzustemmen, und er wollte keinen Rückschlag riskieren, indem er zu früh nach Hause zurückkehrte. Er hatte sie Mitte Januar nicht einmal in der Highschool auf Martha's Vineyard anmelden wollen und war sich auch jetzt noch nicht sicher, ob es die richtige Entscheidung gewesen war. Ihre neuen Lehrer wussten natürlich von den Geschehnissen in Empire Falls, brachten sie jedoch aus irgendeinem Grund nicht mit ihr in Verbindung. Sie schienen Tick zu mögen und sie für intelligent zu halten, aber nicht zu wissen, wie sie mit ihrer Zerstreutheit und den gelegentlich auftretenden Konzentrationsschwierigkeiten umgehen sollten. Miles hatte beschlossen, sie nicht einzuweihen.

Nachdem er sich in den vergangenen fünf Monaten ganz ihrer Genesung gewidmet hatte, war er seit Kurzem zuversichtlich, dass Tick es wieder schaffen würde, ein ganz normales Leben zu führen. Der Teil der Insel, wo sie wohnten, war während des Winters größtenteils verwaist, und anstatt an den Wochenenden Spaziergänge am einsamen Strand oder auf den windigen Fahrradwegen zu unternehmen, fuhr Miles mit ihr nach Edgartown, wo sie ausgiebig durch die Straßen streiften und Geschäfte, Galerien und die Bibliothek aufsuchten, Orte, wo es Menschen und Ablenkung gab. Die schreckliche Tragödie, war ihm klar geworden, hatte die Welt in den Augen seiner Tochter zu einem gefährlichen Ort werden lassen, und er war überzeugt, nur wenn es gelang, die Wiederholung schlechter Erfahrungen zu vermeiden, würde sich ihr früheres Verhältnis zur Welt wiederherstellen lassen. Anfangs hatte es nur ganz langsame Fortschritte gegeben, sodass er schon an seiner Strategie gezweifelt hatte. Manchmal genügte schon ein Streitgespräch am Nebentisch in einem Restaurant, und sie begann zu schluchzen und zu zittern. Doch Schritt für Schritt stabilisierte sie sich. Eines Tages Ende Februar gingen sie in den überdachten Fischmarkt und entdeckten am Hummeraquarium ein handgeschriebenes Schild, auf dem stand: »Die männlichen und weiblichen Hummer bitte nicht anfassen.« – »Entschuldigen Sie«, sagte Tick zu dem Mann hinter der Ladentheke. »Welche Hummer dürfen wir dann anfassen?« Miles hatte seine ganze Willenskraft aufbieten müssen, um sie nicht an sich zu ziehen und mit ihr einen Jig zur Ladentür hinaus auf die Straße zu tanzen.

Als sie ihn daher in der vergangenen Woche fragte, warum er so absolut dagegen sei, über die Ferien nach Empire Falls zu fahren, ließ er sich eine Notlüge einfallen: Er erinnerte sie daran, dass er jederzeit festgenommen werden könne. Die Möglichkeit, von ihm getrennt zu werden, erschreckte sie so sehr, dass sie die Idee schnell wieder verwarf. Zwar hatte er ein schlechtes Gewissen, weil er ihre Angst ausnutzte, aber was blieb ihm anderes übrig? Sein Bruder ließ sich indes, wie nicht anders zu erwarten, nicht hinters Licht führen. Bei ihrem letzten Telefonat hatte David ihn rundheraus gefragt, ob sie wegen Tick oder seinetwegen auf der Insel blieben. »Denkst du eigentlich auch mal an Janine?«, sagte er. »Das Ganze ist für sie auch nicht einfach, weißt du.«

Eine Tatsache, die Miles nicht abstreiten konnte. Nicht, nachdem er seine Tochter in den Jetta bugsiert hatte und mit ihr vom Schauplatz der Tragödie weggebraust war, als hätte *er* das Sorgerecht, als hätte die Mutter des Kindes in dieser Angelegenheit nicht auch ein Wörtchen mitzureden. Aber damals hatte er an nichts anderes als an Flucht denken können. Während des langen, düsteren Winters auf Vineyard hatte er jedoch ausreichend Muße gehabt, um über alles nachzudenken, und dieses Nachdenken hatte rein gar nichts verändert. Es war nicht so, als hätte er keine Schuldgefühle gegenüber seiner Exfrau, die trotz allem eine solche Behandlung nicht verdiente, und natürlich war er ihr dankbar, dass sie ihm nicht die Polizei und Anwälte auf den Hals hetzte. Sechs Monate nach ihrer Flucht aus Empire Falls hatte er immer noch nicht mit Janine telefoniert, ebenso wenig wie Tick. Nur David hatte er ihren Aufenthaltsort verraten, wobei er annahm, dass Janine inzwischen eingeweiht war. Sobald ein wenig Ruhe eingekehrt war, hatte sie bestimmt die richtigen Schlüsse gezogen, und falls sie Peter und Dawn angerufen hatte, hatten die beiden ihre Vermutung bestätigt.

Das war ihre einzige Bedingung gewesen. Natürlich könne er so lange in dem Haus wohnen, wie er wolle, hatten sie gemeint. Sie hatten in den Fernsehnachrichten von der Tragödie erfahren und Miles zugestimmt, dass es das Beste für Tick sei, wenn sie rauskomme, weg von der Schule, den Reportern und allem. Aber Janine anzulügen, dazu waren sie nicht bereit. Zum Glück hatte sie noch nicht in dem Ferienhaus auf Vineyard angerufen, auch sonst niemand, zum Beispiel Horace Weymouth oder Father Mark, die sich beide bestimmt denken konnten, wo er und Tick waren.

Vielleicht nicht den genauen Ort, aber die Insel war so klein, dass man jemanden ausfindig machen konnte, vor allem jetzt, wo es keine Touristen gab.

Beim Gedanken an David musste Miles unwillkürlich lächeln. Seit Janine etwas mit Walt angefangen hatte, hatte er kaum ein Wort mit ihr gewechselt und keinen Hehl aus seiner Verachtung ihr gegenüber gemacht. Doch laut David hatte sie in den letzten Monaten eine Wandlung durchlebt. Sie hatte ihren Job im Fitnessstudio aufgegeben und arbeitete nun als Kellnerin im Lokal ihrer Mutter, wo sie den Großteil der auf dem Stepper verlorenen Kilos wieder zugenommen hatte. Über ihre Ehe ließ sie sich kaum aus, daher nahm David an, dass sie bereits kriselte. Der Silver Fox, so David weiter, sei nahtlos vom Empire Grill ins neu eröffnete Callahan's gewechselt, spiele aber nicht mehr Rommé mit Horace und ziehe sich auch nicht mehr bis auf sein Muskelshirt aus. Zudem hüte er sich davor, eine Bemerkung über Janines Gewichtszunahme fallen zu lassen, und sei damit auch gut beraten.

»Ich kann kaum glauben, dass du dich plötzlich auf Janines Seite stellst«, sagte Miles zu seinem Bruder.

»Sei nicht albern«, erwiderte David. »Ich stehe auf Ticks Seite. Du genießt es bestimmt, sie ganz für dich zu haben, und das Gefühl, dass sie dich braucht. Du solltest es pflegen, damit es auch so bleibt.«

»Sie wird meine Tochter nie in die Hände bekommen.«

Einen Moment lang war es still am anderen Ende der Leitung. »Ich nehme an, wir reden jetzt von Mrs Whiting?«

»Genau.« Miles war es ein bisschen peinlich, nicht so sehr, weil er so übergangslos das Thema gewechselt hatte, sondern wie schnell David ihm gefolgt war.

»Miles, allmählich glaube ich, du leidest unter Verfolgungswahn. Diese Frau hat eine Woche nach dir die Stadt verlassen und war den ganzen Winter über weg. Ihr Haus steht zum Verkauf.«

»Lass es mich wissen, wenn es verkauft ist.«

»Sie hat schon fast alle ihre Gewerbeimmobilien abgestoßen, einschließlich des Empire Grill. Mit dem Knox-River-Projekt hat sie ein Vermögen verdient, und seit Bea ihr Angebot abgelehnt und sich einen Anwalt genommen hat, lässt sie uns in Ruhe. Sie zieht sich zurück, Miles.«

»Schon möglich«, sagte Miles, glaubte aber keine Sekunde daran.

»Und falls du dir wegen Jimmy Minty Sorgen machst, ist das völlig unbegründet. Er müsste erst mal nüchtern werden, um dir Ärger zu machen, und in den letzten Wochen hat er sich Abend für Abend im Lamplighter volllaufen lassen.«

Miles wusste bereits von dieser Entwicklung. Unter den vielen Zeitungsausschnitten, die ihm sein Bruder den Winter über geschickt hatte und von denen die meisten von dem neuen Knox-River-Projekt handelten, waren auch ein paar, die über die Misere des Officer Minty berichteten und an deren Rand Charlene mit ihrer kleinen, sorgfältigen Schrift Kommentare geschrieben hatte. Nicht lange nach der Tragödie in der Schule, die die nationalen Nachrichten beherrscht hatte, ereignete sich ein weiterer sensationeller Vorfall. Jimmys Frau war mit ihrem neuen Freund und einem Anwalt in Empire Falls aufgetaucht, der ihrem Mann Scheidungspapiere überreichte, in denen seine Frau ihn der psychischen, in einem Fall auch physischen Gewalt beschuldigte, deren genaue Details sie, wie sie Jimmy androhte, publik machen würde, sollte er der Scheidung und ihrem Sorgerechtsantrag nicht zustimmen. Eine Woche darauf nahm sie Zack mit nach Seattle, ihrem neuen Wohnort.

Minty hätte vielleicht dagegen aufbegehrt, hätte sich zu diesem Problem nicht gleichzeitig ein weiteres hinzugesellt. Eines

Morgens in aller Frühe, als er sich noch nicht einmal rasiert hatte, stand der County-Sheriff vor seiner Tür mit einem Durchsuchungsbeschluss und einem Team uniformierter Polizisten, die offenbar genau wussten, wonach sie suchten. In Nullkommanichts fanden sie verschiedene Geräte – teure Stereo-Lautsprecher, eine neue Mikrowelle, einen Videorekorder –, für deren rechtmäßigen Erwerb Minty keine Belege vorweisen konnte und von denen er die Seriennummer entfernt hatte. Er behauptete, er habe sie in Portland gegen Barzahlung gekauft und die Quittungen nicht aufgehoben, und zeigte sich empört, als er mit der Behauptung konfrontiert wurde, dass genau solche Geräte bei einer nächtlichen Einbruchsserie aus verschiedenen lokalen Geschäften entwendet worden seien. Vielleicht wäre er mit seiner Geschichte durchgekommen, hätte er nicht die Seriennummer auf der Innenseite eines Laserdruckers übersehen, der einige Monate zuvor aus einem örtlichen Computerladen gestohlen worden war. Die Beamten fanden im Keller auch die Maschine zum Nachmachen von Schlüsseln sowie einen Schlüsselbund mit unzähligen General- oder Skelettschlüsseln. Noch bevor Anklage gegen ihn erhoben worden war, berichtete die Zeitung von den Vorwürfen, woraufhin er seinen Dienst quittierte. Laut David beabsichtigte er, sein Haus zu verkaufen, um die auf ihn zukommenden Rechtskosten zu bestreiten, und wohnte momentan als Hausmeister in der Whiting'schen Hazienda.

»Vor ein paar Wochen ist er hier im Lokal aufgetaucht«, fügte David hinzu. »Hat gemeint, Zack habe geschrieben und wolle wissen, wie es Tick gehe. Außerdem hat er gesagt, er würde dir nichts nachtragen.«

Wieder musste Miles lächeln. »Das ist schrecklich nett von ihm. Er hat *mich* krankenhausreif geprügelt.«

»Stimmt. Wobei auch seine Nase ordentlich was abbekommen hat. Er sieht aus, als hätte er seine eigene verlegt und sie durch die eines Toten ersetzt. Sie sieht jetzt irgendwie grau aus. Wie auch immer, ich denke, wenn du zu einer kleinen Lüge bereit wärst und ihm sagen würdest, es tue dir leid, wäre die Geschichte aus der Welt.«

»Es tut mir leid«, sagte Miles, wobei er nicht so recht an Jimmy Mintys Fähigkeit zur Vergebung glaubte. »Außerdem ist Minty nur eine Marionette. Ich *kenne* sie, David, auch wenn ich mehr als ein halbes Leben dazu gebraucht habe.«

»Okay, dann erkläre es mir.«

Miles hatte nicht die Absicht, dies zu tun, weil er wusste, wie paranoid es klingen würde. Unter den Zeitungsausschnitten, die sein Bruder ihm geschickt hatte, war auch ein Artikel, in dem es um den Kauf von St. Cat's durch eine Bostoner Investmentgruppe ging, die plante, die Kirche in ein zweistöckiges Wohnhaus mit mehreren Eigentumswohnungen zu verwandeln. Die luxuriöseste, eine Penthouse-Wohnung, sollte mit einem Whirlpool oben auf dem Kirchturm ausgestattet werden, den anzustreichen Miles nie den Mut aufgebracht hatte. Ein Plan des Architekturbüros zeigte, wie das Gebäude, in dem Miles und seine Mutter täglich die Frühmesse besucht hatten, zukünftig aussehen würde, außerdem enthielt der Artikel zwei Fotos von Father Tom (aufgenommen vor seiner Demenz) und Father Mark, die jetzt beide im Pfarrhaus von Sacré Cœur wohnten. Trotz mangelnder Beweise war Miles überzeugt, dass der Käufer der Kirche niemand anders als Mrs Whiting war und dass sie eine der Wohnungen für sich behalten würde, um einen Teil des Jahres im Herzen dessen residieren zu können, was er einmal geliebt hatte, ehe sie es in ihre Fänge bekommen und zweckentfremdet hatte. Macht und Kontrolle, auch hier. Und auch wenn er kaum Anhaltspunkte für seine These hatte, war er dennoch überzeugt davon.

»Guck mal«, sagte David, »ich freue mich, dass es Tick besser geht. Aber ist dir schon aufgefallen, dass es dir immer schlechter geht?« Als Miles nichts erwiderte, fügte er hinzu: »Was ist das für ein Sieg, wenn du deine Tochter rettest und dich selbst zerstörst?«

»Das wäre ein Handel, mit dem ich gut leben könnte«, antwortete Miles, sich dessen bewusst, dass es der gleiche war, den auch seine Mutter eingegangen war – wenngleich mit fraglichem Ergebnis.

»Ich könnte es ja verstehen, wenn dir nichts anderes übrig bliebe. Aber was, wenn dein Märtyrertum gar nicht nötig ist? Wer hätte dann gewonnen – sie oder du?«

»Ich will kein Märtyrer sein, David.«

»Wirklich nicht? Komm, auf dem Gebiet kannst du mir nichts vormachen.«

»David ...«

»Weißt du, denselben Holzweg habe ich auch mal genommen, dann bin ich einen Abhang runtergestürzt und in einem verdammten Baum gelandet, und was hat es mir gebracht? Eine kaputte Hand.«

»Aber alles in allem bist du doch gut weggekommen«, sagte Miles, womit er auf Charlene anspielte, und er wusste, dass David es verstand. Das Schweigen am anderen Ende bestätigte seine Vermutung, und sofort bereute Miles diesen Seitenhieb. »David, ich glaube, das führt uns jetzt nicht weiter.«

»Okay.« Dann, nach einer kurzen Pause: »Bea lässt dich grüßen. Und dir ausrichten, dass du für sie nach wie vor ein gleichberechtigter Partner im neuen Callahan's bist.«

»Grüß sie ebenfalls und sag ihr, dass ich das zu schätzen weiß.«

»Du lässt dir was entgehen, Miles. Du kannst dir nicht vorstellen, was unten am Fluss los ist. Das neue Brauhaus öffnet am vierten Juli. Diese Kreditkartenfirma hat Millionen in die Renovierung der alten Fabrik gesteckt. Aus der Hemdenmanufaktur wird ein kleines Einkaufszentrum. Inzwischen ist es einigen Leuten sogar gelungen, ihre Häuser zu verkaufen.«

»Du klingst ja richtig begeistert.«

»Na ja, es gibt kein Gesetz, das verbietet, dass hin und wieder mal was Positives geschieht.«

Wenn sich das, was David beschrieben hatte, als reiner Segen für die Stadt erwies, würde sich Miles ebenfalls freuen. Für seinen Bruder, für Bea, für Charlene, für sie alle. Er erwartete nicht, dass irgendjemand seine Bedenken teilte – dass der Löwenanteil des durch das neue Projekt generierten Wohlstands den Bürgern von Empire Falls wieder einmal nicht zugutekommen würde. Dieselben Häuser, die sie letztes Jahr nicht verkauft bekamen, würden sich die Leute nächstes Jahr nicht mehr leisten können. Und natürlich war es Francine Whiting, die das Ganze zuwege gebracht hatte, und zwar indem sie im Grunde mit denselben Objekten zweimal einen Reibach gemacht hatte: Zuerst hatte sie die Fabriken verkauft und dann die Grundstücke am Flussufer, die sie klugerweise zurückbehalten hatte. Auch konnte er sich des irrationalen Gefühls nicht erwehren, dass all diese neue Hoffnung und das Vertrauen auf eine bessere Zukunft auf dem Fundament eines Verlusts gründeten, den alle nur allzu gern vergessen wollten. Ein großer Teil dieses Verlusts bestand im Tod seines Freundes Otto Meyer und dieses Jungen, Justin Dibble, und, ja, auch von Doris Roderigue. Falls Candace Burke überleben sollte, würde sie sich glücklich schätzen können, wenn sie in ein paar Jahren einen Telefonmarketingjob in der Kreditkartenfirma ergatterte, eine Arbeit, die sie auch im Rollstuhl erledigen konnte. Und dann war da John Voss, der auf makabre Weise wieder in den dunklen Schrank zurückgekehrt war, in dem man ihn als Kind oft vergessen hatte – ein Verlust, den niemand wirklich bedauerte.

Aber sein Bruder hatte natürlich recht. Mrs Whiting hatte

niemanden erschossen, und man konnte ihr nicht alles Übel der Welt anlasten.

»Finanziell kommst du klar?«, wollte David wissen.

»Vorerst ja.«

»Und später?«

»Später werden wir sehen, David.«

Nicht an Geld zu denken war etwas, was er sich von Anfang an gelobt hatte. Seit dem Nachmittag, an dem sie geflohen waren, war sein Schuldenberg stetig angewachsen. Sie waren weder bei Janine zu Hause noch bei seiner Wohnung vorbeigefahren. Es wäre klug gewesen, schnell einen Koffer zu packen, aber Miles fürchtete, selbst eine kleine Verzögerung könnte dazu führen, dass man sie aufhielte und er inhaftiert würde. Daher waren sie mit nichts als ihren Kleidern am Leib aufgebrochen, mit dem Fernziel »einfach nur weg«. Und da Tick nicht gefragt hatte, wohin sie führen, gab es auch keinen Grund für irgendwelche Erklärungen.

Als sie in Fairhaven die Interstate nahmen, hatte Ticks Weinkrampf aufgehört, und sie zog sich wieder in sich selbst zurück, in ihr schreckliches Schweigen, das ihm Angst machte. In Kennebunk hielt er an einer Tankstelle an, und da sie bereits nicht mehr auf seine Fragen reagierte, musste er um den Wagen herum zur Beifahrertür gehen, sie öffnen und Tick zwingen, ihn anzusehen. Dann erklärte er ihr, dass alles wieder in Ordnung komme, dass er sie weit weg von diesem Ort bringen würde und dass sie ihm vertrauen müsse. Als er fertig war, nickte sie, schien sich aber konzentrieren zu müssen, um sich zu erinnern, wer er war, und ihr zustimmendes Nicken wirkte keineswegs überzeugend.

Auf der Autobahn wurde Miles bewusst, dass sie in Richtung Martha's Vineyard fuhren, in Richtung des Sommerhauses von Peter und Dawn. Die Tatsache, dass er in der Lage war, das Wort

»weg« durch »Martha's Vineyard« zu ersetzen, gab ihm wieder Auftrieb, ebenso wie die Vorstellung, dass Tick und er sich auf einer Insel verstecken konnten – als müssten mögliche Verfolger schwimmen, um zu ihnen zu gelangen. Da er dachte, dass es Tick ebenfalls aufmuntern würde, sagte er ihr, wohin sie führen, aber wieder hatte er den Eindruck, dass es gar nicht zu ihr durchdrang, und als sie die Mautstelle von New Hampshire erreichten und er zu ihr hinübersah, weinte sie wieder. Einen Moment später war ihm klar, warum. Sie hatte auf den Autositz gepinkelt.

Sobald sie die Grenze zu Massachusetts passiert hatten, nahm er eine der Autobahn-Ausfahrten bei Haverhill und fuhr weiter, bis er ein Einkaufszentrum mit einem Kmart-Superstore fand. Als er ihr sagte, er gehe rasch hinein, um ein paar Dinge zu besorgen, begann Tick panisch zu zittern, und er begriff endlich, warum. Sie hatte bereits in Kennebunk auf die Toilette gemusst, jedoch panische Angst davor gehabt, allein dorthinzugehen und von Miles getrennt zu sein. »Es ist okay«, sagte er. »Du kannst mit mir kommen.«

Also gingen sie, Tick seine Hand fest umklammernd, gemeinsam hinein. Es war ungefähr eine Stunde vor Ladenschluss und das Warenhaus war fast leer, aber das merkwürdige Paar, das sie abgaben – Tick, die nach Urin roch, und Miles mit seinen Blutergüssen im Gesicht und dem zugeschwollenen Auge –, wurde misstrauisch beäugt. Abgesehen von einer Packung Unterwäsche und billigen Jeans – er hatte Ticks Größe auf dem Etikett auf der Rückseite ihrer Jeans nachgesehen – schnappte er sich eine Rolle Küchenpapier, mehrere Schwämme, Polsterreiniger und Ibuprofen. Seit sie Maine verlassen hatten, waren seine Kopf- und Gliederschmerzen mit voller Wucht zurückgekehrt, und er wusste, er würde es ohne Schmerzmittel nicht bis Woods Hole schaffen. Jetzt marschierte er zügig Richtung Männertoilette, wo er vorsichtig die Tür aufzog; da niemand sonst da war, ging er mit Tick hinein und machte die Tür hinter ihnen zu. Dann riss er die Verpackung der Unterwäsche auf, entfernte mithilfe der Zähne die Etiketten von den Jeans, befeuchtete ein paar Lagen Küchenpapier und sagte Tick, sie solle damit in eine Kabine gehen und sich so gut es ging säubern. Er versprach ihr, sich direkt vor die Tür zu stellen, sodass sie seine Füße durch den Zwischenraum darunter sehen könne. Die ganze Zeit redete er mit ihr und unterbrach sich nur kurz, um eine Handvoll der widerlichen Ibuprofen zu kauen.

An der Kasse ließ er sich eine zusätzliche Tüte für Ticks durchnässte Jeans geben, bezahlte dann, nachdem er so geistesgegenwärtig gewesen war, die Verpackungen aufzubewahren, damit sie über den Preisscanner gezogen werden konnten. Seine Weitsicht schien die Kassiererin indes nicht zu beeindrucken, die Miles mit unverhohlenem Abscheu ansah und Tick mit tiefem Mitgefühl, als wollte sie ihr zu verstehen geben, sie wisse genau, was los sei.

Draußen auf dem Parkplatz machte sich Miles darauf gefasst, dass gleich die Cops auftauchen würden, noch ehe er dazu käme, mit den Schwämmen den Beifahrersitz zu reinigen, aber das war nicht der Fall. Gerade als er wieder losfahren wollte, entdeckte er eine Bank mit einem Geldautomaten. Er hob dreihundert Dollar ab, das Tageslimit. Auf seinem Konto waren noch weitere dreihundert Dollar. Und dann? Dann würde man weitersehen.

Zwei Tage nach dem Telefonat mit seinem Bruder saß Miles bei einer Tasse Kaffee im Chowder House in Vineyard Haven. Wegen einer Lehrerfortbildung hatte Tick nur am Vormittag Unterricht, und er wollte sie später an der Bushaltestelle treffen. Als er von seiner Tasse, in der nur noch ein mickriger Rest war, aufsah und zum Fenster hinausschaute, wurde er von einer Halluzination heimgesucht. Die Straße heraufgetrottet kam wie jemand, der genau wusste, wohin er wollte, Max Roby, der nichts dergleichen wissen konnte, weil er, da war sich Miles sicher, noch nie einen Fuß auf die Insel gesetzt hatte. Sein Vater ging auf der gegenüberliegenden Straßenseite, aber eine Querstraße vor dem Chowder House überquerte der alte Mann die Fahrbahn und erweckte bei Miles den Eindruck, als wüsste er nicht nur von der Anwesenheit seines Sohnes auf der Insel (unwahrscheinlich), sondern auch von dessen augenblicklicher Anwesenheit in diesem Gebäude (ausgeschlossen). Da er all das unmöglich wissen konnte, folgerte Miles, dass er es auch nicht tat, war aber dennoch überrascht, als Max am Eingang des Chowder House vorbeiging. In der Tat blieb sein Vater erst stehen, als Miles an die Fensterscheibe klopfte.

Einen Moment später rutschte Max Roby, anscheinend geradewegs aus Key West, Florida, kommend, auf die Sitzbank gegenüber seinem Sohn, der aus Empire Falls, Maine, gekommen war.

»Sag mal, du willst mich wohl verarschen«, sagte Miles und starrte ihn ungläubig an.

»Dachte ich mir doch, dass ich dich hier treffe«, sagte Max mit zufriedener Miene.

»Ach ja?«

»Na ja, vielleicht nicht so schnell«, räumte Max ein, wenngleich er im Gegensatz zu Miles nicht der Auffassung zu sein schien, dass diese Situation entgegen jeder Wahrscheinlichkeit war.

»Wir wohnen auf der anderen Seite der Insel, Dad«, sagte Miles, in dessen Stimme sich bereits Verdruss mischte, obschon sie sich erst seit einer Minute unterhielten. »Meistens komme ich nur einmal in der Woche in die Stadt, und dann nur, um Lebensmittel einzukaufen. Es ist das erste Mal, dass ich dieses Lokal betreten habe, und ich habe zufällig die einzige Fensternische ergattert.«

»Ich habe in letzter Zeit viel Glück«, sagte Max, als gäbe es keinen Grund, warum dies nicht so sein sollte, in Anbetracht des bisherigen Verlaufs seines Lebens. »Hab ich dir gesagt, dass ich unten in Florida im Lotto gewonnen hab?«

Max liebte diese Art von Fragen, deren Antwort beiden Seiten klar war und die man daher am besten überging – ein Trick, den Miles noch nie beherrscht hatte. »Nein, Dad. Wir haben seit sechs Monaten nicht mehr telefoniert. Du wusstest nicht, wo ich bin. Wie solltest du mir also davon erzählt haben?«

»Oh, ich habe gewusst, wo du bist«, sagte Max im Brustton der Überzeugung. »Nur weil ich siebenzig bin, heißt das noch lange nicht, dass ich senil bin. Alte Männer haben auch ein Gehirn, weißt du.«

Miles rieb sich mit den Fingerknöcheln die Augen. »Du willst mir also sagen, dass du im Lotto gewonnen hast?«

»Nicht den Jackpot«, räumte Max ein. »Auch keinen Sechser. Aber fünf Richtige. Trotzdem ein hübsches Sümmchen. Über dreißigtausend.«

»Dollar?«

»Nein, Papierservietten«, sagte Max und hielt eine hoch. »Natürlich Dollar, Dummie.«

»Du hast dreißigtausend Dollar gewonnen.«

»Mehr. Fast zweiunddreißig.«

»Du hast zweiunddreißigtausend Dollar gewonnen.«

Max nickte.

»Du hast persönlich zweiunddreißigtausend Dollar gewonnen.«

Max nickte, und Miles überlegte, ob es noch eine weitere Fragevariante gab. Denn bei Max war die Art der Formulierung oft ausschlaggebend.

»Ich und noch neun Jungs aus dem Captain Tony's«, stellte Max nach einer heilsamen Pause klar.

»Jeder von euch hat zweiunddreißigtausend Dollar gewonnen.«

»Nein, jeder von uns hat dreitausend gewonnen. Wenn sich zehn Jungs ein Los teilen, muss man auch den Gewinn teilen, weißt du.«

Diesmal nickte Miles. Seinem Vater die ganze Wahrheit aus der Nase zu ziehen, zählte für ihn zu den vergnüglichen Seiten ihrer Beziehung, und Max machte es genauso viel Spaß, sie zurückzuhalten. »Und wie viel hast du noch?«

Max zog seine Brieftasche hervor und spähte hinein, als hätte er das auch gern gewusst. »Ich hab noch genug, um mir mein Mittagessen zu leisten. Im Gegensatz zu anderen Leuten bin ich nicht knauserig. Ich scheue mich nicht, Geld auszugeben, wenn ich welches hab.«

Weswegen er so selten welches hatte, hätte Miles erwidern können. Stattdessen fragte er: »Also Dad, was machst du hier?«

»Ich bin mit der *Lila Day* bis nach Hilton Head hochgesegelt, aber sie hat dort ein, zwei Monate Aufenthalt, also habe ich einen Bus nach Boston genommen und einen anderen weiter bis nach Woods Hole, und von dort bin ich mit der Fähre hergekommen.« Er deutete mit dem Daumen über die Schulter. »Mein Seesack ist in einem Schließfach unten am Kai.«

»Ich habe nicht gefragt, *wie* du hergekommen bist, Dad«, sagte Miles, »sondern *warum*.«

Max zuckte die Schultern. »Gibt es ein Gesetz, das einem verbietet, seinen Sohn und seine Enkelin zu besuchen?«

Miles, der bei unzähligen Gelegenheiten gewünscht hatte, es gäbe eins, musste einräumen, dass kein derartiges Gesetz existierte.

»Ich dachte, ich könnte sie vielleicht ein bisschen aufheitern«, sagte Max. Er musste Miles' zweifelnden Gesichtsausdruck bemerkt haben, denn er fügte hinzu: »Hin und wieder gelingt es mir nämlich, die Leute aufzuheitern, weißt du. Es gab sogar eine Zeit, da habe ich deine Mutter aufgeheitert, ob du es glaubst oder nicht.«

»Wann war das?«

»Bevor du geboren wurdest. Sie und ich hatten am Anfang viele Gemeinsamkeiten.«

»Und ich habe euch dann alles vermasselt?«

»Nun«, sagte Max nachdenklich, »du hast es zwar nicht gerade besser gemacht, aber, nein, du warst nicht der Grund. Nicht wirklich.«

»Was war denn dann der Grund?«

Sein Vater zuckte erneut die Schultern. »Wer weiß? Aber eines sag ich dir: Es ist schrecklich, wenn man eine einzige Enttäuschung für eine so tolle Frau ist.«

»Ich weiß, was du meinst«, sagte Miles, nun, da sie, zum ersten Mal überhaupt, wie es schien, in den Beichtmodus gewechselt waren.

Max prustete abfällig. »Meinst du etwa Janine? Die ist schon unglücklich auf die Welt gekommen. Nee, die beiden kann man nicht vergleichen. Wenn man Grace einen klitzekleinen Anlass zum Glücklichsein gegeben hat, dann *war* sie glücklich. Hätte sie den Mann dieser Frau früher kennengelernt, vor mir, meine ich, wäre alles anders gekommen.«

Miles konnte sich eines Lächelns nicht erwehren. Er selbst sah das schon lange so, war jedoch verblüfft, dass sein Vater zur selben Schlussfolgerung gelangt war.

»Aber natürlich hätte es dann dich nicht gegeben.«

»Wäre auch nicht weiter tragisch gewesen.«

»Und Tick auch nicht.«

Stimmt, Tick auch nicht.

»Also ich hätte euch beide vermisst.« Max grinste ihn an. »Vor allem sie.«

»Wenn wir jetzt die Straße hinaufgehen«, sagte Miles mit einem Blick auf seine Uhr, »treffen wir sie an ihrer Bushaltestelle. Und dann kannst du uns beide zum Mittagessen einladen.«

»Du siehst aus, als könntest du 'ne ordentliche Mahlzeit vertragen«, sagte Max, während sie aufstanden. »Wie viele Kilos hast du abgenommen, seit wir uns zuletzt gesehen haben?«

»Keine Ahnung. Ziemlich viele, glaube ich.«

»Du hast doch nicht etwa Krebs, oder?«

»Nein, nur ein Kind. Es soll Leute geben, die sich um ihre Kinder Sorgen machen.«

»Wenn du meinst, du kannst meine Gefühle verletzen, dann täuschst du dich«, sagte Max – nicht zum ersten Mal.

Während sein Vater und er die Straße hinaufgingen, kam Miles der Gedanke, dass diese höchst unwahrscheinliche Sache, vor der er sich vor über dreißig Jahren so sehr gefürchtet hatte, zu guter Letzt doch noch eingetreten war: Sein Vater war nach Martha's Vineyard gekommen, um nach ihm zu suchen.

Wie er es versprochen hatte, *heiterte* Max sie auf. Tick hatte sich in Gegenwart ihres Großvaters schon immer wohlgefühlt, und umgekehrt auch. Miles wiederum hatte es seit jeher fasziniert, die beiden zusammen zu beobachten, und nun begann er, reichlich spät, zu begreifen, warum sie so ungezwungen miteinander umgingen. Wie Miles wurde seine Tochter nicht müde, Max auf seine diversen Verstöße gegen die Regeln der Körperhygiene aufmerksam zu machen, aber sie tat es in einem anderen Ton, und zum ersten Mal dämmerte es Miles, dass, wenn er seinen Vater darauf aufmerksam machte, es stets moralinsauer klang. In seinen Worten schwang immer der Imperativ mit, dass Max etwas dagegen tun müsse, der einen Mann wie seinen Vater unweigerlich auf stur schalten ließ. Wenn Tick sagte: »Du hast Krümel im Bart, Grandpa«, war klar, dass sie ihn lediglich auf etwas hinwies.

Falls Max gern Essensreste in seinem Bart hatte, war das seine Sache. Wenn er erwiderte: »Na und?«, beließ sie es bei einem Schulterzucken. Oder wenn das, was in seinem Bart hing, besonders grotesk war, wie zum Beispiel getrocknetes Eigelb vom lange zurückliegenden Frühstück, griff Tick kurzerhand zu einer Serviette, forderte ihren Großvater auf, einen Moment stillzuhalten, und entfernte es mit einer graziösen Bewegung, eine Geste, die Max stets glückselig lächeln ließ. Sein Vater war, wie Miles schon seit Langem vermutete, im Grunde ein Primat. Er liebte es, geputzt zu werden.

Ein paar Tage nach Max' Ankunft ging Miles, nachdem er Tick die Schotterstraße zur Bushaltestelle hinaufbegleitet hatte, wieder zum Haus zurück und schrieb für seinen noch schlafenden Vater eine Nachricht, die besagte, dass er den Morgen in der Bibliothek von Vineyard Haven verbringen wolle, so wie er es jeden Morgen hielt, seit Tick wieder die Schule besuchte. Es war ein hübsches kleines Gebäude, und er machte es sich in der Regel in einer ruhigen Ecke in der Nähe der antiquarischen Bücher bequem, las, bis er hungrig wurde, aß dann ein Sandwich in einem Bistro in der Nähe und setzte sich bis zu Ticks Unterrichtsende wieder in die Bibliothek. Es dauerte nicht lange, und er kam mit den drei Bibliothekarinnen ins Gespräch. Eine hielt ihn offenbar für einen Professor oder einen Schriftsteller, der Recherchen für ein Buch betrieb. Er lächelte und meinte, nein, er sei Koch in einem Diner gewesen, aber ihre Bemerkung berührte einen wunden Punkt bei ihm, denn das, wofür sie ihn gehalten hatte, war genau das, was er einst zu werden gehofft und wofür er studiert hatte, bis Grace erkrankte. Er und Peter und Dawn galten als die talentiertesten Autoren, die für die Literaturzeitschrift schrieben, und die beiden Freunde hatten ebenso wenig Grund zur Annahme, dass sie eines Tages Drehbücher für Sitcoms schreiben würden, wie Miles zu der, dass er eines Tages Burger im Empire

Grill braten würde; wenigstens bewohnten seine Freunde jetzt denselben Quadranten der Galaxie, in der sie eines Tages zu Hause zu sein gehofft hatten. Doch dass ihm nun mit seinen dreiundvierzig Jahren jemand sagte, er sehe aus wie der, der er hätte sein sollen, verstärkte Miles' Gefühl des persönlichen Scheiterns noch.

Hier auf der Insel war es, besonders nach Max' Auftauchen, unmöglich, nicht an seine Mutter zu denken, und die Grace, die sich immer wieder in seine Erinnerung drängte, war nach wie vor wütend auf ihn, weil er sein Schicksal so schändlich verraten hatte. Manchmal bewahrte ihn nur der Anblick seiner Tochter, die aus dem Bus stieg und mit jedem Tag ein bisschen mehr ihrem früheren Selbst glich, davor, in eine tiefe Depression zu versinken. Tick gesund und munter zu sehen genügte Gott sei Dank, um sich in seinem Gefühl bestätigt zu sehen, dass es kein besseres Schicksal für ihn gab, als Vater dieses Kindes zu sein.

Dennoch sah sich Miles an diesem Morgen durch das Gefühl, dass seine Mutter in ihrem Grab nicht zur Ruhe kam, zu einer Lüge veranlasst. Statt nach Vineyard Haven zu fahren, lenkte er den Jetta in Richtung des Summer House, wo seine Mutter und er vor so vielen Jahren Urlaub gemacht hatten. Obwohl es mit dem Wagen von Peters und Dawns Haus nur zehn Minuten waren, war er seither nie mehr dort gewesen, weder während des langen Winters noch während der vielen Urlaube, die Janine, Tick und er im Laufe der Jahre auf der Insel verbracht hatten. Tatsächlich hatte er Janine bei ihrem ersten Besuch bei Peter und Dawn erzählt, das Summer House gebe es nicht mehr, für den Fall, dass sie es gern gesehen hätte.

Aber es existierte noch, und als er durch das jetzt, in der Nebensaison, menschenleere Dorf fuhr, stürmten die Erinnerungen nur so auf ihn ein. Das Thirsty Whale, wo er so gierig seine Muscheln verschlungen hatte, war noch immer ein Restaurant, hieß jedoch anders und war bis zum Memorial Day im Mai geschlossen. Das Dorf war sowohl größer als auch kleiner als in seiner Erinnerung. Es gab mehr Häuser, und sie schienen näher beieinander zu stehen, und der Weg zwischen dem Thirsty Whale und ihrem Cottage, der ihm damals, den Bauch voller in Butter getränkter Muscheln, unendlich weit vorgekommen war, war in Wahrheit nicht länger als ein paar Hundert gewundene Meter.

Das Zufahrtstor war heruntergelassen, und so blieb Miles nichts anderes übrig, als den Wagen davor abzustellen und zu Fuß die von Strandgebüsch gesäumte Schotterstraße hinaufzugehen, die sich die Klippe hinaufschlängelte. Das Hauptgebäude mit seiner ausladenden Veranda, die sich ringsherum zog, war noch genau so wie in Miles' Erinnerung. Desgleichen die Cottages weiter unten, an deren Mauern im warmen Frühlingswetter die ersten Rosenbüsche grünten. Schnell machte er das Cottage aus, in dem sie gewohnt hatten, mit dem sonderbaren Namen »Sojourner« über der Tür – »Zum Verweilen« –, der über die Jahrzehnte hinweg immer wieder auf einer Woge der Erinnerungen in sein Bewusstsein geschwappt war. Als er durch das staubige Fenster in sein ehemaliges Zimmer spähte, rechnete er halb damit, seinen Baseballhandschuh auf dem Nachttisch zu entdecken, wo er ihn vergessen hatte. Er kam sich reichlich idiotisch vor, derlei nostalgischen Gedanken nachzuhängen, außerdem würden sie wohl kaum als Erklärung taugen, warum er das »Zugang verboten«-Schild am Eingangstor missachtet hatte. Doch nachdem er diesen Weg nun einmal eingeschlagen hatte, beschloss er, ihn auch zu Ende zu gehen, also dem Pfad zum Strand hinab zu folgen. Auch hier grünte das Strandgras allmählich – der Frühling hielt Einzug, einen Monat früher als in Zentral-Maine. Der Strand war noch verwaist. Er setzte sich an der Stelle, an der seiner Erinnerung zufolge seine Mutter immer die Decke ausgebreitet hatte, in den Sand und betrachtete die Nebelbank, die weiter draußen vor der Küste lag. Wessen Geist hatte er hier anzutreffen erwartet – den seiner Mutter oder den seines eigenen Selbst als Junge?

Er bemerkte erst, dass die Nebelbank näher gekommen war, als er sich umdrehte und sah, dass der Dunst die Klippe fast vollständig einhüllte, die nur noch als verschwommener Umriss zu sehen war. Bis er den Pfad gefunden hatte, war der Nebel so dicht, dass er den Blick direkt vor seine Füße heften musste, um nicht die Orientierung zu verlieren. Heil wieder oben auf der Klippe angekommen, fand er das »Sojourner« nur durch pures Glück. Von der Vorderveranda aus waren weder das Hauptgebäude noch das nächstgelegene Cottage, wo Charlie Mayne gewohnt hatte, zu sehen. Während er sich auf den Stufen ausruhte – nunmehr ein erwachsener Mann, ob er sich so fühlte oder nicht –, begriff er, dass er gekommen war, um mit dem Geist von Charlie Mayne zu kommunizieren. Miles und seine Mutter hatten an jenem Morgen vor dreißig Jahren die Insel verlassen und waren in ihr altes Leben nach Empire Falls zurückgekehrt, wo Grace nun auf dem städtischen Friedhof begraben lag. Und es war Charlie Mayne, den sie auf dem Fährsteg zurückließen, während sich die Fähre dampfend entfernte, also war es doch naheliegend, dass er noch immer hier war. Selbst die Tatsache, dass er sein Gesicht als das von C. B. Whiting auf dem Foto erkannt hatte, änderte nichts daran. In dem Grab ein Stück oberhalb von dem seiner Mutter lag *Charlie Whiting*, aber *Charlie Mayne* war ein völlig anderer Mensch gewesen, und ihn hätte Miles gern heraufbeschworen, um ihm ein paar Fragen zu stellen.

Als der Mann aus dem Nebel auftauchte und sich neben ihn auf die Verandastufe setzte, betrachtete Miles ihn eingehend und sah, dass es tatsächlich der glatt rasierte Charlie Mayne war und nicht der bärtige C. B. Whiting. Immer noch elegant und mit silbrigem Haar, war Charlie kein bisschen gealtert, auch wies seine rechte Schläfe keine Schusswunde von der Pistole auf, die dieser andere Typ in Fairhaven gekauft und mit zum Flussufer hinunter genommen hatte.

Als Miles den vertrauten traurigen Ausdruck von Charlie Mayne bemerkte, sagte er: »Meine Mutter ist gestorben, Charlie.« Nicht dass er glaubte, sie sei im »Sojourner« und ziehe gerade ihr weißes Kleid an, um dann mit ihnen zum Abendessen zu gehen.

Charlie Mayne nickte, als wollte er sagen, sicher, genau das musste ja passieren.

»Sie hat auf dich gewartet«, fuhr Miles fort, als er nichts sagte.

»Ich hatte vor zu kommen. Ich wollte es.«

»Warum hast du es dann nicht getan?«, wollte Miles wissen – eine Frage, die ihn seit dreißig Jahren begleitete.

»Wenn du älter bist, wirst du es verstehen. Es gibt Dinge, die die Erwachsenen zu tun beabsichtigen und auch *wollen*, aber aus irgendeinem Grund nicht tun können.«

Diese Erklärung ließ Miles sich wieder wie ein Junge fühlen, und als er erneut sprach, hatte seine Stimme den quengeligen Tonfall eines Zehnjährigen. »Aber du hast es doch auch möglich gemacht, dass ich Steamer Clams in einem Restaurant bekommen habe, wo gar keine auf der Karte waren.«

»Nun, das mit den Steamer Clams ist was ganz anderes«, erklärte Charlie Mayne.

Das ließ Miles nur noch bockiger werden. »Du hast sie umgebracht«, sagte er. »Du hast meine Mutter umgebracht.«

»Nein«, sagte Charlie Mayne. »Tut mir leid, aber deine Mutter ist an Krebs gestorben.«

»Woher weißt du das? Du warst doch gar nicht da. Zuerst hast du sie glücklich gemacht, dann dein Versprechen gebrochen, und dann ist sie gestorben.«

»Was hätte ich denn tun sollen?«

»Was du versprochen hattest.«

»Ich habe es versucht.«

»Nein, hast du nicht.« Er weinte jetzt, wie er als Erwachsener noch nie geweint hatte, die Sorte Weinen, die einem ein bisschen guttut. »Sie hat nie aufgehört, auf dich zu warten.«

»Da irrst du dich. Sie hat aufgehört. Erinnerst du dich nicht mehr? Du bist doch der, der nie etwas vergisst.« Charlie Mayne streckte die Hand aus und zerzauste Miles das Haar.

Als Miles an sich hinabsah, bemerkte er, dass er ein Junge war, nie etwas anderes gewesen war, dass sein Leben als Ehemann und Vater nur ein Traum gewesen war. »Ich hasse dich«, sagte er schluchzend.

»Und ich dich«, erwiderte Charlie Mayne freundlich.

»Warum? Ich bin doch nur ein Junge.«

»Wenn du nicht gewesen wärst, hätten deine Mutter und ich zusammen weggehen können, so wie wir es wollten. Du warst der Hinderungsgrund.«

»Das stimmt nicht«, sagte Miles heulend, obwohl er wusste, dass es stimmte.

»Siehst du jetzt ein, wie es wirklich war?« Charlie Mayne stupste ihn mit dem Ellbogen in die Seite. »Du hast deine Mutter umgebracht, nicht ich.«

Als er aufwachte, war er ein erwachsener Mann und hatte keine Ahnung, wie lange er auf der schiefen Verandatreppe geschlafen hatte. Noch immer hüllte ihn dichter Nebel ein, und er hörte Stimmen, wusste aber nicht, aus welcher Richtung. Zunächst schienen die Stimmen aus dem nächsten Cottage zu kommen, doch dann war er sich sicher, dass im Haupthaus gesprochen wurde.

»Wahrscheinlich nur jemand, der unten an der Landzunge fischen will.«

»Jemand mit so 'ner Klapperkiste?«

»Das Kennzeichen ist aus Maine. Gibt es hier jemanden mit solch einem Nummernschild?«

Nach einer Weile entfernten sich die Stimmen, und Miles, dem das Ganze peinlich war, kehrte schnell zu seinem Jetta zurück. Ein weiterer Wagen parkte in der Nähe des Tors, aber wer immer es war, er hatte beschlossen, ihn nicht einzuparken. Miles wendete und fuhr heimwärts. Und zwar würde er nicht nur in das Zuhause hier auf der Insel zurückkehren, beschloss er, denn mit einem Mal hatte er erkannt, dass sein Bruder recht hatte. Es war an der Zeit, wieder nach Empire Falls zu gehen, zurück in sein Leben. Besser, dort ein Mann zu sein, als hier ein Junge, wie sein »Sojourner«-Traum ihm gezeigt hatte.

Max stand in Unterhose in der Küche und kratzte sich nachdenklich am Kopf. »Das war David«, sagte er.

»Wer war David?«

»Am Telefon.«

»Ich war nicht da, als es geklingelt hat, Dad.«

»Ich weiß«, sagte Max. »Deswegen sag ich dir's ja. David hat gesagt, ich soll dir ausrichten, dass gestern diese Whiting gestorben ist. Die alte, nicht der Krüppel.«

»Francine Whiting?«

»Ja, ertrunken.«

Miles musste sich setzen. »Das ist verrückt.«

»Wenn du mir nicht glaubst, ruf deinen Bruder an. Ich sag dir nur, was er gesagt hat.«

»Ertrunken?«

»Im Fluss, hat er gesagt. Ruf ihn zurück, wenn du mir nicht glaubst.«

Miles schüttelte nachdenklich den Kopf, versuchte sich eine Welt ohne Mrs Whiting vorzustellen. Wer wird sie jetzt am Laufen halten?, fragte er sich.

»Wie auch immer, dann sollte ich wegen der Beerdigung wohl nach Hause fahren«, verkündete sein Vater. »Hast du gehört, was ich gesagt hab?«

»Warum?«

»Weil du aussiehst, als hättest du es nicht gehört.«

»Nein, ich meinte, warum solltest du zu ihrer Beerdigung gehen, Dad?«

»Weil wir verwandt sind. Die Robys und die Robideauxs. Das hab ich dir doch schon oft erklärt. Ich wette, sie hat dir 'n bisschen was hinterlassen.«

Noch am selben Abend packten sie ihre Sachen zusammen, und am nächsten Morgen schlossen sie das Haus sorgfältig ab, nachdem Miles Peter und Dawn über ihre geänderten Pläne verständigt hatte. Miles rief auch im Callahan's an, in der Hoffnung, seinen Bruder zu erwischen, aber Janine nahm ab. »Wir sind auf dem Heimweg, wenn das für dich in Ordnung ist.«

»Im Haus ist wieder jede Menge Platz«, sagte sie mit müde klingender Stimme. »Walt ist in sein eigenes Haus zurückgezogen.«

»Das tut mir leid, Janine.«

»Muss es nicht. Er ist und war es nie wert. Hat Tick mir verziehen?«

»Weswegen?«

Keine Antwort darauf. »Hast du mir vergeben?«

»Noch mal: weswegen?«

»Nicht, dass du erschrickst, wenn du mich siehst: Ich habe ziemlich zugenommen.«

»Ich habe ziemlich abgenommen.«

»Um mir eins auszuwischen, oder wie?«

»Also bis dann, Janine.«

Sie waren gerade aus der Auffahrt in die Straße eingebogen – Tick mit Kopfhörern auf dem Rücksitz, Max auf dem Beifahrersitz –, als die Handschuhfachabdeckung aufsprang.

»Du hast das Ding nie reparieren lassen, was?«, sagte Max und durchstöberte seelenruhig den Inhalt.

»Ich glaube, es ist irreparabel«, sagte Miles und lächelte beim Gedanken, wie lange es her war, dass Max das Schloss kaputt gemacht hatte.

»So ein Quatsch«, erwiderte sein Vater, im vollen Vertrauen darauf, dass alles repariert werden konnte, und nur ein wenig enttäuscht, weil die Durchsuchung des Handschuhfachs nichts Bares erbracht hatte.

Epilog

Als C. B. Whiting nach Empire Falls zurückzitiert wurde, nachdem er fast ein Jahrzehnt einigermaßen glücklich in Mexiko gelebt hatte, war er entschlossen, sich seinem Schicksal als männlicher Whiting zu stellen, oder genauer gesagt: es als erster Spross in der männlichen Linie zu Ende zu bringen. Sein Großvater Elijah wäre als glücklicher Mensch gestorben, wäre es ihm gelungen, seine Frau mit der Schaufel totzuschlagen, aber er hatte zu lange abgewartet, und als ihm bewusst wurde, dass der Mord an seiner Angetrauten sein wahres Schicksal war, war er seiner Aufgabe physisch nicht mehr gewachsen gewesen. Die alte Frau war indes noch immer rüstig. Denn obwohl er sie ingrimmig verfolgte, wich sie ihm stets geschickt aus, und nachdem er mehrmals wild mit der Schaufel ins Leere geschlagen hatte, musste er sich erschöpft hinsetzen, woraufhin sie ihn entwaffnete, und das war es dann.

Sein Enkel wusste, was er vorgehabt hatte, machte der alte Elijah doch nie ein Geheimnis daraus. »Charles, mein Junge, wenn du wüsstest, was ich im Kutschenhaus mitmache«, sagte der alte Mann zu dem Jungen, als dieser noch klein genug war, um auf den Bäumen des Whiting'schen Anwesens herumzuklettern. »Wenn du wüsstest, was für eine Plage eine böse Frau sein kann, würdest du Priester werden, um dich vor diesem Schicksal zu bewahren.« Als C. B. Whiting ihn darauf hinwies, dass sie nicht katholisch seien, räumte Elijah ein, das stimme zwar, aber die katholische Kirche sei ja bekanntlich immer auf Konvertiten aus.

Honus Whiting versuchte C. B.s Wissen nach zwar nie, seine Frau umzubringen, vertraute seinem Sohn an dessen Hochzeitstag jedoch an, er habe im Laufe seines Ehelebens mindestens einmal täglich diesen Impuls verspürt. Als C. B. Whiting ihn fragte, ob es durch die ausgiebigen Reisen seiner Mutter nicht besser geworden sei, schüttelte sein Vater den Kopf. Zu wissen, dass sie irgendwo auf der Welt lebe, habe gereicht, um ihm das Leben zu vergällen. In späteren Jahren kam der alte Mann wenigstens ein bisschen zur Ruhe, nachdem seine Frau in ihre Wohnung im vornehmen Bostoner Viertel Back Bay gezogen war, doch eines Tages verkündete sie ohne Vorwarnung, sie wolle Boston den Rücken kehren und wieder im Whiting'schen Anwesen wohnen, was ihren Mann in tiefe Betrübnis und eine noch tiefere Beklemmung stürzte. »Ich kann mich des Gedankens nicht erwehren, dass nur einer von uns hier wohnen kann«, sagte er eines Abends nach mehreren Gläsern Brandy zu seinem Sohn – mit prophetischer Weitsicht, wie sich herausstellen sollte.

Honus neigte seit jeher zu derlei Prophezeiungen. Seit Jahren wurde er nicht müde zu behaupten, seine Frau bringe ihn ins Grab, wobei jeder wusste, dass er seinen finanziellen Ruin meinte. Für die meisten Frauen, erklärte er gern, sei die Erwägung, eine teure Anschaffung zu tätigen, ein längerer Entscheidungsprozess, der so oder so ausgehen könne. Bei seiner Frau hingegen vollziehe er sich in einem einzigen atemlosen Gedankengang – von »Oh, ist das nicht hübsch?« über »Das würde sich gut auf dem Kaminsims machen« zu »Packen Sie es sorgfältig ein und schicken Sie es an diese Adresse« –, der die Frage des Preises aus Gründen der Effizienz gar nicht erst zuließ.

Eines Nachmittags, kurz nachdem Honus, damals schon weit in den Siebzigern, nach einem kleineren Schlaganfall gegen seinen Willen wieder in die Obhut seiner Frau entlassen worden war, stand er zu hastig aus dem Sessel auf und hielt sich, weil ihm schwindelig wurde, an dem nächstbesten Möbelstück fest, um nicht zu stürzen. Dieses war zufällig eine hohe Mahagoniglasvitrine, deren Fächer bestückt waren mit den teuersten Anschaffungen, die seine Frau rund um den Globus getätigt hatte. Da er allein im Haus war, erfuhr niemand, was genau passierte, aber C. B. vermutete, dass, als die Schätze seiner Mutter durcheinanderzupurzeln begannen, die Aussicht, in einem Handstreich alles zu zerstören, was seiner Frau lieb und teuer war, seinen Vater so euphorisierte, dass er sich etwas länger als nötig an der Vitrine festklammerte, bis das Möbelstück auf ihn einstürzte und das Wenige, was von seinem Leben übrig war, unter sich begrub. So lag er mehrere Stunden da, begraben unter den Scherben der Verschwendungssucht seiner Frau, bis man schließlich nach ihm suchte, nachdem er auf das Klingeln der Glocke hin nicht zum Abendessen erschienen war.

Als C. B. Whiting also nach Hause zitiert wurde aus seinem recht angenehmen Leben in Mexiko, wo er über ausreichend Geld verfügte – sehr viel mehr, als er in Anbetracht des schwachen Pesos brauchte –, einen Strand in der Nähe hatte und nicht zuletzt eine Frau, die ihn liebte und seit fünf Jahren sein Leben teilte, sowie einen kleinen Jungen, der bis auf seinen Namen ganz sein Sohn war, und sich an dem Gedanken erfreute, eines Tages ein Gedicht zu schreiben, sollte ihm je eines einfallen, war ihm klar, dass sein besseres Selbst ihm ein zweites Mal genommen werden sollte. Er bezweifelte nicht, dass er sich irgendwann mit seinem Verlust abgefunden hätte wie schon beim ersten Mal; aber im Unterschied zu damals war er diesmal nicht mehr zu diesem Opfer bereit. Beim ersten Mal hatte er darauf vertraut, dass das, was sein Vater von ihm verlangte, wahrscheinlich das Beste war, während er diesmal einfach nur informiert wurde, dass er nicht länger die Erlaubnis habe, glücklich zu sein. Und zwar von jemandem, den er nicht liebte, sondern mehr noch: der der Mensch war, den er am allermeisten verabscheute, die Frau, die zu lieben, zu achten und zu ehren alle Tage seines Lebens er versprochen hatte, bis dass der Tod sie schied. Auf dem Rückflug dachte er über seinen Großvater und seinen Vater nach und beschloss, es möge so sein. Womit er den Tod meinte. Und zwar ihren.

In Boston mietete er eine Limousine mit einem recht netten Kerl am Steuer, dem es nichts ausmachte, in Fairhaven zu warten, während

C. B. Whiting ein Geschenk für seine Frau kaufen wollte. Falls es dem Fahrer komisch vorkam, dass sein Fahrgast für diese Zwecke ein Pfandhaus aufsuchte, behielt er diesen Gedanken für sich.

Der Entscheidungsprozess dauerte nicht lange. Als der Ladenbesitzer ihn fragte, was für eine Handwaffe ihm vorschwebe, antwortete C. B. Whiting, nachdem er im Lauf seiner neunundfünfzig Lebensjahre einen gesunden Respekt vor der eigenen Inkompetenz erworben hatte: »Eine idiotensichere.« Der Pfandleiher brachte einen einfach zu handhabenden Revolver zum Vorschein, zeigte ihm, wie man ihn lud und entlud, und verfolgte dann, wie C. B. Whiting mit Patronenattrappen hantierte, bis er sicher war, dass der Kunde den Bogen heraushatte. Zum Schluss erinnerte er ihn, dass die Waffe keinen Schuss abfeuern würde, solange sie nicht entsichert sei, es sei denn, man vertraue zu sehr darauf, dass sie gesichert sei, das wisse man nie so genau. Ohne Patronen würde sie in jedem Fall nicht funktionieren, und so steckte C. B. Whiting eine kleine Patronenpackung in eine Jackentasche und den Revolver in die andere.

»Und, wohin geht es jetzt?«, fragte der Fahrer, als C. B. Whiting wieder auf dem Rücksitz Platz nahm.

»Nach Hause«, erwiderte C. B. Whiting und lud den Revolver. »Ich kann es nicht erwarten, meine Frau wiederzusehen.«

Was hielt ihn dann davon ab?

Als die Limousine in die Auffahrt seines früheren Zuhauses einbog, war C. B. Whiting noch genauso entschlossen in seinem Vorhaben und zweifelte auch nicht an seiner Fähigkeit, es in die Tat umzusetzen. Er hatte nicht zu lange gewartet, so wie sein Großvater, und hatte sich auch nicht, wie sein Vater, im Laufe der Jahrzehnte so an sein Schicksal gewöhnt, dass er den Drang, seine Frau umzubringen, nicht mehr als solchen wahrnahm. Als er ausstieg, war er sich seiner Absicht so sicher wie noch nie zuvor in seinem Leben, und als er in seine Jackentasche langte und die Waffe fühlte – die schwer und beruhigend in seiner Hand lag –, spürte er nicht den geringsten Skrupel dabei, ein Menschenleben auszulöschen. Dass das, was er zu tun vorhatte, von den meisten seiner Mitbürger als Verbrechen angesehen werden würde, war für ihn irrelevant. Zum einen war die Triebfeder für den von ihm beabsichtigten Akt nicht Bösartigkeit. Nicht wirklich, jedenfalls. Er wollte weder, dass seine Frau litt, so wie sie viele Menschen hatte leiden lassen. Noch wollte er ihr körperlichen Schmerz zufügen. Er wollte einfach nur ihrem Leben ein Ende setzen. Er hoffte bloß, dass er nicht zitterte, sodass ein einzelner Schuss reichen würde.

Wieder bat er den Fahrer zu warten. Wenn er Glück hatte, würde er es bis Boston zurückschaffen, bevor Francines Leiche entdeckt würde. Mit sehr viel Glück würde er es sogar bis nach Mexiko schaffen, wo er mit der Frau und dem Jungen untertauchen könnte. Aber zu entkommen war für ihn weniger wichtig als sicherzustellen, dass er es nicht vermasselte. Als er die Tür des Hauses öffnete, das er selbst vor langer Zeit erbaut hatte und das dann doch recht wenig Ähnlichkeit mit einer Hazienda aufwies, wie sie ihm vorgeschwebt hatte, spürte er, wie sein Vater und sein Großvater auf ihn herablächelten.

Niemand hörte den Wagen vorfahren, und natürlich klingelte C. B. Whiting auch nicht. Er betrat ganz einfach mit seinem Schlüssel sein eigenes Haus, wie es unzählige Ehemänner auf der ganzen Welt tagtäglich tun. Drinnen war es so still, dass er, als er die Waffe mit dem Daumen entsicherte, halb damit rechnete, dass dem widerhallenden Klicken gleich eine Explosion folgen würde, aber das war nicht der Fall. Endlich einmal schien einem zum Mord entschlossenen männlichen Whiting das Glück gewogen zu sein. Er zweifelte nicht daran, dass er seine Frau im Garten antreffen würde, wahrscheinlich im Pavillon unten am Fluss. Wenn er leise durch die Verandatür hinausschliche, gelänge er vielleicht sogar über die große Rasenfläche, ohne dass sie ihn bemerkte, und er könnte sie von der irdischen Drangsal erlösen, ohne dass sie etwas mitbekam. Der Fahrer der Limousine, der bei geschlossenen Fenstern Radio hörte, *würde den Knall nicht hören. Allerdings würde er sich hinterher bestimmt wundern, warum sein Fahrgast postwendend wieder nach Boston zurückwollte, aber Chauffeure waren zweifelsohne darin geschult, denjenigen zu gehorchen, die sie bezahlten.*

Doch das Glück war genauso wenig auf C. B. Whitings Seite, wie es auf der Seite seines Vaters oder Großvaters gewesen war. Als er um die Ecke des Wohnzimmers bog und die Szene erblickte, die für ihn vorbereitet worden war, wusste er auf Anhieb, dass nur Gott – derselbe, mit dem er wegen des Elchs einen Krieg angezettelt hatte – sie arrangiert und dafür gesorgt haben konnte, dass er völlig blind gewesen war gegenüber der Möglichkeit, es mit diesen drei Frauen zu tun zu haben, die jetzt jenseits der Verandatür beieinanderstanden.

Cindy war nicht in Augusta, wie er gedacht hatte, sondern stand auf der Innenseite der Verandatür, eine Hand auf dem Türgriff, als hätte sie in diesem zu einer Ewigkeit erstarrten Moment vorgehabt, die Tür aufzuschieben und endlich an dem Leben auf der anderen Seite teilzuhaben, als wäre so etwas möglich. Natürlich wusste er, dass sie sich am Türgriff festhielt, um sich zu stützen, und dass diese Szene symbolhaft für ihr ganzes Leben war – immer auf der falschen Seite eines Hindernisses, seit dem Tag vor langer Zeit, als er sich in blinder Wut gegen seine Frau aufgelehnt, in aller Eile einen Koffer gepackt und ihn in den Kofferraum geworfen hatte, um dann mit dem Lincoln rückwärts aus der Garage zu schießen, noch ehe das automatische Tor ganz oben war, und es wäre ihm egal gewesen, wenn er es beim Hinausfahren aus der Verankerung gerissen hätte. Er hörte nichts, nahm nur einen kleinen Stoß wahr – nicht zum ersten Mal, denn das Kind ließ immer sein Spielzeug in der Auffahrt herumliegen. Die Kleine liebte es, all ihre Puppen an das Garagentor gelehnt aufzureihen, um sich daran zu erfreuen, wie viele sie davon hatte, und genau so hatte sich der dumpfe Schlag angefühlt, nur dass sich die Puppe diesmal irgendwie unter dem Wagen verfangen haben musste. Als er auf die Straße hinausfuhr und den zweiten dumpfen Schlag bemerkte, blickte er in den Rückspiegel und sah sie und dachte, tatsächlich, er war wieder einmal über eine der Puppen seiner Tochter gefahren. Nur dass diese zu groß war. C. B. hatte jede einzelne Puppe gekauft und konnte sich nicht erinnern, dass eine so ausgesehen hatte.

Wie hatte so etwas passieren können? Er brauchte nicht lange, um diese Frage zu beantworten. C. B. Whiting mochte ein schwacher Mann sein – nun, in Wahrheit wusste er, dass er ein schwacher Mann war –, aber er hatte noch nie die Kunst der Selbsttäuschung beherrscht wie andere schwache Männer, und als er sich nun fragte, wie er seine geliebte Tochter hatte vergessen können, wurde ihm bewusst, dass dies nicht das erste Mal gewesen war, aber das erste Mal mit Folgen. Diesmal hatte der Hass seine Wahrnehmung getrübt. Auch in der Vergangenheit war er geblendet gewesen, aber vor Liebe.

Wann genau hatte er sich in Grace Roby verliebt, die jetzt wenige Meter jenseits der Verandatür auf dem Rasen stand? Natürlich war sie ihm schon in der Hemdenmanufaktur aufgefallen, und dann hatten sich ihre und Francines Schwangerschaft im Gleichschritt vollzogen, aber vielleicht war es jener Moment im Krankenhaus, als Grace ihr Baby im Arm hielt und stillte, als es um ihn geschehen war. Es lag nicht nur daran, dass sie müde und gleichzeitig wunderschön aussah. Vielleicht waren es die offensichtliche Freude, die sie an ihrem Neugeborenen hatte, ihr Glück und ihre Dankbarkeit, die ihm eine Ahnung davon vermittelten, dass es ein anderes, besseres Leben geben könnte, sodass er dachte, warum nicht? Die beiden Frauen blieben nach der Geburt drei Tage lang im Krankenhaus, und die Entbindungsstation war bis aufs letzte Bett belegt, sodass es selbst für eine Frau mit dem Namen Whiting kein Einzelzimmer gab – Gott sei Dank!, dachte er –, und als sie entlassen wurden, wäre er an Ort und Stelle zum Tausch bereit gewesen: seine Frau und ihr kleines Mädchen und seinen ganzen Reichtum dafür, mit Grace und ihrem Säugling in das kleine Mietshaus einziehen zu dürfen, wo sie mit ihrem Mann wohnte, einem Kerl, der immerzu mit Farbflecken übersät war und keinen Schimmer zu haben schien, wie glücklich er sich schätzen konnte. Angesichts der Intensität seiner Leidenschaft für diese Frau – und der schockierenden Deutlichkeit, mit der er sich ein anderes Leben vorstellen konnte, das in so greifbarer Nähe und doch unerreichbar schien für einen Mann in mittleren Jahren – fragte sich C. B. Whiting, ob er im Begriff war, den Verstand zu verlieren, oder aber ob der Gedanke, auf Grace und mit ihr auf die Chance zum Glück zu verzichten, einfach zu unerträglich war. Schlimmer noch: Als er mit Francine und seinem neugeborenen Töchterchen, das sich an der mageren Brust seiner Mutter wand und krümmte, über die Iron Bridge fuhr und das schnell dahinfließende Wasser darunter erblickte, erinnerte er sich seines Krieges, den er wegen des Elchs mit Gott geführt hatte, und zum ersten Mal dämmerte ihm, dass Gott ihn gewonnen hatte und für ihn, den überheblichen Sünder, nur noch der Weg der Buße blieb. Unfähig, seine neu geschöpfte Hoffnung wieder aufzugeben, wusste er, dass er Grace Roby nur bekommen könnte, wenn er sich der Erlaubnis Gottes versicherte, die ihm verweigert würde, solange er ihrer nicht würdig war. Und er beschloss, ihrer würdig zu werden.

Wie lange er sich nach Grace verzehrte, ohne sie richtig zu kennen! Wochen, Monate, Jahre beobachtete er sie von seinem verglasten Büro aus und sah sie an den Wochenenden bisweilen mit ihrem kleinen Sohn in der Stadt, während ihr Mann die meiste Zeit auswärts war, um irgendwelche Häuser anzustreichen. Grace zählte zu den Frauen, die Kummer und Sorgen noch schöner werden ließen, und C. B. Whiting wusste instinktiv, dass sie, abgesehen von ihrem kleinen Jungen, Miles, nur wenig Freude in ihrem Leben hatte.

Er spürte auch, dass sie voller Mitgefühl war, wenn andere Menschen von Leid betroffen waren, als hätte sie nicht schon genug an ihrem Päckchen zu tragen. Nach dem Unfall, der das Leben seiner Tochter zerstört hatte, schien Grace ihn, C. B. Whiting, ebenfalls wahrzunehmen, und auch wenn er entsetzlich unter seiner Schuld litt und sich dafür verfluchte, dass er seiner Frau erlaubt hatte, der Polizei die Unwahrheit zu sagen – wie kalt und skrupellos sie diese Geschichte von dem flüchtigen grünen Pontiac erfunden hatte! –, war er von tiefstem Herzen entzückt, dass es ihm endlich gelungen war, mit ihr in Kontakt zu treten.

In was für eine Traumwelt er sich durch seine Liebe zu Grace Roby in den folgenden Jahren hineingesteigert hatte! Wie sie von Anfang an sein Denken und Leben beherrschte, während ihr kleines Kind zu einem gesunden, starken Jungen heranwuchs und sein einziges Kind tapfer eine erfolglose Operation nach der anderen über sich ergehen ließ. Grace wurde für C. B. Whiting nicht nur zum Traum von Liebe und Glück, sondern auch von Erlösung, denn er begann in ihr den Inbegriff des Mitgefühls zu sehen, den einzigen Menschen auf der Welt, dem er eines Tages sein furchtbares Geheimnis offenbaren könnte, der es nicht nur verstehen, sondern ihm auch verzeihen könnte. Wenn er in der Lage wäre, es ihr zu erzählen, und sie ihn noch immer lieben könnte, käme das dann nicht seiner Erlösung gleich? Und wenn eine sterbliche Frau zu einer solchen Vergebung fähig wäre, konnte er dann nicht auch von Gott selbst Liebe und Vergebung erwarten? Bisweilen kamen C. B. Whiting diese fiebrigen Gedankengänge wie eine Wahnvorstellung vor, dann wieder wie eine göttliche Wahrheit.

Wie dem auch sei, ganz allmählich spürte er, dass Grace ebenfalls im Begriff war, sich in ihn zu verlieben. Aus Blicken, Gesten und Worten wurden feierliche Bekenntnisse und schließlich ein Plan. Natürlich wusste Francine es; wahrscheinlich hegte sie seit jenem ersten Tag im Krankenhaus einen Verdacht. Selbst nicht zur Liebe fähig, war sie eine Expertin darin, diese Krankheit bei anderen zu erschnüffeln. Der Plan von ihm und Grace, den zu durchkreuzen seiner Frau teilweise gelingen sollte, war, eine gemeinsame Woche auf Martha's Vineyard zu verbringen. Er stellte sich vor, dass es ungefähr diesen Zeitraum bräuchte, um Grace zu überzeugen, obgleich er wusste, dass ihr Herz längst ihm gehörte. Natürlich verkomplizierte der Junge alles. Es würde Grace schwerfallen, ihren Sohn dem Vater wegzunehmen, auch wenn dieser Mann eine solche Rücksichtnahme nicht verdiente – und ohne ihren Sohn würde sie niemals aus Empire Falls weggehen.

Schließlich waren ihnen nur zwei gemeinsame Tage auf der magischen Insel vergönnt, doch sie waren so voller Schönheit und Glück, dass es sich allein um ihretwillen zu leben gelohnt hätte. Und wenig hätte gefehlt, um ihren Plan Wirklichkeit werden zu lassen! Selbst jetzt noch verschlug es ihm den Atem, wenn er sich vorstellte, er hätte ein ganzes Leben mit dieser Frau verbracht. Noch jetzt hätte er die Gelegenheit beim Schopf gepackt, wenngleich er in der ausgezehrten, abgehärmten Frau, die mit seiner Gattin draußen vor der Verandatür stand, wo sie offenbar den Garten begutachteten, nur mit Mühe seine große Liebe wiedererkannte. Ein einziger Blick genügte, um zu wissen, was all die Jahre, die er unten in Mexiko verbracht hatte, für sie bedeutet hatten. Die Buße, die er einst hatte tun wollen, hatte er ihr zu leisten überlassen. Seine Frau war, wie er schockiert zugeben musste, jetzt objektiv betrachtet die attraktivere Frau.

Von den drei Frauen bemerkte Francine ihn als Erste, und sofort erkannte er in ihrem dünnen Lächeln, wie töricht es von ihm gewesen war zu glauben, ihm würde gelingen, was seinem Vater und Großvater, beides wackerere Männer als er, missglückt war. Es war, als wüsste sie ganz genau Bescheid über die Waffe in seiner Jackentasche und wüsste, wie nutzlos sie jetzt für ihn war.

Dann sah Grace hoch, und ihr Ausdruck sagte ihm, was sie mit einem Blick erfasste, dass er in all diesen Jahren seit Martha's Vineyard nicht allzu sehr gelitten hatte, dass es ihm gelungen war, mit einer anderen Frau und einem anderen kleinen Jungen glücklich zu sein. Zweifelsohne hatte sie es schon in jener letzten Nacht auf der Insel geahnt, als sie zu ihm ins Cottage gekommen war und sie sich geliebt und über die Zukunft geredet hatten – und über die Vergangenheit. Genau wie er es sich immer vorgestellt hatte, hörte sie sich seine Beichte an und vergab ihm mit ihrem wunderbaren großen Herzen und erlöste ihn. Erst später, als sie Pläne schmiedeten, um ihrem jeweiligen Leben zu entfliehen und ein neues, gemeinsames zu beginnen, und ihr klar wurde, dass er nur sie drei meinte – Grace und Miles und sich selbst – und seine Tochter zurückzulassen gedachte, schlimmer noch, sie gar nicht erst in seine Pläne einbezog, brachte er es tatsächlich fertig, alles zu ruinieren. Er versuchte, seinen Fehler so gut wie möglich zu überspielen, indem er behauptete, er habe nicht mit

Grace' Bereitschaft gerechnet, Cindy mitzunehmen, aber der Schaden war nicht mehr zu reparieren. In diesem Moment erkannte sie in ihm einen Mann, der bereit war, sein Kind im Stich zu lassen. Vielleicht verstand sie nicht sogleich, welche Folge diese Erkenntnis haben würde, aber C. B. Whiting wusste es.

Das Kind, das er zurückgelassen hätte, das man vor so vielen Jahren davon hatte überzeugen müssen, dass seine Erinnerung an den verheerenden Unfall falsch sei, bemerkte seine Heimkehr zuletzt, vielleicht hatte seine Tochter eine Bewegung in der Fensterscheibe ausgemacht. Cindy war die Einzige, die sich über sein Erscheinen freute. Sie drehte sich um, verlor dabei beinahe das Gleichgewicht und humpelte, so schnell sie es vermochte, auf ihn zu. »Daddy!«, sagte sie unter Tränen. Und aus diesem Wort hörte er einen zweiten, sehr viel besseren Verwendungszweck für den Revolver in seiner Jackentasche heraus.

Indem er sich das Leben nahm, beraubte sich C. B. Whiting der Gelegenheit, in den ihm verbleibenden Jahren zu einem etwas weniger verblendeten Mann zu werden. Hätte er weitergelebt, hätte er nach und nach erfahren, dass seine Frau nicht ganz so herzlos war, wie er immer gedacht hatte, dass Zuneigung für sie zwar ein ungewohntes und schwieriges Gefühl, aber nicht gänzlich unmöglich war, dass sie dem Stück Land glich, das ihre Familie so lange bestellt hatte, bevor sie es verkaufte: karg, aber nicht völlig ausgedörrt. Und hätte er miterlebt, wie seine geliebte Grace krank wurde und schließlich starb, und den Mut aufgebracht, sie auf ihrem letzten schweren Weg zu begleiten, hätte er vielleicht auch begriffen, dass er ihrem großen Herzen zu viel zugemutet hatte, das, wie alles Menschliche, unvollkommen war und dessen Absichten somit zum Scheitern verurteilt waren. Dass sich an seiner geringen Meinung von sich selbst etwas geändert hätte, war indes unwahrscheinlich, und womöglich zwang ihn diese Erkenntnis dazu, aus dem Leben zu scheiden.

Eines ist jedenfalls sicher. Als er sich das Leben nahm, starb C. B. Whiting in dem irrigen Glauben, dass es ihm – genau wie allen männlichen Whitings vor ihm – nicht geglückt sei, seine Frau umzubringen, denn das stimmte nicht ganz. Hätte er weitergelebt, hätte es ihn überrascht und vielleicht gefreut zu erfahren, dass er ihren Untergang im Grunde im selben Jahr besiegelt hatte, in dem er um ihre Hand anhielt, nicht lange nachdem der tote Elch an sein Ufer gespült worden war. In jenem Sommer hatten die Ingenieure ihn gewarnt, dass das Hineinsprengen eines neuen Flussbetts in den Robideaux Blight womöglich die Hochwassergefahr erhöhen könnte, zu dem der Fluss ohnehin schon neigte. Danach wurde der Knox tatsächlich weniger kontrollierbar, obwohl keine der früheren Fluten jener gleichkam, die sich in dem Frühling ereignete, den Miles und Tick Roby auf Martha's Vineyard verbrachten. Im Winter war mehr Schnee gefallen als in den drei Wintern davor zusammen. Und als in der ersten Aprilwoche ungewöhnlich frühes, heftiges Tauwetter einsetzte – die Temperaturen kletterten bis hoch nach Kanada auf über zwanzig Grad –, ergossen sich Unmengen von Schmelzwasser in den Knox, sodass er sich in Empire Falls in einen rauschenden Strom verwandelt hatte, dessen Pegel drei Meter über die Hochwassermarke stieg, bis zur halben Höhe der Fenster im ersten Stock der alten Textilfabrik, die gerade umgebaut wurde – das Erdgeschoss in ein Brauhaus und der erste Stock in die riesigen Büros einer Kreditkartenfirma. Auf dem Scheitelpunkt des Hochwassers stand das halbe Stadtzentrum unter Wasser, einschließlich des Empire Grill.

Auf der anderen Flussseite war der Schaden nicht ganz so groß, denn dort war das Ufer steiler. Zwar erreichte das Hochwasser die Hazienda selbst nicht, riss aber den Pavillon mit sich. Warum sich Francine Whiting zu diesem Zeitpunkt darin aufhielt, wusste allerdings niemand. Vielleicht dachte sie, dass, solange sie die Fäden in der Hand hatte, sich der Fluss niemals so nah heranwagen würde. Im Gegensatz zu ihrer Tochter glaubte sie nicht an irgendwelche übermächtigen Kräfte, die im Handumdrehen ihr Leben verändern konnten, weswegen sie diese womöglich nicht als eine solche erkannte. Vielleicht war sie auch ganz einfach in dem Pavillon gefangen, als das Wasser urplötzlich hereinströmte und sie vom Haupthaus trennte.

An dem Tag, an dem das Wasser seinen Scheitelpunkt erreichte, war es warm, der Himmel klar und blau, ein wunderschöner Nachmittag nach einem langen grauen Winter und tagelangem Frühlingsregen, und vielleicht war sie, eingelullt von den warmen Sonnenstrahlen, in ihrem Sessel eingeschlafen. Obwohl niemand bezeugen konnte, wie sie mitgerissen wurde, sah flussabwärts in Fairhaven, wo die Flutschäden noch größer waren als in Empire Falls, eine der Rettungskräfte, die eine Sperre aus Sandsäcken errichteten, eine weibliche Leiche in dem tosenden Wasser vor dem Damm treiben. Es war unmöglich, einen Leichnam zu bergen, der sich in der Mitte des Flusses an einem Damm verfangen hatte, der jede Sekunde einzustürzen drohte. Im Übrigen war diese Frau, wer immer sie war, jetzt tot, und die Arbeiter sahen keine Veranlassung, ihr eigenes Leben zu riskieren, selbst wenn das Spektakel nicht von einem so makabren Umstand begleitet worden wäre. Denn auf der Schulter der toten Frau saß rittlings und erbärmlich heulend eine Katze mit roter Schnauze.

Gemeinsam schwappten die tote Frau und die lebende Katze am flussaufwärts gelegenen Rand des Damms entlang, als suchten sie nach einer geeigneten Stelle, um hinauf- und dann aus dem Fluss zu klettern. Schwankend und stoßend und auf- und abschaukelnd dauerte ihre Suche eine Weile an, bis ein schmaler Abschnitt des Bauwerks nachgab und sie verschwanden.

Dank

Wie immer stehe ich in tiefer Schuld. Um es kurz zu machen: Mein Dank geht an Fitzpatrick's Cafe, das Camden Deli und Jorgenson's. Dank auch an Perley Sasuclark, der mir eine Geschichte erzählte, derer ich dringend bedurfte, und an Allen Pullen vom Open Hearth, der mich in Bezug auf die Führung eines Lokals aufklärte. Ferner an Gary Fisketjon, der das Manuskript zu diesem Buch so liebevoll bearbeitet hat – wenn ich versuchte, meine Dankbarkeit in geeignete Worte zu kleiden, müsste er auch diese redigieren, aber da er schon so hart gearbeitet hat, erspare ich es ihm. Lieben Dank auch an Nat Sobel und Judith Weber, die mich von Anfang an begleitet haben. Liebevollen Dank schulde ich auch Barbara, meiner Frau, die jedes meiner Bücher öfter liest, als jemand ein Buch lesen sollte. Emily und Kate, die zu jener Art von Töchtern gehören, die ihrem Vater die Angst vor den außerhalb seiner Vorstellungswelt existierenden Menschen nehmen, schulde ich mehr Dank, als ich ausdrücken kann – diesmal besonders Kate, die mich mittels konkreter Details daran erinnerte, wie furchtbar die Highschool sein kann und wie glücklich wir uns schätzen können, wenn wir sie mehr oder weniger heil überstanden haben.

Von Richard Russo sind bei DuMont außerdem erschienen:

Diese alte Sehnsucht
Ein Mann der Tat
Ein grundzufriedener Mann
Jenseits der Erwartungen
Sh*tshow
Mittelalte Männer

Fünfte Auflage 2021
DuMont Buchverlag, Köln
Alle Rechte vorbehalten
© 2001 by Richard Russo
Die amerikanische Originalausgabe erschien 2001 unter dem Titel
›Empire Falls‹ bei Alfred A. Knopf, New York.

Grateful acknowledgement is made to the following
for permission to reprint previously published material:
Acuff-Rose Music, Inc.: Excerpts from »Don't let the Stars Get in Your Eyes« by Slim Willet, copyright © 1952, copyright renewed 1980 by Acuff-Rose Music Inc. All rights reserved. International rights reserved. Reprinted by permission of Acuff-Rose Music, Inc.
Famous Music Corporation and Hal Leonard Corporation: Excerpt from »Magic Moments«, music by Burt Bacharach and lyrics by Hal David, copyright © 1957, copyright renewed 1985 by Famous Music Corporation and Casa David. International copyright secured. All rights reserved. Reprinted by permission of Famous Music Corporation and Hal Leonard Corporation on behalf of Casa David.
Music Sales Corporation and The Estate of Dick Manning: Excerpt from »Hot Diggity«, words and music by Al Hoffman and Dick Manning, copyright © 1956 (copyright renewed) by Al Hoffman Songs, Inc. (ASCAP) and the Dick Manning Music Company. All rights for Al Hoffman Songs, Inc. administered by Music Sales Corporation (ASCAP). All rights reserved. International copyright secured. Reprinted by permission of Music Sales Corporation and the Estate of Dick Manning.

© 2016 für die deutsche Ausgabe: DuMont Buchverlag, Köln
Übersetzung: Monika Köpfer
Satz: Angelika Kudella, Köln
Gesetzt aus der Quadraat und der Gotham
Druck und Verarbeitung: Druckerei C.H.Beck, Nördlingen
Gedruckt auf säurefreiem und chlorfrei gebleichtem Papier
Printed in Germany
ISBN 978-3-8321-6435-5

www.dumont-buchverlag.de